La hermandad invisible

Kurt Aust

La hermandad invisible

Traducción de
Sofía Pascual Pape

Círculo de Lectores

A Lise y Tore

Si bien es verdad que los fundadores originarios de la Royal Society (1645)... se autodenominaron *Invisible College*, o Colegio invisible, en la práctica, el verdadero colegio invisible fue la red de expertos anónimos que mantuvo viva la llama de la alquimia. Estos hombres vivían ocultos en la misma ciudad donde la Royal Society tenía su sede –Londres–, llegando a coincidir, en muchos casos, las mismas personas en las dos organizaciones.

MICHAEL WHITE, *Isaac Newton* (1991)

Una clave se confecciona teniendo en cuenta dos factores: quién es el destinatario que tendrá que descifrarla, y quién no debe, en ningún caso, penetrarla. Por eso podemos hablar de «la clave personal», aquella que sólo una persona es capaz de descifrar, al menos en un plazo de tiempo razonable.

Profesor THOMAS BOUEBERGE
en una carta al almirante general Gyldenløve

CAPÍTULO 1

El contacto del cuchillo contra la piel en el intersticio entre el globo ocular y el hueso era frío.

Miró al hombre rojo de las piernas tiesas al otro lado de la calle, oyó el chasquido que se produjo en la caja metálica, oyó el rugido de los motores de los coches, el gorjeo de los pájaros entre los arbustos a sus espaldas, los chillidos alegres de un niño. El sonido de la primavera en París.

Apreté el dorso del cuchillo contra mi ojo y advertí varios círculos blancos, oscuros y de colores. Los círculos se volvieron más nítidos cuando insistí en mover el ojo con la punta del cuchillo...

Se preguntó por qué de pronto estaba pensando en Newton, por qué pensaba en sus disparatados experimentos. Una locura que a punto estuvo de dejarle ciego, pero que también le llevó a hacer nuevos e importantes descubrimientos. Tal vez porque apostó fuerte, y ganó, hoy se le considera un genio. Fue declarado un genio.

Ella también había apostado...

De pronto, el hombre rojo se apagó y se iluminó el verde. Así era la vida: cambiante. Del rojo, rígido, virulento, al verde, plácido y móvil. Vivo. Y después, vuelta a empezar. Giró la cabeza y reparó en que estaba a un bloque de distancia, vio cómo la miraba a través de las gafas de sol oscuras. Vio moverse el Bigote y formar una sonrisa. Con el bolso negro bien agarrado bajo el brazo cruzó la calle por el paso de cebra y se alejó por la acera, apresuradamente.

Si el cuchillo hubiera atravesado la fina membrana que mantenía el líquido del ojo en su sitio, si el filo se hubiera abierto camino hasta penetrar los músculos, las células pigmentarias y la gelatina cristalina, si Newton se hubiera quedado ciego, ¿acaso habría ella acabado aquí, en el mundo invisible entre la vida y la muerte?

El sol de la tarde se coló entre las casas, y le dio de lleno, como un foco, en la cara. En un acto reflejo se llevó la mano a los ojos, la retiró rápidamente y miró hacia el sol, dejando que éste calentase su rostro. Le vino a la mente una antigua tesis del *ars moriendi,* «aprende a morir y aprenderás a vivir». El último día había sido así, lleno de pensamientos que atravesaban el aire como hojas en otoño camino de la putrefacción.

Recoges lo que siembras.

Una vez, Even había reescrito en broma la tercera ley de Newton de acción y reacción de esta manera. Sin embargo, como solía ocurrir cuando Even quería ser gracioso, sus palabras habían dejado entrever cierto deje de amargura y de resentimiento. Ella nunca se había acostumbrado a aquel tonillo. Los tacones de los zapatos golpeaban la acera emitiendo un sonido hueco y dirigió la mirada vacía hacia la sombra que se arrastraba detrás de ella por el enlosado. Su fiel e implacable sombra.

Había sembrado. Ahora debía recoger.

Un poco más adelante caminaba un anciano con su bastón. Una de sus piernas parecía rígida y difícil de controlar, y ella pensó si él lo sentía como una contrariedad o si lo había aceptado y vivía su vida sin amargura. Morir amargado es negar todo lo bueno que la vida te ha dado, intentó convencerse. La sombra de un gran edificio atravesaba la acera y ella se detuvo en el límite, en el lado de sol, titubeante, como si una criatura maléfica estuviera esperándola en la penumbra. Las ganas de llamar a casa amenazaban con ahogarla, de telefonear a los niños, darles las buenas noches, oír sus voces y contarles lo mucho que los quería; pero no podía. El móvil había desaparecido. ¿Habrían llegado las fotos a su destino? No podía hacer más que desear que así fuera. Eso era lo único que le quedaba: la esperanza. Respiró hondo, cruzó la línea y se adentró con paso firme en la sombra.

El anciano atravesó renqueante la plaza abierta en dirección a la terraza del café, se abrió paso zigzagueando entre las mesas hasta llegar a su silla habitual, al lado de la puerta, dejó el bastón apoyado contra la mesa y se sentó. La morsa le sirvió un calvados y dijo algo así como que la primavera estaba a las puertas. Decía lo mismo cada día. El anciano se levantó y colocó la silla de manera que tuviera vistas sobre la calle. Le gustaba echar un vistazo al Sena, a los barcos y a la vida que se desarrollaba en el río. Una mujer dobló la esquina y se dirigió a grandes pasos hacia el café. Parecía decidida. Él la siguió con la mirada, se sentía presa de un sentimiento indeterminado. «Yo podría haber amado a una mujer así», pensó mientras saboreaba el calvados. Cuando la tuvo más cerca empezó a sentirse inseguro.

–*Ma poupée chérie ne veut pas dormir, ferme tes doux yeux, tu me fais souffrir.* –Una madre joven, todavía muy niña, con una criatura en el regazo, cantaba una nana en voz baja.

De pronto la criatura alargó los brazos hacia la mujer que pasaba por su lado en aquel mismo momento. La mujer pasó de largo sin hacerle caso al niño y la madre la siguió escandalizada con la mirada mientras la mujer se dirigía hacia una mesa que estaba libre. La madre sonrió a la criatura y siguió canturreando en voz baja. El niño agitó los brazos regordetes, parloteando alegremente a la cara de la madre que, a su vez, se dio la vuelta lentamente para fijar de nuevo la vista en la mujer.

–Ejem –carraspeó una maestra jubilada de Bremen, más por costumbre que porque tuviera algo en la garganta, dio un sorbo a la copa de vino blanco y miró a la recién llegada por encima de la montura de las gafas–. Ejem, ejem.

La maestra había dedicado gran parte del día a visitar el Louvre, se había paseado por sus salas, para estudiar a los grandes maestros: Rafael, Da Vinci, Delacroix... en todos los sentidos había tenido un día maravilloso. Ahora estaba sentada, disfrutando de un descanso con una copa de vino en la mano. El frío empezaba a subir desde el río y pensó que pronto llegaría la hora de meterse en el restaurante y comer algo. La mujer que acababa de llegar le pidió algo a un camarero joven y la maestra pensó que la mujer atraía casi por arte de magia todas las miradas, como si todo el tiempo se encontrara en la sección áurea de un gran cuadro. Por ejemplo, en el de María de Médicis a su llegada a Marsella. La maestra se había entretenido un buen rato ante el fascinante cuadro de Rubens, estudiando los detalles, las sirenas, Neptuno; dejándose fascinar por el siniestro e imponente comandante del barco que aparece en segundo plano con una magnífica cruz de Malta sobre el pecho. ¿Significaba aquella cruz que pertenecía a alguna hermandad? ¿Sería, tal vez, el presagio del mal que se avecinaba? ¿O acaso se trataba del asesino del futuro esposo de María, el rey Enrique IV? El enorme cuadro había puesto en marcha su imaginación. Le gustaba crear sus propias historias acerca de lo que veía, un privilegio de jubilados. Se acabaron los tiempos regidos por los planes de estudio y la interpretación correcta. Ahora eran sus propias versiones improvisadas las que valían. Entrecerró los ojos por encima de las gafas. ¿Acaso había gente que llevaba consigo la sección áurea, que la lucía como si se tratara de una cruz sobre el pecho pintada con tinta invisible? La verdad es que todo parecía indicar que así era, pues se dio cuenta mientras apuraba la copa de que había otros clientes del café que seguían a la mujer con la mirada.

No porque su indumentaria tuviera nada especialmente destacable, ni tampoco se debía a su aspecto físico, se dijo para sus adentros un hombre menudo y enclenque con aires de conocedor. Al fin y al cabo, se trataba de París, una ciudad conocida por sus bellas mujeres. Y, aun así, siempre había sentido fascinación por las personas cuyo atractivo hacía que los demás se volvieran ante su mera presencia. La experiencia le había enseñado que poco tenía que ver con el aspecto externo; se trataba de algo más sutil; del aura, le gustaba decir. Sin embargo, en el caso de esta mujer era algo todavía más indefinible, era como si un enigma se hubiera alojado en su rostro y lo mantuviera preso bajo una máscara. Le gustaba su andar, una extraña combinación de determinación total (desde el primer momento, la había visto dirigirse decididamente hacia una mesa desocupada al lado del anciano del bastón) y de movimiento, con cierto aire de zombi. Parecía estar en otro lugar. Dudaba que hubiera funcionado en una pasarela, aunque últimamente algunas casas de modas habían mostrado interés por integrar a mujeres maduras en sus catálogos. Estaban hartos de las modelos típicas, querían mujeres con personalidad. Y eso sí lo tenía la mujer, desde luego. Llevaba un núcleo del polo norte magnético en su corazón; pues sí, así era, y así pensaba describírsela a Claude. Decidió dejarla tranquila, tomarse su café. Luego se levantaría para irse, le daría su tarjeta de visita y le ofrecería hacer una prueba fotográfica. Después ya sería cosa de Claude tomar una decisión; y de la mujer, por supuesto.

Un hombre con gafas de sol se acercó a la mesa de la mujer y se sentó sin antes preguntarle si la silla estaba ocupada. Se pasó un dedo grueso por la barba. El hombre menudo a punto estuvo de soltar un comentario sarcástico cuando de pronto descubrió la mirada detrás de las gafas de sol: estaba pegada a la mujer. A su mujer. Sonrió. Sí, sin duda a Claude le gustaría oír lo que tenía que contarle.

Qué extraño. El anciano contempló a la mujer que se había sentado a la mesa vecina. «Me hace pensar en el otoño.» Con el bastón en alto hizo un gesto a la morsa y le indicó que le sirviera otro calvados. Ella había girado la cabeza hacia la calle. El anciano tenía vía libre para mirarla tanto cuanto quisiera y disfrutaba contemplando a una mujer madura con personalidad y fuerza en todos sus rasgos. Carácter. Todas esas jovenzuelas que irradiaban estupidez desde las páginas de las revistas no le decían nada, nunca le habían dicho nada.

El joven camarero le sirvió un capuchino. Ella pagó al instante. En un interrogatorio posterior el camarero se dio cuenta de que, por error, le había servido un café con leche. Daba igual, pues nunca llegó a probar el contenido de la taza.

Los testimonios acerca de su indumentaria resultaron ser contradictorios. Todos se mostraron igualmente tercos, la habían contemplado con tal intensidad que creían conocerla. Los pantalones eran de color verde menta, blanco, gris marengo. Una blusa, una camisa, una chaqueta, incluso un chubasquero fino, hubo uno que afirmó haber visto todos los colores posibles, desde el azul marino al rojo carmesí. Las botas, ¿o eran zapatos?, eran de color turquesa, verdes, azules. Lo único en lo que todos estuvieron de acuerdo fue en el color del bolso. Negro.

Lo había dejado sobre la mesa, a la derecha de la taza. También lo encontraron allí. A la derecha de la taza.

Todo parecía ser de lo más cotidiano. La mujer sacó una barra de pintalabios. Le quitó el capuchón y lo dejó sobre la mesa. Se llevó la barra a los labios y se los pintó con movimientos firmes aunque algo rígidos. Examinó el resultado en un pequeño espejo. Meticulosamente, según el testimonio de varios de los presentes. Cogió una servilleta y eliminó un poco del pintalabios de una de las comisuras de los labios.

Y entonces fue cuando, finalmente, levantó la mirada, la dirigió hacia la calle y asintió. Volvió a abrir el bolso y metió la mano derecha en su interior. Casi en trance, como un robot, dirían más tarde los testigos oculares. Sin más preámbulos se llevó una pistola a la cabeza apuntando el cañón sesgadamente por detrás de la oreja derecha. Vaciló un instante. El anciano de la mesa vecina soltó un exabrupto, intentó ponerse en pie, pero se le cayó el bastón y estuvo a punto de caer él también. Un vaso se rompió contra el suelo en algún lugar y el grito estridente de una chica se propagó por la plaza, provocando el llanto de un niño. La mujer pensó si ella sería la culpable de todo esto. No quería tener la culpa de nada. Al contrario, quería evitar la culpa, por eso...

Entonces se llevó el cañón de la pistola a la boca y disparó.

CAPÍTULO 2

El teléfono sonó mientras se comía una manzana durante la hora del almuerzo.

La frase se formó en la cabeza de Even mientras escuchaba los sonidos de la oficina. Miró la manzana fijamente e hizo una mueca. Luego miró desafiante a Johan, el ayudante con el que últimamente compartía despacho, pero el muy estúpido cogió una nueva rebanada de pan y ensaladilla rusa sin levantar la mirada del periódico. A decir verdad, el teléfono que sonaba era el de su propia mesa.

El teléfono sonó (y sonó) mientras se comía una manzana durante la hora del almuerzo.

La situación resultaba algo absurda. Suponía que por eso la frase seguía resonando en su cabeza. Había un elemento de la frase que lo hacía...

Bueno, bien, digamos que hipotéticamente posible, pero era tan remoto, que resultaba descabellado creer que fuera a ocurrir. Podría decirse que la probabilidad de que sucediese era casi la misma que jugar a la primitiva y acertar todos los números. No porque no acostumbrara a recibir llamadas, pensó, dándose cuenta al instante de que en su interior había empezado a tomar forma una especie de discurso hipotético. Lo desoyó, aunque tuvo que reconocer para sus adentros que podían haber sido más las llamadas de teléfono. Lo notable tampoco era que a menudo se saltara la comida, al fin y al cabo sólo solía olvidarse de la comida un par de veces a la semana.

Even miró la manzana a medio comer. Aquí estaba la clave. Él nunca comía manzanas, así de sencillo.

Era su primera manzana en cinco años. Cinco años, seis meses y diecisiete días, para ser exactos. Una estudiante había acudido a su despacho justo antes de la hora del almuerzo y se la había ofrecido: le había sonreído, le había mirado a los ojos y le había ofrecido la manzana roja. Él lo interpretó como una señal y la aceptó, aunque se arrepintió al darse cuenta de que tendría que morderla, saborearla, masticarla... Pero a lo hecho, pecho, y no tardó en comérsela. Y la verdad es que no había sido tan horrible como había temido.

Al fin y al cabo ya habían pasado cinco años. Y seis meses.

El ayudante lo miró con resignación por encima del periódico. Even se puso de pie y entró en el despacho. Sonó por sexta vez, tozuda y ruidosamente. La mano planeó un instante sobre el auricular como una gaviota hasta que decidió cogerlo.

«Mai –le dijo el timbre–. La manzana es una señal. Mai me está llamando.»

«Ni hablar, no me he vuelto vidente», pensó con irritación. La superstición y los milagros los dejaba para los demás. La manzana cayó en la papelera, donde se escondió debajo del borrador de una conferencia sobre el octavo problema de Hilbert. Cogió el auricular.

–Sí, soy Even.

Se oyó un zumbido al otro lado de la línea, como si el viento agarrase el micrófono, nadie decía nada.

–¿Diga? –dijo–. Soy yo, Even. ¿Quién es? ¿Eres tú, Mai?

Se oyó un sonido medio ahogado en el auricular, entonces se hizo el silencio, el zumbido desapareció. Habían colgado. Even le dio a la tecla de última llamada y se quedó un rato mirando el número que apareció en la pantalla. No era una combinación de números que le dijera nada, al menos no como número de teléfono pero, de hecho, las últimas cuatro cifras formaban un número primo, el 1729, que le parecía que tenía algo especial... bueno, ¿qué más daba? Por otro lado... Cogió un lápiz e hizo un cálculo rápido. Pues sí, la verdad es que podía expresarse como la suma de dos números cúbicos... de dos números diferentes...

Se obligó a parar y soltó el lápiz, vaciló un instante antes de marcar el número. Sonó una vez, entonces alguien cogió el teléfono, aunque sin presentarse. Even oyó a alguien respirar hondo al otro lado de la línea.

–¿Hola? –dijo en voz baja.

No sabía por qué bajaba la voz. Tenía la sensación de que iba a compartir un secreto con un desconocido.

–Even... –la voz, que pertenecía a un hombre, se abría camino a duras penas a través del teléfono.

–¿Sí? –dijo Even, expectante.

–Esto... Mai-Brit ha muerto. –La voz se quebró, alejó el teléfono y se sonó la nariz.

Even se quedó paralizado, esperando a que volvieran a coger el auricular.

–¿Finn-Erik? ¿Eres tú? Di algo, maldita sea.

–Está muerta –dijo Finn-Erik, esforzándose por vocalizar. Respiró hondo–. Ha escrito una carta que...

–Muerta –le interrumpió Even–. ¿De qué ha muerto? ¿Un accidente? ¿Estaba enferma? ¡Cuéntamelo, maldita sea! Si estaba enferma, ¿por qué nadie me dijo nada? Tú sabes...

–Ella... –Finn-Erik se detuvo, resopló.

Even vio a Johan levantarse y cerrar la puerta del despacho, y se dio cuenta de que estaba apretando el auricular con tanta fuerza que sus nudillos se habían vuelto blancos.

–¿Qué ha pasado, Finn-Erik? –susurró a la vez que notaba cómo le latía la sien–. ¿Qué le ha pasado?

–Se ha quitado la vida –dijo Finn-Erik–. Se ha...

–¡Tonterías! Mai jamás se suicidaría. –Even intentó reírse–. Es la última persona en este mundo que haría algo así. Ella...

–¡Cállate de una maldita vez! –rugió Finn-Erik–. Cállate la boca y escúchame, por una sola vez en tu vida. *¡Escúchame!*

Even se calló.

–Mai-Brit se ha suicidado. No hay duda. Dejó una carta.

«Las cartas se pueden falsificar», pensó Even.

–Hay testigos.

Un testigo puede malinterpretar la situación.

–Muchos testigos. Diecinueve, dice la policía de París.

La policía... ¿París? Even se frotó la sien y pensó: «¿Por qué

París?». Y oyó a Finn-Erik decir algo a lo lejos, su mano estaba a punto de colgar el teléfono como si ya no quisiera escuchar nada más.

–Disculpa, no te estaba escuchando –alcanzó a decir.

–Escribió una carta que quería que leyeras –repitió Finn-Erik–. Estaba en el hotel. Sobre el escritorio. Te la envío. Una copia. ¿Vives en el mismo sitio de siempre, la misma dirección, en Ullevål? –De pronto el tono de voz era sereno, casi profesional.

–Eh, ¿qué? Disculpa, sí, la misma dirección de siempre, sí.

–Te la envío –dijo Finn-Erik y colgó.

Even se había quedado con el auricular en la mano, mirando al suelo, que estaba sucio y gastado. Bajó la mirada hacia el tablero del escritorio cubierto con las quemaduras de cientos de cigarrillos, tan rugoso que apenas podía utilizarlo para escribir encima. Miró las montañas de papeles que se apilaban por todo el suelo, algunos sin leer, otros leídos, expectantes. Fijó la mirada en un agujero negro. Un enorme agujero negro llamado Mai-Brit Fossen.

CAPÍTULO 3

París

Cuando la alarma del móvil anunció que eran las ocho, ella ya tenía los ojos abiertos, fijos en las sombras grises de la habitación. La reunión con Simon LaTour y los acontecimientos de la noche pasada en el bosque de Boulogne se habían sedimentado en su interior como una pesadilla, con tal intensidad que no había sido capaz de pegar ojo desde que se acostó. Se había levantado varias veces durante la noche para comprobar si la puerta estaba cerrada con llave, y luego se había duchado para eliminar el fuerte olor a sudor. El olor a miedo, y a muerte.

Era como si la maldición de Newton, que ella misma había inventado, se hubiera hecho realidad, alcanzándola a ella y a la gente que la rodeaba con toda su fuerza.

Se levantó lentamente, se acercó a la ventana e hizo un esfuerzo por sobreponerse, repitió la decisión que había tomado por la noche como un mantra: *si perdía, debería a su vez ganar*. Al menos la noche en vela le había procurado el tiempo necesario para urdir un plan.

Se duchó, se lavó concienzudamente varias veces, una parte del cuerpo detrás de otra, se restregó con todas sus fuerzas hasta que su piel enrojeció. Al final, una ducha rápida de agua fría para darle un *shock* al cuerpo que despertase aquellos recovecos que todavía seguían en coma. Se vistió, llegó a la conclusión de que no tenía ganas de comer y se sentó al escritorio. El deseo de llamar a Finn-Erik, escuchar su voz sosegada y hablar con los niños, le provocaba náuseas; no se atrevía.

El sobre grande de color marrón con el libro y las notas seguía abierto, todavía faltaba meter un último pedazo de papel antes de enviarlo. Sólo Dios sabía cuántas veces había verificado que la dirección y el código postal fueran correctos: 0119 Vika, apartado postal 1220; estaba neurótica y temía que una equivocación al escribir alguna cifra pudiera, de buenas a primeras, dar al traste con su plan.

Mientras cogía el bolso y sacaba la baraja de cartas, elaboró un plan para salir del hotel sin ser vista, hacer lo que tenía que hacer y volver a la habitación antes de las dos de la tarde.

CAPÍTULO 4

Una mujer lo miró con aversión, y Even recordó que se había manchado el jersey con la yema del huevo. Él le devolvió la mirada y ella se apresuró a mirar por la ventanilla, estudiando los árboles y las casas al pasar. Even reconoció un acceso de vehículos con unas enormes vasijas blancas en la entrada y tiró de la cuerda. Poco después, el autobús accionó el intermitente y se detuvo en una parada, y él se bajó a trompicones por la puerta trasera, hacia la nieve.

Primera calle a la derecha, dos calles más abajo y después, a la siguiente, a la izquierda. Número 5. Número primo. Desenroscó el tapón y se echó un trago. El whisky había dejado de quemarle el gaznate. Incluso su estómago estaba entumecido. Se metió la botella en el bolsillo trasero y subió por el sendero enlosado.

Cinco años, quinta casa, cinco escalones arriba, cinco lágrimas de Mai, pensó mientras pulsaba el timbre. Sonó una melodía en el interior de la casa, algo de Mozart y un niño gritó algo. Unos pies corrieron por el suelo y la llave pronto crujió en la cerradura. Una cabeza asomó por la rendija de la puerta a la altura de su cadera.

–¿Puedo hablar... con tu papá? –Even se esforzaba por no farfullar.

–¿Quién es, Stig? –preguntó Finn-Erik desde el interior. La sombra creció en el cristal de la ventana y la puerta se abrió. Tenía un aspecto miserable, como si se hubiera afeitado con el cortacésped. Tenía los ojos rojos y húmedos–. Even –dijo Finn-Erik y agarró el pomo de la puerta como para asegurarse de que no fuera a abrirse más de la cuenta–. Stig, entra con Line. –Miró a Even–. ¿Qué quieres?

–Ya lo sabes –dijo Even, agarrándose a la barandilla–. Sabes que Mai no me abandonó porque no me quisiera, lo sabes.

Finn-Erik quiso cerrar la puerta.

–Vete a casa, Even. No te quiero aquí.

–Todavía me amaba, tú lo sabes. Pero quería tener un hijo. Era yo o el niño. –Even se precipitó hacia la puerta, la abrió de un empujón y metió la cabeza–. Me quería a mí y al niño, y eligió al niño. A ti nunca te quiso...

Finn-Erik le dio un puñetazo en la boca. No muy fuerte, no era suficiente hombre para pegar fuerte, pero le alcanzó por sorpresa y Even se tambaleó, perdió el equilibrio y cayó por las escaleras resbaladizas. Todavía estaba tumbado en el suelo cuando oyó cómo la puerta se cerraba de golpe y, al instante, la llave giraba en la cerradura. La luz sobre la puerta principal de la casa se apagó, después la del pasillo. Even respiró hondo y notó algo cortante contra una de sus nalgas. ¡Joder! La botella se había roto. Sintió cómo se le cerraba la garganta, logró ponerse en pie fatigosamente y salió a la calle dando tumbos.

A la derecha, dos calles más allá y luego girar a la izquierda. Primera parada de autobús. Un anciano lo miraba. Intentó devolverle una mirada dura, pero no lo consiguió. Entonces llegó el autobús.

CAPÍTULO 5

París

La bibliotecaria de la sección C de la Bibliothèque Nationale de France, *Sciences et techniques*, advirtió que la mujer sostenía un bolso negro, muy parecido a uno que ella tenía, debajo del brazo. La mujer preguntó por un libro.

–¿*Philosophia Naturalis Principia Mathematica?*

–Sí, una versión en latín, gracias.

La bibliotecaria tecleó el título y el autor en el ordenador y miró a la mujer con curiosidad mientras le explicaba dónde podía encontrar el libro que buscaba. La mujer le dio las gracias con una inclinación de cabeza, atravesó la sala a largos pasos, subió las escaleras y desapareció por la izquierda, entre las estanterías. La bibliotecaria se echó ligeramente a la derecha para seguir a la mujer con la mirada. Había algo inquietante, algo cautivador en ella, como si fuera la protagonista de una novela que no se puede dejar. La mujer ya había encontrado la sección que le había indicado, sacó un libro de la estantería, volvió a meterlo en su sitio y, finalmente, sacó uno nuevo que se llevó hasta una de las mesas de estudio más cercanas. Encendió una lámpara. Se sentó de espaldas al mostrador e inclinó la cabeza sobre el libro. Parecía estar intensamente absorta en la lectura.

Un usuario se acercó a la bibliotecaria y le hizo una pregunta y ésta, de muy mala gana, se vio obligada a separar la mirada de la mujer.

Por eso no vio a la mujer cuando ésta puso un papel sobre el libro que acababa de sacar de la estantería. Tampoco advirtió que la mujer volvía a verificar el texto del papel, algo que ya había hecho al menos cinco veces durante la mañana (UNUFNJ-

PERLQRISPNJISFRTRAMSIBRKMNIBNKNS), ni vio a la mujer doblar el papel, abrir el bolso, introducirlo en un sobre grande de color marrón que ya contenía otras cosas, y cerrar el sobre con un clip de metal. Ni tampoco se dio cuenta de que la mujer sacó unos folios amarillentos de otro sobre y separó dos de los seis folios; ni la oyó pensar: «Si yo pierdo, él también perderá». Pero lo que sí vio fue a la mujer bajar las escaleras, cinco minutos más tarde, atravesar el control de seguridad con el bolso por encima del hombro y perderse por el pasillo. La bibliotecaria se había quedado, en cierto modo, desconcertada, y llegó incluso a sentirse estafada, como cuando uno está leyendo una novela interesante y de pronto descubre que alguien ha arrancado las últimas páginas del libro.

CAPÍTULO 6

Even respiró hondo y marcó el número.

Alguien descolgó el teléfono al tercer tono de llamada.

–Hola –dijo Finn-Erik.

–Soy yo –repuso Even–. Lo siento, de verdad, lo siento mucho. No cuelgues –dijo casi gritando, aunque enseguida oyó un lejano zumbido, el sonido de la nada–. ¡Mierda!

Colgó el teléfono con rabia y se pasó la mano por el pelo. Mierda. Sin darse cuenta, Even se llevó el tazón con el café frío al pecho mientras leía la carta manuscrita que había dejado sobre la mesa Dios sabe cuántas veces desde que ayer la sacó del buzón.

A todos mis seres queridos:

Os quiero muchísimo, y nunca creí que algún día os fuera a abandonar por voluntad propia. Sin embargo, teniendo en cuenta cómo se han desarrollado las cosas, mi corazón me dice que lo que ahora estoy a punto de hacer es lo único correcto. Para vosotros, y para mí misma.

La vida no es un sustraendo, no resta, ni tampoco sigue un patrón previsible hacia un punto final predeterminado. De hecho, nunca sabemos hacia dónde nos puede llevar, ni tampoco cuándo se acaba, salvo cuando tomamos la determinación de acabarla nosotros.

Eso es precisamente lo que yo he hecho. He elegido acabar con el caos que hay dentro de mí y el que me envuelve, antes de que haga mella en vosotros. Y eso significa que tengo que abandonaros. Aunque hacerlo me desgarre el alma.

Querido gran Stig, y tú, querida pequeña Line, debéis saber ambos que siempre estaréis en mi corazón, también allá adonde ahora iré. El sentimiento más fuerte, el amor, siempre te acompaña, también cuando te adentras en la muerte. Os llevo conmigo allá adonde voy.

No penséis mal de mí.

Mamá

Y tú, querido Finn-Erik.

La vida que he compartido contigo ha sido buena, a tu lado he pasado la mejor época de mi vida, hasta que mi corazón y la vida misma me traicionaron. Te amo, pero [aquí había una tachadura que no dejaba leer lo que había puesto inicialmente] se apoderó de mí sin que yo lo quisiera y todo se volvió demasiado complicado.

Me odio, no sabes cuánto.

Mai

El folio se desprendió de su mano y se escurrió por debajo de la mesa. De pronto, la taza de café se estrelló contra la pared, y le siguió el termo, el café se derramó sobre la mesa de la cocina y por todo el suelo. Even se dejó caer en una silla y escondió la cabeza entre las manos. Unos dolores fantasmales se habían afianzado en su cuerpo, como si hubiera perdido a un hermano siamés: la parte de sí mismo que era creativa, llena de energía, de ganas de vivir.

Una risa hueca se abrió camino por su garganta como una tos y se secó la saliva de las comisuras de los labios. ¡Ganas de vivir! Era absurdo pensar que Mai se las había quitado, porque ¿dónde estaban las suyas cuando más las necesitó? Diecinueve testigos. ¿¡Por qué nadie había intervenido!? «Me prometiste que nunca te irías... y yo prometí protegerte siempre, Mai. Protegerte contra el mundo, la policía, todo. ¿Recuerdas cuando nos echamos sobre los sacos, intentando recuperar el aliento después de haber corrido por la vida? Te pegaron, joder si te pegaron, esos cerdos. Fue por eso que yo...» Volvió a ver la nuca, la parte posterior de la cabeza, el pelo oscuro y corto, alisado por el casco; oyó el sonido desgarrador de una cáscara de huevo al romperse, y se frotó febrilmente la cara con las dos manos. «Estábamos allí echados, y yo retiré la sangre de tu labio. Y tú me rodeaste con tus brazos y me dijiste que nunca irías a ningún lado sin mí. Lo dijiste. ¿Lo recuerdas?» Even bajó la mirada al suelo. Sus ojos estaban hinchados y doloridos después de varios días sin dormir. «No, supongo que no lo recuerdas.»

Se inclinó sobre la carta.

–Volveré a intentarlo mañana, lo llamaré al trabajo –murmuró.

–Seguros Solvent –trinó una voz amable de mujer.

–Finn-Erik Thorsen, por favor –dijo Even.

Se produjo una breve pausa y luego volvió la misma voz.

–Lo siento. El señor Thorsen no estará en todo el día. ¿Quiere que le deje una nota, o le pido que le llame en cuanto vuelva?

–¿Estará de vuelta mañana? –preguntó Even–. No habrá sido hoy el entierro, ¿verdad?

Una vez más, la voz desapareció, para volver al poco rato, igualmente amable y dulce.

–Desgraciadamente, el señor Thorsen no estará de vuelta hasta la semana que viene. ¿Puedo pasarle con otra persona?

–Se trata del entierro –dijo Even, a la vez que se apretaba el tabique nasal con dos dedos–. Quería hablar con Finn-Erik de... –Ya no consiguió decir nada más. Se había quedado mudo como un idiota, con el puño metido en la boca.

La mujer le preguntó con quién estaba hablando, pero Even no conseguía hacer nada más que sacudir la cabeza y a punto estuvo de colgar cuando, de pronto, una voz de mujer madura se hizo cargo de la llamada.

–Bodil Munthe al habla. Soy colega de Finn-Erik. ¿En qué puedo ayudarle?

–Yo... Soy el ex marido de Mai-Brit. Quería saber... el funeral –consiguió al fin balbucear Even.

–El funeral será el miércoles. A las dos de la tarde. Finn-

Erik está en París para recoger el féretro. Volverá mañana. ¿Quieres que le pida que te llame?

–Sí, sí, por favor.

–¿Tiene tu número de teléfono?

–Creo que sí –murmuró Even, aunque, por si acaso, se lo dio a la mujer y luego colgó.

CAPÍTULO 7

Finn-Erik no llamó. Ni el martes ni el miércoles por la mañana. Even sacó el traje de su boda del armario, el único traje negro que tenía, y lo cepilló con el cepillo de lavar los platos. Lo planchó y luego sacó una camiseta blanca limpia y una camisa a cuadros que en el armario casi se había vuelto blanca, se colocó delante del espejo y le preguntó a Mai si estaba aceptable.

Echó un último vistazo de reojo al papel que había sobre la mesa antes de salir y girar la llave. Se quedó un instante con la mano apoyada en el pomo de la puerta, mirando hacia la calle. Era un barrio tranquilo, con poco tráfico y vecinos que no se metían en la vida de nadie. Se saludaba con un par de vecinos. En cambio, Mai, cuando vivía allí, solía tomar el café con la señora tal y con la viuda cual. Le habían contado que vivía un pastelero en la casa de la derecha, que cada mañana se iba a la calle de Bogstad, donde se encontraba la pastelería en la que trabajaba. En la casa de la izquierda vivía un fontanero prejubilado con artritis. Su mujer había trabajado de peluquera en algún salón de la plaza de Young, hasta que le empezaron a salir sarpullidos en los brazos.

Even echó una mirada a las casas adosadas, no sabía si los vecinos seguían viviendo allí. No había sabido nada de nadie durante los últimos cinco años. Y seis meses. Y... veintidós días. Miró sus zapatos. ¿Dónde sería finalmente el funeral...? Giró la llave y entró a por la esquela que había arrancado del periódico: «El funeral se celebrará en la capilla del cementerio del Norte. Miércoles, 28 de marzo de 2005. A las dos de la tarde. Las exequias finalizarán en la capilla».

Cuando Even volvió a salir a la calle, empezó a caer aguanieve. Gruñó, irritado, volvió a entrar a por el paraguas y perdió el autobús.

La capilla estaba llena a rebosar de gente. El órgano interpretaba suavemente una melodía en tono menor desde lo más profundo del mar de asistentes al funeral. Even murmuró un «disculpe» y se abrió paso entre los colegas de Mai, compañeros de profesión, amigos, familiares, clientes, vecinos, curiosos, ¿qué sabía él? Se adentró hasta divisar el féretro, y las coronas, y los miles de flores. Se detuvo. El ataúd era de lo más común, blanco, con asas doradas y un borde amarillo en la tapa. Le resultaba imposible imaginarse a Mai allí. Allí no. Mai no. ¡Ella no, maldita sea!

Quería dar media vuelta y volver por donde había venido, pero en ese mismo instante Finn-Erik se dio la vuelta y lo vio. Estaba sentado en el primer banco, junto a los niños y un señor mayor. El señor mayor había bajado la cabeza, dejando apenas visible su pelo cano. Finn-Erik le hizo una señal con la mano. Even sacudió la cabeza, pero Finn-Erik insistió y Even avanzó por el pasillo central, dejando tiempo a la gente para que se apartase, y estrechó la mano que Finn-Erik le ofrecía.

–Mis condolencias –dijo, evitando mirar a los niños.

El señor mayor levantó la cabeza.

–Even –dijo.

–Suegro –dijo Even, sintiéndose un imbécil.

Miró a Finn-Erik excusándose con la mirada. No había acudido allí para montar el numerito. Finn-Erik le indicó con la mano que había sitio para él en el banco y Even se sentó.

La ceremonia fue preciosa, pensó Even más tarde. Preciosa. Una palabra que no solía utilizar nunca. Ahora, por fin, la palabra había encontrado dónde aplicarse. Un precioso funeral. Cantaron un salmo, el número 667 (factores de números primos 23 y 29). El pastor habló. Una prima, cuyo nombre Even ya no recordaba, leyó un poema. Odin Hjelm, de la editorial, dijo unas palabras. Una antigua amiga de los tiempos de Ten Sing cantó. Lo hizo muy bien. Kitty. Even la recordaba. Todavía tenía el pelo rojo. Seguía llevando pendientes de perlas en las orejas. Todavía tenía una voz condenadamente buena. Relajada. Siempre había sido ella quien se había puesto delante de las cámaras y los periodistas cuando el coro tenía un concierto. Todavía tenía aquellos pechos increíblemente bonitos detrás de la blusa oscura que tanto la favorecía.

Después, Even había ocupado un puesto en la puerta de la capilla, junto a Finn-Erik y los niños, junto al padre de Mai-Brit, dio la mano a la gente, recibió miradas lacrimosas y, muchas otras, disgustadas. Muchos que lo recordaban demasiado bien, pensó, mientras recibía el pésame de la gente y notaba cómo crecía la mala conciencia en su interior hasta convertirse en jaqueca. De haber llevado la petaca habría echado un trago.

Finalmente, la capilla empezó a vaciarse y al final sólo quedaron él, Finn-Erik y el pastor en la puerta. El padre de Mai y los niños iban hacia el coche. El pastor estrechó las manos de Finn-Erik y Even y se fue. Ellos se quedaron. Finn-Erik empezó a moverse intranquilo, quería marcharse.

–De verdad que lo siento –dijo Even–. Estaba borracho.

–No hablemos más de ello –resopló Finn-Erik.

–¿Qué te dijeron en París?

–¿Qué quieres decir? –dijo Finn-Erik, mirando a Even extrañado.

–¿Qué dijo la policía? ¿Qué creían que había pasado?

–Dijeron que... –Finn-Erik vaciló un momento y miró hacia el aparcamiento donde los niños estaban metiéndose en el Datsun–. Dijeron que Mai había escrito la carta de despedida en la habitación del hotel. Que había dejado la llave en recepción antes de irse. –Elevó el tono de voz–. Dijeron que había llegado al café a pie, que se había pegado un tiro con una pistola delante de veinte testigos. –Finn-Erik miró fijamente a Even–. ¿Qué diablos crees que dijeron?

–Hay algo que no concuerda –dijo Even, a punto de apoyar la mano en el hombro de Finn-Erik, aunque desistió en el último momento–. Mai quería mucho a los niños, estaba bien contigo, mejor de lo que nunca estuvo conmigo. ¿Qué podría, de pronto, llevarla a abandonarlo todo? Incluso había conseguido un trabajo que le encantaba, hecho a su medida.

–Es cierto –dijo Finn-Erik intentando sonreír–. Estaba hecho a su medida. La editorial Phönix prácticamente creó un departamento a su medida cuando la contrataron. Le dieron todo lo que les pidió, porque de no ser así, jamás habría aceptado el trabajo.

–Oh –dijo Even–. No lo sabía. –En realidad, había oído rumores, pero dejó que Finn-Erik creyera que sabía más que él.

–Pues sí. Estuvo encerrada en casa dos días enteros, haciendo la descripción de su puesto de trabajo, poniendo por escrito sus exigencias a la editorial. El público objetivo, temáticas, colecciones, horarios, cursos, contacto con los colegas.

–Oh –repitió Even.

Finn-Erik se calló.

–Había demasiadas cosas buenas en su vida –dijo Even–. Quiero decir, demasiadas cosas buenas para que la carta me convenza. ¿Quién diablos iba a apoderarse de ella y sus sentimientos, y llevar tanto caos a su vida, como para que no quisiera seguir viviendo? ¡Y encima, Mai! ¡Por Dios! Si era la persona más sensata y sólida que puedas... –Even cerró la boca, sabía que tenía que ir con cuidado. Al fin y al cabo, cinco años era mucho tiempo. La gente puede cambiar. Cambió rápidamente el enfoque–. Firma como Mai. ¿Tú alguna vez la oíste llamarse así a sí misma? ¿Alguna vez la llamaste tú por ese nombre? ¿O los niños? Tú mismo te diste cuenta y me enviaste...

Había aparecido un destello de severidad en los ojos de Finn-Erik.

–No me escribió a mí –se apresuró a decir Even–. Os escribió a vosotros. Pero quería que yo viera la carta. Por eso firmó como Mai. Soy la única persona que alguna vez la llamó así. Y por eso escribió una frase estúpida dirigida a mí. ¿Por qué demonios, si no, iba a escribir «sustraendo»? ¿No te das cuenta de que se trata de una maldita broma? No se puede utilizar la palabra de esa forma. Y la verdad es que nadie se dedica a hacer bromas cuando escribe una... una carta como ésa.

Even soltó el brazo de Finn-Erik que había agarrado sin darse cuenta y se disculpó.

Finn-Erik paseó la vista por el cementerio. Los dos se habían quedado en silencio. Alguien tocó el claxon desde la calle. Los niños agitaban los brazos, saludando. El suegro había puesto en marcha el motor para calentar el coche.

–¿Qué piensas hacer? –preguntó Finn-Erik.

–No lo sé. Descubrir a quién conocía ella en París, quién puede ser ese ladrón de corazones.

–¿Te vas a París? –Finn-Erik levantó la vista sorprendido.

–He pedido un permiso. De medio año. Es decir... –Even sonrió–. Todavía no han respondido a mi solicitud, pero supongo que no se atreverán a negármelo. Si lo hacen, me iré.

Finn-Erik se le quedó mirando a la cara un buen rato. Even volvió la mirada hacia la capilla; pensó en que, sin duda, a Mai le habría interesado el viejo edificio.

–Realmente la amabas –dijo entonces Finn-Erik quedamente.

Even alzó los brazos en un gesto de abatimiento.

–Te daré un poder –dijo Finn-Erik–. No creo que la policía quiera hablar contigo sin él. También puedo llamarles, para avisarles de que vas a ir. ¿Cuándo te vas?

–Mañana –dijo Even.

CAPÍTULO 8

–Mañana –dijo el recepcionista–. Raffaela estará aquí mañana, a partir de las once. Le toca la planta en la que se hospeda usted, *monsieur.* Es la misma camarera que trabajó el 22 de marzo. Raffaela Lorenzo.

Even dio las gracias y colgó. Se echó encima de la cama y miró al techo. Lorenzo. ¿Sería española? Agarró la toalla y se secó la nuca una vez más, estaba desnudo, secándose al aire después de un baño caliente.

Mañana a las diez tocaba la policía. Había llamado previamente a la central de policía de Île de la Cité en cuanto llegó al hotel y había acordado una cita. Con el inspector Bonjove. No Bon Jovi, sino Bonjove. Se estiró en busca del mando a distancia, zapeó sin demasiado interés entre un sinfín de canales, y encontró una presentadora francesa que anunciaba un programa que se emitiría después de las noticias. Sobre el premio Nobel de física del año pasado. Even no lo conocía. Un americano. Como siempre. ¿Por qué no concedían un premio Nobel de matemáticas? Entonces él...

Sacó un par de botellas del minibar, descorchó una y apretó el corcho entre los dedos hasta dejarlo plano. El presentador de las noticias hablaba de una bronca que se había producido en la Comisión Europea debido a la distribución de unas ayudas, y Even bajó el sonido.

¿Qué debía hacer... o, mejor dicho, qué podía hacer? ¿Acaso no era engañarse a sí mismo creer que todavía le quedaba mucho recorrido en el campo de las matemáticas? Durante cinco años y medio todo había estado parado, eso era un hecho incontrovertible. Durante cinco años, sus progresos en la investigación que llevaba a cabo acerca de la función de la zeta y de los números primos gemelos habían sido homologables a los de una tortuga bailando la polca. Un chiste.

Y ahora...

Estaba echado en la cama, mirando la pared. Mirando a través de la pintura amarilla, las planchas de yeso y el aislamiento. Mirando el interior de la otra habitación, en la que Mai había estado hospedada hacía una semana. La vio sentada al escritorio, con papel y pluma, escribiendo muy lentamente, mirando hacia la pared, mirando hacia el futuro, que no existía. Pensando.

«Mañana. Mañana moriré.»

¿Habría pensado así? ¿Habría pensado como Galois: «¿Qué me queda por hacer, qué debo anotar antes de morir? ¿Qué debo contarles a los que se quedan?».

La leyenda de Évariste Galois –se había convertido en un mito entre los matemáticos; les gustaba verse como los Últimos Caballeros de la Verdad– estaba construida alrededor de estas simples palabras: moriré mañana. ¿Qué debo dejar a la posteridad? A Even le gustaba la historia del joven Galois, un rebelde genio francés de las matemáticas que vivió en tiempos de Napoleón. Una noche, por culpa de su temperamento y su propensión a las broncas y a las mujeres, se encontró en la lamentable situación de tener que batirse en duelo a la mañana siguiente con uno de los mejores tiradores de pistola de Francia. Un encuentro que equivalía a la muerte. La suya.

La noche anterior al duelo Galois se puso a escribir su vida a través de todas las ideas, teorías y enigmas matemáticos a los que creía haber encontrado una solución. No fueron pocos, desde luego, sobre todo teniendo en cuenta su juventud (fue realmente un genio y tenía veintidós años cuando le retaron a duelo). Toda aquella noche, Évariste estuvo sumido en un febril arrebato agónico, anotando números, ecuaciones, definiciones, llenando un folio detrás de otro. Finalmente, los juntó todos en un rollo que ató con una cinta roja y adjuntó una carta a un amigo al que pidió que enviase las notas a los matemáticos más importantes de Europa.

Una vez hecho esto, se vistió con su mejor traje, se anudó el fular alrededor del cuello y se recogió el pelo en un nudo sobre la cabeza. Con la primera luz del alba se dirigió a un lugar a las afueras de la ciudad, un campo a orillas de un río, y saludó a su contendiente. Éste iba secundado por sus dos ayudantes. Évariste Galois optó por acudir solo. Mientras la neblina de la mañana todavía flotaba sobre las aguas del río, les fueron entregadas las pistolas. Los ayudantes comprobaron que las pistolas estuvieran cargadas y los duelistas se colocaron espalda contra espalda. Olía a tierra húmeda desde el prado, y una gallineta de agua graznó desde el cañaveral al sur del prado. Su llamada sonó como un agudo goteo. Uno de los ayudantes contó en voz alta al compás del goteo de la gallineta de agua, mientras los duelistas avanzaban veinticinco pasos, cada uno en su dirección. Entonces se volvieron, apuntaron y dispararon. Uno de ellos se desplomó con una bala en el abdomen. Un joven, una estrella rutilante de las matemáticas, quedó tendido en el suelo, solo y agonizante, mientras el sol de mayo ascendía lentamente sobre el prado. El contendiente y sus dos ayudantes recogieron las pistolas, abandonaron el lugar sin pronunciar una palabra y se fueron a París, abandonándolo a sí mismo y a la muerte.

Con el tiempo se había ido haciendo más difícil dilucidar cuánto había de fantasía y cuánto de realidad en la historia. ¿Y qué más daba? La historia, la leyenda, decía algo de la fascinación inherente al mundo de los números. ¿Qué persona normal dedicaría sus últimas horas de vida a los números y las ecuaciones? ¿Se recluiría a solas, papel y pluma en mano, en lugar de reunirse con las personas amadas, con la familia necesitada de consuelo y los amigos que le hubieran podido dar esperanzas?

En una ocasión, en sus años mozos, Even había descrito el poder de los números como un encantamiento, algo de lo que podría escapar en cuanto quisiera, o al menos en cuanto conociera a la princesa ideal. No sabía si había sido un ingenuo o demasiado astuto. Cuando conoció a la princesa, la mujer incontestablemente ideal, ella no rompió el hechizo. Sobre todo porque él nunca le había dado la oportunidad de hacerlo, no lo deseaba. En cambio, la convirtió en una herramienta de su mundo, un elemento con el que mejorar sus posibilidades en el universo mágico de los números. Se volvió imprescindible para él.

Sin embargo, ella había descubierto sus intenciones, y lo había abandonado. Aunque le prometió que...

Tenía que preguntárselo a sí mismo: ¿había cumplido con su parte del acuerdo? ¿La había protegido? ¿Había estado dispuesto a crear una complicidad, un universo común despojado de secretos?

No, lo último desde luego que no. Por la simple razón de que era imposible. ¡Si le hubiera hablado de la podredumbre, el recelo, las batallas, la sangre...! Ella se habría ido. Sin duda, ¿quién no lo hubiera hecho? Y si no se hubiera ido, se habría quedado por compasión. ¡Él no necesitaba de su compasión, maldita sea!

Lanzó la última botella en dirección a la papelera, falló el tiro por medio metro y estrelló el puño contra la pared con todas sus fuerzas. ¿Qué era lo que la había atrapado la semana pasada, qué era lo que la llevó a elegir la muerte y así alejarse de los seres queridos?

Even se movió en la cama y profirió un gemido. Se frotó los ojos y se pasó la mano por la cara, notó cómo le picaba la barba. Consideró el tiempo que tarda un músculo en reaccionar a una descarga eléctrica, la posibilidad de estrellar la cabeza contra la pared hasta que el cerebro se apagara. Ya no le quedaban fuerzas para pensar. Miró hacia el reloj del televisor: las 20.47. Más números primos. Hora de números primos. Un tiempo para la locura. Dirigió la mirada al techo, esperando que pasara. El tiempo. Decidió bajar a la calle y buscar algún sitio donde cenar algo. Y beber.

Cuando estaba saliendo de la habitación, se metió la carta de Mai en el bolsillo para leerla por última vez antes de acostarse, leerla por ahí, en la ciudad donde había sido escrita.

CAPÍTULO 9

–*It was here* –dijo el inspector Bonjove, señalando con un dedo con la manicura hecha.

Era un hombre joven, tal vez de unos treinta y cinco años, vestido impecablemente con un traje hecho a medida y una autoridad innata. Habían convenido que hablarían en inglés, pero Even no tardó en arrepentirse, pues el hombre tenía un acento tan marcado que hubiera sido preferible dejarle hablar en francés directamente, evitando los vocablos ingleses. El inspector se detuvo y volvió a señalar con su dedo.

–Se sentó debajo del parasol. La bala se introdujo en la pared, al lado de la ventana. Pidió un capuchino, que se derramó por... –Agitó los brazos, buscando la palabra en inglés hasta que, poniendo mucho énfasis, señaló las bastas losas de cemento con la punta del pie– cuando se desplomó, y arrastró la mesa en la caída.

El café se encontraba en una calle lateral cerca del Sena. Ahora, en primavera, cuando la nieve de las montañas del sureste se había derretido, el nivel del agua era tan alto que se vislumbraban los techos de los alargados barcos turísticos que seguían navegando por sus aguas, incluso en un día desapacible del mes de marzo como aquél. El café se extendía por una pequeña plaza y por la acera para captar a los transeúntes. Ahora mismo sólo estaban ocupadas un par de las mesas de la terraza. Even había metido las manos en los bolsillos de sus chinos, estaba temblando. Mai había llegado por la acera, a pasos largos, como de costumbre, con ese andar tan peculiar que le daba un aire aniñado y encantador; había mirado a su alrededor; había asentido, decidió que ése sería el café: aquí se tomaría su última taza de café. Even se frotó la nuca. ¿Qué la llevó a decidirse por éste, precisamente?

–¿Murió al instante? –preguntó.

–La bala atravesó la cabeza oblicuamente y salió por la parte posterior.

El inspector posó tres dedos sobre su pelo negro y brillante de gel para mostrarle exactamente por dónde. El cerebelo, pensó Even. La médula espinal. Cortó el sistema nervioso central.

–¿Le hicieron la autopsia?

El inspector miró a Even.

–¿Para qué?

–A lo mejor comió o bebió algo que la hizo reaccionar de forma irracional. Pastillas. Drogas.

Bonjove vaciló un instante antes de encogerse de hombros y bajar las comisuras de los labios en una mueca muy francesa, como diciendo: ¿Y qué? Estaba muerta. Se pegó un tiro ella misma. No había duda. Si la causa habían sido las penas de amor o la cocaína, no era asunto de la policía. Ellos consideraban el caso como cerrado. Aunque...

–¿Llegaron a iniciarla? –preguntó Even, dándole continuación a sus pensamientos.

–*Pardon?* –El inspector no sabía de qué le estaba hablando Even.

–La investigación. Si usted y sus hombres consideraron alguna vez el caso como algo digno de investigar. Quiero decir, investigar de verdad.

El inspector retiró una silla y se sentó. Un hombre ya mayor con mostacho y barriga colgantes se acercó a ellos resoplando.

–Ah, *inspecteur*. Ha vuelto. ¿No podía seguir viviendo sin mi calvados?

Bonjove le presentó al propietario del *bistrot* a Even. El mostacho colgante le dio el pésame, a la vez condolido y curioso. «Parece una morsa», pensó Even al recibir una jovial palmada en el hombro. El hombre se fue a por los dos calvados que el inspector le había pedido sin antes consultárselo a Even.

–Hay cientos de suicidios en París cada año –dijo Bonjove, dirigiendo la mirada al tráfico de la calle, el sempiterno torrente de coches, bicicletas y motos, incluso allí, en una estrecha calle secundaria–. Sólo en los *arrondissements* de la orilla izquierda hubo más de cincuenta el año pasado. Es limitado el tiempo que podemos invertir, aunque...

–En este caso, no se trata de un suicidio al uso –le interrumpió Even–. Ni siquiera para los estándares parisinos.

–Es cierto, tiene razón. Como estaba a punto de decirle, no se trata de un suicidio común. –El inspector Bonjove miró fijamente a Even–. Usted es su ex marido, ¿verdad?

Even asintió con la cabeza.

–¿Por qué ha venido? ¿Qué está buscando?

El mostacho de morsa llegó con las copas y Bonjove insistió en que Even probara el calvados antes de responder. El fuerte sabor a manzana se posó en su lengua, se deslizó cuello abajo, para luego abrirse camino, ardiente y plácido, hasta el estómago. Even asintió y vio por el resquicio de la puerta corredera que la Morsa sonreía satisfecho. Se sacó la carta del bolsillo, la desdobló y la dejó sobre la mesa.

–Mai escribió una carta –dijo–. Una carta de despedida a su marido y a los niños. Pero también se dirige a mí. A mí, que desaparecí de su vida hace cinco años y medio.

Bonjove tamborileó sobre la carta con la uña pulida del dedo índice.

–Pero su nombre no...

–No, pero lo sé porque firmó de manera que incluso el marido comprendió que se trataba de un mensaje para mí. Con un nombre por el que sólo yo la llamaba. Además, utilizó una palabra mía, una que yo... –Even levantó la vista hacia el parasol plegado–. Soy profesor en matemáticas. Mai solía decir que sólo tengo números en la cabeza. Ella es... era historiadora, era doctora en... –Even se interrumpió de nuevo y señaló irritado la carta–. Es una palabra que un suicida no utilizaría en su carta de despedida. Por eso sé que me escribía a mí, que quería decirme algo. Por qué, sino, iba a... ¡Maldita sea! Nadie se pone a pensar en términos matemáticos cuando les dice adiós, por última vez, a sus hijos.

Even se echó el resto del calvados a la garganta, tosió y se reclinó hacia atrás, con una mirada encolerizada, dirigida a la ciudad. ¡Maldito París! Parpadeó, irritado.

–¿Sería tan amable de traducirme la carta entera? Cuando encontramos la carta en la habitación del hotel fue traducida con prisas por una de las recepcionistas que dijo que había vivido en Dinamarca.

–Es noruego –dijo Even–. Noruega no es Dinamarca.

–Lo sé –dijo Bonjove–. Pero hicimos lo que pudimos entonces. Y lo que ella tradujo no nos hizo suponer que la carta pudiera revelarnos nada, más allá de lo que suele escribirse en este tipo de cartas.

Even asintió y tradujo la carta palabra por palabra, esforzándose por buscar las palabras en inglés que mejor se ajustasen a las originales.

–¿Sustraendo? –preguntó el inspector.

–Un término matemático que representa el número que se sustrae...

–De acuerdo, de acuerdo. –Bonjove agitó la mano en un gesto de rechazo, como si Even le estuviera contando algo embarazosamente íntimo–. ¿Y qué cree que Mai-Brit Fossen quería decirle en la carta?

Even titubeó.

–No lo sé. No lo tengo... –Even se había quedado en blanco.

El inspector hizo un gesto de resignación.

–No, eso es. No pone nada que no suela aparecer en este tipo de cartas. Si realmente tiene razón al decir que la carta también estaba dirigida a usted, quiere decir que también se despedía de usted. Y en ese caso debo preguntarle: ¿cuándo la vio por última vez? ¿Todavía mantenía relaciones con ella después de que ella se casara con el hombre que se hizo cargo del féretro? –El inspector se giró agitando un billete en el aire en dirección a la cocina.

Even se quedó pasmado. Notó cómo la ira empezaba a brotar como un picor en el cuero cabelludo y bufó:

–Mai nunca fue así. Ella jamás...

El inspector le interrumpió:

–Pero usted sí, ¿verdad? Usted estaba tan enamorado como siempre. Ha viajado hasta París para ver el lugar donde se mató. Para buscar una aguja en un pajar, una miserable prueba, por pequeña que sea, de que tal vez ella también pensó en usted al poner el dedo en el gatillo.

El propietario del *bistrot* se acercó y cogió el billete, dejó el cambio en un platillo. Se detuvo en la mesa vecina e inició una limpieza innecesariamente concienzuda de la encimera de la misma.

Even se había levantado y señalaba al inspector con un dedo.

–Miente –dijo entre dientes–. Hace como si el asunto no le interesara y, sin embargo, dedica una hora de su valioso tiempo a alguien del que piensa que sólo está aquí por culpa de unos sentimientos patéticos y anticuados.

Una joven pareja los miraba con una curiosidad manifiesta mientras cuchicheaban. Even se sentó lentamente, como si el asiento pudiera quemarle.

–Creo que sé lo que le atormenta, inspector. Porque usted, a pesar de lo que dice, ha querido verme, porque sigue pensando en ese suicidio.

Bonjove chasqueó los dedos hacia la Morsa y le pidió que se fuera a otro lado con sus grandes orejas. Éste dio un par de golpes limpiadores con el paño de cocina sobre la mesa antes de girarse con un gruñido ofendido.

–Dígame –dijo el inspector y se sacó un paquete de Gauloises del bolsillo.

Cogió un cigarrillo y le ofreció el paquete a Even, que sacudió la cabeza, aunque al instante se arrepintió.

–Con una condición. –Even miró el palito de tabaco que de pronto tenía en la mano y lo cogió entre tres dedos, como si fuera a romperlo–. Que me cuente lo que ha descubierto hasta ahora.

–¿Descubierto hasta ahora? –El inspector levantó los hombros–. Ya le he dicho que éste es un caso no-caso. No estamos investigando ningún crimen, no tenemos nada que investigar. Por tanto, no tengo nada que contarle.

–Pero habrán interrogado a los testigos del suicidio. Y al personal del hotel en el que estuvo hospedada, ¿no es cierto? Entonces podrá contarme lo que sacó en claro de los interrogatorios.

–*Rien. Nothing*–dijo el inspector, abriendo los brazos–. Nada. Los testigos de este café no fueron capaces de decir nada con un mínimo de coherencia, ni siquiera fueron capaces de ponerse de acuerdo en la ropa que llevaba la mujer al pasar por su lado. A pesar de que estuvo tendida en el suelo a unos pocos metros de ellos, el disparo y la sangre les resultó tan chocante que incluso los detalles más nimios se confundieron. Un testigo llegó a afirmar que la difunta llevaba un chubasquero, a pesar de que el sol brillaba.

–¿A qué hora del día pasó?

–Eran las 17.47, cuando el policía que estaba de guardia recibió el aviso y, por lo tanto, debió de ser uno o dos minutos antes. ¿Por qué lo pregunta?

–No lo sé...

–¿Qué es lo que cree que me preocupa? –preguntó el inspector Bonjove al ver que Even no seguía. Se echó hacia delante y encendió un mechero–. ¿Cuál cree usted que es la razón por la que me molesto en escucharle?

–La pistola –dijo Even y se inclinó hacia delante para que le diera fuego el inspector. Aspiró profundamente y notó unos pinchazos en todo el cuerpo–. O el revólver, o lo que fuera. Me imagino que usted se preguntará por qué una mujer como Mai optaría por pegarse un tiro. Desde un punto de vista estadístico no sería el método que utilizaría una mujer de cuarenta años con estudios universitarios que quisiera suicidarse. ¿Y de dónde sacó el arma? ¿La trajo de Noruega? Es poco probable. Sabe que llegó en avión y, por lo tanto, si confiamos en los controles de los aeropuertos, es poco probable. Ya hacía tiempo que estaba planeando el suicidio. Su marido me contó que llevaba tres días en París. No, sin duda consiguió el arma en Francia, en París, tal vez incluso en este mismo *arrondissement*. Eso requiere tener contactos en ambientes que podríamos llamar «dudosos». Pero ¿por qué malgastar el tiempo intentando conseguir un arma, cuando podía comprar un cuchillo de cocina en cualquier sitio y cortarse las venas en la ducha? ¿O haberse traído somníferos de casa? –Even se recostó en la silla–. Eso es lo que creo que le atormenta, inspector.

–A lo mejor le gustaban las armas de fuego. A lo mejor pensó que era lo más seguro y rápido. –Bonjove agitó la mano haciendo que el cigarrillo desprendiera aros de humo azulado–. Los suicidas son egoístas en el momento del acto. No piensan en nadie más que en sí mismos. No quieren sentir dolor, no quieren sufrir en el camino hacia el reino de la muerte. Y una vez han tomado la decisión, quieren estar seguros de que realmente van a morir. A poder ser con una *sortie* algo dramática, algo que dejar a la posteridad.

–Mai no era así, no tenía ninguna necesidad de sentirse el centro de nada... –Even se detuvo con cierta inseguridad. Habían pasado un puñado de años... No, Mai no, ella no podía haber cambiado tanto en un punto tan trascendental, por mucho tiempo que hubiera pasado–. Odiaba las armas, era pacifista hasta la médula. En su juventud aprovechó todas las ocasiones que tuvo para manifestarse contra las guerras y todo lo que tuviera que ver con las armas. En todos los años que estuve con ella jamás sostuvo un arma de fuego en sus manos. Alguien debió de enseñarle cómo cargarla. Porque supongo que no estuvo aquí manoseando un arma sin que nadie interviniera ni dijera nada. ¿O acaso hubo un alma piadosa que la ayudó a quitar el seguro?

El inspector Bonjove hizo caso omiso del sarcasmo, y se quedó un rato sumido en sus pensamientos antes de volver a fijar la mirada en Even.

–A lo mejor no la conocía tan bien como creía.

–¿A qué se refiere?

–O tal vez sí la conozca bien, pero no quiera admitirlo. –El inspector se llevó la mano al bolsillo y sacó algo que mantuvo oculto–. Antes me preguntó si estaba bajo los efectos de alguna droga. Esto es lo que encontramos entre su equipaje. –Arrojó una bolsita transparente que contenía un polvo blanco sobre la mesa, que finalmente aterrizó al lado de la copa de Even–. ¿Era usted su camello? ¿Es por eso que tiene tanto interés por lo que le ocurrió a Mai-Brit Fossen?

CAPÍTULO 10

«Hay que trabajar con el futuro, estudiarlo en detalle, convertirlo en historia», pensó al adentrarse en Hyde Park. Londres mostraba su rostro habitual, gris y algo ventoso, aunque seco. Mai-Brit abandonó el sendero, cruzó el césped, y oyó cómo las ramitas secas crujían bajo sus pies. Una ardilla trepó por un árbol, y al pasar Mai-Brit por su lado, asomó la cabecita por detrás del tronco con unos ojos redondos y negros. Entre los árboles avistó Serpentine, el lago rectangular que hizo construir la reina Carolina diez años antes del nacimiento de Newton.

La historia es viva y cambiante, no es una imagen anquilosada e inamovible del pasado, tal como parecen creer muchos. El pasado siempre tiene algo nuevo que ofrecer, siempre y cuando se cambie el punto de vista. Encontró un banco libre y paseó la vista por el parque, sonriente y pensativa, mientras se comía los restos de una *muffin* de arándanos.

Era la incertidumbre, el hecho de que nunca supieras del todo qué nuevos aspectos de un viejo asunto podían aparecer en un archivo desconocido, en cartas olvidadas o en nuevos yacimientos arqueológicos lo que la había llevado a elegir la historia como profesión. La vida era demasiado corta para dedicarla a la rigidez, a todo aquello que se convertía en estatuas de sal por culpa de viejos prejuicios y frases trasnochadas.

Se limpió los dedos a lametazos y abrió su maleta de trabajo, lo que otros llamaban maletín[1] (nunca le había gustado ese nombre por lo que tenía de carga negativa, pues su relación con el trabajo siempre había estado marcada por el placer,

1. Juego de palabras en noruego. Al maletín se le llama *stresskuffert,* que traducido literalmente sería «maleta de estrés». *(N. de la T.)*

priorizándolo, cuando podía, por encima de todo; los niños y la familia primero, luego el trabajo). Ésa fue una de las exigencias que puso a la editorial Phönix y a Odin Hjelm: que no trabajaría más de lo que la familia le permitiera, y eso sólo lo podían decidir ella y la familia. No el director de una editorial, ni una fecha límite. Sus exigencias habían contribuido a convertir el trabajo en lo mejor que le había pasado, al menos en el ámbito profesional. Sencillamente, lo amaba, cada día iba al trabajo ilusionada, presta a emprender nuevos proyectos y enormemente entusiasmada por el futuro que la aguardaba.

Un perro se le acercó moviendo la cola y le olió los pies con cautela. Ella le sonrió, se inclinó hacia delante para acariciarlo, pero el perro se retiró y desapareció pegado a los talones de un joven que pasó corriendo al son de una melodía *heavy* que escuchaba a través de unos auriculares. Mai-Brit le auguró una temprana reducción de la capacidad auditiva.

De uno de los bolsillos de la cartera extrajo un bloc de notas negro y rojo. *Libro de trabajo para el proyecto Newton,* ponía en la portada. Sacó un bolígrafo de la cartera, abrió el bloc y escribió:

> 14 de abril de 2004–. Estoy en Londres (con motivo de la serie Daniel Defoe) y he dedicado medio día a visitar The Newton Project en el Imperial College y luego en la Royal Society. Me dieron una relación de los archivos y las colecciones donde me pueden ofrecer ayuda. También he comprado un par de libros en una librería de viejo que me recomendó Simon LaTour, un tío con el que coincidí en un acto social de Next Book Press, ayer por la noche.

Llevaba un diario de las ideas que iba teniendo, sólo para poder hacer una composición general. Puesto que a menudo era la responsable de entre cinco y diez proyectos a la vez, era fácil que se olvidase de detalles importantes o perdiese de vista la perspectiva inicial. Entonces era bueno poder retroceder y leer viejas anotaciones, por ejemplo, de cuando el proyecto lo componían apenas unas ideas vagas. Inconscientemente, pasó las hojas hasta llegar a la primera página y leyó:

5 de abril de 2004, Oslo–. Mantuve una conversación con Odin Hjelm la semana pasada. Me propuso hacer un libro sobre Isaac Newton. No sobre sus obras cumbre en los campos de las matemáticas y la física, sino sobre sus secretos. Odin ha leído en una biografía que hay bastante «material muy fuerte» al que hincarle el diente, y me dio un par de ejemplos. Ahora llevo una semana dándole vueltas, averiguando qué publicaciones han salido sobre Newton en los últimos años, sobre todo en el mercado inglés y voy encontrando la idea cada vez más interesante. Parece ser que hay un punto de vista que no ha sido explorado todavía. De todos modos, no es tan claro como Odin cree.

La siguiente anotación databa de tres días más tarde:

8 de abril de 2004, Oslo–. He hablado con el profesor Thompson por teléfono y me ha dado algunos consejos. No le conté cuál era la idea originaria del proyecto, sólo le dije que se trataba de un libro sobre Newton en el que voy a trabajar. Tendré que ir a Londres la semana que viene para hacer algunas visitas a editoriales, y dedicaré parte del tiempo a hacer algunas averiguaciones. Tengo buenas sensaciones sobre el proyecto Newton.

Cerró el libro, se inclinó y sonrió al ver dos pajaritos que buscaban migas de *muffin* que hubieran podido caer entre la hierba. Las buenas sensaciones seguían vivas.

CAPÍTULO 11

–Mai nunca... –Even miró fijamente la bolsita con el polvo blanco. Agarró la copa y se la llevaba a la boca cuando de pronto recordó que estaba vacía–. Odiaba las drogas. ¡Si ni siquiera fumaba, maldita sea! Nunca tocaba el alcohol, sólo el vino. Ella odiaba todo lo que pudiera...

Even dejó la copa sobre la mesa y se secó la saliva de los labios. Su cabeza se sumió en el silencio, todo a su alrededor era quietud. La ciudad se había vuelto blanca y negra, muda.

–¿Todo lo que pudiera...? –El inspector Bonjove cogió la bolsita y se la metió en el bolsillo sin soltar a Even con la mirada.

–Todo lo que pudiera... –Even no lograba alejar la mirada del bolsillo del inspector–. Todo lo que pudiera estropear su cerebro, solía decir. Cosas que pudieran aturdirla o que le hicieran perder el control. Era una *freak* del control, al menos cuando se trataba de este tipo de cosas.

Even se hundió en el asiento, y se quedó mirando al vacío, sin ver nada. Poco a poco, los sonidos de la ciudad fueron acoplándose, parpadeó, y descubrió los colores de una camioneta, recordó que había más gente en el mundo, que estaban sentados en medio de París.

Las mesas con los manteles a cuadros rojos y blancos cubrían la plaza en filas que daban a la calle, y el inspector y Even ocupaban la mesa que estaba más cerca de la puerta abierta. Al otro lado de las ventanas había más mesas y una barra larga. Mai había elegido la mesa que estaba situada en el centro. Como si quisiera que la viera cuanta más gente mejor. ¿O era la única mesa que quedaba libre? Un camarero pasó por su lado con dos platos en las manos. El olor a ajo y a baguettes recién hechas rozó a Even. Se tocó la nariz.

–¿Había, quiero decir, había rastro de que hubiera...?

–Sí, encontramos pequeños restos de cocaína en uno de los orificios de su nariz.

–¿Dónde encontraron...?

–En su neceser... junto con la pasta dentífrica y el lápiz de labios y los tampones. –Bonjove miró a Even por encima del humo del cigarrillo–. Sólo faltaban los condones.

Even cerró los puños, pero se quedó quieto.

–¿Y la sangre? No encontraron nada en...

–Como ya le he dicho antes no se le hizo la autopsia. ¿Por qué íbamos a hacérsela?

Even se puso en pie, se sentía enfermo, y se quedó un rato mirando hacia la calle. Seguramente las autopsias eran un gasto que corría a cargo de cada uno de los distritos policiales. Igual que en Noruega, donde a veces, por razones económicas, la policía enviaba a los muertos al cementerio sin saber con toda seguridad cuál había sido la causa de la muerte. Un autobús lleno de turistas pasó por su lado. Japoneses. Tomaron fotos de él, del inspector y de la *brasserie*. De todo a su alrededor. Le saludaron al ver que los miraba.

–¿Le dice algo el nombre de Simon LaTour? –El inspector soltó la pregunta cuando el autobús doblaba la esquina.

Even le lanzó una mirada vacía que, por lo visto, ya le valió como respuesta porque Bonjove siguió adelante haciéndole alegremente una más, como si sintiera un especial placer haciendo preguntas que revolvieran a Even por dentro.

–¿Por qué insinuó al principio de nuestra conversación que podía haber tomado pastillas o drogas, si ahora afirma que a ella jamás se le ocurriría utilizarlas?

Even se apoyó en el respaldo de la silla.

–Porque... quiero decir... tenía que haber una razón. –Even echó la vista hacia la ciudad–. Voy a atrapar a ese maldito diablo –murmuró de pronto, y se fue.

CAPÍTULO 12

El hotel se encontraba a los pies de Montmartre, no muy lejos de la sala de fiestas Moulin Rouge. Era un hotel grande para gente de categoría media, para gente dispuesta a pagar por un buen servicio y unas habitaciones limpias, pero no por el lujo y unas vistas al Sena. Un típico hotel para comerciales de artículos de oficina, había pensado Even al registrarse el día anterior. Una elección un tanto sorprendente, teniendo en cuenta que Mai siempre se había hospedado en el tranquilo hotel Bersolys, en Rue de Lille, un hotel relativamente pequeño y elegante que, además, estaba a corta distancia, la suficiente para poder ir a pie, de los tesoros del Louvre, la elegancia gótica de la Sainte-Chapelle y el encanto abigarrado del Quartier Latin, que ella nunca se cansaba de visitar.

Even atravesó el vestíbulo, inclinó automáticamente la cabeza en dirección al recepcionista a modo de saludo y pulsó el botón del ascensor. Como de costumbre, se había metido la llave de plástico en el bolsillo al abandonar el hotel.

Antes de la partida, Finn-Erik le había contado que Mai había ocupado la habitación número 612. Un número típico de Mai, había pensado Even: 1 y 2 y 6 y 12, suma transversal, 9. El número contenía franqueza y amplitud, posibilidades. Even tuvo que conformarse con la habitación vecina, la 610. Un número Fibonacci. Un producto de sus antecesores, 233 y 377, de la misma manera que Even era un producto inconfundible de sus antecesores: un saco de mierda y un loco.

Al llegar al hotel había insistido en que le dieran la habitación 612, pero ya estaba ocupada por un matrimonio alemán.

–Lo sentimos mucho, pero se quedarán una semana más –le habían explicado pacientemente en la recepción.

En la planta sexta se encontró con una señora mayor con una bata azul celeste que aspiraba la alfombra.

–*Pardon,* ¿es usted *madame* Raffaela Lorenzo?

La mujer sonrió y se señaló las orejas antes de apagar el aspirador. Even lo repitió.

–No –dijo la mujer entre risas, como si Even hubiera dicho algo gracioso–. Raffaela está por ahí. –Señaló en dirección al pasillo donde se hallaba la habitación de Even y volvió a encender el aspirador.

Even se giró y avanzó por el pasillo hacia la habitación 610, miró a su alrededor pero no vio ningún carrito ni ninguna camarera ni oyó ningún ruido de ninguna máquina de limpieza de ninguna de las habitaciones. Sacó la llave de plástico y la metió en la cerradura. 610, el año en que Mohammed tuvo la visión en la que se le revelaba que era el mensajero de Dios. Mai se lo había comentado en una ocasión, recordó Even de pronto. La puerta zumbó y Even entró, cerró la puerta e introdujo la llave de plástico en el interruptor para que se encendiera la luz. Después de colgar la chaqueta en el pequeño vestidor y cuando ya se disponía a abrir la puerta del baño, se quedó paralizado y miró lentamente a su alrededor.

Las cortinas estaban a medio echar, tal como las había dejado por la mañana. El televisor estaba apagado del todo, como solía hacer cuando se hospedaba en un hotel. La carpeta con la información del hotel estaba sobre la mesa, al lado del teléfono. La silla se hallaba justo delante del escritorio. La cama estaba hecha; la colcha blanca, totalmente ajustada y ceñida, como una mortaja cubriendo un cadáver en un ataúd. Even notó cómo el pulso latía en el cuello de su jersey. Con cuidado, como si quisiera evitar despertar a un durmiente, pasó al lado de la cama y se detuvo al llegar al pequeño banco del equipaje. Se quedó un buen rato mirando la cremallera de la bolsa que estaba un poco abierta, tal como solía dejarla. Algo estaba mal. Se había dado cuenta a simple vista, pero para convencerse posó la mano sobre la bolsa para medir la distancia que había entre las dos guías de la cremallera: había al menos dos centímetros de más.

Entró en el baño con la misma sensación ilógica de tener que moverse con sigilo. Dejó la puerta abierta mientras deslizaba la vista por el estante: pasta de dientes, maquinilla de afeitar, jabón y cepillo de dientes. El neceser estaba en el suelo, lo cogió y lo abrió. Al darle la vuelta al neceser, se cayó un mondadientes y un pequeño frasco de gel *after-shave* que nunca utilizaba. Nada más.

El hombre en el espejo le miró con ojos rojos y tensos, y Even pensó que debería afeitarse, dormir algo. Necesitaba relajarse. Cogió el vaso de plástico y bebió un poco de agua fría antes de volver a salir para inspeccionar la bolsa.

«Tal vez haya sido la camarera la que no ha podido resistir la tentación, y ha estado buscando dinero o alguna tarjeta de crédito. O tal vez se le cayó la bolsa al suelo mientras pasaba el aspirador. Por accidente.»

Cogió la bolsa por las asas y abrió la cremallera, abrió la bolsa hasta que pudo ver toda la ropa, los zapatos de recambio y el libro que había comprado en el aeropuerto, antes de subir al avión. Todo seguía en la bolsa tal como lo había dejado, no detectó ningún cambio. No sabía cómo había dejado las cosas exactamente al irse, pero todo parecía estar en su sitio. No era un neurótico, lo de la cremallera no era más que una vieja costumbre. No era necesario, pero tampoco estaba de más, solía pensar cuando ponía la mano sobre la bolsa y dejaba la cremallera abierta exactamente un palmo, antes de abandonar la habitación del hotel. Una mala costumbre de los viejos tiempos, solía decirse a sí mismo a modo de excusa.

Sacó la bolsa con los zapatos de recambio y la dejó sobre la cama, y después el libro, *El péndulo de Foucault,* de Eco, que todavía no había abierto. Sacó una pieza tras otra, dejándolas detrás. Finalmente miró al fondo de cuero negro de la bolsa y movió la plancha del fondo hasta retirarla, sólo para descubrir una superficie negra e inocente que brillaba débilmente a la luz de la lámpara.

Se dejó caer en la cama y encendió un cigarrillo. Había comprado la cajetilla en el camino de regreso al hotel, después de la reunión con el inspector, intentando convencerse a sí mismo de que sería el primer y último paquete. Sentía que se encontraba en un momento difícil que demandaba algo extra donde apoyarse. Even inspiró y dejó que el mareo y el hormigueo se apoderasen de su cuerpo; mantuvo el humo en los pulmones, hasta que éste le provocó tos. El aire que soltó era limpio e invisible. «Toda la mierda se ha quedado dentro –pensó–, y volvió la vista hacia la ventana.»

¿En qué lío se habría metido Mai?, pensó por milésima vez. ¿Qué había sido lo que se había vuelto tan grave como para que cambiara de personalidad e hiciera algo que él, hacía una semana, habría jurado que era impensable? No sólo impensable, sino imposible. Mientras estuvieron juntos había comprendido enseguida que las drogas y el hachís, incluso los cigarrillos normales, eran algo del todo indeseable en el mundo de Mai. Lo había rechazado de la misma manera que tampoco toleraba el alcohol en cantidades mayores.

El ambiente en el que él se había movido desde que se fue de casa había sido diametralmente opuesto, allí lo había visto y probado casi todo. ¡Tenía que saber lo que el puto mundo podía ofrecerle! Había creído que controlaba, que dejar las drogas era *a piece of cake*. Cuando Mai colgó el cartel de prohibido él puso a prueba su autodisciplina. Y su amor. No era tan fácil como había creído, tuvo que reconocerlo. No era fácil en ningún caso. De hecho, era un infierno. El cuerpo tenía voluntad propia, y gritaba y trabajaba duro para convencer a la razón para que le diera lo que reclamaba. Enamorado de una chica que era demasiado buena y demasiado guapa para él, le hacía sentirse inseguro. ¿Valía realmente la pena tal esfuerzo? ¿Cuándo lo dejaría? Era más que evidente que ella acabaría yéndose, eso Even lo supo desde el primer día, a pesar de lo que le había dicho cuando se escondieron en aquel sótano. Sin embargo, ella lo apoyó durante las primeras semanas duras, que pronto se convertirían en meses; dijo que si él aguantaba, ella también lo haría; y, finalmente, después de varias visitas al infierno, fue como si la puerta de una estancia, de cuya existencia quería olvidarse, se cerrara realmente y la llave desapareció. Renunció a la droga, ya no la necesitaba, ni siquiera la echaba de menos, y su cabeza se convirtió en un nuevo disco duro, limpio de virus y *spyware*. Trabajaba mejor y de forma más metódica que antes, y las imágenes de sangre con el ruido de una cáscara quebrándose se volvieron menos frecuentes.

Lo más sorprendente fue que nunca volvió a los viejos vicios. Ni siquiera cuando Mai lo dejó. Ni siquiera cuando, en un intento de superar la ruptura, decidió aceptar una plaza de profesor visitante en Inglaterra y, a la vuelta, le contaron que ella y Finn-Erik habían sido padres de un niño. Sí que empezó a beber más, pero no cada día y nunca en cantidades descontroladas. De vez en cuando, la soledad y la melancolía se desmandaban. No estaba seguro de que hubiera podido dejar la mierda de las drogas de no haber sido por Mai. Con paciencia, ella le había limpiado los vómitos, le había secado el sudor de la frente y le había consolado cuando despertaba por culpa de una pesadilla en mitad de la noche, con el cuerpo completamente sudado. Había sido como un ángel y, a la vez, un valiente soldadito de plomo, totalmente inamovible en sus exigencias. Por eso, la historia de la bolsita con polvo blanco y la historia de que habían encontrado restos de cocaína en su nariz le parecía una absurdidad total. Casi como si hubieran descubierto que la madre Teresa era prostituta. ¿Qué había llevado a Mai a romper con la decencia y la moral de lucha que ella entonces le había exigido a él? Irritado, levantó la barriga mientras cogía unos calcetines que se habían quedado hechos un ovillo debajo de su trasero. Tenía que reconocer que la carta de despedida de Mai era especial, tan extrañamente formulada que llegó a preguntarse si realmente había estado en su sano juicio cuando la escribió. De hecho, en cinco años podía muy bien haberse convertido en un saco de nervios y haber empezado a abusar de las pastillas. Teóricamente, sí, pero aquí no se trataba, evidentemente, de una teoría. Su mano se cerró alrededor de la bola de calcetines cargada de impotencia, y a punto estuvo de lanzarla a la bolsa de viaje abierta cuando, de pronto, se detuvo. Los dedos se volvieron a cerrar, palpando la tela centímetro a centímetro. ¿Aquí? Deshizo la bola y cogió un calcetín en cada mano. Uno de ellos no dejaba de deslizarse hacia abajo por el peso en la puntera y Even metió la mano en el calcetín, del que sustrajo una bolsita de plástico. Estaba llena de un polvo blanco.

En ese mismo instante llamaron a la puerta.

CAPÍTULO 13

Londres

La repentina lluvia de verano martilleaba contra los cristales de las ventanas, dificultando su concentración. Con una sonrisa en los labios miró de reojo a la bibliotecaria en el vestíbulo. La mujer era tan autoritaria y mantenía tal disciplina en la sala de lectura que a Mai-Brit no la habría sorprendido si con una de esas miradas severas que le dirigía a la lluvia hubiera logrado obligarla a detenerse al instante.

En realidad, Mai-Brit sentía que ya había acabado por hoy, pero las pocas ganas de volver al hotel completamente empapada la llevaron a quedarse un rato más. Decidió entonces sustituir la lectura por el diario. Lo sacó del bolso y se puso a escribir en él:

> 2 de junio de 2004, Royal Society, Londres–. Finn-Erik, Stig y la pequeña Line ya han vuelto a casa después de unos buenos días de vacaciones de Pentecostés que tuvimos en Torquay. Ayer y hoy he estado en el archivo de la Royal Society. La carta de recomendación del profesor Thompson ha obrado milagros, ya no tengo problemas para acceder ni a los archivos de datos ni a la sección de manuscritos.
>
> Ayer por la noche visité a mi antiguo tutor, el profesor Thompson vive en Kensington, a apenas veinte minutos a pie de mi hotel. Sigue en la Universidad de Londres, aunque con reducción de horario tras una operación a corazón abierto a la que fue sometido el verano pasado. Su cabeza funcionaba como de costumbre y me ofreció una descripción pormenorizada de Londres en los tiempos de Newton.

Estoy elaborando una relación cronológica de la vida de Newton, de lo que hizo y dónde lo hizo. Me quita mucho tiempo, pero a la vez me ha dado un conocimiento profundo del interior de un hombre increíble. En pocas palabras: ¡El hombre no es de verdad! El concepto «genio» casi se vuelve insuficiente cuando se trata de él. Entiendo la fascinación de Even.

Miró la última frase que había escrito y le entraron ganas de borrarla rápidamente, no quería pensar en Even. Empezó a hojear el diario con desasosiego, leyendo un poco de aquí y de allá. Durante los últimos dos meses había anotado los libros que había leído y dónde podría encontrar esos datos. La verdad es que había hecho poco más que eso, pues últimamente había otros proyectos que requerían su atención, libros que debían salir en otoño.

La bibliotecaria se levantó y cerró la única ventana que todavía estaba un poco abierta. La verdad es que no palió mucho el nivel de decibelios de la estancia, pero el bochorno, ya de por sí asfixiante, no tardaría en empeorar. Las vistas a The Mall, a la avenida a la que daban las ventanas de la Royal Society y que conducía al Buckingham Palace, habían quedado reducidas a una cortina impenetrable de chorros de agua, y de pronto a Mai-Brit le vino a la mente una imagen de la reina Isabel y su príncipe consorte de camino a casa en una carroza abierta, saludando enérgicamente mientras los peinados, los sombreros y los vestidos de gala se volvían un espectáculo cada vez más triste bajo el peso de la lluvia.

La imagen de la reina llevó a Mai-Brit a sacar las cartas del bolso y empezar un solitario. La bibliotecaria le lanzó una mirada severa, pero no podía prohibirle esta pequeña diversión, a pesar de que era evidente que le gustaría haberlo hecho. Había sitio de sobra sobre el escritorio y Mai-Brit optó por la «rueda de bicicleta», un solitario que no podía hacer en casa por falta de espacio, cuando Stig y la pequeña Line correteaban por ahí. Dejó un naipe en el centro de la mesa y otros ocho alrededor del central formando un gran círculo. Pensó en las sociedades que habían concebido el tiempo como una rueda dando vueltas, que las cosas se repetían infinitamente. Ella, personalmente, veía el tiempo como algo vinculado a su propia fugacidad, la experiencia del hombre de la finitud del propio ser. Algo que ponía el pasado en otra perspectiva. El concepto del pasado cambia continuamente; por eso mismo, el neumático de una rueda como ésta no dejaba de pincharse y la llanta se torcía a menudo. El deseo de un historiador era siempre ofrecer una imagen del pasado lo más convincente posible: así tiene que haber sido, y así debió de ocurrir para que hoy nos encontremos donde nos encontramos, a sabiendas de que cualquier descubrimiento o hallazgo mañana podía tumbar lo que, como historiador, has dicho hoy. En estos casos, un escritor de ficción tenía las manos mucho más libres. A menudo, Mai-Brit había sentido un poco de envidia de aquellos que podían permitirse fabular, pasar por alto alguna que otra inexactitud histórica y decir con toda tranquilidad que «así fue, y me atrevo a afirmarlo porque esto no es la Verdad, sino tan sólo un acuerdo con el lector según el cual, esto es como un "mundo igual que"». El buen escritor, como también el buen historiador, sabe que la idea del pasado siempre parte del tiempo en que el escritor y el historiador viven. Nunca podemos librarnos del presente.

Hizo el solitario cinco veces antes de que amainara la lluvia; ninguna de las veces le salió.

CAPÍTULO 14

Even miró asustado hacia la puerta, luego hacia la bolsita de plástico con el polvo blanco y, finalmente, de nuevo hacia la puerta. Volvieron a llamar, ahora ya con impaciencia.

–Un momento –gritó y se fue rápidamente y sin hacer ruido hacia el baño.

Abrió la bolsita de un tirón, vertió el polvo blanco en el váter y, una vez vacía, también la dejó caer en el mismo. Luego bajó la tapa y tiró de la cadena, se lavó las manos y volvió a vaciar la cisterna. Levantó la tapa para ver si había desaparecido todo, volvió a la cama a toda prisa, arrojó toda la ropa en la bolsa de viaje y la cerró antes de volver a la puerta. La entreabrió.

–¿Sí? –dijo a la muchacha menuda que lo miraba desde el vano de la puerta.

–*Monsieur* Robert, de la recepción, me ha dicho que quería hablar conmigo.

Tenía apoyada la mano en la cadera cubierta con la bata azul y una mueca de aburrimiento dominaba su rostro.

–¿Eres Raffaela Lorenzo? Entra, haz el favor. Y sí, quería hablar contigo. –Even abrió la puerta de par en par.

La muchacha se enderezó y lanzó una mirada insegura al interior de la habitación.

–No nos permiten... –dijo y miró a Even.

–No te preocupes, sólo quiero hablar. Podemos dejar la puerta abierta. –Even se adentró en la habitación y señaló hacia el sillón–. Adelante, siéntate.

La muchacha titubeó en la puerta, se acercó lentamente y finalmente se sentó estirando la falda de la bata para evitar que se le vieran las rodillas. «Dieciocho o diecinueve años», pensó Even y se sentó al escritorio.

–¿Cuánto tiempo hace que arreglaste mi habitación por última vez?

La muchacha echó un vistazo al reloj del televisor y respondió que una hora.

–Está todo muy recogido y limpio –dijo Even con voz amable–. Haces un buen trabajo.

La muchacha asintió como si fuera lo más natural que el cliente estuviera satisfecho con su trabajo.

–¿Estuviste con alguien, mientras limpiabas la habitación?

La muchacha echó un rápido y asustado vistazo hacia la puerta, bajó la mirada y respondió que no.

Even se miró las manos, las abrió y finalmente las posó sobre los muslos. Le dolía el estómago.

–Trabajaste aquí el día que una mujer noruega se suicidó. Se pegó un tiro, cerca del Sena. ¿Lo recuerdas? Hace una semana. Ocupaba la habitación de al lado.

La muchacha asintió sin levantar la mirada.

–Has hablado con la policía de ello, ¿verdad?

La muchacha volvió a asentir.

–¿Qué aspecto tenía la habitación cuando la abandonó? –La muchacha lo miró sin comprender lo que le decía Even–. Quiero decir, ¿dónde estaba su maleta, dónde estaban la ropa, el neceser?

Raffaela Lorenzo se pasó una lengua pequeña y afilada por los labios con cautela y le explicó que la maleta estaba encima del banco donde ahora se encontraba su bolsa de viaje, y la ropa estaba dentro de la maleta. ¿El neceser debía estar en el baño? Lo dijo, interrogando a Even con la mirada.

–¿Algo más? ¿Se había estirado sobre la cama durante el día? Porque se disparó el tiro por la tarde, ¿verdad?

La muchacha se encogió de hombros y murmuró algo.

–Disculpa, ¿qué dices?

–Es posible que estuviera sentada en la cama. No creo que estuviese echada. O tal vez sí, no lo sé. Pero, sin duda, estuvo sentada al escritorio, allí estaban los naipes, y la pluma y la carta.

–¿Los naipes? ¿Qué naipes?

La muchacha abrió los brazos en un gesto de resignación.
–Los naipes. Las cartas.
–¿Había jugado con alguien? ¿Había hecho un solitario? ¿Cómo estaban distribuidas las cartas sobre la mesa?
La muchacha sacudió la cabeza, sin entender lo que le preguntaba.
–No lo sé. Simplemente estaban allí.
–¿Recibió alguna visita durante el día?
La muchacha miró fijamente al suelo y le respondió que no.
Even se miró las manos; sus puños se habían vuelto a cerrar.

CAPÍTULO 15

Even salió y bajó en ascensor hasta el vestíbulo. Al salir, el recepcionista le saludó sonriente con una inclinación de cabeza. Lo que significaba que ni Raffaela ni la señora mayor habían dicho nada al recepcionista; por lo tanto, la muchachita no tenía intención de quejarse de Even por acoso ni nada parecido. Eso debía de significar, por narices, que algo tenía que ocultar. Y que Even tenía razón: la muchacha había dejado entrar a alguien en la habitación. Alguien con una bolsita de polvo blanco. Alguien que quería acabar con él.

Miró a su alrededor. Había un enjambre de gente en las calles, pero Even intentó detectar a alguien que destacara entre los demás. Había un hombre al lado del quiosco de prensa hablando por el móvil mientras miraba en dirección al hotel. Cuando Even lo miró, se volvió y se puso a estudiar las revistas femeninas. Un coche con las ventanillas ahumadas se acercó lentamente a la acera de enfrente y se detuvo. Nadie salió. Even empezó a andar en la dirección contraria; estuvo a punto de chocar con un par de jóvenes que iban del brazo y tenían aspecto árabe. Cuando giró la cabeza, el hombre del quiosco había desaparecido, y todavía no había salido nadie del coche. Una moto salió de un patio interior y se le acercó despacio por detrás. Even cerró los puños y aceleró la marcha mientras le lanzaba una mirada rápida por encima del hombro. El joven motorista se puso torpemente unas gafas de sol al pasar por su lado y desapareció por una esquina. La bajada al metro estaba a unos trescientos o cuatrocientos metros del hotel y allí se encaminó Even, bajó las escaleras a toda prisa y estuvo a punto de chocar con un bosque de niños. Dobló una esquina y se apresuró a tomar un túnel entre unas mugrientas vitrinas de publicidad. Notó pinchazos en el costado y tuvo que aminorar la velocidad mientras oía el sonido de los pies. Mientras avanzaba intentaba aguzar el oído por si oía pies que corrían, pies que pretendían darle alcance. Sin un plan previo, se decidió de pronto por una puerta giratoria a su derecha, subió unas escaleras a toda pastilla y descubrió que salía a la misma calle, aunque en la acera contraria. Se apresuró a entrar en una tienda.

Desde una estrecha abertura detrás de una estantería miró por la ventana y se puso a estudiar discretamente a todos los que subían por las escaleras. El metro vomitaba un flujo constante de gente, pero nadie parecía escudriñar nada con la mirada al salir a la superficie, nadie lo buscaba. Y nadie se parecía a alguien que hubiera visto anteriormente.

–¿Puedo ayudarle? –Una joven sonriente apareció a sus espaldas.

–Ohhh... –Even miró a su alrededor y descubrió que se trataba de una tienda especializada en ropa interior para mujeres–. Me temo que me he equivocado –murmuró, y salió apresuradamente.

Volvió a bajar a la estación de metro y tomó el primer tren con dirección al centro que apareció. Consiguió un asiento de ventana; repasó de arriba abajo a un joven que llevaba una funda de guitarra. El joven le devolvió la mirada hasta que Even bajó la cabeza. ¿Le habría estado entreteniendo el inspector Bonjove con su charla, aquella misma mañana, para que otros pudieran tener acceso a su habitación? El joven de la guitarra se rió y le dijo algo a un amigo que, a su vez, se puso en pie. Con unas miradas divertidas dirigidas a Even se bajaron en la siguiente estación. Sin duda, la intención había sido que la policía descubriera la bolsita en una redada, o tal vez en la aduana de regreso a casa, para así poder quitarle el pasaporte y retenerle.

Pero ¿qué conseguiría la policía con eso? Apoyó la frente contra el cristal frío de la ventanilla, sentía la cicatriz del ojo, como le solía pasar, sobre todo cuando estaba estresado. Verle salir corriendo, verle huir presa del pánico. Eso era lo que pretendía la policía, ésa era, en esencia, la naturaleza de la policía. Provocar a la gente para que sacase lo peor que tiene dentro, destruir las defensas para que toda la mierda quedase al descubierto, vulnerable, y luego poder pisarla. Al otro lado de la ventanilla, la luz chispeaba contra la oscuridad; un tren que venía por la otra vía en dirección opuesta pasó aullando y Even lo vio todo en rojo, el rojo de unos ojos inyectados en sangre y sangre derramándose por el suelo. Se puso en pie de golpe y se fue hacia la puerta. Allí estuvo esperando con la mano apretada contra el ojo.

El tren llegó a Pigalle. Buscó el camino hasta otra línea a paso rápido. Miró a su alrededor en el andén, como si se dispusiera a tomar un tren a uno de los suburbios, hasta que de pronto saltó al otro lado a través de los túneles y cogió un tren en dirección al centro de la ciudad. Notó cómo la adrenalina bombeaba en sus venas, percibió la mezcla de pánico y estímulo, volvía a tener diecisiete años y volvía a huir de la policía. El tren estaba lleno a reventar y Even se quedó en el pasillo central, agarrado a la barra superior que corría por debajo del techo del vagón. Miró de reojo a la gente que le rodeaba, midiéndolos, sopesando si eran amigos o enemigos. La mayoría parecía mirar al vacío. Miró por encima de sus cabezas, hacia los que se encontraban delante de la puerta, estudió las caras de los que habían saltado al tren en el último suspiro. El encuentro con Mai había detenido su huida, le había hecho descansar. Lo había llevado a dejar a un lado la hostilidad, pero no a olvidarla, eso era imposible, la había metido en un cajón y había cerrado con llave. Y eso sin que ella lo supiera. Ahora ella había desaparecido, por completo, y la huida volvía a empezar. La historia se movía en círculos, él volvía a correr, estaba condenado a huir de la policía toda su vida. Ahora se daba cuenta. Un revisor entró desde el vagón contiguo y empezó a revisar sistemáticamente todos los billetes. Even miró el uniforme y sacó el billete, listo para que el revisor le echara una ojeada. Sus manos estaban empapadas de sudor. El revisor asintió y se abrió camino a través del vagón. Apestaba a un desodorante que Even abominaba.

Even se bajó en la estación de Saint-Lazare y se alejó por el andén, como si se dispusiera a subir a la superficie y la luz del día. Contó los segundos, uno-dos-tres-cuatro, mientras los pasajeros salían en tropel; avanzó a lo largo de los vagones, vigilando ahora a los que entraban. Contó, no los suyos, sino los segundos del mundo: dieciocho, diecinueve, veinte... Estaba pendiente de la señal de salida. Justo antes de que las puertas se cerraran, volvió a saltar al tren y siguió el viaje. Veintinueve segundos. Eso es lo que tarda una ballena en aparearse. Encontró un asiento libre al lado de una mujer con una sombra de bigote en el labio superior. Tenía todo el regazo cubierto de bolsas de la compra llenas de verduras y respiraba pesadamente con la boca abierta, su gran pecho subía y bajaba en sacudidas violentas. Even cerró los ojos y ya sólo oía el resoplido. Se imaginó dos ballenas en una cama, una encima de la otra. Cuando volvió a abrir los ojos, se encontró con la mirada escrutadora de un hombre, sentado un par de filas de asientos más adelante. El hombre giró la cabeza y se puso a mirar por la ventanilla.

En la estación de Solferino, Even saltó del tren justo antes de que se cerraran las puertas. Se quedó en el andén mirando al hombre que lo observaba y que seguía sentado sin moverse. Salió a la superficie y se metió en la primera cafetería que encontró, asegurándose de que nadie le había seguido, antes de pedir una copa de vino y preguntar por el escusado. El camarero le indicó una puerta al fondo del local.

El retrete estaba sucio y olía a orines. Even se encerró en uno de los baños individuales, se sentó en la taza del váter y arqueó la espalda, y en un intento de reprimir las ganas de gritar se mordió la mano. Ya no tenía diecisiete años, ya no le apetecía correr ni huir a ninguna parte. Ya no era Neve.

Alguien entró en el baño. Even oyó cómo se quedaba parado mientras la puerta se cerraba detrás de él. Los pasos se iban acercando, uno de los zapatos chirriaba, se acercó a los escusados y tiró del pomo de la puerta del que ocupaba Even. El hombre farfulló algo y se fue al siguiente escusado. El pestillo se cerró con un ruido metálico. Unos pantalones bajaron y el hombre empezó a gemir y resoplar mientras se vaciaba. Luego se limpió, se subió los pantalones y volvió a salir del baño. Even volvió a respirar. No sabía a ciencia cierta si había contenido la respiración durante todo el episodio.

–No se lavó las manos –murmuró sin poder evitar una sonrisa. Un par de manos parisinas llenas de bacterias era lo que hacía falta para atenuar el pánico. Se encendió un cigarrillo y volvió a sentarse. Se oyó un susurró en las cañerías, agua corriendo, por lo demás todo estaba en silencio. ¿Debería llamar al inspector Bonjove y contarle lo de la bolsita que había encontrado en un calcetín? «Ahora tengo que aplicar la lógica. –Soltó el humo hacia el techo sucio y gris–. Si ha sido la policía quien ha dejado la bolsita donde la encontré, sabrán por mi reacción que estoy limpio y que soy inocente. –Levantó la tapa del váter y dejó caer la ceniza en la taza–. O también cabe la posibilidad de que crean que soy doblemente astuto y, por lo tanto, culpable. Y si es (sigue siendo) la policía quien escondió la bolsita, tal vez las dos bolsitas, son todo menos inocentes, y cuando se den cuenta de que he encontrado la bolsita en el calcetín utilizarán otros medios para pillarme.» Miró un dibujo sobredimensionado de un pene en erección que alguien había tallado en la puerta del escusado.

Y si no es la policía quien está detrás...

Even le dio una bocanada al último centímetro de cigarrillo, pensó «entonces tendrán que ser otros», se quemó los dedos y arrojó la colilla al váter. Cuando terminó de lavarse las manos, volvió a la cafetería y se sentó con su copa de vino tinto en el rincón más oscuro del lugar con el rostro hacia la puerta. El sentido común, que prevalecía cuando dejaba a un lado el odio a la pasma, le decía que no había sido la policía la que había metido la bolsita en el calcetín. No era su modus operandi habitual porque, ¿con qué propósito harían algo así? El reloj que había en la pared encima de la barra señalaba las tres y veinte, y Even sacó el teléfono móvil y marcó un número. Nadie contestó. Seguramente Finn-Erik había salido a dar una vuelta con los niños. Al fin y al cabo, Seguros Solvent le había concedido el resto de la semana libre.

Sacó la carta de Mai, le dio la vuelta, extrajo una pluma del bolsillo de la chaqueta y escribió:

La policía
Hotel / Raffaela

Vaciló un instante antes de escribir «Finn-Erik».

Eran, en definitiva, quienes podían conocer su visita a París y que estaban al corriente de que se alojaba precisamente en aquel hotel. Además de aquellos a los que Finn-Erik pudiera habérselo contado. Más tarde, tendría que preguntárselo a Finn-Erik. Una parte de la conversación que había mantenido con el inspector Bonjove le vino a la mente, y escribió un signo de interrogación en el papel. Pensativo, miró fijamente el papel antes de marcar un número de teléfono que había introducido en el móvil aquella misma mañana.

–Inspector Bonjove, dígame –contestó una voz al instante.

Even se presentó:

–Justo antes de separarnos esta mañana, me preguntó si conocía a una persona en concreto. Entonces yo estaba demasiado nervioso para enterarme del nombre, por eso vuelvo a llamar. ¿A quién mencionó, y por qué?

–Le pregunté si conocía a un tal Simon LaTour –contestó Bonjove complaciente–. LaTour en una palabra. Es un escritor francés, de Toulouse, creo. No sé gran cosa de él, me parece que ha escrito un par de novelas de suspense y algunos libros de intriga mediocres.

–¿Y por qué me preguntó si yo le conocía?

–Seguramente no sea más que pura coincidencia, pero pensé que... –Bonjove dijo «un momento» y Even le oyó dar un recado a alguien antes de volver al teléfono–. Bueno, a lo que íbamos. Ese tal Simon LaTour ha desaparecido. Dicen por ahí que no hay que alarmarse, que a menudo desaparece por un tiempo cuando recopila información para un libro nuevo. Sin embargo, el caso es que su editorial tenía un acuerdo con él que no cumplió. Eso no había ocurrido nunca antes. Su esposa tampoco sabe dónde está.

–¿Y eso qué tiene que ver con Mai-Brit Fossen?

El inspector Bonjove titubeó un instante antes de contestar:

–Estaba hospedado en el mismo hotel que Mai-Brit Fossen, de hecho, en la habitación de al lado y, además, al mismo tiempo. Sin embargo, lo extraño es que abandonó el hotel sin liquidar la cuenta, lo abandonó la noche antes o tal vez el mismo día en que su ex esposa se quitó la vida. Claro que es posible que no sea más que una coincidencia, una ironía del destino, si quiere, pero pensé que se lo tenía que preguntar cuando le tuve enfrente. –Se rió secamente, sin el más mínimo atisbo de humor–. Ya sabe, en la policía tenemos siempre tantos casos criminales por resolver que, en cuanto podemos, juntamos dos en uno. Es buenísimo para la estadística. Llámeme si descubre algo de interés, hágame ese favor.

Even terminó la conversación sin prometer nada, sorprendido por el tono conciliador que el inspector había utilizado al teléfono. Volvió a leer la carta de Mai antes de devolverla al bolsillo y luego se marchó.

El propietario del *bistrot* lo reconoció antes de que a Even le hubiera dado tiempo a tomar asiento y salió a toda prisa. Su rostro oscilaba entre el entusiasmo jovial y la compasión ligeramente afectada. Su bigote de morsa temblaba cuando insistió en invitar a Even a un calvados.

–*Oui*, vi que le gustó. Es bueno para el estómago y para el corazón, para todo. Nada como mi calvados para curar el dolor y la pena.

Cuando volvió a la mesa, traía dos copas y una botella, se sentó en una silla y sirvió. Brindaron y Even notó el ardor cuando la bebida aterrizó en el estómago, y pensó que a lo mejor había comido demasiado poco aquel día. El dueño volvió a llenar las copas y miró atentamente al invitado.

Even echó un vistazo a la plaza.

–Aquel día... –El dueño asintió, como dándole ánimos para

que siguiera–. ¿Ocurrió alguna otra cosa, algo especial, algo que no suele ocurrir normalmente? –Even se encogió de hombros–. Cualquier cosa.

La Morsa abrió lo brazos y torció la boca.

–*Non*, fue un día de lo más normal. Tiempo seco. Muchos turistas. Un buen día, bueno, sí, hasta que... *alors*. –Volvió a abrir los brazos y miró con conmiseración a Even.

–¿Algún cliente habitual la vio llegar, alguno vio lo que ocurrió?

–*Oui*, desde luego que sí. El viejo coronel Lefebre... me parece, y *madame* Naïm también estaba, pero...

–¿Dónde estaban sentados?

–Lefebre estaba sentado justo al lado de su esposa, en la mesa contigua, supongo que fue quien mejor lo pudo ver todo. Es un idólatra incorregible de todo lo que lleva faldas. Estaba muy conmocionado por lo ocurrido. Se ha ido a pasar un mes a Alger para recuperarse. Es un viejo legionario, le hirieron y le quedó la pierna destrozada. Ha visto cosas espeluznantes, pero una mujer bella que se pega un tiro, me temo que es lo peor que... –La Morsa sacudió triste la cabeza, como si la declaración también fuera por él–. Terrible.

«Ella no llevaba falda –pensó Even–. Y no era mi mujer. Ya no.»

–¿Las demás mesas estaban ocupadas por turistas?

–Sí, me parece que sí. O si no, clientes que no conozco tan bien. Ya era tarde, y a esa hora, la mayoría de parisinos están en casa, descansando o cambiándose antes de salir a cenar o a encontrarse con los amigos.

–*Madame* Naïm –dijo–. ¿Dónde podría encontrarla?

–Oh, ella no vio nada. Suele sentarse allí en el rincón, con su perrito, y está sorda como una tapia, por lo que no creo que ni siquiera haya oído el disparo de la pistola.

Agitó una mano hacia el centro del café. Even se puso en pie, se dirigió hacia la puerta y miró al interior del local. En el rincón más alejado, de espaldas a la calle, había una señora mayor con un pequeño perro de lanas blanco en el regazo. Daba sorbitos a una copa de jerez mientras le rascaba detrás de la oreja y cotorreaba. No vio a Even.

Se volvió a sentar. El dueño levantó la copa y los dos apuraron la copa de calvados.

–Siento que no pueda ayudarle más –dijo–. ¿Qué es exactamente lo que está buscando?

–No lo sé –dijo Even–. ¿Conoce a un hombre que se llama Simon LaTour?

El otro se rascó el bigote y sacudió la cabeza.

–*Non*, no es alguien que frecuente este lugar, o eso creo. ¿Qué aspecto tiene?

–No lo sé.

El dueño lanzó una mirada meditabunda a Even antes de levantarse para agarrar la botella y las copas. Even dijo que le gustaría pagar por las copas.

–Ni hablar. –La enorme cara se resquebrajó en una sonrisa mientras agitaba la botella–. Estoy convencido de que ya se siente mejor.

Even asintió. Le dio las gracias y estaba a punto de irse cuando el dueño de pronto gruñó:

–Ahora que lo pregunta... sí que hubo algo raro aquel día. –El bigote de morsa se volvió hacia una de las mesas que bordeaban la calle–. Había un hombre... llegó poco después de su mujer, recuerdo, y se sentó a esa mesa. Pidió un whisky...

–¿Y? –preguntó Even al ver que no llegaba nada más.

–Bueno, entonces se oyó el disparo y todo fue un caos. El hombre desapareció sin siquiera esperar a que le trajeran el whisky. De hecho fue el único que no se quedó para hablar con la policía.

CAPÍTULO 16

–Cuando un buen día te encuentres delante de la puerta de san Pedro y descubras que a su lado hay un tobogán al infierno, y veas que algunos se cuelan por la puerta mientras que otros son despachados ruda y directamente al horno, entonces será cuando empieces a hacer tus cálculos estadísticos para averiguar si te van a enviar a un lado o a otro.

Ella le sonrió amargamente, y abrió la boca para adelantarse al darse cuenta de que él se disponía a decir algo. Estaba delante de ella con una manzana en la mano.

–Cuando entonces descubras que tampoco estás tan mal situado, empezarás a provocar a san Pedro, a lo mejor con un comentario de aspecto profundamente aburrido, y luego, y es aquí, Even, donde no consigo seguirte, atarás una cuerda alrededor de una de las columnas de la puerta, le preguntarás a uno de los ángeles custodios sobre la distancia hasta el fuego, recortarás la cuerda para ajustarla a ella y te atarás el otro cabo alrededor de la cintura. Entonces, con tu habitual sonrisa de tío enrollado te sentarás en el borde del tobogán, agitarás la mano en un adiós y desaparecerás camino del infierno. Mientras te deslizas tobogán abajo, notarás cómo sube la temperatura, y confiarás en que has calculado bien la distancia, que la cuerda te detendrá en el último instante, justo antes de que las llamas te consuman, para que puedas volver a subir trepando y decir: «Hola, me lo he pensado y no me apetece quedarme allí». Porque es así como tú ves la vida, y la muerte. Como algo calculable con lo que puedes jugar eternamente. Es precisamente eso lo que ya no puedo soportar.

Mai le lanzó una mirada cansada, las estrías en la mejilla se habían secado, abrió la puerta, estaba medio de espaldas a él, con la maleta en la mano.

–A lo mejor olvidaste llevarte una cuerda que no se derritiera con el calor...

–*Pardon?* –Even parpadeó un par de veces, apartó la vista de una maleta que se deslizaba por la cinta que corría detrás del hombre–. ¿Qué me decía?

–Tiene que cambiar de avión en Amsterdam, llegada a Oslo a las 23.45 –repitió el hombre detrás del mostrador y le dio la tarjeta de embarque.

–Gracias.

Even agarró la bolsa de viaje, que era tan pequeña que pasaba por equipaje de mano, paseó la mirada por la sala de salidas y encontró un asiento libre en uno de los bancos. Volvió a intentar llamar a Finn-Erik, pero una vez más no obtuvo respuesta.

En la entrada del control de seguridad había cola. Even contempló el arco alto y blanco que todos debían atravesar para entrar en el paraíso libre de impuestos. ¿Conseguiría traspasar el control, o acaso descubrirían una bolsita de plástico transparente que él había pasado por alto al hacer la maleta en el hotel? ¿Habrían «ellos», fueran quienes fuesen «ellos», escondido algo más de lo que había encontrado en el calcetín?

«En el arco de seguridad sólo buscan objetos de metal. Armas», murmuró Even para tranquilizarse. Respiró hondo, se puso en pie y... volvió a sentarse. Metal. ¿Podían haber escondido la hoja de un cuchillo en algún sitio? Empezó a rebuscar en todos los bolsillos, uno por uno, palpó el forro de la chaqueta de cuero, recordó revisar el bolsillo interior que no solía utilizar nunca. Incluso se quitó las botas, dobló la caña en todas las direcciones. Se sentía idiota. Finalmente se metió una mano en los pantalones, tanto por delante como por detrás, y vio a una chica sonreír maliciosamente al pasar por su lado. Ninguna bolsita. Nada de metal, nada que no tuviera que estar allí. Repasó todas las costuras y juntas de la bolsa, abrió la cremallera y palpó la parte interior, el fondo, el contenido. Se dio cuenta de que sus movimientos eran febriles y que llamaba la atención entre todos los que le rodeaban. De pronto, Even se puso en pie, se dirigió hacia el arco de seguridad con paso firme y se colocó al final de la cola. Rápidamente se fue acercando al policía del control de seguridad. La señora que tenía delante tuvo que quitarse los pendientes y algo que llevaba en el pelo y dejar que todo pasara el escáner. Even depositó la bolsa de viaje sobre la cinta transportadora y la vio desaparecer.

–¿Lleva algo de metal en los bolsillos?

El policía le ofreció una cesta de plástico. Even depositó unas monedas y un juego de llaves en la cesta, agarró el móvil y se estremeció cuando sonó de pronto.

–¿Hola? –Miró, como disculpándose al policía, que, resignado, le hizo pasar a un lado.

–Me has llamado –dijo la voz de Finn-Erik.

–Ahora mismo no puedo hablar, Finn-Erik. Te llamaré más tarde. –Even cerró el móvil, lo dejó encima de las monedas y se dirigió hacia el arco de seguridad.

–¿La novia está impaciente? –se rió el policía, como si fuera un chiste.

Even repasó su uniforme con la mirada y resistió la tentación de darle un puñetazo a ese imbécil.

El arco sonó cuando lo traspasó y el policía le indicó que volviera atrás.

–Quítese la chaqueta.

Even notó cómo el sudor se acumulaba en sus sobacos y depositó la chaqueta en una cesta de plástico grande. Volvió a cruzar el arco. Esta vez no sonó. La señora que estaba delante de la pantalla no dijo nada.

Le devolvieron sus cosas y salió al gran espacio abierto lleno de tiendas *duty-free* y restaurantes. Encontró una pantalla con los horarios de salida. Había un buen trecho hasta llegar a la puerta 23 y el tiempo era escaso. Descubrió un mostrador sin cola, agarró una baguette con un contenido indefinible, pagó y siguió adelante con prisas. La llamada a Finn-Erik tendría que esperar.

En Amsterdam se compró una botella de Ballantine's mientras ponían a punto el avión a Oslo. Una vez en el avión, se sentó con la botella de Ballantine's en el regazo; tenía ganas de abrirla, pero no lo hizo.

–¡Hola! Soy yo. Estoy en el tren del aeropuerto y llegaré a Oslo dentro de...

–¿Sabes qué hora es? –le interrumpió una voz enfadada.

–Cogeré un taxi y estaré contigo hacia la una y media, a la dos. Ten preparado algo de café.

Even interrumpió la llamada antes de que empezasen las protestas y se acomodó en el asiento. El invierno había dado su último latigazo mientras estaba en Francia, diez centímetros de nieve reciente brillaban en la oscuridad.

Tardó un tiempo en conseguir un taxi, era la noche del sábado y había salido mucha gente. El taxista, un joven paquistaní, escuchaba a Bruce Springsteen con el volumen bajo y afortunadamente no estaba interesado en entablar una conversación con Even. Éste se hundió en su propia melancolía mientras veía pasar los barrios. Grünerløkka, Torshov, Nydalen. Avanzaban rápido por el cinturón. Salieron de la autovía, subieron por la calle de Maridal, se estaban acercando al límite de Oslogryta, «la olla de Oslo».

... and tell her there's a darkness on the edge of town...

Dios mío, cómo odiaba, en realidad, la ciudad de Oslo.

... Everybody's got a secret Sonny...

Siempre había odiado la ciudad pero, por otro lado, tampoco se imaginaba viviendo en otro lugar, o lo hacía sin convicción.

... something that they just can't face...

Lo había intentado. Durante unos meses, medio año, pero luego tenía que volver a Oslo. No porque...

... they carry it with them every step they take...

¡Demonios, Springsteen! ¡Ríndete ya! Even se retorció en el asiento y se recolocó, alzó los hombros por encima de las orejas, y observó ceñudo hacia la noche. Un par de jóvenes bajaban por la calle en trineo, y el taxista tuvo que frenar. La nieve empezaba a adoptar un tono grisáceo. No había nada capaz de mantenerse blanco en la olla de Oslo. Ni siquiera en la zona alta, donde se encontraba ahora mismo.

Tan sólo Mai.

Mai había amado la ciudad de Oslo. No con fanatismo, más bien optó por ver los aspectos positivos: las escasas zonas verdes donde los niños podían jugar al fútbol; la pista de patinaje de Spikersuppa (con la música demasiado alta); la calle de Grønland, con sus nuevos ruidos, olores y colores; la cercanía del mar como del campo. Podían estar dando un paseo por Tøyen y de pronto ella avistaba un letrero y pronunciaba un pequeño discurso sobre Tore Hund (mientras él, al llegar al final de la calle, sabía qué cuatro números cuadrados constituían la suma de cada una de las filas de números de las matrículas de los coches). O podían pasear por la orilla del río Akers y mientras él gruñía ante la decadencia de un muro, o se preguntaba si había alguna casa por ocupar, ella se detenía y se ponía a estudiar con interés los ladrillos o el maderamen que en esos casos aparecían a la vista, y hablaba del aspecto que debió de tener la casa hacía miles de millones de años, o al menos hacía un siglo.

Dios mío, cómo la echaba de menos.

El taxista había reducido la marcha sobre el pavimento helado y resbaladizo. En un breve destello, en un claro entre árboles y casa, Oslo se extendió a sus pies, resplandeciente en la noche como un cielo estrellado. Estaban llegando al barrio de Kringsjå.

–Por aquí, dos calles más abajo, la siguiente a la izquierda, el número cinco –dijo Even, señalando e indicándole el camino al taxista.

El taxista se detuvo en medio de la calle por miedo a quedarse atrapado en la nieve. Even pagó, tomó el sendero despejado y subió las escaleras. Antes de que la mano llegara al timbre, la puerta se abrió y Finn-Erik apareció con un dedo contra los labios.

–Sssshhh. Los niños duermen.

Había café preparado sobre la mesa de la cocina. Even colgó la chaqueta en el respaldo de la silla y se sentó. Finn-Erik se sacó algo del lagrimal del ojo y tomó asiento delante de Even, bostezó y sirvió un café negro en dos tazones.

–Mai fue obligada a pegarse un tiro –dijo Even sin previo aviso.

Finn-Erik derramó un poco de café; un nervio le temblaba bajo el ojo.

–¿Por qué lo crees? –preguntó finalmente Finn-Erik.

–Alguien escondió droga en su equipaje y había restos de cocaína en su nariz, me lo contó la policía de París.

–Sí –dijo Finn-Erik–. Lo sé. También me lo comentaron a mí.

Even se lo quedó mirando atónito.

–¿Qué? ¿Sabías que...? ¿Por qué diablos no me lo contaste? Entonces yo habría... –Se detuvo cuando la mirada del otro se volvió amenazante y oscura, se reprimió e intentó concentrarse en el café–. De acuerdo, entiendo. Lo siento. Pero... ¿qué te pareció cuando te lo dijeron?

–¿Que qué pensé? ¿¡Qué me pareció!? –El pie de Finn-Erik golpeó contra una de las patas de la mesa y el café estuvo a punto de derramarse–. Pensé que aquí tiene los niños más maravillosos del mundo y un hombre que daría la vuelta al mundo corriendo por ella, y luego va y nos hace esto. Eso fue lo que pensé. ¿¡Qué demonios querías que pensase si no!? –Finn-Erik tragó ruidosamente y miró su tazón fijamente–. Pero te diré una cosa. No fue una sorpresa total –dijo–. No del todo.

Even se obligó a permanecer en silencio, se limitó a mirar imperturbablemente al agente de seguros que tenía enfrente.

–No, no me sorprendió. De hecho, Mai-Brit llevaba un tiempo un poco rara, varios meses, tal vez medio año o así. No estoy seguro de cuándo lo noté por primera vez. Se volvió menos habladora, más evasiva. Más introvertida. Llegué a pensar, más de una vez, que a lo mejor mantenía una relación con otro hombre, dejó de apetecerle hacerlo tan a menudo... bueno, ya sabes, el sexo. Pero la verdad es que tampoco me lo acababa de creer, porque... –Finn-Erik respiró hondo.

–Ella no era así.

–No, exactamente, no lo era. Mai-Brit no haría nunca algo así.

–Pero ¿sí que llevaría drogas en el equipaje y esnifaría cocaína? –Even le lanzó una mirada dura por encima del tazón antes de darle un sorbo.

Finn-Erik hizo como si no se hubiera enterado, siguió buscando una respuesta en el café.

–Perdió peso. Parecía inquieta, nerviosa, pero cuando le preguntaba, siempre me respondía que estaba bien, que no le pasaba nada. En ese período estuvo viajando mucho: Londres, París, Berlín. Su trabajo le exigía mucho, y por eso pensé que estaría estresada, que sólo sería cuestión de esperar y la presión no tardaría en rebajarse.

–¿En qué estaba trabajando?

–¿Concretamente? No lo sé. Tenía muchos proyectos en marcha a la vez. Siempre. De algunos me hablaba, de otros leí alguna vez alguna cosa en el diario, cuando los libros salían publicados. Entonces me contaba que ella había sido la responsable de que salieran. Así eran las cosas. Yo tampoco le contaba todo lo que hacía. Cuando estábamos en casa, los niños eran lo más importante para nosotros, hablábamos de ellos.

De pronto se hizo un silencio entre los dos hombres. Even revolvió en el bolsillo de su chaqueta en busca del paquete de tabaco y Finn-Erik se levantó para ir a por un cenicero.

–Lo de quitarse la vida... La verdad es que no hubo ni el más mínimo indicio de que fuera a hacerlo, al menos por lo que yo vi. –Finn-Erik volvió a sentarse en la silla–. Pero eso de que alguien la obligara a hacerlo, francamente, me suena a... no, no creo que...

Se oyó el «clic» del mechero y Even levantó la cabeza y soltó el humo en dirección a la lámpara.

–También metieron droga en mi equipaje.

–¿Qué? –Finn-Erik dejó el tazón sobre la mesa–. ¿¡Qué has dicho!?

–He dicho que alguien metió una bolsa con algo que parecía cocaína en mi equipaje mientras estuve hospedado en el hotel. Por eso estoy seguro de que alguien obligó a Mai. La obligó a esnifar y la obligó a pegarse un tiro.

Al principio, Finn-Erik miró fijamente a Even, como si no le creyera, después, de pronto, su mirada cambió. Se volvió vacía, dirigida a la nada, con unos ojos que parecían haber encontrado un salvavidas al que agarrarse en un mar infinito de preguntas abyectas e insolentes.

–Pero cómo la obligaron... –Even golpeó el cigarrillo contra el canto del cenicero y miró el ascua–. Quiero decir, en París. ¿Retuvieron la cocaína hasta que les prometió que...? No, eso es ridículo. No me lo creo. Ella no estaba enganchada. La obligaron a esnifar la cocaína que encontró la policía en su nariz. O eso creo. Pero, entonces, ¿cómo? No había señales de violencia, ni de golpes, ni tampoco marcas de quemaduras, ninguna jodida marca que...

–No es de buena educación decir palabrotas, eso dice mamá.

La voz llegaba desde la puerta. Los dos hombres miraron sorprendidos al niño con el osito de peluche colgando del brazo.

–Pero, Stig, deberías estar durmiendo –dijo Finn-Erik, y se puso en pie.

Levantó al niño del suelo y el osito marrón lo siguió en un vuelo bamboleante. Los ojos negros de plástico miraron a Even fijamente en una expresión inescrutable, la boca cerrada en una sonrisa cálida, como si quisiera mofarse de él, avisándole de que estaba enterado de todo.

–Ahora vamos a acostarte otra vez, tesorito mío.

Finn-Erik dio un beso al niño en la mejilla y juntos desaparecieron por la puerta. Even se puso en pie y se fue hacia la ventana para contemplar la noche nebulosa.

Si no la obligaron utilizando la violencia, ¿cómo lo hicieron entonces?

Oyó una puerta que se cerraba en algún lugar de la casa.

Amenazas. Debieron de amenazarla.

Un coche zumbaba a lo lejos, pero la noche era silenciosa aquí, en las afueras.

Amenazando lo que más quería ella en este mundo. Algo por lo que era capaz de morir.

Even dio la espalda a la ciudad y repasó la cocina con la mirada. Un paquete de pañales sin abrir arrinconado al lado de la puerta para que nadie pudiera tropezar con él. Sobre un plato había quedado una rebanada de pan con queso a medio comer. En el fregadero, una taza azul con el dibujo de un osito medio borrado estaba lleno hasta la mitad de algo que parecía una mezcla de leche y jarabe de frutas rojas.

Tenían que ser ellos. ¿Quién, si no, podría ser...?

Por fin, Finn-Erik volvió a la cocina. Even dejó que tomara asiento.

–¿Cuándo tuviste noticias de Mai por última vez?

–Llamó aquel mismo día, quiero decir, la tarde en que, bueno...

Even asintió enérgicamente para que Finn-Erik no tuviera que pronunciar las palabras.

–¿A qué hora del día?

–Serían las tres y pico, más bien las tres y media. Yo acababa de llegar a casa de recoger a Line en la guardería. Stig llegó por el sendero del jardín, mientras yo hablaba con ella por teléfono. Lo cuida una señora del barrio, y vuelve a casa cuando llamo para avisar de que ya he llegado.

–¿Vuelve a casa solo?

–Bueno, sí. Al fin y al cabo, la señora vive allí, en la esquina, a unos cuarenta o cincuenta metros de aquí, no tiene que cruzar ninguna calle. Él es quien insiste en volver solo, no quiere que le acompañe nadie. Empezó hace un par de meses. Al principio, Mai-Brit y yo no quisimos permitírselo, pero se negó a ir con nosotros, se retrasaba y nos seguía a distancia... puede llegar a ser muy tozudo, ¿sabes? Pero... –Finn-Erik se llevó la mano al ojo donde un nervio daba saltos descontroladamente–. Empezará el cole dentro de un año y medio y, por lo tanto, es un buen entrenamiento... –Su voz se fue apagando.

–¿De qué hablasteis, comentasteis algo en especial?

–¿Mai y yo? No, no creo. Lo de siempre, supongo que hablamos de lo de siempre, de si los niños estaban bien, de cuándo iba a volver ella, de que la echábamos de menos, esas cosas... –Finn-Erik agarró la cafetera y sirvió café a los dos.

Even miró hacia la puerta.

–Pero el teléfono está en el pasillo.

–¿Sí? –Finn-Erik despegó inseguro la mirada de la taza.

–Desde allí, tú no puedes ver a Stig en el jardín, no puedes ver si está o no llegando a casa.

–Es un teléfono inalámbrico –dijo Finn-Erik–. Mai me preguntó si veía a Stig, si lo estaba vigilando, si el niño estaba bien, y entonces me acerqué a la ventana para mirar. –Finn-Erik sonrió en dirección a la ventana–. De hecho, me preguntó si llevaba puestos la chaqueta roja y el gorro azul. Y así era, y yo me reí y le dije que «premio», que había acertado, y era difícil, porque el niño llevaba desde el otoño sin ponerse aquella chaqueta. Aquellos días, ¿sabes?, empezó a hacer más calor. Mai no tuvo nada que objetar, aunque sí me dijo que cuidara bien de Stig y de Line, y yo le respondí que por supuesto, y luego colgamos. Fue una conversación totalmente normal.

–No –dijo Even–. No lo fue, ¿no te das cuenta? Ella sabía lo que llevaba puesto el niño.

Finn-Erik lo miró sin comprender.

–Pero, por todos los diablos, ¿no te das cuenta? Utilizaron a Stig como rehén... es decir, amenazaron con hacerle algo si ella no...

–¡Tranquilízate ya, Even! –Finn-Erik le lanzó una mirada resignada y cansada–. Sin duda, Mai-Brit adivinó la ropa que llevaba el niño puesta. Stig no tiene tantas chaquetas. A lo mejor, Mai-Brit vio las noticias y sabía qué tiempo estaba haciendo en Noruega...

–¿¡Por qué demonios insistes en no querer ver las cosas, maldita sea!? –le gritó Even, saltando de la silla como un ogro–.

Te rompes la cabeza por encontrar buenas razones para su suicidio, pero sin conseguirlo. Pero cuando yo te presento versiones más que contrastadas de lo que pudo...

–¡Versiones contrastadas! Pero qué diablos... Tal vez deberías preguntarte qué pintas tú en todo esto. –Finn-Erik le lanzó una mirada severa en unos ojos rojos–. Mai-Brit desapareció de tu vida hace muchos años. Había terminado contigo. Quería librarse de ti, de tu presencia, tenerte cuanto más lejos de ella, mejor, tú eras el demonio de su vida, lo peor que le había pasado nunca...

–*¡El demonio de su vida!* –rugió Even–. Eso no te lo dijo jamás, ¡maldita sea! Es algo que te inventas tú porque eres un maldito cobarde que sabe que ella todavía...

Even se detuvo en seco y se dejó caer en la silla. Se quedó un buen rato con la mirada fija en la mesa. Murmuró un «perdón» entre dientes.

Mientras tanto, Finn-Erik se había quedado paralizado hasta que, finalmente, se hundió en la silla al otro lado de la mesa.

–Era la hermana –murmuró Finn-Erik–. Era ella quien... te llamaba así.

–Sí, ya puede ser, te creo. –Even se obligó a sonreír–. Ella siempre me ha considerado una obra del diablo.

–Tienes que... –Finn-Erik volvió a ponerse en pie, con la mirada perdida–, tienes que irte ya.

La oscuridad en la calle era un poco menos compacta, y en el reloj de pared de la cocina la aguja se acercaba a las cuatro. Even sintió que su cerebro se expandía, sabía que iba a dormir muy poco, si es que lograba conciliar el sueño. Estudió a Finn-Erik con la mirada. El hombre parecía alguien a punto de entrar en coma, las mejillas hundidas y lívidas a la luz de la lámpara, los ojos dilatados en sus cuencas. Even titubeó antes de decir:

–Mañana, es decir, hoy... estaba pensando que a lo mejor deberías ir a la policía.

Finn-Erik le devolvió la mirada sin comprender.

–Ya he hablado con ellos. Fueron ellos quienes me llamaron para decirme que Mai-Brit...

–Aunque no me creas, aunque no creas en la idea de que posiblemente fue obligada a hacer lo que hizo, deberían estar al corriente de esta hipótesis y de la información que podría suscitar la puesta en marcha de una investigación. No entiendo por qué te empeñas en omitir...

–No es que no quiera –le interrumpió Finn-Erik con manchas febriles en las mejillas–, pero lo que yo quiero es... lo que ahora mismo quiero es un poco de tranquilidad, recuperar algo parecido a una vida cotidiana, conseguir que los niños se sientan seguros, que reine un ambiente acogedor, dormir por la noche, hacer que...

–Lo comprendo –dijo Even al ver que Finn-Erik no continuaba–. Lo comprendo, Finn-Erik, o eso creo. Pero lo que también comprendo es que... –Se quedó pensativo un rato antes de proseguir–: Creo que hubo alguien en la zona, cerca de aquí, aquella tarde, que vio al niño, a Stig, me refiero. Que lo vio ir de casa de la señora que le cuida hasta aquí, vio qué ropa llevaba puesta. Alguien que puede haber llamado a Mai... no, debe de haber llamado a alguien que estaba con Mai, tenía un móvil y debió de llamar al que coaccionaba a Mai. ¿Te fijaste en si había un coche aparcado en la calle que no perteneciera a algún vecino?

Finn-Erik tuvo que hacer un esfuerzo para recordar.

–No creo... a lo mejor allí en la esquina, no lo sé. Desde aquí no se ve. Pero ¿tú crees que...?

–¡Sí, demonios, sí! Creo que Mai te llamó y que tú le confirmaste que los niños estaban bajo vigilancia. Comprendió que, de hecho, alguien podría haberlo... quiero decir, secuestrarlo, al niño, matarlo, cualquier cosa, qué sé yo, en el camino de vuelta a casa. ¿Por qué, si no, iba a preguntarte aquello de la chaqueta y el gorro? Me imagino que no acostumbrabais a escenificar un concurso de preguntas y respuestas sobre la ropa de los niños cada vez que hablabais por teléfono, ¿o qué? ¿Qué?

Even se dio cuenta de que había levantado la voz innecesariamente y abrió los brazos disculpándose. Joder, qué cansado estaba.

Finn-Erik tragó saliva con tal fuerza que su nuez dio un respingo.

–Es decir, que le confirmaron que eran o los niños o ella...

–Sí, eso creo.

Finn-Erik se puso en pie de un salto y se acercó a la mesa de la cocina. Even dio un respingo cuando el otro tiró la taza en el fregadero haciendo que el café salpicara.

–¡Maldita escoria!

Finn-Erik se apoyaba en la mesa de la cocina, todo encorvado, como si estuviera a punto de vomitar.

Even se puso en pie, se acercó a él y le puso una mano en el hombro con delicadeza.

–Si quieres que la policía atrape a esos cerdos, tendrán que disponer de toda la información que se les pueda dar.

Finn-Erik se sacudió la mano de Even y se acercó a la puerta.

–Sí –murmuró, inexpresivo–. Sí, lo haré.

Su mirada se negaba a encontrarse con la de Even. Todo lo que no fuera dormir cien años le parecía un reto inalcanzable.

–Deberías ir mañana. Si quieres, yo puedo cuidar de los niños.

Even se preguntó para sus adentros qué era lo que se hacía cuando se cuidaban niños. ¿Qué edad podían tener? ¿Dos y cuatro años?

Finn-Erik asintió apático con la cabeza.

–Sí, claro, por supuesto, sí.

Even agarró su chaqueta y salió al pasillo. Se detuvo.

–¿Alguna vez oíste a Mai hablar de un tío llamado Simon LaTour? Eh... por cierto, ¿tienes el teléfono de Oslo Taxi?

Finn-Erik cogió unas llaves que colgaban de un gancho detrás de la puerta.

–¿LaTour? No. No, no creo. Ten, coge mi coche.

CAPÍTULO 17

El coche se ocultaba en la sombra de un camión aparcado, tapado de tal manera que el fulgor de la luz amarilla de la farola no llegaba al parabrisas. El conductor estaba encogido en el asiento delantero en medio de una turbia oscuridad, vigilando la casa con el objetivo de una cámara. Se oyó un clic cuando el dedo apretó el disparador; la imagen en la pequeña pantalla de la cámara se congeló durante un par de segundos. La cámara fotográfica cayó en su regazo, donde ya había unos prismáticos nocturnos de color verde. El reloj del salpicadero marcaba las 4.07, la noche se acercaba despacio a su momento más silencioso y frío. Se habían formado pequeñas partículas de hielo en los cristales. El termo que había en el asiento del copiloto estaba vacío, tan sólo quedaba un leve aroma a café en el aire. El bolsillo vibró, el conductor dejó la cámara al lado del termo y sacó el móvil.

–¿Sí? No, están en la cocina hablando. ¿Qué? Sí, de acuerdo, lo haré... Espera, ahora está pasando algo...

Habían apagado la luz de la cocina. Poco después se abrió la puerta principal, y una banda de luz amarilla cayó sobre la escalera y el jardín. Un hombre con una bolsa de viaje colgada del hombro salió, mientras otro se quedaba en la puerta, señalando algo con el dedo. Luego dijo algo, cerró la puerta y desapareció. El conductor agarró los prismáticos y siguió a la figura borrosa que se dirigía hacia un coche y lo abría. El débil ronroneo del motor rompió el silencio de la noche, el coche salió del acceso de vehículos de la casa y una luz potente barrió repentinamente la calle. El conductor se acurrucó en el asiento, dejando que el coche desapareciera en sentido sur.

–Hola, ¿sigues ahí? Sí, acaba de marcharse. ¿Te haces cargo tú ahora? De acuerdo.

El conductor devolvió el móvil al bolsillo, puso el coche en marcha y se alejó del camión. Sin hacer ruido innecesario, el vehículo desapareció en sentido contrario, perdiéndose poco después por las innumerables calles de la ciudad, como si nunca hubiera existido.

CAPÍTULO 18

La luz de las farolas se deslizaba por encima del parabrisas en oleadas rítmicas. Even miró en el retrovisor, redujo la marcha y giró a la izquierda sin poner el intermitente; no se acordó de él hasta después de girar. Hacía mucho tiempo que no conducía un coche. Se dio cuenta de que la calzada estaba resbaladiza por culpa del hielo y no aceleró. Su mirada volvió a buscar el retrovisor para ver si alguien le seguía. Las luces de una furgoneta se acercaron con rapidez, se pegaron a su coche y le obligaron a echarse hacia el arcén mientras seguía sus movimientos con una mirada tensa. De pronto, la furgoneta le adelantó levantando cascadas de nieve sucia mientras bajaba a toda velocidad por Sognsveien y desaparecía en la oscuridad. Ponía VG en uno de los costados de la furgoneta. El cuarto poder del Estado tenía que llegar a destino con sus noticias vitales. Even giró a la izquierda y, poco después, a la derecha sin detectar ningún faro que le siguiera.

Las ruedas rozaron el borde de la acera al aparcar. Cuando Even se montó en él, el coche estaba recién lavado. Pasó una mano por el techo antes de cerrarlo con llave, mientras se imaginaba a Finn-Erik un domingo por la mañana, antes de ir a misa, lavando y frotando los guardabarros. Vio a una Mai sonriente en la cocina con el delantal puesto preparando la comida, mientras los niños se vestían con traje de marinero y un vestido rosa de tul. La familia feliz. ¿A quién demonios se le ocurría conducir un Datsun voluntariamente?, pensó Even, mientras comprobaba que las puertas estuvieran bien cerradas, justo antes de agarrar la bolsa de viaje y tomar el sendero enlosado. Después de una ducha se echó sobre la cama y se puso a mirar el techo. Su cuerpo estaba tenso y se negaba a descansar, se comportaba como si llevara un luchador de lucha libre en la espalda.

De repente, un despertador bramó en la casa de al lado, alguien lo apagó y no tardó en oír a su vecino panadero traqueteando y hablando con su esposa como a través de una capa de lana, ¿o era la radio la que estaba sonando? Después todo volvió a quedar en silencio, la puerta principal se cerró de golpe y un coche se puso en marcha al otro lado de la casa. Estuvo un rato zumbando sin moverse del sitio, seguramente mientras el panadero retiraba el hielo del parabrisas. Le dio gas, se oyó el breve chirrido de una correa floja y el coche desapareció, perdiéndose entre el sonido de su propia respiración.

De momento, los demás vecinos se mantenían en silencio y tranquilos. Al fin y al cabo, era día festivo.

Even levantó la mano y se llevó un dedo a la frente. Fue bajándolo lentamente hasta llegar a la boca, abrió los labios e introdujo la punta del dedo en las fauces. Lo notó descansar en el labio inferior como si fuera el frío cañón de una pistola, sintió cómo las náuseas se abrían camino, emitió un «puff» y se encogió hacia un lado, mientras el dolor se desplazaba del estómago a la garganta.

¿Por qué tuvo que morir? Si alguien se había merecido un tiro, ése era él. Ella había sido una persona cálida y buena. Casi demasiado buena para ser de verdad. Tan buena que Even, en los primeros tiempos, la consideró una ingenua. En su mente no cabía ni una sola idea perversa. Para ella la maldad era algo que pertenecía al diablo, algo que se hallaba en un mundo que mantenías alejado yendo a misa. Y rezando. Así de sencillo era para ella. Para ella, la maldad simplemente se encontraba en otro lugar. Mai no sabía que compartía casa con ella, que comía con ella, cenaba, dormía con ella cada noche.

Él nunca le había hablado de su pasado. Se había limitado a contarle que su madre había muerto cuando él era joven. Del padre no sabía nada. O eso le dijo. Ella había comprendido que se trataba de algo de lo que él no quería hablar, y durante los primeros años habían evitado los temas conflictivos. Sin embargo, a medida que fue pasando el tiempo, ella quiso conocer los secretos profundos. Al fin y al cabo, Even era la persona con la que quería compartir el resto de su vida. No debía quedar nada por decir entre ellos, dijo. Mai empezó a hacer preguntas. ¿Cuándo había muerto la madre, cómo, por alguna enfermedad? ¿Dónde estaba enterrada? Y el padre, ¿sabía Even quién era, tenía nombre? Even se había negado a contestar, se fue dando un portazo, hizo añicos las preguntas entre la puerta y el marco de la puerta, hizo añicos el deseo de Mai de seguir profundizando en el asunto. Por un tiempo.

Porque las preguntas volvieron. Ella exigía saber, decía que ese silencio no era natural.

Sin embargo, él nunca había dicho nada. Ni siquiera cuando ella enmudeció, cuando él empezó a sentir que había algo que andaba terriblemente mal. Jamás.

No podía ser de otra manera.

Even se estiró, estuvo un rato echado hasta que acabó por rendirse. No podía dormir. Se levantó y se sentó en la cocina con un cigarrillo. Qué rápido había recuperado el viejo vicio. A Mai no le habría gustado. O ella o el tabaco, le había dicho.

Apagó el cigarrillo en el fregadero y se fue a un pequeño cuarto lleno de trastos. Después de haber revuelto unas cuantas cajas de cartón encontró lo que buscaba: un estuche de cuero con cinco pequeños cuchillos de hierro fundido. De lanzador de cuchillos. Los había comprado hacía muchos años, cuando se fueron por primera vez a pasar unos días con la familia de Mai a su casa de campo; le había asaltado la idea tenebrosa de que necesitaba algo con lo que defenderse contra la naturaleza, los osos, los glotones o lo que pudiera encontrar ahí. Él era un chico de la capital, de Oslo, del tipo urbano; el parque del castillo, Slottsparken, y un paseo por la ribera del río Akers era toda la naturaleza que necesitaba. Los viajes a Nord y Østmarka no eran para él, él no era ningún pijo, eso era para los que seguían las tendencias, los que hacían lo que tocaba, ésa siempre había sido su postura. Sin embargo, la naturaleza lo había impresionado, había apelado a aspectos de su personalidad que hasta entonces desconocía, le había llevado a dar largos paseos sin un libro que leer, sin un walkman, sin papel y lápiz. Sin nada más que sus propios pensamientos y todo lo que brotaba a su alrededor en la naturaleza grandiosa de Rendalen. Todo aquello había tenido tal influjo sobre él que decía que la cabaña en el campo era su segunda musa y le hablaba de ella constantemente a Mai para que volvieran. Mai creyó que también era la compañía de la familia lo que le atraía, y se sintió aligerada y feliz al descubrir que lo que tanto temía, era todo menos un problema. A menudo intentaba que parte de su familia coincidiera con ellos en Rendalen cuando subían a la cabaña. Even no tardó en darse cuenta de que los cuchillos eran inútiles e innecesarios contra la ferocidad de la naturaleza, aunque tenían su utilidad contra la sociabilidad sonriente y cristiana de la familia Fossen. Cuando las bendiciones de la mesa, los cantos y los gorjeos se desmandaban, Even solía sentarse en la escalera que subía hasta la cabaña y lanzaba los cuchillos. Había un tocón a una distancia adecuada, a unos cinco o seis metros, y Even lanzaba los cuchillos una y otra vez, decía que sí a todo y seguía lanzando cuchillos cuando el suegro se sentaba a su lado para charlar, o la hermana de Mai, Karen, le preguntaba si estaba bien, y su horrendo marido se acercaba para hablar de la vida y de la muerte. Al fin y al cabo, no podía pasarse el día paseando, ni haciendo el amor con Mai al lado del mar, que era su segundo mejor pasatiempo durante aquellos fines de semana que pasaban en la cabaña. Por lo tanto, no paraba de lanzar los cuchillos, una y otra vez, y pronto Even adquirió tal destreza que un buen día seleccionó otro blanco, un tronco a ocho metros de distancia. Para su sorpresa, descubrió que era como volver a empezar.

Aprovechando la minuciosidad de las matemáticas, empezó a analizar el proceso. La distancia, la velocidad de los cuchillos a través del aire y su rotación. Estos tres factores eran decisivos. En su cabeza montó una ecuación, calculó y dejó que el brazo lanzase el cuchillo una y otra vez, aprendió de los errores, volvió a lanzar y descubrió la capacidad de los músculos para darle la velocidad adecuada, y el leve giro de la muñeca para que la rotación fuera pequeña, pero suficiente. Cuanto mayor era la rotación, más difícil era calcular el blanco. Buscó otros blancos, otras distancias, más cortas y más largas, perfeccionando su lanzamiento hasta tal punto que su suegro llegó a afirmar que podría trabajar en un circo perfectamente. Se trataba de una broma, naturalmente. Nadie en aquella familia conocía a nadie que trabajara en un circo. Y tal vez era mejor así.

Dejó el estuche sobre la mesa y se puso a hacer café. Mientras la cafetera burbujeaba, Even sacó los cuchillos, uno detrás de otro, y pasó el dedo por el filo. Estaban hendidos, pero aún podría afilarlos y dejarlos prácticamente como nuevos. Nueve años, quizá diez, calculó. La vida media de un visón. Ése era el tiempo que había pasado desde que los utilizó por última vez. Los viajes a la cabaña se fueron espaciando cada vez más, cuando adquirieron la casa adosada; poco a poco, Even se fue dando cuenta de que, de hecho, para encontrar la soledad de la naturaleza le bastaba con hacer un corto viaje en coche hasta Østmarka. Olvidó los cuchillos, y Mai, a la que nunca le había gustado demasiado aquel pasatiempo, los guardó.

Even se sirvió café y fue a por una piedra de afilar en el trastero. Aprovechó para llevarse la vieja y ruinosa diana a la cocina y la colocó sobre la mesa de trabajo, llenó un vaso de agua y se puso a afilar los cuchillos. Había algo tranquilizador en el rechinar del metal contra la piedra y era fascinante ver cómo el filo mellado poco a poco se alisaba y empezaba a relucir. Se preocupó de no dejarlos demasiado afilados, sólo punzantes. Tardó lo suyo, y al final se conformó con afilar dos de los cuchillos. Luego se dio la vuelta y fijó la mirada en la diana.

Levantó la mano lentamente, apuntó y lanzó. El cuchillo dio contra la diana con el canto y cayó al suelo con un tintineo. Levantó el otro cuchillo y lo lanzó con un pequeño giro. El cuchillo se enganchó torcido en el círculo negro y acabó cayéndose. Recogió los dos cuchillos, y en lugar de sentarse se quedó de pie para seguir lanzándolos. El primero se clavó en la puerta, al lado de la mesa de cocina, justo encima de la diana. Even maldijo. El siguiente se clavó en el centro de la diana con tanta fuerza que luego le costó desengancharlo.

Siguió lanzando los cuchillos un rato, desplazándose por toda la cocina. Se fue al salón y lanzó un cuchillo a través de la puerta. Fue sintiéndose cada vez más seguro a la hora de medir las distancias y recuperó la vieja sensación de tener el control total.

También en el trastero encontró una vieja cinta para el pelo que mantenía cerrada una caja de zapatos.

Rambo. Se sintió como Rambo cuando se inclinó, se levantó la pernera y enrolló la cinta varias veces alrededor del tobillo. Le apretaba. Introdujo con mucho cuidado la punta del cuchillo por debajo de la cinta y lo empujó hacia el pie hasta que quedó bien sujeto. Se incorporó y empezó a pasearse por la estancia. Notó que la punta del cuchillo le pinchaba en el costado del pie. Si se caía o se veía obligado a desplazarse rápidamente hacia un lado, se pincharía, incluso podía llegar a clavarse el cuchillo. Se sacó el cuchillo y le dio la vuelta, lo dejó con la punta hacia arriba. Tendría que ir con mucho cuidado al agarrarlo si no quería cortarse la mano. Cuando fue al baño para orinar, ya no notaba el cuchillo.

Miró la hora en el reloj. Había llegado el momento de dirigirse a casa de Finn-Erik y hacer de canguro de los niños.

CAPÍTULO 19

Menos mal que Finn-Erik no le había pedido ver el carnet de conducir, pensó Even al aparcar el coche.

Finn-Erik se había afeitado, pero seguía teniendo el mismo aspecto miserable de hacía unas horas. Even obvió preguntarle si había dormido. Line y Stig lo miraban desde su escondite detrás del padre. Even se sentía terriblemente grande y lúgubre. Intentó sonreírles.

–He hecho gachas para los niños. Si se las das, luego podrán jugar. Acabo de cambiar a Line, y sólo le tendrás que cambiar el pañal si se hace caca.

Even levantó la cabeza asustado.

–Pero no creo que lo haga –dijo Finn-Erik y sonrió cansado–. Lleva unos días estreñida –se quedó unos segundos sin saber muy bien si quedaba algo más por decir–. Bueno, pues me voy. He hablado con Stig y le he explicado que tú los cuidarías. Tengo la impresión de que le parece divertido. Estaba muy intrigado por enterarme si sabías jugar al Lego. –Finn-Erik señaló en dirección a una puerta en el pasillo–. Recuerda, Stig, que no puedes bajar al sótano. –El niño asintió enérgicamente–. Las escaleras son muy empinadas y no te puedes fiar demasiado de la barandilla –le explicó Finn-Erik a Even.

Finn-Erik recuperó las llaves del coche, abrazó a los niños y se fue.

Even desplazó el peso de un pie a otro, los niños lo miraban fijamente. Entonces Stig lo cogió de la mano.

–Venga, señor –dijo y se llevó a Even a la cocina. Éste miró a Line, que no se movía.

–Supongo que debería llevarme... –murmuró, volvió atrás y quiso coger a la niña en brazos.

Ella prorrumpió en un chillido, Even trastabilló y se llevó las manos a la espalda.

–Line ya vendrá –dijo Stig con una madurez que no se correspondía con sus años y se lo llevó. Se sentaron a la mesa y Stig sopló sobre sus gachas y empezó a comer–. ¿Quiere comer, señor? Papá dice que hay más en la olla.

–Even. Me llamo Even –dijo Even y sacó un plato del armario–. Puedes llamarme Even.

–Sí. Hay cucharas allí –dijo Stig, señalando hacia un cajón.

Line apareció en el vano de la puerta y se puso a mirarlos. Poco a poco fue acercándose a su sillita y terminó por subirse a ella. Even le acercó el plato con las gachas y se puso a comer él también. Pensó que si no abría la boca, a lo mejor ella no se asustaba.

–Mamá está de viaje –dijo Stig, mirando a Even con ojos muy grandes–. Está de viaje y ya no volverá a casa nunca más. Se ha ido muy lejos, pero no es porque nosotros hayamos sido malos, sino porque se ha muerto. –Se metió una cucharada grande en la boca y señaló la nevera–. ¿Podemos tomar un poco de leche, señor?

–Even –dijo Even, sintiéndose como un idiota.

Sacó la leche de la nevera y fue a por vasos en el armario.

–Line tiene su propia taza –dijo Stig–. Es de color azul.

Even encontró la taza azul. Tenía el fondo pesado para que no fuera fácil tumbarla.

Se pasaron un buen rato comiendo sin decir nada. Los niños masticaban ruidosamente y bebían. Line no dejaba de mirar a Even con aquellos ojos azules y serios, le seguía constantemente con la mirada, como si tuviera que vigilarlo para que no hiciera nada malo. Even se preguntó cómo se esperaba que tenía que conversar con aquellas personitas. Mai había empezado a hablar de tener hijos pronto y él había evitado hablar del asunto simpre que pudo. Cuando finalmente la pregunta surgió de forma directa: «¿cuándo?», él habló de la situación económica y le recordó que ambos estaban estudiando. Antes debían tener un trabajo fijo, dijo, y se sintió terriblemente burgués. Acabaron los estudios y ambos consiguieron un trabajo, relativamente fijo, y lo bastante interesante como para que Mai, por un tiempo, olvidara lo de tener hijos. Sin embargo, transcurrido un tiempo, volvió a hablar de ello.

–¿Qué es eso? –le preguntó Stig y Even se llevó la mano al ojo.

–Una cicatriz, me hice daño y me salió sangre –dijo Even, recordando la cómoda del pasillo.

Recordó cómo había gritado su madre al ver la sangre saliendo a borbotones. El médico le había dado cuatro puntos y se había reído de la historia de la bicicleta que le había contado la madre: «Los niños de nueve años tienen que caerse de la bicicleta –había dicho–. Forma parte de la infancia». Even había murmurado algo, la madre le había dicho «ssshhhh» y lo había agarrado del brazo, el médico había sonreído y le había dicho que debía tomarse dos pastillas contra el dolor antes de irse a dormir y...

–Yo también he sangrado –dijo Stig, se levantó la pernera con dificultad y le mostró una rodilla cubierta de viejas magulladuras y costras.

Cuando los niños se acabaron las gachas, los tres se trasladaron al salón. La estancia era alargada, con una mesa de comedor que daba a la cocina y un rincón con sillones y un sofá y el televisor en el otro extremo. Estándar noruego. Even se sentó en el sofá y alargó el brazo para coger el mando a distancia.

–¿Jugamos? –dijo Stig.

Even se puso en pie y lo acompañó hasta un rincón donde había una mesa y dos sillas para niños. Al lado de la mesa había una estantería con cajas de juguetes. Stig cogió una de las cajas y sacó unos juegos de Duplo.

–Podríamos construir un castillo –dijo Stig–. Y así tú te puedes quedar con el dragón y los cerdos, y yo vivo en el castillo y te lanzo piezas de Duplo.

–¿Y Line? –dijo Even y miró a la niña, que se mantenía a cierta distancia de ellos.

Stig hizo caso omiso de la pregunta y empezó a construir un castillo mientras seguía hablando y sin preocuparse de si alguien le escuchaba o no. Even agarró una muñeca de un estante y se la mostró a la niña.

–¿Es tuya, Line?

La niña se acercó, le arrancó la muñeca de las manos y desapareció por la puerta. Even esperó, pero la niña no volvió a aparecer. Even salió del salón y asomó la cabeza por la puerta de una estancia que parecía un estudio. Había un escritorio con un PC al lado de la ventana. Line estaba sentada debajo del escritorio con la muñeca debajo del mentón y con unos ojos que no parpadeaban. A sus pies había un libro infantil: *El gran día del caos*, del que había arrancado una página. Even cruzó el umbral con cautela, inseguro ante la posible reacción de la niña, pero ella se limitó a abrazar la muñeca con fuerza mientras Even examinaba el estudio.

Había una pequeña mesa de café y dos butacas gastadas alineadas contra una de las paredes; contra la otra había una estantería de Ikea repleta de libros, revistas especializadas, carpetas de anillas, un viejo reproductor de CD y una pequeña selección de CD.

Even se acercó: 10cc, Billy Idol, Duran Duran, Sigvart Dagland, Sissel Kirkjebø. Even se echó las manos a la cabeza. Definitivamente, no era música de Mai, ni siquiera ese Dagland. A ella nunca le había interesado la música que Even solía llamar pop cristiano. Si bien era cierto que había contribuido con un disco de Oslo Gospel Choir al matrimonio, Even nunca había tenido que soportar que lo pusiera. Tenía que ser Finn-Erik el responsable de aquel batiburrillo del mal gusto musical.

En un tablón de anuncios sobre de una de las butacas, las fotografías se solapaban: Finn-Erik rodeando con sus brazos a una Mai embarazada. Mai y un pequeño Stig en la playa. Finn-Erik y Mai en la escalinata de una iglesia, vestidos de novios, felices y recién casados. Sin duda, llegaban un poco tarde a la boda, porque Mai estaba visiblemente embarazada, pensó Even. Una última fotografía se escondía detrás de las otras y Even la descolgó: toda la familia, los cuatro riéndose, delante de la cabaña de Rendalen. Even sintió un malestar físico al ver la cabaña al fondo y soltó la fotografía, que cayó sobre la mesa del escritorio. Le dio la espalda a la familia feliz. Pensó que Mai a lo mejor había cambiado de gustos musicales en los últimos cinco años. De Beethoven, Schubert y Chopin a los clásicos del pop, como Bon Jovi, Rod Stewart o Phil Collins.

Un Jesús sufriente le miraba desde lo alto de un crucifijo de plástico que colgaba en el tablón y Even apartó la vista con un gemido reprimido.

Line lo siguió de cerca cuando él se inclinó con una sonrisa preventiva para apretar el botón de *on/off* del ordenador, al lado de la rodilla de la niña. El disco duro crujió y zumbó y, acto seguido, regresó a la vida.

Acercó la silla de oficina y empezó a rebuscar en el escritorio y «Mis documentos» del PC, por si encontraba el nombre de Mai por algún sitio, pero no había nada. Ni tampoco nada con el nombre de Phönix. Ni «historia». La mayoría eran archivos con cartas relacionadas con el trabajo de Finn-Erik en la aseguradora, o eran extractos de la economía familiar, pagos de la casa, del coche, etcétera. Even miró a su alrededor en busca de disquetes y CD, encontró algunos, pero también éstos parecían pertenecer al hombre de la casa o a su trabajo.

Cuando buscó el icono del Outlook Explorer, Even descubrió sorprendido que el ordenador no estaba conectado a la red. Apagó el aparato y se sentó en una butaca. Sobre la mesa había dos montones de libros. Agarró el primer libro de uno de los montones.

–¡Jesús! –murmuró. David Brewster, *Memoirs of the Life, Writings, and Discoveries of Sir Isaac Newton,* tomo 1.

Cogió otro libro.

–¡Diablos! –exclamó, y se quedó mirando atónito.

–¡Palabrotas no! –dijo la niña en un tono de voz serio desde debajo de la mesa del escritorio.

Even asintió con la cabeza, igual de serio y volvió a fijar la mirada en el libro. David Castillejo. *The Expanding Force in Newton's Cosmos: As Shown in his Unpublished Papers.* Even repasó todo el montón de libros. Había dos más sobre Newton, y luego había una obra antigua manuscrita titulada: *Origins of Gentile Theology*. El resto eran, por una parte, libros de historia de alrededor del año 1700 y, por otra, libros sobre las aves en Noruega, sobre todo las de los condados de Akershus y Østfold.

Even hojeó los libros de Newton. Había frases subrayadas en varias páginas, y algún que otro comentario escrito al margen con la letra clara y fácil de entender de Mai: bm!, alc!, not. Pers, etcétera. ¿Había pensado Mai en publicar alguno de ellos? Poco probable, eran demasiado secos, demasiado especializados y demasiado ingleses. Pero ¿a lo mejor se trataba de lecturas complementarias para preparar un nuevo libro que había que traducir, o tal vez incluso escribir?

Una sensación de enojo oprimió el pecho de Even. La sensación de haber sido arrinconado e ignorado. Era extraño que Mai no se hubiera puesto en contacto con él, si realmente trataba de sacar algún libro sobre el viejo gigante.

Encontró una página con cálculos sobre los movimientos orbitales de los cuerpos y cerró los ojos de pura nostalgia ante las anotaciones sin precedentes y trascendentales de aquel genio. Hacía ya trescientos años que habían sido escritas, y el mundo seguía dependiendo de ellas si se trataba de entenderlo. Lo que Newton hizo por las matemáticas y la física se correspondía a lo que Jesús había hecho por el cristianismo, ¡no, incluso más!, pues a los indios y los chinos Jesús podía importarles un comino, pero no pudieron eludir los descubrimientos de Newton...

–¡¿Qué estás haciendo aquí?!

Even parpadeó febrilmente para aclarar la vista.

–¡Vaya! Me temo que me he quedado dormido.

–No tienes nada que hacer aquí, no tienes derecho a fisgonear entre nuestras cosas. –Finn-Erik se dio una palmada en la pierna airado y se fue hacia el escritorio, agarró la fotografía de Rendalen y la devolvió al lugar que había ocupado en el tablón–. ¡Sal de aquí inmediatamente!

Even se puso en pie.

–Pero por Dios, si sólo estaba aquí sentado...

–¡Fuera!

–De acuerdo, de acuerdo, relájate.

Finn-Erik cerró la puerta de golpe y los niños, que estaban sentados en el rincón de los juguetes con sus muñecas y su Lego, los miraron con los ojos muy abiertos.

Se dirigieron a la cocina y Even tomó asiento mientras Finn-Erik preparaba el almuerzo visiblemente enfadado. Even cogió una rebanada de pan, y comió un poco antes de preguntar:

–¿Qué ha dicho la policía?

Finn-Erik llamó a los niños y los sentó a la mesa antes de contestarle, y ni siquiera entonces le miró.

–Pues no han dicho gran cosa o, mejor dicho, el inspector de policía Molvik no dijo gran cosa. –Finn-Erik preparó unas rebanadas de pan para los niños mientras hablaba con Even–. Anotó todo lo que le conté y dijo que se pondría en contacto conmigo si tenía alguna pregunta que hacerme o hubiera alguna novedad.

–Ese Molvik, ¿has dicho que ahora es inspector jefe? ¿No le pareció que Mai fue obligada a hacer, ya sabes, lo que hizo? –Even se sirvió leche en un vaso y miró el contenido con asco. En realidad no le gustaba la leche, pero tenía necesidad de verter, ver que algo se movía, hacer algo con las manos–. Quiero decir, puesto que a mí también me metieron una bolsita en el equipaje, es obvio que la cocaína de Mai...

–Lo dije. Le dije que ella nunca... quiero decir... –Finn-Erik miró de reojo a Stig, que seguía la conversación atentamente mientras comía–. Le dije que ella jamás... si no era que la obligaban. Le dije que ella nunca sería capaz de drogarse. También le conté que... –Hizo un gesto con la cabeza en dirección a Stig, aunque sin mirar al niño–. Le conté que ella sabía lo que llevaba puesto el niño y que alguien debió de verle, pero...

–Pero ¿qué?

–Pero me temo que no entendió el fondo de la cuestión, ni siquiera creo que le diera ni la menor la importancia. La única vez...

–¿Sí?

–La única vez que el inspector Molvik pareció más o menos interesado fue cuando le mencioné que tú habías encontrado una bolsita con un polvo blanco en tu bolsa de viaje y que la habías vaciado en el retrete. Me preguntó por qué no habías ido a la policía con lo que encontraste, me preguntó qué tipo de persona eras, dónde trabajas, tu relación con Mai-Brit, y cosas por el estilo. Cuando le dije tu nombre, murmuró que entonces ya se lo explicaba todo. –Finn-Erik miró a Even–. ¿Qué es lo que comprende?

–¿Cómo quieres que lo sepa? –le contestó Even secamente.

–Pero añadió algo... extraño, lo dijo casi para sus adentros, pero cuando se dio cuenta de que yo lo había oído, se retractó y dijo que no era más que una manera de hablar, algo que no debía tomar en serio.

Finn-Erik enmudeció, con el cuchillo hundido en la mantequilla, y se quedó mirando a Even pensativo.

–Bueno, ¿y qué fue lo que dijo?

Even notó cómo la irritación empezaba a despertarse debajo de la piel. Nunca iban a dejarle en paz. Era como si el pasado nunca se rindiera. Molvik seguía fisgando y siguiendo tozudamente su rastro como un maldito sabueso.

–Dijo que «no es la primera vez que ese bellaco tiene sangre en las manos». ¿Qué quiso decir con eso?

Even sintió un martilleo en la sien y se puso en pie para echar la leche y llenar el vaso de agua fría. La bebió lentamente en un intento de tranquilizarse.

–No sé lo que ha querido decir –respondió y volvió a sentarse–. Supongo que era, como él te dijo –añadió–, una forma de hablar, qué sé yo. Sólo espero que haga algo con respecto al sui... –Even vio dos pares de ojos infantiles que le seguían como cachorros persiguiendo un palo–, eh, al comportamiento independiente de Mai.

–Es posible que se ponga en contacto contigo.

Finn-Erik depositó una nueva rebanada de pan en el plato de Stig y se entretuvo un rato hablando con el niño del tipo de fiambre que quería para su pan.

–Eso espero –mintió Even dirigiéndose al pan en el plato. Agarró el tarro de cristal con la mermelada y untó la rebanada con una capa demasiado gruesa. Bebió un sorbo de café para poner el cerebro en marcha de nuevo–. ¿Estaba Mai trabajando en un libro sobre Newton?

–¿Newton? Sí, es posible. Como ya te he dicho antes, tenía mil cosas entre manos. Estuvo leyendo y documentándose bastante sobre el siglo XVIII porque habían recibido un manuscrito, una novela negra histórica sobre un asesinato y un fraude de aquella época. Odin Hjelm le pidió a Mai-Brit que editase el manuscrito, es decir, que comprobase si contenía anacronismos o cosas por el estilo. Lo sé porque Mai-Brit me preguntó si entonces existían las compañías aseguradoras, para la gente normal, claro.

–¿Y existían?

–No lo sé. No conozco la historia de las aseguradoras, sólo sé cómo son hoy en día.

Even bajó la mirada hacia la taza. ¿Realmente había sido, él, Even Vik, un cabrón tan grande que esa alternativa indolente e insensible que estaba sentado al otro lado de la mesa era preferible a él? Un agente de seguros que observaba pájaros en su tiempo libre, ¡voluntariamente!, en lugar de ayudar a su mujer cuando le hacía preguntas interesantes.

–En el siglo XVII, Pierre de Fermat trabajó duramente hasta llegar a las reglas de lo que luego sería la teoría de la probabilidad –dijo Even–. Es casi una necesidad vital para las compañías de seguros. La aplicáis cada día cuando tenéis que calcular los riesgos, se trate de un seguro de vida o de un seguro por enfermedad, o lo que sea.

–¿De verdad? –contestó Finn-Erik; untó otra rebanada de pan para Line y preguntó a Stig si había terminado.

Después, Finn-Erik recogió la mesa y envió a los niños al jardín a jugar. Los dos hombres se trasladaron a la mesita del sofá con el café para así poder vigilarlos desde allí.

–He pensado una cosa –dijo Even y sacó la carta de Mai del bolsillo. Estaba ya tan gastada que había empezado a deshacerse por los pliegues–. Si te fijas en el texto, verás que la palabra «corazón» se repite cinco veces.

–Sí –dijo Finn-Erik mientras observaba un carbonero común que se había posado en una rama justo enfrente de la ventana.

–¿No te parece extraño? Lo que quiero decir es que Mai era historiadora, y en los últimos años estuvo trabajando para una editorial. Eso quiere decir que se pasaba el día escribiendo, una parte importante de su trabajo consistía en redactar con claridad. Y también en mantener un ojo crítico sobre lo que otros escribían. Yo diría que evitar clichés y lugares comunes era su especialidad. No estoy diciendo que se trate de clichés –prosiguió rápidamente al descubrir que los ojos de Finn-Erik se estrechaban–. Al contrario, no dudo de que lo que escribió lo hiciera de todo corazón. Pero... entiéndeme, intento encontrar algún resquicio en la carta por donde meterme. Descubrir si hay algo que pueda explicarme qué pretendía decirme, sí, eso también. Y cinco veces «corazón» son muchas. –Even abrió los brazos–. Es lo único que he podido descubrir hasta el momento, bueno, si dejamos de lado el «sustraendo». Pero eso no me dice nada, aparte de que la carta también estaba dirigida a mí.

Finn-Erik cogió la carta y la sostuvo por una esquina; leyó un trozo y Even vio que los ojos se le llenaban de lágrimas.

–Disculpa –dijo el hombre y abandonó el salón.

Even oyó el crepitar de un rollo de papel de váter y después una nariz que se sonaba ruidosamente. Los rayos del sol de marzo entraban oblicuamente a través de la ventana y un sinfín de pequeñas partículas de polvo bailaban en la banda de luz dibujando unos movimientos plácidos, élficos. Como si el tiempo anduviera a cámara lenta. Even se dio cuenta de que era el último día de marzo. No porque importara; marzo o abril, qué más daba, el tiempo había estado parado desde el viernes de la semana pasada, se había detenido en su oficina, con el teléfono en la mano, escuchando hablar a Finn-Erik. El tiempo mundial sí andaba, pero su tiempo personal había quedado suspendido en una especie de vacío. No había muerto, simplemente esperaba.

No sabía decir qué esperaba concretamente. Even se llevó la mano al estómago. Sólo él parecía seguir adelante con su propio ritmo habitual: tenía hambre, gruñía, producía gases, se vaciaba. Dolor. El dolor era nuevo. Le atacaba un par de veces al día, obligándole a doblarse en un gesto de impotencia. Se puso en pie y empezó a pasearse inquieto por el salón. De pronto, le entraron ganas de escuchar el saxo amortiguado de Stan Getz interpretando *Misty*. Así era como se sentía: amortiguado y nebuloso. Oyó que Finn-Erik tiraba de la cadena en el baño. Desde luego, no se podía esperar mucha ayuda de aquel tío, pensó, y se detuvo delante de la estantería. También ésta era estándar noruego. El televisor empotrado en un estante a la altura de la barriga, figuritas de porcelana y un par de fotos de la familia dispuestas sobre los estantes. Había una caja con un juego de parchís colocado oblicuamente encima de un juego de cartas con una goma elástica alrededor. Even levantó la caja y se llevó el juego de cartas a la mesa, movió el termo y empezó a montar un solitario. Eligió un solitario al azar, el primero que se le ocurrió. Colocó cuatro cartas boca abajo y luego cuatro cartas abiertas en la misma fila. Repitió el procedimiento. «El anónimo», se llamaba aquel solitario. Un nombre muy adecuado, ahora que perseguían a un saco de mierda anónimo que había...

Se detuvo y se quedó mirando la carta que tenía en la mano: *cinco de corazones*. La camarera del hotel, Raffaela, había dicho algo sobre...

–¡Oye, Finn-Erik! –Even estuvo a punto de volcar la taza de café cuando se levantó de la mesa de golpe. Atravesó el salón–. ¡Finn-Erik! ¿Hacía solitarios? Quiero decir, ¿Mai hacía solitarios cuando estaba de viaje? ¿Y aquí en casa, y...?

Finn-Erik apareció desconcertado en el vano de la puerta del baño, secándose la cara con una toalla.

–¿Solitarios? Bueno, sí, supongo, eso creo. Había un juego de naipes en su equipaje. A menudo se sienta... se sentaba aquí en casa y se ponía a hacer solitarios, sobre todo cuando tenía problemas de trabajo. Decía que le ayudaba a concentrarse. –Finn-Erik sonrió cauteloso, como si quisiera disculpar esa idea tan estúpida.

Even se volvió para ocultar la mirada divertida que no lograba reprimir. «Haz un solitario», le había dicho una vez a Mai, y ella lo había mirado indignada. «Tengo un examen el lunes y ahora tú pretendes que juegue a las cartas.» «No, jugar a las cartas no, hacer un solitario. Es completamente distinto.» Even había adoptado una postura propia de Cicerón y había dicho con mucho énfasis: «El efecto meditativo del solitario sobre la mente y el espíritu, y el influjo refrescante sobre el intelecto no se puede infravalorar. Después de un solitario o dos eres un ser humano nuevo y, sin duda, mejor». Mai había intentado darle con un calcetín sucio y lo había perseguido por todo el patio. Sin embargo, más tarde tuvo que darle la razón. Se había sentado con «el 7», uno de los más fáciles, para principiantes. A lo largo de los años se había vuelto, si no más, sí tan forofa de los solitarios como Even, y ambos habían competido para decidir quién de ellos era capaz de solucionar el mayor número y la mayor variedad de ellos.

–¿Por qué? –dijo Finn-Erik.

–Porque se me ocurrió algo con lo de los cinco corazones, me refiero a los de la carta. –Even examinó detenidamente el cinco de corazones que sostenía en la mano. No había nada que ver en la cara del naipe, aparte de los cincos y los corazones rojos–. ¿Qué juego de naipes se llevó a París? ¿El que he encontrado en la estantería?

–Sí, no tenemos otro.

Even le dio la vuelta a la carta, tampoco había nada escrito en el dorso. La sostuvo en el aire a contraluz. La movió hacia delante y hacia atrás delante de la luz.

–¡Espera! –exclamó Even, excitado–. Aquí hay algo. ¿Tienes un lápiz?

Finn-Erik entró, confuso, en el estudio y volvió con uno nuevo, recién afilado. Even colocó la carta contra la pared, le dio la vuelta al lápiz y pasó el extremo romo por encima del dorso de la carta. Poco a poco fueron apareciendo cinco letras desiguales que formaban una palabra: KITTY.

CAPÍTULO 20

Akershus

«El espacio absoluto, en su propia naturaleza y sin relación a nada externo, permanece siempre similar e inmóvil. El tiempo absoluto, verdadero y matemático, en sí mismo por su propia naturaleza, fluye de una manera inmutable y sin relación alguna con nada externo.»

Mai-Brit dejó el libro en el regazo, con el dedo como punto de libro, y echó la cabeza atrás. Con una mano laxa se quitó el sombrero de paja y lo dejó caer sobre la arena para que el sol pudiera devastar libremente su cara. «Necesito vitamina D para poder resistir un largo invierno», pensó, antes de concentrarse en lo que acababa de leer.

Si según Newton todo tiempo, se le llamase absoluto, verdadero o matemático, es similar en su propia naturaleza, entonces se suponía que el tiempo pasaba con la misma velocidad todo... el tiempo. Que una hora es una hora para todo el mundo, sin importar quién ni dónde. Y lo mismo se daba en el caso del espacio absoluto. Tenemos un lugar fijo y universal al que referirnos, que es inalterable y que no puede ni crecer ni disminuir. Y basta. Sencillo, claro y comprensible.

Si bien Newton en muchos aspectos era un avanzado de su época, para una mente moderna su pensamiento podía parecer anticuado y rayaba en la ingenuidad infantil. Sin embargo, tuvieron que pasar casi doscientos años hasta que Einstein pudiera pensar la teoría de la relatividad que acabaría con el concepto de Newton del tiempo y del espacio. Mai-Brit se imaginó a Newton sentado en su estudio, contemplando el espacio, midiendo a ojo cómo se extendía de una esquina a otra, de una pared a otra, del techo al suelo. Naturalmente, no podía ser distinto para cualquier otra persona que entrara en la estancia. Lo vería de la misma manera que él. Creer otra cosa era absurdo. Simple y llanamente ilógico. Seguramente, debió de resoplar indignado y dirigir la mirada a su reloj. Si para él el tiempo fluía durante veinticuatro horas al día, también tenía que hacerlo para todos los demás en el mundo. Y una hora era una hora, vivieras en Cambridge, París o Bombay. La sensación de una hora era la misma.

–¡Mamá, mamá! ¿Podemos tomar un helado? –La voz de Stig subía de tono a medida que se acercaba–. Mamá, ¿podemos tomar un helado?

–Mamá, helado. –La pequeña Line tiró de su brazo y Mai-Brit notó cómo un hilo de arena caía sobre su muslo.

–Hola, tesoros míos. –Mai-Brit recogió el sombrero de paja antes de abrir los ojos y miró cariñosamente a sus dos hijos–. Si queréis helado, tendréis que hablar con papá, él es quien guarda el dinero. Por cierto, ¿dónde está?

Stig señaló con el dedo hacia un punto lejano de la playa. Mai-Brit vio a Finn-Erik en la entrada del aparcamiento hablando con un joven que llevaba traje y gafas de sol. Dios mío, un traje con este calor. Parecía que el hombre estuviera mirándola. «Un tipo asqueroso», pensó, y sentó a Line en su regazo.

–Antes de que ese sol acabe con vosotros, hay que poner más crema solar en esos cuerpecillos. Luego podréis ir a por papá y pedirle un helado, ¿de acuerdo?

Cuando, poco después, los niños salieron corriendo por la playa levantando a su paso la arena que se pegaba en sus espaldas, Mai-Brit retomó el libro. Era una lectura pesada, pero se había prometido a sí misma que lo acabaría, aunque entendiera bien poco. Al fin y al cabo, no podía escribir un libro sobre Newton sin haber leído el texto que le había convertido en una celebridad mundial. Al menos debía intentarlo. Sólo tenía que descansar la vista un rato, pensó, y soltó el libro. El rumor de voces y risas infantiles, Louis Armstrong saliendo de los altavoces del quiosco y el sonido calmante de las olas que lamían la arena de la playa se confundieron y acabaron por dejarla adormilada. Qué bonita era la vida, qué bien se sentía. *What a wonderful world*, cantaba Armstrong.

–¿Qué estás leyendo? –Finn-Erik recogió el libro de entre la arena y Mai-Brit entreabrió los ojos soñolientos–. *Principia* –leyó en voz alta–, *by* Isaac Newton. Curiosa lectura veraniega.

–¿Qué hubieras dicho si llego a leerlo en el idioma original? –se rió Mai-Brit.

–Oh. –Finn-Erik miró el texto en inglés–. ¿Acaso Newton no era inglés?

–Sí, lo era, pero de hecho lo escribió en latín. ¿Los niños ya tienen su helado?

Finn-Erik señaló a Line, que estaba en la orilla del mar con un helado que goteaba con mayor rapidez de lo que la lengua rosa de la niña era capaz de lamer. Unas rayas rosas se deslizaban por su barbilla y corrían hasta llegar a su barriguita regordeta. Stig se había sentado de espaldas al sol para que el helado se mantuviera en la sombra y comía rápido para aprovecharlo todo. Aquel día era, sin lugar a dudas, el más caluroso del verano.

–¿Quién era el tipo con el que hablabas en el aparcamiento?

Finn-Erik se sentó en la tumbona.

–Un cliente de la compañía. Le han robado el coche y quería saber si le comunicaríamos pronto lo que le vamos a pagar.

–¿A qué se dedica?

–No lo sé –dijo Finn-Erik y cerró los ojos–. No es asunto mío, por así decirlo. Es Bodil Munthe quien lleva el caso.

Mai-Brit se quedó mirando el mar y al rato cogió su diario de la bolsa de la playa y escribió:

> 24 de julio, en la playa, Oslo. Cada vez me gusta más la idea de mezclar ficción y realidad. Creo que novelando los pensamientos de Newton y los movimientos en el espacio y el tiempo que se encuentra más allá de lo que sabemos con seguridad, podré crear una imagen convincente, tanto de él como del tiempo en el que vivió. Más que limitándome a tratar los hechos desnudos. Es obvio que un buen cronista de hechos también puede resultar

convincente, pero hay algo tentador en liberarse de los hechos, dejar que la imaginación se cuele y rellene los agujeros que inevitablemente existen alrededor del ser humano Newton.

Tendré que hablar de ello con Odin cuando volvamos de las vacaciones.

CAPÍTULO 21

–¿Conoces a una tal Kitty? –preguntó Even con voz ronca. Tenía la mirada puesta en el nombre que aparecía en el dorso del naipe como si fuera a desvanecerse si lo apartaba–. ¿Aparte de la amiga de Mai, la que cantó en la iglesia, en el funeral?

–No –dijo Finn-Erik, siguiendo la larga línea vertical de la K con un dedo y luego la línea sesgada, igualmente larga, de la Y–. Mai-Brit debió de escribirlo con la uña, lo rayó –murmuró–. El que la estuvo vigilando en el hotel, seguramente le permitió hacer un solitario mientras esperaban... lo que fuera que esperaran. –Finn-Erik miró vacilante a Even. También parecía estar un poco orgulloso–. ¿No crees?

Even asintió con la cabeza y dijo:

–Es posible.

–Sólo conozco a una Kitty, y es la amiga. –Finn-Erik se rascó el cuero cabelludo–. Pero, en el fondo, tampoco puede decirse que la conozca. Llamó un par de días antes del funeral y me preguntó si le permitiría cantar... Se llama Katharina, o Kathrine, o algo así..., me dijo que nunca la llamaban por otro nombre que no fuera Kitty. Recuerdo que Mai-Brit la mencionó una vez que la vimos en una entrevista en la tele, dijo que eran amigas de la infancia. Me parece que trabaja en la Escuela Superior de Deportes.

–¿Sigue viviendo en el mismo lugar?

–No lo sé. Piensa que nunca la había visto antes. Mai-Brit no solía hablar nunca de ella, no que yo recuerde... En el mismo lugar, dices. ¿Acaso tú sabes dónde vive?

Even volvió al salón y se dejó caer en el sofá; miró por la ventana buscando a los niños, que seguían construyendo un pequeño muñeco de nieve.

–Mai y Kitty vivían juntas en una comuna cuando conocí a Mai. Ellas dos y una tercera chica habían comprado una antigua granja en Nesodden. Me parece que fue el padre de Kitty quien pagó la mayor parte, o eso creo. Al menos a Mai le compraron su parte por unos cuantos miles de coronas cuando nos fuimos a vivir juntos. Poco después, la otra chica se fue a estudiar a Estados Unidos, pero Kitty se quedó viviendo allí. Al menos entonces vivía allí. Tampoco es seguro que aguantara en aquel lugar, al fin y al cabo, la granja era vieja y ruinosa. Aunque tenía unas vistas maravillosas sobre el fiordo de Oslo. –Sus ojos se estrecharon–. Kitty...

–¿Por qué habrá escrito Mai su nombre aquí? –dijo Finn-Erik, dándole vueltas al naipe, como si pudiera contener todavía más secretos.

–Es lo que pienso preguntarle –dijo Even. Oculto por la mesa se palpó la pierna para comprobar si el cuchillo seguía pegado a su tobillo. Tenía ganas de aplastar a alguien como si fuera un manojo de uvas, ganas de patear a alguien, de darle un cabezazo. Se puso en pie y miró a Finn-Erik–. Voy a ir a hablar con ella ahora mismo.

–¿No crees que es mejor que llames antes? Está muy lejos para que te arriesgues a ir y que luego no esté en casa.

–¿Tienes su número de teléfono?

–Creo que me lo dio antes del funeral, por si había algo que... espera. –Finn-Erik se fue al estudio y volvió al rato con un pequeño bloc de notas de plástico–. Aquí está: 66 91 50 50.

–50 50 –repitió Even y salió al pasillo donde estaba el teléfono. Triangular. Si sumas todos los números del uno al cien da 5050. Marcó el número.

Tras dos tonos de llamada descolgaron el teléfono y una voz de mujer dijo: «¿Hola?». Even escuchó atentamente cuando volvió a decir «Hola» y luego colgó.

–Está en casa. ¿Vienes?

En cuanto lo dijo, Even se dio cuenta de lo estúpida que era la pregunta. Mai había sido amenazada porque tenía una debilidad: su amor por los niños. Finn-Erik tenía el mismo punto débil. Sin embargo, Even sólo se tenía a sí mismo. No tenía ninguna atadura sentimental, ningún flanco débil.

Además, no quería llevarse a ese idiota a ninguna parte.

Finn-Erik lanzó una mirada a los niños y por suerte sacudió la cabeza.

–De acuerdo. ¿Puedes prestarme el coche?

–¿Crees que tiene algo que ver con la muerte de Mai-Brit?

–Se lo preguntaré –dijo Even hoscamente.

Kitty. La amiga de la infancia de Mai.

Habían ido juntas a la escuela. Lo habían hecho todo juntas. Habían cantado en el coro de Ten Sing. Todo, juntas. Cuando empezaron a estudiar en la universidad, habían encontrado la granja de Nesodden y habían creado una comuna. Even se mantuvo en el carril derecho por la E6 en sentido sur. Recordaba a Kitty como una chica activa y un poco mandona. De las tres, ella fue quien se lanzó de cabeza a las tareas de restauración más tremendas de la granja. Construyó estanterías, cambió el tubo del desagüe del váter, tiró abajo una pared que Even le había explicado, con mucha cautela, que era portante, de manera que tuvo que ayudarla a apuntalar el techo con un par de vigas. Encontró un viejo tractor en el granero donde guardaban las herramientas, consiguió que un vecino la ayudara a ponerlo a punto y cavó alrededor de la alquería, abriendo nuevas zanjas de drenaje. Cuando el sótano se secó, empezó a aislar y a revocarlo para instalar allí unos talleres y un gimnasio. «Era una adicta al entrenamiento», se dijo Even para sus adentros y puso el intermitente de la derecha, hacia la salida de Nesodden. Pronto aparecieron las curvas en la carretera cubierta de hielo y Even disminuyó la marcha. No hacía más que salir a correr, levantaba pesas y comía tan sano que pronto Even empezó a negarse a comer en la granja cuando Kitty estaba en casa. «Sabía a demonios, y siempre me quedaba con hambre», murmuró al girar a la izquierda, en dirección a Myklerud y Spro. Un caballo que pacía en un campo siguió el coche un trecho, relinchó y agitó las crines cuando tuvo que detenerse al llegar a la valla electrificada. Even repitió la pregunta de Finn-Erik para sus adentros. «¿Crees que tiene algo que ver con la muerte de Mai?» Entrecerró los ojos ante la poderosa luz que emitía un sol medio oculto tras unas delicadas nubes escarchadas. ¿Por qué, si no, aparecía su nombre en el naipe? «Aquí.» Puso el intermitente y giró por un estrecho camino de grava. Miró en el retrovisor para cerciorarse de que nadie le seguía, tal como llevaba haciéndolo desde que salió de Oslo. Un pequeño y mísero letrero envuelto en plástico anunciaba la «Granja de Kitty».

Cuando entró en el patio de la granja vio los centelleos del mar más allá del jardín. Habían retirado la nieve del patio y la grava crujía bajo las ruedas del coche. El edificio principal de la granja estaba pintado de rojo (Even lo recordaba blanco); la puerta principal y las ventanas de verde. A la derecha, el establo y el granero estaban remodelados. Lo que alcanzaba a ver del tejado debajo de la nieve parecía nuevo, y las ventanas y las puertas habían sido cambiadas o al menos les habían dado una buena mano de masilla y pintura.

Salió del coche, respiró hondo y subió las escaleras a paso lento. El cuchillo le roía el tobillo y le entraron ganas de sacarlo.

No había ningún timbre, pero sí una aldaba en forma de pez con una cruz a modo de cola. Antes de que le diera tiempo a llamar, la puerta se abrió.

–Hola. Qué bien que hayas venido –dijo Kitty–. Te estaba esperando.

CAPÍTULO 22

–Mai-Brit vino a visitarme hace unos meses, en octubre o noviembre –dijo Kitty–. Me dijo que tenía algo que yo debía guardar por ella. Esconderlo en algún lugar donde... no sé, simplemente guardarlo. Hasta nuevo aviso, dijo Mai-Brit.

Even olfateó el té verde y bebió con cautela. Sabía a agua y hierbas. Kitty sonrió y dijo:

–Es romero. Parecías necesitar algo que te animara, algo estimulante. –Kitty plantó los pies cubiertos por unos calcetines bastos de lana gris zurcidos en los talones con lana de color rojo sobre la mesa–. Mai-Brit me dio un paquete. Me dijo que te lo diera a ti cuando...

–¿¡Qué!? –Even estuvo a punto de soltar la taza–. ¿¡A mí!?

–Sí. Me dijo que tú pasarías a recogerlo si a ella le pasaba algo.

–Si le... –Even depositó la taza con cuidado sobre la mesa. Notó que su cuerpo estaba teniendo una reacción rara, se entumecía, como si el pequeño movimiento que el tiempo había guardado en unas pocas células, en el estómago, se hubiera detenido por completo. Le zumbaban los oídos–. ¿Dijo eso, lo dijo tal cual: si le pasaba algo? –Even miró fijamente a la mujer del chándal recostada en un montón de cojines en el sofá–. ¿Lo dijo de esa manera, lo dijo este otoño?

–Sí. –Kitty agarró una aguja de hacer punto de la mesa, se recogió el pelo teñido de *henna* en un ovillo y lo atravesó con la aguja a modo de pasador. Se rascó la nuca desnuda–. Sí. De hecho quise comentártelo cuando te vi en el funeral, pero al final no lo hice. Mai-Brit me dijo que tú te pondrías en contacto conmigo. Me lo repitió varias veces, como si fuera muy importante.

–Pero ¿cómo sabía que yo... quiero decir, te dijo cómo me contaría que...? ¡Demonios, si no he sabido ni una mierda de...! ¡Disculpa!

Even se puso en pie y empezó a pasear arriba y abajo por el pequeño salón. El suelo lacado de madera de pino era resbaladizo, y se detuvo delante de una ventana. ¿Mai había rascado el nombre de Kitty en el naipe ya entonces, cuatro meses atrás, para asegurarse de que lo encontrara? Era el único juego de naipes que tenían, había dicho Finn-Erik. ¿Sabía ya entonces que pasaría algo?

Kitty se había incorporado en el sofá y mantenía las manos juntas entre los muslos, como si tuviera los dedos fríos. Miró preocupada a Even.

Even volvió a sentarse; también le entraron ganas de apretarse las manos entre los muslos, sintió como si toda la sangre hubiera abandonado su cuerpo. Reunió todas sus fuerzas para decir lo que debía decir:

–¿Qué es lo que... tienes para mí?

Kitty se acercó a un escritorio lacado de color castaño con tres cajones en la parte inferior y varios cajones más pequeños sobre la encimera. El chándal era de la talla más grande y le hizo bolsas en el trasero cuando sacó uno de los cajones. Extrajo algo que Even no pudo ver qué era y volvió a cerrar el cajón. Se quedó un instante de espaldas a él, con los brazos apretados contra el pecho.

–Gracias –murmuró Even cuando ella le dio un sobre de color marrón.

Lo giró varias veces, examinándolo en detalle. No ponía ningún nombre. No ponía nada, nada de nada. Era de tamaño C5 y grueso, tan lleno que la lengüeta apenas cubría toda la superficie autoadhesiva del sobre. Introdujo un dedo por debajo de la lengüeta y la despegó, con mucho cuidado y trocito a trocito. Sacó un montón de folios de tamaño A4 doblados. Algunos estaban cogidos con clips, otros estaban sueltos.

Los depositó todos en su regazo y dobló el montón hacia atrás para enderezar los folios y así evitar que se doblaran.

Los tres secretos de Newton, ponía como título en el primer folio. El texto había sido escrito en un ordenador e impreso con tinta negra. «Sinopsis. Libro en tres partes sobre los tres secretos de Isaac Newton que nunca reveló en vida. El libro pretende ser una recopilación de los hechos recogidos en textos póstumos de y sobre Newton, que se convertirá en un texto de prosa para introducir al lector directamente en la vida de Newton, tal como era hace trescientos años.»

Eso era todo. La sinopsis no era muy larga que digamos. ¿Un borrador?

Even echó un vistazo al siguiente folio, el primero de un montón grapado de unas siete u ocho páginas. *Primer secreto*, ponía en la parte superior con letras grandes. Justo debajo, en una letra un poco más pequeña: «La llave de toda sabiduría». En la parte inferior, debajo de todo, ponía, en letra muy pequeña, «Mai-Brit Fossen».

Even alzó la mirada, distraído.

–Es sobre Newton. Mai estaba escribiendo sobre Newton.

Kitty entró desde la cocina con una rebanada de pan en la mano.

–¿Quieres?

–¿Qué...? Sí, bueno, gracias. Ehh... ¿te dijo Mai alguna cosa sobre Newton cuando te entregó el sobre?

–No –le dijo Kitty en voz muy alta desde la cocina–. No me dijo absolutamente nada acerca del contenido del sobre. ¿Paté o queso?

–Queso, gracias.

Even bebió un sorbo de té y hojeó el resto de folios. Algunos eran fotocopias de páginas manuscritas, por lo que pudo deducir, habían sido escritas por el propio Isaac Newton. Otros eran notas escritas por Mai. Había un *post-it* amarillo pegado en el centro de la última página. En él aparecía el nombre de *Hermes Tris Bookshop*, escrito a mano a toda prisa, y debajo, el número *1009*. «Número primo», pensó Even.

–Aquí tienes –dijo Kitty ofreciéndole un plato con dos rebanadas de pan, queso y tomate–. Salgo a correr un rato, así tú podrás leer tranquilamente. Veo que tienes lectura suficiente, o sea que mi carrera será larga. –Sonrió y plantó una zapatilla deportiva sobre la mesa del sofá para atarse los cordones.

–Sigues siendo una fanática del footing, por lo que veo –comentó Even y le dio un mordisco a la rebanada.

–¿Fanática? Sí, puede ser. Me mantengo en forma, es más de lo que se puede decir de otros. –Lanzó una mirada ácida hacia la barriga de Even antes de desaparecer por la puerta de la cocina que daba al pasillo.

Even oyó que la puerta principal se cerraba de golpe y echó un vistazo a su barriga antes de iniciar la lectura.

CAPÍTULO 23

Primer secreto
La llave de la sabiduría

Universidad de Cambridge, Inglaterra
25 de septiembre de 1672

«Es por eso sumamente importante, como podrán comprender mis honorables oyentes, que todos los colores converjan en el prisma para que la composición del rayo de luz blanca sea perfecta.» Con un leve mohín de disgusto, el conferenciante lanzó una breve mirada por la sala antes de volver a echar un último vistazo a sus apuntes, y prosiguió: «En la siguiente ilustración de mi experimento», alzó la mano sin levantar la vista y señaló difusamente hacia el tablero blanco que había a sus espaldas, «podrán apreciar que ABC representan el prisma, situado cerca del agujero F, junto a la ventana EG». Al lado de aquella figura delgada, la voz era potente y resonaba en la sala con un leve eco. «El ángulo vertical de ABC puede establecerse con ventaja en 60 grados para así conseguir el mejor efecto posible. Como seguramente todos habían podido apreciar y comprender de la ilustración, la lente está representada por MN.»

Levantó la mirada de las notas. «El experimento fue dividido en...» De pronto un rayo de sol irrumpió a través de la ventana del fondo del auditorio y se posó sobre el suelo polvoriento alcanzando las patas de las sillas y las columnas. El joven profesor se había distraído y mantenía la mirada fija en la columna más cercana y el ceño fruncido. Detrás de la columna se había creado una sombra que iba adquiriendo tonos cada vez más claros a medida que aumentaba la distancia. El auditorio se quedó completamente en silencio, durante largo rato. De pronto, una leve sacudida recorrió el cuerpo del hombre, como si le hubiera alcanzado un ataque breve de epilepsia, agarró sus notas, bajó de la tarima y abandonó la sala de conferencias sin pronunciar palabra. El golpe de la pesada puerta al cerrarse retumbó en el gran auditorio.

El sol de septiembre calentaba el aire entre los edificios de ladrillos pardos de la universidad y brillaba sobre el patio cubierto de césped y baldosas, donde los estudiantes se sentaban o paseaban enfrascados en conversaciones serias, y sobre el profesor que cruzó la plaza a tal velocidad que la capa revoloteaba casi en horizontal a sus espaldas. Un par de estudiantes se apartaron apresuradamente al verle acercarse, hicieron una reverencia sin que él pareciera apercibirse de su presencia. Al llegar a la entrada, un profesor mayor de teología le saludó con una amplia sonrisa en la cara y empezó a comentar algo sobre una reunión que se celebraría aquella misma tarde, pero tanto su saludo como su intento de establecer una conversación quedaron sin respuesta cuando su colega pasó de largo sin levantar la vista.

El joven profesor avanzó calle arriba, se adentró en un portal, cruzó el gran patio del Trinity College, se metió por una puerta y siguió adelante por un pasillo. Al llegar al final de éste llamó a una puerta, dos veces dos golpes, y poco después, alguien desde dentro retiró el pestillo. Un hombre de complexión robusta abrió la puerta.

–¿Tan temprano, profesor Newton?

–Se me ha ocurrido una idea, Mr. Wickins, que debo anotar.

Se apresuró hacia una mesa sin quitarse el sombrero y la capa y sacó un bloc de notas. Durante largo rato sólo se oyó el rasgar de la pluma sobre el papel. Cuando el profesor dejó la pluma de ave, Wickins carraspeó débilmente.

–¿Ha vuelto a ser escasa la asistencia de estudiantes a su clase magistral, profesor Newton?

–¿Pocos...? –Newton se quitó con aire ausente el sombrero y la capa–; no creo que sea la palabra que mejor lo exprese.

–Entonces he de suponer que la sala estaba vacía.

–¿Qué? Eh... sí, vacía. Es mejor así, Mr. Wickins, de todos modos, aunque hubieran venido, los estudiantes no habrían entendido nada. Pero dígame, ¿cómo va lo de...?

–Va muy bien, sir –dijo el ayudante, un poco demasiado deprisa–. El proceso ya ha terminado.

Newton frunció el ceño y se acercó a una puerta. Antes de abrirla, miró hacia atrás sorprendido.

–He cerrado la puerta con llave, sir –dijo Wickins.

Newton se fue al dormitorio. Era una estancia cuadrada con una cama estrecha encajada en una de las esquinas y una gran mesa de trabajo al lado de dos hornillos, uno de estaño y otro de hierro. Sobre el hornillo de hierro había un cuenco de cristal con un contenido plateado en una solución de color azul. Ayudándose de una larga cuchara de cristal el profesor sacó una parte de la sustancia plateada y la depositó sobre una placa de cristal que había encima de la mesa de trabajo.

–Me temo que obtendré el mismo resultado que antes –murmuró y distribuyó la sustancia sobre la placa con un cuchillo–. Tendré que hacer una prueba, pero creo que puedo afirmar con total seguridad que también esta vez se trata de mercurio puro y no de materia prima. –Suspiró y miró a Wickins, que se había colocado bajo el dintel de la puerta–. Ni con las recetas de Mr. Boyle para experimentos «húmedos» ni con las de experimentos «secos» he obtenido el resultado deseado. –Mr. Wickins asintió con la cabeza sin decir nada. Newton examinó pensativo la sustancia azul en el cuenco de cristal–. He pensado algo –dijo el profesor, y se levantó de la silla.

Desapareció por la puerta del salón sin acabar la frase. Poco después volvió con un libro entre las manos y lo abrió donde estaba el punto de libro. Wickins vio que había notas en los márgenes.

Newton se deshizo de la peluca antes de repasar la página del libro siguiendo las líneas con un dedo.

–Basilio Valentín escribió sobre el antimonio que no podía conducir a «la piedra filosofal», que los que creen que el régulo estrellado del antimonio es el camino a seguir van descaminados. Pero... tras esta información negativa, Valentín añade... déjame ver, aquí está: «sin embargo, se oculta una medicina grandiosa, una disolución sublime de lo espiritual...».

Newton levantó la cabeza como si buscase el aplauso de su ayudante. Wickins asintió con un gesto que daba a entender que lo comprendía todo. Sin embargo, su mirada vacilante, dirigida al libro, lo delató.

–No escribe a qué medicina se llega, pero si la medicina no es el objetivo en sí, es posible que me lleve más cerca de él. He decidido cambiar de rumbo –Newton se golpeó los muslos enérgicamente y se puso en pie– y explorar el antimonio desde el fondo. Por eso tendré que comprar antimonio, y más nitrato de potasio en la farmacia de Mr. Potter y... –De pronto se dio cuenta de que Wickins tenía una carta en la mano–. ¿Ha llegado hoy?

–Sí, Mr. Newton. Es de Mr. Boyle.

Newton la agarró, rompió el sello de cera, desdobló el solitario folio y leyó el breve texto.

–Mr. Boyle me invita a una reunión en el Colegio invisible de Ragley House, en Warwickshire, dentro de una semana –dijo, hablando para sí mismo–. Ha realizado unos experimentos con sales volátiles que cree que pueden interesarme. Además, Mr. F. ofrecerá una conferencia sobre «la importancia secundaria del metal para la filosofía de la noble ciencia de la alquimia».

–¿Qué es el Colegio invisible y quién es Mr. F.? –preguntó Wickins.

Newton dobló la carta y se la metió en el bolsillo.

–¿Podría usted ir a por antimonio y nitrato de potasio a la farmacia, Mr. Wickins?

–Naturalmente, Mr. Newton.

–Entonces yo iré a entregar las notas de la clase magistral de hoy al bibliotecario de la universidad.

Newton se puso en pie y abandonó la estancia con las notas en la mano. Wickins se quedó delante de la ventana viéndolo cruzar el patio y desaparecer detrás de un grupo de jóvenes estudiantes. «Ya me lo contará algún día», pensó y decidió ir a la farmacia inmediatamente, pues el cielo prometía lluvia para aquella tarde.

Cambridge, Inglaterra
13 de febrero de 1676

...aprecio, por supuesto, enormemente sus exposiciones, Mr. Newton, y me alegra ver que estas ideas que tengo desde hace tanto, pero que no he tenido tiempo de desarrollar, puedan ser promovidas y mejoradas por usted. Ha sido muy habilidoso corrigiendo, mejorando y llevando a buen término mucho de lo que yo empecé en mis años jóvenes, y no dudo que mis logros habrían sido muy inferiores a los suyos.

Respetuosamente, su gran amigo para siempre

Robert Hooke

–¡Él ha tenido estas ideas! –Newton bufó enfurecido y arrojó la carta sobre la mesa–. ¡Mejorado lo que él inició! ¡Ese hombre está loco, es un perturbado! No ha tenido jamás, en toda su vida, una idea propia en su penosa y desagradable cabeza, todo lo roba de los demás, tal como pretende hacer con mis experimentos. –Se puso en pie y empezó a pasear arriba y abajo por el pequeño salón–. Nunca debería haber enviado mi *Teoría de la luz y los colores* a la Royal Society. Ese enano, ese retrasado mental, responsable de experimentos sin talento hará todo lo que esté en sus manos para ridiculizar mis observaciones y experimentos. ¿O qué dice usted, Wickins, acaso no tengo razón?

Wickins observaba a Newton, su mirada tranquila examinó un momento al compañero, hasta que se levantó y cogió una hoja de papel y una pluma y las dejó sobre la mesa. Desenroscó el tapón del tintero con un gesto suave, como para obligar al amigo a tranquilizarse y adoptar su misma cadencia, y lo colocó al lado de la pluma, de manera que el borde estuviera a ras con el papel.

–Tiene que escribir una carta de respuesta en la que desmonte de forma amable aunque rotunda todas sus afirmaciones inaceptables, tal como usted es capaz de hacerlo, estimado Isaac.

Newton se detuvo en medio del salón, miró el papel y luego dio un par de vueltas más por la estancia, aunque a un ritmo considerablemente más pausado. Inclinó la cabeza un par de veces, se acercó pensativo a la puerta, volvió sobre sus pasos y de pronto se dejó caer en la silla.

–Tiene razón, como de costumbre, Wickins –dijo, y sumergió la pluma de ave en el tintero–. Le contestaré de tal forma que nunca se olvide de mí. Ese estúpido enano.

La pluma empezó a correr por el papel y Wickins oyó a Newton murmurar en voz baja:

–Mi muy estimado Mr. Hooke. Gracias por sus interesantes comentarios. Tengo que darle toda la razón: lo que se hace en presencia de testigos, a menudo se hace con otros objetivos que el de sencillamente encontrar la verdad. Aquello que se intercambia con amigos en la privacidad merece ser calificado más como consulta que como disputa. Espero que así sea entre nosotros...

Wickins sonrió para sus adentros. No había nada que Newton hiciera mejor que ser infame de una manera educada; o, mejor dicho, que pareciera considerado. Newton había enmudecido y Wickins se levantó para leer por encima de su hombro: «Lo que hizo Descartes significó un paso importante. Usted, Mr. Hooke, ha contribuido con muchas cosas diferentes de muchas maneras distintas, sobre todo trayendo a colación y observando los colores sobre finas placas. Si yo luego he visto más allá es porque he podido subirme a los hombros de un gigante...».

Wickins gruñó para no reírse abierta y sonoramente. Fue a por el balón y se sirvió una copa de vino. Los hombros de un gigante. Eso al profesor Hooke, que apenas levantaba cinco pies del suelo sin zapatos, no le gustaría.

Royal Society, Londres, Inglaterra
27 de abril de 1676

...es por lo que para mí es un placer y una gran alegría poder trasladarle la respuesta de Mr. Robert Hooke». El presidente de la Royal Society, lord Brouncker, hizo un gesto dirigido a su vecino, un caballero encorvado y pálido que a simple vista parecía cualquier cosa menos un científico: el profesor Hooke, que es el excelente responsable de experimentos de la sociedad científica, ha llegado a la conclusión, después de muchos y concienzudos exámenes, de los cuales hemos visto varios hoy, de acuerdo con la dirección de la sociedad, que las hipótesis de Mr. Isaac Newton sobre la luz y los colores concuerdan con los *experimentum crucis* presentados. Desde este momento, la hipótesis se considerará una teoría demostrable.

Lord Brouncker sonrió al auditorio formado por nobles caballeros y advirtió que el secretario de la sociedad, Mr. Barrow, había empezado a aplaudir. Mr. Oldenburg, Mr. Wren y Mr. Boyle lo siguieron y luego se añadieron algunos más; aunque ni mucho menos fueron todos. El responsable de experimentos, el profesor Hooke, se levantó con un gesto grave y abandonó la sala de reuniones sin más, lo que no sorprendió a nadie: todo el mundo sabía que él y Mr. Newton mantenían grandes discrepancias. Otros tres hombres se pusieron en pie y siguieron a Mr. Hooke.

Trinity College, Cambridge, Inglaterra
27 de abril de 1676

Exactamente a la misma hora en que tenía lugar la reunión de la Royal Society, el profesor Newton se inclinaba sobre el hornillo de hierro y contemplaba con ojos atentos el desarrollo en el crisol. Tras la última combustión había quedado una sustancia blanca que parecía polvo. Cuando la sustancia se hubo enfriado, extrajo con mucho cuidado el crisol del hornillo con las manos, lo ladeó y raspó la sustancia blanca dejándola caer en un tarro de cristal. Pesó una cantidad parecida a la que cabía en la uña de un dedo meñique en la balanza, y con una cuchara de cristal diluyó la sustancia en una mezcla turbia y ligeramente líquida que había preparado previamente y que había dejado lista en un matraz sobre la mesa de trabajo. A continuación, Newton colocó el matraz en un soporte y encendió un hornillo, controló la intensidad de la llama y la situó debajo del matraz.

Newton miró su reloj de bolsillo y anotó algo en una libreta.

Dos horas más tarde retiró el matraz del soporte. El contenido había adquirido un brillo fluorescente, la mezcla turbia había solidificado y cristalizado en algo que parecía formado por pequeñas estrellas doradas, no mayores que un grano de sal. Con manos temblorosas abrió el matraz y vertió el contenido en un pequeño tarro.

–Estimado Dios... –murmuró febrilmente–. Me estoy acercando. ¡Realmente me estoy acercando!

De pronto oyó la puerta que se abría en el salón y se incorporó, nervioso. Tapó el tarro de los cristales estrellados a toda prisa y se lo metió en el bolsillo de la levita. Juntó todas las notas de un manotazo y colocó un par de libros encima, justo cuando Mr. Wickins apareció en la puerta del laboratorio.

–Qué delicia volver a verle, Mr. Wickins –dijo con una sonrisa que resultaba extraña en aquel rostro por lo demás siempre frío–. ¿Qué tal está su honorable madre? ¿Ha tenido un viaje agradable?

Wickins lo miró sorprendido, complacido por la pregunta. A la pobre señora Wickins le había salido un sarpullido en la espalda y sólo podía acostarse boca abajo, apoyada en el estómago, que ya estaba dolorido por culpa de una mala digestión. Se sentaron a hablar de todo un poco. Newton propuso que la madre lo intentara con una mezcla que él mismo había probado con buenos resultados y después pasó a contarle con gesto abatido que el rector de la universidad le había preguntado cuándo tendría lista una nueva tesis.

Mr. Wickins asintió al oírlo y dijo que se había encontrado con un estudiante de Oxford que le había contado que había varias personalidades destacadas de los círculos científicos que, puesto que no llegaban resultados de sus útimas investigaciones, se preguntaban cómo era posible que un genio como el profesor Newton se pasase aparentemente el día tumbado en la cama durmiendo.

–El tiempo que dedico a la sagrada alquimia, el tiempo que persigo la llave de la sabiduría, es un tiempo que no puedo exponer al público –dijo Newton y golpeó la mesa de trabajo con la mano. Estaba sentado, pensativo, se llevó la mano al bolsillo de la levita y murmuró–: Tengo que encontrar una explicación.

Wickins lo miró extrañado y luego fijó la mirada en el abultado bolsillo. Newton se percató de su mirada, pero no le ofreció ninguna explicación. Hizo un gesto en dirección a la puerta y dijo:

–Me imagino que necesitará deshacer las maletas, Mr. Wickins. No le robaré más tiempo.

Mr. Wickins se puso en pie lentamente, como si en realidad hubiera preferido quedarse un rato más en el salón. A sus espaldas oyó al profesor cerrar la puerta del laboratorio, una puerta que siempre permanecía abierta cuando no tenían invitados.

Trinity College, Cambridge, Inglaterra
4 de enero de 1678

La gran mesa estaba cubierta de libros, notas y dibujos. En medio del desorden ardía una vela solitaria.

–Éste no... –El hombre que estaba al lado de la mesa retiró un bloc de notas–. Y tampoco éstos –añadió y desechó un par de dibujos–. Pero éstos no valen nada, y este libro... su propia existencia es un bochorno.

Estaba solo en la estancia, hablaba consigo mismo mientras ordenaba los papeles. Había dejado un par muy cerca de la vela.

–Tres cuartas partes vacías... –Con una regla midió la distancia hasta la llama y subió el papel ligeramente–. Ya está. Una hora y quince minutos.

Asintió un par de veces, se retiró lentamente dándole la espalda a la mesa, agarró el sombrero y la capa que había dejado en la silla, abrió la puerta y salió. La llama solitaria se ladeó mimosa al cerrarse la puerta, se oyó un chasquido en la cerradura y, al instante, unos pasos que se alejaban por el pasillo y desaparecían. La llama se enderezó y empezó a arder con una pequeña lengua afilada dirigida al techo.

Una hora y dieciséis minutos más tarde.

La llama seguía erguida y firme en toda su brillante majestuosidad entre los papeles. Se había abierto camino a un ritmo tranquilo y regular a través de la cera de la vela y ahora estaba manchando de marrón el borde del pedazo de papel más cercano. El papel se arrugó un poco alejándose así un poco de la llama, aunque no lo suficiente. Pronto el calor se intensificó y de repente el papel ardió, arrojando una débil nube de humo. Una lengua de fuego se estiró hacia un lado y prendió una nueva hoja de papel. El calor la arrugó alejándola de la llama hasta que cayó sobre un enorme montón de notas. De pronto, el fuego se extendió velozmente por toda la mesa, los libros empezaron a arder y el calor en la estancia aumentó. Se oyó un crujido en la cerradura y el mar de llamas rugió cuando la puerta se abrió para dar paso a una nueva provisión de oxígeno.

–¡Mr. Newton! ¡Mr. Newton! –Wickins dio un salto y se adentró en la estancia, agarró un par de mantas y empezó a arrojarlas febrilmente sobre la mesa en un intento de apagar las llamas–. ¡Socorro, incendio! –gritó al pasillo.

Un par de estudiantes de la habitación vecina acudieron en su ayuda, uno fue a por agua, y el otro le echó una mano a Wickins con las mantas. Tras unos minutos de gran turbación consiguieron controlar el fuego.

Un hombre con peluca y traje apareció en la puerta. Se quedó petrificado al ver los destrozos causados por el fuego.

–Mr. Newton, qué bien que haya venido, cuánto me alegro –exclamó Wickins, que con las manos quemadas seguía arrojando agua sobre unas brasas rebeldes–. Ha habido un incendio y la gran mayoría de notas y libros que había sobre la mesa ha quedado destruida. Ay, Mr. Newton, lamento no haber estado aquí cuando ocurrió.

–Es terrible, Mr. Wickins –dijo Newton en un tono de voz inexpresivo y se acercó a la mesa. Apartó una manta mojada y hurgó entre las cenizas con un dedo–. Terrible –repitió–. Sólo había acudido al servicio matinal en la capilla. –Echó un vistazo al reloj de pared y asintió–. Me fui hace una hora y veintidós minutos.

CAPÍTULO 24

La calle estaba desierta. La luz de una farola brillaba en la acera de enfrente, pero por alguna razón misteriosa se mantuvo a la misma distancia mientras él se acercaba. El crujido de unas piedras le hizo volverse, sólo para ver una casa que se derrumbaba y desaparecía en una oscuridad eterna e inescrutable. Asustado, trastabilló y fue a parar a la calzada, donde de pronto apareció un camión rugiente con unos faros potentísimos, que casi lo atropelló. Él se quedó petrificado, viéndolo desaparecer como dos pilotos rojos en medio de la niebla. La calle tembló, el pavimento empezó a deshacerse bajo sus pies, aunque logró salvarse en el último momento dando un salto hacia la acera. Se arrodilló y vio cómo la calzada se deshacía en piedrecillas y grava, pequeños meteoritos que eran absorbidos por un agujero negro. A sus espaldas, una piedra del bordillo se soltó y desapareció en el abismo, luego la siguiente y luego una losa se disolvió como si fuera azúcar en agua caliente. Aterrorizado, se arrastró hacia delante mientras el abismo le pisaba ávidamente los talones. Un grito se había quedado atascado en su garganta mientras la eternidad devoraba el suelo desde los dos lados. Aterrado, se agarró con las dos manos al borde de la última losa mientras su mirada se perdía en el espacio infinito. Un camión con verduras hervidas atravesó la noche y él se lanzó a la oscuridad sin pensarlo dos veces, aterrizó sobre la cabina del camión y se quedó allí mientras el conductor le gritaba...

–¡La cena está servida!

–Hum...

–Si quieres cenar, será mejor que te incorpores. –El conductor le reprendió con la mirada.

Even abrió los ojos y echó la mirada hacia el salón.

–¿Qué...?

Se incorporó aturdido en el sofá. Kitty dejó una olla de hierro fundido humeante sobre la mesa del comedor y se dirigió al buró.

–¿Vino?

Kitty sostenía una botella de vino tinto abierta en el aire.

–Eh... sí, gracias. –Even jadeó y se rascó el pecho.

El salón estaba prácticamente a oscuras, sólo entraba luz por la puerta abierta de la cocina, un par de velas sobre la mesa iluminaban la estancia. Las brasas crepitaban en una vieja estufa y una música tenue salía de unos altavoces que estaban colocados uno a cada lado de la ventana. Even se inclinó hacia delante y recogió un montón de papeles que estaban esparcidos por el suelo. La historia de Mai sobre Newton. Debió de quedarse dormido mientras leía.

–¿Muy aburrida la lectura? –dijo Kitty, que en ese momento entraba desde la cocina con un bol de ensalada y una salsera en las manos.

Even echó un vistazo a los papeles y se rascó la mejilla.

–No, aburrida no...

–¿Pero...?

–No sé... extraña. No consigo adivinar de qué se trata realmente, qué sentido tiene.

–Tendrás que echarle un vistazo luego. –Kitty retiró una silla de la mesa con el pie y se sentó–. Ven a comer mientras la comida todavía está caliente.

–Sí, gracias –dijo Even y miró indeciso hacia la mesa. ¿Qué habría preparado?

–Pechuga de pollo hecha con mantequilla de ajo y limón. Salsa de crema de leche con setas –dijo Kitty, como si le hubiera oído–. Verduras hervidas, ensalada... y vino tinto.

La cena despedía un aroma apetitoso. Even tomó asiento y agarró la copa de vino, aunque la volvió a soltar rápidamente.

–No, diablos, que tengo que conducir.

Kitty bebió un poco, chasqueó la lengua y lo miró fastidiada.

–Puedes quedarte a dormir aquí. Apenas he tenido ocasión de saludarte; cuando no leías, estabas durmiendo.

Even alzó la mirada, sorprendido. Sus ojos se encontraron con los de ella por encima de la copa. Llevaba el pelo recogido en un ovillo de *henna* desordenado sobre la cabeza; se habían soltado varios mechones que ahora caían por sus hombros como pidiendo que alguien los retirara de sus mejillas y sus pechos y...

–El sofá –dijo ella levantando irónica la ceja–; te prepararé una cama en el sofá. Parece que duermes muy bien allí.

–Sí –murmuró él–, eso era lo que pensaba. Pero antes tendré que... –Se sacó el móvil del bolsillo y lo abrió–. Tengo que llamar a Finn-Erik y preguntarle si podrá estar sin coche hasta mañana.

Finn-Erik contestó al instante.

–¡Even! ¿Dónde has estado? Me puse muy nervioso al ver que no llamabas y...

–Sí, lo siento, lo sé, perdóname –dijo Even y se retiró a la cocina para ahorrarle a Kitty la bronca–. ¡Tranquilo! ¡Todo está bien! Ya te contaré luego, pero ¿podrías prestarme el coche hasta mañana?

Finn-Erik resopló y se quedó callado un instante.

–De acuerdo, vale. Hasta mañana por la mañana. He prometido a los niños que haríamos una excursión al bosque. Pero entonces quiero saber...

–Sí, por supuesto –dijo Even dócilmente, y a punto estuvo de colgar cuando de pronto se acordó de una cosa–. Oye, Finn-Erik, ¿tú le contaste a alguien que yo me iba a París?

–No. Sólo a mi suegro, en el coche, cuando regresábamos a casa del funeral. ¿Por qué?

–No sé, sólo se me ocurrió que...

–Un momento. Ahora que lo mencionas, al día siguiente llamó el hombre ese de la editorial Phönix, Odin Hjelm, para charlar un rato. Es un hombre muy considerado. Estaba dispuesto a pagarme medio año de sueldo... para los niños, sus estudios, pretendía meter el dinero en una cuenta.

–¿Y París...?

–Bueno, sí, estábamos hablando de que había asistido mucha gente al funeral y él me comentó que te había reconocido. Recordaba que eras matemático y experto en Newton. Había intentado llamarte a Blindern y a casa, pero no había conseguido dar contigo. Supongo que le dije que estabas en París...

–¿Le contaste en qué hotel me hospedaba?

–No. ¿Por qué iba a hacer eso? Me parece que tampoco lo sabía.

«No, ¿por qué ibas a hacerlo?», pensó Even cuando interrumpió la comunicación. Al fin y al cabo, Odin Hjelm podía consultar las facturas del hotel en el que Mai solía hospedarse y seguramente sumar dos más dos; un poco mejor que Finn-Erik, al menos.

A saber qué querría ese tal Odin Hjelm de él. Pero le parecía bien; Even también tenía ganas de mantener una conversación con él.

Se sentó a la mesa y alzó la copa en dirección a Kitty.

–Ya está arreglado, me quedo a dormir aquí. Salud.

Kitty sonrió, alzó su copa y durante un rato comieron en silencio. Even disfrutó mucho de la cena.

–Está realmente bueno –dijo, y se sirvió más pollo en el plato.

–Pareces sorprendido.

Even sonrió y dijo:

–La verdad es que no solía ser precisamente un fan de tus artes culinarias cuando Mai vivía aquí. Muchas veces llegué a informarme por adelantado para saber a quién le tocaba cocinar aquel día antes de aceptar una invitación.

–Vaya –por un momento, Kitty pareció haberse ofendido, aunque no tardó en sonreír, quitándole así hierro al asunto.

Even se dio cuenta de que se había pintado los labios un poco desde que él había llegado a su casa.

–Estabas muy obsesionada con que la comida fuera sana, ensalada verde y esas cosas, y por entonces prácticamente yo no hacía más que ingerir comida basura. No sé si has cambiado de recetario, pero yo desde luego he cambiado de costumbres culinarias.

Estuvieron un rato hablando de los viejos tiempos, de los ochenta, cuando eran jóvenes estudiantes. Kitty le habló de los primeros tiempos en Nesodden, los arreglos que habían hecho las chicas en la vieja granja, de todas las anécdotas divertidas que habían vivido juntas: los saltos en el heno del granero, las excursiones de pesca al lago, las luchas infantiles de cojines antes de dormir.

–Pero entonces llegaste tú y lo estropeaste todo –Kitty lo dijo en un tono de voz pretendidamente abatido–. Ya no era posible comportarse de esa manera tan inocente con un hombre de testigo. Sobre todo no lo era para Mai-Brit. Estaba locamente enamorada de ti y de pronto tenía que mostrarse adulta, por narices. Nunca la había visto así con nadie, quiero decir, ¡sólo la manera en que te miraba! Y yo no entendía nada porque, la verdad, parecías una mezcla de yonqui y *okupa* de *Blitz*, maldecías como un animal. ¡Y ese nombre!

–¿Qué? –dijo Even y apartó la vista del sofá–. ¿¡Even!?

–No, eso de «Rekil». Ella siempre solía llamarte Rekil, ¿no te acuerdas?

–Eh... sí, ahora que lo dices. Pero no era más que una broma; dejó de llamarme así cuando nos conocimos mejor.

–Sí, y la verdad es que dejaste de desagradarme un poco cuando nos conocimos mejor. Cuando me ayudaste a apuntalar el tejado –Kitty se rió y señaló en dirección a la estancia contigua–. Mi padre pasó por aquí unos días después y le dio un patatús cuando le conté lo que había hecho. Estaba listo para darte una medalla por haber salvado a su hija de recibir el segundo piso en la cabeza.

–Oh, tampoco había para tanto –se rió Even. Atrapó un trozo de pollo con el tenedor–. ¿Eres médico en la Escuela Superior de Deporte?

–Sí, médico deportivo, estoy investigando el desgaste y las lesiones deportivas. Es un puesto de media jornada, la otra mitad del día la dedico a entrenar y a asesorar a jóvenes talentos.

–¿En qué disciplina?

–Ninguna en particular, se trata más bien de un programa de entrenamiento básico y una evaluación de los puntos fuertes y los débiles del cuerpo. No todos estamos hechos para ser velocistas, como ya debes saber, depende de la masa muscular, la capacidad pulmonar, el corazón...

Even la escuchó con interés, no tanto por el tema, sino por el entusiasmo, la competencia y la intensidad que irradiaba; sus ojos habían adquirido un brillo especial. Se reconoció a sí mismo en ella, así había sido él. Antes. Su lado blanco.

Mojó el último pedacito de brócoli en la salsa y masticó mientras miraba de reojo hacia la mesa del sofá.

Kitty se rió, se puso en pie y agarró la olla.

–Me parece que no te resulto tan interesante como eso de ahí. Dejaré que sigas leyendo.

Even se encogió de hombros disculpándose y dio las gracias por la maravillosa cena.

Encendió una lámpara de pie que había detrás del sofá. Ojeó lentamente todos los papeles. Aparte del relato de ocho páginas con el título de *Primer secreto*, había tres páginas con copias de las anotaciones manuscritas que había hecho Newton, una página con un antiguo texto en inglés, escrito con una letra totalmente desconocida para Even, y cuatro páginas a mano con las anotaciones de Mai. Al final había una página con un listado de títulos de libros, todos relacionados con Newton o con el siglo XVIII. En esta página había un *post-it* amarillo enganchado con el texto: *Hermes This Bookshop* y el número: *1009*.

El número le parecía conocido, además era un número primo. Sin embargo, Even no consiguió adivinar por qué.

Empezó a leer las copias de las anotaciones de Newton. En la primera página había una lista detallada de palabras y símbolos que se utilizaban en las recetas alquímicas. Primero aparecía un mineral: *Gold, Silver, Copper,* etcétera, y detrás de cada uno de ellos, uno o varios símbolos que lo representaban. Un aro con un punto (oro), una medialuna (plata) o el signo biológico del género femenino (cobre). El signo del hierro era el mismo que el signo biológico del género masculino. Even se preguntó si se escondía un simbolismo más profundo en la elección de signos; el cobre era brillante y con él hacían pendientes y cuencos de frutas, mientras que el hierro era basto y duro, y con él se hacían espadas y cañones. Miró de reojo a Kitty, que se paseaba por la cocina canturreando. Mejor no hacerla partícipe de su idea; pertenecía a unos tiempos más antiguos, a cuando las mujeres todavía no habían empezado a fundar sus propias comunas. Estudió la caligrafía, que era diminuta y nudosa, y dedujo que pertenecería a los años jóvenes de Newton, cuando todavía era un estudiante. Un sello en la esquina mostraba de dónde había sacado Mai la copia: *King's Coll. Libr. Camb.* La biblioteca del King's College de Cambridge.

La siguiente página era una copia extraída de un bloc de notas. La caligrafía era un poquito mayor y las letras ligeramente más rectas; todo parecía indicar que se trataba de un Newton mayor, aunque todavía joven. El texto empezaba con las palabras *Opus. 1. The first step. Extraction and rectification of the spirit.* Las últimas palabras estaban subrayadas tres veces. Después de una frase ininteligible para Even, el texto se dividía en párrafos numerados: 5, 6, 7 y 8. Por qué los primeros cuatro párrafos no estaban incluidos era, a primera vista, incomprensible. ¿A lo mejor estaban contenidos en las primeras frases? Un redactado del punto 6 llamó su atención: *Conjunction of the red man with the white woman, & decoction to the completion*, decía. Even se llevó la mano al pelo, que se le había puesto algo canoso, miró de reojo la cabellera roja de Kitty a través de la puerta de la cocina y pensó para sus adentros si no podía tratarse de un error de transcripción; que debía haber dicho *conjunction of the red woman with the white man.* Hubiera estado bien.

De todos modos, se trataba de una de esas clásicas letanías alquímicas que él no entendía demasiado. Se preguntó si Mai lo habría entendido.

El tercer folio resultó ser una carta a un tal Mr. F., eso era todo lo que ponía acerca del destinatario. La carta versaba sobre los experimentos que Newton había realizado en los últimos tiempos y terminaba con algunos comentarios a la última carta de Mr. F. y las opiniones que en ella debió de expresar. En la carta no aparecía ninguna indicación de la fecha, pero por la caligrafía, Even dedujo que debía de tratarse de mediados de la década de 1670.

La carta con la letra desconocida era, sin lugar a dudas, la descripción de una conversación que el escritor había mantenido con Newton. Resultaba difícil descifrar la letra, aunque Mai, para ayudar al lector (¿Even?), había marcado frases con un fosforescente amarillo. Cerca de la parte superior de la carta ponía: «... *83 years. He was better after it and his head clearer and memory stronger...*».

Un poco más abajo, había marcado algo que Newton había dicho al oyente: «... *that required the power of a creator. He, said he, took all the planets, viz the sun and moon and other planets, to be composed of the same matter with this earth –viz earth, water, stones & – but variously concocted*».

Era típico en Newton, pensó Even. La típica filosofía alquímica que fundamentaba la tesis: todo –piedras, agua, tierra, incluso el sol, en su principio– es un producto compuesto de los mismos materiales, sólo que varía la manera de «prepararlo». Si Newton tenía ochenta y tres años cuando tuvo lugar la conversación, tal como parecía indicar la parte marcada, debió de ser trasladada al papel por John Conduitt, el hombre que se casó con la sobrina de Newton y que más tarde tomaría posesión del puesto de éste como maestro de la Real Casa de la Moneda.

Even lo volvió a leer todo una vez más, sin entender la intención de Mai, y se guardó el folio.

Las notas de Mai eran más fáciles de leer, escritas con letras legibles, claras y abiertas. Además, se trataba de una caligrafía con la que Even había convivido durante trece años. En todas las páginas había palabras clave y frases anotadas de cualquier manera, citas que había que recordar o ideas que Mai había tenido de pronto. La fecha 27 de abril de 1676 aparecía subrayada varias veces, seguida de argumentos para recordarla. Even estaba de acuerdo. Al igual que tantos otros científicos, consideraba muy importante esta fecha, un punto de inflexión para la historia mundial, el principio de la ciencia moderna. El día en que se aceptó y reconoció que los concienzudos experimentos de Newton concordaban con la hipótesis y que, por lo tanto, ésta se convirtió en una teoría demostrable. Pero eso de que Mai dejara a Newton en casa en el momento de su reconocimiento público, entregado a la alquimia... Even no sabía si Newton había estado o no presente aquel día en la Royal Society cuando sus experimentos fueron aceptados como prueba; no había fuentes, que él supiera, que lo corroboraran. Sin embargo, insinuar, no, no sólo insinuar, sino afirmar que consiguió un hito en el campo de la investigación alquímica, justo en aquel momento, era una treta fresca y osada. Mostraba al lector lo importante que realmente había sido la alquimia para el gran científico, y seguramente eso era lo que había pretendido Mai. Y como truco literario era, desde luego, impecable, sobre todo si la ficción se sostenía mediante una buena documentación basada en hechos.

«Newton era minuciosamente preciso, y más testarudo y observador que otros alquimistas que le precedieron», aparecía anotado en un lugar. En eso Mai podía estar en lo cierto, pensó Even. Newton era paciente y metódico en sus investigaciones, era muy capaz de poner en marcha experimentos que sabía que no darían indicaciones positivas hasta transcurridos unos cinco o seis meses. Si no conseguía estas indicaciones, era capaz de volver al principio, modificar ligeramente un factor de inseguridad y dedicar cinco meses más a los experimentos. Eso era lo que le hacía genial, que nunca se rendía, y que él, tal como escribió Mai, era minucioso y exacto. El hombre sabía hasta la décima parte más pequeña de un gramo lo que había contenido una retorta, conocía la temperatura y el tiempo exacto a la que había sido tratada.

¡Hay que mantener la alquimia en secreto a cualquier precio!

«Sí, maldita sea», pensó Even. La alquimia no era legal. Era jugar a ser brujo, en muchos círculos no estaba bien vista, era simple y llanamente blasfemia. Sin embargo, Newton consiguió mantenerlo en secreto. Hasta tal punto lo consiguió que hoy día sigue siendo un aspecto de su vida relativamente desconocido. Es gracias a Maynard Keynes, el reconocido gurú económico, que los actuales estudiosos de Newton lo saben. En la década de 1930 compró las libretas con anotaciones que dejó Newton y las estudió con mayor detenimiento que nadie hasta entonces. Y allí estaba, negro sobre blanco, sin lugar a dudas: Newton sacrificó la mitad de su vida a la alquimia. De hecho, durante un tiempo estuvo más ocupado en sus proyectos alquímicos que en los descubrimientos científicos que le harían famoso mundialmente.

Una mano apareció en su campo de visión y depositó una taza de café sobre la mesa. Kitty se rió al ver su reacción.

–Supuse que el té de romero no te apetecería nada, y le pedí prestado un poco de café a la vecina cuando salí a correr. Ya ves, el footing puede tener sus ventajas.

Kitty se volvió a ir sin esperar su respuesta.

Even alejó la taza un poco para no arriesgarse a ensuciar las copias y cogió la siguiente anotada por Mai. Estaba llena de nombres y de biografías cortas, desde Robert Boyle, que fue el colega alquimista de Newton, hasta Robert Hooke, de la Royal Society, enemigo declarado de Newton durante largos años. Varios de los nombres eran desconocidos para Even. Era posible que se tratara de personas relacionadas con la alquimia; en tal caso, no era de extrañar que no las reconociera, porque ese aspecto sólo le había interesado superficialmente cuando estuvo dedicado a estudiar a Newton. Se consideraba un experto en el científico y, poco a poco, fue entendiendo por qué Mai no se había puesto en contacto con él para que la ayudara en el libro.

Even sopló un poco sobre el café y tomó un sorbo.

De pronto reparó en algo. Dejó la taza sobre la mesa, sostuvo el papel a contraluz y se humedeció un dedo, que luego pasó por encima de un fragmento del texto. Las notas de Mai eran fotocopias, como también lo eran las de Newton. Se sorprendió. Era extraño que hubiera hecho copias de sus documentos para él. O, pensándolo bien, ¿a lo mejor no...? Era posible que no hubiera podido prescindir de sus notas cuando decidió confiarle el sobre con su contenido. Even no era capaz de dilucidar, así a bote pronto, si quería decir algo; en general, no era capaz de adivinar por qué Mai le había dejado todo aquello a él, y siguió leyendo. A lo mejor, si continuaba, llegaría a la solución del enigma.

Escribía en clave.

Sí, eso es lo que hacía Newton. Even estaba en Babia, con la mirada vacía fija en la estufa en la que Kitty había echado un par de leños más. Ella se había sentado en una butaca con los pies sobre la mesilla del sofá y un libro grueso en el regazo. La música acuática de Händel sonaba suave por los altavoces.

Claves. Le parecía recordar que fue cuando empezó a leer sobre Newton que también él empezó a interesarse por las claves. No, un momento, fue antes, siendo un niño. En casa, para poder tener sus cosas en paz sin que su padre se enterara. Sin embargo, con Newton su interés había vuelto a despertar, y cuando conoció a Mai casi se convirtió en una obsesión. Logró despertar el interés de Mai hasta tal punto, que acabaron escribiendo en clave la lista de la compra y las notas que se dejaban y llamándose mutuamente por sus nombres en clave. Infantil, tal vez, pero por aquel entonces Even había arramblado con todo lo que pudo encontrar sobre claves y encriptaciones, y tras haber leído un artículo sobre cifras asimétricas, había estado a punto de dirigir la carrera por aquellos derroteros. Que luego se demostrara que su investigación acerca de los números primos irregulares, los números primos gemelos y la infinitud también tenía su utilidad en el campo de la encriptación resultó ser una sorpresa agradable, como comer un buen helado y descubrir que la parte de dentro es tu chocolate preferido. Un tío de los servicios de inteligencia se había puesto en contacto con él, y con medio año de sueldo a modo de compensación, Even se había tragado un par de píldoras amargas y había ayudado a los uniformados a echar a andar un nuevo sistema de encriptación. Al fin y al cabo, no se trataba del servicio de inteligencia de la policía.

Even agarró la taza de café y bebió un poco. Newton no solía escribirlo todo en clave, sino sólo algunas partes determinadas de un texto. Por ejemplo, escribía las palabra al revés, o alguna palabra o frase en concreto con signos crípticos. Lo hacía de tal manera que cualquiera que le mirara por encima de los hombros o echara un vistazo furtivo a sus blocs de notas no entendiera nada, o al menos no a simple vista. Sin embargo, si disponías de tiempo, no solía ser difícil descodificar el texto. De todos modos, a medida que sus sistemas de cálculo matemático se fueron sofisticando y sus experimentos físicos entraron, por así decirlo, en otra dimensión, las claves se tornaron hasta cierto punto innecesarias, pues en los tiempos de Newton realmente no había nadie, aparte de Newton mismo, que entendiera gran cosa de lo que Newton escribía.

La mayoría de las claves eran infantiles, aunque algunos de sus textos a veces se ocultaban, no obstante, tras unos sistemas astutos. Sobre todo las fórmulas alquímicas que podían estar escritas con alfabetos propios, con palabras y conceptos pensados exclusivamente para los iniciados, y con símbolos especiales para denominar los diferentes metales, ingredientes y procesos.

Even se había quedado mirando la frase. *¡Escribía en clave!* ¿Era así como Mai había introducido un mensaje oculto en los textos? ¿Era ése todo su propósito?

Even dejó la taza sobre la mesa, hojeó los folios hasta llegar a la última página y arrancó el *post-it* amarillo. Hermes Tris. Miró el número, 1009, le dio la vuelta al pedazo de papel y descubrió un número en la parte inferior del dorso. 6419. ¡Maldita sea! Con un gemido echó la cabeza hacia atrás y fijó la mirada en el techo. Ahora se daba cuenta de por qué el 1009 le había resultado familiar. Era su número. Precisamente porque también lo era el 6419. Sólo había que darles la vuelta, por pares. Era tan sencillo que ni siquiera se había dado cuenta.

09.10.1964.

¡Era su fecha de nacimiento!

CAPÍTULO 25

Los niños ya se habían acostado y la casa estaba en silencio. Un «silencio mortal», pensó Finn-Erik y miró rápidamente hacia la oscuridad del jardín.

Finn-Erik corrió las cortinas, se dejó caer en el borde de la silla y miró a su alrededor, en el pequeño estudio. Estaba acostumbrado a estar solo en casa con los niños; al fin y al cabo, Mai-Brit había viajado mucho para la editorial. Sin embargo, ahora el silencio era distinto; se había vuelto inquebrantable, algo a lo que debería acostumbrarse. O al menos aceptar.

Pensó en poner algo de música, pero no tuvo fuerzas para hacerlo. En realidad, nunca había sido un hombre de música, y aún menos estando con Mai-Brit. Nunca había entendido su amor por la música clásica o, mejor dicho, no comprendía la música. La había escuchado cuando ella la ponía, sin protestar. A veces le había parecido que estaba bien, o que era rítmica, o sombría, aunque nunca le había dicho nada en especial. Le faltaba la voz, una letra que le explicara de qué iba.

Se puso en pie y contempló las fotografías del tablón. Mai-Brit y Stig en la playa; él rodeando la barriga abultada de Mai-Brit con los brazos; la foto de su boda; la familia feliz delante de la cabaña de Rendalen. Las cambió un poco de sitio, de modo que todas estuvieran visibles al máximo. De haber entrado en aquel momento y habérselo encontrado así, Even se habría extrañado. ¿Por qué se habría colado Even en el estudio, por qué habría mirado las fotografías? ¿Acaso sospechaba algo?

Una gaviota chilló lastimera en algún lugar de la noche, con aquel profundo y frenético *ga ga ga.* Finn-Erik se estremeció, era uno de los pocos pájaros que no le gustaban. Grande, bello, glotón y poco de fiar. Un vampiro.

Mai-Brit había sido una aficionada de la naturaleza, le encantaban los paseos por el campo y la montaña, igual que a él. Había sido sobre todo allí y en compañía de los niños que se habían encontrado y amado.

Finn-Erik se trasladó a la silla del escritorio, abrió los cajones y hojeó lentamente los papeles que aparecieron: certificado de matrimonio, pasaporte, partidas de nacimiento, la escritura de compraventa de la casa. Documentos del trabajo, de la asociación ornitológica Noruega, del sindicato. ¿¡Un sobre de la logia!? No debería estar allí. Sacó la carta de la orden masónica, cerró el cajón y se la llevó al sótano. La metió en la caja de cartón junto con los demás documentos.

Cuando volvió a subir a la planta baja, cerró la puerta del sótano con llave y se acercó al sofá. El silencio volvió a hacerse enorme, y él se quedó sentado en medio de la oscuridad, pensando en Even Vik. En un hombre que no le gustaba y al que todavía menos entendía. Mai-Brit había hablado muy pocas veces del ex marido, tan sólo en alguna ocasión excepcional, en oraciones subordinadas, como de pasada. Retazos que ahora Finn-Erik intentaba juntar para dilucidar un todo.

Una relación extrema con los números. Experto en Newton. Ningún familiar, ni hermanos, ni padres. Algo sobre una mujer a la que le habían hecho el cráneo añicos, ¿a alguien de la familia? No lo recordaba del todo. De vez en cuando, Even era increíblemente infantil, había dicho ella. Y luego había algo que tenía que ver con... De pronto, Finn-Erik se incorporó y fijó la mirada en los arbustos al otro lado del cristal de la ventana... algo que tenía que ver con Even, algo de un trabajo que había hecho para el servicio de inteligencia. El servicio de inteligencia del ejército, había dicho Mai-Brit en una ocasión, mientras miraban algo en la tele; se había detenido en medio de una frase y se había quedado muda de golpe. Él la había mirado de reojo, pensando si debería interrogarla, pero había llegado a la conclusión de que Mai-Brit había dicho más de lo que le habría gustado decir y Finn-Erik se conformó con aquella frase inacabada, olvidándose al rato de aquel asunto.

El servicio de inteligencia. Even había trabajado para ellos. O... Finn-Erik sintió que las manos se le humedecían. ¿A lo mejor seguía haciéndolo? ¿Era ésa una de las razones por las cuales parecía estar tan obsesionado en meter las narices en todo lo que rodeaba la muerte de Mai-Brit? Buscaba una explicación con demasiado ahínco.

Finn-Erik se levantó, se dirigió al estudio, abrió el cajón con todos los documentos personales y sacó un certificado del cajón. Lo dobló y lo metió en un sobre; atravesó la casa con una mirada atenta hasta que, finalmente, encontró un lugar adecuado. En la parte superior del armario de la cocina, detrás de los botes con lentejas y alubias. Era poco probable que Even fuera a buscar algo allí. Colocó un tarro de cristal encima del sobre, para que un repentino golpe de aire no pudiera moverlo de allí y dejarlo caer sobre la mesa de la cocina.

CAPÍTULO 26

Even se sentía como un gusano, se retorcía y revolvía sin acomodar sus piernas; el sofá era demasiado corto. El café alborotaba en su estómago y las notas de Mai, su cabeza. Pasó la lengua por los dientes con dureza, intentando eliminar la capa de azúcar, ácido y cafeína que sentía se había alojado como una película corrosiva sobre el esmalte; echaba de menos su cepillo de dientes. Hacía tiempo que Kitty se había ido a la cama, no sin antes despedirse de él deseándole «buenas noches» con el pelo cayéndole por los hombros. Había estado convencido de que sería así; se sentía cansado y listo para dormir, sobre todo ahora que tenía la sensación de haber conseguido desenredar el ovillo que había dejado Mai. Sin embargo, el sueño no llegaba.

¿Realmente quería Mai que buscara una librería que se llamaba Hermes Tris y, de ser así, dónde estaba aquel sitio? En Inglaterra, Estados Unidos, Canadá... las posibilidades eran infinitas. De hecho, no tenía por qué estar en un país de habla inglesa. Alemania. Tal vez Francia, París. ¿Qué se suponía que debía hacer en aquella librería? ¿Encontrar un libro en concreto? En tal caso, ¿cuál? ¿O hablar con alguna persona en especial? ¿Recoger algún mensaje? También en este caso las posibilidades eran muchas. El edredón de los invitados estuvo a punto de caer al suelo y Even lo atrapó en el último momento. ¿Por qué demonios habría dejado un mensaje tan enigmático? ¡Habría sido mucho más sencillo si le hubiera escrito: ve a... y recoge...! ¿Habría algún otro mensaje oculto entre los papeles?

Even se incorporó en el sofá, encendió la lámpara y empezó a leer de nuevo. Sobre todo las notas de Mai. Lo repasó todo minuciosamente, también el dorso de los papeles, incluso el sobre, y para su sorpresa encontró una nueva hilera de números, 01156619, escritos en el interior del sobre. Su vejiga protestó, y Even dejó los papeles sobre la mesa, aunque no pudo resistirse a toquetearlos un poco antes de atravesar la oscura cocina de camino al baño. El baño no tenía ventanas y Even tuvo que encender la luz. Sonrió con cierta nostalgia al ver la vieja cisterna que estaba suspendida del techo. Mientras orinaba, esperó con cierta ilusión infantil el momento de tirar de la cadena que colgaba paralela a la tubería. Sin embargo, una vez hubo terminado, ya con la mano en la empuñadura de porcelana, vaciló. Sorprendido, se dio cuenta de que había dudado por temor a despertar a Kitty. «La consideración hacia personas que no conozco no es precisamente mi marca de fábrica», pensó con una sonrisa amarga, y acabó tirando de la cadena. El agua rugió a través de la tubería hasta llegar a la taza, un sonido de lo más agradable y refrescante si se está en el campo, un lugar en el que reinaba el más absoluto silencio. Le entraron ganas de volver a tirar de la cadena. «No, mejor no exagerar ni repetir algo bueno», rezongó en tono increpador. Entonces se giró y casi dio un salto, asustado al ver una sombra en la puerta.

–Perdona si te he asustado –dijo Kitty, que pasó por su lado, se bajó los pantalones del pijama y se sentó desinhibida en la taza.

–Es... está bien.

Even salió confuso del baño y cerró la puerta. Se quedó en el pasillo mirando hacia la puerta del dormitorio de Kitty, que estaba entornada. Entonces la abrió para atrapar un breve destello de la Tierra Prometida. Even suspiró. Como si no hubiera nada más en el mundo que sexo. Newton había escrito en algún sitio que la abstinencia sexual mantenía la mente despejada. Y si había algo que ahora mismo necesitaba era pensar claro.

La puerta se abrió dándole en la espalda.

–Lo siento –murmuró, disponiéndose a volver rápidamente al salón.

–Even –dijo Kitty a sus espaldas. Even se giró. Allí estaba ella, con el pijama demasiado grande colgándole como si lo acabara de robar de algún tendedero de un cuartel militar cualquiera–. He pensado... si el sofá es demasiado corto, puedes echarte en mi cama. –Kitty sonrió con cautela–. Pero sólo si prometes darme calor. Tengo un poco de frío.

–¿Cuándo viene?

Even se apoyó en los codos y bajó la mirada hacia los hombros musculosos y la espalda ágil de Kitty. Posó un dedo en la nuca donde unas pequeñas perlas de sudor todavía brillaban en el borde de la cabellera, y recorrió el sendero mellado que describía la columna vertebral entre los omóplatos hasta desaparecer por debajo del edredón, hasta el sacro y luego las nalgas. Kitty meneó el trasero, se estiró como un gato y sonrió.

–Si me preguntas si me he corrido, la respuesta es sí. Y por lo que he podido comprobar, tú también. Las dos veces.

–Años de energía y esperma acumulados –murmuró Even, cohibido de pronto al notar cómo rezongaba complacido su ego masculino.

Con la ayuda de la nariz, Even retiró su pelo del hombro y la besó.

–Me refiero a cuándo vendrá la pregunta –dijo él–. ¿No sientes curiosidad?

–¿Curiosidad por qué? –Kitty hablaba soñolienta con la cabeza apretada contra el cojín–. ¿Por lo de Mai-Brit?

–Mmmm –contestó él.

–Sí, claro que tengo curiosidad, pero no era para mí. Sin duda, me hubiera contado lo que había en el sobre de haber querido que yo lo supiera. –Kitty se giró y lo miró fijamente a los ojos, levantó perezosa la mano y pasó un dedo desde la nariz hasta el mentón pasando por la boca–. Y si crees que debería saber algo, no tienes más que contármelo–. Otra cosa –prosiguió Kitty al ver que Even no decía nada–. Tengo que decirte otra cosa. Tengo una regla inquebrantable.

–¿Sí?

Los ojos grises de Kitty tenían un brillo verde. Tal vez fuera la luz, o la falta de una luz decente. Even no acababa de entender aquella mirada. Le atravesaba adentrándose en su interior.

–Cuando un hombre ha hecho el amor conmigo dos veces... –le lanzó una sonrisa gatuna–, él tiene que contarme un secreto a cambio. Un secreto personal. A poder ser algo que nunca haya oído nadie antes.

–¿Y tú? ¿Tú no tienes que contar nada?

Su espalda se volvió a estirar y Kitty bostezó plácidamente.

–Si me apetece, sí.

Even se echó hacia atrás y fijó la mirada en el techo. La vela sobre la mesita de noche de Kitty arrojaba grandes sombras de los dos sobre la pared. Se movía cuando el aliento de ella le llegaba.

–Tengo dos lados.

Even permaneció en silencio un rato, pensando si debía continuar. Mai lo había sabido, aunque nunca hablaron de ello. Mai había mirado en su interior tantas veces que Even estaba convencido de que ella lo conocía mejor de lo que él se conocía a sí mismo.

–Uno blanco y otro negro –dijo entonces, mientras contemplaba las sombras sobre la pared blanca–. Soy un número primo, el trece. Se compone tan sólo de dos partes, uno o trece. Ninguna más. Mai era mi opuesto, era el doce. Era capaz de dividirse de todas las maneras imaginables, por cuatro, y tres, y dos, y seis. Ser tres cuartas partes, podía con todo. Visitaba a la familia, cantaba en un coro, iba al gimnasio, tenía amigos viejos y nuevos. Quería tener hijos. Pero yo... –Kitty se volvió y lo miró con el semblante serio, agarró su cabeza entre las manos y le besó la nariz–. Yo tenía dos cosas: Mai y las matemáticas, nada más.

Estuvieron un buen rato mirándose, sin decir nada; los ojos de ella estaban ahora en la sombra, pero los sentía sobre la piel.

–Mai-Brit era blanca. ¿Y las matemáticas eran negras?

Even vaciló.

–No... no es tan sencillo como eso. Hubo un tiempo antes

de Mai. Pero... –su mirada buscó la luz y los pensamientos se lanzaron a la llama para ser devorados.

Kitty apagó la vela y lo abandonó a la oscuridad.

–No pienses en ello, Even. Lo otro ya lo hablaremos otro día. Que duermas bien.

–Igualmente –dijo Even, agradecido, y de pronto notó que su cuerpo estaba pesado y relajado, listo para el sueño, un sueño profundo y tranquilo.

CAPÍTULO 27

Oslo

–Tiene que ser un libro –dijo Mai-Brit con convencimiento–. Aquí hay mucho material increíblemente interesante con el que trabajar.

–Me cuesta creer que todavía quede algo sobre Newton que no haya sido escrito ya –dijo el director financiero, escéptico.

«*Same procedure as last meeting* –pensó Mai-Brit–. Este hombre ha nacido con un gen crítico del tamaño de una pelota de golf.»

–Eso depende de cómo abordemos el asunto. Hay tantas paradojas en Newton que una persona moderna tiene necesariamente que preguntarse cómo consiguió llegar a ser el gran genio que fue.

Desde la otra punta de la mesa, Odin Hjelm levantó la ceja.

–¿A qué te refieres?

–Verás, deja que te dé un ejemplo. Como seguramente todos habréis aprendido en el colegio, fue él quien descubrió la gravedad y calculó la órbita elíptica de la Tierra alrededor del sol. Menos conocido es que Newton, sin que se conozca experimento alguno que pudiera corroborarlo, estimó el peso de la Tierra en aproximadamente seis mil millones de trillones de toneladas métricas. Lo que es, por decirlo de alguna manera, bastante impresionante, pues se acerca muchísimo al resultado que Cavendish obtuvo ciento diez años más tarde gracias a unos experimentos exactos, y que en nuestra época se ha calculado que sólo se desvía un uno por ciento aproximadamente. Dicho en otras palabras, es tan genial que casi resulta incomprensible. Sin embargo –Mai-Brit alzó dos dedos para subrayar las conclusiones que ahora llegarían–, ese mismo hombre, ese mismo genio, utilizó la Biblia seriamente para calcular la edad de la Tierra. Y utilizó las profecías de Daniel para calcular el tiempo durante el que la Iglesia católica y el Papa reinarían sobre nuestro planeta.

Hjelm se golpeó pensativo el labio con el extremo del lápiz, e incluso el director financiero pareció encontrar la historia lo suficientemente interesante como para considerarlo. La editora de libros infantiles se volvió hacia Mai-Brit.

–¿Quién es Cavendish?

Mai-Brit vio cómo el editor de literatura extranjera echaba la mirada al cielo, aunque, en cierto modo, esperaba la pregunta. Y también llevó los ojos al cielo. Les explicó que se trataba de un noble y físico inglés que vivió en la segunda mitad del siglo XVIII y que era todavía más introvertido y extraño que el propio Newton.

–Padecía hasta tal punto de timidez que incluso se comunicaba con su ama de llaves por carta. Nunca salía, y si alguna rara vez se dejaba convencer para participar en una reunión de carácter científico, todos los demás invitados eran aleccionados previamente para que no se dirigieran en ningún caso a él. Ni siquiera tenían permiso para mirarle.

Mai-Brit tomó nota de que todos, sobre todo Hjelm, seguían escuchando con interés y decidió utilizar un minuto más del precioso tiempo de la reunión.

–Al igual que Newton, Cavendish era terriblemente reservado a la hora de publicar los resultados de sus experimentos. Muchos de ellos no se llegaron a conocer hasta después de su muerte, y por entonces ya no se disponía de Cavendish para que explicara lo que había descubierto. Es por eso que luego ha resultado que, en muchos aspectos, estaba cien años, o más, por delante de su tiempo.

–¿Por delante en qué, por ejemplo?

Fue Hjelm quien preguntó.

–Experimentó con la capacidad conductiva de la electricidad, algo que otros tardarían un siglo más en hacer. Y operó con leyes y reglas físicas que no fueron «inventadas» hasta mucho más tarde: la ley de Ohm, la ley de las presiones parciales de Dalton, la ley de proporciones equivalentes de Richter, incluso podría mencionar cinco más. Principios a los que ese tal Cavendish llegó sin hablar de ello con nadie. Sólo hace cincuenta años o así que alguien consiguió revisar todos sus papeles y comprendió que fue un genio.

–En otras palabras, un hombre sobre el que deberíamos escribir un libro más adelante –dijo Hjelm con una sonrisa.

–Sí, desde luego –dijo Mai-Brit, y vio cómo el director financiero lanzaba una mirada escéptica a su jefe–. Pero para volver a Newton, también en él hay muchas cosas que han quedado ocultas, al menos para la gran mayoría de la gente. No en cuanto a sus experimentos científicos, aunque éstos también tienen sus aspectos excéntricos, desde luego. ¿Sabíais, por ejemplo, que Newton experimentó con la luz y la vista introduciendo la hoja de un cuchillo por detrás de su propio ojo y apretándolo desde detrás?

Mai-Brit se llevó un dedo al ojo, mostrando cómo Newton había introducido el cuchillo entre el hueso y el globo ocular. Alrededor de la mesa, algunos hicieron muecas de aprensión al imaginárselo; otros parpadearon inconscientemente, como si quisieran proteger sus ojos.

–Es verdad –dijo Mai-Brit con una sonrisa–. Pero no hablemos más de eso. Lo que estoy sopesando estudiar en relación con este libro son sus intereses ocultos por la alquimia y el ocultismo. –Posó una mano sobre los papeles que tenía delante para dar más énfasis a su última frase–. De hecho, creo que existen incluso más lados ocultos y sombríos del genio que desconocemos y por eso pienso viajar a Inglaterra la semana que viene para sumergirme en su pasado y arrebatarle sus últimos secretos.

Odin Hjelm asintió divertido con la cabeza y dio por finalizada la reunión mientras el director financiero anotaba algo en un bloc de apuntes negro.

–Acuérdate de la manzana –dijo el editor de literatura extranjera y se levantó.

–¿Disculpa? –dijo Mai-Brit y lo miró.

–Acuérdate de la historia de la manzana que cayó del árbol y le llevó a descubrir la ley de la gravedad.

–Ah, ésa. –Mai-Brit recogió sus papeles–. No es más que una patraña. Una buena historia, pero, al fin y al cabo, una invención. Newton no era el tipo de hombre capaz de sentarse debajo de un árbol y esperar que le llegara la inspiración gracias a una manzana.

La editora de literatura infantil se detuvo delante de Mai-Brit y preguntó:

–¿Qué es la presión parcial?

«La única que cuando hay algo que no sabe es capaz de reconocerlo –pensó Mai-Brit al entrar en su propio despacho un poco más tarde–. Está acostumbrada a tener que dar explicaciones y a simplificar, acostumbrada a tratar con niños haciendo preguntas.»

Los adultos no preguntan. Eres un tonto si preguntas, porque entonces demuestras que hay algo que no comprendes. Por lo tanto, no preguntas y sigues siendo el ignorante que eras. Sigues siendo un tonto.

CAPÍTULO 28

«Hay primavera en el aire», pensó Even y respiró hondo antes de sentarse en el coche. Caían gotas desde el tejado del granero y desde los árboles, y una brisa casi cálida soplaba a través del patio de la granja a pesar de que era temprano por la mañana. Un pajarito trinaba a todo volumen desde lo alto de un árbol, como si en ello le fuera la vida. Como si con ello pudiera espantar la nieve y el invierno.

Unos minutos antes, Even se había escabullido del dormitorio sin despertar a Kitty, había escrito una nota en el dorso de un recibo arrugado y se había ido. Había pensado que era mejor así.

En el camino sinuoso que atravesaba Nesodden y, más tarde, en la autovía E6 en dirección a Oslo, se sorprendió varias veces a sí mismo sonriendo, así, sin más. Había pasado un tiempo desde la última vez. Y tarareó *Here Comes the Sun*, probablemente por primera vez en su vida. Notó que el tiempo, su tiempo, había empezado a correr de nuevo. Débilmente, pero lo sentía.

Había poco tránsito, tanto en la E6 como en el Cinturón 3 aquel domingo por la mañana, y no había prácticamente ni un alma cuando tomó Nordbergveien y luego Kongleveien en dirección a Kringsjå. A pesar de que pronto tocaba misa, murmuró en un tono de voz afectadamente escandalizado para sus adentros. Cuando, minutos antes, circulaba por el 3.er cinturón había oído el tañido de las campanas de la iglesia del barrio de Grefsen. «¡Maldita sea, hoy en día no hay nadie que desee ser salvado!»

Aparcó el coche en el acceso de coches y entró sin llamar antes. La puerta principal estaba entornada, por lo que tenía que haber alguien en casa. En el pasillo oyó voces que provenían del salón y siguió adelante; estuvo a punto de decir algo cuando de pronto se detuvo. Había dos personas sentadas en el sofá, muy juntas; o al menos relativamente juntas. En el televisor, un pastor en el altar dando el sermón.

«Para avanzar hay que rellenar el tiempo con acciones», se repitió para sí. Era una idea que de pronto le había venido a la cabeza en el coche, y ahora se había quedado indeciso por un momento antes de decidirse por salir de puntillas, como si nunca hubiera estado allí. Sin embargo, uno de sus zapatos rozó contra el marco de la puerta y Finn-Erik se dio la vuelta y lo vio.

–¡Even! –gritó a través de la cocina. Alcanzó a Even en las escaleras y lo agarró, ya sin aliento, por el hombro–. ¡Detente! No es como tú crees.

Even lo miró incrédulo.

–No es como tú crees –le imitó Even–. Es curioso, yo también he visto esa película. Y es cuando yo digo: «¿Qué es lo que no es como yo creo?», y luego tú dices: «No es más que una amiga, nada más». Y entonces es cuando aparece la amiga detrás de ti y dice: «Yo ya me iba, nos vemos luego», y te mira con esa mirada cómplice antes de desaparecer del cuadro.

La mujer del sofá salió al pasillo. Llevaba el pelo cortado en un peinado asimétrico, más largo por el lado izquierdo que por el derecho. Rozó el codo de Finn-Erik y dijo:

–Yo ya me iba; nos vemos mañana.

Los dos hombres se quedaron un rato sin decir nada, viendo cómo la mujer se metía en el coche. Finn-Erik alzó la mano cuando ella le saludó.

–Una semana –dijo Even–. Sólo lleva una semana muerta, joder. Diez días.

Finn-Erik entró en la cocina.

–No me he acostado con ella si es eso lo que crees. No somos más que amigos. Es una buena compañera de trabajo; se divorció hace medio año. El hombre se largó, y yo empecé a hablar bastante con ella, creo que incluso la ayudé a superar los peores momentos. Sólo pretendía devolverme el favor, vino interesándose por... ¡Dios mío! No creo que tenga que rendirte cuentas a ti, francamente. –Finn-Erik lo repasó con la mirada, desde la cabeza a los pies y otra vez la cabeza, lo olisqueó, como examinándolo–. Pero tú, esa mirada, y el aroma que traes contigo. Tú sí que has hecho más que hablar.

–Llevo cinco años de duelo –bufó Even y se sentó. Cogió una llavecita con un letrero de plástico que había sobre la mesa y serró el salero con ella, sólo por hacer algo. Toqueteó el letrero y lo leyó–. ¿Esto qué es?

–A ti eso no te importa –dijo Finn-Erik irritado y le quitó la llave de la mano–. Eres un invitado en esta casa, Even Vik, y encima, un invitado no demasiado bienvenido.

–¿No quieres saber lo que encontré en casa de Kitty?

Finn-Erik se quedó parado un momento antes de contestar:

–No, la verdad es que no. Hablé con Bodil Munthe acerca de tus ideas, y ella opina lo mismo que yo: que sacas conclusiones algo precipitadas.

–Saco conclusiones precipitadas –dijo Even, indignado–. Joder, parece que te hayas licenciado en derecho en mi ausencia. ¿O sea, que de pronto crees que puedes hacer partícipe a esa Bodil Munthe de lo que yo te cuento? Entonces sólo quiero dejarte una cosa clara...

–¡Yo hablo con quien me da la gana! –le interrumpió Finn-Erik–. No tienes ningún derecho a ponerme un bozal para que me calle. Yo no te he pedido que te metieras en la muerte de mi esposa, y creo que deberíamos dar por terminado este juego de detectives en el que estás tan enfrascado.

–¡Maldito cerdo! –gritó Even; lo agarró por las solapas y lo aplastó contra el banco de la cocina–. ¡Gilipollas de mierda! Sabes perfectamente que Mai fue obligada a pegarse un tiro, pero no tienes agallas suficientes para hacer nada. Sabes que tenía restos de droga en la nariz, pero no quieres saber cómo esa mierda llegó hasta allí. –Even se detuvo un instante y respiró hondo, y bajando la voz prosiguió–: De acuerdo, está bien, si así lo deseas, puedes hacer ver que no ha pasado nunca, pero al menos deja que yo continúe –soltó a Finn-Erik y luego pasó la mano por su jersey, como queriendo alisarlo o limpiarlo–. Escúchame, haz el favor. Escúchame aunque sólo sea por dos minutos, ¿de acuerdo?

Rodeó la mesa de la cocina y se sentó, evitando levantar la mirada. Los ojos de Finn-Erik estaban aterrados y a Even no le habría sorprendido si ese imbécil se hubiera meado encima. Miró el puño cerrado que descansaba sobre la mesa y lo abrió. Joder, lo odiaba cuando le pasaba, odiaba aquel puño, se odiaba a sí mismo.

Finn-Erik carraspeó, pero no dijo nada; sacó una silla lentamente y se sentó de manera que la mesa les separara. A cierta distancia de la mesa, como si se estuviera preparando para huir en cualquier momento.

Even habló en un tono de voz sosegado y bajo, como para no provocarle innecesariamente. Le contó brevemente lo del sobre, los papeles sobre Newton y que todo tenía que ver con Newton.

–Y luego encima encuentro aquí esa llave.

–¿Sí? –Finn-Erik abrió una mano sudada y miró fijamente la llave–. No es nada. La encontré ayer en el escritorio, en el cajón de Mai-Brit, y todavía no he conseguido descubrir para qué es.

–¿Tú qué crees?

La llave era pequeña, de apenas un par o tres centímetros. Estaba unida a un pequeño llavero de plástico con el número 1642 escrito con tinta. Finn-Erik giró varias veces tanto la llave como el rotulito antes de dejarlos sobre la mesa.

–A lo mejor la llave es de la caja del dinero para el café de la oficina –dijo, intentando hablar en un tono ligero y despreocupado–. O de un apartado de correos que Mai-Brit olvidó mencionarme.

«Un apartado de correos que Mai-Brit olvidó mencionarme.» Even tuvo que hacer un gran esfuerzo por contenerse y no soltarle al idiota la frase en un tono de desprecio. Maldita sea, Mai no se olvidaba de estas cosas, no si realmente quería acordarse. ¿Es que ese hombre no conocía a su propia mujer, o acaso se negaba rotundamente a reconocer los hechos?

–Por cierto –la voz de Finn-Erik se había reconcentrado–, el número, es decir, el 1642, de pronto me ha hecho pensar en algo...

–¿Sí? –Even le brindó toda su atención.

–Bueno, tal vez sea un poco rebuscado y tonto, pero durante las vacaciones de invierno estuve leyendo un libro de ese autor americano, ya sabes, Stephen King, *La mitad oscura*, creo que era el título. En esa novela hay un hombre que quiere guardar algo en un apartado de correos y ese apartado de correos tenía precisamente el número 1642, así que pensé que tal vez... la llave sea para... eh, no, claro, sólo ha sido... –Finn-Erik se calló y empezó a limpiarse las uñas mientras sus mejillas se iban tiñendo poco a poco de rojo.

Even suspiró de manera inaudible.

–Supongo que no es importante... –murmuró Finn-Erik.

–Es importante. –Even cogió la llave y le dio un golpecito al llavero con un dedo–. El 1642 no es un número casual, hasta aquí estás en lo cierto. Hace dos días podía haberlo creído, pero ya no. –Even arrojó la llave y ésta se deslizó por la mesa hasta detenerse al lado del azucarero–. Sabes, Isaac Newton nació aquel año, en 1642.

–Ah –dijo Finn-Erik–. Pero de todos modos puede ser pura coincidencia.

–¡Maldita sea! Mai estaba trabajando en un libro sobre Newton. Mi Newton. Se suicida y escribe una carta de despedida con palabras dirigidas a mí. Esconde datos e información relacionados con el libro sobre Newton en casa de una amiga, que luego me los entrega siguiendo las instrucciones de Mai, porque sabe que yo siempre he estado interesado en ese tío. Y ahora aparece una llave con un número que apunta directamente a Newton. ¿Cómo demonios... cómo te atreves a rechazarlo todo con la excusa de que se trata de meras coincidencias?

Maldita sea, qué ganas tenía de romperle la cara a ese idiota.

A Finn-Erik se le había quedado una expresión vacía en la cara.

–¿Será para una caja fuerte, o tal vez para un guardamuebles o una taquilla? –dijo, como si no hubiera oído lo que acababa de decir Even.

Even se encogió de hombros y dijo:

–O tal vez para un candado.

–Pero nosotros no tenemos ni un solo candado en toda la casa. –Finn-Erik empujó la llave con un dedo–. Ningún nombre, nada. Si es para un apartado de correos o una caja fuerte en un banco, podría ser... en cualquier lugar.

–Incluso en el extranjero –dijo Even abatido y se llevó de pronto la mano al bolsillo–. ¡Espera! ¿A lo mejor tiene algo que ver con...?

Even sacó los papeles de Mai del sobre, los hojeó, hasta que finalmente encontró el pequeño *post-it* amarillo.

–¿Qué es? –preguntó Finn-Erik.

Even le mostró el nombre «Hermes Tris Bookshop» que había apuntado en el papelito.

–¿Qué números son los que aparecen debajo?

–No lo sé –mintió Even.

–¿Cuándo, dijiste, que Mai le dio el sobre a Kitty?

–No te lo he dicho, pero fue en otoño, o eso creo que dijo...

–¡En otoño! ¿Se los dio a Kitty en otoño?

–Sí, en el mes de noviembre, me parece.

Parecía como si alguien le hubiera dado una bofetada a Finn-Erik. Even lo comprendió en cuanto lo pudo pensar mejor. Era duro tener que descubrir que tu mujer no te ha pedido ayuda a ti, a su propio marido, a pesar de que era obvio que hacía meses que tenía problemas. Posiblemente fuera el resultado de la falta de interés mostrada por Finn-Erik hacia lo que ella hacía. Seguramente, Mai no había creído que él fuera capaz de ayudarla tampoco. ¿O... a lo mejor la razón era que ella sencillamente no...?

Even notó que se quedaba helado en la postura que había adoptado, con los codos clavados en la mesa de la cocina. Le entraron unas ganas irreprimibles de juntar los papeles a toda prisa y largarse. ¿No sería que Mai simple y llanamente no se había fiado de Finn-Erik?

–¿Qué pone en todos esos papeles? –preguntó Finn-Erik.

–No mucho que sea comprensible así, a simple vista. –Even agarró el montón de papeles y empezó a hojearlo con una actitud indiferente–. Ha escrito sobre Newton, creando unos textos literarios de ficción y tomando como punto de partida algunos hechos reales. Y luego hay bastantes notas. Me lo llevaré a casa para estudiarlo con más detalle. Todo parece bastante inocente; no acabo de comprender por qué habrá dejado esto para mí.

Finn-Erik se levantó de golpe, se acercó a la ventana y miró al exterior. Hacía sol. Even miró su espalda encorvada y se golpeó pensativo la barbilla con los papeles. Mai se había pegado un tiro en el extranjero, en París. Él o los que la obligaron a hacerlo tuvieron por fuerza que tener cierta organización: hubo que conseguir un arma, introducirse en la habitación del hotel, tener la posibilidad y el poder de amenazar a Mai de manera que la amenaza resultara creíble y, además, requería un cierto cinismo para llevar a cabo algo tan infame. Y todo ello desembocaba en la pregunta: ¿Por qué? ¿Por qué lo habían hecho? Y, por lo tanto, también en la pregunta: ¿Por qué iba a estar Finn-Erik, un agente de seguros y padre de familia con dos niños magníficos, y con una mujer que ni siquiera se merecía, involucrado en algo así?

Por mucho que se esforzara, Even no conseguía encontrar una respuesta que resultara plausible. Al contrario; cuanto más lo pensaba, más absurda le parecía la idea. No, la solución tenía que estar en el extranjero. Mai se había visto envuelta en algo cuyas consecuencias no conoció hasta que fue demasiado tarde; y al final no había tenido más remedio que seguir las órdenes y quitarse la vida. Era ella o los niños.

Finn-Erik se sentó pesadamente.

–Déjame ver lo que te envió –dijo, como si le supusiera un esfuerzo sobrehumano.

Even le pasó el fajo de papeles a regañadientes y Finn-Erik empezó a leer la primera página, la de Newton en el auditorio.

Even se puso en pie y ocupó el sitio de la ventana. Al otro lado de la calle, el vecino se metía en el coche, salía del garaje, se detenía y dejaba que la mujer se metiera en el asiento del copiloto, hasta que finalmente salieron a la calle y los perdió de vista. Los perdió de vista y ellos se confundieron con los seis mil millones de personas que no ves pero que, aun así, tienes que imaginarte en algún lugar del globo. Fuera del campo de visión, pero no de la mente, al menos no todos. A lo mejor no volvía a ver nunca más a los dos vecinos. Bien porque él no volvería nunca más a aquel lugar, o bien porque ellos no volvieran. Tal vez los frenos del coche fallaban en la siguiente curva y se estampaban contra un árbol, o tal vez el marido se llevaba a la mujer al lago de Myrdammen y la enterraba en un agujero. En los casos de asesinato de mujeres, a menudo resultaba que el asesino era el marido, la pareja, el novio. Desde un punto de vista estadístico, en aproximadamente el setenta por ciento de los casos. O el ex marido o ex novio o ex pareja. Even dejó que esta última consideración pasara de largo sin ahondar en ella; tenía ganas de fumarse un cigarrillo, pero el paquete estaba vacío y se había resistido a comprar otro de camino al centro. En realidad, no debería fumar, sentía que se lo debía a Mai. A pesar de que ella lo había abandonado. Y a Kitty no le había gustado el humo en casa, desde luego. En la casa del vecino de la derecha había una ventana por la que podía mirar. Vio a una adolescente de pie, desnuda de espaldas a la ventana y un cigarrillo en la mano. Even apartó la mirada. Estadísticamente, el bote sólo estaba entero cuando se alcanzaba el cien por cien, por lo tanto, alguien debía rellenar el restante treinta por ciento, alguien tenía que ser el no marido, la no pareja, el no novio. La estadística no podía juzgar a Finn-Erik.

Un ruido le hizo darse la vuelta. Finn-Erik estaba sentado con los papeles en el regazo, una lágrima se deslizaba por su mejilla y aterrizaba sobre el primer folio visible del montón.

–Yo... –Se secó la cara con la manga y los papeles cayeron al suelo–. No puedo... –Miró desesperado a Even, que se inclinó y los recogió–. La echo tanto de menos que...

–De acuerdo –dijo Even–. Muy bien. Lo comprendo. –Le dio una palmadita torpe en el hombro y volvió a sentarse a la mesa.

Finn-Erik miraba la mesa con la vista perdida hasta que de pronto murmuró algo, se puso en pie y se fue hacia la máquina de café. El embudo de plástico se cayó al suelo cuando intentó meter en él el filtro de papel y el café se desparramó por la mesa antes de que pudiera poner en marcha la máquina. «Dios mío –pensó Even y se metió los papeles de Mai en el bolsillo–. ¿Yo también soy tan patético?»

Cuando la máquina empezó a borbotear, Finn-Erik se dio la vuelta y su mirada se movió inquieta hacia Even.

–Eso, Kitty, ¿estaba... bien?

–Sí, eso me pareció, vaya.

–Sí, claro, entiendo. Si no...

–Si no, no me la hubiera follado, no –dijo Even, terminando la frase, y vio cómo Finn-Erik se ruborizaba.

–¿Y estás seguro de que...?

–No estaba seguro –dijo Even, un poco titubeante antes de proseguir–. Me pareció extraño... no se mostró interesada en lo que Mai le había dejado en custodia para que me lo diera. No me hizo ninguna pregunta. Por lo que sospeché que tal vez había abierto el sobre y había leído el contenido a hurtadillas para después volver a meter los papeles en un sobre nuevo. Al fin y al cabo, se trata de un sobre de esos marrones, estándar, que puedes comprar en cualquier sitio, y además, no llevaba ningún nombre ni nada escrito. De hecho, cualquiera hubiera podido meter los papeles en él. Pero... –Even sacó un bolígrafo del bolsillo interior– entonces descubrí, en mitad de la noche, cuando no podía dormir, que había un número escrito en el interior del sobre, en la parte de dentro, vaya. –Even escribió el número 01156619 en el margen de un periódico y se lo pasó a Finn-Erik–. ¿Te das cuenta de lo que es?

–Eh... pues no. ¿Un número de teléfono?

–No. Pero fíjate. –Even cambió el orden de los dos primeros pares de números y luego de los dos últimos–. 15011966.

–La fecha de nacimiento de Mai-Brit –exclamó Finn-Erik–. Pero ¡qué astuto! –De nuevo su voz denotaba orgullo y, sobre todo, sorpresa.

Even pensó en lo poco que Finn-Erik parecía conocer a su mujer difunta, a pesar de haber convivido con ella durante cinco años. Decir que había sido una mujer astuta era decir muy poco. Era inteligente. Lista.

–Sí –dijo–. Y es poco probable que alguien que hubiera aprovechado el momento para romper el sobre a toda prisa hubiera descubierto los números y luego los hubiera anotado en un nuevo sobre.

–Entonces no era el nombre de Kitty el que aparecía en el cinco de corazones –dijo Finn-Erik lentamente–, porque esa Kitty tenía algo que ver con la... de Mai-Brit –se tragó las palabras de en medio–, sino que se refería a que Kitty tenía algo para nosotros, para ti, quiero decir. –La máquina de café había acabado de borbotear, y Finn-Erik fue a por tazas. A Even le vinieron a la mente imágenes asociadas de un perro que acaba de recibir una reprimenda.

–Tengo que reconocer que sentía cierto recelo hacia Kitty –dijo Even–. Y, por lo tanto, revisé los documentos antes de irme de su casa. Sin embargo, no se levantó de la cama para echarles un vistazo, a pesar de que dormí como un tronco toda la noche.

Finn-Erik se sentó y empujó una taza de café llena a rebosar hacia Even. Sopló sobre la suya y dio un par de sorbos.

–Revisaste, dices... ¿A qué te refieres?

Even maldijo para sus adentros su enorme boca.

–Es... ¿cómo te diría?, una vieja y estúpida costumbre que tengo. Coloco mis papeles de una manera que luego me permita detectar si alguien los ha tocado.

Finn-Erik lo miró incrédulo a través del vapor; era obvio que esperaba una explicación. Even saboreó el café, estaba aguado.

–¿Y no los había tocado?

–¿Quién? ¿Kitty? No.

–Pero ¿por qué... –Finn-Erik frunció el ceño–, por qué crees que tienes que poner este tipo de trampas? No sabía que entre los profesores de matemáticas de la universidad hubiera tanta desconfianza.

–¿Mis colegas? –La risa de Even era cordial, o eso pretendía que fuera–. No, ellos son legales. Nunca he descubierto a nadie hurgando en mis cosas. Una vez, la señora de la limpieza tuvo mala suerte y empujó las notas de una conferencia al suelo y luego, al juntarlas, las desordenó. Pero, por lo demás, no... –Even volvió a reírse cordialmente, mientras manoseaba el sobre–. No es más que una vieja costumbre de casa.

Finn-Erik no apartaba la mirada de él. Even se encogió de hombros.

–No me dejaban cerrar mi habitación con llave. O sea, que se convirtió en un estúpido truco para descubrir si mis padres habían estado revolviendo mis cosas. Sí, me temo que se ha convertido en una mala costumbre.

–¿No es algo que aprendiste en el servicio de inteligencia?

Even lo miró incrédulo.

–¿Qué... dices?

–Mai-Brit me contó en una ocasión que trabajaste para el servicio de inteligencia.

–¿Qué más te contó?

–No, no creas, nada más. Sólo eso.

Finn-Erik se arrepentía de haber sacado el tema a colación. Even parecía estar luchando contra un demonio interior que deseaba pegar a alguien en mitad de la cara.

–Eh, me imagino que no era más que algo que ella creía; no he vuelto a pensar en ello desde entonces; no se lo he dicho a nadie, ni a un alma.

–No, eso espero, joder, porque es una mentira como una casa.

Finn-Erik asintió repetidamente para mostrar su buena disposición a creérselo.

Even se puso en pie, sacó un vaso del armario con movimientos febriles y lo llenó de agua fría. Bebió un poco y se quedó parado, con la mirada vacía.

–He pensado una cosa. Dijiste que Mai llamó a casa el día que murió. Desde su propio móvil, supongo. ¿Me lo dejas ver?

–¿El móvil?

Finn-Erik tragó saliva mientras un débil brillo rosado se extendía rápidamente por sus mejillas. Entonces murmuró que no había encontrado ningún móvil entre el equipaje que llegó de París.

Even se dejó caer en la silla y lo miró atónito.

–¿Y... no se te había ocurrido eso hasta ahora?

–Ha habido tantas otras cosas en qué pensar. Los niños, el funeral... el *shock*.

De pronto, Finn-Erik se puso en pie y se colocó al lado de la ventana.

–¿Estás seguro de que no lo tiene la policía?

–No me dijeron nada al respecto.

Finn-Erik había cogido unos prismáticos verdes de campo y observaba el sendero del jardín.

–¿No podrías llamarles y preguntárselo?

–¿Qué? Un momento. –Finn-Erik siguió mirando concentrado unos segundos más hasta que finalmente bajó los prismáticos–. Vaya, vaya –murmuró–, novio nuevo otra vez.

–¿Qué?

–No es más que la hija de los vecinos; cambia de novio como otros cambian de... –se calló, dejó los prismáticos en el alféizar y volvió a la mesa–. ¿Llamar a la policía? ¿No crees que sería molestarlos innecesariamente?

Even notó que la sangre le latía violentamente en la sien; se obligó a sentarse tranquilamente para evitar que luego hubiera que llamar una ambulancia. Entonces arrojó las llaves del coche sobre la mesa y se levantó; necesitaba respirar aire fresco.

–Llámales, haz el favor; ¿de acuerdo?

Lanzó un billete de cien coronas sobre la mesa por la gasolina, cogió la llave misteriosa con el número 1642 y se fue.

CAPÍTULO 29

Oslo

–¿Fantástica?

–Sí, ¡es tan fantástica que casi da asco!

–¿Qué quieres decir?

–¿Alguna vez has visto a Mai-Brit borracha? ¿O la has oído decir algo totalmente absurdo? Siempre está tan condenadamente bien preparada. Tan perfecta. Tan moral. Es tan... maldita sea, es tan correcta, es imposible atacarla por ningún lado. Incluso en la cena de Navidad sabe comportarse.

El dedo de Mai-Brit se había quedado pegado al botón verde de la fotocopiadora y su mirada fija en la tapa gris mate. El editor de literatura extranjera gruñó irritado desde su despacho y dijo algo más que no llegó hasta el pasillo. La voz de una de las secretarias contestó quitándole hierro al asunto y el dedo de Mai-Brit volvió a despertarse, se movió y la máquina se puso de nuevo en marcha y a parpadear. La puerta del despacho del editor se cerró de golpe, sin que nadie asomara por la puerta.

La copia salió y Mai-Brit cogió el papel tibio, volvió a su despacho, cerró la puerta y se quedó mirando la pared fijamente.

¡Fantástica!

Era una palabra rara. Un adjetivo que en su origen era positivo. Como en «un espectáculo fantástico» o «un paisaje fantástico». Sí, incluso las personas podían serlo sin problemas... «un tipo fantástico». Sin embargo, las palabras que le habían dedicado no eran precisamente positivas.

Ella estaba demasiado bien preparada, era demasiado moral, demasiado sobria.

Demasiado fantástica.

No era la primera vez que lo escuchaba, aunque hacía casi veinte años que no lo oía.

–No seas tan fantástica, Mai-Brit; ¡tenemos que divertirnos! Tus padres no están aquí.

Kitty la había mirado, harta de ella, cuando Mai-Brit se negó a beber más de una cerveza el primer día que compartieron en la comuna de Nesodden. Kitty era de la opinión que había que celebrarlo como Dios manda. No fue la última vez que anduvo detrás de Mai-Brit por razones parecidas. Sin embargo, Mai-Brit había conseguido cerrarle la boca a Kitty el día que apareció con Even en casa. De pronto, Mai-Brit se había ido al otro extremo y Kitty llegó a preguntarse si no sería demasiado fuerte para sus padres presentarles a un colgado drogadicto como ése. Durante las siguientes semanas, Mai-Brit se había preguntado miles de veces si estaba con Even por librarse de aquel sello de «fantástica», aunque con el tiempo volvería a olvidarse de todo aquello. Hasta ahora.

¿Realmente se consideraba como algo negativo no emborracharse como un cerdo, no acostarse con cualquiera durante un seminario o una cena de Navidad, ni hablar mal de los demás a sus espaldas?

Cogió la carta y la firmó con un gesto airado. Bueno, pues si era así, no le quedaba más remedio que seguir siendo fantástica. De pronto recordó que el único que con cierta razón podía llamarla «fantástica» era Even. Cuando se conocieron, fueron literalmente la virtud y el vicio que se marcharon a vivir juntos. Pero a pesar de ello, Even no había siquiera insinuado nada parecido a «fantástica» al referirse a ella. Y de pronto recordó que se había dejado el original en la fotocopiadora. Se levantó de la silla con tal ímpetu que la silla se estrelló con la pared, salió al pasillo y al volver con la carta en la mano echó una mirada furibunda a la puerta del despacho de su colega. Le entraron ganas de abrir la puerta y simplemente decirle «saco de mierda» al capullo ese. Pero ¡seguramente era demasiado fantástica para hacer algo así!

Se detuvo en mitad del pasillo, vaciló un segundo antes de girar sobre sus talones y se acercó a la puerta, la abrió y le dijo «saco de mierda» a un editor de literatura extranjera que se quedó sorprendido. Luego cerró la puerta de golpe y volvió sonriente a su despacho.

CAPÍTULO 30

Even se estaba secando el pelo en la cabina de ducha cuando sonó el teléfono. Se enrolló la toalla alrededor de la cintura y entró en el salón.

–Sólo quería saber cómo va todo –dijo Kitty–. Desapareciste sin decir nada.

–Va bien –dijo Even. Y así era.

–¿Tienes algún plan para esta noche?

–Esa preg... –dijo Even con cierta vaguedad.

–¿Te apetece cenar en mi casa?

La toalla insistía en deslizarse al suelo y a punto estuvo de caérsele el auricular al suelo a Even cuando quiso recogerla.

–Hum. Suena muy bien. ¿Quieres que me lleve el cepillo de dientes?

Kitty se rió.

–Siento no ser de las que tienen cepillos de dientes de usar y tirar en casa, listos para mis conquistas, pero es que ya ha pasado algún tiempo desde que tuve a un hombre en mi casa por última vez. Pero, sí, creo que deberías traerte el cepillo de dientes, sí.

Even notó cómo su careto se rompía en una sonrisa satisfecha cuando volvió al baño, donde sacó ropa limpia de la secadora, llenó la lavadora una vez más y se vistió. Cuando de pronto se vio con el pie sobre la taza del váter y el cuchillo de lanzador en la mano, se sintió ridículo, una mala imitación de una película americana de serie B.

–El héroe que debe salvar al mundo con un cuchillo –refunfuñó cabreado y se fue al trastero, dejó el cuchillo en la funda junto con sus compañeros y puso la cinta para el pelo encima.

La leche se había agriado. Even la vació en el lavadero y se puso a hacer café. Tostó un par de rebanadas de pan seco, encendió el ordenador e inquieto dio una vuelta por el salón mientras esperaba a que estuviera listo. Desde que Mai se fue, el salón había cambiado lentamente de carácter. De ser un salón amueblado a la manera tradicional, con un rincón para el sofá y las butacas y una mesa de comedor con sus sillas, no muy distinto al de Finn-Erik, ahora la mesa del comedor había sido arrinconada contra la pared y estaba cubierta de pilas de CD, papeles, revistas especializadas y libros. El sofá y las butacas también rebosaban de papeles, salvo dos de las sillas de la mesa del comedor, que soportaban el peso de los enormes altavoces. Un tablón de anuncios abarrotado colgaba de la pared donde antes había dos reproducciones de Chagall, y en un ángulo de noventa grados desde la mesa del comedor, había un escritorio con un ordenador y un teléfono. Sobre dos cajas verdes de cervezas de madera había un reproductor de CD aplastado por pilas enormes y tambaleantes de compactos. Las cajas de cerveza eran los únicos «muebles» con los que Even había contribuido cuando Mai y él se fueron a vivir juntos.

Even se sentó en la silla del escritorio, encendió el reproductor y puso a The Clash, *Sandinista*, a un volumen bajo. Luego entró en internet mientras se comía las tostadas, utilizó Google como buscador y escribió «hermes tris». Consiguió más de dos mil resultados, y tras algunas pruebas al azar, Even concluyó que prácticamente todos los resultados parecían estar relacionados con Hermes Trismegistos, un alquimista que vivió en la Alta Edad Media. Sin embargo, tras una lectura más concienzuda de un par de las páginas web más serias, descubrió que no era tan sencillo como eso.

Hermes Trismegistos provenía del antiguo Egipto y tenía su origen en el dios Thot. Éste, llamado también el dios de la luna era, aparte de muchas otras cosas, el dios de la sabiduría, de la escritura, la medicina y demás artes mágicas. Además de la muerte. Más tarde, cuando los griegos consiguieron cierta influencia en Egipto, Thot y el dios griego Hermes se fundieron en uno. Hermes también se asociaba a la muerte, la medicina y, sobre todo, a lo místico y a lo desconocido. Por eso era natural que los dos dioses se convirtieran en uno y adoptaran el nombre de Hermes Trismegistos, que significa Hermes, el tres veces grande. A medida que fue pasando el tiempo y los griegos perdieron de vista su origen egipcio, Hermes Trismegistos adquirió un aire más humano y se le adjudicó la responsabilidad de un gran número de escritos que circulaban en la Antigüedad tardía. Estos escritos versaban, entre otros temas, sobre cuestiones astrológicas, alquímicas y médicas. Posteriormente, algunos de los escritos, unidos bajo el denominador común de *Hermenéutica*, fueron considerados como una especie de Biblia para aquellos que se interesaban por la alquimia y los significados ocultos.

–¡Válgame Dios! –murmuró Even, y a punto estaba de abandonar la página que había consultado cuando de pronto le llamó la atención una frase. «La hermenéutica se ocupa de la naturaleza dual del ser humano, de lo bueno y lo malo. Ofrece una explicación a por qué el mal en ciertas personas se apodera del bien; y cómo estas personas pueden encontrar la salvación»–. ¡Maldita sea! –Even golpeó la mano contra el ratón para salir de la página–. ¡Salvación! ¡Ya les daré salvación!

Cambió la búsqueda por «hermes tris bookshop»; aparecieron seis resultados, pero ninguno de ellos tenía que ver con una librería que se llamara Hermes Tris. Después de una búsqueda avanzada por bases de datos en inglés, el resultado fue casi tan pobre como la anterior: había una librería que incluía Hermes en su nombre, la Hermes Academic Bookshop A/S, una librería que encima se encontraba en Noruega, ¡de hecho en la zona de Oslo! Irritado, Even miró fijamente la página principal del librero mientras los dedos tamborileaban en el borde del plato siguiendo el ritmo de *Somebody Got Murdered*. Era casi seguro que se trataba de la librería equivocada.

¿Por qué demonios Mai no habría anotado también la dirección y el número de teléfono en el *post-it*? Podía, por supuesto, sólo para asegurarse, llamar mañana a la librería Hermes Academic para preguntar si conocían a alguien de nombre Mai-Brit Fossen. Pero dudaba que fuera a dar resultado.

Había algo en todo aquel plan que le irritaba... Los ojos se desplazaron por la pantalla donde aparecía una lista de publicaciones, con los nombres de sus autores en letras pequeñas debajo de los títulos. De pronto, uno de los nombres le resultó familiar. Even se inclinó hacia delante y silbó divertido. *Yes*, ése era el hombre a quien se lo debía preguntar, si es que no seguía enfadado con él. Se metió en la página de la universidad y encontró un número de teléfono que se correspondía con el nombre.

–Hola, ¿está Bjarne Engelsrud, del Instituto de Teología?

–Sí, soy yo –gruñó una voz en tono curioso al otro lado del teléfono.

Even se presentó:

–Tal vez te acuerdes de mí, del Instituto de Matemáticas. Mantuvimos un debate hará ahora un par de años... acerca de los milagros.

Se hizo el silencio, pero al rato la voz volvió a gruñir:

–Te recuerdo. Eres el de los números.

«*El de los números* –Even echó la mirada al cielo–. Y tú eres *el de los dioses.*»

–Sí –dijo Even–. Recuerdo que durante el debate contaste que también estabas interesado en los aspectos más ocultos, es decir, en el interés del ser humano por lo metafísico, y he pensado que a lo mejor me podrías ayudar en un asunto.

–¡Que yo conté..! –De pronto la voz ladró, alterada–. Tú fuiste quien lo contó. Lo convertiste en algo sombrío y sospechoso. La verdad es que te comportaste como un... –El teólogo respiró hondo y se calló.

–Me comporté como un mierda, sí. Entonces tú dijiste que...

Even no estaba seguro de cómo debía seguir. Se habían enfrentado en un debate organizado por la asociación de estudiantes hacía unos ocho o diez años, los habían invitado para que discutieran la afirmación «los milagros tienen lugar cada día». Bjarne Engelsrud había hablado sobre un estudio que había realizado en el que gente corriente había sido entrevistada acerca de los milagros que habían experimentado. Por ejemplo, aquellos que se habían encontrado con la mano sobre el auricular, dispuestos a llamar a un amigo, cuando de pronto el teléfono había sonado y ese mismo amigo estaba en el otro extremo de la línea. O alguien que había pensado en la enfermedad de una persona en concreto y, al momento siguiente, le habían comunicado que aquella persona había muerto, o que de pronto se había recuperado. O alguien que había soñado con una persona a la que llevaba años sin ver, y de pronto se había encontrado con ella en la calle al día siguiente. Eran muchos los ejemplos de telepatía, clarividencia, curaciones repentinas y demás fenómenos espiritistas o seudorreligiosos. Cerca de mil personas habían participado en el estudio, y casi tres cuartas partes de ellas habían dado ejemplos de grandes y pequeños milagros o sucesos increíbles que conocían o habían experimentado personalmente. La exposición había sido detallada, y el estudio había resultado convincente, hasta que Even lo desmontó todo ayudándose de los números.

–Conoces a diez personas en las que piensas al menos una vez al año –había dicho–. En aras de la comprensión dividiremos un año en 105.120 intervalos de cinco minutos cada uno. Es posible que en uno de estos intervalos pienses en una de las diez personas a la vez que ésta te llama a ti, se recupera, se muere o cualquier otra cosa que pueda parecer milagrosa. Expuesto así, hay una probabilidad de entre 10.512 de que ocurra; a fin de cuentas, y dicho en otras palabras, no es tan irremediablemente probable. Pero pongamos que piensas en ellas diez veces al año, es decir, apenas una vez al mes; creo que es probable que sea el caso de muchos de nosotros. En tal caso, el número será de 1.051, lo que nos da muchas y mejores probabilidades. Digamos que lo mismo es aplicable a los 4,6 millones de habitantes del país, que cada uno de ellos piensa en diez personas en concreto diez veces al año. Es una división muy sencilla, y con ella llegamos a que 4.757 personas tienen la posibilidad de experimentar esta coincidencia cada año. Si dividimos las 4.757 personas entre los 365 días del año, nos dará que hay trece personas –Even había dispuesto la operación de manera que el resultado fuera 13; le gustaba este número– repartidas por todo el país que, de hecho, tienen este tipo de experiencias cada día. Naturalmente, los hay que se olvidan del episodio inmediatamente, no perciben lo excepcional de la vivencia, o tal vez ni siquiera recuerdan el sueño que debería ser el punto de partida del milagro. Otros convierten los episodios en algo extraordinario y los recuerdan cuando alguien les comenta una experiencia similar. Porque cuando trece personas en Noruega experimentan «un milagro» cada día, es normal que se puedan encontrar con otras personas que también hayan experimentado algo parecido. El hecho de experimentar una coincidencia «sospechosa», algo que a simple vista resulta enigmático o improbable, es, en realidad, tan habitual –explicó Even– que todo el mundo lo experimenta un par de veces al año. Lo que realmente es un milagro es que haya gente lo suficientemente estúpida para convertirlo en un milagro y, en el peor de los casos, en una experiencia religiosa, y, si son completamente dementes, convertirlo en una religión –había dicho Even para terminar.

Los aplausos habían sido ensordecedores; al público juvenil le había gustado aquel profesor joven y su exposición directa y sencilla, y el teólogo de mediana edad había dicho, eres un «saco de mierda» y había abandonado las hileras de bancos y había tomado las de Villadiego.

–Era joven, y un gilipollas. –Even dudó de si ahora era menos gilipollas de lo que había sido entonces–. Siento que las cosas se desmadrasen así; supongo que me dejé llevar.

Ambos se habían quedado callados. Hasta que Engelsrud gruñó:

–¿Qué quieres?

Even se lanzó de cabeza y le contó que estaba en medio de un estudio acerca de la manera de Newton de trasladar estudios alquímicos a hechos científicos. Un colega de Inglaterra le había contado que el lugar al que acudir si quería encontrar literatura acerca de los lados más desconocidos de Newton era una librería de nombre Hermes Tris, pero no le había dado la dirección, y ahora el colega se había ido de vacaciones durante un mes a un lugar desconocido.

–¿Por qué iba a ayudarte?

–Porque tú no eres un mierda.

El otro se rió.

–En eso estás en lo cierto. Un momento, sólo tengo que calcular la probabilidad de que yo tenga la dirección que tú necesitas, precisamente ahora, cuando me llamas para pedírmela.

–Ja, ja, ja –se obligó Even a reír.

Oyó que Bjarne Engelsrud se divertía y reía al dejar el auricular sobre la mesa y se alejaba silbando, mientras rebuscaba entre unos papeles.

–Aquí está –dijo de pronto en el teléfono–. ¿Estás listo?

–Listo.

Engelsrud mencionó una dirección en Londres, más concretamente en Notting Hill.

–Disculpa, ¿qué decías?

Even no podía creer lo que estaba oyendo.

–Newton Road –repitió Bjarne Engelsrud–. No tengo ningún número, pero la calle no es muy larga.

–Gracias –dijo Even–. Muchas gracias. No sabes cómo te lo agradezco.

–De acuerdo, de acuerdo. No se merecen. La próxima vez que des con un milagro no olvides avisarme.

–Ja, ja, ja, lo haré, descuida –dijo Even, y colgó–. Idiota –murmuró y puso *London calling* en el reproductor de CD antes de entrar en un mapa en la red.

Encontró Londres, hizo un *zoom* en Notting Hill, pensó en Julia Roberts durante unos segundos, antes de encontrar Newton Road. No en Notting Hill, sino en Bayswater. Newton Road. Tenía que ser, por narices, el lugar que Mai había querido que encontrara.

Sonó el teléfono y Even agarró distraído el auricular mientras intentaba descubrir qué líneas de autobús salían desde el centro hacia Bayswater.

–¿Sí?

–Hola. ¿Hablo con Even Vik?

Even reconoció la voz, el acento sueco; miró el teléfono fijamente, como si alguien lo hubiera untado de sangre.

Colgó lentamente el teléfono y lo desenchufó.

CAPÍTULO 31

El coche empezó a toser, como si estuviera a punto de manifestársele un resfriado de verano. Mai abrió los ojos asustada; se había quedado medio adormilada, con la cabeza apoyada en la ventanilla.

–¿Qué pasa?

El coche daba sacudidas y botes, la tos empeoraba. Even maldijo y puso el intermitente para abandonar la calzada.

–¡Mierda! Sólo estamos a medio kilómetro.

Mai se incorporó de un salto.

–No me estarás diciendo que lo has vuelto a hacer –dijo en un tono de voz amenazador.

Even apagó el motor; estaba sentado con las manos apoyadas en el volante, con la mirada perdida en la noche. Pasó un taxi, todo estaba en silencio.

–Piensa en la sensación –murmuró Even, traspuesto– de subir por el acceso de vehículos y notar que el coche se traga las últimas gotas de gasolina justo cuando nos metemos en el garaje. Piensa en la sensación...

–Prometiste que no volverías a hacer más experimentos. ¡Me lo prometiste!

Mai abrió la puerta.

–Sí, pero llevo un bidón de reserva en el...

–¡Madura!

La puerta volvió a cerrarse de golpe con tanta fuerza que el coche tembló como si lo sacudiera un viento fuerte. Even la vio marchar con pasos largos acera abajo hasta que desapareció detrás de unos coches aparcados y unos árboles que asomaban por encima de las verjas.

Mierda. Tan cerca; 219 kilómetros era igual a 16 litros de

gasolina. Casi. A falta de quinientos metros. A lo mejor había sido aquel desvío que había al llegar a Hamar, el que se había tragado tanta gasolina.

Even suspiró y salió del coche para sacar el bidón de reserva del maletero.

Un largo bocinazo sacó a Even de su ensoñación. Un barco se había puesto delante del ferry, que tocó la sirena agresivamente. Los jóvenes saludaron efusivamente, gritaron excitados y salieron disparados de la zona de peligro. Even siguió con la mirada una gaviota que planeaba en una ráfaga de viento justo por encima de la borda del barco, casi sin mover las alas, observando todo lo que pasaba sobre la cubierta. Mai había aguantado muchos de sus desmanes. ¿Fue aquella noche cuando había ido demasiado lejos, fue entonces cuando ella había empezado a distanciarse? Poco después, Mai había vuelto a poner la cuestión de los niños sobre el tapete. Por última vez.

El ferry se acercó a Nesodden serpenteando entre las islas interiores del fiordo de Oslo y se preparó para atracar en el muelle. Even miró hacia la espuma blanca de las olas y se preguntó si habría alguien capaz de sobrevivir más de cinco minutos sumergido en el agua fría. Kitty estaba en el muelle agitando la mano.

–Ha llegado la primavera –dijo Kitty y se acercó a una burbuja roja.

–¡Jesús! –dijo Even con un ojo puesto en el escarabajo Volkswagen–. ¿De dónde lo has sacado?

–Estaba en el granero. Yo misma lo he reparado y lo he puesto a punto... con un poco de ayuda del vecino. Es un modelo del 74.

Cuando aparcaron en el patio delante del edificio principal de la granja, Kitty le ofreció las llaves del coche.

–Ten. Te lo presto.

–Eh, ¿adónde quieres que...? –dijo Even, sorprendido–. ¿No íbamos a cenar?

–Te lo presto por unos días, unas semanas, si lo necesitas. Tengo una Kawasaki en el granero, y con el tiempo que está haciendo me gusta que me dé un poco el aire mientras conduzco.

–¿Una moto? –dijo Even, sin poder reprimir una risita–. Desde luego, eres una mujer llena de sorpresas.

–Tengo unas cuantas más escondidas –dijo Kitty y entró.

Even la siguió. ¿Sería de muy mala educación preguntarle si podían cambiar? A Even le habría gustado llevar la moto en lugar del coche.

–¿Qué guardas en el sótano? –dijo Even al dejar la chaqueta colgada en la percha.

La puerta de las escaleras que conducían al sótano estaba cerrada, bloqueada por un montón de zapatos y botas, como si nunca se utilizara el sótano.

–Oh, me temo que se ha convertido en un lugar donde tiro todo lo que no sé dónde dejar. Un enorme trastero lleno de bártulos de toda clase.

–¿Ya no tienes los aparatos de gimnasia allí? ¿Ni el taller?

–Ahora entreno en la escuela superior, allí tengo todos los aparatos que pueda desear, y el taller lo he trasladado al granero. Cuando la casa estuvo reformada, sólo me quedaban las reparaciones del coche, y era un poco absurdo seguir guardando las herramientas en el sótano.

La cena se mantenía caliente en el horno y estaba lista para ser servida, la mesa estaba puesta y Kitty le pidió a Even que tomara asiento mientras ella iba a por el vino.

–He pensado una cosa –dijo Kitty mientras vertía las gotas rojas y brillantes en las copas–. Si tú eres el trece, y Mai-Brit era el doce, entonces, ¿los demás también tenemos asignados un número que nos representa? Si es así, me gustaría conocer el mío.

–Eh... Mai no era el doce –dijo Even, cohibido–. Era el veintiséis.

–El doble que tú –determinó Kitty y le pasó la fuente de la carne–. Valía el doble que tú.

–Bueno, sí, eso también, pero...

Even sintió que las cosas se le escapaban de las manos y

que la tontería se estaba apoderando del momento. Al fin y al cabo, no era más que un estúpido juego infantil, un juego un poco demasiado serio, pero aun así, infantil.

–¿Sí?, dime –dijo Kitty, que no se rendía tan fácilmente.

–Bueno, verás. Hay algo especial en el número, el veintiséis. Es... –Even se concentró–. De hecho es un número único, tiene unas características que no tiene ningún otro. –Even miró a Kitty que en ese momento le acercaba la fuente con las patatas gratinadas con crema de leche haciéndole gestos para que se sirviera–. Y sabiendo que existen una infinidad de números, que sea demostrable que sólo éste tiene unas características especiales es realmente singular.

–Vaya por Dios –dijo Kitty y empezó a cenar mientras escuchaba a Even.

–Porque da la casualidad de que es el único número que está apretujado entre un número cuadrado y un número cúbico, bueno, ya sabes, entre el cinco a la dos, que es igual a veinticinco, y el tres a la tres, que es igual a 27.

Kitty lo miró con una mirada que Even no fue capaz de interpretar. Even se irritó. ¡Maldita sea! ¿No se daba cuenta de lo único y excepcional de aquel número?

–Fue Fermat quien lo descubrió –dijo Even, advirtiendo el tono ligeramente agresivo que había utilizado–. Finalmente logró probarlo, quiero decir, que el veintiséis era el único número que tenía esta característica. –Even agarró la copa de vino y empezó a darle vueltas para darse tiempo a tranquilizarse–. Sí, y luego está lo que dijiste tú, que es el doble de trece. Y Mai era...

–Veintiséis y única. Qué dulce –dijo Kitty y alzó la copa en un brindis.

Even no se decidía, ¿había o no cierto deje de ironía en sus palabras? Alzó su copa en un brindis y bebió, vació la copa para no tener que preocuparse. Extendió el brazo para que le llenasen la copa.

–Tú eres el seis –dijo.

Kitty se rió, pero la risa no llegó a sus ojos.

–Sólo lo dices porque es ese lado de mí que conoces mejor. ¡El sexo[1]!

–No, no un seis de ésos. El seis es lo que nosotros llamamos un número perfecto. Es por eso que creo que va contigo.

–Sí –dijo ella–. Entonces debe de venirme bien, desde luego. ¿Qué significa que un número es perfecto?

–Que los números por los que es divisible, es decir, los divisores, al sumarlos dan ese mismo número. En el caso del seis, sería el uno, más el dos, más el tres, ¿lo ves? El siguiente número perfecto es el veintiocho.

–Entonces, ¿por qué no soy el veintiocho?

Even abrió los ojos y dijo:

–Puedes serlo, si quieres, pero a mí me parece que el seis es un número mucho más atractivo. También hay otros entre los que escoger, aunque no son muchos. Descartes dijo que «los números perfectos son como las personas perfectas, extraordinarios». Y de hecho, hasta la fecha, sólo se conocen treinta. Te recomiendo que no elijas el último al que se ha conseguido llegar a través del cálculo, tardarías un rato en decirlo...

Kitty levantó la mirada del plato.

–Tiene ciento treinta mil cifras.

Kitty reflexionó con el dedo apoyado en el mentón.

–De acuerdo. –Kitty agitó el dedo en su dirección–. Tú eres el matemático, tú eres quien debe de saber lo que dices. Escojo el seis, pues. Soy el seis perfecto.

–Buena elección. –Even sonrió irónicamente por encima de la copa–. Una elección excepcionalmente buena, diría yo.

Mientras cenaban, Even le contó a Kitty que, hacía muchos años, se había enamorado de los números primos, y que ahora mismo estaba investigando los números primos irregulares, los números primos gemelos, los factores primos y la infinitud.

–¿Sabías que de hecho se puede probar que el conjunto infinito de números irracionales es mayor que el conjunto de números racionales?

1. Juego de palabras entre *sex* y *seks*, «seis» en noruego. *(N. de la T.)*

Kitty lo miró con una sonrisa agria, como si sólo estuviera esperando que le dijera: «¡Inocente, inocente!».

–¡Es cierto, se puede demostrar! –sostuvo Even–. Pero es para volverse loco: pensar que exista una infinitud mayor que otra. Es como decir que hay una eternidad más eterna que otra.

–Imagínate –dijo Kitty–, poder vivir eternamente. No envejecer, no tener que abandonar todo lo que has construido, no tener que abandonar esta tierra que Dios ha creado para nosotros.

–Supongo que tú podrías hacer algo al respecto.

–¿Qué quieres decir? –Kitty le echó una mirada cáustica.

–Tú eres médico, ¿no es cierto? Pues entonces podrás imaginarte lo que hay que hacer para que el cuerpo aguante toda la eternidad. Porque supongo que aquí es donde radica el problema.

–Sí –dijo Kitty–. Una vez escuché una descripción de la eternidad que me pareció hermosa. Imagínate una bola de acero del tamaño de la Tierra, y una mosca que se posa sobre ella una vez cada millón de años. Cuando las pisadas de la mosca hayan desgastado la bola de acero por completo, la eternidad ni siquiera habrá empezado.

Fuera se había hecho de noche; un búho ululaba desde algún lugar entre los árboles. Kitty se levantó y puso un disco. Even se había dado cuenta de que Kitty no tenía un reproductor de CD, sino sólo aquel nostálgico tocadiscos antiguo para discos de vinilo. A Even le sorprendió que le gustase esa faceta de ella, la faceta conservadora. Empezó la música, el olvidado zumbido en los altavoces quedó oculto tras los instrumentos de cuerda que ondeaban suavemente, al principio débilmente, luego con más fuerza, y Even reconoció la sexta de Beethoven. La preferida de Mai. «Es tan positiva –había dicho en una ocasión–. Cuando sea vieja y esté en la cama, a punto de morir, tienes que prometerme que me la pondrás.»

Even se puso en pie de golpe y salió al pasillo.

Kitty lo miró sorprendida y dijo:

–¿Qué pasa?

–Necesito moverme –murmuró Even–; ¿me acompañas?

–Sí, de acuerdo, me parece bien. Pero antes quiero despejar la mesa. Ten, cómete una manzana mientras me esperas.

Kitty le lanzó una manzana roja y brillante a través de la puerta. Él la soltó como si estuviera ardiendo. Even la cogió por el rabo con las puntas de los dedos y la dejó en el alféizar de una ventana.

–Bueno –dijo Even, y abrió la puerta.

Salió a la escalera y respiró hondo.

–¿Te pasa algo?

Kitty salió, se colocó detrás de él, cerca, pero sin tocarle.

–Ven –dijo Even y bajó las escaleras.

–Necesitas tu chaqueta. Todavía no ha llegado el verano.

Kitty desapareció y al rato regresó corriendo sobre la grava con su chaqueta en la mano.

–Aquí tienes –dijo Kitty; le arrojó la chaqueta sobre la cabeza con una risa irritante y luego se abrochó la suya.

Atravesaron las sombras de los arbustos y los árboles en dirección al mar. El sonido rítmico de las olas en la playa creció, mezclándose con el aroma a tierra húmeda y el aire fresco que rozaba su piel.

–¿No has soñado alguna vez con no tener nunca que abandonar todo esto? –susurró Kitty asiéndole de un brazo.

Even notó el cuerpo cálido de ella apoyándose contra el suyo y miró hacia el cielo. La multitud de estrellas le hizo pensar en el paisaje nocturno de una ciudad vista desde un avión. La luna estaba baja en el cielo, en oriente. Pensó en la cabaña de Rendal y en las veces que él y Mai habían salido a la escalera, y se habían quedado así, mirando al cielo.

–Sí –dijo–. Sí, supongo que sí.

Pasearon por la playa, en dirección al agua. Even respiró hondo antes de hablar, antes de estropear el buen ambiente.

–No fue un suicidio. Mai fue obligada a pegarse un tiro.

–¿¡Qué!? –La cabeza de Kitty se disparó hacia atrás, como si le hubiera alcanzado un mazo invisible. Lo agarró del brazo–. ¿Qué estás diciendo? ¿Obligada? –Kitty tragó saliva con dificultad–. ¿Qué quieres decir...?

–La amenazaron con matar a los niños si no hacía lo que le pedían.

–Matar a los niños... oh, Dios mío...

Kitty jadeó como si ahora el mazo la hubiera alcanzado a ella en el estómago; se dio la vuelta y empezó a andar tambaleándose por la playa. «Oh, Dios mío», oyó Even que repetía susurrante una y otra vez. Él la siguió y rodeó sus hombros con el brazo.

–Pensé que debías saber por qué a veces me comporto de un modo un poco extraño.

Kitty se incorporó y lo miró con unos ojos oscuros en un rostro blanco como la leche.

–¿Estás seguro?

–Sí.

Kitty respiró pesadamente.

–¿Quiénes son «ellos»?

–Eso es lo que estoy intentando averiguar.

–Avísame si necesitas ayuda.

–Sí. Gracias.

Sin embargo, Even sabía que nunca se lo pediría. A Kitty no. Seguramente tenía una familia, a lo mejor un hijo del que él todavía no sabía nada. Ni a Finn-Erik. Él tenía a Stig y a Line. No, tendría que enfrentarse solo a esta batalla. No porque le apeteciera. No se sentía como un Clint Eastwood o un Mel Gibson, preparado para enfrentarse con el enemigo invisible. Pero él era el único que no era vulnerable. Que no tenía ni niños ni familia.

Y Mai lo había querido así.

Siguieron andando en silencio, y se detuvieron al llegar a un pequeño bote con remos de madera.

–Es mío –dijo Kitty–. Tenemos que salir un día a pescar. Tal vez mañana.

–Mañana no. Pero me encantaría cualquier otro día. Mañana tendré una charla con Odin Hjelm, el antiguo jefe de Mai en la editorial Phönix. –Even notó que Kitty se estremecía y retiró su brazo. Siguieron andando en silencio–. ¿Qué pasa? –preguntó Even cuando ya no fue capaz de aguantarse más.

Kitty volvió a cogerle del brazo.

–No tiene nada que ver contigo. Sólo es que... No creo que sea una buena idea que le menciones a Odin Hjelm que me conoces; y menos que te acuestas conmigo. –Kitty se detuvo y echó la vista hacia el mar. Sus ojos se habían acostumbrado a la oscuridad y vieron el reflejo de las estrellas en el suave oleaje–. Fuimos novios. Corté con él hará apenas un año. No acaba de aceptarlo.

CAPÍTULO 32

Even se despertó temprano. Se quedó echado en silencio, mirando al techo a oscuras. Dos pensamientos brillaban con claridad como una oración matemática, irrefutable e incuestionable. En primer lugar: ¡alguien estuvo al lado de Mai cuando escribió la carta de despedida! En segundo lugar: este «alguien» sabía noruego o estaba en contacto directo con alguien que sí sabía.

Era tan obvio que le extrañaba que no lo hubiera pensado antes.

La idea no le abandonaba y besó suavemente el hombro desnudo que notaba contra su brazo y se levantó. Se vistió, se fue a la cocina de puntillas y, desde allí, llamó a un taxi. Dejó las llaves del coche sobre la mesa, cerró la puerta principal con sigilo y fue en busca del taxi.

Una vez en el ferry miró la hora, sacó el móvil y marcó el número de Finn-Erik.

–Hola, soy yo. ¿Sabes si Mai se llevó un portátil a París?

–¿Me llamas a estas horas sólo para eso? Estoy ocupadísimo lavando a los niños y vistiéndoles y... Llegamos tarde, tengo que estar en el trabajo...

–Limítate a contestarme. Y te dejaré en paz.

Finn-Erik le gritó algo a Stig acerca de un jersey.

–Un ordenador portátil –dijo–. No, no lo sé. No había ninguno en el equipaje que me traje a casa de vuelta. ¿Por qué lo preguntas?

–Pero ¿utilizaba un portátil?

–Disponía de uno en el trabajo, que de vez en cuando se traía a casa, pero no le gustaba. Decía que le dejaba las cervicales agarrotadas. Lo usaba lo menos posible.

Eso quería decir que el PC estaba en la editorial. O que había desaparecido junto con el móvil.

–De acuerdo. ¿Solía enviarte SMS?

–De vez en cuando.

–Me refiero al último día.

Finn-Erik volvió a gritarle algo a Line antes de volver a coger el auricular.

–No lo sé. Mi móvil está estropeado y lo están arreglando. Espero que me lo devuelvan la semana que viene.

–Pero ¿no te dieron ninguno de recambio? ¿Dónde tienes la tarjeta SIM?

–No tenían ninguno en aquel momento... eh, la tarjeta SIM está en el móvil, o eso creo. Todo fue muy rápido cuando... –De pronto el tono de voz subió medio octavo–: Déjalo ya, Even. Ríndete, maldita sea. Déjame en paz. ¡Yo he perdido a mi mujer, no a la tuya! ¡Deja ya de molestarme!

–Vale, vale. De acuerdo –murmuró Even a una conexión interrumpida y se introdujo el móvil en el bolsillo. Vaya mal humor.

Empezó a lloviznar y Even se cerró el cuello de la chaqueta y salió a cubierta para tomar el aire. Aire fresco para su cerebro. Volvería a repasarlo todo una vez más.

Mai había escrito una carta de despedida en noruego. En el hotel de París. Bajo amenaza. Even había creído que se trataba de extranjeros que estaban detrás de todo aquello, había llegado a esa conclusión a través de los prejuicios. Eso de utilizar a los niños de aquella manera era tan cínico que era simple y llanamente poco noruego, había pensado, y, además, el suicidio había tenido lugar en el extranjero, en Francia. Sin embargo, Mai había escrito la carta de despedida sin describir lo que la amenazaba, sin explicar lo que se escondía detrás del suicidio. Y por lo tanto, y ésa era la novedad, algo debería de intuir desde hacía tiempo: hubo alguien que controlaba lo que escribía, que controlaba que la carta no contuviera nada que pudiera utilizar la policía... o cualquier otra persona. Eso quería decir que tenía que haber un noruego, o alguien que supiese noruego, que de alguna manera estuviera involucrado en el asunto.

El ferry atracó y Even se dirigió hacia el ayuntamiento donde podría encontrar una cafetería abierta a aquellas horas. Se sentó y desayunó. Se tomó tres tazas de café. Una ambulancia pasó por delante de la cafetería, y Even se sorprendió pensando en una agente de policía que se caía de un caballo, se rompía la crisma y se casaba con un bombero. El fatalismo no era su fuerte y, sin embargo, le gustaba ver el matrimonio como un final feliz, después de un accidente funesto.

Poco antes de las nueve pagó, cruzó el centro de la ciudad y encontró la dirección de la editorial Phönix.

–Ahora mismo saldrá Hjelm –dijo la recepcionista, colgó el teléfono y señaló un pasillo donde en aquel mismo momento se abrió una puerta.

Odin Hjelm se acercó, y Even miró paralizado a aquel hombre, una antítesis andante de la ley de gravedad de Newton. A cada paso que daba el robusto editor le decía a quien lo estuviera viendo que el trabajo científico de Newton no era más que una mierda inservible y que, desde luego, regían otras leyes en el universo hjelmiano. De pronto Even recordó que una vez había visto a Odin Hjelm en televisión y había pensado lo mismo. Ahora, al verle en vivo y en directo, cruzando el suelo azul marino de la recepción, no tuvo ninguna duda. El hombre no caminaba, se lanzaba hacia delante con el torso vuelto en un ángulo que no parecía obedecer ninguna lógica ni ley física. Por cada paso que daba era como si consiguiera lanzar un pie hacia delante que le salvaba, en el último momento, de caerse de bruces. Ignorando el gran peligro que corría, Hjelm alargó una mano hacia Even, un acto que aumentaba la desigual distribución del peso y que sólo podía acabar en una catástrofe. Even se apresuró a darle la mano.

«Tiene que haber algo que haga que ese hombre consiga mantenerse en pie. Unos pies grandes, el centro de gravedad bajo, la media cabeza que le saco –razonó Even en silencio–. Y calcetines de plomo.»

Hjelm le dio el pésame, sonrió como se suele sonreír cuando compartes una pena con alguien y dispones de un sentido del humor sólido.

–Qué bien que te hayas pasado por aquí. He intentado ponerme en contacto contigo varias veces.

Entraron en su despacho, una estancia que hacía esquina, espaciosa y ventilada, con vistas al tráfico de Oslo por ambos lados. Un gran escritorio esquinado entre las ventanas rebosaba de manuscritos a lo largo del borde y alrededor de una agenda en cuero marrón que estaba colocada como una isla protegida sobre una carpeta verde. Había una antigua copa de la antigua Grecia, llena de lápices y bolígrafos, al lado de una cajita plana de plata.

–¿Por qué has intentado ponerte en contacto conmigo? –preguntó Even cuando una secretaria les hubo servido un café en una mesa de conferencias alargada.

Hjelm agarró una carpeta de cartón de color azul atada con una cuerda, pero la dejó sin abrir.

–Es posible que me encuentres cínico e insensible, pero déjame que te lo diga de una vez por todas: la oferta que pienso hacerte está más que pensada. De hecho creo que Mai-Brit Fossen también lo hubiera querido así.

Even estuvo a punto de beber de su taza, pero la volvió a dejar sobre la mesa sin probar el café. Superó como mejor pudo las ganas de salir de allí y se inclinó hacia delante.

–Mi razón para venir hasta aquí es muy sencilla: quiero saber en qué estaba trabajando Mai cuando estuvo en París. No quiero saber nada de tus suposiciones ni de tus pensamientos. Siento mucho si te parezco maleducado. De todos modos, ésa era precisamente mi intención, ¡porque me cago en la oferta que pretendes hacerme!

Las mejillas de Hjelm se tiñeron ligeramente de rojo, aunque conservó la sonrisa en su rostro macizo. Se pasó una mano por la corbata y dijo:

–Por supuesto. Contestaré a todas las preguntas que quieras hacerme. Tengo entendido que estuviste casado con Mai-Brit Fos...

–¿En qué estaba trabajando?

El editor asintió con un gesto con el que pretendía desarmarle y abrió la carpeta.

–Cuando contratamos a Mai-Brit, hace dos años y medio, se trataba de una fase aislada de un plan estratégico mayor de la editorial. En un intento de renovación, la nombramos editora de una sección que tendría los temas históricos como temática principal, pero en la que también tendría cabida la posibilidad de mezclar géneros y formas de expresión. Es decir, que no sólo eran sus conocimientos de historia los que queríamos, sino también su capacidad para renovar y aportar nuevas ideas, su talento literario, su habilidad para adivinar lo que se mueve, su creatividad; en general, todas las cualidades positivas que tenía Mai-Brit Fossen. –Odin Hjelm se quedó en silencio un rato; de pronto parecía estar en Babia–. Estas cualidades se han traducido en diversas publicaciones interesantes, y durante el último año la repercusión mediática ha sido tal que, ya en estos momentos, podemos decir que ha dado beneficio, y mucho antes de lo previsto. La última idea de Mai-Brit, en la que estuvo trabajando hasta su muerte, era, sin embargo, un proyecto en el que teníamos depositadas muchas esperanzas. Habíamos destinado muchos medios y el verano pasado le di permiso a Mai-Brit para que dedicara varias semanas a llevar a cabo investigaciones en Londres y París. El libro versaría sobre Isaac Newton, el gran físico y matemático, un personaje que, por lo que tengo entendido, no sólo conoces, sino en el que, de hecho, tú eres una especie de experto.

Hjelm hizo una pausa para permitir a Even decir algo, pero éste permaneció callado, esperando la continuación. Odin se volvió hacia el escritorio y cogió la cajita de plata. La abrió y le ofreció un purito a Even. Éste sacudió la cabeza y pensó en burgueses sobrealimentados. Hjelm lo interrogó con la mirada, preguntándole si le importaba que él se fumara uno.

–Por favor, adelante –murmuró Even.

Al fin y al cabo, era su despacho.

El editor encendió el purito y expulsó una nube de humo

en dirección a la ventana. No olía nada mal. Tal vez debería decir que sí, si le volvía a ofrecer uno.

–El libro debía tratar aquellas facetas de Newton que son menos conocidas para el gran público, a través de un repaso minucioso de la documentación existente, pero añadiendo pasajes de ficción, escenas históricas en las que nos encontramos con Newton en su vida cotidiana. Debíamos verle sentado ante sus probetas, descubriendo, por así decirlo, la piedra filosofal.

Hjelm se rió con una mirada puesta en Even con la que pretendía decir que los dos estaban de acuerdo en que la alquimia no era más que una superstición estúpida. En cierto modo lo era, pero Even optó por no devolverle la sonrisa y en su lugar miró fijamente la carpeta.

Hjelm echó la ceniza en la taza de café.

–Mai-Brit había avanzado mucho con el libro cuando murió. Ella... ¿Sí?

La recepcionista había llamado a la puerta y ahora asomaba la cabeza por el hueco. Hjelm se lanzó hacia la puerta y hablaron un rato en voz baja.

–Desgraciadamente tengo que ir un momento al vestíbulo, a atender a un proveedor. ¿Tienes tiempo de esperar a que vuelva? Sólo será un minuto.

Even asintió con la cabeza y Hjelm se fue.

Oyó sus pasos perdiéndose por el pasillo y se puso en pie. Se paseó de puntillas por el despacho, contempló los cuadros que colgaban en la pared: un cuadro de gran colorido, aunque elegante, del artista plástico Reidun Angel, varias fotografías de Hjelm con personajes conocidos y desconocidos, entre ellas, una en la que aparecía Hjelm con el brazo alrededor del ministro de Cultura. Se volvió hacia el escritorio, echó un vistazo a los manuscritos, los títulos, los nombres de los autores. *Un auténtico humorista de incógnito*, de Kyrre Erlandsen. *Humbug*[1], *una ciudad de Alemania*, de Karoline Riesling. Menos mal que él no era editor. Sólo los títulos le hacían bostezar. Habrían pa-

1. *Humbug*, «fraude» en alemán. *(N. de la T.)*

sado meses hasta que hubiera sido capaz de dar una respuesta a aquellos escritores esperanzados. O mejor dicho, seguramente habría devuelto las obras sin leerlas antes, aunque con una notita: «El título ha sido considerado demasiado malo».

Una fotografía enmarcada, oculta tras un montón de manuscritos, mostraba a una mujer que sonreía débilmente mientras amusgaba los ojos hacia la cámara. Even miró a Kitty y pensó que a ella le sentaba bien el jersey verde.

Su mirada cayó sobre la agenda abierta. Aparecían varios nombres escritos el lunes, entre ellos, el de Even, con la anotación «¡Llamar!» detrás. O sea, que no era una fanfarronada, Hjelm realmente había tenido la intención de llamarlo. Even hojeó la agenda una semana atrás. Vio que ponía «Funeral, 14.00» en la página del miércoles y el nombre de Even en varios días de la semana. El viernes, Hjelm había trabajado hasta el mediodía y se había tomado el resto del día libre; al menos no aparecía ninguna otra cita. Even pasó las páginas hacia delante, hasta el día siguiente. Sólo aparecía un nombre en la columna del martes: Simon LaTour.

Even oyó pasos en el pasillo y se apresuró a volver a su silla, se sentó y dio un sorbo al café medio frío mientras entraba de nuevo Odin Hjelm.

–Siento que hayas tenido que esperar, pero había problemas con un impresor extranjero, o sea que... bueno, hay veces en que el jefe se ve obligado a tomar cartas en el asunto y poner las cosas en su sitio.

Hjelm sonrió, satisfecho.

«Te gusta, eso de ser jefe», pensó Even y echó una mirada furtiva al escritorio. ¿Se habría acordado de volver a la página del lunes?

–Como te estaba diciendo... –Hjelm cogió otro purito sin ofrecerle uno a Even, lo encendió y desapareció por un instante tras una nube de humo azul grisácea–. Mai-Brit había avanzado ya mucho en el libro que estaba preparando cuando murió. Había escrito borradores para los primeros textos de ficción y había reunido bastantes notas y documentos.

Odin Hjelm abrió la carpeta, extrajo algunos papeles y los dejó sobre la mesa, delante de Even. Él hojeó lentamente *El primer secreto de Newton* y constató que se trataba, literalmente, del mismo texto que le había enviado Mai a través de Kitty.

–¿Hay más?

–Sí, sí. Aquí hay algunas notas más...

Se las dio a Even, que empezó a leer los pinitos literarios de Mai como si nunca los hubiera visto antes. Pidió un purito, lo encendió y volvió a hojear las páginas. Nada nuevo.

–¿Cuándo has dicho que Mai empezó a trabajar en el proyecto?

Hjelm parpadeó y luego miró por la ventana.

–Has puesto el dedo en la llaga –dijo y movió la carpeta innecesariamente–. Empezó en el mes de marzo del año pasado. Al principio tenía varios proyectos que debía terminar a la vez, pero a partir de agosto la liberamos de un ochenta por ciento para que pudiera dedicarse plenamente al proyecto de Newton.

Even sostuvo los dieciocho folios en el aire.

–¿Y esto es todo lo que hay después de diez meses de trabajo?

–Sí. –Hjelm apartó la carpeta como si se tratara de un niño pesado–. Sé que Mai-Brit había escrito borradores, tanto de lo que ella llamaba el segundo secreto de Newton como del tercero, porque me lo mencionó hace un mes. Y sé que había reunido bastante documentación nueva en sus últimos viajes, pero... –Hjelm se pasó la mano por la corbata, miró a Even y luego desvió la mirada hacia la ventana. Sus movimientos parecían algo nerviosos–. No he encontrado nada entre los papeles que nos dejó.

–¿Ni en ningún disquete, ni en el disco duro del PC, ni en el portátil?

–No, tampoco en casa. He hablado con su marido. Todo lo que tenía que ver con el proyecto de Newton, excepto esto, ha desaparecido. Absolutamente todo.

CAPÍTULO 33

Oslo

El hombre apareció en la puerta tan de repente que Mai-Brit dio un respingo.

–Te encontré –dijo en inglés y sonrió mostrando unos dientes amarillos.

–Sí –dijo el hombre en la silla.

Llevaba una manta en el regazo, a pesar de que se encontraban en los estados del sur y la noche era tan calurosa como en una jungla.

–Tiene una pistola debajo de la manta. –Mai-Brit bostezó y apoyó la cabeza sobre su hombro–. ¿Nos vamos a la cama? –Era la última noche que tendrían juntos durante un tiempo.

–Mmm... –dijo Finn-Erik sin apartar la mirada del televisor–, sólo quiero ver cómo termina la historia.

–El de la manta le dispara –dijo Mai-Brit y se levantó.

En ese mismo momento se oyeron disparos y el hombre de los dientes amarillos fue lanzado tres metros hacia atrás y salió volando por la puerta. Mai-Brit rió sonoramente, a pesar de que volvió a dar un respingo a causa del estruendo.

Finn-Erik la miró, irritado.

–¿Por qué siempre tienes que contarme la película cuando ya la has visto antes?

–Pero si yo no había visto esa mierda antes. –Notó que se estaba sulfurando por la acusación–. Si es muy fácil adivinar la trama. Tiene los dientes amarillos y es malo, el otro tiene los dientes blancos y, por lo tanto, es bueno. Es una película americana, por Dios. –Mai-Brit bajó la voz y se tranquilizó, mientras contemplaba cómo Finn-Erik apagaba las luces del salón.

Juntos se fueron al baño–. Deberían instaurar nuevas normas en el sector de las aseguradoras: los dientes amarillos significan primas altas y pagos bajos, siempre mueren en un plazo de dos horas. Dientes blancos, todo lo contrario.

Finn-Erik se rió con espuma del dentífrico en las comisuras de los labios y la mojó con el agua que quedaba en su cepillo de dientes.

–No estás bien de la cabeza. –Finn-Erik la abrazó y le dio un apretón cariñoso–. Pero también eres dulce y, sobre todo, eres mi mujer.

Cuando ya estaban acostados en la cama, él le preguntó:

–¿Por qué te reíste con la película si la escena del tiroteo era grotesca?

–Ah, eso. Me reí porque es del todo inverosímil. Tú mismo viste cómo el tío desagradable voló varios metros por los aires cuando fue alcanzado por una bala, mientras que el hombre de la pistola se quedó sentado tranquilamente en la mecedora sin que se balanceara una sola vez. –Mai-Brit sonrió en la oscuridad–. La tercera ley de Newton, o ley de acción y reacción, así como la ley de conservación del movimiento, nos dice que eso no es posible. Leí algo acerca de ello recientemente: «Después del disparo de un arma, la cantidad de movimiento de la bala debe ser igual a la cantidad de movimiento del arma, aunque en dirección opuesta». Eso quiere decir que si el hombre de los dientes amarillos voló tres metros hacia atrás, el hombre de la pistola también debería haber volado tres metros hacia atrás. O, mejor dicho: ambos deberían permanecer inmóviles. Eso es lo que dicen las leyes de la física.

Finn-Erik encendió la luz y la miró sorprendido.

–Dios mío, cuánto sabes.

Ella sonrió complacida y le besó la mejilla.

–En realidad, fue Even quien me lo enseñó. Estábamos en el cine, y de pronto él irrumpió en una risa ruidosa que hizo volverse a todos los presentes en la sala para mirarle. Imagínate, en medio de una película de Harry *el Sucio* en la que Clint Eastwood, con un aspecto sombrío y peligroso, aparece con un

Colt humeante, que el tipo que te acompaña empieza a reírse como un loco y se pone a hablar de Newton. Estuve a punto de esconderme debajo del asiento.

Finn-Erik apagó la luz y Mai-Brit oyó que se colocaba de lado, de espaldas a ella. Mai-Brit suspiró silenciosamente y se apretujó contra el cuerpo de él.

–Yo soy tu mujer, ¿lo recuerdas? Eres tú con quien tengo dos maravillosos niños. No me hagas más difícil el viaje de mañana.

Mai-Brit lo besó y le susurró algo al oído.

Él se volvió lentamente en la oscuridad y posó sus dos manos alrededor de la cara de ella.

–Y yo te amo –susurró él.

CAPÍTULO 34

Even le ofreció la tarjeta de embarque a la azafata, que la introdujo en la máquina registradora. Mientras avanzaba por el túnel metálico que conducía al avión miró la tarjeta para ver qué asiento le había tocado. El 19. Se rió para sus adentros, un número primo. Uno de «sus» números. ¿Casualidad? No lo creía. Le ocurría una y otra vez y no era, en ningún caso, resultado del destino, ni siquiera una especie de milagro. Y un concepto como el de «casualidades repetidas» no se acomodaba fácilmente en el cerebro de un matemático.

«Las matemáticas no son una de las ciencias exactas; es la única ciencia exacta.»

La afirmación era de un conferenciante americano invitado cuando Even aún estudiaba. El argumento era que las matemáticas nunca aceptaban una semisolución. La biología podía observar, luego suponer que así debía de ser y seguir trabajando a partir de la observación; la física podía realizar diez experimentos que daban el mismo resultado y sacar una conclusión partiendo de estos experimentos, sin que realmente se supiera con seguridad si el experimento número once mostraría algo completamente diferente. Sin embargo, las matemáticas no aceptaban tal vacilación en la demostración de una tesis. Ninguna prueba se considera válida, aunque sea segura en un 99,99 %. El último 0,01 % tenía que estar verificado antes de poder admitir una tesis, permitir que se convirtiera en una ley con validez universal y arriesgarse a que el sistema de ideas matemático se desarrollara a partir de ésta.

El conferenciante les había dado un ejemplo.

Ya en el siglo XVII, algunos matemáticos habían descubierto que, al parecer, existía cierta regularidad en algunos grupos de números primos. Resultó que no sólo el 31, sino también el 331, el 3331, el 33.331 y el 333.331 eran números primos. Cuando, años más tarde, después de un esfuerzo que para aquellos tiempos era colosal, se logró comprobar que también el 3.333.331 y el 33.333.331 eran números primos, resultó muy tentador suponer que todos los números que seguían este modelo serían números primos y así convertir el fenómeno en una ley. Sin embargo, no se llegó a hacer porque no se disponía de pruebas definitivas que lo corroborasen. Y mejor así, pues varios siglos más tarde, cuando se consiguió determinar el siguiente número del modelo, el 333.333.331, se descubrió, para gran sorpresa de todos, que no se trataba de un número primo. El caso es que resultó que 17 multiplicado por 19.607.843 era igual a 333.333.331.

En la entrada del avión, una azafata dio la bienvenida a Even. Como de costumbre, el pasillo central se había colapsado debido a la gente que se había detenido para dejar la chaqueta o la bolsa en los compartimentos sobre los asientos y que de esta manera impedían el avance de los que iban subiendo al avión. Even se quedó esperando tranquilamente. Descubrió, para su sorpresa, que no sentía ni impaciencia ni irritación. Pensó que el tiempo era suyo, lo usara como lo usase, nadie se lo robaría obstaculizando el paso en el pasillo de un avión. En el viaje a París que había hecho recientemente había reprendido a un señor mayor que se había quedado parado en el pasillo, sin decidirse a tomar asiento. Algo había cambiado en los últimos días.

¿Kitty? ¿Sería ella la culpable? ¿Acaso estaría suplantando el lugar que había dejado Mai?

Mai había sido como un filtro entre él y el mundo. Había separado lo importante de lo accesorio, le había ayudado a entender las proporciones y el alcance de las cosas. Sólo con su presencia. Era como si Mai pulsara un punto en él que convertía todo lo superfluo precisamente en algo superfluo. Si Mai se iba una semana o dos, las cosas empezaban a ir mal, como en el caso del debate con Engelsrud. Entonces Mai había estado en Nueva York un mes, y Even se había ido dando cuenta en el ínterin que cada vez había más idiotas a su alrededor que necesitaban que alguien les dijese lo idiotas que eran, y que cada vez había más cositas que debían ser comentadas y no descartadas como si no tuvieran importancia. En cuanto Mai volvió a casa, él se tranquilizó y el mundo volvió a ser soportable, y el coeficiente intelectual medio de la humanidad subió un treinta por ciento.

Finalmente llegó a la fila de asientos que le correspondía. Una mujer se había sentado en el asiento del medio y tuvo que levantarse para dejarle pasar. Even se disculpó cuando su brazo rozó el pecho de la mujer y luego se dejó caer en el asiento de la ventanilla.

Le sentarían bien unos días en Londres. Miró a la mujer de reojo y se abrochó el cinturón. Tenía el pelo rubio, aunque sus cejas eran oscuras, algo que siempre le había fascinado. La combinación daba cierto aire de misterio a las mujeres, un enigma que sabes que puedes descifrar, pero no sabes cómo. Vestía como una mujer de negocios, una falda a cuadros grises con americana a juego. Tenía un libro en el regazo.

Even fue el último en embarcar, las puertas se cerraron, y mientras las azafatas agitaban los brazos y se colocaban el chaleco salvavidas, el avión empezó a recorrer la pista.

Sus pensamientos volvieron al concepto «casualidad» y Even lanzó una mirada a través del avión. Las casualidades eran, de por sí, casualidades, aunque vistas a la luz de las matemáticas a menudo adquirían visos de razón. Cien, tal vez ciento treinta personas estaban reunidas con un mismo objetivo, a saber, viajar a Inglaterra. Sin embargo, los habría que compartirían más cosas: algo tan común como cumplir años el mismo día o compartir un mismo nombre, o algo tan distintivo como podía ser haber recibido la sangre de un mismo donante o haberse hospedado en el mismo hotel de Irkutsk. La mujer que se sentaba a su lado podía muy bien haber visitado la misma verdulería que él y haber rozado el mismo brócoli, o podían haber nacido el mismo año. No, pensándolo bien, ella tendría sin duda unos diez años menos.

El avión aumentó la velocidad, despegó y se confundió con una nube que le hurtó las vistas. Even se echó hacia delante y sacó *El péndulo de Foucault*, de Umberto Eco, de la bolsa. Todavía no había empezado a leer el libro.

Sonó un móvil y tuvo que pasar un rato hasta que descubrió que el ruido provenía de su bolsillo. Había olvidado apagarlo al embarcar.

–¿Sí?

–¿Es un lado de ti al que debo acostumbrarme –dijo Kitty–, ese de desaparecer temprano por la mañana sin despedirte?

–No es impensable, desde luego –contestó Even y miró por la ventanilla.

En ese mismo instante el avión salió de la niebla y subió al mundo de los ángeles, por encima de las nubes, un mundo bañado por la luz de un sol desenfrenado.

–¿Vendrás esta noche?

–Oye, estoy de camino a Londres ahora mismo, y estaré fuera un par de días.

–Oh...

–Sí, todo ha sido un poco precipitado.

Even sintió una pizca de mala conciencia por no haberle dicho nada la noche anterior y, a la vez, cierta irritación; al fin y al cabo, no estaban casados, joder. De forma inconsciente, enmendó su error contándole que Odin Hjelm le había ofrecido acabar el libro de Mai, hasta que recordó que era preferible no mencionarle ese nombre a Kitty.

–Vaya, ¿y tú sabes algo de historia?

–Verás, es que trata de Newton –dijo Even obviando que, en un primer instante, se había negado a colaborar con la editorial.

Aun así, durante la reunión, Hjelm había seguido hablando despreocupadamente del viejo genio, y las ganas, no, más bien el anhelo de volver a trabajar con Newton, se habían precipitado sobre Even, que terminó por cerrar el trato con Hjelm con un apretón de manos. Y ahora esperaba ansiosamente que el viejo diablo le cogiera todo el brazo.

–Escribí la tesis doctoral sobre Newton y se me considera un experto en el tema, por eso fui yo en quien primero pensó Hjelm...

Se hizo el silencio entre los dos, ninguno de ellos parecía saber qué decir.

–Pues entonces supongo que nos veremos cuando vuelvas –dijo Kitty, en voz muy bajita.

Una azafata se acercó a él y le llamó la atención de manera bastante autoritaria.

–No me dejan hablar por teléfono desde el avión, te llamaré cuando esté de vuelta –dijo Even, y los dos interrumpieron la comunicación.

Se metió el móvil en el bolsillo, sus dedos tamborilearon contra la tapa del libro, se sentía atrapado, inquieto y, de pronto, con unas ganas irrefrenables de fumar. El avión viró a la derecha hacia un vacío entre las nubes, Even miró hacia abajo y vio un paisaje infinito de bosques blancos y pequeños lagos helados. El avión volvió a enderezarse y Even abrió el libro.

–Buen autor –dijo la vecina señalando el libro de Even con un gesto de la cabeza. Se rió y le enseñó el que ella estaba leyendo: *El nombre de la rosa*, también de Umberto Eco.

«¿Qué decía yo?», pensó Even. Tal vez casualidades, pero con una base enraizada en la probabilidad. Le devolvió la sonrisa. El capitán tomó la palabra; dijo que se llamaba Raymond Vik y les dio a todos la bienvenida, les aseguró que hacía buen tiempo en Londres y les deseó un viaje agradable.

CAPÍTULO 35

Kitty miró hacia la enorme máquina.

El paseo matinal, la primera salida en moto del año, había sido tan delicioso como había imaginado. Primero se había colocado delante del espejo para ponerse el traje de cuero. Se lo había subido deslizándolo por el cuerpo y había tenido la sensación de estar poniéndose un condón. Luego había sacado la Kawasaki al sol del patio, había verificado el nivel de aceite y de gasolina y la había engrasado. Se había tomado su tiempo preparándose, disfrutando de la alegre espera hasta que por fin llegara el momento de subirse a la moto. Cuando se montó, pisó el pedal y notó la reacción del motor, se estremeció. El motor y los caballos rugieron y palpitaron entre sus piernas al darle al gas. Puso la primera y soltó el embrague. Salió del patio tranquilamente, le dio más gas para aumentar la velocidad y el viento azotó su rostro. El mundo a su alrededor se paró, el tiempo se detuvo. Ella era la única que estaba en movimiento, de nuevo viva, después de un largo y frío invierno.

La Kawasaki era la única moto en la carretera. Ahora, a media tarde, cuando ya volvía a casa, se preguntó si algún compañero de aventuras por fin habría salido de su letargo. Estaba acostumbrada a ser la primera en dar la bienvenida a la primavera. Durante los primeros meses posteriores al año nuevo no hacía más que soñar con volver a montarse sobre la moto, sentir su fuerza y su poder, notar la sensación de volar hacia la eternidad que se encontraba más allá del horizonte.

El sol de la tarde caía verticalmente cuando volvió a montarse en la moto sin haber puesto en marcha el motor. Todavía tenía el móvil en la mano después de hablar con Even Vik. Ese patán. Mira que escaparse a Londres sin decir nada. Era natural, correcto, se daba por supuesto, y, sin embargo, no le había gustado nada a Kitty. La nueva química que había entre los dos empezaba a ser buena, muy buena.

Tenía calor con aquel traje de cuero y Kitty se bajó la cremallera para soltar un poco de calor corporal. Pensó que tenía una llamada de teléfono pendiente. Tenía que hacerla, aunque no le apetecía. Todavía se sabía el número de memoria.

«Éste es el teléfono de Odin Hjelm. En este momento no estoy en la oficina, pero deja tu mensaje y me pondré en contacto contigo en cuanto pueda.»

Pasaron un par de segundos hasta que se oyó un largo *pip*.

–Hola. Soy yo, Kitty. –Intentó hacer que su voz fuera firme–. Sólo quería decirte que tienes que dejar de llamarme, dejar de enviarme correos electrónicos, dejar de hacer todas las perrerías en las que tanto insistes. Tú y yo hemos acabado, Odin. Acéptalo. –Kitty resopló un par de veces y concluyó–: ¡Por favor!

Entonces cortó la comunicación, metió el móvil en la bolsa de la moto y puso en marcha la Kawasaki.

Se quedó un rato sentada sobre el asiento, pensando un poco mientras el motor ronroneaba como un enorme gato. Luego volvió a sacar el móvil y escribió un SMS. El mensaje era el mismo que el que acababa de dejar en el contestador, el destinatario era el mismo, Odin Hjelm. «Uno de ellos tendrá que llegarle, supongo», pensó. Entonces se subió la cremallera hasta el cuello y puso la primera marcha.

CAPÍTULO 36

En algún lugar, detrás de una palmera, había un pianista que estaba convirtiendo despiadadamente *Stairway to Heaven* en una cancionzuela antipática. En el restaurante se oía el zumbido débil de muchas voces hablando a la vez, gente que conversaba en voz baja y educadamente, tal como se acostumbra a hacer en los ambientes más selectos del Soho londinense. Even se sentía incómodo, habría preferido un *pub* medio mugriento de Southwark.

–¿Estás casado? –preguntó Susann y levantó una de sus cejas oscuras.

Se llamaba Susann, era la mujer del avión. Habían decidido coger juntos un taxi desde el aeropuerto hasta el centro de Londres. Susann Stanley. Era medio inglesa, medio noruega.

–No –dijo Even y levantó las manos en el aire con los dedos extendidos.

Nunca había llevado anillo, tampoco mientras estuvo casado. Despedía un olor agrio a sudor y pensó que en realidad debería haberse duchado antes de comer. Susann le contó que papá Stanley era copropietario de una compañía farmacéutica con sede en Londres y que ella era la representante comercial de la empresa para toda Escandinavia. Vivía en Bosted, en Frogner, cerca de donde vivía su madre. También tenía un piso en Londres, en Hill Street, no muy lejos del Soho. Era por eso que se encontraban en aquel restaurante.

–¿Qué tipo de medicinas vendes? –preguntó Even, sobre todo para no tener que hablar él.

–La sucursal escandinava es relativamente nueva y está dedicada, sobre todo, a la investigación con células madre, un campo en el que somos grandes expertos.

–¿Investigación con células madre...? ¿No tiene algo que

ver con guardar el cordón umbilical para cuando te pongas enfermo?

Susann sonrió.

–La sangre del cordón umbilical o mejor dicho: las células madre de la sangre. Se trata de una investigación única en los tratamientos de la leucemia y diversas anemias, así como de enfermedades musculares y óseas...

–Es decir, que si yo contrato uno de esos seguros, puedo contar con que viviré eternamente –la interrumpió Even.

–No eternamente. De todos modos, en tu caso ya es demasiado tarde, porque me imagino que no habrás guardado tu cordón umbilical, ¿verdad?

Even se rió y dijo:

–No, la verdad es que no. Creo recordar que mi padre se lo comió en el desayuno el mismo día en que nací.

La sonrisa de Susann se heló y tuvo que dar un trago al vino para que se le soltara de nuevo.

–Pero tus hijos, los que vayas a tener más adelante, podrán beneficiarse de ello.

El bolsillo de Even empezó a vibrar, se disculpó y sacó el móvil. Susann le dijo que no pasaba nada, sonrió y alargó una mano por encima de la mesa para subrayarlo. En ese mismo instante vio una especie de rayo, como si alguien hubiera disparado un flash. Even miró a su alrededor, pero no vio ninguna cámara. En la mesa vecina había un hombre solo hablando por el móvil mientras comía. No parecía que Susann se hubiera dado cuenta del flash, porque agarró los cubiertos y siguió comiendo. Even encontró el nuevo mensaje en el móvil, no reconoció el número de teléfono desde el que había sido enviado, y leyó el texto: «Quiere hablar contigo; última oportunidad». El mensaje iba seguido por un número de teléfono.

–¿Pasa algo?

Susann parecía preocupada y deslizó las puntas de los dedos por la mano de Even. Éste levantó la mirada de la pequeña pantalla mientras las náuseas llegaban a su garganta.

–No, nada –dijo, retiró la mano y apagó el móvil–. No es nada.

CAPÍTULO 37

–¿Vienes?

–Sí, ¡sólo un par de minutos y estoy contigo!

Finn-Erik conectó el enchufe en el móvil y pulsó un par de teclas. La pantalla del ordenador se llenó con el rostro de la pequeña Line. Sonrió, la nariz de la niña debía de estar a menos de diez centímetros cuando Mai le hizo la foto. La siguiente fotografía era de la rampa cerca del colegio; Finn-Erik recordaba que habían ido allí todos juntos un sábado hacía un mes, más o menos. Stig estaba sentado sobre el trineo, bajando la rampa a toda pastilla con el pelo volando al viento. Había perdido el gorro durante la primera bajada cuando se cayó del trineo, y no volvieron a encontrarlo hasta una hora más tarde, cuando un par de niños zozobraron en la nieve bajando por la rampa en su trineo y pusieron la nieve patas arriba. Se preguntó por qué Mai le habría enviado aquellas fotografías. La fecha indicaba que lo había hecho el mismo día en que murió. A las 2.34 horas.

Miró intensamente los números. 2.34. ¡En plena noche! ¿Sabía ya que iba a morir? ¿Acaso había llevado a cabo una especie de limpieza mental? ¿O era un intento de avisarle de que algo andaba mal? No conseguía encontrar la respuesta y cogió el móvil.

Las siguientes fotografías habían sido enviadas medio día más tarde. Pulsó un par de teclas, frunció la frente cuando vio aparecer una fotografía en pantalla, intentó aumentar la nitidez utilizando el *zoom*.

–Qué demonios... –murmuró y pulsó una tecla para ver la siguiente fotografía–. Pero... –dijo, y miró fijamente la pantalla.

Bodil Munthe apareció en el vano de la puerta a sus espaldas, y estuvo a punto de decir algo, pero se calló al ver aquella figura congelada, sentada en la silla. Se acercó lentamente, miró a hurtadillas por encima del hombro de Finn-Erik y vio en la pantalla la fotografía de un juego de naipes, un papel y un teléfono. Reconoció el papel y, sin decir nada, miró de reojo la nuca de Finn-Erik.

De pronto el brazo de Finn-Erik se movió, y la impresora empezó a gruñir. Seleccionó el tamaño de la impresión, y Bodil Munthe volvió a salir sin que él se diera cuenta de que había estado allí. Se puso el abrigo y la bufanda y tosió sonoramente mientras avanzaba por el pasillo; empezó a hablar en cuanto cruzó el vano de la puerta del estudio de Finn-Erik.

–Hace frío esta noche –dijo ella y él se levantó y asintió mientras metía algo en una carpeta.

–Sí –dijo él–. Estoy listo para salir.

CAPÍTULO 38

Sonrió con aquella sonrisa de *La Gioconda* que, según una teoría que tenía Even, estaba reservada a algunas mujeres de cierto origen. Un poco distante y ligeramente absorta. Una bella sonrisa. Sensual.

–¡Nos vemos esta noche! –gritó Susann; le envió un beso y agitó la mano despidiéndose.

Even le devolvió el saludo y cada uno se dirigió hacia su autobús. Había sitio en el segundo piso, en la parte delantera del autobús. Even registró a un turista con barba que estaba haciendo una foto del autobús.

Cuando Mai y él visitaron el Louvre por primera vez y se encontraron frente a frente con *La Gioconda*, él había dicho que sabía por qué sonreía como lo hacía.

–Vaya –había dicho Mai–. ¿Por qué?

–Porque tú tienes su misma mirada, el mismo mohín indefinido después de hacer el amor.

Mai se había sonrojado y se había alejado de él, y había mantenido la distancia a través de las salas hasta que llegaron a un cuadro de Ingres, *El baño turco*. Aquí Mai se había detenido. Sorprendido por su reacción y tal vez un poco confundido por el gran número de mujeres desnudas que se exhibían en el cuadro –incluso había un par que se tocaban los pechos la una a la otra–, Even había dicho que el pintor seguramente había tomado como punto de partida la divina proporción... y que tomando el inverso de este número se llegaba al 0,618034, que curiosamente se componía de exactamente los mismos decimales que...

–Ssshhh –le había susurrado Mai y había posado un dedo en sus labios–, no lo conviertas todo en números. Hay quien se las arregla perfectamente sin ellos.

Él se había callado y había observado el cuadro, mirando a Mai de reojo y sintiéndose, si cabe, aún más enamorado que nunca.

El autobús entró en Westbourne Grove. Even se puso de pie y se bajó en la parada siguiente. Vio cómo el autobús de dos pisos se separaba de la acera, un gran dinosaurio rojo que se mezclaba con las demás criaturas de cuatro ruedas y se abría camino lentamente a través de la calle atestada.

Even cruzó la calle y retrocedió un poco, buscando un letrero; cuando lo encontró, sintió que el corazón le latía desaforadamente. Newton Road, en lo alto del muro, en la esquina. La calle formaba una E sin el diente del medio, había visto en el mapa.

Siguió el primer palo corto de la calle y se sorprendió. Se había imaginado de antemano que Newton Road sería una especie de calle comercial alternativa, parecida a tantas otras que había en Bayswater y Notting Hill. O una calle muy concurrida, llena de talleres, con almacenes, y tal vez una ebanistería. Algo así. Sin embargo, la calle no era ni una cosa ni otra. Sino todo lo contrario. Grandes chalés, casi señoriales, ligeramente retirados de la calzada, algunos con columnas romanas a ambos lados de la puerta principal, lo que llevó a Even a pensar en hermandades secretas que sin duda debían de tener este tipo de columnas en la entrada. Al otro lado de la calle, la última ala de una hilera de casas de cuatro pisos había sido convertida en una iglesia. Aparecía escrito en el muro. De no haber sido así, nadie lo habría advertido.

Even dobló la esquina y enfiló a paso lento el tramo largo de la calle de villas señoriales. Había árboles en el arcén, entre la acera y la calzada, árboles en los pequeños jardines delanteros y una tranquilidad tal que le resultaba fácil olvidar que se encontraba en medio de una ciudad con millones de habitantes. Una mujer de unos cincuenta años salió de un jardín y le lanzó una mirada breve a Even antes de ajustarse el abrigo de pieles por debajo de la cintura y escurrirse en el interior de un Porsche. Cuando el coche hubo desaparecido, Even se detuvo y suspiró. Tenía que ser un error. Seguramente, Bjarne Engelsrud había querido decir Newton Place, Newton Street o Square, o cualquier otra cosa. Miró desconsolado a su alrededor, listo para dar media vuelta, cuando descubrió algo en una ventana polvorienta sobre una puerta. Entró en el portal y entrecerró los ojos para ver lo que ponía en un letrero de cartón con unas letras que se habían desteñido tras años de servicio en aquel lugar solitario. Las letras formaban el nombre *Hermes Tris Bookshop*.

La ventana al lado de la puerta estaba tan polvorienta y sucia que Even más que ver los libros detrás del cristal, los intuyó. Subió las escaleras, abrió la puerta y alzó la vista instintivamente cuando sonó una campanita con un tintineo oxidado. Una barra de latón, con la forma de una mano que sostenía una bola de cristal, movía el cascabel y, por alguna razón, su sonido le hizo pensar en la plaza del mercado de una aldea. Un poco reacio, Even cerró la puerta detrás de él dejando fuera la luz solar, y se quedó un rato sin moverse para acostumbrar los ojos a la penumbra. Apareció el contorno de unas estanterías, rebosantes de libros desde el suelo hasta el techo cubriendo todas las paredes. Con cierta regularidad, aparecían unas secciones de estantes que se adentraban en la estancia alargada, creando pequeños rincones y apartados donde sentarse sobre un taburete de madera y hojear los libros.

Even sacó un libro al azar del estante que tenía más cerca: al igual que sus vecinos, era viejo, encuadernado en tapa dura y sin título en el lomo, como si deseara ocultarse del mundo. Como la propia tienda. Pasó las páginas hasta llegar al título: *De arte cabbalistica*, de Johannes Reuchlin. El año 1517 aparecía en números romanos en la parte inferior de la página. Asustado, Even lo devolvió a su sitio; tenía miedo de dañar una antigüedad tan valiosa y que le exigieran una fortuna a modo de compensación. Al dar un paso atrás, cayó en la cuenta de que debía de tratarse de una reedición. No se regalaban libros impresos en Garamond Oldstyle del siglo XVI por las buenas. Pero aun así.

Miró a su alrededor. Aquí no había ninguna encuadernación ostentosa, nada de colores vistosos en los lomos llamándote a gritos para que eligieras precisamente aquel libro; ningún título llamativo, escrito con letras que luchaban por atrapar tu atención. Bueno, tal vez era un poco exagerado decir que ninguno, pero desde luego no había muchos.

Justo delante de sus narices había un letrero metálico con letras góticas atornillado en el borde de un estante: «Kabbalah/Qabala», ponía. Descubrió otros letreros: a la altura de sus ojos, a la izquierda de la puerta, ponía «Astrología» y en los estantes más cercanos al techo, «Aura» y «Aurarius». En el siguiente apartado había un rótulo con «*Clairvoyance*», «Consularia clandestino» y «*Occultioria verbis*».

Even avanzó lentamente entre las estanterías hacia el interior de la tienda. Era como atravesar un sepulcro donde olía a cuero y moho, y el aire se volvía cada vez más pesado, como si estuviera empeñado en tapar todas sus vías respiratorias. Se detuvo en unos pocos puntos y leyó con curiosidad: «Fisiognosis», «Nekromantia»...

–Necromancia –murmuró.

¿Qué diablos podía ser? *Nekro* debía de tener que ver con la muerte, como en necrológica o necrófilo, y *manti*... ¿podría ser una derivación de la palabra latina *manus*, mano? Manos muertas, ¿o tal vez tuviera que ver con invocar... a los muertos? Nada podía descartarse en aquella tienda, pensó Even, y torció la mirada hacia el fondo del oscuro local. La cabeza cana de un señor mayor asomó por encima de un mostrador alto, dejando ver un sombrero negro o casquete que cubría la parte superior de su cabeza. No exactamente como una kipá judía, pero algo que hizo pensar a Even en el cuadro de un boticario del siglo XVIII que Mai le había mostrado en una ocasión. El hombre no demostraba tener demasiado interés en el cliente que acababa de entrar en la tienda. En la pared, a sus espaldas, colgaba un enorme cartel donde había dibujado un anillo rellenado por un triángulo y unas palabras escritas en todas direcciones, como si formaran parte de un ritual sacro. Al igual que el resto de la estancia, toda la pared estaba cubierta de libros.

Even se paseó entre las estanterías de libros con la extraña sensación de faltar a su vocación, de ser un traidor, un sacerdote que de improviso se ha unido a una ceremonia en honor a Satanás. «Numerologia», ponía en un estante; y debajo de éste, «Babylonii». Encima ponía «Maleficium Nomero». Números nocivos, o maléficos, si es que se quería llegar tan lejos. Vaya tontería tan grande. «Morfeus», «Excorsismus», «Thot». Even se detuvo confuso y miró hacia atrás. Había creído que los letreros estaban ordenados alfabéticamente, pero de pronto se dio cuenta de que más bien estaban clasificados por temas, una clasificación cuya lógica no conseguía descubrir por culpa de su falta de conocimiento de lo oculto y mágico, o lo que fuera que tenía delante.

«Nostradamus.» Era el de las profecías. Even miró un par de títulos que podían leerse en los lomos: Pierre Marteau, *Entretiens de Rabelais et de Nostradamus*. Joëlle de Gravelaine, *Prédictions et Prophéties*. Para él era un misterio lo que podía motivar a alguien a comprar este tipo de libros. Podía entender el acto de buscar en el pasado para comprender el presente, tal como había hecho Mai. Explorar las matemáticas para descubrir relaciones y contextos del mundo, ver el mundo tal como era detrás de la fachada, eso era para él la lógica, algo que le resultaba tan natural como morder una manzana para descubrir su sabor, o abrir el capó de un coche para estudiar el motor. Pero inventarse algo destinado a predecir el futuro, no el día siguiente, ni siquiera el mes, sino a varios siglos vista, era irrecusablemente ingenuo, o un timo de tomo y lomo. Era imposible.

Sobresalía un papel de uno de los libros. Even sacó el libro para ver si alguien había dejado algo interesante, que pudiera decirle algo respecto al tipo de gente que frecuentaba aquel lugar. *Das Jüngste Gericht* se llamaba el libro y había sido escrito por un tío apellidado Aust. Sobre el papelito alguien había garabateado lo siguiente con un rotulador fino: «Contiene el séptimo verso desaparecido de la undécima centuria (páginas 86 y 142/43)».

Even devolvió el libro a su sitio y siguió avanzando entre

las estanterías. El aire polvoriento le hacía sentir como si tuviera un pergamino en la garganta, y de pronto le asaltó un ataque de claustrofobia pánica que nunca antes había experimentado. Irritado, hizo como si nada y sacó por puro despecho un libro cualquiera de la estantería. Lo abrió al azar y empezó a leer:

«Soy el que vive en la oscuridad. Me mantengo en la sombra, justo en el límite del círculo de luz. Tú no me ves, pero me intuyes. Sabes que existo, porque me has soñado en tus peores pesadillas, me has visto en tu más profunda oscuridad, has reconocido mi mano pérfida en tus actos, has oído mi maliciosa voz en la tuya.

»Te veo de pie ante la puerta con la luz a tus espaldas, con la mirada turbada fija en la noche. El miedo te encorva y titubeas antes de darme la espalda. No osas encontrarte conmigo, no osas abandonarme. Te hallas en el dilema de todas las vidas; en la elección entre mi hermano y yo. Me escondo donde menos lo esperas, en tu linaje, en tu amor, en tu futuro. Estoy en tu incertidumbre, en tu miedo, estoy fuera del alcance de tu comprensión, soy aquello que es demasiado abominable, despreciable y mezquino para que puedas encontrar las palabras que me describen. Soy el mal. Soy Satanás. Soy tú.»

–¡Maldita sea!

Even cerró el libro de golpe como si éste insistiera en estar vivo entre sus dedos, y casi lo lanzó contra el estante. Encorvado, se tambaleó hasta alcanzar un taburete, se sentó con la cabeza contra las rodillas, en un intento de controlar el pánico que se había instalado en su cuerpo y en su respiración. Poco a poco fue incorporándose, respiró hondo un par de veces y notó que volvía a recuperar el control. Su mirada buscó el estante y lo maldijo pensando en el texto que le había llevado a reaccionar de una manera tan violenta, preguntándose de qué diabólico libro podría tratarse. Se levantó con fastidio y volvió a sacar el libro del estante, lo abrió por la página que llevaba el título. *El paraíso del mal*, de Truk de West. Ni el título ni su autor le decían nada.

Even decidió acabar la visita cuanto antes. Se acercaba al viejo que se hallaba al otro lado del mostrador a paso ligero cuando descubrió un letrero que le hizo detenerse en seco: «Newton, Isaac». Repasó la estantería de arriba abajo con la mirada. En un estante ponía «Alcymia», y debajo de éste, «Arianer». Más arriba ponía «Deorum Nemen», «Apocalypse» y «Ancient Kingdoms». También ponía algo en el estante superior, pero la estancia estaba demasiado oscura para permitirle leer el letrero. Even miró sorprendido todos aquellos libros, había varios centenares. Toda una estantería destinada íntegramente a libros sobre Newton, o a temas que habían interesado al genio. ¿Podía haber un libro en aquella estantería que Mai quiso que él encontrara? Even empezó a repasar los títulos lentamente. Le sorprendió que también hubiera tantas obras no ocultistas, libros científicos sobre matemáticas, astronomía y física, todos viejos, pero también tesis bastante recientes sobre el trabajo de Newton. Varios le eran conocidos, se trataba de libros que había leído cuando estaba metido en su tesis doctoral. De pronto, se sorprendió y sacó un libro relativamente gordo, no demasiado alto y con un lomo marrón muy gastado. Había algo en el lomo, en el nombre del autor, casi ilegible, que había atrapado su mirada. Abrió el libro por la página del título.

–¡Vaya! –exclamó en voz alta, y el viejo detrás del mostrador levantó la cabeza un breve instante dejando a la vista una barba blanca y rala.

«Even Vik, *Calculus and fluxions. Isaac Newton's differential and integral calculus methods seen in perspective of modern science.*» Hojeó boquiabierto lo que de hecho era su propia tesis doctoral. ¿Quién demonios se habría molestado en maquetarla y publicarla en una edición tan antigua? Nunca nadie le había comunicado que una editorial extranjera estuviera interesada en hacerlo y en realidad también era completamente innecesario, puesto que la tesis había sido escrita originalmente en inglés y todavía se podía encargar en la editorial de la Universidad de Oslo. Even pasó algunas páginas hacia delante y hacia atrás; el trabajo de la desconocida editorial extranjera dejaba bastante que desear, era de aficionado y habían invertido muy poco dinero, tan sólo la encuadernación tenía cierto estilo. Even había abierto el libro al azar precisamente por una página que mostraba un extracto de una carta de Isaac Newton al filósofo y matemático alemán Leibniz, una carta en la que Newton empieza presentando sus descubrimientos, pero donde de pronto se echa atrás.

«Ahora no puedo continuar la explicación de las fluxiones, por lo que he optado por ocultarla de la siguiente forma: 6accdae13eff7i319n404qrr4s8t12vx.»

Era típico de alguien ligeramente paranoico, desconfiado y a su vez arrogante como Newton señalar que tenía más que ofrecer, y a la vez ocultar su descubrimiento detrás de una clave. Gottfried Wilhelm Leibniz era un competidor y, por lo tanto, a los ojos de Newton, un ladrón y un plagiador en potencia. Durante el trabajo con aquella parte de la tesis, Even había centrado su interés y curiosidad por las claves y su desciframiento. Había dedicado mucho tiempo a ponerse al tanto de la técnica de codificación y asegurarse de que había descifrado la clave correctamente. El resultado había sido distinto al que se había llegado hasta entonces y había despertado cierto interés en los círculos dedicados a este tipo de temas.

De pronto, cayó en la cuenta de que tal vez era precisamente esta tesis lo que Mai había querido que encontrase. A lo mejor se escondía algún mensaje en su interior, a lo mejor había algo escrito en el margen de alguna página. Even decidió comprarlo. Contuviera o no un mensaje, resultaba divertido, como simple curiosidad, llevárselo de vuelta a casa para enseñárselo a sus compañeros del instituto. Se fue al mostrador y dejó el libro sobre la mesa. Que aquella librería no apareciera en internet lo había entendido en cuanto traspasó la puerta, y que no la hubiera podido encontrar en el listín de teléfonos, tal como había intentado aquella misma mañana, antes de coger el autobús, había dejado poco a poco de sorprenderle también. De hecho, miró por encima del mostrador, casi esperando encontrarse con una pluma de ave, papel secante y un tintero. Para su gran sorpresa, el viejo estaba rellenando una quiniela con un bolígrafo. El hombre levantó la cabeza y lo observó por encima de unas gafas redondas y gruesas que estaban tan sucias que era un milagro que pudiera ver nada a través de ellas. Antes de que el hombre pudiera preguntarle por el resultado probable del partido entre el Tottenham y el Everton, Even sonrió con su sonrisa más encantadora y dijo que quería comprar aquel libro. El hombre entrecerró los ojos para leer el título y le dio un precio desorbitado.

–Disculpe –dijo Even, sorprendido–. ¿Cincuenta libras?

–Sí –dijo el viejo tranquilamente–. Es el único ejemplar que tenemos.

El cerebro de Even se paró por un instante, hasta que de pronto sonrió, sacó el dinero y pagó. Al salir, la campanilla volvió a sonar y la puerta crujió como lo había hecho antes. Even se quedó parado en la escalera, viendo pasar un coche y al instante una moto que sonaba como una cafetera hirviendo. Se sintió como si acabara de volver de un viaje al siglo XVIII. Una banda de sol alcanzó la acera al otro lado de la calle. Even cruzó la calzada, se sentó y empezó a hojear el libro sistemáticamente. Tardó un tiempo, en parte porque el libro era gordo, en parte porque no dejaba de sorprenderse a sí mismo leyendo las palabras que había escrito y había abandonado diez o doce años atrás.

Cuando hubo pasado la última página y estudiado la última letra, Even suspiró y levantó la mirada. Aquí no estaba la clave. Tendría que hacer un nuevo viaje en el tiempo.

CAPÍTULO 39

Cambridge

Con soltura, al fin y al cabo llevaba casi una semana en Cambridge, Mai-Brit cruzó Queens Road y avanzó entre los árboles en dirección al río Cam. El viento soplaba, pero era cálido, por lo que decidió seguir adelante hasta que avistó el Trinity College en la otra orilla. Varios grupos de estudiantes se habían echado en la hierba, leyendo o simplemente charlando y para pasar un buen rato. Era su lugar preferido para la hora del almuerzo, con vistas a la magnífica biblioteca de Christopher Wren que se alzaba en la ribera del río. Fue construida como parte del Trinity College a finales del siglo XVII, cuando Isaac Newton todavía vivía allí.

Había un poco de humedad en la hierba después de la llovizna de la mañana y Mai-Brit sacó su jersey de lana de la bolsa y se sentó encima. Había visitado muchas bibliotecas en todo el mundo por trabajo o para investigar, pero eran pocas, por no decir ninguna, las que demostraban un sentido de la proporción tan perfecto como la biblioteca de Wren. Y una comprensión de la necesidad de luz de los visitantes en el mundo de los libros, grandes cantidades de luz para poder concentrarse en el contenido de las obras. Además, debido a la proximidad del río, que tenía tendencia a salirse de su cauce cuando la lluvia caía durante semanas y cubría el condado de South Cambridgeshire, Wren había diseñado un edificio que estaba por encima de esa clase de trivialidades. La planta baja formaba una simple balaustrada por donde el agua podía fluir libremente cuando los dioses del tiempo así lo deseaban, sin alcanzar nunca los libros del primer piso.

Los jóvenes que tenía cerca gritaban y una risa estridente quebró la tranquilidad y los pensamientos de Mai-Brit. No era una risa bonita, era más bien como el sonido de una uña contra una pizarra. Bebió un poco de agua de la botella para rebajar el sonido. Rezaba para no tener una manera tan antipática de reírse. Resultaba difícil evaluar la risa de uno mismo. Tan difícil como valorar el propio encanto.

De nuevo, aquella risa la atravesó hasta la médula, y Mai-Brit tuvo que girarse para ver quién era capaz de proferir un ruido tan horrendo como aquél. Una chica de unos veintipocos años estaba sentada de rodillas delante de tres muchachos, hablando en voz muy alta. Era guapa, de una manera afectada, casi artificial, y se echaba la melena por encima del hombro, como las chicas atractivas de las películas americanas malas.

¿Se habría modificado a través de la historia la manera de reír, una risa podía considerarse hermosa de forma universal? ¿Cómo se reía la gente en la Edad de la Piedra, si es que realmente tuvieron algo de qué reírse? Uno se imaginaba que los vikingos tenían una risa tosca y grosera, con cierto deje malvado, pero ¿no se trataría en realidad de una simple suposición basada en los prejuicios? ¿Era razonable creer que, por ejemplo, un personaje tan influyente como Luis XIV podía haber cambiado lo que hasta entonces se había considerado una risa normal, sólo porque él, cuando estaba en buena y alegre compañía, sonaba como un caballo relinchando? A lo mejor algún día se podría hacer un libro sobre este tema. Si es que no estaba ya hecho. Mai-Brit sonrió en dirección al río y sintió un escalofrío de enorme placer recorriendo su espalda al pensar en el trabajo que tenía. Poder tener ideas estrafalarias y ocurrencias salvajes a modo de sustento, y poderlas llevar a cabo de vez en cuando era algo que no podían hacer muchos.

Mai se lamió los dedos para eliminar las migas de pan, arrugó el papel de envoltorio del sándwich y se puso las gafas de leer antes de sacar el diario y la pluma de la bolsa. La pluma estilográfica era una Faber-Castell carísima que había comprado aquella misma mañana, y estaba tan ilusionada como una niña, esperando el momento en que la usaría por primera vez. Le parecía que Newton bien se merecía que escribiera con pluma y se la había comprado como un pequeño regalo por el trabajo realizado hasta el momento. Como tenía por costumbre, Mai empezó leyendo las anotaciones de los últimos días.

10 de agosto, un café cerca del mercado (no me fijé en el nombre al entrar), Cambridge–. Es maravilloso estar de vuelta, en Inglaterra. Maravilloso encontrarse en Cambridge.

He pasado todo el verano leyendo sobre Newton, ahora, cuando acudo al Trinity College, es como si lo conociera personalmente. Me siento en la capilla o visito la habitación en la que se alojó entonces, con los documentos que él leyó y los manuscritos donde dejó sus huellas dactilares. (Bueno, en honor a la verdad, tengo que reconocer que lo que tengo entre manos son fotocopias y microfilmes. Pero he pedido consultar una de las libretas de notas de Newton de cuando estuvo trabajando con las ideas y las teorías para los *Principia*. También es cierto que el curador de los documentos científicos, Mr. Perkins, ya me ha dicho que no. Dice que para poder preservar los documentos, de 100 consultas rechazan 99. Pero... la esperanza es de color verde guisante... y debo de ser ese número cien.) Reviso todos los primeros apuntes de Newton, sus diarios y los curiosos blocs de notas de sus primeros años en la universidad. Hay mucho en latín, y me doy cuenta de que mi latín está un poco oxidado. Por la noche intento refrescar la gramática latina leyendo, entre otros, un libro sobre vocabulario y sinónimos.

Newton es complejo, sobre todo sus notas manuscritas, que contienen tantas trampas. Cuando algo parece importante, inmediatamente lo oculta sirviéndose de claves. Sigo pensando en Even y en lo que me enseñó con toda aquella tontería de códigos y claves con la que nos entretuvimos durante los primeros años que estuvimos juntos. Ahora me viene como anillo al dedo.

Uf. No me atrevo a pensar en lo que me dirá Even cuando oiga hablar del libro. Al fin y al cabo, teniendo en cuenta sus grandes conocimientos de Newton lo más normal hubiera sido involucrarle en el proyecto. Sin embargo, no me apetece, porque sin duda él se hubiera hecho rápidamente con los mandos. Los límites nunca han sido su fuerte. Cuanto más trabajo en el tema y más me implico, más deseo que el libro aparezca como «mi obra» y sólo mía. Es la primera vez que me pasa algo así. Di, si quieres, que es infantil y una muestra de vanidad profesional, porque eso es. Tal vez haya llegado el momento de la separación definitiva de mi ex.

Se volvió a oír aquella risa espantosa, y Mai-Brit se giró bruscamente; estaba a punto de soltar un comentario agrio. La chica estaba sentada de espaldas a ella y no la vio. Afortunadamente. Avergonzada por su propia reacción, Mai-Brit levantó el diario con una extraña irritación que le corroía el pecho. Empezó a leer de nuevo, aunque con los pensamientos en otro lugar. ¿Había sido...?

Con mucho cuidado, como si sólo pretendiera agarrar la botella de agua, Mai-Brit torció el torso ligeramente y miró por encima del hombro, entre los árboles. Las sombras ondearon cuando el viento sacudió el follaje, un par de estudiantes montados en bicicletas y una señora mayor paseando tranquilamente un perro desaparecieron por uno de los senderos. Nada más.

Bebió del agua y se concentró en una página nueva del diario.

11 de agosto, Cambridge University Library–. ¡Soy la número 100! Conseguí pasar por el ojo de la aguja y me han permitido consultar un manuscrito, una libreta de notas, justo delante de la ventana que da al despacho de Mr. Perkins. Ha sido una gran experiencia, casi sacra, sentarse con los papeles que el mismísimo Newton tocó. Ver las manchas de tinta que hizo; una de ellas mostraba parte de una huella dactilar; ver la cadencia de la escritura, la cadencia de los tiempos anteriores al bolígrafo. Por un instante, sentí su presencia a mi lado, una mano fría, invisible, pero muy presente.

Mr. Perkins sonríe a través de la ventana de mi entusiasmo; ve que olisqueo el papel, que, absorta, lo rozo con las puntas de los dedos; palpo la estructura del papel grueso. Creo que el bueno de Perkins ha tenido que hacer encaje de bolillos para conseguir colarme en la exclusiva lista de personas que se han sentado con los papeles del gran genio entre las manos. Tengo que acordarme de darle las gracias en el libro.

Y ahora, del entusiasmo desmedido al misterio: encontré una nota suelta entre las últimas páginas, dejada, probablemente, por la persona que tuvo acceso a la obra antes que yo. Había anotadas algunas palabras, con tinta roja. El texto de la nota era extraño: «Parece que Manuel P. puede estar en lo cierto, porque esto también puede considerarse una indicación de que...».

Se detenía aquí. No ponía nada más.

Pregunté al bibliotecario quién había consultado el manuscrito antes que yo, pero se mostró poco dispuesto a ayudarme. Un tipo francés que está sentado detrás de mí (sudando como un cerdo y, por lo tanto, oliendo como tal) le entregó el pedido de un libro que, por lo que entendí, se encontraba en un archivo del sótano. Mientras el bibliotecario estuvo fuera y el francés en el lavabo, o donde fuera, me colé en la base de datos de la biblioteca (el mostrador está colocado de tal manera que no puede verse desde el despacho de Mr. Perkins) y encontré la lista de visitantes.

Mai-Brit sonrió al recordar su osadía. Había sido casi como intervenir en una de las novelas del inspector Morse, salvo porque éstas siempre tenían lugar en Oxford.

Se ajustó las gafas y siguió leyendo.

Los nombres Frank Lampard y Vivian Collar aparecían el 26 de febrero, es decir, hacía medio año. Nadie había tenido acceso al manuscrito desde entonces. Y antes que ellos, seis años hasta el anterior... miré fijamente... ¡Manuel Pazcar! ¿El que aparecía en el papelito? Seguramente.

Tenía, pues, necesariamente que ser Lampard o Collar quien había escrito la nota, tal vez el uno para el otro. Consulté una enciclopedia y descubrí que Manuel Pazcar es un experto en Newton que sólo escribe en español y cuyos textos no están traducidos. Tengo que averiguar si ha sido citado por algo en especial. ¿A lo mejor debería ponerme en contacto con Pazcar?

Mai-Brit pasó a la siguiente página, sabía lo que vendría y, sin embargo, sintió cierta tensión en el cuerpo, parecida a la que se experimenta al leer una novela de misterio. De pronto, levantó la cabeza y miró por encima del hombro. Su mirada, que asomaba por encima de las gafas de lectura, se quedó fija en un punto entre los árboles. ¿No había algo que se había quedado quieto cuando ella se volvió? Siguió mirando hasta que los ojos empezaron a escocerle y parpadeó una vez. De repente, una sombra salió de detrás del tronco de un árbol y un hombre dio un paso atrás. Estaba de lado, sacudiéndose algo con cuidado a la altura de la entrepierna. Entonces meneó el trasero un poco y se incorporó. Mai-Brit sofocó la risa que la había asaltado y bajó la mirada. ¡Dios mío, hombre tenía que ser! Como todo el mundo sabe, tienen la costumbre de ir marcando los árboles del bosque. Nada por lo que valiera la pena preocuparse. Un vestigio de cuando andábamos sobre cuatro patas, se dijo para sus adentros.

El hombre cruzó el césped, bajó hasta el río y se enjuagó las manos antes de seguir su camino. Pronto desapareció detrás de un arbusto.

13 de agosto, Arundel House Hotel, Cambridge
Manuel Pazcar murió… en 1999

1999. Mai-Brit se rió. Aquel año le hizo pensar en Even y el tatuaje que llevaba en el brazo. Al principio, ella había creído que ponía 999. Bueno, la verdad es que no había costado demasiado convencerle para que se lo quitara en cuanto ella descubrió que lo había leído al revés.

Su mirada buscó el agua turbia. En realidad, era extraño... A veces había pensado que era como si Even, durante el primer tiempo que estuvieron juntos, sólo esperara de ella que le prohibiera esto, aquello y lo de más allá. Lo aceptaba inmediatamente y pasaba por todos los sufrimientos y pesadillas imaginables, sólo para satisfacer sus exigencias: basta de drogas, cigarrillos y satanismo, aunque lo último era una máscara tras la que se escondía algo que llevaba en la sangre. Mai-Brit se había sentido como una salvadora, se había sentido buena y justa. Más tarde, él se había vuelto menos dócil y complaciente, con sus experimentos, su postura algo vaga hacia ciertas cuestiones, sus secretos y...

Y entonces ella se había ido.

¿Le había fallado cuando él dejó de adorarla como a una santa? Mai-Brit levantó el diario y fijó la mirada en las letras para no tener que responder. No era el momento para pensar en cosas así. Bueno, pues lo dicho, Manuel Pazcar había muerto en 1999:

> He encontrado valoraciones de su trabajo en varios libros ingleses. Es uno de los muchos expertos en Newton, aunque no se le conoce por haber hecho ningún descubrimiento que haya marcado una época. Aun así, aparece citado en dos obras inglesas, con una misma cita: «Hay entre las notas de Newton varias insinuaciones de que ha hecho un descubrimiento, o ha llegado a una verdad que nunca ha sido publicada. Es, por tanto, natural concluir que este descubrimiento está relacionado con sus trabajos alquímicos, y que el alcance de este descubrimiento era de tal magnitud que Newton decidió destruir la fórmula, lo cual resulta muy probable, aunque también puede estar tan oculta que nadie pueda encontrarla».
>
> Ambos libros comentan la cita afirmando que sobre estas «insinuaciones» que Pazcar cree haber encontrado en los textos de Newton, ha habido grandes discrepancias a través de los casi trescientos años de investigación. Las insinuaciones siempre aparecen, escriben, en relación con reflexiones alquímicas y a menudo están escritas en clave. Por eso, la comprensión idiomática y los matices dependen a menudo del que haya descifrado la

clave y la fuerza de las insinuaciones también depende del traductor de la clave.

En ambos libros se acepta de buen grado que hay material muy interesante en las anotaciones alquímicas, pero como también escribe uno de los autores: «Creer que Isaac Newton hizo un descubrimiento o llegó a una verdad importante sin publicarla, o al menos sin hacer partícipe de ella a uno de sus amigos alquimistas, como por ejemplo Robert Boyle o John Locke, es subestimar su integridad científica y su celo por llevar la ciencia a mayores alturas. Isaac Newton fue sin duda quien mejor sabía en el mundo de la ciencia pretérita que cualquier descubrimiento científico sólo es un paso en el camino hacia el siguiente. No hay verdad concluyente, no existe meta final».

La nota de Lampard y Collar parece indicar que ellos dos encontraron una insinuación más al descubrimiento desconocido de Newton, ¡y que sin lugar a dudas la han encontrado en uno de los manuscritos científicos de Newton! No en uno alquímico. Esto es nuevo e indica que la distancia entre el pensamiento alquímico de Newton y el científico no era tan grande como tendemos a creer. A lo mejor, para él, eran dos lados de una misma moneda.

Suspiro profundo. Es decir, que encontraron algo en el manuscrito que yo ya he devuelto a Mr. Perkins (el acuerdo era que me cedería el manuscrito durante un día). Y entregarle una nueva solicitud con la esperanza de recibir una respuesta positiva es lo mismo que creer en Papá Noel, ¡como creer que encima te dejará un paquete debajo del árbol de Navidad con una vida eterna sólo para ti! No me apetece intentarlo. No hay que tensar la cuerda de la suerte innecesariamente.

Mai-Brit giró las páginas hasta que encontró una en blanco y torció el cuerpo de manera que el sol brillara sobre el libro desde la izquierda antes de empezar a escribir lo que ella denominaba «la liturgia del día».

16 de agosto, almuerzo a orillas del río Cam, Cambridge–. He estado preguntando un poco por ahí, pero nadie parece conocer a

Lampard y Collar (aparte de un joven estudiante que dijo que Frank Lampard juega en el centro del campo del Chelsea; a fútbol, se entiende). Puesto que esos dos tuvieron acceso a un manuscrito «inaccesible», no pueden ser un don nadie (por otro lado, ¡yo lo soy! Nadie reconocería mi nombre si lo vieran escrito en una lista). Tengo ganas de preguntárselo a Mr. Perkins, pero está de viaje en Estados Unidos y no volverá hasta dentro de una semana.

Mañana visitaré la biblioteca del King's College, donde se encuentran los manuscritos alquímicos y solicitaré el acceso. He llamado al profesor Thompson, y dice que intentará ayudarme para que pueda tener acceso. Pero también dice que en la King's College Library son poco pródigos a la hora de conceder permisos. Entregaré la solicitud esta tarde y supongo que tendré una respuesta antes de volver a casa.

Tengo ganas de volver a ver a Stig y a Line.

Mai-Brit miró la última frase que había escrito, suspiró y dejó caer el libro y la pluma en el regazo. Cuánto amaba a esos niños. Eran, sin duda, lo mejor que le había pasado en la vida. Tenían una escala de valores propia. Una vez se sorprendió a sí misma pensando en que si algún día la elección llegaba a estar entre ellos y Dios, se convertiría en una infiel.

Finn-Erik era de la opinión de que bastaba con tener dos hijos. En el fondo, ella estaba de acuerdo, aunque la idea de un nuevo embarazo, un nuevo hijo, un nuevo parto, no era algo que la echara atrás. Todavía era capaz de evocar el sentimiento doloroso y sin embargo solemne cuando, después de horas de contracciones y sufrimientos, notó cómo el niño se escurría más rápido y salía volando de sus entrañas. Había sido como pelar una almendra hervida. Así era como se lo imaginaba. Fue un alivio para el cuerpo, pero también fue como si hubiera participado en un acto sagrado; se había sentido más cerca de Dios de lo que había estado nunca.

Mai-Brit echó un vistazo al reloj y metió el libro y la pluma en la bolsa; ya era hora de volver a la biblioteca de la universidad. Se quedó sentada un rato más, mirando entre los árboles y a su alrededor. Miró hacia el río y en dirección a la biblioteca de Wren, que se erguía en el aire, robusta e indomable. Protegiendo con flema la sabiduría incalculable que contenían sus muros. Entonces volvió a sacar el diario, pasó las páginas hasta llegar al final del último texto, trasladó la punta de la pluma un par de líneas más abajo y escribió lentamente:

> No estoy segura... pero de vez en cuando pienso que alguien me está siguiendo.

CAPÍTULO 40

El viejo estaba inclinado sobre la misma quiniela cuando Even volvió a entrar en la tienda. Había rellenado una hilera más, pero todavía le faltaban cinco. El trabajo de todo un día, pensó Even ácidamente, a la vez que consideraba la manera en que debería actuar ante aquel hombre.

–Ejem –carraspeó, y consiguió llamar la atención del hombre, que lo miró por encima de las gafas sucias–. Me preguntaba si alguien ha dejado un mensaje o algo para mí. –La mirada del viejo se había posado expectante en él–. De... ehh, Mai-Brit Fossen.

El viejo cogió un papel en blanco y lo plantó delante de Even. Luego le dio un bolígrafo y le pidió que escribiera el nombre en él. Y el suyo también. Después, el viejo se fue a un rincón de la estancia donde se amontonaban unas cajas de cartón con un contenido que Even no pudo determinar en mitad de la penumbra. El hombre refunfuñó y estuvo revolviendo entre las cajas antes de volver negando con la cabeza. Even tenía ganas de proponerle al viejo que se comprase una linterna para que pudiera ver algo, pero se abstuvo de hacer ningún comentario. Seguramente, el anciano estaba acostumbrado a la oscuridad y poseía visión nocturna. Tenía un cierto aire de búho. De búho real.

Desconcertado, Even se fue hacia la puerta, se detuvo y pareció quedarse en Babia contemplando un póster con jeroglíficos egipcios que alguien había colgado al final de una de las estanterías. Anunciaba una exposición de vestigios egipcios en el British Museum. Del año 1934. Even siguió los antiguos signos con la mirada, unos signos que habían ocultado su significado durante miles de años hasta que finalmente alguien consiguió descifrarlos. Hasta ahora, Mai también había codificado sus mensajes; bueno, no directamente codificado, pero sí los había hecho lo bastante crípticos como para que sólo Even pudiera interpretarlos. La carta del suicidio, el naipe, el *post-it* amarillo en el sobre, todos tenían un giro personal, invisible o incomprensible para los demás. Entonces, ¿lo más probable no era, si es que había un mensaje o algo para él, que Mai hubiera vuelto a hacer lo mismo, para asegurarse de que nadie pudiera suplantar su personalidad...?

A esta pregunta no podía más que responder que sí. Y, entonces, ¿cómo lo había hecho?

Cuando Mai y Even acababan de enamorarse, se habían divertido escribiéndose mensajes que eran ilegibles para los demás. Era la afición de Even a este tipo de secretos la que había puesto el juego en marcha, pero pronto Mai se enganchó también y habían creado sus nombres en clave, por ejemplo, utilizando la palabra contraria al significado de sus nombres. *Mai* se convirtió en *November* y *Fossen* en... ¿En qué lo habían convertido? *¿Lagune?* No, eso no... Y Even se convertía, leído de atrás hacia delante, en *Neve*, que, traducido al inglés, era *Fist*, puño. Y su apellido había sido lo contrario de Vik... Sí, maldita sea, ¡habían convertido su apellido, que quería decir bahía, en lo mismo que lo contrario de Fossen! ¡Ja! Así era. No pudo más que sonreír al recordar aquel sistema infantil, pero ya no tenía ninguna duda...

El viejo alzó la mirada con una arruga de irritación en la frente cuando Even volvió al mostrador. Por tercera vez en una hora. Even pensó que seguramente la tienda tendría de media dos clientes por semana, por lo que su comportamiento ya debía rayar lo inadmisible y el acoso.

–¿Es posible que alguien haya dejado un mensaje... o un paquete, o algo, para, eh... Fist Ocean?

–¿De parte de quién? –dijo el viejo y dejó un nuevo papel en blanco delante de Even.

–De November Ocean –dijo Even mientras escribía.

El viejo se fue de nuevo a su rincón. Poco después volvió al mostrador con un pequeño sobre marrón en la mano. Even alargó la mano para cogerlo, pero el viejete sacudió la cabeza.

–No es Fist –dijo–. Nombre equivocado.

¿Que no era Fist? Pero si era el nombre que Mai siempre había utilizado. Los otros nombres, November y Ocean, por lo visto eran correctos. Even miró el sobre con avidez. Tenía exactamente el mismo tamaño que el de casa de Kitty, sólo que más fino. ¿Debería saltar por encima del mostrador y cogerlo?

–Eh, ¿y qué me dice...? –¿Por qué otro nombre le había llamado Mai?–. ¿Qué le parece Rekil Ocean?

El viejo miró el sobre a través de las gafas de cristales gruesos, asintió con la cabeza y se lo pasó a Even por encima del mostrador.

–Gracias, mil gracias.

Even apretó el sobre contra el pecho y le preguntó febrilmente si le debía algo por él. No, ya estaba pagado. Siempre exigían el pago por adelantado, le explicó el viejo, como si fuera de lo más habitual que se utilizara la tienda como oficina de correos. Even volvió a dar las gracias y encontró medio aturdido el camino de salida de la tienda.

La banda de sol había abandonado la acera y se había trasladado a los muros de las casas y a los árboles. Even miró a su alrededor antes de sentarse directamente en las escaleras de la librería, en un rincón cercano a la puerta. ¿Se atrevía a abrirlo? La calle estaba desierta. Even cogió aire y colocó el sobre en su regazo como si contuviera un cuadro de cristal con mil años de antigüedad. Entonces introdujo un dedo por debajo del cierre.

CAPÍTULO 41

No sabía qué le había llevado a hacerlo. Desde luego, nada parapsicológico ni ninguna tontería parecida, porque Susann Stanley siempre había sido un ser racional y juicioso, o al menos era así como ella se consideraba.

Sin embargo, poco antes de la hora del almuerzo le sobrevino una gran necesidad de volver a casa, a su piso en Hill Street, sin saber muy bien por qué. No porque estuviera cansada o tuviera la regla, ni tampoco porque se sintiera deprimida o necesitara estar en paz y en silencio para pensar. Eso, naturalmente, le pasaba a ella de vez en cuando como le pasaba a todo el mundo, era consciente de ello. Sin embargo, eso no solía darle ganas de irse a casa. En tales ocasiones, siempre había preferido cerrar su despacho con llave y echarse sobre la alfombra con un jersey enrollado a modo de cojín.

El hecho de que no supiera por qué era lo terrible. Y la necesidad era tan grande que también le resultaba desagradable.

Primero había llamado a casa para saber si Even había vuelto de hacer el recado que tenía que hacer; era posible que fuera él la causa, aunque le parecía un poco metafísico y ridículo, pero no contestó nadie. También llamó al móvil de Even, pero estaba apagado.

Cogió un taxi y mientras serpenteaba por Coventry Street y cruzaba Piccadilly Circus, notó una trepidación nerviosa en el pecho, como si se dispusiera a dar un discurso en la junta anual de la empresa sin haberse preparado bien. Abrió el bolso en el regazo y volvió a cerrarlo al descubrir el rótulo de «Prohibido fumar» en la puerta. De pronto echó de menos «los viejos tiempos», cuando se podía fumar en cualquier sitio y a cualquier hora. No eran precisamente unos pensamientos políticamente correctos en alguien que trabajaba en una compañía farmacéutica. ¿O tal vez sí lo eran?, pensó cínicamente. Correctos desde un punto de vista económico y financiero. Cuantos más enfermos, más dinero en la caja.

Cuando se dirigía por la acera en dirección a la puerta principal del complejo de viviendas donde vivía, advirtió que había un hombre sentado en un coche al otro lado de la calle. Tenía un móvil pegado a la oreja. Estuvo a punto de saludarle, pues había algo familiar en aquel hombre, pero él paseó la mirada indiferente delante de ella como si no hubiera registrado su presencia y siguió hablando. Susann abrió la puerta, vio que el ascensor estaba en la tercera planta y decidió subir a pie por las escaleras hasta la segunda planta, donde estaba su piso.

La puerta del piso estaba entreabierta. Lo vio en cuanto dobló la esquina en el piso inferior y se detuvo un segundo. Debía de ser Even, que acababa de volver, pensó y subió.

–Hola, Even, ¿eres tú?

Entró en el pasillo del piso, dejó la puerta abierta de par en par y se detuvo un momento delante del gran espejo para repasarse el pelo y la máscara de ojos con una mirada breve y experimentada antes de seguir hacia el salón. Estaba vacío.

Se oían ruidos en el dormitorio. Susann cruzó el salón y se colocó en la puerta. Mirando al hombre al lado de la cama.

–¿Estás haciendo la maleta?

Even dio un respingo.

–Hola. No te he oído entrar. Eh, sí, estoy haciendo la maleta. Tengo que volver a casa.

–Muy bien –dijo ella y sacó un cigarrillo del bolso–. ¿Por alguna razón importante?

Lanzó una mirada a la bolsa de viaje que había sobre la cama, vio el libro de Eco y una camiseta arrugada. Había algo extraño, una actitud de reserva en la conducta de aquel tío, mucho más acentuada que la que había mostrado ayer.

–¿Y no tienes tiempo de pasar una tarde y una noche más aquí? –dijo.

Agarró el encendedor de sobremesa y encendió un cigarrillo, soltó el humo en dirección al techo y se echó hacia atrás la cabellera rubia.

Even cerró la cremallera de la bolsa de viaje y se la colgó al hombro.

–No, desgraciadamente, no. –Even intentó disculparse con una sonrisa que no llegó a ser más que una mueca que a ella no le gustó–. En otra ocasión.

–¿Quieres que te lleve a algún lado?

Lo dijo antes de que le hubiera dado tiempo a pensarlo bien. En realidad, estaba enfadada con aquel tío que sólo quería largarse corriendo, a pesar de que ella ni siquiera había imaginado otra cosa que no fuera un rollo de una sola noche cuando lo invitó el día anterior a su casa. Pero...

–He llamado un taxi –dijo Even. Descorrió la cortina y miró a la calle–. Ya ha llegado.

–Te acompaño hasta la calle –dijo ella y le dio una palmada en el trasero.

Even sonrió sin enfocarla a ella, como si tuviera la cabeza en otro lugar.

¡Habrase visto! ¡Ya le daría ella algo que recordar!

Even salió al pasillo mientras ella aplastaba irritada el cigarrillo en un cenicero. Cuando salió al rellano, se oyeron los pasos de Even en la planta inferior y ella apretó la marcha. No pensaba decirle que le devolviera la llave del piso. Siempre podía hacerlo más adelante.

Even cruzó el vestíbulo y ella lo alcanzó cuando salía por la puerta. Lo agarró del brazo y lo obligó a apretarse contra ella. Se puso de puntillas y lo besó, al principio suavemente. Entonces colocó la mano detrás de la nuca de Even y le metió la lengua entre los labios. Even sonrió y su mirada era franca y directa cuando poco después se metió en el taxi.

–¡Nos vemos en Noruega! –gritó ella–. Te llamaré.

Even agitó la mano en un adiós desde la ventanilla trasera del taxi.

Lo primero que Susann vio cuando llegó al pasillo de su piso fueron las llaves. Ese gilipollas las había metido en su zapato.

CAPÍTULO 42

De joven, cuando el mundo de Even se encontraba en su punto más caótico, había descubierto las tres leyes de la energía de Newton. Éstas decían, de una forma abreviada, lo siguiente:

1. Todo cuerpo permanece en su estado de reposo o de movimiento rectilíneo uniforme a menos que otros cuerpos actúen sobre él.
2. La fuerza que actúa sobre un cuerpo es directamente proporcional a su aceleración.
3. Cuando un cuerpo ejerce una fuerza sobre otro, éste ejerce sobre el primero una fuerza igual y de sentido opuesto.

De forma extraña, estas leyes le dijeron algo a Even acerca de su propia vida e hicieron, no que se aceptara tal como era, pero sí que comprendiera los mecanismos que lo regían. Eso era al menos lo que el creía, y lo que, treinta años más tarde, seguía manteniendo. La psicología era la ciencia de la ambivalencia, la suposición y la histeria, lo más inexacto que podía imaginarse. Como Even le había dicho a Mai en una ocasión: «Una ciencia que tiene como sumo sacerdote a un hombre que veía sexo en cualquier sueño está tan imbuido de razón como la raíz cuadrada de 2».

Dicho en pocas palabras, Even se veía a sí mismo como una bola en un juego del millón. Al nacer, Even fue expulsado del vientre de su madre a una velocidad determinada, mantuvo un movimiento constante en línea recta (primera ley de Newton) hasta que topó con el padre. Éste lo alcanzó y le envió en una dirección distinta. No sólo eso, sino que el padre lo golpeó con tal fuerza (segunda ley) que Even aceleró y aumentó la velocidad. Se trataba de una velocidad que apenas era capaz de manejar y creaba una reacción allí donde él, en su acción (tercera ley), chocaba con otro cuerpo.

Hasta cierto punto, podía parecer un juego inocente con las palabras y las leyes físicas. Sin embargo, el joven Even estaba necesitado de unas pautas que dirigieran su vida, y por aquel entonces sólo había encontrado verdades lo suficientemente seguras e irrefutables como para atreverse a utilizar sus leyes a modo de brújula existencial en las matemáticas. Por eso, cuando Even después de su primera cita con Mai, profundizó en la segunda y tercera ley y asumió las implicaciones que éstas traerían consigo, en relación a la chica que había conocido, la decisión tuvo unas consecuencias que no conocería hasta años más tarde.

Porque estas dos leyes conllevan algo que los físicos denominan «ley de la conservación». Es decir, que algo no cambia, que lo que comprende la ley conserva el mismo volumen por sí mismo, pase lo que pase. Sea éste el volumen total de energía (segunda ley) o el volumen total de movimiento (tercera ley). Para Even el hecho de transferir estas leyes a su propia vida equivalía a que cuando su padre «le confrontaba», como solía llamarlo cuando le daba una paliza, el volumen de movimiento de la maldad era constante. Es decir, que lo que la confrontación le quitaba al padre era transferido y continuaba en el hijo. Tal como lo veía Even, el volumen de maldad en el mundo era constante, pero estaba más concentrada en unas personas que en otras. En Mai no había ni una pizca de maldad. Había mucha más en él, tanta como le había transferido su padre. A pesar de que en los últimos años había sometido el volumen a cierto control y la mayor parte había sido enterrada en los rincones más profundos y recónditos del cerebro, lugares donde el flujo de sangre y los impulsos eléctricos no eran más que un vago recuerdo.

Por eso, pronto Even tomó una decisión en cuanto a la relación con Mai, y la tomó solo. Fue una decisión difícil porque sabía que podía quitarle a Mai y, sin embargo, también fue sencilla, puesto que sabía que era necesaria e inevitable. Decidió que nunca tendría hijos, asumió todas las consecuencias de su decisión y se dejó esterilizar. Era importante, para que nunca corriera el riesgo de sacar la maldad oculta que sabía que se escondía en él, y para descartar cualquier transferencia de la maldad a sus hijos y destrozar sus vidas, como había destrozado su padre la suya. Había que romper la letra de la ley sobre el volumen de maldad, quería contradecir a Newton llevándose la herencia de su padre a la tumba.

Si el plan salía bien, sabía que daría al traste con su fe de toda la vida en la irrefutablilidad de las leyes de la física sublimadas en estrellas guía filosóficas, de hecho, minaría la «mentira de su vida», pero, por otro lado, para entonces ya descansaría dos metros bajo tierra como abono y no le importaría nada.

Cuando Mai oyó su reloj biológico sonar inexorablemente, indicando lo que, según ella, era la última oportunidad de tener un hijo, volvió a preguntárselo a Even. Le había pedido que se dejara volver a operar para abrir el conducto eyaculatorio. Le había dejado muy claro que sería la última vez que se lo pedía. A pesar de que Even registró la advertencia y se dio cuenta del riesgo que corría, tuvo que decir que no. En realidad, no fue una elección que tomó, o eso pensó él, simplemente las cosas eran así, el destino, la historia, la suerte, algo así. No sabía. Sólo sabía que era así.

Sin embargo, con aquel último no, el deseo de Mai se agotó. A partir de entonces, sólo faltó una gota para que se colmara el vaso. Y aquella gota llegó, una gota mezclada con alcohol y gasolina. Ella se había ido, así era. Even palpó el sobre rígido que había guardado en el bolsillo interior de su chaqueta de cuero. Sin embargo, ahora ella había vuelto, póstumamente. Tanto ella como Newton habían regresado a su vida.

Even resistió las ganas de abrir el sobre y contemplar su contenido a la débil luz de las farolas, las reprimió con la misma autodisciplina que había aplicado durante todo el día, durante el viaje de Londres a casa. Ni cuando hacía la maleta, ni sentado en el autobús del aeropuerto a Heathrow, ni en el avión de vuelta a casa se había dejado tentar, renunciando, por tanto, a estudiar los documentos una vez más. Una breve ojeada en las escaleras de Newton Road había sido suficiente para decirle que el contenido exigía tranquilidad y concentración total, y puesto que Mai le había hecho llegar el sobre de una manera tan complicada y secreta, era evidente que no debía permitir que nadie tuviera ocasión de ver nada, ni aunque fuera la esquina de un solo folio.

Even se giró y miró por la ventanilla trasera del taxi; no parecía que les siguiera ningún coche. Durante todo el viaje de vuelta, de hecho también durante la mayor parte de su estancia en Londres, incluso en el restaurante con Susann, había tenido la extraña sensación de ser observado, de estar bajo vigilancia. Se había girado de golpe varias veces, medio esperando ver una mancha roja en su pecho, señal de que un francotirador lo tenía a tiro, aunque no había conseguido ver confirmada aquella sospecha; parecía un síntoma paranoico.

El taxista hablaba por el móvil con un compañero que le debía dinero. Even le tocó el hombro con un dedo y señaló en dirección a la casa adosada.

–Número 13 F –dijo.

Cuando hubo pagado, Even revisó el buzón. Sólo encontró correo comercial y entró. Eran las ocho y media de la tarde y se fue directamente al congelador a por una pizza. Puso el horno a doscientos grados y se fue hacia el escritorio del salón. Con mucho cuidado abrió el sobre y sacó su contenido. Con el brazo apartó papeles y libros a un lado y despejó la mesa para dejar los cuatro folios uno al lado del otro. Luego se echó hacia atrás en la silla.

–Newton, no hay duda –murmuró, al estudiar la caligrafía–. Letras de un tamaño casi microscópico. Trazo más redondo y seguro que en los años anteriores. De forma bastante vertical. Versalitas con un bucle de más. La tinta es estupenda, no se ha desteñido. Por lo tanto, fue escrito después de 1681. Hum.

Pero no más tarde de 1692, lo que significa que es anterior a su colapso.

Un «pling» en la cocina le llevó a pinchar la pizza que tenía en el horno con un tenedor, luego metió el CD que había comprado en Heathrow en el reproductor. Jaga Jazzist: *What We Must.* Noruegos, jóvenes y endiabladamente buenos. Música anárquica que no se clavaba en el cerebro. Al contrario de casi toda la música pop contemporánea, le llevaba a un flujo de asociaciones, encerrándole en un mundo que propiciaba la concentración y creaba una situación de trabajo perfecta. Subió el volumen y miró el reloj: nueve minutos para que la cena estuviera lista.

Cuatro páginas escritas a mano. Estaban sin numerar, y Even no estaba seguro de que Mai las hubiera dejado en el orden correcto cuando las metió en el sobre. Algo le decía que estaban mal colocadas. Pero era difícil determinarlo, puesto que el texto era una mezcla de inglés, latín, signos alquímicos y secuencias en clave, hileras de números y letras que se sucedían en algo que se semejaba al caos total.

Primer objetivo: numerar las páginas. Tenía que hacerlo antes de acostarse.

Cortó la pizza y envolvió un trozo en medio metro de papel higiénico; se sentó delante del primer folio y mordisqueó el pedazo de pizza caliente mientras leía desde el principio:

> *Martis is made by casting two pts of *** upon one of ♂ heated □ in a Crucible & melting them ➘well➚ together wth a little Σ to promote fusion* (aquí había algo tachado varias veces)… *Flammis et Ferro mitigat Regulus Martis*
> *Stellatus…*

Even se limpió los dedos a lametazos y fue a por una cerveza de lata antes de ponerse a leer la parte inferior de la página.

> *the king of metals will shine and cor leonis bot to...*

Se le escapó un suspiro. Vaya sarta de disparates. Pero al menos la página acababa en mitad de una frase, lo que significaba que esta página no era la última. Fue a por otro trozo de pizza, algo tibia después de tanto rato esperándole en un horno apagado, movió la silla diez centímetros a la derecha y empezó a estudiar la siguiente página.

CAPÍTULO 43

Susann Stanley metió el MG en el garaje, detuvo los limpiaparabrisas y apagó las luces antes de girar la llave y parar el motor. Se quedó un rato sentada tranquilamente en la oscuridad, escuchando el tamborileo de la lluvia contra el tejado. El cuerpo le pedía a gritos un baño caliente, con aceite de eucalipto en el agua y un martini en el borde la bañera. Pero era día festivo, disponía de todo el tiempo del mundo.

Había sido un día largo y fatigoso. Había llegado de Londres con un avión matutino, había tenido una reunión en Gardermoen, luego había ido al centro de Oslo y finalmente había participado en varias reuniones, casi hasta las cinco y media; apenas había tenido tiempo de almorzar.

Se decidió a llamar a Even Vik mientras se llenaba la bañera de agua. De hecho, había intentado llamarle varias veces a lo largo de los últimos días, pero nadie le respondía. Nadie cogía el teléfono, a pesar de que Even había dicho que estaría en casa, y el móvil estaba apagado. Notó una mezcla de preocupación y celos que no era habitual en ella, que se tenía por la encarnación de la mujer soltera, un estado civil que no tenía pensado cambiar así como así. Sin embargo, aquel tipejo malhumorado de ojos inteligentes aunque ligeramente tristes se había colado en su interior, mucho más de lo que ella había creído posible en tan poco tiempo. No era especialmente guapo, ni tampoco divertido, ni siquiera ocurrente. Además, era viejo, más de cuarenta, como mínimo. A lo mejor era su inaccesibilidad que, de alguna forma, le resultaba misteriosa e incitante. Como si se escondiera un secreto tras aquella mirada, algo que tal vez debería temer y mantener cuanto más alejado de ella, mejor.

Susann suspiró. En realidad, había esperado que él se pusiera en contacto con ella. Estaba acostumbrada a ser la que decía que no y a mantener alejados a sus pretendientes.

Salió del coche, lo cerró con llave y dejó caer el llavero en el interior del bolso mientras recorría a oscuras los tres pasos hasta la puerta trasera del garaje. «La puerta chirría como un gato callejero en celo», pensó y pulsó el botón de la luz que estaba al otro lado de la puerta. Irritada, pulsó el interruptor varias veces, pero era evidente que la luz del puente peatonal se había ido, y Susann empezó a avanzar a tientas en medio de la oscuridad. La lluvia tamborileaba frenéticamente contra el techo de plástico, caía con la misma fuerza con que lo había hecho durante todo el día. Ojalá no hiciera ese mismo tiempo asqueroso el fin de semana.

De pronto, se detuvo y miró sorprendida hacia la casa. ¿Por qué también se había ido la luz que estaba sobre la puerta principal? Era extraño que se hubieran fundido dos bombillas a la vez. Un brillo azulado en la ventana de la señora Sivertsen, en el segundo, le indicó que el televisor estaba encendido. Y que la luz no se había ido. Miró a su alrededor. El jardín estaba sumido en la penumbra, los grandes árboles formaban un oscuro muro de sombras susurrantes y húmedas. La oscuridad entre los árboles no era regular, sino que latía, como si contuviera algo que estaba en movimiento. Era como si alguien viniera a su encuentro, alguien a quien intuía más que veía. Algo fulguró débilmente, como si unos ojos la miraran fijamente a través de las gotas de agua. Susann Stanley avanzó de costado con el bolso apretado contra el pecho; la parte racional de su cerebro sabía que era la imaginación que le estaba jugando una mala pasada y, sin embargo, le pareció oír a alguien jadear profundamente. En un repentino ataque de pánico empezó a correr, y gritó hasta que chocó con el hombro contra uno de los pilares del puente peatonal. Con un sollozo se lanzó hacia delante para recorrer los últimos metros que la separaban de la puerta. El tacto del cristal rugoso contra los dedos era frío y apoyó allí la frente mientras hurgaba en su bolso en busca de las llaves. Con la punta del dedo palpó la puerta hasta encontrar la cerradura, consiguió introducir la llave pero no pudo girarla.

–Mierda, es la de la oficina, no te pongas histérica –susurró entre dientes y con la mirada clavada en el jardín.

Notó cómo el sudor le corría por la espalda; encontró una segunda llave y notó que ésta sí entraba y que giraba en la cerradura sin oponer resistencia. Oyó un clic cuando se descorrió la cerradura. Con un gemido de alivio abrió la puerta, encontró el interruptor y encendió la lámpara del vestíbulo. La luz hizo que su pánico se calmara. Sonrió para sus adentros mientras entraba. Mañana llamaría al electricista para que hiciera un repaso a la instalación, si es que también trabajaba los sábados. Tenía que hacerlo por narices, pensó y cerró la puerta. No tenía la menor intención de volver a recorrer aquel camino de noche.

Oyó el golpe de la cerradura al cerrarse la puerta y Susann se quedó paralizada. Se giró rápidamente mientras el miedo cerraba su garganta. En el suelo, cerca del umbral de la puerta, asomaba la punta de una bota como un enorme escarabajo negro.

CAPÍTULO 44

Descubrió el correo electrónico en mitad de la noche. Todo estaba a oscuras al otro lado del haz de luz que iluminaba la mesa, cuando quiso enviar un correo electrónico a un conocido, un químico americano, para preguntarle qué podía querer decir *invisible sulphur*. El correo electrónico aparecía en el buzón de entrada como una línea negra en el fondo de la lista y atrapó su mirada inmediatamente.

Que el correo electrónico fuera de Johan, el ayudante con el que compartía despacho, no era extraño, pues, en general, sólo sus colegas tenían su dirección de correo electrónico; lo que sí le resultó sorprendente fue el contenido.

«¡OJO!», ponía en el título.

> Hola, Even.
>
> Sólo quería decirte que hoy recibimos la visita de un policía. Nunca llegó a decir claramente a qué había venido, salvo que era a ti a quien buscaba. Preguntó por qué tenías permiso para ausentarte, cómo eras como colega, si te ausentabas a menudo. Si eras capaz de dejar a las estudiantes jóvenes en paz. La verdad es que no fue demasiado agradable. Molvik, creo que dijo que se llamaba. Inspector jefe. Yo no le dije apenas nada, tampoco creo que lo hicieran los demás. Pero así al menos ya lo sabes. Espero que todo vaya bien.
>
> Un saludo,
>
> JOHAN

Even soltó un rugido, dio un puñetazo al teclado y se levantó con tal brusquedad que la silla cayó al suelo. Salió corriendo por la puerta y sin hacer caso de la lluvia que caía a mares, cogió la calle en dirección a la ciudad.

Even no sabía cuánto tiempo estuvo andando, ni por dónde. Todavía era de noche cuando finalmente volvió a casa, empapado, cansado y con la cabeza a punto de estallarle. Se echó en la cama dispuesto a dormir un par de horas antes de volver a sentarse delante del escritorio.

CAPÍTULO 45

La lluvia cedió después de dos días de devastación incesante. Las presiones bajas avanzaron en dirección a Suecia dejando atrás un cielo alto y azul y un aire como de pan recién hecho, fragante y fresco. Las partículas de goma de los neumáticos gastados, los gases de los tubos de escape de miles de coches y el polvo de sal con el que el ayuntamiento trataba de quebrar la capa de hielo invernal: todo lo que, junto con la emisión de humos de las chimeneas de la ciudad, solía pender sobre la olla de Oslo como una niebla marrón, se lo había llevado el agua a través de las cloacas, filtrándolo hasta las aguas subterráneas para uso y disfrute, más adelante, de los órganos internos de animales y, ¿quién sabe?, tal vez también de seres humanos. El aroma a mantillo y a vegetación que germina se deslizaba sobre el asfalto, por el pavimento y a través de los barrios de la ciudad retrasando por unos instantes el momento en que la gente ponía sus coches en marcha. ¿Deberían ir a la tienda a pie, o tal vez en bicicleta? Sin embargo, aquella idea no duraba más que un instante, era estúpida, naturalmente, porque ¿quién dispone de tiempo para dedicarse a esta clase de lujos?

Una burbuja roja se movía zumbando entre los coches y la gente; limpia y recién encerada brillaba entre los altos edificios del centro de la ciudad parpadeando a derecha e izquierda en dirección a Ullevål, hasta que las casas se tornaron más bajas y al rato encontró una pequeña calle lateral con casas de una sola planta, donde finalmente se detuvo delante de la casa adosada 13 F.

Una mujer pelirroja que se confundía con la pintura brillante del escarabajo Volkswagen salió del coche, inspiró el aire delicioso y miró a su alrededor antes de cerrar la puerta de golpe. Cuando ya subía por el sendero enlosado, se detuvo y escudriñó el buzón, leyó el nombre que buscaba, se dirigió a la puerta principal y pulsó el timbre. El sonido del timbre se pudo oír claramente a través de la puerta y la mujer no pudo evitar pensar en una serpiente sibilante. «Necesita una pila nueva», pensó. Nadie acudió a abrir la puerta, ni ningún sonido proveniente del interior de la casa le dio a entender que alguien hubiera oído a la serpiente. La mujer se acercó a una ventana, se inclinó hacia delante para hacer sombra con las manos y miró al interior. La cocina estaba vacía, pero había pilas de platos sucios por todos lados. Continuó hasta la ventana siguiente, echó un vistazo al interior de un salón que estaba hasta tal punto a oscuras que resultaba difícil ver otra cosa que no fuera el contorno de unos muebles que estaban colocados sin ton ni son a lo largo de las paredes. Le pareció ver algo que se movía al lado de una mesa y golpeó el cristal. No pasó nada. Volvió a golpear el cristal, esta vez con fuerza. Una cabeza asomó por encima de la mesa y miró a su alrededor, adormecida. La mujer sonrió, volvió a golpear la ventana, agitó la mano y se retiró hacia la puerta, donde esperó a que le abrieran. Luego se acercó al buzón, de donde extrajo un montón de correo comercial.

–Hola –dijo Kitty y se rió cuando Even abrió la puerta–. Soy el cartero. El cartero que siempre llama dos veces.

–Hola –murmuró Even, cogió el correo y empezó a caminar en dirección a la cocina.

Kitty cerró la puerta y lo siguió.

–Sólo quería saber cómo estabas. He intentado llamar un par de veces, pero no cogías el teléfono. Y el móvil también lo tienes desconectado.

–Lo he apagado.

Even dejó el correo sobre la mesa de la cocina, agarró una taza de café y tomó un sorbo.

–¡Ajjj! –Hizo una mueca y escupió el líquido–. Odio el café frío.

–¿Por qué has desconectado el teléfono?

Even no contestó; llenó la cafetera de agua y sacó la bolsa con el café del armario.

–¿Querrás tomar café? –preguntó por encima del hombro.

Kitty se quedó sentada un rato, luego se puso en pie y se fue hacia la puerta.

–No. Creo que me iré ya. Me parece que ha sido una mala idea venir aquí.

Even la agarró del brazo.

–Perdona, Kitty. Todavía no estoy completamente despierto, apenas he dormido los últimos días... y cuando me pasa eso, me vuelvo un poco idiota. –Se rascó el cuello y miró hacia la ventana–. Ehhh, ¿qué hora es?

–¿Qué hora es? –Kitty giró la muñeca y miró su reloj–. Son las dos y media pasadas. Del mediodía, claro –añadió mirándole de reojo con cierta ironía.

–Sí, ya, creo que... –Even miró tímidamente hacia el reloj de la cocina–. Me refiero a... ¿qué día es?

–¿Que qué día...? –Kitty lo miró sorprendida–. No me dirás que... –se calló y contempló el montón de cajas de pizza vacías que había sobre la mesa–. Es sábado.

–¡¿Sábado?! ¡Dios! –Even se rascó la barbilla un buen rato y sonrió ladinamente–. Una vez un colega nos comparó, me refiero a los matemáticos, con los poetas y los artistas. En su opinión, todos estamos obsesionados con crear belleza, con buscar una especie de perfección y armonía, con encontrar las respuestas a los enigmas de la vida. No sabría decirte hasta qué punto estoy de acuerdo con él, sus palabras tal vez sean un poco demasiado solemnes, pero sí creo que al menos en un punto la comparación es correcta. Todos somos gente que se deja atrapar por lo que tenemos entre manos, permitimos que, por un tiempo, se apodere de nuestras vidas por completo, asumimos su propio ritmo y nos olvidamos del mundo que nos rodea.

–¿Has estado trabajando? Creía que estabas de excedencia.

–Y así es. Sólo que... hace unos días tuve una idea y entonces... Bueno, pues eso, que el tiempo ha pasado sin que me haya dado cuenta.

–Y has estado viviendo de café y pizzas. No me extraña que parezcas un cadáver andante.

–Gracias, gracias –murmuró Even y se fue al salón. Apartó un par de montones de papeles y se sentó en el sofá–. Ven, siéntate aquí conmigo –dijo y dejó un par de libros en el suelo.

Kitty se dejó caer a su lado, levantó el trasero y sacó una revista.

–*Monatshefte für Mathematik und Physik* –leyó con acento alemán–. Qué interesante, resulta irresistible. –Lanzó la revista al suelo y se volvió hacia Even–. He venido para invitarte al cine. Bueno, primero para cenar en algún sitio y luego para ir al cine. ¿Qué me dices?

–Digo... –Even se quedó sentado mirando al vacío, se rascó la pierna y finalmente volvió la mirada hacia Kitty–. Te agradezco la oferta, pero estaba pensando si podríamos dejarlo para otro día. Tengo algo que... –Movió la mano hacia la mesa.

–¿Algo que querrías acabar?

–Sí.

Kitty lo miró y pasó un par de dedos por sus mejillas sin afeitar.

–No eres bueno contigo mismo, Even. Estás empezando a preocuparme. –Alzó una mano para que Even no dijera nada–. No estoy diciendo que a mí me incumba, ni tampoco soy quién para decidir lo que debes o no hacer.

Even sonrió.

–Venga, ve al grano. Por lo que oigo, tienes una propuesta que hacerme.

–Pongamos que te dejo en paz hasta las seis, es un buen número. Eso significa que dispones de tres horas. Entonces yo vuelvo con la cena, una de esas cenas *take-away*. Tú dedicas la tarde a tus cosas, yo abro una botella de vino tinto, cenamos y bebemos, y luego nos vamos a la cama, hacemos el amor hasta que nos salgan morados y luego dormimos como niños pequeños hasta que amanezca. ¿Qué, dices que sí?

Even miró de reojo hacia la mesa.

–Tres horas más. De acuerdo. Intentaré acabar en tres horas. Pero dudo que...

–Necesitas descansar. Con la pinta que tienes no creo que

consigas llevar a cabo ningún trabajo excepcional. ¿Estás seguro que no acabas de volver de Londres después de una semana de marcha?

–A las seis, quedamos así –dijo Even y se puso en pie–. Tengo que ir al baño.

Even se acercó a la mesa de comedor, se puso de espaldas a ella y juntó unos papeles que luego dejó debajo de un par de libros y se fue.

Kitty se encogió de hombros, era obvio que se trataba de algo que no quería que ella viera. Muy bien. Se fue a la cocina y empezó a recoger. Cuando oyó que él volvía, asomó la cabeza por la puerta que daba al pasillo.

–¿Hay algo que necesites? ¿Alguna pizza más? Puedo hacer las compras por ti, así podrías librarte de salir una semana más.

–Cinco pizzas –dijo Even, como si no hubiera detectado el tono de voz impertinente–. Del mismo tipo que las anteriores. Y un trozo de pan integral con un poco de queso amarillo.

–Pan integral y queso amarillo, Dios mío, ahora sí que nos hemos vuelto modernos. –Kitty miró unas de las cajas y asintió con la cabeza–. Perfecto, pues me voy.

–Sí, de acuerdo. Nos vemos –gritó Even desde el salón.

Kitty se quedó un rato sin moverse para ver si Even iba a despedirse educadamente. Al ver que no, giró sobre sus talones y se fue.

Even se había quedado de pie al lado de la mesa, y escuchó cómo la puerta se cerraba de golpe detrás de Kitty. Entonces se dejó caer en la silla y apoyó la cabeza en las manos. Cinco días, cinco días con sus noches había aguantado trabajando sin parar. Había comido, había ido al baño y había dormido lo imprescindible, de vez en cuando, cuando ya no conseguía mantener los ojos abiertos; por lo demás, había trabajado. ¿Y qué había descubierto? Abrió la mano, separó los dedos y miró la mesa de reojo; podía ver el borde de los papeles que estaban ocultos debajo de unos libros. Afuera, el escarabajo se puso en marcha, el gas chirrió colérico un par de veces (¿la habría ofendido?) hasta que entró la marcha y el coche empezó a rodar calle abajo, fundiéndose con los demás sonidos de la ciudad que pertenecen a un sábado por la tarde.

Even suspiró, movió los libros y dispuso los cuatro folios sobre la mesa. Los miró rabioso. Había llegado el momento de hacer balance.

Se acercó un bolígrafo y una hoja de papel en blanco y escribió:

Sé:

1) Que los cuatro folios son de finales del siglo XVII, probablemente de 1688-1689, y que el texto fue escrito por Isaac Newton. No cabe duda de que se trata de su caligrafía, si no es así, se trata de una falsificación increíblemente buena, y no son fotocopias.

2) Que los folios tienen entre diecisiete y dieciocho centímetros de alto y entre catorce y quince de ancho. Las variaciones son un rasgo de la época, los cortadores de papel de entonces no eran tan precisos como los de hoy. El papel tiene una superficie más basta y rugosa que el papel actual.

3) Que tres de los folios forman una secuencia ordenada mientras que el cuarto podría encajar tanto delante como detrás de éstos. Es así porque el texto de la página empieza y acaba con códigos (que todavía no he descifrado) y que, por lo tanto, puede añadirse tanto al principio como al final de la secuencia; los otros folios también tienen códigos (que todavía no he descifrado).

4) Que el texto es una fórmula alquímica de la que he descifrado algunos pedazos, aunque no los suficientes como para adivinar lo que significa en su totalidad (al fin y al cabo, la alquimia no es mi campo). Pero se trata indiscutiblemente de una fórmula que parece haber tenido una gran importancia para Newton; sólo así se justifica tanto texto cifrado.

5) Que en dos sitios se ha añadido un texto escrito con otra caligrafía. En uno de los sitios, la frase dice así:

'actuated' _® 'philosophical' _∇ common ù

©

_Regulus

Es decir, algo de actualizar/iniciar mercurio desde un lado y hacer algo con oro corriente desde el otro, y desde el tercer lado, añadir este Regulus con hierro, que no sé exactamente qué es. Eso daría, todo junto, mercurio filosófico, que es el objetivo final del pensamiento alquímico.

El otro es un añadido en el margen: †yt s mother ∇ vivifs _ No sé lo que quiere decir.

Even se echó hacia atrás, jadeó y volvió a leer los cinco puntos. Había algo que no encajaba. Se fue al baño y se echó agua fría en la cara antes de volver al escritorio. Volvió a leerlo todo lentamente. El punto tres. Aquí había algo que había pasado por alto. Leyó la frase en voz alta. De pronto se incorporó y gimió.

–¡Maldita sea, Kitty tenía razón! Me parece que ha llegado el momento de hacer una pausa.

Cogió el bolígrafo y añadió un punto más debajo de los demás:

6) Partiendo del punto 3) se puede deducir que falta un principio y un final del texto/fórmula. Dicho de otra manera: ¡¡¡al menos han desaparecido dos folios!!!

Se quedó un rato mirando los papeles sin ver nada, entonces añadió, un poco más abajo:

¿Fue por culpa de esto que Mai murió?

CAPÍTULO 46

Cambridge

El camarero dejó un capuchino sobre la mesa y Mai-Brit le sonrió agradecida antes de abrir el bolso y sacar las gafas, la pluma y el diario. Resultaba especialmente agradable escribir con aquella pluma; le producía el mismo escalofrío de placer que meter el dedo en la masa de un pastel de chocolate. Sólo la utilizaba para escribir en el diario; hacía que estuviera especialmente ansiosa por anotar el texto del día. Fuera de la cafetería, la gente pasaba a toda prisa con los paraguas abiertos sobre las cabezas, los coches salpicaban agua al pasar, obligando a los peatones a bailar claqué sobre las estrechas aceras para evitar mojarse las piernas. Mai-Brit abrió el libro y leyó.

> 17 de agosto. Kings's College Library, Cambridge–. Estoy sentada estudiando las copias de los manuscritos alquímicos de Newton, parte de su correspondencia y diversas anotaciones (encontré, entre otras cosas, una anotación de varias páginas sobre un idioma universal que Newton tenía planes manifiestos de crear). (¡Una amplitud increíble, la de aquel hombre! ¡Lo abarcaba todo!)
>
> He intentado concentrarme en encontrar las «alusiones» o «insinuaciones» que ese tal Pazcar menciona, pero sin suerte.
>
> Por lo demás, he empezado a escribir el *Segundo secreto* de Newton. De hecho, soñé una idea para algo que sentí podría ser una buena «primera escena» y la anoté en cuanto estuve lo bastante despierta. Naturalmente, tuve que reescribirla un poco, pero me parece que funcionará.
>
> Algo de lo que escribe Newton me lleva a... no sé... No pue-

do evitar preguntarme: ¿Newton habría sido un fascista de haber vivido en Europa en la década de los años treinta del siglo pasado? La idea resulta grotesca, pero aun así... El hombre sabía mucho de eso de odiar a aquellos que pensaban distinto a él (los católicos, por ejemplo) y se mostraba implacable con aquellos que lo contrariaban o se oponían a él (entre otros, Robert Hooke). Además, estaba sinceramente convencido de su propia valía inmensurable, de que era una especie de superhombre, a pesar de que no conocía la expresión. No creo que me hubiera caído bien de haberlo conocido. ¿Se parece un poco a Even (risita)? No, me parece que me he pasado.

Mai-Brit leyó la última frase una vez más, le quitó el capuchón a la pluma y se mordió el labio suavemente antes de escribir:

(Ahora estoy sentada en el café Copper Kettle.) No quise decir lo de Even. Aunque tiene sus más y sus menos, es una persona demasiado buena para merecerse una comparación como ésa. Pero como investigador, solitario y genio tiene ciertos parecidos con Newton. La obstinación, la determinación que los hace insensibles a lo que les rodea (al menos aparentemente) durante ciertos períodos de tiempo, el cerebro que es a la vez imaginativo, intuitivo y lógico. Ojalá mi cerebro fuera así, pero sin tener que sacrificar la empatía, naturalmente.

Sacó el pintalabios y se lo pasó por el labio inferior en un movimiento rápido; luego se pintó el superior en dos trazos, antes de sacar el espejo para revisar el resultado. A veces se sorprendía echando de menos a Even. Últimamente le había ocurrido varias veces. Finn-Erik era un hombre de buen corazón, sólido y fiel, y un hombre al que siempre sabía dónde tenía. Pero... era demasiado predecible. Ya no encerraba ningún secreto para ella, todo en él había quedado al descubierto y le resultaba incluso manido. Eso nunca ocurriría con Even, ni después de cien años de convivencia, lo que, en cierto modo, resultaba excitante; aunque, a su vez, tenía que reconocerlo, era precisamente de lo que había huido. Había huido del pasado que él nunca mencionaba; de sus pesadillas y sus alaridos hirientes, que a veces la habían asustado hasta no poder más; y de las ocurrencias disparatadas, los experimentos infantiles de los que no sabía si reírse o llorar. Al final, todo aquello la había superado.

Aunque tal vez la excentricidad fuera algo que había que aceptar cuando convivías con un científico. Recientemente, Mai-Brit había leído sobre John Haldane, un biólogo que a principios del siglo XX se había interesado por las reacciones del cuerpo al bucear; había leído que al hombre le habían saltado los empastes durante un experimento; partes de la espina dorsal en otro; que los pulmones se le habían colapsado y que los tímpanos le habían estallado. Sin embargo, el hombre había continuado impávido, convencido de que los tímpanos volverían a sanar, y si finalmente acababan perforados, siempre se podía, a pesar de tener un oído debilitado, soltar humo por la oreja, algo que siempre es muy prestigioso en reuniones sociales.

Comparado con Haldane, y con Newton, Even era inofensivo. Mai-Brit se rió sólo de pensarlo. De pronto, recordó una vez que, tras muchos esfuerzos, había conseguido llevárselo a la playa. Even se había quedado echado, tan pálido como un budín de pescado, dejando que un sinfín de pulgas de mar saltaran por todo su cuerpo. Even había intentado encontrar un sistema en sus movimientos, o eso había farfullado, distraído, a su pregunta. Pretendía construir una fórmula que confirmara que todas las pulgas se movían con relación a un punto fijo determinado, como por ejemplo el ombligo o algo así. Intimidada y avergonzada por las miradas de la gente que los rodeaba, Mai-Brit lo había cubierto, a él y a las pulgas, con una manta. A cambio, él la había arrojado al agua con el libro y las gafas de sol.

... we'll have the time of our lives
in our Wonderworld
time of our lives
there's a boy for every girl...

La pluma golpeaba contra sus dientes al ritmo de la música que salía de los altavoces. Música plana de un grupo de chicos ingleses. Algo que oías sin escucharlo. Simplemente estaba allí. Un poco como Finn-Erik, pensó Mai-Brit, arrepintiéndose al instante de haberlo pensado. Así no se debe pensar del padre de tus hijos. Sin embargo, había algo de cierto. Antes, cuando había estado fuera un tiempo, solía hacerle ilusión volver a casa con Even, sabía que él podría haber cambiado los muebles de toda la casa de sitio; o haber intentado preparar un plato de bienvenida exótico, a pesar de que era un cocinero pésimo; o haber olvidado por completo que aquel día era el de su vuelta a casa. Nunca se sabía con él. Sin embargo, con Finn-Erik era como beber agua, se hubieran visto el día anterior o tres semanas atrás. Pero seguramente era bueno para los niños. La regularidad, la seguridad y la certeza. El problema era que Even no quería tener hijos, pensó, mientras contemplaba la lluvia que caía al otro lado del cristal.

CAPÍTULO 47

–¿Por qué no cogiste el coche? –preguntó Kitty y llenó las copas de vino tinto.

Even había recogido la cocina, había lavado las pilas de platos y vasos y luego se había afeitado y duchado antes de que apareciera Kitty, un poco pasadas las seis, casi a las seis y media. Even sospechaba que Kitty había llegado tarde a propósito, para darle un poco más de tiempo para trabajar. Bueno, de hecho incluso se había planteado cambiar las sábanas.

–No tengo derecho a hacerlo –reconoció Even y se acabó la copa.

–¿Que no tienes derecho... ? ¿Quién dice que...? –Su frente se frunció–. ¿Quieres decir que no tienes carné de conducir?

–Eso mismo.

Kitty cerró la boca y bajó la mirada al plato.

–El día que viniste a mi casa... –dijo, interrumpiéndose de pronto.

–Sí. Conduje el coche de Finn-Erik. Finn-Erik me importaba un comino, me importaban un comino los problemas que pudiera llegar a tener prestándome su coche. –Even se encogió de hombros como un muchacho–. Me importaba una mierda, pero tú...

–Pero yo no. –De pronto la cara seria se rasgó en una gran sonrisa; Kitty se puso en pie, rodeó la mesa y le besó en la mejilla antes de volver a sentarse–. Eres un encanto.

Even comió sin decir nada. Era agradable comer algo que no fuera pizza.

–¿Cómo lo perdiste? Porque tenías carné de conducir cuando venías a vernos a la granja, ¿verdad?

–Sí, entonces sí tenía. –Even se quedó un rato inmóvil antes de dejar los cubiertos sobre el plato–. ¿Estás segura de que quieres saberlo? Es una historia estúpida. Sobre la estupidez y de por qué Mai me abandonó.

–Entonces sí quiero oírla, no lo dudes. Porque si hay algo que nunca he comprendido es por qué se fue. –Kitty volvió a llenar la copa de Even.

–Venga pues –dijo Even, ligeramente avergonzado–. No fue sólo por eso, pero fue la gota que colmó el vaso. Verás... –Even dio un sorbo al vino, alargando el tiempo como si esperara que cayera un rayo que le impidiera seguir, pero no pasó nada–. En aquella época, yo estaba enganchado a los experimentos –dijo finalmente–. Todo lo que se pudiera calcular, yo tenía que predecirlo y estimarlo; cuanto más estúpida fuera la hipótesis, más ganas tenía de probarla. Una noche hicimos una visita a unos amigos, un biólogo y su mujer. Él era una especie de *freak* de las novedades técnicas. Si había salido algo nuevo al mercado, en cualquier parte del mundo, podías estar seguro de que él era el primero en enterarse, y en adquirirlo. El primero en comprarse una máquina eléctrica para barajar cartas, o uno de esos aparatejos que te calculan la temperatura exterior desde el salón de tu casa. Incluso fue el primero en tener un reproductor MP3, a pesar de que no sentía ni el más mínimo interés por la música. Supongo que conoces ese tipo de hombres. Sin embargo, aquella noche nos mostró un aparato en el que debías soplar para medir el nivel de alcohol en tu sangre. Seguramente era el mismo que ahora utiliza la policía. Durante la noche, el biólogo me midió y me pesó para conocer mi masa muscular y mi índice de grasa corporal; quería calcular la cantidad de alcohol que sería capaz de aguantar sin superar la tasa legal. Luego calculamos la rapidez con la que quemaba el alcohol en sangre. Y entonces, y ahora es cuando viene la parte estúpida, fue cuando empecé a beber como parte de un experimento. –Even levantó la cabeza y Kitty se dio cuenta de que era una historia de la que Even era capaz de reírse–. Ni Mai ni el amigo biólogo ni su mujer sabían que estaban participando en un experimento. Sin embargo, partiendo de lo que habíamos calculado, empecé a beber de forma controlada para mantenerme justo por debajo del límite. Ése era mi objetivo. La broma pesada que le tenía preparada a la policía, si quieres. Cuando decidimos marcharnos, nadie se preguntó si debía o no conducir yo, pues era lo que Mai y yo habíamos acordado de antemano. Ella no sabía lo mucho que yo había bebido, no dijo nada y se quedó dormida en el coche como de costumbre, con la cabeza apoyada contra el cristal. Yo estaba despiertísimo y emocionado con mi estúpida idea, por lo que empecé a dar vueltas por la ciudad al azar. Para que todas las molestias que me había tomado valieran la pena había que realizar un control. Era a principios del mes de diciembre, por lo que no tardé mucho en localizar un control de alcoholemia. Las cenas de Navidad, ya sabes.

–Dios mío –dijo Kitty, mirándole boquiabierta–. ¿Quieres decir que te fuiste directamente a la boca del lobo? ¿Conscientemente?

–Verás, al fin y al cabo no estaba sobrio, o sea que se lo puedo achacar al alcohol. En fin, que me hicieron la prueba, y la prueba mostró que el nivel de alcohol era muy superior a lo permitido. Me retiraron el carné allí mismo, y Mai y yo tuvimos que coger un taxi. Por lo que me han contado fue por un golpe de suerte que no se lo quitaran también a Mai. Al día siguiente, Mai fue a por el coche. Luego hizo la maleta, me soltó un discurso de no te menees y se fue.

Kitty se había quedado mirando la copa de vino, después de un rato suspiró y empezó a comer. Even se levantó y fue a por la sal; la salsa agridulce estaba sosa.

–¿No podrías hablarme de cuando tú y Mai os conocisteis? Me imagino que ese episodio sí se parece más a una historia con final feliz.

«Eso crees», pensó Even. Pero ya que estaba exponiendo todos sus lados malos, a lo mejor daba igual si sacaba unos cuantos más a la luz. Era preferible que Kitty se hartara de él ahora y se fuera que lo hiciera cuando él ya se hubiera acostumbrado a tenerla a su lado.

Even se quedó pensativo; al fin y al cabo, de aquello hacía veinte años. Tomó un sorbo de vino para reunir fuerzas, y empezó:

–Fue durante una manifestación ante la embajada estadounidense. En el 85. Nos manifestábamos contra una guerra, o una acción, o algo que habían hecho, no lo recuerdo demasiado bien... me pregunto si no tendría que ver con no sé qué portaaviones. Sea como fuere, yo estaba allí, como de costumbre.

–Oh –exclamó Kitty.

–Sí, formaba parte del grupo de la casa Blitz, de los *okupas*, aunque sólo fuera tangencialmente. De la facción a la que le encantaban las manifestaciones porque te permitían enfrentarte con la policía, la parte del ambiente que pululaba alrededor de la casa Blitz y que buscaba cualquier ocasión para darle una paliza a un poli. –Even sonrió al ver la cara que se le había puesto a Kitty–. Dijiste que querías oír nuestra historia... y, además, tú misma comentaste hace poco que cuando me viste por primera vez parecía un miembro de Blitz. Pues lo era. De hecho, era un grupo fantástico. No éramos tantos los que éramos unos verdaderos sacos de mierda, los que sólo nos unimos al grupo para poder pelear, apenas un puñado o dos. Fue por aquel entonces cuando adopté el nombre de Rekil.

El rostro de Kitty parecía un interrogante.

–Lee Even al revés –dijo él.

–*Neve*, o sea, puño –dijo Kitty.

–¿Y *Rekil* al revés?

–*Liker*, es decir, le gusta.

–¿Y Vik?

–Eh, Kiv. *Neve liker kiv*, a Neve le gusta *kiv*.

–Sí. ¿Y sabes lo que significa *kiv*? Es una palabra antigua para decir bronca, guerra, enemistad. Y a mí me gustaba usar los puños, me gustaba verme como un superhéroe al revés; alguien que era bueno de día, cuando estaba en la universidad, y que se llamaba Even *Rekil* Vik. Pero luego, cuando la policía salía a la calle con la intención de detener a manifestantes pacíficos, yo cambiaba de identidad, incluso de personalidad, y me convertía en Neve Liker Kiv.

–Vaya por Dios, qué infantil –dijo Kitty y agarró su copa. Parecía indignada de verdad.

–Nunca te dije que lo que te iba a contar fuera una historia con final feliz. Fuiste tú quien lo dijo.

Kitty bebió y lo miró impaciente. Quería oír más.

–La manifestación era pacífica, todos gritaban lemas y agitaban carteles sin que hubiera el menor indicio de bronca. Alcanzamos la embajada de Estados Unidos, nos quedamos parados tranquilamente delante del edificio donde alguien estaba soltando un discurso por un megáfono, cuando de pronto aparecieron. Llegó la policía montada desde los dos costados, y detrás de ellos venían agentes a pie, con escudos y porras. Enseguida nos dimos cuenta de que buscaban pelea, que no habían venido sólo para vigilar. Estalló el caos, la gente llegaba de todos los rincones, y la policía parecía atacar también de todos los costados. Todo acabó, naturalmente, en una batalla campal. Todo el mundo daba patadas y pegaba y gritaba y aullaba, y los caballos se abrían camino entre nosotros como si fueran tanques vivientes. De pronto, descubrí a una chica a la que habían acorralado, por un lado, un agente montado y, por otro, uno a pie, que no paraba de golpearla con la porra. Ella gritaba e intentaba salir de allí, pero el caballo le cerraba el paso. Salté hacia allí y le quité la porra al agente montado, lo agarré por la bota y lo tiré del caballo hasta que acabó en el suelo con el casco rodando. Entonces le pegué al caballo en el hocico y éste salió corriendo de un salto y...

–¿Pegaste al caballo? –dijo Kitty, escandalizada.

Even la miró sorprendido.

–Sí, tenía que conseguir que se alejara. Los dos policías me atacaron, y yo les devolví los golpes, alcancé a uno en la cabeza y conseguí que el otro huyera asustado. Yo estaba totalmente fuera de mí, creo recordar, soltaba mandobles a diestro y siniestro como un loco. De pronto descubrimos, la chica y yo, que podíamos escapar de allí, por una calle lateral. Corrimos como unos condenados. Finalmente pudimos escondernos en un patio trasero, en un sótano, echados sobre unos sacos de patatas vacíos. Allí conseguimos calmarnos. La chica, que naturalmente habrás adivinado, era Mai, se había hecho daño en el brazo y tenía una herida en la cabeza. La vendé con mi bufanda. Nos quedamos allí hablando de lo que había pasado y de nosotros mismos durante horas. Hasta que oscureció no nos atrevimos a abandonar nuestro escondite. Mai dijo que no le contara nunca a nadie lo que había ocurrido. Creo que tenía miedo de que su padre le prohibiera vivir contigo y le exigiera volver a casa para poder vigilarla. Al día siguiente leímos sobre el enfrentamiento en los diarios. Echaron toda la culpa a los manifestantes. Como de costumbre.

Even calló. Kitty había dejado los cubiertos en el plato, se había quedado mirando la salsera con ojos vacíos, como ausente. Even bajó la mirada. Su apetito había desaparecido y lo que más le apetecía en aquel momento era acostarse. Se sentía completamente agotado y vacío. Eso de abrirse a otra persona desgastaba, a pesar de que sólo había contado la mitad de la historia. Desgastaba refrescar la memoria de lo que preferiría haber olvidado.

–¿Dónde está el baño?

Kitty se había puesto en pie y lo miraba fijamente.

–Primera puerta, a mano derecha.

Even se lo indicó con un gesto. La siguió con la mirada cuando ella salió al pasillo y cerró la puerta. Oyó que giraba la cerradura. Seguramente querría hacer pipí antes de marcharse. Era obvio que la había asustado con sus historias, cuando apenas había abierto el tarro de las esencias.

Quedaba mucha comida, pero Even la tiró a la basura sin miramientos, enjuagó los platos y los cubiertos, despejó la mesa de la cocina y descubrió el móvil debajo de un trapo de cocina. Lo encendió y sonó para comunicarle que alguien le había dejado un mensaje. Tres mensajes, apareció en la pantallita.

Susann (maldita sea, se había olvidado de Susann).

«Hola, sólo quería decirte que lo pasé muy bien el otro día. Me gustaría que me llamaras.» Era del jueves.

Kitty: «¡Advertencia! Me pasaré por tu casa mañana para ver si sigues vivo». Enviado ayer por la noche.

El tercer mensaje era de la compañía de teléfonos, que le comunicaba que había mensajes de voz en su buzón. Llamó. Con el móvil enganchado entre el hombro y la oreja abrió la nevera para coger una cerveza. Una voz de mujer le dijo que tenía cuatro mensajes.

«Aquí Finn-Erik. He recuperado mi móvil. Tienes que llamarme. Es importante. Si no lo has hecho...» La comunicación se interrumpió en mitad de la frase. Una voz le contó que el mensaje había sido grabado el jueves, a las catorce horas y treinta y dos minutos.

Even sacó un abridor de uno de los cajones. Catorce treinta y dos. ¿Estaría entonces Finn-Erik en el trabajo? Even abrió la cerveza y bebió. El siguiente mensaje entró en el momento en que consideraba si las once y media era demasiado tarde para llamar a Finn-Erik.

«Hola, soy Susann. No quiero ser una pesada, pero quería decirte que me gustaría que me llamaras. Estaré en casa esta noche y me encantaría recibir una visita.» Grabado el viernes a las catorce horas y cincuenta y tres minutos.

Even se sentía mentalmente confuso. Habían pasado doce horas juntos en Londres. Había estado bien, pero jamás se imaginó que ella desearía volver a verle. ¡Maldita sea, a un viejo gilipollas como él!

El siguiente mensaje interrumpió el hilo de sus pensamientos y Even dejó sorprendido la lata de cerveza sobre la mesa.

«Señor Vik, creía que teníamos una cita para cenar esta noche, a las siete. Por favor, dígame algo cuando reciba este mensaje.» La voz de Odin Hjelm sonaba ofendida y no conseguía ocultar cierta irritación. ¡Mierda, mierda, mierda! Había olvidado aquella cita por completo. Se suponía que tenían que hablar del libro de Newton, de la conveniencia de que Even siguiera trabajando en él. Tendría que llamarle mañana, sin falta.

Even oyó a Kitty en el pasillo.

–Disculpa, sólo quería oír si eran mensajes importantes que no podían esperar –dijo al tiempo que empezaba a sonar un cuarto mensaje: «Even Vik. ¡No cuelgues! Tienes que entender que...».

El acento sueco se detuvo abruptamente cuando Even, maldiciendo sonoramente, interrumpió la conexión lanzando el móvil contra la mesa.

–Vaya, vaya. Por lo que veo, no todo son buenas noticias.

Kitty lo abrazó por la espalda. Even notó sus pechos puntiagudos contra la espalda y se volvió. Kitty alzó los brazos, los posó sobre sus hombros y apretó su cuerpo desnudo contra él.

Poco a poco, la tensión que el último mensaje había creado fue abandonando su cuerpo y Even inclinó la cabeza. Con mucho cuidado mordió el labio inferior de Kitty.

–Creía que te irías.

–No te será tan fácil deshacerte de mí –dijo ella y le devolvió el mordisco.

CAPÍTULO 48

El sonido se propagó a través de la casa y alcanzó el oído de Even como una secuencia de sonidos metálicos. Entonces volvió por un instante el silencio, hasta que les llegó la siguiente secuencia a la cama. Even entornó los ojos para ver la hora: las 2.37. ¿A quién demonios se le ocurría llamar a estas horas? Kitty dormía boca arriba, con un pecho desnudo tentadoramente cerca de su mano, y Even consideró acurrucarse a su lado y fingir que el teléfono todavía no se había inventado.

El siguiente ring le pareció tan fuerte que tuvo miedo de que despertara a Kitty. Por eso se levantó y se fue dando traspiés hasta la cocina, donde encontró el móvil.

–Sí, soy Even.

–Tu padre ha muerto, Even Vik. Haz el favor de no colgar. Aquí el doctor Hellström. Tu padre murió esta noche, hace una hora. Llevaba enfermo desde hace un tiempo, es por eso que he intentado dar contigo...

–Entiérralo, quémalo –dijo Even–. Haced lo que queráis con él, pero no volváis a llamarme. Envíame la factura si hay que pagar algo, pero no vuelvas a llamar. ¿Lo has entendido?

–Pero...

–No llames –dijo Even e interrumpió la conexión.

Se quedó un buen rato mirando el móvil antes de desconectarlo y dejarlo sobre la mesa de la cocina. Un movimiento le hizo girarse. Era Kitty, envuelta en el edredón. Parecía un osito de peluche desgreñado.

–Era... mi padre ha muerto.

Kitty se acercó a él y lo envolvió también a él en el edredón sin decir nada. Piel contra piel, se quedaron un rato sintiendo el calor del otro. Even se dio cuenta de que le estaban entrando ganas de hacer el amor. Sólo había un sentimiento de alivio en su cuerpo. No de tristeza ni de amargura ni de odio ni de miedo, ya no quedaban dobleces ni malentendidos. Tan sólo alivio y ganas de hacer el amor. El diablo había muerto. Se había cerrado un capítulo. A partir de aquí, podría seguir adelante con su vida.

–Ve –dijo Even.

CAPÍTULO 49

Se despertaron a la vez, como si estuvieran conectados a un mismo despertador, cara a cara, mirándose, los ojos dormidos, sonrientes. El sol brillaba a través de las persianas, tal como se esperaba que lo hiciera un domingo por la mañana, y los gorriones retozaban alegremente de arbusto en arbusto delante de la ventana, como si la vida fuera magnífica. Even se sentía descansado y ligero de cuerpo como hacía tiempo que no se sentía. Con la cabeza ligera. Inclinó el cuerpo hacia Kitty y soltó un pequeño: «Ay».

–¿Qué te pasa?

–Es sólo que... ése, ya sabes, que no está acostumbrado a tantos juegos de cama. Está un poco dolorido.

Kitty sonrió y se incorporó sobre la almohada; estaba echada boca arriba, paseando la vista por el dormitorio hasta que llegó al enorme póster de The Clash. Lo señaló con un gesto de la cabeza y dijo:

–¿No te parece que eres un poco mayor para tener ídolos de pop colgados en las paredes?

–La alternativa era una fotografía de Andrew Wiles.

–¿También es una banda de punk?

Even se rió.

–Es mi ídolo de las matemáticas. Me ha proporcionado el mejor momento de mi vida, o mejor digamos el segundo mejor, después de cuando conocí a Mai. Yo le vi presentar las pruebas que demostraban que el último teorema de Fermat era cierto. Le ocupó tres conferencias repartidas en tres días, y fue, sin lugar a dudas, lo más emocionante que he vivido en toda mi vida.

–¿Estuvo haciendo ecuaciones en la pizarra, hablando de x e y durante tres días, y eso es lo más emocionante...? –Kitty sacudió incrédula la cabeza y miró por debajo del edredón–. Si el pequeño Even no hubiera estado tan deprimido y sonrojado, a mí ya se me habría ocurrido algo mucho más interesante que hacer. –Señaló el brazo de Even–. ¿Y esta cicatriz?

Even miró la mancha rosácea que tenía en el antebrazo izquierdo.

–Son los restos de un tatuaje que solía llevar y que me quité.

–¿Ponía «Amor de madre»? –se rió Kitty hasta que se percató de la mirada de Even.

–Era el nombre de una chica –mintió él–. Una vez que estuve en Dinamarca, en el festival de música de Roskilde con unos amigos, acabé borracho y fumado perdido, y volví a casa con dos cajas de cervezas vacías y un tatuaje. No sabía de dónde habían venido, ni lo uno ni lo otro. Cuando conocí a Mai, me quité el tatuaje.

Kitty asintió con la cabeza, como queriendo asegurarle que no volvería a preguntar más por el tatuaje, y señaló en dirección a una pequeña cesta de plástico rojo que había en un estante.

–«Alguien que cuida de mí» –leyó en voz alta–. ¿Qué es?

–Algo que recorté del periódico *Dagbladet;* tienen una sección de contactos que se llama...

–Ya, ya, tonto, eso ya lo sé, pero ¿qué hay en la cesta? ¿Cartas de las señoras que contestaron a tu anun...?

–Calcetines –interrumpió Even.

–¿Calcetines?

–Calcetines desparejados. Ya sabes, de esos que sobran cuando su pareja desaparece como por arte de magia. Suelo guardarlos en esta cesta.

–Yo siempre los tiro –dijo Kitty.

–¿Y qué pasa entonces? No, no lo digas. Tengo una ley que lo explica, que lo demuestra, vaya. ¿Quieres oírla?

Kitty se tumbó de lado y lo miró.

–Cuéntame.

–Se divide en tres puntos. El punto uno dice así: «La probabilidad de que uno de los calcetines de un par de ellos desaparezca está relacionado con la intensidad de uso en una proporción de 1 a 3».

–¿Y eso significa...?

–Significa que según mis cálculos estadísticos, cada tercer par de calcetines que se usa con asiduidad se convierte en calcetín suelto en algún momento de la vida útil habitual de un calcetín.

–Entendido –dijo Kitty, toda seria, dando así pie a que Even continuara.

Even alzó dos dedos.

–Punto dos: «La probabilidad de que el calcetín desaparecido vuelva a aparecer es inversamente proporcional a la intensidad de la búsqueda».

Por su mueca, supuso que Kitty esperaba una explicación.

–Bueno, verás. A aquel que crea que es posible encontrar un calcetín desaparecido siempre que lo busque con empeño, le diría que mi estudio muestra algo muy distinto. Es más bien al contrario. Si no buscas, hay una probabilidad bastante grande de que en algún momento «tropieces» con el calcetín que falta la próxima vez que pases el aspirador por detrás del televisor o limpies detrás de los tarros de cristal de la despensa. Mucho mayor que si pones toda la casa patas arriba.

Even levantó el tercer dedo.

–Tercer y último punto: «La probabilidad de que aparezca el calcetín perdido es directamente proporcional a la voluntad de deshacerse del calcetín sobrante».

–Creo que entiendo este último punto –dijo Kitty–. Quiere decir que si guardas el calcetín sobrante o, como tú lo llamas, el calcetín soltero o suelto, el otro nunca aparecerá. Pero si te deshaces de él, no pasará mucho tiempo hasta que encuentres el que faltaba debajo de un cojín del sofá o dentro de una bota. ¿Estoy en lo cierto?

–Pues sí. –Even se incorporó y se echó al lado de Kitty–. Aunque suele pasar una semana o un poco más desde que te deshaces del calcetín soltero hasta que aparece el que estaba perdido. ¿Y sabes por qué?

–No.

–Porque seguro que el basurero ya ha recogido el calcetín, junto con el resto de la basura, y ya es imposible volver a juntarlos.

Kitty se rió, agarró la almohada y le golpeó la cabeza con ella. Even estaba a punto de devolverle el golpe de almohada cuando, de pronto, ella abrió los ojos de par en par.

–Uy, tengo que levantarme.

–Oh –dijo Even–. Si sólo son las nueve y media.

–Es domingo. ¿No piensas ir a misa?

Kitty sacó las piernas de la cama y se sentó en el borde.

Even la miró, esperando verla reír, pero ella se levantó y se fue directamente al baño.

–¿Lo dices en serio? –le gritó Even, pero ella no lo oyó porque el agua de la ducha ya corría con fuerza.

Even se levantó y sacó unos *bóxers* y una camiseta del armario, se vistió y se fue a la cocina para poner en marcha la cafetera eléctrica.

–A misa –murmuró para sí–. Hace mil años que no voy a la iglesia. Al menos treinta. Entonces, ¿por qué iba a romper con una vieja y saludable tradición?

Al otro lado de la ventana, el vecino pasaba la escoba por el sendero enlosado, empleándose a fondo en cada una de las baldosas. Cada uno con su neurosis. Even se volvió y pensó en los cuatro folios que había dejado en el salón, en la fórmula de Newton. Dedicaría el día a estudiarla de nuevo, trataría de hacerse una idea de su significado. Tenía que ser posible, pese a que faltaban al menos dos folios.

–¡Maldita sea, Finn-Erik!

Echó un vistazo al reloj. Seguramente ya se habrían levantado, a pesar de que era domingo. Marcó el número y al otro lado de la línea alguien descolgó el teléfono, como si su mano hubiera estado flotando sobre el auricular.

–Hola, aquí Even. Querías hablar conmigo.

–Sí, sí, qué bien que hayas llamado. –La voz de Finn-Erik era más aguda que de costumbre, y además hablaba muy rápido, como si quisiera acabar de decir lo que quería decir antes de que apareciera alguien para detenerle–. Encontré algo en mi móvil que tienes que ver, algo que Mai me envió el día que ella... justo antes de... –La voz se fue apagando como si alguien bajara el volumen paulatinamente.

–¿Antes de que muriera?

–Sí. Disculpa, sí. Eh... no entiendo qué pretendía con ello, pero... –Finn Erik volvió a quedarse callado.

–Envíamelo, Finn-Erik, y le echaré un vistazo.

–Sí, de acuerdo. Muy bien. Eh... ahora tengo que ir a misa; te lo enviaré en cuanto vuelva a casa.

–No, Finn-Erik, lo harás ahora mismo. Ya.

–Vale, vale, lo haré...

Un minuto después, su móvil empezó a zumbar; había llegado un mensaje con dos imágenes adjuntas.

–Dios mío –murmuró Even al ver las imágenes en la pequeña pantalla y saltó rápidamente hacia el PC.

Lo encendió y le conectó el móvil. Con un par de golpes en el teclado consiguió que una de las imágenes apareciera en la pantalla de veintiuna pulgadas: la silueta de un hombre al lado de una ventana hablando por un móvil. Even la estudió brevemente y luego pasó a la siguiente. Mostraba lo que había sobre una mesa: un teléfono, una carta y un juego de naipes que parecía estar dispuesto en un solitario.

–¿Qué es esto?

Kitty había entrado en el salón. Llevaba una toalla envuelta alrededor de la cabeza y otra alrededor del cuerpo; caían gotas al suelo.

–Es... –Even tragó saliva; se había quedado paralizado mirando la pantalla–. Mai hizo unas fotos justo antes de pegarse un tiro.

CAPÍTULO 50

Kitty se fue a misa; habían acordado que lo pasaría a recoger hacia las ocho para que les diera tiempo a ir al cine.

–¿Qué vamos a ver?

–Es una sorpresa –dijo Kitty y se despidió agitando la mano.

Even imprimió las fotografías, desconectó la máquina y se sentó a la mesa de trabajo. Las había ampliado para que tuvieran aproximadamente un tamaño DIN A4 y las apoyó en la pila de libros antes de echarse en la silla.

–Fuiste tú, cerdo, tú eras el intermediario –murmuró dirigiéndose a la silueta del hombre. Era evidente que se encontraba en la habitación del hotel de París; una parte del bolso de Mai aparecía en primer plano–. Tú fuiste quien leyó la carta de Mai, o...

Even miró la fotografía de la carta. Claro. Si Mai pudo hacer una foto de lo que había escrito, los otros también pudieron. Seguramente, el tío de la silueta había enviado una fotografía del texto a Noruega, a alguien que la revisó para ver si Mai había escrito algo revelador. Alguien que, además, tenía la tarea de vigilar a Stig y la ropa que llevaba, para así poder convencer a Mai de que iban en serio.

Resultaba difícil hacerse una idea del aspecto del tío, pues sólo se le veía de medio lado, medio de espaldas. Aparecía como una sombra oscura y recia a contraluz. No era gordo, ¿tal vez fornido y musculoso? ¿Era una barba lo que asomaba debajo de la nariz, o tan sólo se trataba de una sombra especialmente oscura? No era joven, tendría entre treinta y cinco y cuarenta y cinco años. Máximo cincuenta. En la esquina de la fotografía se leía la fecha y la hora en números blancos: 22.03; 15.45.

1545... el año en que Cardano introdujo los números negativos en... Even se propinó una bofetada a sí mismo con la mano abierta antes de ir a por una cerveza al armario donde las guardaba. Luego se concentró en la segunda fotografía.

Estaba dividida en tres secciones. En la esquina superior izquierda aparecía la mitad de un teléfono de color crema, un modelo que Even recordaba del hotel en Montmartre. No había, pues, duda de dónde había sido tomada. En la parte derecha de la fotografía había una hoja de papel blanco escrita, la mitad de un bolígrafo parecía haber sido colocada sobre la hoja transversalmente. Era la carta de despedida de Mai. Dedujo que la fotografía había sido tomada antes de que Mai acabara de escribir la carta; faltaba el último párrafo. La zona entre la carta y el teléfono constituía la parte más amplia de la foto, y era evidente que Mai había querido que se fijaran en ella. Mostraba un juego de naipes que estaba dispuesto como en un solitario.

Even cogió la fotografía y la estudió de cerca.

–Aquí hay algo que no concuerda –gruñó, poniéndose de pie al instante. Sacó una cajita con naipes de su bolsa de viaje, retiró la lata de cerveza y empezó a repartir las cartas sobre la mesa de la manera en que lo había hecho Mai para la fotografía–. ¿De qué maldito solitario podía tratarse?

Fue pasando la baraja en busca de las cartas correctas. A lo mejor se trataba de una versión vieja de «Los cuarenta ladrones», es decir, uno en el que te acercabas al final pero que no tiene solución. Pero ¿dónde estaban las cartas básicas? ¿O tal vez fuera una variedad de «La araña»?, una versión con sólo ocho cartas sobre la mesa, aunque en tal caso faltaban las cartas boca abajo.

Debajo del solitario estaba el resto del mazo con las cartas boca abajo.

En la parte inferior derecha, muy cerca de la carta de Mai, había dos naipes sueltos. La sota de corazones y debajo de ésta, asomaba la cara sonriente del comodín.

–Quiere decirme algo. –Even miró las cartas fijamente, como si una observación especialmente intensa fuera capaz de atravesarlas y le permitiera ver el mensaje del más allá. La sota de corazones y el comodín estaban apartadas de las demás cartas, en cierto modo, fuera del solitario–. Quiere decirme algo, pero ¿qué?

Una vez que Even había puesto la canción de Bob Dylan *Lily Rosemary and the Jack of Hearts*, Mai le había dado un abrazo muy fuerte y le había dicho que él era su Sota de Corazones y que lo sería siempre. Durante cierto tiempo, y sólo para fastidiarlo, le había llamado Sota de Corazones cada vez que hacían el amor. Even se preguntó si debía entender la colocación de la sota de corazones junto al comodín como una especie de pista. Si Mai quería contarle que había algo en la distribución de las cartas en que debería fijarse especialmente, alguna broma, una historia, algo.

Volvió la mirada hacia las demás cartas. Primero había cuatro cartas numeradas, luego tres figuras y, finalmente, un as que formaba la hilera principal. Las primeras cuatro cartas eran negras y las cuatro últimas rojas. Las cartas debajo de las negras eran todas rojas, y todas las cartas debajo de las rojas, negras. ¿Se trataba de un sistema o era casualidad? ¿Sería una especie de acertijo, acaso se escondía un significado en cada una de las cartas que él debería interpretar?

Se acabó la cerveza, fue al baño y durante el camino de vuelta, se sirvió una taza de café. ¿Significarían algo en especial, por ejemplo, la reina de corazones y los reyes? ¿Que Mai era la reina y que había dos reyes que luchaban por ella? ¿Podría el as ser la razón por la que luchaban y las primeras cartas debían indicar el camino para llegar al objetivo? Las primeras cartas estaban todas numeradas: ocho de picas, siete de tréboles, etcétera. ¿Acaso representaban palabras? ¿Ocpicas? ¿Opicas? ¿Picar? ¿Sería algo así? No, parecía una tontería. Cinco de picas. Le irritaba esa carta. Estaba separada de las demás, en la parte superior, la única que estaba por encima de la hilera principal.

Probó a sumar los números, primero todos juntos, luego

por grupos, en horizontal y en vertical; le estuvo dando vueltas a cada uno de los resultados, y se encontró con unos números que no le decían nada. Números faltos de interés, sin ninguna pauta.

Iba descaminado, estaba casi seguro. Si se trataba de un mensaje que Mai quería transmitirle, entonces era difícil hacerlo con números, al menos sólo con números. Pero si había que convertir números en letras, ¿cómo habría que pensar? De pronto se le ocurrió una idea: a lo mejor, cada uno de los números representaba una letra del alfabeto.

En una hoja de papel anotó el alfabeto y debajo de cada una de las letras, los números del uno al veintinueve. Es decir, que el ocho de picas era la H, y el siete de tréboles, la G, etcétera.

Cuando hubo terminado, ponía HGIILMMN (o A, si el as correspondía al uno) HFEBC E en el papel que tenía delante.

Una majadería.

¿Y si modificaba el orden y leía las cartas de arriba abajo? Escribió HHGF... y se detuvo. Otra tontería.

Even se llevó la taza de café a la ventana y estuvo observando a un par de niños que jugaban a fútbol en la calle. Un signo claro de que había llegado la primavera. ¿Por qué estaba el cinco de picas en la parte superior, cuando todas las demás cartas se encontraban por debajo de la hilera principal? Le rompía la lógica que ya veía dispuesta. Si conseguía descubrir por qué era así, llegaría a entender el sistema, pensó y regresó a la mesa. Por lo tanto, debía buscar otra lógica.

Arriba es más. Abajo es menos, pensó. Arriba es suma, abajo es resta. Lógico. Empezó a calcular. Consiguió la secuencia 0 1 1 9 17 11 13 14 (0 1) en las filas verticales. Muchos números primos, un número cuadrado, el 9, mientras que el 14 era un número piramidal o tetraédrico... ¡y nada de todo aquello le decía una mierda! También aquí estaba equivocado.

Lo que le faltaba eran simple y llanamente letras. Algo de lo que pudiera sacar una especie de máxima, algo a lo que agarrarse. Su mirada tropezó con la reina de corazones. Había una letra en la esquina superior. Q de Queen, ningún número. En los dos reyes había una K y en el as, una A. ¡Ja! Pero ¡si tenía las letras delante de las narices! Rápidamente, empezó a contar el alfabeto. Q más cinco letras (por el cinco de picas que estaba por encima de la reina) era igual a V.

K menos dos (el dos de tréboles debajo del rey) era I.

Al final había una K y un As, a los que no había ni que sumar ni restar nada.

Juntos formaban VIKA. Observó la palabra detenidamente y con los ojos brillantes. *Yes*, ahora sí había encontrado algo. El sudor de la excitación hizo que el bolígrafo le resbalara entre los dedos mientras anotaba los cálculos correspondientes a las primeras cartas: 0119.

0119 VIKA

¿Un código postal?

Se retorció para poder meterse la mano en el bolsillo de los pantalones y sacó la pequeña llave que Finn-Erik había encontrado en el cajón de Mai. ¿Ahora empezaban las cosas a tener sentido?

Even se inclinó y pulsó una tecla del PC para entrar en internet, pero entonces apareció un mensaje en la pantalla pidiéndole que se pusiera en contacto con el servidor. Even maldijo y conectó el teléfono antes de marcar un número.

–¿Sí? Aquí Finn-Erik Thorsen.

–Hola, soy Even. He visto...

–¿Has recibido las fotos?

–Sí, sí, pero escúchame un momento. He visto las fotografías y creo que Mai tiene un mensaje para nosotros. Pero necesito un poco de ayuda.

–Vale, bien –dijo Finn-Erik–. ¿Con qué quieres que te ayude? ¿Podemos hacerlo rápido? Es que, ¿sabes?, tengo una visita.

–Será rápido. ¿No tendrás, por casualidad, uno de esos listines con los códigos postales de Noruega?

–¿Te refieres a uno de esos en los que puedes ver qué código postal tienen las diferentes ciudades?

–Sí.

–Bueeeno, a ver, creo que sí. Pero ya tiene unos cuantos años, o sea que...

–No te preocupes, seguro que sirve. ¿Podrías verificar el código postal de Vika por mí?

–Espera un momento.

Finn-Erik dejó el auricular y se oyeron unos pasos que se alejaban. Al fondo oyó a Stig decir algo y luego una voz desconocida respondiéndole. Una voz de mujer. ¿Sería la señora de los seguros que volvía a insinuarse? Finn-Erik volvió a coger el teléfono.

–¿Vigra?

–No, no Vig con g, sino Vi*kkkk*..., con k.

–Ah, sí. Aquí lo tengo. El número es 6891 para los apartados de correos, y 6893 para las demás direcciones. Era eso lo que querías saber, ¿no es cierto?

Even suspiró y miró fijamente los números que había anotado.

–Sí –dijo–. Eso era lo que quería saber. –Estaba a punto de colgar cuando de pronto cayó en la cuenta–. Pero, un momento, los barrios de Oslo no suelen empezar por seis.

–No, pero es que éste está en Sogn. Vik en Sogn –dijo Finn-Erik.

–¡Vik en Sogn! Pero ¡maldita sea, si he dicho Vika, con una a final. ¡Eso está en Oslo, joder!

–Vale, vale, no creo que eso te dé derecho a gritarme. –Even le oyó hojear un poco–. En Oslo, dices, espera, aquí hay... un momento... no, no hay ninguna calle que se llame Vikavei.

–No he dicho nada de una calle. –Even tuvo que esforzarse mucho por mantener la voz calmada–. Quiero el código postal de la estafeta de correos de Vika. No recuerdo cómo está organizado el listín, pero a lo mejor aparece al principio de Oslo, o tal vez al final.

Even oyó a Finn-Erik dejar el auricular sobre la mesa y hablar con alguien, le oyó exponer el problema y contestar a la otra persona. Y entonces de pronto volvió a estar al teléfono.

–Aquí está: el código de la estafeta de correos de Vika es el 0110.

0110. Tan cerca.

–¿Y no 0119? –preguntó Even.

–No –dijo Finn-Erik–. O... espera un momento, aquí debajo hay más códigos postales, números de las secciones de apartados de correos.

Even reaccionó inmediatamente.

–Eso, apartados de correos. Eso es lo que estoy buscando. Busca algún código postal entre los apartados de correos alrededor del número 1640.

–1640... eh, aquí lo tenemos, del 1600 al 1649, el código postal es el 0119.

Even respiró hondo.

–Finn-Erik, eres el mejor –dijo, y colgó.

CAPÍTULO 51

Cambridge

Mai-Brit tamborileó los dedos sobre la mesa y miró el reloj. Casi había pasado media hora. ¿Por qué tardaría tanto? Sin ninguna razón aparente movió el libro y el bloc de notas de sitio. Dejó la pluma y el lápiz encima, como si fuera importante que estuvieran en su sitio. El tablero de la mesa era de color castaño oscuro, como de plástico y liso, recién pulido y limpio, como si lo hubieran esterilizado todo antes de llegar ella. El borde ancho alrededor de la mesa era de madera, de color claro y amable. Pasó la mano por la superficie lisa y un poco blanda, inclinó la cabeza ligeramente, le pareció reconocer el olor agradable del linóleo al mirar de reojo hacia la puerta. La joven secretaria la miró fijamente, y ella se incorporó. El ojo sobre la puerta también la miraba fijamente, probablemente captaba toda la sala. Resultaba desagradable saber que alguien a quien ella no veía podía estar mirándola en ese mismo momento, evaluándola una última vez antes de tomar, tal vez, la decisión definitiva. Mai-Brit intentó parecer despreocupada y relajada; sonrió en dirección a la puerta, pero se dio cuenta de que su sonrisa era rígida y falsa. ¡Al cuerno con todo!, pensó, y un pequeño diablo se apoderó de ella, levantó la cabeza y miró directamente al ojo de la cámara. Estaba situada en la esquina sobre la puerta, como una enorme y asquerosa araña. Le devolvía la mirada sin parpadear. La secretaria seguía tecleando, casi mantenía la misma cadencia que la veterana investigadora que estaba sentada a la mesa detrás de Mai-Brit.

¿Acaso no confiaban en la gente? ¿Realmente era necesario tomar este tipo de medidas de seguridad? Mai-Brit se puso en pie y se fue hacia la ventana más cercana. Las vistas eran formidables. La biblioteca con las vistas más bellas del mundo, pensó, y paseó la mirada por la capilla majestuosa al otro lado del amplio patio. Gótico y casi grotesco en todo su esplendor monumental. «*Immense and glorious work of fine intelligence*», se había jactado Wordsworth al hablar de la capilla. Y eso que ni siquiera había ido al King's College, sino a otro, al St. John, le parecía recordar.

Era un universo propio y extraño, aquel mundo de los *colleges* y las universidades que había en Cambridge, y seguramente también en Oxford. Un centro de poder intelectual y político que engendraba ganadores de premios Nobel y hombres de Estado en cadena.

Y algunas ovejas negras de las que no estaban completamente orgullosos. Hacía un par de noches, Mai-Brit había estado en el hotel estudiando una especie de lista de celebridades que habían vivido en el mismo lugar que Newton, en el Trinity College. Para su sorpresa y, debía reconocerlo, para su mal disimulado regocijo, había encontrado los nombres de Guy Burgess, Kim Philby y Anthony Blunt, los más conocidos y notorios espías soviéticos que alguna vez fueron desenmascarados en el mundo occidental.

También había descubierto que Newton no era el único alquimista que había residido en el Trinity. John Dee, célebre ocultista del siglo XVI, hombre de Estado y filósofo, aunque también alquimista y, sobre todo, uno de los superiores de la hermandad secreta llamada la Orden Rosacruz, había pasado su juventud allí. Lo de la orden secreta había despertado la curiosidad de Mai-Brit, porque en un par de cartas y en algunas notas de Newton había encontrado algo que parecía indicar que él también había estado metido en algo similar. ¿Sería la misma orden o hermandad que la de Bacon? Tendría que investigar esa faceta de Newton con mayor detalle. A lo mejor encontraba algo entre los papeles que estaba esperando en aquel mismo momento. Si es que llegaban.

La investigadora se levantó, abandonó el portátil y se acercó a la ventana para coger un libro que había en el alféizar. Mai-Brit murmuró: «Perdón». Notó que la secretaria la miraba y volvió a su puesto.

No se fiaban de ella. La hostigaban. De acuerdo, seguramente lo hacían con cualquiera que había estado allí. Al fin y al cabo, cedían verdaderos tesoros a los visitantes. Mai-Brit se giró y paseó la mirada por la estancia, abarcándolo todo. No era grande. La sala de lectura tenía aproximadamente diez metros cuadrados y albergaba dos mesas largas con seis sillas cada una. Entre las ventanas y a lo largo de una de las paredes había una librería, también había un par de cuadros, tres puertas y el escritorio de la secretaria. Estaba situado en un lugar central, de manera que la joven pudiera vigilar constantemente a las visitas y lo que hacían. Y luego, sobre su cabeza, estaba la cámara.

Un cierto aire degradante dominaba toda la disposición y Mai-Brit sintió deseos de largarse, desaparecer por la puerta, romper aquella sensación de vigilancia que parecía presagiar un interrogatorio de tercer grado. Se acercó el diario, abrió por una página en blanco, agarró la pluma y escribió:

> 23 de agosto, Biblioteca del King's College, Cambridge–. Me han concedido un permiso para estudiar los libros de notas y los manuscritos alquímicos de Newton. Es decir, el archivero jefe me dijo que un *curator of ancient manuscripts* todavía podía retirármelo. Ya veremos. Ahora mismo, aguardo esperanzada que me los entreguen.
>
> Es mi última semana en Inglaterra (Finn-Erik estaba enfadado cuando lo llamé ayer; quería que volviera a casa inmediatamente). ¿Debería hacerlo, en lugar de quedarme aquí (mirando la pared)? No estoy segura de que esté priorizando correctamente.

La pluma se detuvo y Mai-Brit alzó la mirada. Aquella conversación había sido desagradable; Finn-Erik había expuesto su enfado, se había comportado de una manera que, hasta entonces, ella desconocía; como si sospechara que ella le era infiel pero no se atreviera a acusarla directamente. ¡Había utilizado a los niños como método de presión, diciendo que la echaban terriblemente de menos! Había hablado con Stig, que le contó que había trepado al ciruelo de la tía Mona. Line se había avenido a acercarse al teléfono a regañadientes, pero sólo le había dicho: «Hola, mamá», y luego se había ido corriendo. La hija del vecino, que tenía un año más que ella y era, en aquel momento, su gran ídolo, estaba de visita y no tenía tiempo para perderlo hablando por teléfono. Mai suspiró y decidió dejar de lado la mala conciencia. Volvió las páginas del diario hasta llegar al día anterior.

> 22 de agosto, Arundel House Hotel, Cambridge–. Intento aprovechar el tiempo lo mejor que puedo. Los domingos, cuando las bibliotecas están cerradas, me dedico a escribir las historias de ficción. Hoy conseguí encajar una nueva escena en el segundo secreto. Luego bajé a un *pub* y lo celebré con una copa de jerez (o dos, para ser sincera). Encuentro una satisfacción distinta y más profunda en escribir ficción que adaptando el material documental. Me sorprende porque nunca había valorado los aspectos estrictamente sentimentales que eso implicaba. Aunque cada vez creo más en lo que antes tanto me interesaba: el aspecto divulgativo. Ya sé que es bastante insolente decirlo yo misma (aunque, por otro lado, sólo yo leeré este diario), pero, de hecho, ¡me parece que las pequeñas historias sobre Newton me están quedando muy bien!

Mai-Brit sonrió y cerró el libro. La vanagloria era un deporte infravalorado, al menos en su caso. El hecho de que se permitiera una frase así y no sintiera vergüenza al volver a leerla, parecía indicar que estaba haciendo progresos. Muchas veces Even le había dado una patada en el trasero, mentalmente, por supuesto. Pensaba que ella se valoraba poco, que no exigía el respeto que se merecía de los que la rodeaban. Fue con estas palabras en la mente que, unos años atrás, Mai-Brit había elaborado una lista de exigencias para Odin Hjelm y la editorial

Phönix cuando se pusieron en contacto con ella para contratarla como editora de la nueva colección. Con el corazón en un puño y temerosa de ser rechazada, de que le dijeran que había ido demasiado lejos en sus reivindicaciones, había esperado la respuesta durante tres largos días, dando vueltas alrededor de sí misma y saliendo a dar paseos nerviosos con el pequeño Stig. Sólo cuando Finn-Erik estaba cerca se hacía la dura y daba a entender que estaba muy segura de sí misma. Finn-Erik no la había motivado ni apoyado; era de la opinión de que sus enormes exigencias rayaban en el descaro y que debería mostrarse más humilde, teniendo en cuenta que una editorial de tanto renombre se había interesado por ella y había consentido en entrevistarla.

Sin embargo, Mai-Brit había conseguido el puesto. Durante la entrevista de trabajo, Hjelm había aceptado todos sus deseos, dando por sentado que eran exigencias que la editorial debía reconocer si querían tener a una persona tan cualificada como ella en su plantilla. Y no sólo le dieron el trabajo, sino que se había convertido simple y llanamente en el trabajo de sus sueños porque ella había insistido en que lo fuera, había hecho algo que nunca había creído que osaría realizar.

Miró el reloj. Llevaba esperando cuarenta y ocho minutos. Si no aparecían con los libros cuando hubiera pasado una hora y cuarto se iría. Y luego enviaría una queja a la dirección, porque tiene que haber un límite en la manera en que se puede tratar a la gente.

Nadie te daba nada por mostrarte humilde. Eso también lo había aprendido de Even. Ni como mujer, ni como cristiana. Nunca demasiado humilde.

Cristiana, sí... Ésa era la cuestión. ¿Hasta qué punto era cristiana... a estas alturas?

Totalmente cristiana a medio gas. No pudo más que sonreír al recordar la descripción que de ella había hecho Even medio en broma. ¿Estaría en lo cierto?

¿Hacia dónde se dirigía? Se había hecho esa pregunta hacía un par de días, después de hablar con su padre por teléfono. Le había preguntado si se verían en la iglesia al día siguiente. Ella le había contestado que no podría ser, estaba en Inglaterra. Naturalmente, él había aceptado la respuesta, faltaría más, pero la verdad es que hacía ya muchos años que Mai-Brit no iba a misa. El padre lo sabía y ella lo sabía. Su hermana la visitó seis meses antes, fue un sábado por la tarde y lo pasaron charlando mientras tomaban un café. La hermana le había hecho la misma pregunta, si Mai-Brit iría a misa al día siguiente. Puesto que la respuesta había sido un «quizá», la hermana había suspirado y había dicho que los años compartidos con Even no habían sido saludables para Mai-Brit. Para su propia sorpresa, Mai-Brit había defendido a su ex marido diciendo que mucho se podía decir de Even Vik, pero jamás, jamás, había intentado obligarla a hacer algo que no quisiera. A pesar de que no creía en Dios y que nunca iba a misa, Even siempre había estado libre de prejuicios y había aceptado plenamente que Mai-Brit fuera cristiana. Sin duda, muchos podrían aprender de la tolerancia de Even, había dicho, y la hermana le había lanzado una mirada extrañamente oscura que Mai-Brit no pudo olvidar. Por desgracia, era un hecho contrastado que Mai-Brit aceptaba con tristeza que, con el paso de los años, la hermana había tomado el camino inverso, y se había vuelto más fundamentalista y estrecha de miras. Desde entonces, las hermanas no se habían vuelto a ver, salvo para el cumpleaños del padre, hacía un mes, y en aquella ocasión, el trato entre ellas había sido muy frío.

Su mirada se escapó por la ventana y encontró la capilla. Los chicos del coro ensayaban cada día a las cinco y media. A lo mejor debería ir hoy a escucharlos.

La puerta del pasillo se abrió y la archivera entró arrastrando un carrito. Un ujier de la biblioteca la ayudó a pasarlo por encima del umbral. La archivera dijo algo y el ujier se acercó a Mai-Brit.

–Tiene que firmar aquí y luego verificar que estén todas las obras reseñadas –dijo en voz baja y dejó un papel delante de Mai-Brit.

–Sí –dijo Mai-Brit sonriendo; firmó distraída y miró con los ojos muy abiertos el montón con cajas de diferentes tamaños que la estaban esperando.

Ya estaba olvidada la frustración, olvidada la desconfianza. Ahora mismo era capaz de firmar cualquier cosa.

La archivera le devolvió la sonrisa mientras dejaba un soporte con cojines amortiguadores de espuma sobre la mesa.

–Los manuscritos deben colocarse siempre sobre este soporte –susurró–. Y sólo puede tener una caja sobre la mesa a la vez.

–¿Debo ponerme guantes blancos? –le susurró Mai-Brit.

La archivera se rió en silencio y sacudió la cabeza antes de volver a su despacho.

Respetuosa, como si se tratara de un ritual sagrado, Mai-Brit cogió la primera caja y la dejó sobre la mesa. Se sentó en el borde de la silla antes de levantar la tapa con mucho cuidado y con el corazón desbocado.

CAPÍTULO 52

Se oyó una bocina en la calle, delante de la casa. Even levantó la cabeza y miró el reloj. ¡Mierda! Era Kitty.

Tenía delante la foto de la silueta del hombre en la habitación de hotel; Even llevaba un rato mirándola fijamente, intentando recordar. Algo le decía que había visto a aquel hombre antes. Se puso en pie y se acercó a la ventana mientras se olía las axilas con escepticismo. Saludó a Kitty con la mano, indicándole que estaba en camino. Ella había salido del coche, reía con unos dientes blanquísimos y le devolvía el saludo.

También había dedicado la tarde a pensar en Kitty. Y en Susann. Y a llamar a Susann. O al menos a intentarlo. No había contestado a su llamada, de manera que había llamado a su trabajo y había dejado el mensaje de que volvería a intentarlo al día siguiente.

Primero Kitty y luego Susann. Ambas parecían estar seriamente interesadas en él. ¡Joder! ¡Qué locura! Era... era como si tuviera que encontrar la fórmula con la que verificar si un número, fuera cual fuese su tamaño, era un número primo, y al día siguiente tuviera que solucionar el problema de ciclos límite de las ecuaciones diferenciales polinómicas. Dos de los peores enigmas matemáticos del mundo.

El caso era que ambos enigmas habían sido solucionados recientemente por un indio y un sueco. Dios mío, era él quien tenía que haber... Al menos los números primos. Y había estado cerca, iba por muy buen camino cuando Mai lo abandonó. Entonces se acabó. Del todo. El muro. Durante cinco años. Y ahora ese maldito Agrawal le había adelantado por dentro. No era que Agrawal no lo mereciera, era un gran tío, muy bueno, Even había coincidido con él un par de veces, pero...

Pero bien, Kitty y Susann... ambas estaban interesadas en él... no sólo no estaba acostumbrado, sino que era una experiencia completamente desconocida.

Siempre había pensado que el día en que conoció a Mai había sido uno de esos días en que el cálculo de probabilidades estaba de vacaciones y permitió que prevaleciera el destino o la diosa de la felicidad. Que fuera a conocer a la chica más atractiva del mundo y que ella se enamorara de él, un tío abominable, estrafalario y bronco estaba, atendiendo a la probabilidad, más allá de toda razón. Que luego lo abandonara después de trece años era más acorde con la realidad.

Que siguiera insistiendo en decir que su número preferido era el trece era representativo de su lógica y su capacidad para enviarlo todo al cuerno y dejar que gobernara su obstinación. Nadie iba a contarle a él que había un número más fatal y desgraciado que otro.

En cuanto a su vida sexual y sentimental, a lo largo de aquellos cinco años que habían transcurrido desde que Mai lo había abandonado, había tenido algunos, pocos, líos. La mayoría de las veces, estaba borracho y fue con estudiantes que habían oído hablar de su genialidad, que lo admiraban como profesor y querían un polvo, casi como una muesca en el revólver.

Cuando Kitty mostró interés por él la primera vez, Even había pensado que se trataba simplemente de dos personas adultas que necesitaban dar rienda suelta a la acumulación de energía sexual. Cuando volvió a ponerse en contacto con él, Even pensó que a Kitty le había gustado el sexo y que quería un poco más antes de que cada uno de ellos retomara su camino por separado. El que ahora pareciera que Kitty se tomaba la relación más en serio de lo que él había creído que haría le obligaba a evaluar la situación a fondo. Sobre todo ahora que Susann también había aparecido en el escenario.

En el amor y la guerra el cinismo es mayor. ¿Cuál de ellas podía devolverle a las matemáticas?

Eso era lo primero que había pensado. Tenía que admitirlo. No, maldita sea, ¿cuándo maduraría? Al fin y al cabo, siempre había contemplado la amistad con Kitty como una relación amorosa en ciernes. Era un hecho. En parte porque Kitty era una antigua amiga de Mai, pero también porque, poco a poco, se había ido dando cuenta de que Kitty tenía el mismo efecto positivo sobre él que Mai. Era demasiado fuerte. Y, en cierto modo, estaba mal. Empezaba a temer que pudiera hacerle a Kitty lo mismo que le había hecho a Mai.

Y entonces ella saldría corriendo, dejándole atrás, vulnerable y sin nada más a lo que atenerse que la culpa.

Sospechaba que era este tipo de consideraciones que le habían llevado a ir hasta el final cuando Susann apareció en la arena. Se había lanzado de cabeza con una mezcla de asombro (¿qué podía ver una chica así en un viejo diablo como él?) y de culpa.

Esa maldita culpa asomaba su cabeza diabólica tanto cuando se trataba de Mai como de Kitty. Y allí volvía a aparecer la mezcla. ¿Sería Kitty o, en realidad, Mai, con quien había quedado para ir al cine aquella noche?

Cuando abandonó Londres, Even había dejado de tomar la iniciativa para que Susann y él se volvieran a ver, a pesar de que ella le había insinuado su interés. Había dejado la llave de su piso y, con la convicción de que era lo mejor, se había despedido, y luego se había olvidado de ella. Que ella le hubiera llamado, varias veces, fue una sorpresa e hizo que sintiera una repentina y maravillosa frescura en el cuerpo.

Kitty volvió a hacer sonar el claxon. Even juntó los papeles, descubrió el papel con el código postal de Vika y se lo metió en el bolsillo junto con la llave del apartado de correos. Se quedó indeciso un momento con la fórmula de Newton en la mano, preguntándose qué hacer con ella, hasta que finalmente se decidió por dejar el sobre con mucho cuidado detrás de los cojines de un sofá que ya estaba medio atestado de libros y papeles. No era, ni mucho menos, un escondite ideal, pero de momento serviría. Mañana sacaría copias de los folios y guardaría los originales en una caja fuerte.

Salió al pasillo, agarró la chaqueta de cuero y cerró la puerta con llave. Un frío viento soplaba del oeste y Even se subió la cremallera hasta el cuello. Unas horas antes había llamado a Odin Hjelm, se había disculpado, había justificado el despiste explicando que unas ideas nuevas le habían llevado a olvidarse de todo lo demás; ideas sobre Newton y bla, bla, bla. Hjelm no había tardado en serenarse y había trasladado la invitación al lunes por la noche: mañana a las dieciocho horas, cena para dos. Había repetido la dirección de Frogner, y Even recordó que era la misma calle en la que Susann le había dicho que vivía. A lo mejor debería visitarla después de la cena.

Cuando estaba a punto de colgar, Odin Hjelm recordó de pronto algo que tenía que contarle.

–Por cierto, recibí la visita de un inspector de policía, un tal Molvik, el viernes por la mañana. Es obvio que estaba investigando las circunstancias que rodean la muerte de Mai-Brit Fossen porque me hizo muchas preguntas interesándose por su trabajo, quería saber en qué andaba cuando murió. –Se produjo una pequeña pausa hasta que Hjelm volvió a hablar–: Y luego me preguntó si tú estabas involucrado en su trabajo... ¿lo conoces?

–Es posible que haya coincidido con él, pero así, a bote pronto, no me suena –mintió Even, y se dijeron «hasta pronto».

–Mucho profesor y genio, pero todavía no te has aprendido la hora –dijo Kitty en un tono de voz resignado. Se rió y le lanzó las llaves del coche–. Tú conduces.

–Pero... –dijo Even.

–Venga, adelante. –Kitty se sentó en el asiento del copiloto y esperó–. ¿Vienes? No queremos perdernos los anuncios, ¿verdad?

Even sacudió la cabeza, tomó asiento detrás del volante y puso el coche en marcha.

–¿Adónde vamos?

–Es una sorpresa.

–Pero tengo que saber...

–Tú limítate a conducir, en dirección al centro, y aparca. Yo me encargo del resto, no te preocupes.

En el camino, Kitty le contó que tendría que irse a Sudáfrica al día siguiente junto con dos atletas que pasarían un mes entrenando allí.

–¿Estarás fuera un mes entero?

A Even no le gustó el tonillo resentido que detectó en su propia voz. Kitty le lanzó una mirada de soslayo.

–Estaré fuera una semana. No me necesitarán más. Sólo tengo que establecer sus programas básicos de entrenamiento. En cuanto eso esté en su sitio, su entrenador personal se hará cargo del grupo. No soy una especialista, ni en carreras de ochocientos metros ni en lanzamiento de jabalina.

Even asintió y decidió no preguntar más. No quería que creyera que no podía estar sin ella.

–Por eso puedes quedarte con mi coche el resto de la semana –dijo Kitty.

Even se detuvo en el semáforo que se había puesto en rojo y miró a Kitty.

–¿No crees que es un poco estúpido? Ya sabes que no tengo el papelito. Estoy acostumbrado a coger el autobús y, de todos modos, había pensado comprarme una bici.

–Como médico tengo que recomendarte lo último, aunque mi oferta sigue en pie. Tienes toda la tarde para pensártelo y decidir qué quieres hacer. Y si vienes a mi casa, luego también dispondrás de la noche.

Even se rió y se dio cuenta de que ya se había decidido. Sería mucho más fácil y rápido volver a casa desde la estafeta de correos de Vika mañana por la mañana. A cambio, tendría que soportar que el viaje desde Nesodden hasta el centro de la ciudad fuera largo. Saldría temprano para poder llegar a la estafeta en cuanto abrieran.

Aparcaron en una pequeña y oscura calle lateral, cerca del Ayuntamiento, y fueron andando desde allí hasta el cine Saga. Kitty fue a por las entradas mientras Even iba al baño.

–Por aquí –dijo Kitty y se lo llevó por un pasillo–. La película ya ha empezado y nos han dado asientos justo delante de la puerta.

Un joven apareció por una puerta y arrancó un pedazo de las entradas antes de conducirles al interior de la sala y señalar dos asientos con una linterna. Even se sentó y miró hacia la pantalla. Tres hombres en túnica cruzaban un bosque azul en medio de la noche. Las imágenes eran bellas y misteriosas, la música suave y de estilo árabe. Un hombre se hincó de rodillas y una sombra a sus espaldas dijo, en una lengua gutural: «¿Realmente crees que un hombre es capaz de soportar el peso de todos los pecados del mundo? –La boca se frunció en una sonrisa diabólica–: Yo te digo que ningún hombre puede soportar esa carga: es demasiado pesada».

–¡Mierda! –exclamó Even en voz baja y miró con resentimiento a Kitty, que estaba completamente absorta en la película–. Es la película sobre Jesús de Mel Gibson –le susurró.

Ella asintió dándolo por sentado, sin apartar los ojos de la pantalla. Even se obligó a sentarse bien en el asiento y seguir el argumento, ahora que ya estaba allí. La película cambió de ángulo: Judas recibía los treinta dinares. La historia era conocida por todo el mundo y no se alejaba de lo que le habían enseñado en el colegio; y, tenía que reconocer, estaba contada de una manera convincente y casi bella. Al principio. Hasta que Judas condujo a los soldados a Jesús.

Entonces empezó la violencia. La violencia por la que recordaba que la película había cobrado su fama. Y vio al pueblo de Jerusalén y a los sacerdotes luchar por acusar y condenar a un hombre que había sido un filósofo y un predicador. Nada más, nada menos, así es como lo veía Even. Un Gandhi, un anarquista antiviolencia. Un mentiroso, aunque un mentiroso inofensivo. Un hombre que contaba historias que no podían hacer daño a nadie.

El hombre fue condenado a trabajos forzados, pero no a la muerte, y unos soldados romanos empezaron a azotarle. ¡Vaya tío! ¡Cerrar la puerta con llave! Jesús se tambaleaba bajo el látigo, tenía la piel hecha trizas y el cuerpo en carne viva, se desplomó lentamente... Enfréntate, maldito... Los calambres en el estómago le hicieron echar la cabeza hacia atrás. Even dejó que pasara el tiempo y que la luz parpadeara en el techo del cine. Pensó en la primavera que estaba en camino y en el sobre de Mai y en los códigos del texto de Newton y...

No era sueño, no era desmayo. Volvió en sí como de un coma, volvió la mirada hacia la pantalla, miró hacia Kitty y luego de nuevo hacia la pantalla. Jesús estaba condenado a morir en la cruz, Barrabás se había librado y se rió con unos dientes podridos y alzó los brazos al cielo. Even tenía ganas de irse, la película era para sádicos, para fanáticos, para gente que necesitaba razones para odiar a los judíos. Parecía que todos los habitantes de Jerusalén ardían en deseos de acabar con aquel repugnante criminal. Jesús recorría las calles tambaleante con la cruz cargada al hombro, era flagelado despiadadamente por los soldados, mientras daba tumbos y se arrastraba, y Even suspiró, abatido. Tenía que haber un límite a las excusas que podían servir para mostrar escenas así de violentas. La madre de Jesús, María, pidió ser llevada ante Jesús. Even se quedó helado, sin aliento, viendo cómo intentaba encontrar una manera de llegar a la cabeza del séquito. ¡Aléjate, vieja! ¡Se merece la paliza que le están dando! María encontró el camino, oyó la procesión y la multitud enardecida que se acercaba, escondió la cabeza y le volvió la espalda. Él se había caído de la bicicleta, nada serio. A todos los niños de nueve años les tiene que pasar. Jesús se desplomó bajo el peso de la cruz, yacía ensangrentado como un conejo desollado, jadeando. Pero yo no tengo bicicleta, mamá. La cámara hizo un *zoom* y se acercó lentamente a un ojo claro que se fijaba en la madre, en Even. La madre corrió hacia él, hacia Even, hacia Jesús, acudía en su ayuda, el niño tiene la cara como un bistec, dijo un policía al conductor de la ambulancia, los ojos eran estrechas rendijas en carne viva, la respiración jadeante, y en la frente asomaba el blanco. ¡Y el rojo! Jesús lo miraba fijamente. Y también a la madre. El ojo empezó a girar. ¡Todo era rojo! Carne.

Even se levantó, se tambaleó y salió corriendo de la sala de cine. La luz titilaba y la gente se volvía para mirarle. No se detuvo hasta que llegó a la calle y notó el aire fresco de la noche que llegaba desde el puerto revolviendo su pelo.

–Dios mío –jadeó y se apoyó contra una papelera.

Tenía ganas de vomitar, pero consiguió sobreponerse a los calambres en el estómago y se incorporó al notar una mano que le rozaba el hombro.

–Dios mío, ¿qué te ha pasado? –preguntó una Kitty preocupada.

Even no tenía fuerzas para responderle, pero señaló en dirección a un *pub* al otro lado de la calle. Cuando tuvieron el té y el café sobre la mesa, Even la miró cohibido.

–Siento que no hayas podido ver el resto de la película. –Intentó reírse–. Pero supongo que sabrás cómo termina, ¿no?

Kitty asintió seriamente con la cabeza.

–Sí, es una película fuerte. Hace tiempo que tenía ganas de verla, y ahora que, por fin, había encontrado el momento...

–Fuerte, sí, ha sido repugnante. –Even sopló sobre su taza de café y tomó un sorbo–. No entiendo que sea necesaria tanta sangre y tantas entrañas. –Bajó la mirada hacia su taza, enojado–. También supera mi capacidad de comprensión que haya alguien que sienta la necesidad de hacer más películas sobre Jesús.

–La pasión de Jesucristo no fue dulce ni falta de sangre –dijo Kitty quedamente–. No todas las películas lo han tenido en cuenta. La culpa que asumió era enorme. Nuestra culpa, la culpa de toda la humanidad. De eso no puede salir una película amable y decorosa. Ver los sufrimientos y el dolor que tuvo que soportar por nuestra culpa sólo hace que mi fe se fortalezca.

Even tomó un sorbo de su café antes de dejar la taza sobre la mesa. La dejó con toda la calma que pudo reunir y, sin embargo, acabó chocando contra la mesa con un violento chasquido.

–Discúlpame, pero no me habrás traído a ver precisamente esta película con el propósito de convertirme. Francamente, ¿no ha sido una especie de proselitismo, de prédica del Evangelio? ¿Era por eso que no querías contarme lo que íbamos a ver?

–Yo no la había visto antes –dijo Kitty y le lanzó una mirada iracunda–. Ya te lo he dicho.

–Pero sabías a qué me llevabas.

–Sí, pero no sabía que era tan fuerte. –Kitty vaciló–. Y no sabía que provocaría una reacción tan fuerte en ti.

–¡Tan fuerte en mí! –Even respiró pesadamente.

En su cabeza volvía a ver las imágenes del cuerpo ensangrentado, y de la madre corriendo hacia el hijo. Parpadeó enérgicamente y echó una mirada por encima de las cabezas de la gente. En el *pub* las mesas se iban llenando, unos camareros vestidos con camisas blancas corrían de un lado a otro con cervezas espumantes y finas copas de vino. En la mesa vecina, una mujer se reía de algo que decía otra mujer, una risa estridente que estaba a menos de un decibelio de romper toda la colección de vasos y copas del local.

Even concentró toda su atención en la taza de café en un intento de reunir sus ideas. ¿Se tomaba a sí mismo demasiado en serio? ¿Había llegado el momento de iniciar a Kitty en otro secreto o, mejor dicho, de contarle toda la verdad, su verdad? Por cierto, ¿cuál sería la de ella? Even odiaba el proselitismo y volvió a preguntarse si lo mejor no sería irse. Por otro lado, podía contarle una de sus historias, y ver su reacción... tomárselo todo como un experimento más.

–¿Tienes que levantarte temprano?

Kitty lo miró sorprendida.

–No, temprano no. Tengo que irme un poco antes del almuerzo y ya casi tengo hecha la maleta.

–¿Quieres saber por qué me fui a media película?

Kitty lo miró con ojos serios, sin contestarle, y él empezó a contarle su historia. Le habló de su infancia con un padre que pareció odiarle desde el primer día. Un padre que bebía regularmente y que casi a diario le propinaba una bofetada o dos, pero, a medida que fue creciendo, también le golpeaba con un cinturón o con un aparato que más tarde Even supo que se llamaba *totenschläger*, un calcetín largo con una piedra en su interior.

–Necesitaba saber y controlar lo que hacíamos tanto mi madre como yo a cualquier hora y en cualquier momento. Una vez cerré la puerta de mi habitación con llave porque había encontrado una que encajaba en la cerradura y deseaba tener un poco de privacidad. Cuando volví a casa del colegio la puerta había sido forzada con una ganzúa y mi padre me estaba esperando. –Even se llevó la mano a la cicatriz al lado del ojo–. Luego tuvieron que darme algunos puntos. Fue una de las pocas veces que me quedaron marcas visibles de lo que había hecho. Solía ser bastante bueno golpeándome donde no dejaba marcas.

»Siempre negó haber fisgoneado entre mis cosas. No sé por qué, puesto que yo sabía cuándo había estado en mi habitación, a pesar de que se le daba bien no dejar huellas. Aprendí pronto a colocar mis cosas de manera que pudiera detectar rápidamente si él las había movido, si había fisgado en mis cajones, en mis bolsas, o si había tocado los papeles que había sobre mi mesa. No porque tuviera nada que ocultar, pero al menos quería saber si había estado allí. Mantener una especie de control yo también. Me confería cierta dignidad en medio de toda aquella humillación, supongo. Sentía que le devolvía el golpe sin que él se diera cuenta. Que era más inteligente que él.

Kitty se había quedado con la taza de té pegada a la boca, sin beber. Sus ojos verdes estaban pegados a él y apenas parpadeaba.

–¿Desarrollaste tu propio sistema secreto para controlar si alguien había fisgado en tus papeles?

–Sí. Los colocaba de manera que a él le resultara imposible ponerlos exactamente de la misma manera, porque para ello hubiera necesitado saber cómo lo hacía yo. Con el tiempo, se ha convertido en una costumbre, algo que sigo haciendo cuando dejo documentos y papeles al irme de casa o de la universidad.

Kitty asintió sin mover la mirada ni parpadear. Even se quedó un rato en silencio antes de retomar su relato.

–No acostumbraba a pegar a mamá. De vez en cuando, pero solía ser cuando yo había pasado una noche en casa de un amigo, o si estaba de colonias con el colegio. Cuando llegué a la adolescencia y crecí, los golpes se hicieron más fuertes. No tenía ocasión de hacerlo tanto, porque yo había empezado a salir más con los amigos, pero cuando me pegaba, me pegaba de verdad.

–¿Nunca se lo dijiste a nadie? ¿Tu madre no se lo dijo a nadie?

Kitty hablaba como si le costara respirar.

–Mi madre mentía a todo aquel que pudiera llegar a sospechar algo: al médico, al profesor, a los padres de mis compañeros, y a los vecinos, que lo oían casi todo. Vivíamos en un viejo bloque de pisos con un aislamiento pésimo. Ella mentía y decía que todo iba bien. Y yo no decía nada. Creo que tenía miedo de que lo fuera a pagar ella si yo decía algo. Habría recibido una paliza de mi padre y, además, habría quedado como una mentirosa delante de todo el mundo.

Even inspiró hondo.

–Un día le devolví el golpe. Había cumplido los diecisiete y me había convertido en un chico grande y fuerte. Hacía tiempo que formaba parte de una banda del barrio. Levantábamos pesas en el sótano del bloque vecino, nos peleábamos con otras bandas, robábamos cervezas y tabaco, hacíamos gamberradas y nos enseñábamos trucos de combate. Cuando mi padre me pegó, de pronto le devolví el golpe y descubrí el miedo en sus ojos. Fue como apretar un botón en mi cabeza, hizo clic. Le golpeé y le pateé y le di cabezazos hasta que la sangre le salió a borbotones y mamá gritó y se interpuso entre nosotros. Entonces me fui y en realidad no volví jamás. Me mudé. Me fui a vivir a una casa *okupa* en la calle Pilestredet, no muy lejos de donde, más tarde, se establecería la casa Blitz y... bueno, entonces entré en una pandilla que luego empezó a formar parte del ambiente de Blitz.

Kitty dejó la taza sobre la mesa, con mucho cuidado, como si se tratara de porcelana china.

–¿Qué le pasó a tu padre?

–Le rompí la mandíbula y estuvo de baja un par de meses –dijo Even, evitando levantar la mirada.

De pronto se le habían ido las ganas de seguir contando su historia. Esperaba que Kitty hubiera tenido bastante.

–¿Qué le pasó a tu madre?

«Que qué le paso a mi madre, dice. Tiene que saberlo todo, tiene que meter las narices en toda esa mierda, esa maldita...»

–Ella... –Even se miró el puño que descansaba sobre la mesa fijamente. Lo había cerrado y las venas de la mano se marcaron azules y palpitantes contra la piel. *Neve elsker kiv*, a Neve le gustan las broncas. El odio y la maldad se concentraban en aquel puño, la herencia del padre estaba en aquel puño. El que había aplastado el cráneo–. Murió. Pocos días antes de volver al trabajo mi padre se emborrachó como un cerdo, se volvió loco y le pegó hasta quitarle vida. Los vecinos oyeron el escándalo, mis padres hacían más ruido que de costumbre, y llamaron a la policía. Enviaron una patrulla y encontraron a mi madre tirada en el suelo en medio de un charco de sangre y a mi padre en la cama, durmiendo. Tenía sangre de mi madre en los nudillos y en la camiseta. Uno de mis amigos de la calle fue a buscarme al centro y llegamos justo cuando apareció la policía. Mi madre estaba inconsciente y murió al día siguiente. Sufrió demasiadas lesiones en la cabeza, dijo el médico. Comentó que era mejor así, porque de haber sobrevivido, se habría convertido en un vegetal. –Even levantó la mirada–. No dijo vegetal, pero era lo que quería decir.

Pasó un camarero y Even pidió un whisky. Necesitaba algo que pudiera eliminar las náuseas. Kitty sacudió la cabeza, ella no quería nada. Even esperó a que volviera el camarero con la copa antes de proseguir.

–El juez no tuvo ninguna duda. Le metió quince años al cerdo. –Even tomó un sorbo y miró el líquido con una mirada concentrada–. Tenían que haberle caído veinticinco, o treinta, o cadena perpetua. No era una persona que se pudiera soltar entre la gente de nuevo. –Even vació la copa con un golpe de cabeza y miró por la ventana–. No volví a verle más desde que abandoné la sala de juicio, nunca volví a hablar con él. Su médico, un sueco, se puso en contacto conmigo varias veces para convencerme de que le visitara, sobre todo justo antes de que muriera; pero siempre me negué. No podía, no tenía las fuerzas suficientes para hacerlo. No veía la necesidad ni la justificación. Y ahora sólo siento alivio de que se haya ido. Que esté muerto. –Even se quedó callado un rato antes de sonreír con cierta maldad–. Y puedo asegurarte que no está sentado a la misma mesa que Jesús. La temperatura es muy distinta allí donde está él. –El vaso golpeó contra la mesa con un estallido y Even miró a Kitty directamente a los ojos–. Y, desde luego, Jesús no asumió su culpa, puedo jurártelo. Su culpa era demasiado pesada.

CAPÍTULO 53

Cambridge

Mai-Brit se acercó el soporte con el libro y sus espaldas parecieron ensancharse. Desde el primer día, en la sala de lectura de la biblioteca del King's College, se había sentado de manera que tapara con el cuerpo los libros a la cámara. No porque tuviera nada que ocultar, sino porque no pensaba tolerar que la vigilaran y la filmaran sin protestar. Era una protesta silenciosa y leve, ella no era de las que montaban grandes espectáculos. La secretaria estaba sentada detrás del escritorio y podía verlo todo, debería ser suficiente.

Con mucho cuidado pasó las páginas hasta llegar un poco más allá de la mitad del viejo libro de notas que descansaba sobre los cojines de espuma, y depositó una cinta blanca de unos veinte centímetros, con unas bolitas de plomo incorporadas en el tejido, en el borde del libro para mantener la página sujeta. En la parte superior de la página, la caligrafía del libro era enérgica y la tinta de color negro azulado. *Notes on ye preparation of Philosophical Mercury and ye meditation of Diana's Dove*, decía al principio. Había leído el texto en microfilme, pero estar allí, con el original entre las manos, era otra cosa. «Es como leer un vals lento», pensó. Al principio, la escritura era oscura, pero después de un par de líneas o tres se volvía más fina y pálida para, de pronto, volverse nítida de nuevo, cuando Newton había vuelto a mojar la pluma en la tinta y había empezado una nueva secuencia.

Durante los últimos días, Mai-Brit había repasado sistemáticamente todos los manuscritos y libros de notas desde 1670 en adelante. En un principio había cientos de páginas; la mayor parte versaban sobre alquimia, algunas sobre historia eclesiástica, astronomía, física y matemáticas; otras eran correspondencia o notas sueltas, por ejemplo, recetas de medicina para curar la acidez de estómago, el vértigo y los callos. No tardó en entender que tendría que clasificar los documentos en tres grupos. Uno recogería todo aquello que estaba atado entre dos tapas, en carpetas, finas o gruesas, sueltas o juntas. Había que examinar a fondo todo lo que tuviera cierta consistencia y que pudiera esconder algo. El segundo grupo reuniría todos los escritos que tenían que ver con la alquimia, el ocultismo o con temas igualmente enigmáticos. Naturalmente, estos dos grupos se solapaban algo, pero eso era una ventaja.

En el último grupo estaría todo lo demás. Es decir, los documentos científicos y las notas cotidianas sobre remedios caseros y cosas por el estilo. Los apartó; de momento no pensaba dedicarles demasiado tiempo.

Luego se había dedicado a lo meramente físico: había examinado el papel; la numeración de las páginas; lo había sostenido a contraluz en busca de posibles marcas de agua; había averiguado si había páginas adicionales sin numerar; se había detenido al encontrar una esquina doblada, algún borrón de tinta que pudiera ocultar alguna referencia, dibujos en el margen, notas en alguna página de relleno; había verificado la encuadernación y el lomo; en general, se había preocupado por todo lo que pudiera decirle algo que no fuera visible en las copias y los microfilmes.

Al principio había estado absorta y casi eufórica en su afán por encontrar algo, pero a medida que fueron pasando las horas y los días su optimismo fue menguando, y cuando cogió el último de los libros seleccionados y lo terminó sin haber encontrado nada, su humor había llegado a su punto más bajo. Estaba cansada, tenía morriña y se sentía culpable a causa de los niños. Tenía la sensación de haber malgastado los últimos días. Había estado bien dedicar un día a hacerse con el material auténtico, olerlo y llegar a conocer papeles que Newton había escrito y tocado personalmente. Pero utilizar cuatro días, y ahora un quinto, sin haber llegado a ningún resultado demostrable era despilfarrar el dinero de la editorial. Por no mencionar lo mucho que habría podido ver a sus hijos durante aquella semana.

Leer los textos alquímicos también había representado un bajón para ella, pues seguía sin entender gran cosa. Eso ya lo sabía, incluso antes de empezar, pero tuvo la estúpida idea de que si se sentaba con el material auténtico el tiempo suficiente e insistía, las puertas del conocimiento se le abrirían de par en par. Sin embargo, el intento fracasó. Los textos misteriosos seguían resultándole muy enigmáticos y tenían una profundidad que ella presentía, pero que no conseguía penetrar. Tendría que hacer mejor sus deberes en ese campo, pensó.

A pesar de todo, había decidido dedicar el último día a repasar, una vez más, algunos libros especialmente seleccionados, precisamente los de tapa dura. De todos modos, mañana tendría que volver a casa, de manera que resultaba algo absurdo y una pérdida de tiempo empezar con algo nuevo.

Acabó con el viejo libro de notas y lo devolvió a su caja. En el alféizar de la ventana la cambió por la tercera caja del día. Abrió un libro de notas de 1689, que contenía apuntes detallados sobre experimentos alquímicos. Había dibujados diagramas de metales y sobre el comportamiento y el desarrollo de otras materias, así como algunas conclusiones escritas e ideas para el nuevo paso que Newton quería dar. El texto estaba escrito casi íntegramente en latín y todo se había mantenido en un lenguaje técnico, con muchos signos y símbolos. Sobre todo los símbolos le causaban problemas. Interpretarlos (por ejemplo, un círculo con un punto en el medio era igual a oro) no era más que la punta del iceberg. Debajo de la comprensión química se escondía una traducción netamente astronómica (el círculo con el punto también era la representación del sol) y, además, había una especie de interpretación alquímico-astrológica del signo, por no hablar de la consecuencia alquímico-mitológica del símbolo. Y de todo esto apenas intuía su dimensión. Entender la profundidad real de los textos le parecía que resultaba tan ajeno como si se hubiera sentado con un libro sobre taoísmo, pero además escrito en chino.

Desanimada contempló un texto que se extendía a lo largo de casi dos páginas lleno de símbolos, solos o relacionados con otros. Con un suspiro de resignación siguió hojeando el libro; como tenía por costumbre, cuando la secretaria se metía en el despacho de la archivera o estaba ocupada en cualquier otro sitio, abría el libro separando las dos tapas con mucho cuidado como si fueran las alas de un pájaro y las dejara colgando. Estudió meticulosamente la simetría del lomo, la manera en que caían las páginas, si había alguna que sobresaliera, si había algo insólito que ver. Llevaba haciéndolo desde el primer día, esperando todo el tiempo a que la cámara la descubriera y la secretaria fuera a recriminarla severamente. Sin embargo, ni la archivera ni la secretaria le habían dicho nada. Entonces, ¿a lo mejor la cámara no era más que un engaño, una caja vacía cuyo único propósito era asustar?

El pulgar derecho se deslizó sobre un pequeño bulto en la tapa posterior, y Mai-Brit movió el libro en el aire hacia la luz de la ventana, esperando ingenuamente que algo se desprendiera y cayera delante de sus narices, a sabiendas de que otros antes que ella, expertos, investigadores, restauradores, encuadernadores, habían hojeado las mismas páginas miles de veces, también ellos en busca de pequeñas sorpresas. Una revelación. El pulgar pasó inconscientemente por encima del bulto, y Mai-Brit dejó el libro sobre la mesa, pensando si debía o no pasar al siguiente libro. Hasta que de pronto parpadeó asustada. ¿Qué era lo que había notado debajo del dedo? Hojeó rápidamente el libro hasta llegar a la tapa posterior; con mucho cuidado pasó el dedo índice por encima del papel y cerró los ojos para concentrarse mejor. ¡Aquí! Aquí había algo. Miró fijamente el cartoncillo basto de color marrón que cubría la tapa posterior. No se veía nada. Con la espalda vuelta a modo de escudo hacia el investigador que tenía a sus espaldas, se inclinó sobre el libro, dejó que la luz cayera desde diferentes ángulos y descubrió una línea fina, casi invisible, muy cerca de la costura del lomo. La secretaria tosió y siguió hablando en el despacho de la archivera. Con cuidado, Mai-Brit se levantó la manga por encima de la muñeca, se soltó unas pinzas de la correa del reloj donde llevaban ocultas inútilmente toda la semana y las pasó por el borde de la costura hasta que ésta se abrió a regañadientes y se convirtió en una rendija minúscula, en una abertura por debajo del cartoncillo que dejó al descubierto el borde de un papel blanco doblado.

CAPÍTULO 54

–Dios no nos condena –dijo Kitty.

Even sonrió.

–Entonces supongo que como cristiano puedes hacer todo lo que quieras. Estás salvado de antemano.

–No, Dios nos vigila, naturalmente, nos evalúa y conoce nuestra culpa. También nos pesa en su balanza.

Se habían quedado en el *pub* casi hasta medianoche, discutiendo mientras tomaban tazas de café y té sin parar, tan sólo interrumpidos por las visitas esporádicas al baño. Habían estado tan en desacuerdo que el tiempo había pasado sin que se dieran cuenta. Ahora se dirigían al coche. Doblaron la esquina y bajaron por la callejuela donde estaba aparcado el escarabajo.

–En el último día, cuando Dios tenga que juzgar a vivos y a muertos, la posición de la balanza decidirá dónde acabaremos. La película no era grotesca, como tú afirmas, sólo mostraba la dimensión de la culpa que Jesús tuvo que redimir con su sufrimiento –dijo Kitty y agitó el brazo–. Jesús es el hijo de Dios y fue crucificado por nuestros pecados. Éste es el mensaje del Nuevo Testamento. No debes olvidarlo.

–¿No es más importante que nos juzguen mientras todavía podemos arrepentirnos y enmendar nuestros errores? –dijo Even. Habían llegado al coche y Even se metió la mano en el bolsillo buscando las llaves.

–Sí –dijo Kitty impaciente–, claro que es importante que nos redimamos, pero la voluntad y el juicio de Dios...

–¡Callaos de una puta vez y dadnos las llaves!

Los dos se quedaron helados, Even con la llave en la puerta. Dos jóvenes de unos veinte años aparecieron en la parte posterior del coche y se colocaron de manera que no pudieran huir por ahí. Uno de ellos dio unos golpes amenazantes con un bate de béisbol; el otro, que sostenía una navaja en la mano izquierda, sonrió y se cambió la navaja de mano. Un ruido a sus espaldas hizo que Even se volviera y le diera tiempo a levantar el brazo para evitar una patada en la cara. A cambio, su brazo quedó paralizado durante unos segundos y Even maldijo entre dientes. El atacante reculó y dio unos saltitos ágiles, preparándose para un nuevo ataque. Era una adolescente delgada y a su lado había un chico, grande como un toro, que frotaba expectante su puño americano en la camiseta. Even lo miró de reojo. Dos por delante y otros dos por detrás; una trampa muy bien montada.

–Cada uno se encarga de los suyos –resopló Kitty y atacó con un aullido al hombre del bate de béisbol.

Even se llevó tal sorpresa que no advirtió una nueva patada alta de la chica que le alcanzó cerca de la oreja. Dio un paso atrás tambaleándose, chocó con el coche y decidió seguir la táctica de Kitty. Como si estuviera preso de la confusión se echó a un lado, se acercó al chico con aspecto de toro; casi tropezó con sus propios pies, pero de pronto dio un salto hacia delante y le propinó un cabezazo en la nariz y un rodillazo en el estómago. El chico soltó un aullido desgarrador, recibió un par de golpes más en los riñones y desapareció encorvado calle abajo con las manos tapándole la cara mientras la sangre goteaba de su nariz rota. Sin preocuparse por estar sola contra Even, la chica volvió a atacar, la patada volvía a ser alta, y Even consiguió derribarla agarrando su pierna y echándola por encima de su cabeza, haciendo que perdiera el equilibrio y cayera contra el asfalto. Durante un instante la tuvo indefensa en el suelo, y Even la hubiera podido patear, pisar, sentarse encima de ella y pegarle hasta dejarla inconsciente. Sin embargo, se quedó paralizado, viendo cómo ella se revolvía y volvía a ponerse en pie. Even oyó un alarido a sus espaldas y vio por el rabillo del ojo a uno de los hombres que perdía el equilibrio y trastabillaba con las dos manos apretadas contra la ingle. La visión le costó cara a Even, pues la chica le alcanzó con una nueva patada en el mismo lugar que antes y el asfalto voló hacia él dándole de pleno en el hombro.

Even jadeó y rodó hacia un lado para escapar de las patadas que sabía que llegarían a continuación.

Kitty saltó por encima de Even, atacó a la muchacha hecha una furia, le dio una patada en el estómago y golpeó su cabeza con el bate. La chica se volvió y salió corriendo. Kitty le lanzó el bate pero sin alcanzarla.

–¡Cuidado! –gritó Kitty señalando a sus espaldas.

Detrás de Even el hombre de la navaja intentaba girar la llave en la cerradura. Even logró ponerse en pie y lo empujó hacia atrás. El hombre agitó violentamente la mano donde sostenía la navaja. Even trastabilló; la sangre le corría por el ojo e intentaba desesperadamente retirarla con la mano.

–Yo me encargo de él.

Kitty saltó entre los dos hombres, mientras recogía un zapato del suelo y lo levantaba por encima de la cabeza. La mirada del hombre se fue directamente hacia la mano y el zapato, olvidándose así del pie que se le acercaba. Le alcanzó de pleno en la entrepierna levantándole prácticamente del suelo. Kitty se acercó al hombre que se retorcía entre rugidos, plantó tranquilamente un pie sobre una de sus manos y pisó con todas sus fuerzas. Even oyó un crujido cuando los huesos ya no soportaron la presión y el rugido del hombre se intensificó.

–Tú conduces –murmuró Even con la voz ronca; agarró su zapato y se dirigió tambaleante hacia la puerta del copiloto. Se hundió en el asiento mientras Kitty ponía el coche en marcha y lo sacaba a la calzada–. Cuidado –gritó Even, señalando a la chica, que de pronto apareció entre los coches con un pedrusco en la mano.

Kitty dirigió el coche directamente hacia la chica, que, asustada, saltó a un lado sin haber lanzado la piedra.

–¿Por qué demonios no le diste una paliza a esa zorra cuando pudiste hacerlo? –gritó Kitty y dobló la esquina para coger la calle ancha, justo delante de un minibús que le pitó de mala manera.

–Cierra la boca y conduce –jadeó Even y se llevó la mano a la sien.

Kitty enfiló la E6 en dirección a Nesodde, sin preguntarle a Even si prefería volver a su casa. Estaba bien, le importaba una mierda, ahora mismo todo le importaba una mierda.

De pronto habían llegado y Even se dio cuenta de que debía de haberse dormido o desmayado. Con un dolor de cabeza espantoso salió del coche como pudo y siguió a Kitty hasta el interior de la casa.

–Échate en el sofá –dijo y volvió inmediatamente con Pyriset y tiritas y un Dispril. Con mucho cuidado y profesionalidad palpó la mandíbula y el cráneo de Even–. No hay fractura –determinó–. Tómate el Dispril; hará que te relajes. Pero no debes dormirte hasta que estemos seguros de que no sufres una conmoción cerebral.

Kitty le limpió la herida de la frente y le notificó que no estaba tan mal como podía parecer, ahora que había retirado la sangre. Sólo se trataba de una herida superficial. Pero mañana tendría el ojo morado.

–Estupendo –murmuró Even–. Una noche perfecta. Primero la película con toda aquella salsa de tomate, y luego me dan una paliza como no me la habían dado desde que me fui de casa hace ya mil años.

–A cambio, esta noche tendrás que hacerme el amor –dijo Kitty y lo ayudó a incorporarse en el sofá–. Y deja ya de compadecerte. No soporto a los quejicas.

–Oh, cállate, haz el favor –murmuró Even. Podía haberle llevado a casa si no tenía ganas de escucharle–. Por cierto, ¿qué demonios estabas haciendo? –dijo de pronto–. Parecías completamente fuera de ti, pegando y dando patadas como si fueras yo hace veinte años y cinturón negro de kung-fu o algo parecido.

–Quédate quieto –dijo Kitty y le puso una tirita en la herida–. Uno de los entrenadores de la escuela superior lo tiene, me refiero al cinturón negro de karate. Nos dio un par de cursos a los demás y luego yo he estado entrenando con él por mi cuenta. No tengo ningún cinturón, ni amarillo ni morado ni de ningún otro color del arco iris, pero he aprendido un par de cosas.

–¿Como por ejemplo?

–Bueno, pues verás. Por ejemplo que los hombres a menudo olvidáis protegeros vuestro punto más débil.

–Oh, ¿de verdad? –dijo Even irónicamente, llevándose las manos a la cabeza.

–No, no me refiero a esa cabeza, sino a la otra.

Even sintió náuseas y se mareó; tenía la cabeza como un bombo y su cerebro se había retorcido cuarenta grados impidiendo que sus pensamientos encontraran la manera de salir.

–Ven, vamos a dar una vuelta; necesitas aire fresco y movimiento.

Kitty lo ayudó a levantarse del sofá con cuidado y lo empujó suavemente a través de la puerta hacia el apacible aire primaveral. Rodeó su cintura con el brazo y empezaron a andar lentamente en dirección al mar. La cabeza de Even pareció perder un par de kilos de peso al aire fresco.

–Nunca pego a las mujeres –dijo Even.

–¿A qué te refieres?

Kitty se detuvo y lo miró confusa.

–Antes me preguntaste por qué no había pegado a la chica que me atacó. No puedo.

Kitty lo cogió del brazo y avanzaron por la playa, como un viejo matrimonio, en dirección al bote.

–Después de que mi madre muriera...

Even se palpó los bolsillos con la esperanza de encontrar un cigarrillo pero sabía que era inútil.

–¿Quieres que salgamos en barco? –preguntó Kitty–. Los remos están en el bote; vivo en una zona libre de robos.

Even contestó empujando con fuerza el bote al agua. Kitty soltó las amarras y saltó dentro, Even la siguió y se dejó caer en la popa.

–Me niego a ser como él, ese cerdo asqueroso –murmuró y se llevó la mano a la oreja. De pronto se sentía aturdido–. Estoy dispuesto a desafiar la ley y a Newton, y dejar que la herencia desaparezca conmigo en la tumba, maldita sea.

Kitty lo miró sin decir nada, agarró los remos y dejó que el bote se deslizara sobre aguas tranquilas.

–Dejar que la herencia acabe en la tumba –dijo Even, como si se tratara de un mantra.

Kitty dejó los remos y controló el cabo antes de arrojar el ancla al agua.

–Venga –dijo, golpeando la proa con una mano–. Podemos echarnos aquí.

Soltó un par de tablas del costado del bote, las enganchó en la borda ampliando así el banco y convirtiendo toda la proa del bote en un somier de láminas anchas y muy separadas. De un saco que había en la popa del barco sacó una manta y la extendió sobre las tablas, se echó boca arriba y suspiró en dirección al cielo estrellado.

Even se echó a su lado con cuidado; cualquier movimiento violento tenía sobre su cabeza el efecto de los golpes de una taladradora neumática. Su mirada se perdió en la oscuridad.

Allí, en medio del agua, donde las luces de la ciudad no podía alcanzarlos, el cielo era omnipotente. Las estrellas se distribuían como una moqueta sobre el cielo y Even volvió a pensar en Mai y los viajes a Rendalen. Habían pasado infinidad de noches sentados en la loma delante de la cabaña mirando al cielo, señalando e identificando planetas y constelaciones. Era Mai quien sabía de estas cosas. Él se sabía la teoría, los números, ella encontraba las estrellas, señalaba lo que se escondía detrás de los números de él. Sin embargo, él aprendió.

Encontró la Osa Menor y la Osa Mayor, o mejor dicho, el Carro de Carlsberg (siempre se había imaginado a Tor y a Odín montados en el carro con una cerveza danesa en la mano), y la constelación que serpenteaba entre ellas: el Dragón. Y luego estaba el denso racimo de estrellas en los confines de la Vía Láctea, la constelación que nunca recordaba... ¿Casiopea? Siguió una línea desde la Estrella Polar, a través de Mizar (que sabía que, en realidad, era una estrella doble), de la Osa Mayor y bajó hacia el este hasta alcanzar Espiga, una de las estrellas más cálidas del firmamento.

–Hubo un tiempo en que soñé con ser astrónomo –dijo en voz baja. Aquel terrible martilleo en la cabeza se mitigaba si hablaba en voz baja–. Cuando tenía diecisiete años. Estaba echado en el tejado de una casa que habíamos ocupado, mirando hacia la inmensidad de las estrellas y pensando que el profesor tenía razón. Era verdad que había una infinitud, imposible de contabilizar, tantas como granos de arena en la playa. Supongo que no me lo creí cuando lo dijo. Sonaba a tópico, un truco pedagógico para ayudarnos a entender lo ininteligible, comparando una irrealidad con otra. Sin embargo, estando allí echado, en el tejado, seguramente algo colocado por un porro o lo que fuera, entendí el infinito. Me pasé toda la noche con la mirada perdida en la eternidad, con pensamientos que nunca antes había tenido con tanto detalle.

–¿En qué pensaste, pues? –dijo Kitty quedamente.

–Bueno, pues en Rømer, que utilizó un eclipse solar en una de las lunas de Júpiter para calcular la velocidad de la luz. En las elipsis de Kepler, en el número disparatado de 600 millones de toneladas... De hecho, fue aquella noche cuando de pronto entendí la ecuación de tercer grado. No es que no supiera calcular una ecuación de tercer grado, pero de pronto me pareció evidente, como una parte del todo universal, y sentí que estaba listo para adentrarme en las matemáticas, como si hubiera llegado a una cognición, como si hubiera cruzado una frontera importante.

Even se quedó callado, como si hubiera dicho algo estúpido. Kitty tanteó la oscuridad buscando su mano.

–¿Seiscientos millones de toneladas...?

–Eh... es la cantidad de hidrógeno que el sol consume por segundo.

–Ah, sí... es una locura.

Se quedaron un buen rato echados sin decir nada y sin moverse. Kitty se incorporó apoyándose sobre el codo y miró a Even.

–¿Duermes? No te puedo ver en la oscuridad.

–Estaba pensando en una historia que me contó una vez un colega inglés –dijo Even–. De ti y de mí.

–No me digas.

–Sí, de un médico y un matemático. Estaban de vacaciones en Escocia junto con un tercer amigo, un astrónomo. Cuando hubieron cruzado la frontera, miraron por la ventanilla del tren y vieron una oveja negra en medio de un campo. «Qué raro –dijo el astrónomo–. Todas las ovejas son negras en Escocia.» –Even se rió para sus adentros, esta parte era la que más le gustaba–. Entonces el médico resopló y dijo: «Vaya estupidez. Vemos que algunas ovejas son negras en Escocia». Eso hizo que el matemático pusiera el grito en el cielo y precisara: «Lo que sabemos es que en Escocia hay al menos un campo en el que pasta al menos una oveja que es negra al menos por un lado. Más no sabemos».

Kitty se rió cordialmente y Even pensó que aquella noche, la gente a lo largo de la costa se dormiría al son de una música deliciosa: el rumor de las olas y las risas.

–¿Están vivos tus padres? –preguntó Even.

–Sí y no. Mi madre murió hace ocho años de cáncer, una semana antes de jubilarse. Mi padre sufrió un ataque al corazón hará ahora un par de años. Vive en un geriátrico donde lo cuidan muy bien. –Kitty miró hacia la noche–. Está vivo.

–¿Qué hacía tu padre?

–Era oficial del ejército, coronel.

Even soltó un gruñido, y Kitty le preguntó ofendida:

–¿Qué tiene de malo?

–Nada en especial, sólo que este tipo de gente tiene cierta tendencia a creer que el uniforme les da derecho a mangonear a los demás, que son los elegidos, los gobernantes. Pero... –Even intentó moderarse–. La policía es peor.

–¿Qué diablos te pasa? –exclamó Kitty, irritada–. ¿Acaso la policía se comió tus golosinas cuando eras pequeño, para que ahora te creas en el derecho de patearles constantemente?

Even miró hacia la Estrella Polar. ¡Cuántas veces había deseado poder perderse en el espacio metido en un cohete!

–¿No te lo dije? –murmuró–. ¿No te conté que mi padre era policía? Creí habértelo dicho. Que su deber era proteger a los demás.

Kitty no contestó.

–Lo era.

CAPÍTULO 55

Even se despertó con un terrible dolor de cabeza. Kitty dormía encogida contra su barriga, envuelta en un enorme pijama. No habían hecho el amor antes de dormir; ninguno de ellos estaba de humor, ni tampoco en condiciones para hacerlo. Even había descubierto que Kitty había recibido un golpe del bate en la cadera y un enorme morado la obligaba a dormir sobre el costado derecho.

Salió de la cama con mucho cuidado y se fue de puntillas a la cocina. Encontró un Distril y se lo tragó con ayuda de un vaso de agua. Luego se vistió, escribió «buen viaje» en un trozo de papel y salió a por el escarabajo.

Una ligera llovizna dejaba franjas en la pintura roja cuando las pequeñas gotas de agua se juntaban y rodaban vacilantes, milímetro a milímetro, por los guardabarros curvos. Even se detuvo en una estación de servicio, llenó el depósito y se compró un bollo y un café. La chica detrás del mostrador evitó mirarle la cara magullada y él se zampó el desayuno en el coche antes de seguir la marcha.

A las nueve y diez entró en la estafeta de correos de Vika, donde le dijeron que se había equivocado de dirección. La sección de apartados de correos se encontraba a la vuelta de la esquina. Even salió, giró a la derecha y atravesó un vestíbulo revestido de mármol; al fin y al cabo estaba en la zona oeste, la zona alta de la ciudad; pasó por delante de los ascensores y de una escalera, cruzó una puerta, saludó con una inclinación de cabeza a un funcionario de correos o, mejor dicho, a un «Asesor», como podía leerse en el letrero que había sobre el mostrador, y se dirigió a la sección de apartados de correos. Había muchos, quince o veinte metros de filas, arriba y abajo, y por todas las esquinas. Y eran azules; siempre había creído que en Correos sólo existía el color rojo. Se adentró lentamente en el paisaje de apartados de correos, vigilando la numeración a su paso. Un azul plomizo, como el del cielo antes de una tormenta, pensó, y sacó la pequeña llave del bolsillo; 1277, ponía a su derecha. Luego 1380 y 1498. Aparecía en números blancos sobre la cerradura. Even se acercó. Se detuvo en el rincón más apartado. Los números del 1600 aparecían en hileras como nubes cuadradas en el sueño del cielo de un matemático. El 1649 estaba en la parte superior y Even buscó entre los apartados con la llave extendida como una espada. Se detuvo ante uno de la hilera inferior, allí, el 1642, y vaciló un momento. De pronto no estaba seguro de querer seguir adelante.

¿Estaría demasiado obsesionado con Mai? Ella ya no estaba y él no podía devolverla a la vida. Había pensado en ello esta noche, antes de quedarse dormido. Había estado echado en la cama, sintiendo la respiración serena de Kitty en la nuca, sintiendo su brazo sobre el pecho. Todavía le quedaba una vida por vivir, una vida que empezaba a tener... sentido, una dirección, si era capaz de dejar atrás el pasado, de olvidarlo.

1642. Los números en el letrero tenían un forma bonita, eran grandes, nítidos. El año de nacimiento de Newton. La suma transversal era 13, su número. Es decir, era cuatro, naturalmente, pero... Introdujo la llave; sabía que si no averiguaba lo que Mai quería mostrarle le perseguiría durante el resto de su vida.

Dentro del apartado de correos había un paquete envuelto en papel marrón. Llevaba cinta adhesiva alrededor y una etiqueta blanca en la que aparecía la dirección postal del destinatario: Mai-Brit Fossen, Apartado de correos 1642, N-0119 Vika. Los sellos y un par de matasellos indicaban que el paquete había sido enviado desde Oslo. Even cogió el paquete, cerró el apartado de correos y se fue.

CAPÍTULO 56

De camino a casa se detuvo en un supermercado y compró un paquete de seis cervezas y un paquete de galletas de chocolate; de pronto le habían entrado ganas de comer algo dulce, como si eso pudiera calmar sus nervios. Se sentía más tenso y febril que cuando estuvo en Londres, sin saber muy bien por qué. A lo mejor se debía a todas aquellas preguntas que surgían sin parar en su cabeza. ¿Qué había sido colocado antes: el paquete de Londres o el paquete del apartado de correos? Por lo que había podido ver de pasada en el matasellos, este paquete fue enviado en septiembre. ¿Por qué Mai no lo había dejado todo en un mismo lugar? ¿Sería porque quería minimizar las posibilidades de que alguien lo encontrara? ¿Diversificar el riesgo? ¿A lo mejor aquel paquete contenía los dos folios que faltaban de la fórmula de Newton?

Even aparcó delante de su casa adosada, entró, y cuando estaba a punto de dejar el paquete sobre la mesa del salón, se quedó helado. Algo estaba mal. Se volvió lentamente y echó un vistazo al salón antes de dirigirse hacia el sofá y retirar el cojín de un manotazo. Con un suspiro de alivio comprobó que el sobre con la fórmula de Newton seguía allí. Le dio al interruptor de la luz, volvió a la mesa de trabajo y se inclinó para ver de cerca el borde de un par de folios. No había duda, alguien había estado en la casa. O estaba.

Even se fue a la cocina sigilosamente y, una vez allí, agarró el cuchillo más grande que encontró. Lo sostuvo delante de su cuerpo como un arma mientras recorría la casa de puntillas, inspeccionando todos los rincones. Estaba vacía. Al llegar a la puerta trasera obtuvo la respuesta a cómo había entrado el intruso. Un círculo perfectamente redondo se dibujaba en el cristal, no muy lejos de la cerradura de golpe. El cristal había sido cortado con una punta de diamante, y seguramente lo habían sujetado con una ventosa; después habían retirado el cristal, habían metido una mano y habían abierto la puerta desde dentro. Al abandonar la casa los intrusos habían vuelto a colocar el cristal en el agujero y lo habían fijado con cinta adhesiva transparente. Un trabajo profesional. Si no hubiera descubierto que alguien había tocado algo, es poco probable que hubiese notado que habían manipulado la puerta.

Even repasó la casa minuciosamente, primero para ver si había desaparecido algo, luego para verificar si habían tocado las instalaciones eléctricas, si habían colocado algún sistema de escucha o algo que pudiera causarle problemas. No encontró nada, bien porque no había nada que encontrar, o bien porque era un aficionado; sencillamente no sabía dónde y qué buscar.

Se quedó un momento indeciso con el móvil en la mano, sopesando pros y contras.

–No, voy a hacerlo –acabó murmurando y marcó el número que le habían dicho que jamás apuntara en ningún sitio.

Abrió la puerta trasera y salió al jardín; se sintió ridículo cuando se dirigió al rincón más alejado y se ocultó entre los groselleros.

Una mujer cogió el teléfono y Even preguntó por Jan Johansen.

–¿El teniente coronel Johansen?

–Sí.

–Un momento.

Un hombre dijo «hola» en un tono bonachón.

Even se presentó.

–Soy profesor en la Universidad de Oslo y estuve en contacto con el servicio de inteligencia del ejército y tu sección hará unos ocho o nueve años con relación a un nuevo sistema de encriptación que desarrollé. Traté sobre todo con un tal Dahl-Hansen.

–Sí, sí, lo recuerdo –gruñó benevolente Johansen–. Dahl-

Hansen se ha jubilado. ¿Tienes nuevas ideas que quieres presentarnos?

–No –dijo Even, tocándose el tabique nasal–. Cuando en su día me contratasteis firmé un acuerdo de confidencialidad de máximo nivel, me aleccionasteis solemnemente sobre el artículo que regula la traición a la patria o lo que fuera aquello, y me informasteis de la responsabilidad que conlleva un trabajo de carácter secreto como el que yo había desarrollado. Probablemente sea el único fuera del ejército que conoce el sistema de encriptación que usáis, así que es normal que el servicio secreto se preocupara de que yo entendiera la gravedad del asunto. Sin embargo... –Even hizo una pequeña pausa para asegurarse de que el otro le prestaba toda su atención–, también me advertisteis que debía ponerme en contacto con el servicio de inteligencia si alguna vez me sentía vigilado o en peligro, o si me encontraba en una situación que amenazase nuestro secreto compartido.

–¿Dónde estás ahora?

La voz había perdido el tono benévolo de antes.

–Estoy en casa. Pero sobre todo no hagáis nada precipitadamente. Lo único que quiero es que venga alguien y revise toda la casa para asegurarla contra las escuchas. Alguien ha entrado en mi casa, pero por lo que he podido averiguar no se ha llevado nada. Por eso me gustaría saber si los que entraron en mi casa lo hicieron para instalar algún sistema de ésos.

–De acuerdo. Quédate en casa hasta que uno de nuestros hombres pase por ahí. Llegará en la furgoneta de una empresa de fontanería y se presentará como Finn Poulsen. Estará contigo en una hora.

Even le dio las gracias e interrumpió la comunicación. Se quedó un rato mirando hacia el jardín del vecino, que era pulcro y ordenado, con senderos enlosados entre los parterres, preguntándose inseguro si había hecho bien llamando a ese tal Johansen. Luego entró, llamó al banco y acordó una cita.

Hasta que terminó no se sentó a la mesa con un cúter que previamente había sacado del cajón del escritorio. Con mucho cuidado cortó la cinta adhesiva y desdobló el papel de uno de los extremos del paquete, para así poder sacar el contenido agitándolo ligeramente. Como si estuvieran afectados por la fuerte luz del salón, aparecieron un libro, un par de disquetes y un montón de papeles.

Libro de trabajo para el proyecto Newton, ponía con la letra de Mai en la portada del libro. Even lo hojeó y se dio cuenta de que estaba escrito como un diario; empezaba el 5 de abril de 2004, es decir, hacía un año, con notas del trabajo sobre el libro de Newton, del que Even ya había leído algo. La primera hoja del montón de papeles era una nueva sinopsis, más detallada que la anterior, lo que podía significar que este paquete fue enviado después del sobre que le fue entregado a Kitty. El texto que Mai llamaba *Primer secreto* aparecía en la misma versión que Even ya había leído. Debajo de éste aparecía el *Segundo secreto* con el subtítulo: *Dios lo es todo.*

Even tenía ganas de leerlo en ese mismo momento, pero decidió esperar a tener antes una idea general del contenido del paquete:

- Dos disquetes, uno con el título *La vida secreta de Newton* y otro llamado *Notas.*
- Veintitrés folios con notas escritas a mano, las que ya conocía de antes, más algunas nuevas.
- Treinta y dos fotocopias tomadas de algunas páginas de los libros de notas de Newton.
- Seis folios con copias tomadas de libros sobre Newton.
- Un folio con un mensaje enigmático de una línea, justo en medio de la página.
- Quince folios con un esbozo pulcro de Mai en el que recogía lo que quería incluir en la parte documental del libro y lo que utilizaría como condimento para las escenas de ficción.
- Dos folios con palabras en latín ordenadas alfabéticamente y con su significado en noruego.
- Tres folios con glosarios de diversa índole.

– Una copia de una solicitud al King's College de Cambridge, requiriendo un permiso para consultar los originales de diversos libros (la respuesta original a la solicitud, sellada y firmada, estaba enganchada con un clip. El permiso había sido concedido).

Even levantó la ceja, sorprendido. Mai debió de causar muy buena impresión, porque no eran frecuentes esas autorizaciones. Mientras trabajaba en su tesis doctoral, Even había solicitado a la biblioteca de la universidad el acceso a ocho de los libros de notas originales de Newton mientras trabajaba en los *Principia*, pero le habían denegado el permiso. Le costaba imaginarse que el King's fuera menos restrictivo.

Cuando hubo repasado el material por encima, fue a por una cerveza en la nevera, se llevó el *Segundo secreto* al sofá y se puso cómodo.

CAPÍTULO 57

SEGUNDO SECRETO
Dios lo es todo (o La cuadratura del círculo)

Trinity College, Cambridge, Inglaterra.
Octubre de 1666

El joven estudiante estaba inclinado, concentrado sobre un libro de notas. Era de noche y una llama arrojaba su inquieto fulgor sobre la página donde escribía una hilera de letras, una detrás de otra. Se trataba de repeticiones de las mismas cinco consonantes y cuatro vocales, aunque siempre en nuevas combinaciones.

–Hay un problema con la W, Wickins –suspiró–. No consigo un anagrama que a la vez suene bien y diga algo del propietario, si tengo que incluir la W.

Al no recibir respuesta, echó una mirada por encima del hombro en dirección a su compañero de estudios. Wickins estaba sentado en una silla con un libro grueso contra su pecho, tenía la boca abierta y los ojos cerrados.

El estudiante miró su nombre, ISAAC NEWTON, y volvió a suspirar. Había varias propuestas escritas para un nombre en clave en forma de anagrama en la hoja de papel, pero ninguna con la que se sintiera completamente satisfecho.

–Tal vez en latín –murmuró, y escribió ISAAC NEUUTONUS.

Se hizo el silencio en la estancia; sólo se oía la respiración regular del compañero de habitación y el susurro de la pluma al correr por el papel. Los suspiros de Newton siguieron produciéndose a intervalos regulares, mientras volvía a inclinarse sobre el escritorio en un intento de gobernar su genio desafiante. De pronto, sus hombros endebles se tensaron, la pluma se movió más rauda, escribiendo, tachando y volviendo a escribir, e Isaac Newton murmuró:

–... Uno, dos U, y una V, dos N, la I es una J y... una S de más, hum...

Finalmente se echó hacia atrás y sonrió, satisfecho. JEOVA SANCTUS UNUS, ponía en el papel.

–Un Dios santo –dijo al aire–. Éste es un nombre en clave del que puedo estar contento.

Trinity College, Cambridge, Inglaterra
Febrero de 1675

–... Y tengo que recordar a estos señores que hace respectivamente cinco y seis años que se licenciaron y firmaron que aceptaban los treinta y nueve artículos de la fe de la Iglesia anglicana.

El interventor Worthmann miró con gravedad a los dos visitantes, y se preparó con una mueca de cansancio para darles una reprimenda más. Newton se echó ligeramente a un lado, y dejó que el planeta Marte se deslizase en el aire como una bola dorada por delante de la frente del interventor como símbolo del humor guerrero del funcionario. El gran *Mundus ptolemai* de latón reluciente que abultaba sobre el escritorio del interventor, con sus cinco órbitas planetarias describiendo unos círculos perfectos alrededor de la Tierra y el sol siguiendo su propia órbita, más pronunciada, como un sirviente del planeta terráqueo, era una muestra deshonrosa y de mal gusto de la manera en que la ciencia en los tiempos de Ptolomeo se había dejado someter a determinada visión del ser humano. Sin embargo, hacía juego con la mesa del interventor, ese ignorante afectado que en una ocasión se había declarado favorable al Anticristo aconsejando que se estableciera un viaje a Roma, esa ciudad del pecado, como parte de la educación de cualquier intelectual cristiano. Un espasmo de dolor recorrió el rostro del interventor, que se encogió con un débil jadeo sobre el escritorio antes de incorporarse y secarse la frente con un pañuelo. Miró a los profesores a los que había hecho llamar y se dispuso a seguir hablando.

Sin embargo, el profesor Aston se le adelantó.

–¿Tiene problemas con el estómago, estimado interventor? –preguntó en un tono amable y con verdadero interés.

El interventor asintió levemente y se encogió de hombros. Los dos visitantes oyeron un leve gruñido proveniente de sus órganos internos justo antes de que se extendiera un hedor a huevo podrido por toda la estancia. De pronto, el hombre empalideció, se levantó de golpe con una expresión consternada en la jeta rechoncha y salió corriendo de la estancia con una mano muy cerca de una de las nalgas.

–Creo que el espíritu de la naturaleza le ha asaltado, que le ha impulsado una fuerza interna –dijo Aston con una sonrisa. Newton se abstuvo de comentar los aforismos de mal gusto del amigo para evitar animarle a seguir.

Cuando el interventor Worthmann estuvo de vuelta y volvía a tomar asiento, Aston carraspeó.

–El marido de mi hermana es ayudante del médico del rey y ha descubierto, aplicando la máxima discreción, una receta para el estómago suelto, vaya, contra la diarrea explosiva, como la llama él. La receta es del gusto del médico, y también, sobre todo, de Su Alteza Real, el rey.

El interventor miró sorprendido al profesor con un destello de esperanza en la mirada desfallecida.

–Verá, se coge un huevo y se hierve hasta que se vuelve duro, es decir, unos ocho a diez minutos. Luego se retira la cáscara y se deja que el extremo más puntiagudo señale hacia el fundamento.

La frente del interventor se arrugó.

–¿El fundamento?

–Sí, en dirección al recto, pero si el interventor prefiere una expresión más popular podemos decir el ojete. Bueno, a lo que íbamos. Se introduce el huevo en el ano, o en el recto, o como usted quiera llamarlo, señor Worthmann, sobre gustos no hay nada escrito, y una vez allí, se deja enfriar. Una vez se haya enfriado se coge otro huevo y se repite la acción. Y así hasta que el estómago vuelva a estar en calma. –Aston se reclinó en la silla con una sonrisa en los labios–. Como ya he dicho, al rey la receta le parece magnífica. –Hizo una breve pausa–. Y en cuanto a la ordenación que ha mencionado el interventor, tengo que decir que no me resulta interesante vestir sotana, ni cualquier otro vestido largo, pero no tengo ningún inconveniente en acudir para cocerle huevos al interventor, si así lo desea.

El interventor miró a Aston antes de posar la mirada sobre Newton.

–Como bien sabe el interventor Worthmann –dijo Newton con tranquilidad–, soy un hombre cristiano, tan cristiano como el que más. Además, soy el elegido de Dios para ser el científico que revele el secreto de la vida y mostrarle al hombre la conexión y la lógica del mundo.

(La última frase estaba subrayada con lápiz y en el margen ponía, con la letra de Mai: "Demasiado pomposo, hay que rebajar el tono, a pesar de que Newton realmente creía eso de sí mismo". Even estaba de acuerdo.)

»No hay razón alguna para que me deje ordenar. Soy el profesor Lucasiano y debo trabajar por metas más altas, con las verdades de las matemáticas y las leyes de la física, que son la revelación de la grandeza de Dios, en mayor grado que cualquier sacerdocio pueda llegar a serlo jamás. –Newton bajó la voz y miró fijamente al interventor, que volvía a tener a Marte en medio de la frente–. Permítame, por tanto, dejar bien claro, y de una vez por todas, que si por parte de la universidad se sigue insistiendo en mi ordenación como sacerdote, me veré obligado a dimitir como profesor.

El interventor Worthmann levantó sorprendido la cabeza

y se movió ligeramente a un lado para poder ver el rostro de Newton libre de planetas.

–¿Lo dice en serio, señor profesor? –preguntó, incrédulo.

–Sí –contestó Newton, levantándose dispuesto a abandonar la sala.

–... Convertir el agua en vino es, sin duda, un truco, algo que el señor Jesucristo tuvo que practicar un buen rato hasta conseguirlo. –Ashton eructó antes de señalar a Newton con la botella de vino–. Vi a un tipo en Tippendale que era capaz de hacerlo. Había montado su chiringuito en la plaza del mercado y hacía que la gente le pagara diez peniques por un vaso de agua que él luego agitaba una y otra vez. Bailaba y daba saltos con el vaso hasta que finalmente lo devolvía y dejaba que la gente probara su contenido. Y te digo que todos me juraron y perjuraron que se había convertido en vino. Nadie se dio cuenta de que cambió los vasos mientras daba vueltas con la capa al viento, bueno, nadie más que yo. Y eso de que Jesús curaba a los enfermos, estoy convencido de que era comedia, algo pactado de antemano, unos amigos que fingieron ser ciegos y cosas así. –Ashton frunció el ceño y miró sorprendido la botella de vino en la que apenas quedaba líquido para dar un trago–. Lo del nacimiento virginal es realmente... es lo que podríamos llamar un *pia fraus*, un engaño piadoso. Un truco de formato. Es difícil, por no decir imposible, desenmascararlo. ¿Crees que alguien cosió el himen de la Virgen María después de que ella y algún hombre hubieran...? –Francis Ashton bebió hasta dejar la botella vacía y se le escapó el hipo–. Sólo la resurrección resulta más ilógica y disparatada. Todavía no le he descubierto el truco, pero estoy trabajando en ello. –Volvió a soltar un hipo y bizqueó ligeramente al mirar hacia el amigo–. No entiendo cómo se puede construir una religión sobre la base de este tipo de absurdos.

Un solitario candelabro de pie intentaba sin suerte iluminar la estancia.

–No estoy de acuerdo contigo en que todo esto sea ilógico

–dijo Newton con gravedad–. Dios es omnipotente y es capaz de transferir su fuerza a quien él quiera, sobre todo cuando se trata del hijo de Dios. Pero si realmente quieres poner el dedo en la llaga y descubrir algo ilógico, deberías fijarte en el dogma de la Santísima Trinidad, que realmente es una mentira y un invento engañoso. Lo idearon durante el concilio de Nicea en el año 325 y la afirmación de «tres serán uno, y uno será tres» es para cualquiera con un poco de conocimiento de la lógica matemática algo imposible, algo en lo que no se puede basar una religión. El dogma de la Santísima Trinidad es simple y llanamente una blasfemia. Y afirmar que Dios y Jesucristo son un mismo ser es lo mismo que afirmar algo que no está escrito en la Biblia. Jesucristo es el hijo de Dios y fue creado por Dios como la primera criatura en la Tierra, lo que es bastante distinto.

Newton se había calentado hablando y sus oscuros ojos brillaban antes de proseguir:

–Dios creó el Universo como un magnífico enigma en el que se nos ha permitido vivir a nosotros, los hombres, y es nuestro deber, naturalmente, descubrir el enigma de la vida. –La estufa se había apagado y la estancia estaba fría. Newton se levantó y empezó a pasearse arriba y abajo para mantenerse en calor mientras seguía hablando–. La gran sabiduría total, *prisca sapientia*, nos fue revelada una vez a los seres humanos, con la primera religión, cuando ésta fue fundada. Sin embargo, las naciones corrompieron la primera religión, la que se encontraba en la tierra de Moisés y de Ezequiel. Y para volver a ella debemos buscar la sabiduría de las civilizaciones más antiguas, las que dieron a luz a los hombres más sabios que jamás hayan vivido sobre la faz de la Tierra. –Newton se detuvo frente a la luz y su sombra cubrió al compañero–. La perfección de la creación de Dios reside en que todo fue hecho con la mayor sencillez. Yo he sido elegido por Dios para mostrarle al resto de la humanidad cuál es la coherencia de la creación, su lógica, y durante los últimos años he estudiado las Santas Escrituras, sobre todo la revelación de Juan, y he llegado a la conclusión de que no hay duda que...

Había dado un paso a un lado y de pronto pudo ver el cuerpo fláccido del profesor Francis Ashton. De su boca abierta salía un débil ronquido.

–... y he descubierto que sin duda ha llegado el momento de acostarse –murmuró Newton, irritado, y abandonó la habitación.

(Una paradoja, pensó Even, que Newton, que se oponía al dogma de la Santísima Trinidad viviera en el Trinity College durante todo el período que permaneció en Cambridge.

Mai había escrito una nota para sí misma en la parte inferior de la página.)

»¿Debería seguir una escena con Newton estudiando la Biblia, haciendo cálculos sobre el momento en que surgió la vida y cuándo tendría lugar la resurrección de Jesucristo (al principio era a finales del siglo XVII, más tarde sería en 1948)? La escena también podría describir sus imponentes (¿y tal vez también algo extravagantes?) cálculos sobre las dimensiones y el aspecto del templo de Salomón, y cómo combinaba las dimensiones del templo con las revelaciones de los profetas de la Biblia, sobre todo las de Daniel, para luego trasladarlas y convertirlas en una cronología ajustada de las civilizaciones del pasado e, incluso, a acontecimientos futuros.

»El problema estriba en que me cuesta entender estos cálculos. No tanto lo ilógicos que resultaban vistos desde un punto de vista moderno, sino simple y llanamente el malabarismo con los números. Newton era un maestro de las matemáticas, ¡y yo no lo soy, definitivamente! Veo que algunos de los autores que han escrito sobre Newton opinan que estos cálculos, extensos y casi diríase que disparatados, fueron importantes para el desarrollo de su teoría de la gravedad, pero mi conocimiento de este campo es demasiado deficiente para poder valorarlo. Tendré que hablar con Hjelm del problema. ¿Debería proponerle que utilicemos a Even como asesor?

(Even gruñó. O sea que había pensado en él, Even Vik, mientras trabajaba en el libro. Fue a por otra cerveza antes de volver a concentrarse en la siguiente escena.)

Londres, 17 de noviembre de 1675

La niebla desapacible subió en remolinos desde el Támesis y se posó sobre el barrio, envolviendo en una capa de algodón el sonido de los cascos de los caballos y de las ruedas que traqueteaban sobre el pavimento. El cochero temblaba y se ajustó la capa para que quedara totalmente cerrada. Entrecerró los ojos y miró en dirección a los erguidos palacetes señoriales que se mantenían orgullosos un poco alejados de la calle y de la escoria que por ella transitaba. La oscuridad nocturna y la niebla hacían que los edificios se volvieran misteriosos y sombríos, como si guardaran secretos ocultos en su interior de los que nadie que los descubriera podría huir con vida. El cochero se estremeció al pensarlo y tiró de las riendas al descubrir entre los árboles dos lámparas de aceite que iluminaban unas escaleras.

–Ya hemos llegado, míster –gritó por encima del hombro antes de lanzar un escupitajo marrón de tabaco entre los traseros de los caballos.

Isaac Newton gruñó como respuesta, bajó del coche y ofreció unas monedas al cochero antes de volverse hacia la casa. El cochero blandió el látigo y pronto la farola colgante del coche desapareció en el crepúsculo como si fuera una estrella fugaz que desaparecía en el firmamento.

Newton respiró hondo y subió los cuatro escalones hasta la puerta flanqueada por dos robustas columnas. Se inclinó y leyó. IAKIN, ponía en el pie de una de ellas, BOAS en la otra. Un sirviente abrió la puerta antes de que su mano llegara a la aldaba y le dio la bienvenida con una inclinación profunda. Detrás de él apareció un caballero alto y desgarbado, que sonrió animadamente al ver al recién llegado.

–Mr. Sanctus Unus, bienvenido a nuestra logia. Qué bueno volver a verle. Hace tiempo que esperaba esta noche. ¿Todo bien?

–Mr. F. –dijo Newton e hizo una leve inclinación.

Le dejó el sombrero y la capa al sirviente y siguió al hombre alto por una escalera hasta llegar a una biblioteca, donde se le ofreció una silla.

–Es hora de que nos sentemos a hablar mientras tomamos una cerveza –dijo Mr. F. e hizo un gesto con la cabeza hacia el sirviente que les había seguido y se había detenido en el umbral de la puerta–. Me han contado que el rey le ha concedido que pueda usted librarse de la ordenación.

Mr. F. apoyó los codos en los posabrazos, entrelazó los dedos y apoyó la barbilla en los pulgares.

–Sí –dijo Newton–. Fue un alivio y todo marchó como la seda, sin ninguna complicación. Entregué mi solicitud el mes de marzo, y ya en abril recibí la respuesta. El rey dispuso asimismo que los posteriores profesores lucasianos también serían dispensados de la ordenación si así lo deseaban.

–Sí, eso tengo entendido –dijo Mr. F. y sonrió débilmente–. Eso fue lo que ordenó el honorable gran maestro de nuestra orden.

Newton alzó la mirada, sorprendido.

–¿Ordenó?

–Debe saber que tenemos un gran poder, estimado Sanctus Unus.

Mr. F. se calló cuando entró el sirviente con dos vasos de cerveza espumosa sobre una bandeja de plata. Mr. F saludó a Newton levantando el vaso y éste bebió un pequeño sorbo. No le gustaba el sabor de la cerveza; pero aún menos le gustaba la sensación de perder el control del cerebro y de sus pensamientos. Y aquella noche era, sin lugar a dudas, uno de aquellos momentos en que quería, por encima de todo, mantener la mente serena.

Mr. F. dejó el vaso sobre una mesita que había entre ellos y prosiguió:

–Como ya sabrá, el llamado Invisible College es un grupo de hombres que pretende conservar las ciencias esotéricas. Ambos hemos participado en muchas discusiones en esta «universidad invisible» y sabemos que el grupo sitúa a Dios el Todopoderoso y la aspiración por encontrar la *prisca sapientia*, el conocimiento en general, en lo más alto, por encima de todo lo demás. Incluso por encima de nuestras propias vidas y ambiciones. Del Invisible College surgió hace ahora trece años la Royal Society como punto de reunión visible y oficial de la ciencia y el conocimiento empíricos. Nuestro distinguido e ilustrísimo regente por la gracia de Dios ha seguido la evolución de la sociedad con gran atención y escucha nuestros consejos con respeto e interés. –Mr. F. sonrió antes de seguir–. Por razones obvias, Su Majestad no tiene conocimiento de la parte invisible de la sociedad. Nuestra búsqueda de la Verdad y nuestra aspiración de alcanzar «la cuadratura del círculo», de extraer la naturaleza del oro en sí. Anhelar la transformación del hombre en la piedra filosofal viva es una idea temida y, por lo tanto, los hombres poderosos no la desean. El rey ha prohibido las ciencias esotéricas y los experimentos alquímicos, y por eso debemos movernos entre las sombras de la noche con nuestros pensamientos y obras.

Mr. F. se quedó en silencio un rato, como meditando sobre sus propias palabras, hasta que se inclinó hacia delante y lanzó una mirada aguda a Newton.

–El problema reside, sin embargo, en que dentro del círculo de la «universidad invisible» hay personas que no están tan dispuestas a mantener en secreto nuestros conocimientos como deberían. Usted mismo, Mr. Unus, ha comentado en una carta la frustración que le produce Mr. Boyle y su tendencia a la indiscreción, y hay más miembros que no han entendido el significado más profundo de las palabras *sub rosa*.

Mr. F. se puso en pie, se acercó a una mesita que había al lado de la ventana y cogió algo. Newton volvió a dar un sorbito a la cerveza; estaba nervioso hasta un punto que no estaba acostumbrado, como si estuviera a las puertas de un mundo en el que tendría que ceder las riendas de su vida a otros, poner su vida en manos de los demás.

El anfitrión volvió y se sentó en la silla. Una prenda de color marrón descansaba en su regazo.

–Con todo sigilo se ha ido formando un núcleo de hermanos que desean la invisibilidad total. Hace pocos años creamos la Fraternitas Invisibilis, la orden de la fraternidad invisible. Se trata de una orden en la que no solicitas el ingreso, pues nadie fuera del círculo la conoce, sino que es la orden la que te invita a ingresar, y de la que, dicho sea de paso, es un gran honor recibir una invitación. Varios de los que ocupamos puestos importantes en la hermandad invisible ya tenemos experiencia en otras sociedades esotéricas y hemos estrechado lazos con otras órdenes en el extranjero.

Mr. F. alzó la prenda para que quedara extendida y resultó ser una casulla con una gran capucha marrón. Una cuerda cayó al suelo y Mr. F. explicó que servía para atarla alrededor de la cintura.

–Todos los miembros de nuestra orden llevan casullas como ésta durante las reuniones; nos garantiza el anonimato total, incluso dentro de la orden. Yo, al ser vuestro superior más inmediato, soy el único que conoce vuestra verdadera identidad. Y el único cuya identidad conocéis. Ni siquiera el gran maestro, al que pronto veréis, desea saber vuestra identidad. Hablará con usted, interrogará, pero la capucha de la casulla le garantizará que sigáis siendo invisible para él, y su capucha hará que él sea invisible para usted.

Newton tosió antes de preguntar:

–¿Quién conoce la identidad del gran maestro?

–La conocemos los que estamos en el primer grado, justo por debajo del gran maestro. No estoy autorizado a contar cuántos somos. Pero lo que sí puedo decirle es que cada vez tenemos más poder, porque nuestros miembros son leales a nuestra causa y ocupan puestos y cargos en los círculos más elevados de la sociedad. –Los ojos de Mr. F. brillaron al añadir–: Créame, usted está a punto de ingresar en una hermandad que moldeará el futuro de Inglaterra.

Llamaron a la puerta, dos golpes, y al rato, dos golpes más.

Mr. F. asintió y ofreció la casulla a Newton.

–Tiene que ponerse esto, haga el favor. Volveré en un momento.

Salió por la puerta y Newton se quedó petrificado, con el traje marrón en la mano. Aunque titubeante, acabó pasándosela por encima de la cabeza y la dejó caer. La casulla se acomodó a su cuerpo como una sotana y Newton agarró la cuerda y la ciñó alrededor de su cintura. La capucha colgaba tapándole la cara de tal manera que le parecía mirar a través de un túnel. Irritado, se retiró la capucha y se fue hacia la ventana. En la calle una carroza se alejaba de la casa perdiéndose entre la niebla.

La hermandad invisible. En cierto modo, le agradaba la idea de ser invisible. Poder sentarse tranquilamente y escuchar, expresarse libremente sin estar presente. Sin embargo, lo de no saber con quién compartía sus conocimientos... Bueno, siempre cabía la posibilidad de abandonar la hermandad si se convertía en una cortapisa para él.

La puerta se abrió a sus espaldas y una figura cubierta con una casulla y con una antorcha en la mano entró. «Súbase la capucha y sígame», dijo la voz de Mr. F., que le indicó el camino con un bastón dorado.

Avanzaron por un pasillo y bajaron por unas escaleras, aunque no las mismas que Newton había subido al llegar; luego tomaron otro pasillo y bajaron por otras escaleras. La iluminación débil propiciaba la pérdida del sentido de la orientación y de las distancias. Newton contó para sus adentros cada paso, cada escalón y cada revuelo que tomaron. No sabía por qué se tomaba tantas molestias, pero al menos le procuraba cierta sensación de control. Mr. F. se detuvo finalmente delante de una ancha puerta de madera de roble y, como quien no quiere la cosa alzó la antorcha e iluminó una rosa tallada en el dintel de la puerta. Newton asintió en la profundidad de la capucha. *Sub rosa.* Todo lo que se decía «bajo la rosa» estaba sometido a la ley del silencio y consagrado a la confidencialidad. Mr. F. alzó el bastón, que era una especie de cetro. En el extremo superior había una talla de una cabeza de pelícano muy expresiva y una rosa. Los ojos del pelícano brillaban a la luz de la antorcha como pequeños zafiros estrellados y el centro de la rosa estaba formado por un gran rubí. Mr. F. llamó a la puerta sirviéndose del cetro antes de abrirla con un gesto ceremonioso.

Justo al entrar había dos antorchas que iluminaban una alfombra descolorida de color azul. La alfombra atravesaba una amplia estancia, flanqueada a medio camino por hileras de sillas de respaldo alto, doce a cada lado, hasta que finalmente se llegaba al sillón presidencial, elevado por un peldaño del suelo. En el sillón se sentaba una persona vestida con el mismo tipo de casulla que Newton y Mr. F., a excepción de la cuerda que llevaba ceñida alrededor de la cintura, que era plateada. Detrás del asiento del gran maestro ardían dos antorchas y sobre un altar cerca del sillón presidencial había un libro grueso iluminado por dos candelabros. El resto de la estancia estaba sumido en una densa oscuridad, que se volvía más impenetrable cuanto más lejos se estaba de lo que, a todas luces, conformaba el centro de la sala de la logia: el sillón del gran maestro. Newton no fue capaz de hacerse una idea de las dimensiones de la estancia.

El gran maestro hizo un gesto con la mano invitándole a acercarse. Newton avanzó con cierto temor reverencial y se dejó caer sobre un estrecho banco a los pies del sillón. La puerta se cerró a sus espaldas con un estruendo hueco que sugería que se encontraban en una estancia amplia con las paredes de piedra. Entonces se hizo el silencio. Newton oyó su propia respiración y la sangre que latía en sus sienes. ¿Habría otros presentes en la sala, sentados fuera del alcance de la luz de las antorchas, mirándole desde la oscuridad? Se obligó a no pensar ni temer ni esperar nada; se limitaría a estar presente y alerta.

Así se quedaron sentados un buen rato. Sin decir nada. Newton notó cómo su pulso se calmaba y su respiración se confundía con el silencio.

–El Ser más Elevado es Todo, y el Todo es el Ser más Elevado. –La voz era profunda y agradable–. No existe la división eterna entre la Luz y la Oscuridad, entre el Bien y el Mal. En el Universo hay una sola sustancia, un Alma y un Espíritu.

El gran maestro salmodió las palabras, que se propagaron con un eco débil entre las paredes de la estancia. Newton tuvo la impresión de que estaban solos, que también Mr. F. se había marchado, a pesar de que no le había oído irse. El gran maestro guardó silencio, y Newton notó que lo miraba, notó la mirada que recorría su figura, evaluándole como si fuera un alumno sentado en el banco del colegio.

–Usted ha sido invitado a ingresar en nuestra hermandad –dijo el gran maestro–. Si después de esta conversación estoy de acuerdo con la persona que le ha propuesto, será iniciado en la próxima Gran Reunión como miembro de la orden de la hermandad invisible.

Newton inclinó la cabeza a modo de respuesta.

–¿Acepta jurar fidelidad a la orden?

Newton asintió.

–¿Acepta jurar silencio y confidencialidad eternos a la hermandad?

Newton volvió a asentir.

–¿Acepta compartir su sabiduría y sus conocimientos esotéricos con sus hermanos?

Newton titubeó un instante antes de inclinar la cabeza.

El gran maestro guardó un breve silencio.

–Su ingreso en la hermandad será su ingreso en la eternidad. La adhesión es irrevocable y no es posible romper con la hermandad invisible una vez se ha jurado fidelidad. –Newton se puso rígido sobre el pequeño banco.

El gran maestro alzó la voz ligeramente antes de continuar.

–La violación de las reglas de la orden será como romper el cordón de la vida. –Guardó silencio un instante y añadió, para asegurarse de que Newton había comprendido la gravedad del asunto–: El quebrantamiento de una regla es como condenarse a uno mismo a la pena de muerte.

Newton miró por el túnel de la capucha, miró hacia el altar y el libro que estaba abierto e iluminado. Se preguntó por un instante de qué libro podía tratarse, y si el gran maestro no estaría dramatizando la situación un poco. Sin embargo, sospechaba que no era así. Entonces inclinó lentamente la cabeza.

CAPÍTULO 58

Even se había quedado inmóvil. Los pensamientos daban vueltas en su cabeza, cruzándose y mezclándose como las bolas de un bombo de la lotería. No conseguía crearse una visión de conjunto, ni de sus pensamientos ni de sus sentimientos. Algunos se separaron de la confusión, tomaron forma y aparecieron en la consciencia.

Número 7, la cifra es 7: confianza eterna a la hermandad, había dicho el gran maestro. Lo que implicaba compartir sus conocimientos con aquellos hermanos invisibles. Eterna es mucho tiempo. Una obligación así no casaba con el Newton con el que Even, en su momento, había llegado a familiarizarse. Al contrario, Newton era de los que eran capaces de guardar nuevos descubrimientos durante años sin compartirlos con nadie, simplemente porque no se fiaba de los demás. Por otro lado, Newton tenía, sin lugar a dudas, cierta predilección por el secretismo, por lo que debía de haber algo en la hermandad que le había atraído.

Número 2, la cifra es 2: Mai había dejado dos pistas para él. Una que pasaba por el cinco de corazones de la baraja, hasta llegar a Kitty y el sobre, y luego hasta Londres y la fórmula de Newton.

Y otra que pasaba por el solitario y el apartado de correos y que le llevaba a estas notas y el secreto que acababa de leer. Por lo tanto, la pregunta era por qué se lo había puesto tan difícil, y por qué creía que era necesario darle dos pistas completamente inconexas y separadas la una de la otra.

Número 31, la cifra es 31: ¿cuánto era verdad y cuánto era ficción y fantasía en este texto? Mai era, sobre todo, historiadora; ¿tenía realmente pruebas que apoyaran este relato? ¡Una orden secreta! Que Newton tuviera una postura fanática ante lo religioso, un ego que rayaba con el mal gusto... Even suspiró. Seguramente era cierto. Él mismo había leído sobre la faceta religiosa de Newton, pero, en realidad, nunca se había preocupado por ella. No era ese lado del genio el que más le había interesado.

Número 13, la cifra es 13: no hay ninguna división eterna entre la Luz y la Oscuridad, entre el Bien y el Mal. El Mal y el Bien. El Mal... Eran los dos lados de una misma cosa. Even fijó la mirada en un punto en el suelo donde un cigarrillo había formado un agujero. De pronto notó que una lágrima corría por su mejilla y pensó que era increíble lo sentimental que se había vuelto con la edad. Se secó la mejilla con un movimiento vehemente. El Mal seguía siendo el Mal, seguía siendo igual de grande e igual de Malo. Y eterno.

Fue a por otra cerveza y la abrió.

Número 26, la cifra era... Mai...

Los pensamientos se abotargaron y fue hacia el reproductor de CD. Revolvió entre el montón de compactos hasta que encontró Levon Minassian: *Beyond borders*, un disco que le había regalado Mai cuando cumplió treinta y cuatro años. «Música que te hace recordar que eres un ser humano», había dicho de una manera ligeramente enigmática cuando él retiró el envoltorio.

El sonido profundo y melancólico del *doudouk* fluyó por la estancia. Tranquilo y sin tapujos le hablaba del silencioso grito de la tierra, de reconocer las verdades de la vida, de lo que ha desaparecido y nunca volverá, de la traición y de la esperanza, del sueño a la luz de la luna y de perder a la única persona a la que se ha amado. Even paseó la mirada por el salón para no romper a llorar, se dejó caer en el sofá y vació la lata de cerveza a tragos largos.

Gritó desde sus entrañas como si quisiera provocar a las paredes y el sofá antes de retomar el diario de Mai. *Libro de trabajo para el proyecto Newton.* Lo abrió por la primera página y empezó a leer:

> 5 de abril de 2004, Oslo–. Mantuve una conversación con Odin Hjelm la semana pasada. Me propuso un libro sobre Isaac Newton. No sobre los logros de aquel hombre en matemáticas y física, sino sobre sus secretos...

CAPÍTULO 59

Oslo

–Mamá se quedará aquí hasta que te duermas –susurró y notó cómo la mano de Stig se deslizaba en la suya.

Era bueno estar de vuelta en casa, sentarse en el borde de la cama de Stig y escuchar la respiración regular de la pequeña Line en la otra cama.

Line la había recibido con los brazos abiertos y le había hablado de la guardería y de todo como si Mai-Brit sólo hubiera estado fuera un día o dos. En cambio, Stig se había mantenido en un segundo plano y se había mostrado tímido e incluso enojado. Mai-Brit no acababa de saber cómo interpretar su comportamiento, y no le había permitido acercársele hasta que llegó la hora de acostarle por la noche. Line se había dormido a los dos minutos y no había exigido más atenciones, mientras que Stig se había quedado echado en la cama con los ojos abiertos, mirando fijamente a Mai-Brit. La había seguido con la mirada hasta la puerta y la había contemplado con tristeza cuando ella apagó la luz. Mai-Brit había vuelto a su lado y se había sentado en el borde de la cama. Entonces la mano del niño había reptado hacia la suya, y ella se había quedado sentada durante tres cuartos de hora, había hablado con él y le había cantado mientras él la miraba y su manita se relajaba hasta dormirse.

Así había sido cada noche desde entonces: Line se dormía, después Stig y Mai-Brit tenían su ratito en la penumbra de la lamparita de noche. Y cuando el niño se dormía, a menudo ella se quedaba sentada un rato más, dejando que el día se calmara, pensando en esto y en aquello.

Aquella noche se había llevado el diario a la cama del niño, y cuando notó que Stig estrujaba el osito y se movía en la cama agitado por sueños, ella recogió el diario del suelo y lo hojeó hasta regresar a lo que había escrito el jueves de la semana pasada. Mai-Brit necesitaba recapitular y resumir los últimos sucesos.

26 de agosto, Arundel House, Cambridge–. ¡Encontré un papelito escrito por Newton! Estaba escondido en la parte posterior de un libro de notas, en una especie de bolsillo. Fue una casualidad que lo descubriera, apenas noté una irregularidad debajo del papel. ¿Tendrá algo que ver con la «alusión» de Pazcar? Lo dudo, aunque esto puede resultar incluso mejor, un bombazo si realmente nadie lo ha descubierto antes que yo. Copié el texto del papelito antes de devolverlo a su sitio, como si nunca lo hubiera visto antes (¿He hecho mal? Quiero asegurarme de que nadie se adelante a nuestro libro de Newton y dé la noticia. ¡Puede valer su peso en oro!).

(Al fin y al cabo, es una medida transitoria; dejaré el papelito oculto hasta que mi libro esté listo para ser publicado...) Deberé estudiar el texto más a fondo en cuanto vuelva a casa; está cifrado.

Vuelvo a casa mañana. Tengo una reunión con Odin en la editorial a las dos y media sobre el proyecto. Quiere saber cuánto he avanzado en el libro. Quiero mostrarle el *Primer secreto*. Quiere publicarlo el otoño que viene; acaba de tener noticias de un nuevo libro sobre Newton que saldrá dentro de dos años. Personalmente, creo que es demasiado temprano programar la publicación para dentro de un año, sobre todo si el papelito que encontré acaba por desvelar algo que exija nuevas investigaciones y más trabajo.

Se dio cuenta de que la poca luz castigaba sus ojos y se fue al estudio. Finn-Erik no estaba en casa; tenía que trabajar hasta tarde, eso dijo cuando la llamó. Era la tercera vez aquella semana. Mai-Brit no estaba segura de si con ello pretendía decirle que si ella estaba tanto tiempo fuera su trabajo se amontonaba, o si trataba de castigarla. Finn-Erik se había comportado de una forma algo extraña desde que ella había vuelto a casa; parecía infantilmente enfadado, algo que no era normal en él.

Mai-Brit abrió el reproductor de CD y puso la sexta sinfonía de Beethoven, una versión de la London Symphony Orchestra que había encontrado en una tienda de segunda mano de Cambridge. No tenía muchas debilidades pero si había que señalar alguna sería, sin lugar a dudas, esta pieza de música. Era positiva y liberadora como la risa de un niño y el gorjeo de los pájaros, y Mai-Brit nunca se hartaba, ni de la pieza, ni de hacerse con nuevas versiones con diferentes orquestas y directores. No dejaba de descubrir facetas sorprendentes cuando algún músico nuevo ofrecía su versión de las notas y visiones de Beethoven.

Se sentó en la butaca y siguió leyendo.

Viernes, 27 de agosto, en casa–. Pasé por la editorial antes de ir a casa. De entrada, Odin se mostró receptivo. Me dará sus impresiones sobre el texto del *Primer secreto* a lo largo del fin de semana.

Mai-Brit había dedicado el fin de semana a los niños y a Finn-Erik. Ni siquiera había sacado el misterioso papelito para echarle un vistazo. Se había obligado a dejarlo de lado en beneficio de la familia.

Lunes, 30 de agosto, Oslo–. Odin piensa que hay que darle más bombo a «el secreto», que es demasiado seco y demasiado parecido a los tramos documentales. Tengo que dejar a un lado las gafas de historiadora en las partes de ficción, dice. Propone que insinúe que Newton encontró la piedra filosofal. A mí me parece que es ir demasiado lejos, aunque he prometido reconsiderarlo. Además, piensa que la secuencia necesita una especie de final; dice que se acaba de forma abrupta. En cambio, yo creo que refleja que la relación de Newton con la alquimia nunca se interrumpió. Que siguió incluso después de su muerte, precisamente a través de su negación, en la censura de las biografías que ofrecían medias verdades. Además, después llegarían más secretos.

No he mencionado el misterioso papelito de Newton a Odin, no sé muy bien por qué; creo que puede esperar.

He dedicado el resto del día a repasar el *Primer secreto.*

Durante los dos días siguientes, Mai-Brit había trabajado en casa, intentando decodificar el papelito de Newton, y yendo a buscar a los niños temprano y pasando un buen rato con ellos.

Sacó la pluma del bolso y se puso a escribir el texto del día.

Jueves, 2 de septiembre, en casa–. No he conseguido descifrar la clave. Le enseñé a Odin la nueva versión del *Primer secreto*, y se mostró mucho más satisfecho. En realidad, yo también lo estoy. He descubierto que ahora tiene mucha más vida. He descartado la antigua.

Titubeó un poco antes de añadir una línea más:

Alguien ha estado en mi despacho revolviendo mis documentos. ¿Habrá sido la mujer de la limpieza?

CAPÍTULO 60

9 de septiembre, en casa–. Todavía no he conseguido descifrar el mensaje de Newton. De hecho, he pensado en llamar a Even. El sinvergüenza hubiera decodificado la clave en un par de días. Pero no, ni hablar.

Even no pudo más que sonreír, hojeó el montón de apuntes y encontró el folio con las dos líneas, la clave de Newton:
silibisivnisitatinretarfmuiguffe
ygoloehtelitnegfosnigiro evenegehpotsirhcnaej
Los ojos se detuvieron espontáneamente en el *guffe*[1] del final de la primera línea, era como un chiste, aunque un chiste noruego. Newton no sabía noruego. Le entraron ganas de ponerse a decodificar el enigma enseguida, pero decidió acabar de leer el diario y las notas quizás. Al fin y al cabo, Mai había terminado por descifrar la clave.

Cogió el diario y leyó media frase antes de volver a coger el papelito con la clave. Algo al principio de la primera línea le sorprendió: silibisivnisitati. Un número terrible de íes, casi una de cada dos letras. Eso parecía indicar que podía descartar el método de sustitución de cifras; sería muy difícil si no imposible encontrar una letra que pudiera repetirse tantas veces. Ni siquiera la e, la vocal más frecuente en inglés, podía funcionar en un conjunto así. Even estaba convencido.

Dejó el folio en el suelo y a punto estaba de seguir leyendo el diario cuando se oyó el rugido del timbre de la puerta en el pasillo.

–Un momento –gritó Even y recogió rápidamente los pa-

1. *Guffe*, «asquerosidad» en noruego. *(N. de la T.)*

peles, los disquetes y el diario y lo escondió todo debajo de un par de revistas.

Miró a su alrededor para asegurarse de que no había nada más a la vista antes de ir a abrir la puerta. Un hombre de unos treinta años con una gran barba y un mono de color azul esperaba delante de la puerta con una caja de herramientas en la mano.

–Finn Poulsen. Tengo entendido que tienes problemas con el desagüe.

La barba y el acento eran indiscutiblemente de Trondheim.

–Sí, así es –dijo Even, asintiendo con la cabeza y lo condujo hasta la cocina–, y te agradecería que también le echaras un vistazo al grifo –añadió, siguiendo el juego–. Es aquí donde huele mal, y además gotea. –Señaló vagamente en dirección al fregadero y no pudo evitar reírse, avergonzado.

–Bueno, pues tendré que echarle un vistazo... –Finn Poulsen le miró el ojo–. ¿Te han dado una paliza?

–Choqué contra una puerta –contestó Even.

El «fontanero» sonrió, abrió la caja de herramientas y dejó al descubierto una serie de instrumentos de medición, cables y antenas que estaban dispuestos en compartimentos. A Even le entraron ganas de preguntarle para qué eran y cómo se utilizaban, pero a cambio recibió una mirada muy significativa del «fontanero» con la que pareció querer decirle que se ocupara de sus asuntos. El hombre sacó una caja negra, la abrió, se puso unos cascos y empezó a girar un par de botones.

–Si hay algo, estaré en el salón –dijo Even y se fue.

Even se dejó caer en el sofá y siguió leyendo el diario.

> 13 de septiembre, Oslo–. Alguien ha estado en mi despacho y ha removido los papeles, otra vez. (Sin lugar a dudas, los hábitos paranoicos de Even me han influido hasta tal punto que siempre dejo los papeles de manera que pueda descubrir si alguien los ha tocado; los superpongo justo por el margen, dejando al descubierto una letra de la línea superior.) También pasó hace dos semanas; entonces creí que había sido la señora de la limpieza,

pero hoy se lo he preguntado y se ha ofendido mucho, y me ha dicho que ella jamás..., etcétera, etcétera.

Tengo la copia del papelito de Newton en el bolso junto con el diario, por lo que, en realidad, no hay ningún «secreto» que nadie pueda descubrir en la oficina. Sólo que me parece un tanto extraño que Odin o quien sea de la oficina ande revolviendo mis cosas cuando yo no estoy. Nunca me había ocurrido antes. Al fin y al cabo, no les oculto nada (bueno, casi nada), o sea que podrían preguntarme perfectamente lo que quieren saber.

14 de septiembre, en casa–. Ahora mismo estoy escribiendo el *Segundo secreto* y, además, tomo notas para la parte documental. Me resulta interesante trabajar con la religiosidad de Newton porque pone en marcha un montón de pensamientos sobre mi propia relación con el cristianismo, tal como se ha ido desarrollando desde que me fui de casa de mis padres.

De vez en cuando le echo un vistazo a la clave de Newton. He intentado ver el enigma desde diferentes ángulos, pero siempre vuelvo a las cifras de sustitución (¡así era como solía llamarlo Even!). Es decir, que el alfabeto empieza por una palabra clave que contiene un cierto número de letras del mismo y después de esta palabra viene el resto del alfabeto. Dicho en otras palabras, si la palabra clave es *turnips*, el alfabeto codificado sería el siguiente:

TURNIPSABCDEFGHJKLMOQVWXYZ.

(Además, también se puede optar por «rotar» todo el alfabeto tres o cinco veces o, si se prefiere, colocar la palabra clave a la derecha, pero espero que Newton no lo hiciera todo tan complicado porque de ser así, ¡no tendré ni la más remota posibilidad de descifrar la clave!)

Luego se coloca el alfabeto *habitual* justo debajo de esta versión y se sustituyen las palabras del código con las letras del alfabeto *turnips* que ocupan el mismo lugar.

TURNIPSABCDEFGHJKLMOQVWXYZ.
ABCDE FGHIJKLMNOPQRSTUVWXYZ

Así, según este código, la palabra APE se convertiría en TJI.

Naturalmente, debo obviar las letras æøå, puesto que el texto fue escrito por un inglés. ¿¡De hecho, dudo sobre si debería juntar las letras «j» e «i»!?).

El método de las cifras de sustitución es el que Newton utilizaba con mayor frecuencia (¡Even *dixit*!) cuando tenía que encriptar textos importantes. Pero ¿cuál puede ser la palabra clave? He probado con «newton» y con «isaacnewton» y al menos otras diez palabras, pero ninguna de ellas le da sentido al texto.

–No –murmuró Even–. Desde luego que no, porque ibas por mal camino.

Recogió el papelito con la clave del suelo y volvió a mirarla. Se paseó por la estancia un rato mientras dejaba que el cerebro jugara con diferentes posibilidades. En un momento dado llegó a la ventana y miró hacia fuera; observó cómo el papel se reflejaba en el cristal, refunfuñó y se fue al baño. Con el borde del espejo dejó que las letras se reflejaran en él, y a pesar de que algunas de las letras parecían erróneas, el conjunto empezaba a adquirir sentido.

–Así, bien –gruñó, satisfecho, para acto seguido dejar la mirada vacía mientras ocultaba el papel en la mano.

¿Podía haber una cámara escondida al otro lado del cristal del espejo?

Cuando Even volvió al salón, el «fontanero» estaba desmontando el teléfono; agarró un instrumento y conectó unos cables, echó un vistazo a un medidor y asintió antes de volver a montar el teléfono. Even se sentó en el sofá y vio al hombre dar una vuelta por el salón con un instrumento en la mano, detenerse delante de una lámpara, después ante el reproductor de CD y arrastrarse por detrás de un sofá hasta llegar a un enchufe. Abrió la ventana y echó un vistazo, gruñó algo y volvió a cerrarla. Luego desapareció por el pasillo para dar un repaso al resto de la casa.

Even se sentó a la mesa de trabajo. Lentamente, con letras grandes y legibles, escribió el texto de la clave al revés.

EFFUGIUMFRATERNITATISINVISIBILIS

JEANCHRISTOPHEGENEVE ORIGINSOFGENTILETHEOLOGY

Se quedó un rato aturdido al descubrir que la segunda palabra acababa en «NEVE», aunque era consciente de que se trataba de una pura coincidencia. No tenía nada que ver con él. Entonces se dedicó a dividir la hilera de letras en palabras. La primera que encontró fue «THEOLOGY», que era la última palabra, y luego descubrió que la línea inferior empezaba con un nombre: JEAN CHRISTOPHE y luego la ciudad de GENÈVE, si es que no había que entenderla como un apellido.

Estuvo un tiempo peleándose con la hilera superior; consiguió distinguir la palabra «VISIBILIS» o, eventualmente, «INVISIBILIS», pero entonces se estancó. Finalmente decidió tomarse un descanso y dejar aparcada la clave un rato. Volvió al texto de Mai, y se rió sonoramente al leer las siguientes frases del texto:

> 16 de septiembre, Oslo–. ¡¡¡He resuelto el enigma del papelito!!! ¡Maldita sea! Era tan sencillo que llegué a sentir vergüenza cuando me di cuenta del truco (todo estaba escrito al revés). ¡Y pensar que no lo descubrí enseguida! Pero al menos he aprendido algo trabajando con claves.
>
> *Effugium fraternitatis invisibilis*
>
> *Jean Christophe Genève Origins of Gentile Theology*
>
> La primera frase significa, por lo que tengo entendido, «Huyendo de la hermandad invisible».
>
> Lo siguiente debe de ser el nombre de alguien, seguido, «por el de un lugar, es decir, la ciudad de Ginebra, ¿o tal vez sea el apellido de la persona? Lo último, *Origins of Gentile Theology,* me suena. Tendré que pensarlo un poco.

Even asintió, recordaba el título, había tropezado con él recientemente. *Origins of Gentile Theology*. ¿No era un libro que escribió Newton, pero que se publicó después de su muerte?

«Genève.» Even estaba convencido de que se trataba de la ciudad, no de un nombre. En algún punto de la historia subyacía una conexión entre Newton y Genève, pero así, a bote pronto, no se le ocurría en qué podría consistir. Su mirada cayó casualmente sobre la palabra «vigilando», que aparecía al principio del siguiente párrafo del diario, y Even siguió leyendo con curiosidad.

> 17 de septiembre, Oslo–. Es posible que esté exagerando, pero siento que me están vigilando. No, tal vez sea una palabra demasiado fuerte; pero de vez en cuando alguien me sigue, o eso creo. Igual que en Inglaterra. No siempre, sólo de vez en cuando. Sin embargo, no consigo descubrir quién es y precisamente por eso me siento insegura y me pregunto si no será un síntoma de los nervios que me asaltan últimamente. Intenté hablar con Finn-Erik de ello, pero él se limitó a decirme que fuera a la policía o dejara de pensar en ello. La verdad es que me pareció que, en el fondo, él cree que son imaginaciones mías (al fin y al cabo, últimamente me he sentido muy cansada). Pero, por otro lado, está lo de los papeles en mi despacho. Los han removido al menos un par de veces, ¡de eso no hay duda! Los movieron lo justo para que yo no lo descubriera.

Even hojeó confundido un par de páginas más, volvió hacia atrás y luego avanzó de nuevo; ¡el diario acababa aquí! A pesar de que quedaban diez o quince páginas más en blanco. Estudió meticulosamente las páginas en blanco, una por una, aunque sin encontrar nada de interés. No había ninguna nota oculta, ninguna mancha de tinta sospechosa, nada de nada.

Mai debió de sentir la repentina necesidad de desprenderse de todo lo que tuviera que ver con Newton y lo envió todo al apartado de correos. Visto a posteriori, no había duda de que había tenido razones más que suficientes para estar alerta.

Even contempló al «fontanero», que en aquel instante cruzaba el pasillo y se metía en el dormitorio con sus aparatos. De pronto, el diario empezó a pesarle; descansaba en su regazo como la pesada herencia de Mai, cargada de responsabilidad. Un acto inacabado, que Even sabía que ella pretendía, en secreto, que él asumiera. Y él ya lo había hecho, se había hecho cargo, pero por lo visto no tan a escondidas como para que no hubiera alguien que ya supiera que lo había hecho y que lo vigilaba.

Miró la última página, la parte interior de la cubierta, lo que Mai había llamado páginas de relleno. Había unos números en mitad de la página.

284 + 1000

Estudió los números, pero no descubrió nada. Algo estaba mal, pensó y pasó las páginas hasta llegar al principio del libro para comparar. Aquí el color del papel del interior de la tapa era amarillo. En la tapa de la contracubierta, el papel era blanco. ¡Alguien había pegado una capa de papel blanco encima! Palpó toda la superficie de la hoja de papel y recorrió el borde. De pronto, se puso en pie y fue a por una navaja al cajón del escritorio. Mai había tomado prestada la idea de Newton de esconder cosas en los libros. Con mucho cuidado, cortó alrededor de un pequeño bulto en la tapa y desprendió el papel. Una llave cayó en su mano. Parecía la llave del apartado de correos de Vika.

–Ya podemos hablar libremente –dijo una voz desde la puerta.

CAPÍTULO 61

París-Ginebra

Mai-Brit le contó a todo el mundo que se iba a París, y realmente se fue a París. Pasó cuatro horas en la ciudad.

Desde el aeropuerto de Charles de Gaulle cogió un autobús hasta el centro, y durante toda la mañana estuvo paseando por la ciudad dibujando círculos improvisados, cambiando de metro en el último momento, entrando en tiendas y saliendo por la puerta de atrás, saltando repentinamente a un bus y bajándose dos paradas más adelante, intentando despistar, hasta que se dirigió a Gare de Lyon, donde se subió al rápido de Lyon; allí alquiló un coche y tomó el camino hacia la frontera con Suiza. Era de noche cuando llegó a Ginebra. Encontró una pequeña pensión y pagó al contado y por adelantado una semana de estancia. Antes de acostarse escribió en el nuevo diario que se había comprado:

> 15 de noviembre, Ginebra–. El proyecto Newton lleva un tiempo hibernando, en contra de mi voluntad. He estado muy ocupada con el lanzamiento de los libros de otoño, y además he hecho de asesora en un par de novelas históricas programadas para el año que viene. Pero ahora me he reservado una semana para trabajar en Ginebra, trabajar sobre el tal Jean-Christophe que aparece en el mensaje cifrado.
>
> Estoy convencida de que debe de tratarse de Jean-Christophe Fatio de Duillier. Es decir, el hermano de Nicolas Fatio de Duillier sobre el que escribo en el *Tercer secreto* de Newton. Jean-Christophe era ingeniero, creo y, entre otras cosas, fue el autor del mapa grabado en cobre de Ginebra que encontré en internet.

Mañana empezaré buscando información sobre él y su familia en la biblioteca.

Mai-Brit cerró el libro, dejó la pluma encima y apagó la luz. Se metió debajo del edredón y se puso a dormir con la sensación de estar de incógnito, de estar en paz. Por primera vez en varios meses dejaba de sentirse vigilada. Nadie sabía dónde estaba. Nadie.

CAPÍTULO 62

–¿Nada?

–No. He repasado toda la casa en busca de señales RF, es decir, señales de radiofrecuencia, microondas, así como infrarrojos y demás señales lumínicas –dijo el «fontanero» Poulsen mientras se chupaba una punta de la barba–. No hay señales indeseables en la casa. Además, he examinado el teléfono buscando instalaciones paralelas, como grabadoras o conexiones de radio. ¿Quieres que le eche un vistazo al ordenador?

Even hizo un gesto que podía significar «de acuerdo» o «haz lo que tengas que hacer». El hombre se sentó en la silla de oficina y sacó un par de disquetes de la caja de herramientas. Even se entretuvo mirando la amplia espalda encorvada sobre el teclado y la pantalla.

La llave del apartado de correos estaba en su bolsillo, pidiéndole a gritos que la usara. Se sentó tranquilamente en el sofá y empezó a hojear las notas de Mai. El montón era enorme y muy diverso, por decirlo de alguna manera. Había varias páginas que contenían listas con términos especializados o conceptos que luego eran explicados.

> *Prima materia.* El espíritu sagrado de la alquimia que se encuentra en todas las sustancias. Debe liberarse de los metales inactivos a través de una transformación.
>
> *Regulus.* La palabra latina para designar un «rey pequeño», aunque el significado químico en la alquimia es un cristalino...

«Jesús, cómo se había documentado», pensó Even con admiración. Encontró una nueva lista.

El estado de oxidación de una sustancia está ligado al número de electrones que son accesibles para una reacción / puntos en los que un átomo puede recibir electrones en una reacción química.

Eran palabras mayores para alguien que había cursado una carrera de humanidades. Era obvio que Mai había trabajado de lo lindo para entender el mundo de Newton, no sólo en el campo alquímico, sino también en los aspectos que tenían que ver estrictamente con la química y la física.

Había otra lista con términos más esotéricos:

Die Chymische Hochzeit Christiani Rosenkreutz (La boda química de Christian Rosenkreutz). Libro escrito por el teólogo Johann Valentin Andreae, que, tal vez, fue uno de los fundadores de la orden Rosacruz. El libro narra una boda en la que los invitados son sometidos a unas pruebas ocultas; algunos mueren mientras que otros resucitan.

El pelícano. Se utiliza a menudo como símbolo de la hermandad, junto con la rosa y la cruz. El pelícano es un antiguo símbolo cristiano que representa la resurrección en un Ave Fénix (¿la resurrección de Jesucristo?). En la masonería, la sangre del pelícano es el símbolo de la Obra Secreta, es decir, la «resurrección» de los miembros de entre la ignorancia hacia la libertad que da la sabiduría.

El pelícano. Even revolvió entre los papeles. ¿No había escrito Mai sobre el pelícano en el *Segundo secreto...*? ¿Dónde estaba? Sí, aquí estaba, como parte de un cetro o algo así. Even estaba cada vez más impresionado por la meticulosidad exhibida por Mai en un tema que, sin duda, ella debió de encontrar tan oscuro como infantil.

Recogió del suelo unas fotocopias grapadas de las páginas de un libro en las que había unas líneas subrayadas. Las citas hablaban claramente de una misma persona: Nicolas Fatio de Duillier, una persona que Newton debió de tratar durante varios años.

«Que la especial constelación, el profesor comedido, rígido y correcto, y el joven, alegre y un poco impertinente, prevaleciera durante muchos años parece indicar que compartían más que el simple interés por las matemáticas.» De un artículo sobre *El mono de Newton*, de Greg Oliver Clough.

«Sin lugar a dudas, Fatio de Duillier y Newton hicieron juntos experimentos con la alquimia en Cambridge. La correspondencia durante el período de enfermedad de Fatio en 1692 indica que habían conseguido cierto material y que habían avanzado hasta alcanzar unos resultados que querían mantener en secreto por todos los medios.» La cita era del libro de Michael White acerca de Newton, *El último brujo*.

«Que los dos siguieran manteniendo cierto contacto, también después de que Newton le hubiera retirado la palabra a Nicolas Fatio de Duillier por pertenecer a un grupo oculto llamado Prophets of Cevennes, cuyos miembros, en su gran mayoría, eran refugiados franceses, no puede significar otra cosa que compartían un secreto que les unía, tal vez por toda la eternidad. Resulta difícil saber si el secreto era alquímico, ocultista o de cualquier otro tipo, porque si realmente existieron documentos que pudieran revelar algo, éstos fueron con toda seguridad quemados cuando Newton, poco antes de su muerte, "puso orden" en sus papeles.»

Este fragmento estaba copiado de un artículo provocador: de *Historical Science News:* «Newton, genio o loco, hereje o cristiano».

Even dejó la copia a un lado cuando el «fontanero» apagó el ordenador y se puso en pie.

–Bueno, ahora ya está limpio. ¿Quieres que te instale un detector en el teléfono?

–Eh... ¿para qué querría yo eso?

–Te advertirá si alguien está escuchando. Si aparecen oídos extraños en la línea, la lucecita cambiará de verde a rojo.

–Pero ¿no es lo que acabas de verificar?

–Sí, pero alguien podría venir durante la noche y conectarse. He visto que el cable telefónico entra en la casa por debajo de aquella ventana. Cualquiera puede conectarse si quiere.

El hombre levantó una ceja interrogadora y Even asintió. Poulsen metió las manos en su caja de herramientas y sacó una cajita de color blanco con un cable que conectó al teléfono. Un par de minutos más tarde se incorporó y cerró la caja de herramientas. Finalmente parecía haber acabado.

–¿Y mi móvil?

–Nunca hables por él si quieres que lo que digas sea un secreto. Los móviles son relativamente fáciles de pinchar, y es imposible asegurarlos al cien por cien –gruñó el otro por debajo de la barba–. ¿Es tuyo el coche? –dijo señalando hacia el escarabajo rojo.

–Sí. O mejor dicho, no. Es uno que me acaban de prestar. Vine en él esta misma mañana y, por lo tanto, está fuera de la zona de peligro.

A Even le entraron unas repentinas e irreprimibles ganas de sacar a aquel hombre de su casa e irse al centro.

El hombre asintió y salió al pasillo.

–Tú no te llamas Finn Poulsen –dijo Even cuando el hombre ya salía por la puerta.

Finn Poulsen se rió por encima del hombro.

–Y tú no has chocado con una puerta.

Even cerró la puerta y entró a por las llaves del coche y la pequeña llave del apartado de correos.

Como era habitual, fue difícil encontrar un sitio donde aparcar en el centro, pero finalmente Even consiguió colar la burbuja entre un BMW y un Mercedes en la calle de Dronning Maud. «Una compañía ideal», pensó Even y se apresuró hacia la oficina de correos de Vika. Delante del mostrador había una larga cola de gente que esperaba la entrega de paquetes. Even pasó por delante y se dirigió hacia los apartados de correos. En aquel mismo momento, salía una señora con un maletín en la mano. Un señor mayor había abierto su caja y estaba tirando sin contemplaciones el correo comercial a la papelera. Metió el correo restante en una cartera negra, cerró la puerta de la caja y abandonó la estafeta. Even buscó el número 1284 entre las hileras de cajas.

Que 284 + 1000 tenía que significar 1284 era evidente, y puesto que no había indicaciones de otra estafeta, tenía que ser necesariamente la estafeta de correos de Vika, la que Mai ya había utilizado anteriormente. Lo que Even no alcanzaba a entender era por qué Mai había dividido los números en dos, pero tal vez una alumna aplicada de Newton como ella lo había hecho para despistar a posibles curiosos o espías.

¡Aquí! 1250-1299. Un poco más allá de la mitad encontró el número 1284 y metió la llave en la cerradura, listo para girarla. Sin embargo, tuvo que soltar la llave para no partir la punta en su afán por abrir la caja. La llave saltó dando botes por el suelo. Sorprendido, Even miró el número, recogió la llave del suelo y volvió a buscar el apartado de correos 1284.

Lentamente y con mucho cuidado, como si las prisas hubieran sido las causantes del error, Even volvió a acercar la llave a la cerradura, la metió... Pero no, no quería entrar. No había duda posible, era la llave equivocada. O la cerradura equivocada.

CAPÍTULO 63

Ginebra

Un duro viento del norte barrió la superficie del lago de Ginebra y alcanzó la ciudad haciendo que los diez grados bajo cero que ya estaban en el aire de noviembre parecieran veinte. El sol pendía bajo en el oeste y no tardaría en esconderse detrás de las cimas de las montañas cubiertas de nieve. Las vistas sobre el lago y las montañas eran extraordinariamente bellas, y Mai-Brit consideró la posibilidad de viajar con Finn-Erik y los niños este mismo verano. Dar una vuelta en el barco de vapor, sentarse en la cubierta de cara al sol estival con una copa de vino tinto, mientras los niños correteaban por ahí, pasándoselo bien y divirtiéndose... Mai-Brit dio la espalda al viento y se frotó la nariz con el guante de piel. Antes tendría que llegar la primavera, y después el verano.

El coche de alquiler no se había puesto en marcha aquella mañana y Mai-Brit había tomado el autobús hacia el centro en dirección al museo de la ciudad, donde tenía una cita con un curador.

Ahora eran casi las cinco, se había tomado la tarde libre y descubrió que todavía faltaba media hora para que pasara el siguiente autobús. Consideró tomar un taxi hasta la pensión, pero vio un café que la tentaba más. Cuando le hubieron servido el capuchino, Mai-Brit sacó el diario y la pluma del bolso. Miró desanimada por la ventana donde el viento se mezclaba con pequeños copos de nieve. Desenroscó el capuchón de la pluma y escribió:

> 18 de noviembre, café, Ginebra–. No he encontrado nada remarcable. Ahora sé que Jean-Christophe también fue astrónomo,

pero no tuvo ninguna relación con Newton. A diferencia de su hermano, vivió en su ciudad natal, Ginebra, casi toda su vida, aunque viajó bastante. Estuvo en Londres, donde de hecho se hizo de la Fellow of Royal Society en 1706, aunque no es conocido por ninguna proeza científica en especial, al menos por lo que he podido averiguar (¡¡¡1706 fue el año en que Newton ostentó el cargo de presidente de la Royal Society!!! ¿Podría el nombramiento ser una muestra de agradecimiento por alguna ayuda en especial?). Jean-C. también estuvo en París y Roma, aunque, como ya hemos dicho, siempre volvía a Ginebra.

He estado en la biblioteca, en el museo de la ciudad, en otros museos, y también en una sección del archivo nacional. He encontrado muy poca información acerca de la familia Fatio de Duillier, y lo poco que hay trata, sobre todo, del hermano Nicolas. Al fin y al cabo, Nicolas Fatio de Duillier vivió los últimos años de su vida en Londres y es conocido no sólo por su amistad con Newton, sino por haber inventado una corona de diamantes y por su injerencia en la disputa entre Newton y Leibniz sobre el descubrimiento del cálculo diferencial (¿así es como se dice, Even?).

Sin embargo, sobre el resto de la familia, apenas nada. Resulta frustrante y no sé cómo voy a seguir adelante.

Mai-Brit levantó la taza, paseó la vista distraída por el café donde cada vez más clientes buscaban refugio entre el café caliente y un trozo de tarta contra el frío de la calle. Mientras dejaba tranquilamente que el capuchino llenara su boca y notaba cómo el calor aguijoneaba sus mejillas, se fijó en un hombre que la miraba por encima de una revista. Estaba sentado en el extremo más lejano, cerca de la puerta del baño. Era un hombre algo regordete, unos años más joven que ella y con una barba oscura que en la distancia parecía desgreñada y desaliñada. El hombre seguía mirándola fijamente y Mai-Brit apartó la vista. Había algo familiar en aquella cara.

«Algunos encuentros entre personas pueden ser tan trascendentales como el encuentro entre la vida y la muerte.» Hacía poco que había leído la frase en algún lugar, y tuvo la desagradable sensación de que se encontraba a las puertas de uno de esos encuentros. Dejó la taza sobre la mesa y se apresuró a reunir sus cosas. Por el rabillo del ojo vio al hombre levantarse, agarrar el abrigo y ponerse en pie. El hombre se fue hacia la puerta dibujando un arco antes de girar a la izquierda y dirigirse directamente hacia su mesa. Mai-Brit se echó el bolso al hombro y se puso tan alta y severa como pudo.

–Disculpe –dijo el hombre en inglés, aunque el acento delataba su ascendencia francesa. Mai-Brit hizo como si el hombre le hablara a otra persona y quiso pasar de largo. Él le cerró el paso–. ¿No nos hemos visto antes? Mi nombre es Simon LaTour.

CAPÍTULO 64

–Al principio pensé servir asado de ternera de Talleyrand –dijo Odin Hjelm y removió con suaves movimientos en una pequeña cazuela–, pero ¿te puedes creer que no he podido encontrar un asado de ternera decente en ningún sitio? O bien llevaba tanto tiempo en la carnicería que casi se había convertido en vaca o bien estaba congelado. Y todo el mundo sabe que pierde el sabor. –Miró a Even para que éste le diera la razón.

Even paseó la mirada por la cocina rústica, por los revestimientos de madera y los armarios de roble oscuro. Unos espaguetis en unos tarros de barro asomaban por encima de unos estantes bastos y unos tarros de cristal mostraban judías, tomates secados al sol, setas y frutas. La mesa de la cocina estaba hecha de tablones de madera basta sin cepillar cubiertas de una fina plancha de metacrilato. El ambiente que se respiraba, tan bucólico, hacía que fuera inevitable sentirse transportado a una estancia en la que se oía el arrullo de las palomas y el cloqueo de las gallinas al otro lado de la ventana.

–Veo que tienes cocina de gas –dijo Even por decir algo.

–Por supuesto, es lo que hay que tener, ya sabes. Te permite controlar mejor el calor. –Hjelm probó el vino que les había servido a los dos, chasqueó los labios y miró la etiqueta con escepticismo–. Es un Medoc de una pequeña bodega al sur de Le-Verdon, ligeramente terso y fresco, y seguramente adecuado para acompañar la ternera, pero para caza... no sé si va bien... ¿tú qué dices?

Even probó el vino y le pareció bien, ni demasiado agrio ni demasiado dulce.

–Está bien –dijo, y vació la copa de un trago para demostrar su adaptación al entorno rústico.

–Es peligroso no cuidar las papilas gustativas, luego lo pagan el humor y la alegría de trabajar, y te arriesgas a volverte melancólico y a perder la energía. –Hjelm probó la salsa y cogió una pizca de sal, la echó en la cacerola, removió y volvió a probarla–. Lo dijo Brillat-Savarin, el conocido filósofo gastrónomo francés. –Hjelm observó la salsa y le pasó el cucharón a Even–. ¿Serías tan amable de remover la salsa mientras yo bajo al sótano a por un vino más adecuado? Creo que tengo un vino italiano para cazadores, que es precisamente lo que necesitamos. –Even aceptó el cucharón y vio que Hjelm se sacaba una llave del cuello de la camisa al salir al pasillo. Se oyó una llave girar en una cerradura y pasos traqueteando escaleras abajo. «¿Guardará un tesoro en el sótano?», se preguntó Even, y dejó el cucharón sobre la mesa antes de servirse una copa de vino más. Desde la ventana podía ver la calle e intentó adivinar en qué casa viviría Susann Stanley. El número dieciséis, había dicho. Hjelm vivía en el número once; debía de ser la casa roja de dos pisos al otro lado de la calle, donde había coches en la entrada.

¡Maldita sea! ¡Mierda! Even dejó la copa para no arriesgarse a romperla de pura irritación. Había olvidado llamar a Susann a pesar de prometerse que lo haría. En realidad, era extraño que ella no hubiera vuelto a intentar llamarle a lo largo del día. O... ¿tal vez se había cansado de intentarlo al no recibir ninguna respuesta y había pasado de él?

¿Debería hacerle una visita de camino a casa, tal vez quedarse a dormir con ella? Habría sido una solución práctica; tenía la sensación de que acabaría bastante borracho después de la cena con Hjelm.

Agarró la copa y le dio un buen sorbo. Luego se apoyó en el marco de la ventana mientras se enjuagaba la boca con el vino.

Tras la visita frustrada a la oficina de correos, Even había vuelto a casa y había recogido la fórmula de Newton y los papeles de Mai, había alquilado una caja fuerte en el banco más cercano y se había sentido aliviado, casi excitado, por tenerlo todo bajo llave. Luego se había duchado y se había vestido, había estudiado el rostro azul amarillento en el espejo y había conjeturado lo que diría Hjelm sobre su aspecto. Para su sorpresa el editor no le había dado a entender, ni con su actitud ni con la mirada ni con palabras, que hubiera detectado algo extraño en el rostro de Even.

Los escalones cedieron, la puerta del sótano se cerró y la llave giró en la cerradura, y Hjelm entró en la cocina a trompicones, con su desequilibrio habitual. Volvió a meterse la llave debajo de la camisa.

–¿Qué tal va esa salsa...? ¡Oh! –Miró a Even, que seguía de pie delante de la ventana, de reojo–. Bueno, supongo que está bien. –Dejó la botella de vino sobre la mesa, removió un poco en la cazuela, echó un vistazo a las patatas en el horno y abrió la botella que había traído del sótano–. ¿Te he dicho que finalmente será alce? El carnicero tenía una pieza tan buena y tierna que podía cortarse sólo con la mirada. –Dio un sorbito al vino destinado a la ternera y le echó una mirada rápida a Even–. ¿Qué es lo que te fascina de Newton?

Even miró de reojo su imagen reflejada en la ventana para verificar si se estaría delatando. Qué pregunta tan ingenua. Echó un trago profundo y ávido al vino antes de contestar.

–La genialidad, la capacidad para ver detrás de los números, de ver las posibilidades de nuevas constelaciones, de hacer cosas de las que nadie era capaz en el mundo entero. Él veía el mundo como un enorme jeroglífico que tenía que resolver. Y, de hecho, resolvió buena parte del mismo, una parte enormemente importante. Gracias a él la ciencia dio un salto cuantitativo.

–Pero ¿realmente su genialidad era tan especial? –Hjelm lo miró de reojo desde la mesa donde seguía cortando brócoli en pequeños ramitos–. ¿No sería más bien que se tomaba su tiempo y que luego llegó a un par de soluciones por casualidad?

Even se rió; aquí le llegaba el castigo por su actitud condescendiente ante la comida y el buen vino. Su estimación por Hjelm subió.

–Bueno, además de hacer comprensible el universo, explicar los movimientos de los planetas alrededor del sol, el de la luna alrededor de la Tierra, la pleamar y la bajamar, las órbitas de los cometas, dar respuesta a algunas de las preguntas más complejas sobre las que se llevaban milenios reflexionando, todo por arte de magia si quieres, permíteme que te cuente una pequeña historia que te dará una idea muy exacta de su talento. –Even bebió antes de continuar–. A un matemático contemporáneo de nombre Bernouilli le gustaba inventarse enigmas y problemas para que sus alumnos y amigos, o él mismo, los resolvieran. En 1696 hizo la siguiente pregunta: Tengo dos puntos, A y B, que mantienen cierta distancia y diferencia de altura entre sí. Creo una vía de la A a la B y dejo que un cubo se deslice por la vía sólo con la ayuda de la fuerza de la gravedad. ¿Qué camino debe recorrer el cubo para alcanzar el tiempo de deslizamiento más corto?

Hjelm escuchó atentamente mientras metía el brócoli en un tarro de cristal y después empezó a cortar las setas.

–Ningún alumno ni ningún colega parecía capaz de resolver el problema, por lo que Bernouilli decidió enviárselo a algunos de los matemáticos más ilustres de Europa, entre ellos, a Leibniz. Pero tampoco ellos fueron capaces de resolverlo. –Even hizo rodar el vino en la copa, observó el juego de la luz en el rojo–. Las malas lenguas dicen que Leibniz, que en realidad era un hombre simpático y tranquilo, propuso, con una sonrisa malévola en los labios, que le enviaran el problema al «gran Newton», probablemente para que Newton se encontrara entre la espada y la pared, como lo habían estado tantos otros. Newton, que por entonces acababa de asumir el puesto de maestro de la Real Casa de la Moneda en Londres, tenía muchos problemas con los que pelearse en el trabajo, pues el anterior maestro de la moneda había desatendido gravemente sus funciones.

»El día que recibió la carta con el enigma volvió a casa agotado ya muy avanzada la tarde. Su sobrina, Catherine, que por entonces vivía en su casa, había dejado la carta de Bernouilli sobre la mesa. Newton la abrió, leyó la adivinanza y decidió ignorar el desafío. La cabeza y el cuerpo del matemático de cincuenta y cuatro años estaban demasiado cansados y guardó la carta. Sin embargo, después de la cena, empezó a picarle la curiosidad y pronto le superó la ambición. Tomó asiento en el banco de trabajo, pertrechado de papel y pluma, y encendió una lámpara. Llenó un folio detrás de otro con cálculos y pronto llegó la medianoche. Catherine le dio las buenas noches sin recibir una respuesta y la joven se acostó. Las horas pasaron. Se hicieron las dos y las tres. Por fin, Newton enderezó la espalda rígida y miró satisfecho el papel. Eran las cuatro de la madrugada y había resuelto el problema.

–¡Jesús! ¿Es eso verdad? –dijo Hjelm impresionado, e hizo una mueca afrancesada que a Even le recordó al inspector Bonjove–. ¿Consiguió resolverlo en doce horas, mientras que los demás tuvieron que rendirse? –Abrió el horno y sacó una fuente con patatas cortadas en láminas–. Bueno, ya puedes sentarte a la mesa y ahora mismo serviré la cena.

La salsa, la carne, las patatas, la ensalada, el vino, todo estaba exquisito. Even notó cómo sus glándulas gustativas se estremecían de placer.

–Son *pommes* Anna –dijo Hjelm y se sirvió una nueva ración de patatas–. Le deben su nombre a Anna Deslions. Era una cortesana francesa, tan deseada que el famoso Café Anglais de París instaló un salón para ella donde poder recibir a sus visitas exclusivas: reyes, príncipes y nobles. En el salón habían colocado lo más importante, una cama, una *chaise longue* y una mesa que siempre estaba dispuesta para dos. El cocinero del lugar estaba tan contento de que Anna Deslions atrajera a tantos famosos de toda Europa al restaurante que llegó a crear nuevos platos con su nombre. Las *pommes* Anna que estás degustando ahora son uno de ellos.

Even espetó un pedazo de seta con el tenedor y lo sostuvo en alto.

–¿Por qué estás interesado en Newton?

Hjelm lo miró de reojo antes de sonreír divertido.

–Los secretos. Su personalidad, con todas sus contradicciones. Fue un ser humano único y, a su vez, tan típicamente inglés. –Hjelm dejó el tenedor sobre el plato y agarró la copa–. A propósito de lo típicamente inglés, a veces creo que Inglaterra es uno de los pocos países modernos y civilizados que ha conseguido hasta tal punto mantenerse resguardado que podrá conservar sus tradiciones a través de los siglos, si así lo desea. Sin embargo, la nación se las ve para encontrarse a sí misma. Fíjate, por ejemplo, en el tráfico. Los ingleses son los únicos en todo el mundo que insisten en seguir conduciendo por la izquierda de la calzada, ellos y las naciones que estuvieron sometidas a la protección paternal del Imperio. Y entonces pensamos que su terquedad debe de estar asentada profundamente en sus genes, ¡pero no! –Hjelmm sonrió ampliamente y bebió del vino–. No es más que simple tozudez. Míralos cuando andan por la acera, pasan por la derecha de la gente, lo mismo que nosotros. O si quieres un ejemplo más claro, fíjate en la manera en que funcionan las escaleras mecánicas. Suben por la derecha, tal como lo hacemos en el resto del mundo. ¿No crees que eso es como cavar tu propia tumba?

–Hace algunos años, un buen amigo mío –dijo Even–, un matemático inglés, fue el invitado de honor de un banquete en Oslo. Durante la cena de gala, cuando la conversación corría de un lado a otro por encima de la mesa, le preguntaron por qué los ingleses seguían insistiendo en conducir por la izquierda. Entonces él contestó que, de hecho, había planes para cambiarlo. A modo de prueba, y para ver qué tal iba, se decidió que primero se dejaría que el tráfico pesado condujera por la derecha.

De pronto Hjelm, que acababa de beber un sorbo de vino, se rió y el vino salió disparado por su nariz.

–Vaya por Dios –hipó Hjelm–, es increíble que nadie haya pensado en eso antes. Los ingleses dominan eso del pensamiento nuevo, por más conservadores que sean.

Estuvieron hablando de todo un poco y Even tuvo que reconocer, muy a su pesar, que hasta entonces, la velada había sido mucho más agradable de lo que había pensado que sería en un primer momento. Naturalmente, también hablaron de la muerte trágica de Mai, y Hjelm le aseguró que había sido una pérdida importante para la editorial, aunque llevara poco tiempo con ellos.

–¿Cómo diste con ella? –preguntó Even–. Al fin y al cabo, Mai no había trabajado nunca en el mundo editorial.

–Tengo mis contactos. –Hjelm sonrió taimadamente–. Y uno de esos contactos me facilitó la tesis doctoral de Mai-Brit, la que escribió sobre la influencia de las cortesanas en la política exterior europea en los siglos XVIII y XIX. Era realmente brillante, tan formidablemente articulada que llegabas a olvidar que se trataba de un texto puramente académico y, a su vez, bebía tanto de las fuentes documentales que podías fiarte de su contenido. Y luego esas vinculaciones políticas: el estudio de la gran influencia que tuvieron estas mujeres sobre sus amantes, reyes, ministros, diplomáticos, que, según las investigaciones de Mai-Brit Fossen, no fue pequeña.

–Puedes fiarte tranquilamente –dijo Even–. Recibió una beca de una organización feminista y estuvo viajando por toda Europa, primero medio año y al año siguiente, otros tres meses, para investigar en archivos y colecciones privadas. Lo ponía todo en su trabajo, como solía hacer siempre cuando algo realmente le interesaba.

–¿Estabais casados entonces?

–Sí. Yo tenía una beca en Cambridge para acabar mi doctorado y estuve viviendo allí un buen tiempo, aunque nos visitábamos siempre que teníamos la posibilidad de hacerlo.

Odin asintió.

–¿Fue entonces cuando te hiciste experto en Newton?

–No. Newton ha sido mi gran héroe desde que era pequeño. –Even rebañó el plato con el último pedazo de baguette que le quedaba, lo masticó y se reclinó en la silla con un suspiro–. Oh, ahora estoy tan lleno que podría pasar una pizza volando por mi lado, y no la probaría.

–¡Una pizza! ¿¡Cómo te atreves a pensar en pizzas ahora!? –dijo Hjelm, mirándole con sincera indignación.

–No, si es precisamente lo que te estoy diciendo –sonrió Even–. No hubiera podido aunque quisiera.

Hjelm alzó las cejas en un gesto de resignación y se puso en pie.

–Ven. Nos sentaremos en el salón. Prepararé café y nos lo tomaremos con un coñac y un puro. Luego tomaremos el postre, un Pêche Melba que hará que tus pesadillas pizzeras se esfumen como vampiros ante un diente de ajo.

«En el salón», pensó Even. Coñac y puro. Melba. *Pommes* Anna. Un esnob cultural de dimensiones, ese Hjelm. Pero un esnob cultural simpático.

–Dicen –dijo Odin Hjelm cuando volvió con la botella de coñac y un par de vasos gruesos en las manos– que mantienes una relación pasional con los números y que puedes encontrar algo especial en cualquier secuencia de cifras, encontrar algo singular, por así decirlo. ¿Es eso cierto?

«Oh, no», pensó Even. Era como tener a una nueva hornada de estudiantes delante, siempre había alguno que había oído la historia, que conocía el mito. Sabía que sólo se lo podía reprochar a sí mismo, pues no era capaz de callarse la boca cuando las circunstancias lo exigían.

–La verdad es que es muy sencillo –dijo y aceptó la copa de coñac–. No hay nada mágico en ello, no tiene truco. Todo el mundo puede hacerlo. Ya sabes, se puede fraccionar cualquier número por sus unidades, ver cómo está compuesto, determinar a qué grupo de cifras pertenece y qué características tiene. Es casi como disecar una planta, cuando estableces a qué familia y grupo pertenece y qué rasgos característicos tiene; si las hojas son alternas u opuestas, etcétera, etcétera. –Even se encogió de hombros y aceptó uno de los puritos de Hjelm–. Cuando me preguntan soy lo bastante estúpido... o cándido, para responder, para contar este tipo de cosas. –Suspiró y miró el purito, se sentía ebrio–. Supongo que me gusta ver cómo los jóvenes estudiantes se quedan impresionados conmigo. Pero no es más que una ilusión, una manera de recibir una admiración que no me merezco. Se dan cuenta de ello en cuanto me conocen.

–99 –dijo Hjelm con una mirada astuta.

«Uno de esos sistemáticos sin sistema –pensó Even–. Uno de los que creen que el 100 es un número bonito y redondo y que por eso es demasiado fácil, y entonces piensan que un número cercano debe de ser complejo.»

–Coge cualquier número de tres cifras, por ejemplo el 785, dale la vuelta y saca la diferencia.

–¿¡Qué!? ¿Que lo haga yo?

Even asintió, y Hjelm sacó su teléfono móvil y empezó a teclear.

–Has dicho 785 menos el número al revés... 587. Veamos... la diferencia es 198. –Hjelm levantó la cabeza.

–198 es el doble de 99. La diferencia entre dos números de tres cifras iguales pero con el orden de los números invertidos siempre será divisible por 99.

–Siempre divisible... ¡Vaya estupidez!

–No. Elige otro número.

–982.

–De acuerdo; 982 menos 289 son 693...

–Un momento... –Hjelm volvió a teclear en su móvil–. Pues sí, vaya... –dijo y levantó la mirada.

–693 dividido por 99 da exactamente 7, ni más ni menos.

La cara de Hjelm denotaba a la vez confusión y admiración. Verificó el resultado con la ayuda de la calculadora de su móvil y asintió con la cabeza.

–Y aún puedo hacer una cosa más –dijo Even, sintiéndose deliciosamente infantil–. Elige otro número de tres cifras, réstale el número al revés, y ahora mismo te diré cuál es el número del medio. Es el 9.

Hjelm lo miró con escepticismo; mumuró 220 y empezó a calcular en el móvil.

220. ¡Dios mío! Even miró fijamente a Hjelm. 220. Un número amistoso. ¡Maldita sea! ¡Era la solución del apartado de correos que no se había dejado abrir! Y mira que no haberlo pensado antes. ¿Acaso estaría infravalorando a Mai tanto como lo había hecho Finn-Erik? Él mejor que nadie debería saber que Mai era muy lista, que...

–Sí, caramba, 198 –exclamó Hjelm–. ¿Cómo lo has sabido?

–Eh... sencillamente es así.

Even miró distraído al anfitrión y pensó en el 220 y el 284. Dos números que eran amigos; que estaban encadenados entre sí; que eran indivisibles en la misma medida en que lo son dos personas que tienen un hijo juntas. Si cogías todos los divisores enteros de 284, y los sumabas, daba 220. Y si a su vez cogías la suma de todos los divisores enteros de 220, daba 284. No tenía ninguna lógica, no había ninguna explicación obvia al fenómeno. Sencillamente era así. Una de las ocurrencias divertidas de las matemáticas. Era un asunto tan conocido que debería haber asociado el 284 con el 220 en cuanto los vio. Ahora también se daba cuenta de por qué Mai había colocado el 1000 separado del 284. Para darle la oportunidad de descifrar la clave.

La llave del apartado de correos que tenía en el bolsillo casi le daba patadas a las llaves del coche; quería que se fuera de allí inmediatamente. Pero la oficina de correos estaba cerrada. Tendría que esperar hasta el día siguiente.

Hjelm carraspeó.

Even alzó la mirada.

–Eh... el número del medio siempre es el 9, da igual el número que elijas –murmuró; entonces hizo un esfuerzo y se concentró–. Disculpa, tengo un pequeño defecto profesional. Si me viene una idea a la cabeza, me olvido de dónde estoy y me vuelvo un poco distante.

Hjelm hizo un gesto con la mano disculpándole; entonces entrecerró los ojos hasta convertirlos en dos rendijas y dijo:

–Ahora te voy a dar un nuevo número del que quiero que me digas algo personal. Digamos el 364...

«Ya está, ya la tenemos otra vez –pensó Even–. No el 365, que son los días del año, sino exactamente uno menos, para ponérmelo un poco difícil.» Even intentó poner cara de preocupación; sentía que era algo que le debía a su anfitrión, a cambio de la excelente cena, e incluso suspiró para que Hjelm pudiera sonreír satisfecho.

–Tengo que ir con cuidado con este número –dijo Even,

dando por terminado el teatro–. El 364 contiene tantas buenas historias que podría dedicarle el resto de la noche íntegramente. Pero permíteme que centre la atención en lo que podríamos llamar el parentesco o la afinidad con las cartas de la baraja. Como ya sabes, hay 52 cartas en una baraja, ¿verdad? Una baraja consta de 13 cartas repartidas en cuatro grupos: corazones, tréboles, diamantes y picas. Si sumas los valores de todas estas cartas, es decir, el as equivale al uno, luego el dos, el tres, etcétera, la sota al once, la reina al doce, ya sabes, llegas al número 364.

Hjelm volvió a coger su móvil, sacudió la cabeza y dijo:

–No, da 91.

–Sí, cuando sumas todas las cartas de un solo color. Pero tienes cuatro colores y, por lo tanto, debes multiplicarlo por cuatro.

Hjelm pulsó un par de veces y no pudo más que sonreír.

–364, concuerda, tenías razón. –Sonrió–. Me habría gustado tenerte de profesor de matemáticas en el colegio. Entonces, a lo mejor, mis notas habrían sido distintas.

Even se rió secamente.

–Lo dudo. No soy un gran pedagogo, tengo la paciencia de una cobra a la que pretendes rascarle la nariz. Pero de hecho, las matemáticas son terriblemente divertidas, si consigues abrir los ojos a tiempo. Las han calificado de «aburridas» injustamente.

–Y es precisamente por eso por lo que quiero que termines de escribir el libro sobre Newton de Mai-Brit Fossen –dijo Odin Hjelm, en un tono serio y de hombre de negocios–. Porque tú conoces los aspectos positivos, tanto de las matemáticas como del personaje, y también sus enigmas y sus habilidades singulares. Y, sobre todo, conocías a Mai-Brit Fossen lo suficiente como para terminar el trabajo que ella inició. ¿Podríamos llegar a un acuerdo sobre el libro? –Cogió una pequeña pistola que había sobre la mesa y apuntó a Even–. Por lo que tengo entendido, ya has pedido una excedencia en la universidad. Tal vez fuera una buena idea que la dedicaras a escribir el libro sobre Newton.

Hjelm pulsó el gatillo del encendedor-pistola y el purito que le había ofrecido, y que había olvidado que tenía en la mano, se encendió. El humo se posó como una neblina cálida en su boca y lo soltó lentamente por encima de la mesa. Contempló la nube de humo, empujada hacia arriba por el calor del café y de las dos velas. Contempló el ascua del purito. Excedencia, sí. El propósito de tomarse un tiempo libre había sido, inicialmente, descubrir las razones del suicidio de Mai, encontrar a quien o a quienes estaban detrás. Sin embargo, ahora dedicaba el tiempo a buscar viejas fórmulas de Newton, a descifrarlas, y a encontrar las cartas de Mai sobre Newton. Poco a poco, todo iba girando alrededor de Newton. ¿Acaso Mai había planeado que él terminara su trabajo? ¿Sería, en realidad, ésa la herencia que le había dejado?

–¿Alguna vez Mai mencionó mi nombre en relación con el proyecto Newton?

Hjelm se lo pensó antes de sacudir la cabeza.

–No, que yo recuerde. Como ya te dije la última vez que nos vimos, no nos dio mucho tiempo a hablar del proyecto a ella y a mí. Supongo que no quise presionarla porque sabía que podía confiar en ella y veía que estaba trabajando duro. Pero visto en perspectiva, me arrepiento de no haberle exigido un informe mensual de los avances.

–Tiene que haber, por narices, más material –dijo Even–. Tiene que haber escrito más. Mai era tenaz como pocos cuando algo se le metía en la cabeza. Y si te he interpretado bien, estaba realmente prendada del libro que estaba preparando.

–Oh, sí, desde luego. Se convirtió en el niño de sus ojos, eso fue lo que me dijo un día, este invierno. Trabajó tenazmente, como has dicho tú, y viajó mucho para recopilar documentación y datos. Quería que todo estuviera documentado y verificado, que fuera prácticamente imposible atacar su trabajo.

–¿Qué documentación? ¿Qué datos?

Hjelm parecía contrariado.

–Eso es precisamente lo que no sé. Como bien dices tú, tiene por fuerza que haber algo en algún lugar, pero no sé dónde, la verdad. –Dirigió el purito hacia Even–. Pero tú, que posiblemente eres quien mejor la conocía, deberías poder descubrir los sitios donde pudo esconder alguna cosa, y por qué.

–No –contestó Even, mientras examinaba la pistola sobre la mesa–. No tengo ni idea.

Cuando Even se levantó para irse, sonó el teléfono. Odin lo cogió, habló un rato, tapó el auricular con la mano y le dijo a Even que sólo sería un instante, que tenía que ir a su estudio para hablar un par de minutos. Que ahora mismo volvía. Even asintió y se quedó en medio del salón, borracho y un poco indeciso, sin saber muy bien qué hacer consigo mismo. Se apoyó en el aparador. El móvil de Hjelm estaba al lado de un jarrón. Tenía un aspecto insignificante y lleno de esperanza, y parecía estarle pidiendo que lo usara, que no lo dejara allí, inútil y a oscuras. Even pulsó un botón y la pantalla se iluminó. Miró por encima del hombro antes de meterse en los mensajes, se movió a través de una serie de nombres desconocidos hasta que de pronto apareció el nombre de Kitty. Acercó el oído al estudio y oyó la voz zumbante de Odin Hjelm decir algo. El dedo no titubeó, apareció el texto y Even pudo leer las palabras con el rostro inexpresivo. La fecha mostraba que el mensaje tenía una semana.

Cuando Odin volvió, Even ya estaba en el pasillo poniéndose la chaqueta de cuero.

–Siento haber sido tan maleducado antes, pero la llamada era un poco importante. De Francia –dijo Hjelm–. Ten. –Sacó tres puritos y los metió en el bolsillo de la camisa de Even–. *For the road.*

«...Tenemos que dejar este lío... hemos terminado... hazme el favor.» Even miró al hombre que había recibido el mensaje de Kitty. Que había recibido sus ruegos. ¿Quién era, realmente, aquel hombre? ¿Quién se ocultaba tras aquel aspecto jovial, tras aquella fachada de esnob cultural?

Antes de que le diera tiempo a pensárselo dos veces, antes de que pudiera valorar si era o no razonable preguntarlo, Even dijo:

–¿Quién es Simon LaTour?

Odin Hjelm alzó la cabeza, sorprendido.

–¿Has escuchado la conversación? –Su mirada se tornó vigilante, su voz reservada–. Es un escritor francés. ¿Qué has oído?

–Nada –dijo Even y se fue–. Nada.

CAPÍTULO 65

Ginebra

Sentado detrás del escritorio, el hombre parecía pequeño. Mai-Brit dudó de que sus pies llegaran al suelo. La cara redonda brillaba como si acabara de comer hojaldres rellenos de mayonesa para desayunar. Notó que tenía a Simon LaTour justo detrás, un poco a la derecha, como si estuviera vigilándola para que no se escapara.

Simon le explicó quién era ella y el hombre asintió. Mai-Brit le pidió a Simon que se fuera al vestíbulo antes de explicarle al hombre lo que le interesaba encontrar. Lo hizo en francés. Habló rápidamente, fue al grano. Cuando ella terminó, él tomó unas breves y rápidas notas en un bloc. En la pared colgaban varios diplomas enmarcados que daban fe de su competencia, así como una fotografía en la que el hombrecillo aparecía rodeando la cintura de un hombre joven con el brazo. Había algo conocido en aquel joven, pero Mai-Brit no conseguía situarlo. Seguramente algún famoso suizo, al menos lo parecía.

–La familia Fatio de Duillier –repitió el hombre y anotó algo más en el bloc–. Le echaré un vistazo a partir de la semana que viene.

–Lo que quiero saber es qué camino ha tomado su biblioteca, me refiero, claro, a los libros –repitió Mai-Brit para asegurarse de que el hombre había entendido lo que le pedía. No pretendía que le hicieran un árbol genealógico–. Soy historiadora y sé que había muchas obras interesantes en la colección que ahora resultan difíciles de encontrar.

–Sí, comprendo. ¿Adónde puedo dirigirme cuando tenga el resultado de la búsqueda?

Hablaba como si diera por sentado que el resultado sería positivo, como si sólo fuera cuestión de tiempo.

Mai-Brit le dio su teléfono móvil y remarcó que el contacto que mantendrían era confidencial a todos los efectos, que nadie, y eso incluía también a Simon LaTour, debía conocer la naturaleza del encargo. El hombre asintió tranquilamente y aceptó un adelanto de quinientos francos.

Una vez en la calle, Mai-Brit posó su mano en el codo de Simon LaTour.

–¿Quieres volver conmigo a París?

CAPÍTULO 66

Even estaba despierto cuando oyó la voz atemperada delante de su ventana.

No tenía humor para hacerle una visita a Susann cuando abandonó la casa de Hjelm y había decidido en su lugar coger un taxi a casa alrededor de medianoche. Su cabeza funcionaba a altas revoluciones y Even había estado trabajando un par de horas con una página de la fórmula de Newton que previamente había escaneado y guardado en su ordenador, hasta que el cansancio se apoderó de él y tuvo que acurrucarse debajo del edredón. Había luchado por salir de una especie de pesadilla en la que había estado sentado sobre una losa solitaria viendo cómo todo a su alrededor se descomponía. Recordó que había soñado algo parecido anteriormente. En la duermevela había estado pensando en Mai y en su «herencia», en que ella se la había transmitido precisamente a él porque él era invulnerable y no podía ser amenazado por nadie. Él estaba solo, sólo se tenía a sí mismo, y nadie le podía quitar a ningún ser querido. Mai había tenido hijos, y por eso murió. Even pensó en lo bien que ella lo conocía, en cómo había creado códigos que él y prácticamente sólo él, era capaz de descifrar. La carta que escribió en París y el cinco de corazones lo habían llevado a Kitty y al sobre, que, a su vez, le había conducido hasta la fórmula de Newton. Y más tarde, había aparecido la llave y la fotografía del solitario había visto la luz del día. Y, finalmente, el solitario había desvelado su misterio: el apartado de correos y el paquete con las notas y el diario y nuevos secretos de Newton.

Mientras volvía a pensar, una vez más, en la misteriosa elección de Mai, de darle la información por dos vías, oyó la voz que venía de fuera. Era medio susurrante y el tono era interrogativo. Nadie pareció contestarle. La voz volvió a sonar, y Even pensó que estaría hablando con alguien en el móvil. Recordó que había llegado un coche hacía unos minutos, algo realmente extraño, teniendo en cuenta que a aquella hora de la mañana lo normal era que la gente abandonara el barrio para ir al trabajo. El coche había aparcado en algún lugar delante de la casa, pero como su dormitorio daba a la parte trasera, Even no lo había relacionado ni se había molestado en darle más vueltas al asunto. No hasta que oyó la voz. Volvía a susurrar algo, una vez más, a modo de pregunta, sin que Even oyera una respuesta.

En el momento en que sacó las piernas de la cama oyó un rugido en el pasillo. El despertador sobre la mesita de noche marcaba las siete y diez. Sólo había un grupo social capaz de llamar a la puerta de la gente a esa hora del día y enviar al mismo tiempo a su gente al jardín trasero de sus casas.

Even se vistió tranquilamente, oyó el rugido irritado una vez más, se ató los zapatos y salió al pasillo.

–Un momento –gritó y entró en el baño, donde se lavó los dientes y se echó agua a la cara.

Even se sintió, sino despejado, al menos sí preparado para enfrentarse al tercer poder del Estado.

–Inspector Molvik –dijo un hombre alto y fornido de cincuenta años largos cuando Even abrió la puerta. Con un giro profesional del brazo, el hombre le mostró un fragmento de una tarjeta de identificación plastificada–. ¿Eres Even Vik?

Even lo miró.

–Ya sabes que sí.

–¿Puedo entrar?

–¿De qué se trata?

–¿Quieres que todos tus vecinos vean que estás hablando con la policía?

Even miró su coche, un Ford Sierra blanco sin distintivos de la policía.

–Mientras os vistáis como gente normal y os comportéis como tal, los vecinos suelen tragar con lo que sea. Está bien así.

–¿Te han dado una paliza últimamente? –dijo el inspector Molvik, mientras miraba interesado el ojo de Even.

–Choqué con una puerta –dijo Even y señaló con el pulgar hacia la parte trasera de la casa–. ¿No quieres que tu chófer también entre?

El inspector dio una orden al micrófono que escondía en el brazo y poco después asomó un hombre joven al final de la casa adosada, que cruzó el seto del vecino y alargó la mano ofreciéndosela a Even.

–Mohamad Saikh, agente de policía.

–Even Vik, cansado –dijo Even.

Entraron en la cocina.

–¿Café? –preguntó Even.

El inspector no contestó, pero Saikh asintió amablemente y dijo sí, gracias.

–¿Dónde estuviste el viernes por la noche?

Molvik se sentó a la mesa con las piernas abiertas. La barba de un día asomaba en la piel gruesa y ruda y las ojeras dibujaban profundos círculos grises debajo de sus ojos.

La lata de café estaba vacía y Even abrió una bolsa nueva, vertió el contenido en la lata y arrojó la bolsa en el cubo de basura, debajo del fregadero. Midió prolijamente el polvo de café con una cuchara, llenó la jarra de agua y la echó a la máquina antes de pulsar el botón. Even se giró y apoyó el trasero en la mesa de trabajo de la cocina. Miró el cuchillo del pan que había sobre la mesa, a veinte centímetros de su mano. ¿Había sido una estupidez invitarles a pasar? Con los años, la cintura del inspector Molvik se había vuelto más gruesa y su frente más alta, pero para todos era igual. Even suspiró.

–Haré ver que no he oído tu pregunta, Molvik, y volveremos a empezar, ¿de acuerdo? Vosotros me contáis por qué habéis venido y yo os contesto, si quiero.

Molvik lanzó una mirada al agente de policía como si quisiera decir: «¿Qué, no te lo decía yo? Es un saco de mierda que no quiere cooperar».

–El viernes por la noche asesinaron a una mujer –dijo el agente Saikh–. Hemos encontrado tu número de teléfono en su casa, y, además, has dejado algunos mensajes en su contestador. Por eso...

–¿Susann? ¿Susann Stanley? –Even los miró consternado y se dejó caer en una silla–. ¿Es ella?

El agente asintió.

–La encontraron ayer al mediodía, no apareció en el trabajo. ¿Cuándo hablaste con ella por última vez?

Even sacudió la cabeza.

–¿Cuándo hablé con ella? El martes, es decir, hace una semana, cuando dejé su piso.

–¿Eso quiere decir que conocías el lugar, que has estado allí antes? –Era la voz del inspector que ahora se incorporaba al interrogatorio.

–¿El lugar? No, si te refieres a su piso en Oslo, ahí no he estado nunca. Estuve en Londres; tiene un piso en Londres, yo... –Even se calló e intentó calmarse.

–¿Tienes una coartada para el viernes por la noche? –preguntó Molvik.

–El viernes por la noche... ¿Cómo sabéis que murió el viernes?

–Limítate a contestar a nuestras preguntas... –chasqueó el inspector y golpeó el puño contra la mesa.

El agente Saikh le lanzó una mirada rápida a Molvik antes de contestar la pregunta de Even.

–El forense que la examinó dice el viernes por la noche. Tendrás que disculparnos, pero no podemos darte más información mientras todavía estemos metidos en la investigación.

–Asesinada –dijo Even y frunció el ceño–, has dicho que la asesinaron, pero quién querría... –Even se dio cuenta de lo estúpidas que sonaban sus palabras y se levantó. Sacó varias tazas del armario–. No sé si os puedo ayudar, pero ¿qué queréis saber?

–Dónde estuviste el viernes por la noche, maldita sea...

Even se sentó y miró al inspector a los ojos.

–Aquí. Estuve sentado en el salón escuchando música punk y haciendo cálculos con números mayores de cien, en otras palabras, números grandes. Demasiado grandes para un inspector de policía.

Molvik se inclinó sobre la mesa y miró fijamente a Even.

–Sigues siendo tan creído como de costumbre, por lo que veo. Tan inteligente y genial que crees que puedes escaparte de todo. Es obvio que has estado metido en líos. ¿Te pegó cuando la estrangulaste? ¿Opuso tanta resistencia que chocaste contra una puerta? Espero que te haya dolido.

Even se llevó la mano al ojo.

–Me lo hice el domingo por la noche; tengo testigos.

–¿Ah, sí? ¿Quién?

El aliento nauseabundo del inspector alcanzó a Even, que tuvo que echarse hacia atrás.

–Kitty... Se llama Kitty Bang. Si quieres puedo llamarla y hacer que te lo confirme. Fuimos al cine juntos y nos atacaron cuatro jóvenes que querían llevarse el coche. Un momento, voy a buscar su número de teléfono.

Even fue al salón a por el móvil. Estaba en el sofá. Oyó la puerta de un armario cerrarse en la cocina. Al volver, vio al inspector que se sentaba a la mesa con la mano metida en el bolsillo.

–¿Qué pasó? –preguntó el agente Saikh a Even–. ¿Denunciasteis el atraco y el robo del coche?

–No lo robaron. Conseguimos ahuyentarlos.

–Sí –dijo Molvik secamente–, me lo creo. El joven Vik no deja escapar ninguna ocasión para meterse en una buena pelea. Cuatro jóvenes, dijiste, seguramente quisiste decir niños, de los cuales la mayoría eran niñas. Las mujeres tienen tendencia a morir en tu compañía, Even Vik, o a que les aplasten la cabeza.

–¡Cierra tu sucia boca, Molvik! Ya sé que sigues merodeando a mi alrededor para ver si encuentras algo que colgarme. Y entonces no eras más que un cerdo leal a tus colegas que...

–No estaba pensando en tu madre, aunque, como entonces, aquí sólo faltan las pruebas... Estoy pensando en una joven colega de la policía montada a quien un maldito punky le hundió el cráneo, un drogadicto de mierda que quería mostrar lo fuerte y duro que era. –Molvik señaló el brazo de Even con un dedo largo y ganchudo manchado de nicotina–. Entonces te tuve en el ojo de la mirilla, pero te borraste el tatuaje que demostraba que habías sido tú; 666, eso ponía en el brazo del cerdo que la golpeó, se ve en las fotos que nos dieron en la embajada estadounidense. Y llevaba la cara tapada con un pañuelo, ese maldito cobarde. Pero yo sé que fuiste tú, lo sé. –Molvik susurró las últimas palabras entre dientes.

No murió. Le envió flores... Even respiró pesadamente, no conseguía decir nada. Se puso bien, se recuperó... con un bombero en Skien.

–Y hace apenas una semana murió tu mujer, tu ex mujer. ¿Estabas enfadado con ella, prefirió un hombre que no le pegara? ¿Fue por eso que se marchó a París y se pegó un tiro? Y tiraste la cocaína en el váter, tú mismo lo reconociste –Molvik hablaba en voz baja pero enojado, y su saliva alcanzó la mano de Even–. Y ahora Susann Stanley, una mujer joven y guapa. ¿Quiso dejarte cuando le mostraste tu lado oscuro? ¿Tampoco a ella le gustaron tus tendencias sádicas? ¿No quiso esnifar contigo? La sangre te llega hasta los codos, Even Vik. Y yo voy a demostrarlo, yo...

–¡Inspector Molvik!

El agente Saikh lo había agarrado por el hombro y el policía se calló en seco. Se sacudió la mano del otro, miró fijamente a Even mientras respiraba hondo y se apoyó en la silla pesadamente. Su mano sacó un paquete de tabaco del bolsillo de la chaqueta.

–¿Puedo fumar?

Even sacudió la cabeza. No tenía fuerzas para decir nada. Pero no iba a permitir que ese fantasma del pasado fumara en su casa, ni hablar.

–Abriré la ventana del baño y así aprovecho para echar una

meadita –gruñó el inspector y salió al pasillo sin esperar respuesta. Even le vio abrir la puerta del dormitorio antes de encontrar el baño.

–Lo siento –dijo el agente Saikh–. Hemos dormido muy poco esta noche.

Even consiguió levantarse de la silla y fue a por el café. Les sirvió a los dos y devolvió la cafetera a la máquina; le temblaban las manos y no pudo evitar entrechocar el metal con el vidrio. Abrió el armario y miró en el interior del cubo de la basura; la bolsa de café seguía allí.

–¿Podrías darme la dirección de tu amiga?

–Ella... ahora mismo está en Sudáfrica. Se fue ayer. –Even se volvió a sentar–. No volverá hasta dentro de una semana. Pero puedo llamarla.

Encontró el número en el móvil y lo marcó. Kitty le había dicho que llamara al número de su casa, así la llamada sería redirigida. Primero sonó como de costumbre, luego oyó un pitido y luego sonaron una larga serie de tonos digitales, como si alguien estuviera marcando un número de la Cochinchina. El teléfono volvió a sonar y de pronto la voz de Kitty dijo: «¿Hola?». Even se puso tan contento al oír su voz que al principio no consiguió decir nada.

–Hola, soy... yo, Even –logró decir finalmente entre tartamudeos.

–Hola, Even, qué majo por tu parte llamarme. Te he echado de menos. ¿Cómo va todo? –La voz de Kitty sonaba lejana y parecía que estuviera en la calle. Se oían voces y coches en el fondo.

–Yo también te echo de menos –dijo Even, avergonzado porque había pensado muy poco en ella–. ¿Estás en la calle? Se oye mucho ruido a tu alrededor.

–Vamos de camino a la pista de entrenamiento. ¡Demonios! Hace un calor terrible aquí. Pero por lo demás todo va bien.

–Tengo visita –dijo Even y miró al agente de policía–. Un tío al que le gustaría charlar un momento contigo. ¿Te parece bien?

–Sí, claro, por supuesto –dijo Kitty, sorprendida.

Even le pasó el teléfono a Saikh, que se presentó y le preguntó por el domingo por la noche y el ojo morado, por la película y dónde habían aparcado el coche. El agente recibió unas respuestas que Even no pudo oír, dio las gracias por la información y devolvió el móvil a Even.

–¿Sigues ahí? Sólo quería darte las gracias –dijo Even.

–Even, ¿algo va mal? ¿Qué ha pasado? ¿Por qué te ha ido a ver la policía? –La voz de Kitty se quebró de preocupación.

–No es nada. No pienses más en ello. Es un malentendido.

Even dijo «pásatelo bien» y colgó.

–¿No decías que habías dejado de fumar?

El inspector Molvik apareció en la puerta con un purito en la mano.

–Dije que tú no podías fumar.

El inspector sonrió plácidamente.

–¿Me puedo quedar uno? Tienen muy buena pinta.

Even se encogió de hombros, tenía náuseas, estaba cansado y sólo deseaba que se fueran. Lo último que le apetecía en ese momento era uno de los puritos de Hjelm. El inspector deslizó el purito en el bolsillo de su camisa y miró al agente de policía.

–Bueno, creo que ya nos has dicho todo lo que queríamos saber. Disculpa las molestias y gracias por tu tiempo; ya encontraremos la puerta de salida.

Salieron al pasillo y de pronto el inspector se dio la vuelta y asomó la cabeza por la puerta de la cocina.

–El entierro es hoy a la una de la tarde en el cementerio de Østre. Tu padre será incinerado.

Molvik desapareció. La puerta principal se cerró de golpe y poco después Even oyó un coche que se ponía en marcha, daba gas y desaparecía calle abajo. El coche se desvaneció mientras el pasado volvía a instalarse en Even como una poderosa jaqueca.

CAPÍTULO 67

Francia

–Es como andar de puntillas alrededor de una araña venenosa, deslizarse secretamente por encima y por debajo de su telaraña para que no te descubra.

Simon LaTour agarró un cigarrillo y se lo llevó a la boca hasta que sus mejillas regordetas se sonrojaron levemente y volvió a dejar el cigarrillo. Mai-Brit hizo como si no hubiera visto nada y se concentró en mantener la misma velocidad que el resto de vehículos que ocupaban el carril central de la autopista. Habían pasado Bourg-en-Bresse y Mai-Brit había llamado a la oficina de alquiler de coches en Lyon para avisarles de que dejaría el coche en París.

–¿Cuánto tiempo llevas?

–Escribí un artículo crítico hace ya unos años sobre un político local de Toulouse, un cacique sinvergüenza que se merecía que alguien lo exhibiera y despedazara en público. Pero por muchas pruebas que presenté contra él, el redactor jefe del periódico siempre se negó a publicarlo. De hecho, me prohibió seguir investigando y al final amenazó con echarme. Eso no hizo más que despertar mi curiosidad y empecé a seguirlos a los dos. Descubrí que había un club en la ciudad del que ambos eran miembros, un club que tenía un perfil muy bajo. Celebraban una reunión cada dos meses en una gran mansión patricia, y haciéndome pasar por ayudante de cocina durante la noche en que celebraban una de sus reuniones, conseguí colarme y esconderme detrás de las cortinas del salón de Lo Más Sagrado, donde descubrí por primera vez la hermandad secreta de la masonería.

Mai-Brit puso el intermitente y adelantó un camión cisterna. Finn-Erik había pertenecido a la orden másonica de Oslo, pero lo había dejado cuando nació Stig. Es decir, dijo que lo había dejado, pues Mai-Brit tenía la sensación de que algunas de las tardes que él llamaba ornitológicas transcurrían en compañía de los hermanos de la logia. A ella le daba igual si eran hermanos ornitólogos o de logia. Lo que no acababa de entender era por qué un club de hombres tenía que ser tan secreto. Al fin y al cabo, ella nunca había tenido la intención de prohibírselo. Era preferible eso a que saliera por ahí a dejarse azotar por alguna mujerzuela en tanga y botas de látex, o lo que fuera que se les ocurría a los hombres cuando hacían algo taimadamente. Debía de estar en sus cromosomas, esa fascinación por lo secreto. De pronto se dio cuenta de que LaTour la miraba de reojo.

–¿De veras? –dijo Mai-Brit–. ¿Y qué pasó?

–Verás, fue un extraño espectáculo ver a unos hombres adultos comportándose como niños de doce años. Hablaban mediante giros pomposos y se dirigían los unos a los otros utilizando títulos honoríficos que eran dignos de un club de escoltas. –LaTour sacudió la cabeza y miró por la ventanilla–. ¡Si yo te contara! Me temo que no me creerías.

–¿Qué quieres decir?

–Quién pertenece a esta clase de clubes masculinos. Lo que hacen, los planes que tienen. Naturalmente, algunos de los clubes son del todo inofensivos; puedes leer sobre muchos de ellos en los periódicos. Aunque también es verdad que algunos sirven de pantalla a otros grupos, más dudosos...

–¿A qué te refieres con dudosos? –le interrumpió Mai-Brit.

–Lo que quiero decir es que algunas, pocas, de estas hermandades tienen como fin... –La Tour se quedó un rato pensativo, contemplando los tristes campos invernales que veía por la ventanilla de su lado–. Si te cuento que un ex primer ministro de Noruega es miembro de una orden secreta que no vacila en suspender la democracia si las circunstancias lo requieren, seguramente no me creerás.

Mai-Brit sonrió al pensarlo.

–No, me temo que tienes razón.

–Ya lo ves. Tal vez sea una exageración decir que es miembro. Pero lo que sí es cierto es que ese anterior primer ministro y su embajador en Estados Unidos mantuvieron algunas reuniones con la organización The Fellowship Foundation. ¿La conoces? –Mai-Brit sacudió la cabeza–. Se trata de una organización cristiana fundada en Estados Unidos con una red de contactos que poco a poco se ha ido extendiendo por la mayor parte del mundo y que sobre todo se ha hecho fuerte en Europa. Al principio, era una asociación abierta con el deseo expreso de convencer a la gente del planeta entero para que rezara por la mañana...

–No creo que rezar todos juntos tenga nada de malo –dijo Mai-Brit, en un tono de voz ligeramente airado.

–No, tienes razón. Es bastante inofensivo. Sin embargo, en los últimos cincuenta años, la agenda de la Fellowship ha cambiado considerablemente. La organización se ha vuelto más secreta, y sus ansias de poder notablemente mayores. En un documento interno al que he tenido acceso, un miembro de Fellowship escribe que han reconstruido la organización en «núcleos», y reconoce que han adoptado la idea de la mafia y de las células comunistas. Y en ese mismo documento, se exalta cómo Hitler, Lenin y otros entendieron la importancia de organizar y centrar el poder en un pequeño núcleo de personas. ¡Y después me preguntas si eso es fruto de un pensamiento poco democrático!

Mai-Brit miró impaciente a través del parabrisas.

–¿Me quieres hacer creer que Bondevik ha participado en conspiraciones de alcance mundial? Perdona que te lo diga, pero me parece estúpido.

Simon LaTour le sonrió.

–Sí, estoy de acuerdo contigo. No creo que supiera con quién se había mezclado, con quién rezaba sus oraciones matinales. Porque seguramente eso era lo único que hacía. Y estoy de acuerdo contigo en que las teorías conspiratorias son estúpidas, al menos mientras no se llevan a la práctica. Por otro lado, me resulta difícil ver la política norteamericana tal como se ha desarrollado durante la era de Bush sin pensar en que las hermandades cristianas han conseguido satisfacer sus ambiciones ultraconservadoras durante su mandato. No he tenido tiempo para viajar a Estados Unidos e indagar en su mierda, pero me apuesto una botella de Ballantine's 12 Year Old a que Rumsfeld, Wolfowitz y la eminencia gris de Bush, Karl Rove, son todos «hermanos» de algún club cristiano.

Mai-Brit resopló, irritada.

–Tienes que tener pruebas antes de soltar esta clase de afirmaciones.

LaTour levantó la palma de la mano en un gesto que significaba que se rendía.

–De acuerdo, de acuerdo. Me limitaré a lo que sí sé. Permíteme que te dé un par de ejemplos del pasado.

En ese mismo momento fueron adelantados por un gran tráiler que lanzó cascadas de nieve fangosa contra su parabrisas. LaTour se calló hasta que los limpiaparabrisas volvieron a ofrecerles una buena visibilidad.

–Hechos: en 1890 se imprimió un mapa de Europa en una revista inglesa, un mapa que, por lo que dicen, pretendía mostrar cómo, por aquel entonces, la dirección suprema de la masonería deseaba que se organizase la Europa del futuro. No sé cómo se hicieron con el mapa, pero lo curioso es que el mapa mostraba una similitud sorprendente con la situación que se estableció al terminar la Primera Guerra Mundial, es decir, de treinta años más tarde: los tres imperios habían desaparecido, algunas de las monarquías habían desaparecido y todos los países eran repúblicas. Puede verse como una contradicción que las monarquías en el norte de Europa sigan existiendo, pero las casas reales han perdido su poder político, o sea que, en cierto modo, el mapa es profético.

–No me estarás diciendo que la Primera Guerra Mundial fue iniciada por masones que pretendían iniciar una revolución en Europa y acabar con las monarquías... Dios mío... –Mai-Brit lanzó una mirada desconfiada al pasajero antes de volver a concentrarse en la carretera–. Si no tienes nada mejor con lo que intentar convencerme, me temo que...

–Lo único que hago es presentarte hechos: que el mapa existía en 1890 y que su «objetivo» fue prácticamente alcanzado treinta años después. No puedo decirte si fue fruto de las casualidades o si detrás había una política cínica; yo no soy historiador, pero sea como sea, el mapa es sospechosamente exacto en sus predicciones. De hecho, existen teorías que se decantan porque el joven bosnio Gavrilo Princip y sus cómplices, los que asesinaron al heredero del trono austrohúngaro, Francisco Fernando, consiguieron las armas a través de la organización secreta la Mano Negra, cuyo cabecilla, siempre según estas teorías, era hermano de orden y recibía las órdenes de «otro lugar de Europa» sin que nadie sepa decir de dónde.

–¡La Mano Negra! Pero ¡por el amor de Dios...! –Mai-Brit apenas sabía si reírse o indignarse–. ¿Realmente te tomas esos rumores en serio? Pero si es el título de un libro para muchachos.

–Pues tengo que decirte que tú también estás metida en asuntos de muchachos grandes, y sólo para que quede bien claro, por ridículo que pueda parecerte el nombre, la Mano Negra fue una organización que existió realmente y sobre la que puedes leer en cualquier libro de historia que verse sobre los inicios de la Primera Guerra Mundial. Pero permíteme que saque a colación otro mapa. Porque, verás, en 1920 se publicó otro mapa en el libro *Entente-Freimaurerei und Weltkrieg*. El autor alemán, Karl Heise, se había adentrado mucho en la orden masónica y había conseguido enterarse de algunos de sus planes secretos. Según Heise, ese mapa era conocido por la cúpula de la masonería hacía treinta años, desde dentro del círculo del Rito Escocés.

Mientras LaTour seguía hablando entusiasmado, Mai-Brit lo miraba de reojo. Aquel hombre era especial; divertido, raro, la verdad es que no sabía muy bien cómo definirlo. La cultura académica parecía ser un concepto absolutamente desconocido para aquel tipo; era obvio que LaTour se mantenía en forma haciendo, como ahora mismo, aspavientos con los brazos cuando se acaloraba hablando. ¿Un empollón, un *freak*, un *nerd*? ¿Sería ésta la mejor manera de describirle? Mai-Brit tuvo que reconocer para sus adentros que nunca había acabado de entender este último concepto: *nerd*. Inteligente y obsesivo, decía el diccionario. ¿Y qué? Eso podía decirse de muchas personas. Entonces, ¿Even era un *nerd* de los números? ¿O Finn-Erik un *nerd* de los pájaros? ¿A lo mejor ella era una *nerd* de Newton, al menos últimamente? ¿Y qué decir de todos los idiotas del deporte? Gente inteligente que practicaba el esquí, que patinaba, que jugaba al golf o corría carreras de coches y que lo convierten en su estilo de vida, ¿acaso eso no era ser un *nerd*? Todos tenemos a un *nerd* en el estómago, concluyó Mai-Brit y sintió una repentina simpatía, pequeña, por el tío que estaba sentado en el asiento de al lado. Sonrió a LaTour y él detuvo confundido el torrente de palabras por un instante, como si ella hubiera dicho algo obsceno, parpadeó hacia el coche que iba delante como si le hubiera entrado algo en un ojo y se pasó un dedo regordete por el mostacho.

–El mapa muestra de manera aterradora una Europa que se parece mucho a la que se ha ido conformando a través de los últimos cien años. Es sobre todo remarcable que la Rusia zarista ha sido sustituida por una confederación eslava que recuerda a la Rusia y los países de la Comunidad de Estados Independientes actuales. También la gran Alemania, que había empezado a tomar forma en el siglo XIX, ha visto reducido su tamaño, y no es muy diferente al de antes de la unificación.

–Es decir, que tus hermanos secretos no consiguieron frustrar la unificación...

LaTour hizo caso omiso de su tono irónico.

–A lo mejor no quisieron hacerlo, no lo sé. En realidad, no sé lo grande que es su poder y la influencia que tienen, pero cada vez estoy más convencido de que existe. Permíteme que te dé un último ejemplo, de tiempos más modernos.

Mai-Brit hizo un gesto de condescendencia con la mano y dijo:

–Una buena historia acorta el viaje.

LaTour sonrió brevemente antes de continuar:

–En 1981 la policía italiana encontró algo sorprendente en la caja fuerte de un hombre de negocios italiano. En realidad, fueron a su casa en busca de algo completamente distinto, pero una lista de 962 nombres despertó su curiosidad. Porque no se trataba de los nombres de gente corriente. Tres de ellos eran ministros del gobierno, otros 43 eran miembros del Parlamento. Otros tantos eran generales, burócratas y diplomáticos. También los jefes de policía de cuatro ciudades aparecían en la lista. Y el resto de personajes también pertenecían al estrato más alto de la sociedad italiana.

–Cualquiera puede hacer una lista así –murmuró Mai-Brit cuando LaTour calló.

–Sí, disculpa, pero olvidé decirte que en la lista ponía que eran miembros de la P2. ¿Recuerdas el caso?

Mai-Brit sacudió la cabeza. En 1981 se encontraba en medio de la pubertad y tenía otras cosas en la cabeza que las conspiraciones italianas.

–¿Qué es la P2? ¿Una emisora de radio italiana?

–La logia P2 era una orden italiana, una rama de la federación Gran Oriente, que englobaba la masonería italiana. Gran Oriente era una organización honorable y respetada, reconocida por la gran logia inglesa, que se considera a sí misma una especie de Padrino y superintendente de las demás logias europeas. Pero volvamos a la P2. Resultó que, en realidad, era un grupo secreto de la derecha italiana, el cual había formado un gobierno en la sombra que pretendía tomar el poder después de un golpe de Estado que ya habían planeado.

Mai-Brit le lanzó una mirada escéptica.

–¿Estás de guasa? ¿Lo dices en serio?

–Desgraciadamente, todo es verdad. Está tan cercano en el tiempo que puedes investigarlo en los archivos de la prensa y verlo tú misma, negro sobre blanco. Pero –LaTour le lanzó una sonrisa ladina–, como ya insinúo en mi historia de la ciudad natal, también hay redactores de periódicos que son miembros de diferentes hermandades y, de hecho, nunca se llegó a escribir tanto como realmente merecía el caso. Por ejemplo, ¿por qué no se registró la gran logia inglesa que había reconocido Gran Oriente? Naturalmente, algunas logias y órdenes de toda Europa, también en Italia, reprobaron las ideas conspiratorias, faltaría más. Pero ¿hasta qué punto las reprobaron porque realmente estaban en contra de ellas?

Mai-Brit puso el intermitente al acercarse a un desvío.

–Gasolina –dijo.

Después de repostar entraron en la tienda y compraron refrescos y bocadillos. La mujer mayor del mostrador, que llevaba un antiguo y decente vestido negro que cubría pulcramente su cuerpo desde las muñecas y los tobillos hasta el cuello, les sonrió ampliamente, sin preocuparse de que le faltara un diente. Mai-Brit pagó y preguntó por el baño. La mujer inclinó la cabeza, llamó a su hijo y condujo a Mai-Brit con un gesto de la mano regordeta al exterior, donde le indicó una puerta en la parte trasera del edificio.

–*Ici* –dijo sonriente, abrió la puerta de una estancia sin ventanas y apretó el interruptor de la luz.

El retrete era un agujero en el suelo. «Pero aquí huele a jabón», pensó Mai-Brit, y pasó un dedo por el lavabo limpio.

–Si necesitas una pausa, yo puedo conducir –dijo Simon LaTour cuando se disponían a meterse en el coche de nuevo.

–Estoy bien –dijo Mai-Brit y sonrió.

Tenía su propia teoría según la cual tenía lugar un repentino aumento de los niveles de testosterona, innato y automático, en cuanto un hombre se sentaba al volante de un coche. Simplemente se sentía más segura y cómoda cuando ella u otra mujer ocupaba el asiento del conductor.

De vuelta en la autopista comieron un poco hasta que Mai-Brit dijo:

–¿Cómo se llama este tipo de hermandades u órdenes? ¿Son católicas?

Simon se rió y masticó un par de veces antes de contestar:

–No, eso es casi lo único que no son, porque muchas de las

hermandades surgieron originalmente como una especie de protesta contra la Iglesia católica. Aunque existen algunas organizaciones católicas, como por ejemplo los Caballeros de Colón.

Mai-Brit miró de reojo al francés para ver cómo evitaba que se le manchara la barba de mayonesa. No lo evitaba. Mai-Brit se concentró en la carretera. En realidad, nunca le habían gustado las barbas, ni tampoco la mayonesa.

LaTour siguió masticando, hasta que de pronto dijo:

–Todo depende de cómo se defina «orden» y «hermandad» y por eso es fácil encontrar miembros católicos en la mayoría de organizaciones de este tipo. Ya no son tan puntillosos, por decirlo de alguna manera. Deja que te enumere algunas de las hermandades, para que puedas hacerte una idea de su diversidad. Como ya te he dicho antes, está la Fellowship Foundation cristiana, que es una organización joven, con apenas cien años de existencia. Sus ideas fundamentales resultan bastante conservadoras y protestantes. En cambio, la orden de los Caballeros Templarios es muy antigua y tiene unos rituales gnósticos y utiliza unos símbolos ocultos que se remontan a los siglos XIII y XIV. Existen una infinidad de ramificaciones y variedades de esta orden con nombres que se parecen entre sí hasta la confusión. Por ejemplo, los Caballeros de la Orden del Temple, con sede en Toulouse, que fue la primera que conocí. En sus orígenes fue una orden de carácter local, pero tengo la impresión de que ahora está extendida por la mayor parte de Francia. Otras del mismo tipo serían los Caballeros Malteses, la Orden Maltesa, el Alba Dorada, y como sea que se llamen todas ellas. La orden Rosacruz es otra, uno de los grandes misterios del Renacimiento. Es una orden basada en la filosofía hermética, es decir, en un pensamiento alquímico, por así decirlo.

Media rodaja de tomate había aterrizado en el pecho de la camisa de Simon, y Mai-Brit consideró si debía decírselo o fingir que no se había dado cuenta. Eran este tipo de elecciones existenciales las que hacían que las relaciones sociales fueran tan estimulantes, pensó con una sonrisa disimulada dirigida al retrovisor. Un BMW oscuro, que llevaba una hora pegado a ellos, había desaparecido.

–Parece haberse disuelto y desaparecido –dijo LaTour, y Mai-Brit tardó un rato en descubrir que no estaba hablando del BMW sino de la orden Rosacruz–. Sin embargo, parece haber dado lugar a una serie de sociedades anónimas de nueva creación, como se diría en el mundo empresarial. También puedo mencionar algunas órdenes más ocultas, como son el Templo Hermético o, por ejemplo, la Hermandad de Isis. Supongo que ambas son consideradas relativamente inofensivas pese a su fanatismo. Por otro lado, siempre hay que andarse con cuidado con los fanáticos. Los hay que no escatiman medios para alcanzar los objetivos que se proponen. Permíteme que incluya la Iglesia de Satanás, que posee su sede en California, pero que posee varias organizaciones hermanas en Europa. Otra organización americana extremista es el Ku Klux Klan. Es discutible si se trata de una hermandad en línea con los Caballeros del Temple, como ya he dicho antes, todo depende de las definiciones, pero en todo caso comparten el tipo de organización y de rituales secretos, y podría decirse que están en la misma línea que, podría decirse, la mafia.

–Europa –dijo Mai-Brit–. Es más interesante Europa. ¿Hay alguna grande en Europa?

Mai-Brit le lanzó una mirada que pretendía ser hiriente, pues quería mostrarle que no acababa de tomárselo a él y a su fobia por las órdenes en serio, pero a la vez notó que cierta ansiedad se instalaba en su cuerpo. Consideró si sería de mala educación poner algo de música, baja, sólo para que hubiera un fondo tranquilo. Tenía la grabación de Herbert von Karajan y de la London Philharmonic de la sexta de Beethoven en el bolso. Era su «píldora de la felicidad», la que utilizaba cuando el desasosiego y el nerviosismo se instalaban en ella, o sencillamente cuando necesitaba un poco de buen humor. La tonalidad y el ritmo de aquella versión eran inigualables y, además, tocaba unas cuerdas en su interior y desataba unos sentimientos en ella que la hacían sentir enormemente viva y alegre. A propósito del Ku Klux Klan: podían decirse muchas cosas del director de orquesta Herbert von Karajan (algo que también había leído que hacían muchos), pero que fue uno de los directores más geniales del mundo hasta su muerte no se lo podía quitar nadie, por antipático que pudiera resultar su comportamiento. Era extraño, por cierto, que los genios a menudo resultasen ser bastante detestables. ¿Acaso la imagen que tenían de sí mismos se había distorsionado por su inteligencia o por la admiración desmedida que a menudo les rendía el mundo, hasta tal punto que sólo eran capaces de ver su propia magnificencia y a sí mismos como superhombres? Afortunadamente, Even no sufría de esta clase de abominaciones; comparado con tipos como Newton o Karajan, estaba todavía en párvulos.

Mai-Brit sonrió para sus adentros y lanzó una mirada rápida al pasajero. La imagen que tenía de él resultaba tan anquilosada que él mismo parecía haberse olvidado de su existencia por completo. No era del tipo introspectivo y autocrítico y, sin embargo, tenía un aire vulnerable.

No, seguramente se tomaría mal el acompañamiento musical de su relato.

LaTour se rascó la barba desaliñada, se manchó los dedos de mayonesa y luego se los lamió.

–¿En Europa, dices? Bueno, tenemos una orden, una orden cristiana, de la que sólo he tenido conocimiento recientemente. O mejor dicho, sabía que existía hace trescientos años, pero creía que se había disuelto hace tiempo. Apenas hace un año descubrí que está vivita y coleando. Se trata de una sociedad extremadamente secreta, fundada probablemente a la estela de la devastación de la orden Rosacruz, en el siglo XVII. Para mi sorpresa, parece ser que es una de las más importantes de Europa, a la vez que es prácticamente desconocida para quien no sea miembro de ella. La hermandad invisible surgió en Londres, pero...

–¡La hermandad invisible! –le interrumpió Mai-Brit en voz alta.

El autobús que iba detrás de ellos insistió en adelantarlos, les hizo luces e hizo sonar irritado el claxon pero finalmente ella consiguió enderezar el coche.

Simon LaTour miró por encima del hombro en dirección al autobús.

–Sí. *Invisible Brotherhood* en inglés. *Fraternitatis Invisibilis*, en latín. Los miembros se ocultan tras unas capuchas cuando se reúnen, y cada uno de ellos sólo conoce la identidad de unos pocos miembros. Se trata de una organización prácticamente hermética, de manera que la orden es terriblemente difícil de deshilvanar.

Fraternitatis Invisibilis! «*Effugium fraternitatis invisibilis*», ponía en el papelito con la clave que había encontrado en Cambridge unos meses atrás. Tenía que ser la misma hermandad de la que Newton, en cierto modo, había intentado huir, los mismos hermanos por los que Newton había encriptado sus textos para mantenerlos en secreto. Mai-Brit miró la calzada intensamente.

–¿Por qué te has interesado precisamente por esa hermandad?

Él la miró fijamente.

–Estoy interesado en todas, no en ésta especialmente. Pero creía que la hermandad invisible se había disuelto. Su poder y envergadura me abruma y he decidido dedicar algún tiempo y mis fuerzas en ella. En su época fue una de las órdenes más fanáticas que había. Si hacemos caso de los rumores, la organización imponía la pena de muerte a aquellos miembros que rompían los códigos secretos de la orden o la abandonaban. No eran los únicos en aplicar esta norma como principio, pero la hermandad invisible tenía fama de llevarla a la práctica. Hace ahora medio año, cuando me encontré por primera vez contigo en Londres, me cité con una fuente que me dio pruebas firmes de que esa hermandad sigue más activa que nunca, que se ha convertido en una de las órdenes más poderosas de Europa occidental. Parece extenderse como el cáncer en un cuerpo viejo y demacrado.

Mai cerró las manos alrededor del volante como si un fuerte viento hubiera sacudido el coche. Por primera vez desde que empezó el libro sobre Newton, se apoderó de ella la extraña sensación de estarse adentrando en terreno pantanoso y del que tal vez debería mantenerse alejada. Cuando en su *Segundo secreto* escribió sobre Newton invitado a ingresar en una hermandad por Mr. F., lo había hecho después de realizar una investigación a fondo y basándose en varios escritos y fuentes. Sin embargo, ella había escrito sobre una hermandad que, según todas las fuentes, se había extinguido. Como si hubiera escrito sobre el *Tyrannosaurus rex*, una criatura lúgubre, pero al fin y al cabo, muerta. Ahora, de pronto, este LaTour le decía que el monstruo seguía vivo y, además, que era más peligroso que nunca.

Mai-Brit desenroscó el tapón de la botella del refresco y bebió hasta vaciarla. Simon LaTour se había quedado callado, era obvio que estaba sumido en sus propios pensamientos, contemplando el paisaje gris que pasaba por delante de sus ojos. ¿Sería un hermano invisible el que ella presentía que la espiaba? ¿Había sido un hermano secreto quien había revuelto sus papeles en el despacho de la editorial? Pero ¿por qué iba a hacer eso? ¿También iban detrás de la fórmula de Newton? No, seguramente no eran más que tonterías. ¿Cómo podían saber que ella andaba buscándola, o que incluso la había encontrado? Era sencillamente imposible que lo supieran, nadie podía saberlo. Ella no se lo había contado a nadie.

Además: ¿quién era realmente ese tal Simon LaTour?

Una voz en lo más profundo de su cerebro le susurró que debería olvidarse de Newton y de todo cuanto lo envolvía. Quemar las notas y volver a casa junto a su marido y sus niños, cuanto antes mejor. Dejar que otros se interesaran por el genio y sus secretos. Dejar de ser una *nerd* de Newton.

Sin embargo, le encantaba el trabajo sobre el genio y, además..., ¿acaso no había que arriesgar algo para vencer?

CAPÍTULO 68

–Cuando entré en el piso, encontré a Even Vik inclinado sobre el cadáver con las manos ensangrentadas. Estaba rabioso, fuera de sí, intentó pegarme y dijo palabras que no deseo repetir en una sala de justicia. Todo indica que poco antes había descargado toda su ira sobre su madre.

Even recordó que el agente Molvik sólo había mirado al juez mientras hablaba.

El fiscal había dado un paso adelante y había preguntado si había habido alguien más presente en el piso.

–Su padre –respondió Molvik–. Sverre Vik estaba tumbado en la cama durmiendo.

El fiscal consultó sus notas en un bloc antes de preguntar si el agente podía explicar el estado en el que encontró al padre.

–Estaba dormido –dijo Molvik–. Se lo acabo de contar.

–Sí, pero ¿no es cierto que estaba ebrio? ¿Y no es cierto que tenía las manos y la ropa ensangrentadas?

–Estaba durmiendo, y era evidente que no estaba en condiciones de llevar a cabo un crimen como el que habían cometido contra su mujer.

–Usted no fue el primero en llegar al lugar de los hechos, agente Molvik; de hecho, usted no estaba de servicio aquel día. ¿Por qué difiere su declaración tanto de los dos testimonios policiales que hemos oído hoy?

–Los engañó el muchacho, es un diablo astuto, los convenció para que creyeran que había sido Sverre Vik. Pero yo he sido el compañero de Sverre durante diez años, once, para ser más exactos, y Sverre amaba a su esposa, él no era la clase de hombre que hace esas cosas. En cambio, el hijo... –Llegados a este punto, Molvik había mirado a Even, le había lanzado una mirada que recordaba a la del padre.

–Me odiaban por lo que era capaz de hacer –murmuró Even y se retorció en la cama cuando el dolor en el estómago volvió a atacarle.

Estaba escondido debajo del edredón, con las rodillas encogidas contra el pecho. Resguardado contra el día y la luz. Intentando que su cabeza olvidara los golpes contra sus ojos, el cerebro que martilleaba contra el cráneo pidiendo salir. Lo odiaban, esos cerdos, odiaban su cerebro. «Me odiaban porque el maestro de la escuela me dio clases especiales. Porque ya en segundo de primaria era capaz de hacer cálculos que ellos jamás podrían realizar. Porque la gente decía de mí que era un genio. El director del colegio vino a casa; era de la opinión que debería empezar en el instituto un año antes. El cerdo me odiaba porque no se atrevía a oponerse a todo. Él y su maldito compañero me odiaban porque yo era diferente.»

Even se fundió con la oscuridad del edredón. Los ojos se secaron y empezaron a escocerle en el calor bochornoso. Parpadeó.

–La golpeé –murmuró–, golpeé a la agente.

El sonido del cráneo reventando había estado oculto en sus oídos durante meses después, le había hecho despertar gritando en medio de la noche. Mai había tenido que abrazarle y lo había acunado hasta que volvía a dormirse.

¡Mai! ¡Dios mío, cómo la echaba de menos! Si Dios hubiera existido, él lo habría dado todo por recuperarla, por volver a tenerla en sus brazos. Debería haber roto su juramento, debería haber tenido un hijo con ella; debería haber hecho todo lo que ella le pedía; haber sacado toda su negrura a la luz; haberle mostrado todos los secretos; y haberla dejado que espantara todos los males con la fuerza de su bondad.

–Yo la golpeé –volvió a murmurar–. Pero creí que era un hombre. No lo descubrí hasta el día siguiente, cuando leí en la prensa que el agente era una mujer. Montada sobre el caballo no pude ver que... Yo no sabía...

Even escondió el rostro entre las manos, se quedó inmóvil. Imágenes de mujeres, la madre, la agente, Mai, Susann, desfilaron ante su mirada interior. La última no quiso rendirse, se grabó a fuego en su retina, Susann, ¿por qué tuvo que morir? ¿Qué parte de culpa tenía él? ¿Cuál era el alcance de su maldad? ¿Tendría algo que ver con los perseguidores de Mai? No conseguía adivinar cómo había podido... Y ahora Kitty estaba fuera, cuando más la necesitaba...

Un tubo catódico de su cerebro se fundió, y Even se perdió.

CAPÍTULO 69

–Ha sido él –dijo Molvik–. Tiene la conciencia manchada de cadáveres como un papel de moscas encima de una caca de perro. Tú viste los zapatos en el pasillo, dos pares, y ambos eran del número 44.

Saikh frenó cediéndole el paso a un autobús que salía de una parada.

–Las pisadas de botas en el jardín de Susann Stanley eran del 45.

–Es normal tener unas botas de un número más grande. Yo también las tengo, para que me quepan unos calcetines gruesos. –Molvik sacó una bolsa de plástico de la guantera, sacó el purito del bolsillo, lo olisqueó rápidamente y lo metió en la bolsa–. El purito es el mismo que encontramos en el jardín; me juego lo que sea. Huele igual.

Con mucho cuidado, Molvik sacó un par de servilletas de un rollo de cocina con restos de pizza del otro bolsillo de la chaqueta y las metió en una nueva bolsa de plástico. Con un rotulador escribió la fecha, el nombre de Even Vik y sus propias iniciales en ambas bolsas, antes de dejarlas en el asiento trasero.

–Llévalas al instituto forense y haz que comparen el ADN de las servilletas con el que encontraron en la colilla de purito.

Mohamad Saikh se metió por la entrada de vehículos de servicio de la comisaría y la rodeó para aparcar en el patio de atrás. Sobre sus cabezas graznaron un par de gaviotas; parecía que se estaban peleando. Molvik abrió la puerta enérgicamente y salió. Saikh levantó la voz dirigiéndose a su espalda.

–Sabes que no querrán hacerlo. Cogiste las servilletas de su cubo de la basura sin que él lo supiera y sin que tuviéramos ninguna razón sensata para sospechar de él. Rompes las reglas porque...

–Por una razón plausible y sensata –rugió el inspector y metió la cabeza en el coche–. Tenemos todas las jodidas razones del mundo que se puedan exigir y desear, y si no mueves tu culo negro inmediatamente yo mismo te llevaré a patadas hasta el instituto forense.

Mohamad Saikh miró a través del parabrisas sin decir nada. Movió lentamente la mano hasta la palanca de cambio, puso la marcha atrás y salió del aparcamiento. Molvik se quedó mirándole.

–Even Vik estuvo en aquel jardín el viernes por la noche, fumó un purito y arrojó la colilla. –El inspector señaló a Saikh con un dedo índice largo y amarillo–. Se dirigió a la casa con sus botas del número 45, entró y estranguló a Susann Stanley. En cuanto lo haya probado, tú, maldito zorro arrogante, tendrás que vértelas conmigo. No creas que olvido un comportamiento como el tuyo fácilmente. –Molvik sacudió la cabeza y miró atónito a Saikh–. Hablar a un inspector de esa manera. ¡Es inaceptable!

La puerta se cerró con tanta fuerza que el coche se movió de un lado a otro.

Mohamad Saikh soltó el embrague y salió del aparcamiento.

CAPÍTULO 70

Todavía medio sumido en un agradable sueño en el que Kitty estaba acurrucada contra su cuerpo (¿o era Mai?), mordiéndole la oreja y susurrándole algo que no entendía, algo sobre el diario que estaba antes que el sobre, Even se estiró y jadeó. Con un ojo medio entornado encontró el reloj sobre la mesilla de noche. De pronto estaba completamente despierto.

–¡Mierda! ¡Las cuatro y media! La oficina de correos está a punto de cerrar.

Even salió rápidamente de la cama, saltó al salón y llamó a un taxi. Luego fue corriendo al baño, donde se detuvo para constatar que no le dolían ni la cabeza ni el estómago. Se lavó y se vistió sin mirarse al espejo, se preparó un bollo, se palpó el bolsillo para asegurarse de que las llaves del coche seguían ahí y salió corriendo por la puerta.

El taxi llegó en aquel mismo momento. Cuando puso el intermitente para abandonar la acera, Even se acordó de la llave del apartado de correos y gritó «para» con el pan con queso en la boca. El taxista esperó mientras él entraba corriendo y sacaba la llave del pantalón. El tráfico hasta el centro estaba en su momento más álgido. Even maldijo su suerte y tuvo que abrir la ventana para no ahogarse. Perdió el apetito y lanzó el emparedado por la ventana. El taxista lo miró excusándose por el espejo y puso la radio. Even le pidió que la bajara y sacó el móvil. El servicio de información telefónica le dio el número de la oficina de correos de Vika, donde un funcionario le dijo que la oficina cerraría en dos minutos y que no, no podían esperar diez minutos más.

Estaba llegando tarde.

Even jadeó resignado, pagó y salió del coche en mitad del

tráfico. Cruzó el centro desanimado y sin rumbo, se detuvo delante de un café y se tomó un capuchino. Pensó en Mai, que siempre que podía se tomaba un capuchino, pensó en dónde estaría ahora; si estaría en el cielo, en el que siempre había creído, o si estaría inmersa en el largo e infinito sueño que Even creía era el único final lógico a la vida. ¿No serían, en realidad, dos lados de una misma moneda, algo de lo que no se sabía absolutamente nada, sobre lo que sólo se podía soñar y fantasear? Como el pez que uno tenía que pescar el próximo verano. A Even siempre le había extrañado que los teólogos y demás sabelotodos fueran capaces de discutir y pelearse airadamente sobre una cosa así, algo sobre lo que nadie, decididamente nadie, podía saber realmente nada. No eran más que suposiciones y cábalas. Afortunadamente, él era matemático.

El centro comercial Oslo City todavía estaba abierto, y aunque no le gustaban ese tipo de superficies, le entraron unas enormes ganas de comprarles algo a Stig y a Line. Cuando una hora más tarde volvió a salir, llevaba toda la colección de películas mudas de Charlie Chaplin bajo el brazo, para Stig. No estaba seguro de que fuera un regalo adecuado para un niño de cuatro años, pero decidió arriesgarse. Un rompecabezas con unos gatitos y una muñeca servirían para Line. Even se quedó pensativo, contemplando el tráfico, los autobuses y los taxis que desfilaban por delante de él, el tranvía que hacía sonar la campana, volvió a entrar y compró un gran autobús para Stig.

Media hora más tarde, un taxi se detuvo en Frogner, a una manzana de la casa de Hjelm. Even pagó y se acercó al escarabajo rojo. Destacaba entre todos los vehículos plateados, pero aun así, esperaba que Hjelm no se hubiera dado cuenta de que había estado allí aparcado todo el tiempo. De ser así, creería que Kitty tenía un nuevo amante en aquel barrio.

Even se metió en la burbuja, puso en marcha el motor y avanzó por callejuelas estrechas en dirección a Majorstuen. Cuando encontró Slemdalsveien, giró en dirección norte y pasó por Frøen, Vinderen y luego, al llegar a Gaustad, tomó la ronda en dirección al este. Miró de reojo hacia la izquierda. El hospital de Gaustad, la clínica de salud mental, como lo llamaban ahora, estaba más arriba, entre los árboles. En los viejos tiempos lo solían llamar asilo Estatal. Una vez, el padre de Even le había rugido a la madre que él se encargaría de que la encerraran en el Asilo si no dejaba de beber todo el día. Ya era suficiente con que hubiera un loco en la familia. Al principio, Even había creído que el padre se refería a él, pero más tarde descubrió que al abuelo materno, un maestro de escuela que se suicidó antes de que naciera Even, lo habían ingresado allí varias veces por depresión. El abuelo también había sido bueno con las matemáticas, o al menos eso le había contado la madre cuando un día le había hablado, de mala gana, de su padre. Even no sabía cuánto consuelo podía encontrar en esa información.

La línea divisoria entre la genialidad y la locura era desagradablemente fina, Even lo sabía. El matemático y premio Nobel John Nash, del que recientemente habían hecho una película, era un buen ejemplo de un genio que, a temporadas, vivía sumergido en el mundo de los dementes; y su hijo había recogido el testigo, tanto en las matemáticas como en la locura. Otro ejemplo era el padre de la teoría de conjuntos, Georg Cantor, que en su día había sido encerrado en un asilo y que había muerto allí. Kurt Gödel, Srinivasa Ramanuja y Alan Turing fueron unos matemáticos geniales que habían intentado, con mayor o menor suerte, quitarse la vida alguna vez, cuando la locura se desmandaba.

–Probablemente, lo más adecuado sería calificarlo de trabajo de riesgo –murmuró Even y puso el intermitente para girar hacia Kringsjå.

Cuando aparcó delante de la casa de Finn-Erik, Even descubrió que habían colgado una bandera a un lado de la puerta principal. Habían atado un globo rojo y otro azul a la barandilla. Finn-Erik abrió la puerta y lo miró sorprendido.

–¿Cómo sabías que...? –preguntó y miró boquiabierto los regalos.

–¿Qué sabía? –dijo Even y entró.

Stig salió corriendo al pasillo con una corona de cartón sobre la cabeza. «STIG 5 AÑOS», ponía en letras doradas entre pegatinas de Spiderman y el capitán Diente de Sable.

–¡Hola, Stig! ¡Felicidades! –Stig miró con los ojos abiertos los cuatro paquetes–. Dos son para Line.

Even disfrutaba viendo los brazos afanosos que arrancaban el papel de regalo a tirones grandes.

–Me preguntaba si podrías imprimirme la lista de teléfonos del móvil de Mai –consiguió susurrarle Even a Finn-Erik en un momento inadvertido.

Finn-Erik graznó:

–Eh, sí, claro. Te la daré antes de que te vayas. ¿Te han dado una paliza o qué?

Even se llevó la mano al ojo.

–Choqué con una puerta.

–Por cierto, recibí la visita del inspector Molvik de la comisaría. Sólo quería informarme de que estaban realizando algunas investigaciones alrededor de la muerte de Mai-Brit.

–¡¿Vino a verte hoy?!

–Sí, esta misma tarde. Estuvo muy simpático, se sentó a charlar conmigo un buen rato, quería saber cómo estaba la familia. Me preguntó si estaba en contacto contigo. Me parece que se sorprendió al saber que tú y yo nos entendíamos.

Even intentó sonreír y murmuró:

–Sí, claro.

–Quería saber qué habíamos averiguado, y le comenté lo que te había dado Kitty, y que habías estado en Londres. Le dije que debería hablar de ello contigo.

Even reprimió un suspiro.

–Ahora hay tarta –dijo Finn-Erik señalando en dirección al salón de estar.

El padre de Mai, su hermana y su cuñado, junto con sus dos hijos adolescentes enfurruñados, estaban sentados alrededor de una mesita de sofá bien pertrechada. Even saludó y dijo que sólo había pasado para dejar los regalos, que tenía una cita y que no quería molestar. En un tono bonachón, Finn-Erik le obligó a sentarse en una silla y le sirvió una taza de café. Había sitio para uno más, no había problema. La hermana le lanzó una mirada ceñuda y apenas le devolvió el saludo. Stig pidió poder ver una de las películas de Chaplin enseguida.

–Primero la tarta –dijo Finn-Erik.

Antes había que cortar una tarta de varios pisos con cinco velas. Stig las sopló en dos intentos. Todos aplaudieron.

–¿Has chocado con una puerta? –le preguntó el padre de Mai.

Dos horas más tarde Even cogió el coche hacia Sognsvann y una vez allí aparcó. Lloviznaba y Even se subió el cuello de la chaqueta por encima de las orejas mientras trastabillaba entre los árboles en dirección al agua. Estuvo paseando durante una o dos horas por los senderos alrededor del lago, anduvo hasta que sus piernas adquirieron la dureza de dos puerros cocidos y la neblina nocturna lo volvió todo frío y húmedo. Hasta que sus zapatos acabaron sucios y sus calcetines empapados. Descubrió un banco cerca de la orilla y se sentó; le daba igual que el trasero de los pantalones se le mojara. Una pareja de cisnes le envió unas miradas furibundas y Even pensó en números, como llevaba haciendo desde que abandonó la fiesta de cumpleaños. Números bajos, como el 5 y el 9. Realizó algunos cálculos con ellos, como si las matemáticas fueran símbolos demoníacos y él sólo tuviera cinco años y no hubiera visto antes números como aquéllos. Al final temblaba tanto que los dientes empezaron a castañetearle; se puso en pie y volvió al coche encorvado. Pasó por delante de la escuela superior de deportes sin pensar en Kitty; atravesó la primera y tenue luz del día y al llegar a casa se metió en la cama y se envolvió en el edredón, escondiéndose en él como un niño de cinco años que tiene miedo a la oscuridad. Sintió un sofoco y tuvo que sacar la cabeza; miró el póster de The Clash y se preguntó si a «él» también le acabaría gustando la misma música. De pronto pensó que él, Even Vik, tendría que empezar a cuidarse, a comer sano, no alimentarse sólo a base de pizzas; cuidarse y no ponerse a sí mismo en peligro. Tenía que asumir responsabilidades.

Una duda se coló en su mente. ¿Sería verdad? ¿No podía Mai haberle sido infiel?

No, ella no era así... no había sido así. En su mundo, esas cosas no se hacían. Tendría que llamar a Finn-Erik y preguntárselo. En cuanto se hiciera de día.

CAPÍTULO 71

–¿Sí?

–Hola, soy Even. Gracias por la fiesta de ayer, estuvo muy simpática.

–Oye, Even, estoy a punto de dejar a Stig con la canguro... ¿Podrías llamarme más tarde?

–Sólo será un momento. Eh... esa lista de teléfonos, los... eh, números que aparecen, ¿no conocerás alguno de ellos, quiero decir, los nombres de las personas que tienen esos números de teléfono?

–No, si no aparece el nombre al lado, no. ¿Has visto que he escrito el nombre con bolígrafo?

–Sí, bueno. Es verdad, pero... –Even se rascó la cabeza. Maldita sea, qué difícil era.

–¿Pero? –La voz de Finn-Erik sonaba impaciente–. ¿Eso era todo lo que querías preguntarme?

–No, bueno, eh... Había una cosa más, pero creo que puede esperar.

Finn-Erik colgó y Even se sintió como un idiota. Miró la hora y agarró las llaves del coche.

A las nueve, Even estaba delante de la puerta de la sección de apartados de correos de la oficina postal de Vika y en cuanto el funcionario abrió la puerta cuando ya estaba dentro, giró a la izquierda y trotó a lo largo de las cajas azules.

Nervioso, se inclinó y metió la llave en la cerradura del apartado de correos número 1220, titubeó y se preguntó qué haría si también éste era el equivocado. Entonces metió la llave y notó que la cerradura cedía como si estuviera recién engrasada. Abrió el apartado y sacó un enorme sobre forrado con sellos franceses. Estaba muy lleno y cerrado con dos clips, que primero tuvo que enderezar para poder retirarlos.

–Sólo quiero ver si... –murmuró, como si necesitara disculparse por su curiosidad.

Uno de los clips cayó al suelo. Even se puso en cuclillas, metió el sobre en el cajón con la apertura hacia fuera y sacó un montón de papeles y un diario. Hojeó lentamente los papeles, se trataba de unas notas sobre la vida privada de Newton, sobre las cartas a sus amigos y sobre visitas y reuniones secretas; fechas y nombres dispuestos en columnas, quién había sido ayudante, amigo y conocido de Newton, y cuándo; copias de libros y artículos, transcripciones de los libros de Newton; el diario. Even lo abrió al azar.

> 19 de noviembre, París–. Hoy he viajado de Ginebra a París en compañía de Simon LaTour.
>
> Es un tipo curioso. Me contó una historia tan fantástica que hay que ser autor de novelas de suspense para inventársela. Era sobre el azote de Europa, una hermandad secreta que urde su red por todos lados. Es el reverso de la ficción, algo con lo que tengo que andarme con ojo: es decir, estar tan atrapada por las posibilidades sin límite de la narrativa que la credibilidad de la historia se ve amenazada.
>
> No me gustó que mencionara a la hermandad invisible. Es casi como si hubiera leído el papelito de Newton que encontré en Cambridge, o como si hubiera leído lo que he escrito sobre la reunión de Newton con Mr. F. y el gran maestro. No estoy segura de si fue una advertencia dirigida a mí, un mensaje indirecto con el que pretendía decirme que me está vigilando, si es que realmente es él.
>
> Tiene que ser él; ¿qué otras coincidencias podrían justificar que estuviera en Ginebra al mismo tiempo que yo? ¿Qué «planes» hicieron que mi vuelta a París coincidiera con la suya?
>
> Opté por hospedarme en un gran hotel de Montmartre en

lugar de hacerlo en mi hotel habitual; no quería que él supiera dónde suelo alojarme.

Ocupa la habitación vecina y me ha invitado a dar una vuelta por la ciudad mañana por la noche. Dice que quiere mostrarme algo. Pero mañana por la mañana dejaré el hotel sin que él se entere y me iré a...

De pronto, como si hubiera caído un rayo en la oficina de correos, una luz fuerte bañó el diario de Mai. Even miró confuso hacia atrás y vio a un hombre con una enorme cámara señalándole.

–¡¿Qué demonios estás haciendo?!

El flash volvió a dispararse y deslumbró a Even, que se puso en pie con un alarido y salió disparado detrás del hombre. El fotógrafo alcanzó la puerta de la oficina de correos y desapareció corriendo calle abajo. Even estuvo a punto de chocar contra una anciana en la acera y soltó el diario y varias notas de Mai. Jadeante y sin aliento, se detuvo para recogerlos. Una muchacha consiguió cazar un folio que el viento pretendía llevarse al otro lado de la calle de Haakon VII. Even le dio las gracias y miró a su alrededor; el fotógrafo había desaparecido. Volvió a entrar en la oficina de correos maldiciendo. Consideró hablar con algún funcionario, preguntar si alguien conocía a aquel saco de mierda, pero había cola y todos los funcionarios parecían ocupados. La verdad es que dudaba de que alguien hubiera visto nada.

En su lugar volvió a la sección de apartados de correos, miró irritado al suelo donde había estado aquel hombre como si también tuviera parte de la culpa de lo que le había pasado y examinó el extraño mundo de taquillas azules con números blancos. ¿Qué diablos llevaba a un hombre a hacer fotos de algo así? ¡¿Y de él, un hombre en la sección de apartados de correos?!

La sección estaba vacía. La única puerta que estaba abierta era la del número 1220. De par en par. La llave seguía en la cerradura. Menos mal que nadie se la había llevado. El llavero al que la había unido se movía ligeramente, como si un soplo de aire hubiera atravesado la sala recientemente.

¡Dios mío! Abrió los ojos de par en par. ¿Cómo podía ser tan tonto? Llegó a la taquilla en tres saltos, preparado para ver lo que le esperaba; miró al interior de la taquilla cuadrada y maldijo en voz alta. La caja estaba vacía.

CAPÍTULO 72

Oslo

La llamada de Suiza llegó durante una reunión matinal, una semana antes de Navidad. Hacía tiempo que Mai-Brit había renunciado a recibir una respuesta y, además, había tenido muchísimo trabajo durante todo el mes de diciembre. De hecho, había tenido que aparcar el proyecto de Newton momentáneamente. Hjelm y el director comercial la miraron irritados. Mai-Brit sacó el móvil del bolso para desconectarlo y se sorprendió al ver el número.

–Lo siento, voy a tener que cogerlo.

El editor Espensen resopló indignado según su costumbre cuando alguien tenía que hacer algo que él creía que no le gustaría a Hjelm. «Si te muerdes la lengua te envenenas», pensó Mai-Brit con malicia y salió al pasillo.

–*Oui*, soy Mai-Brit Fossen –dijo.

Reconoció la voz del hombrecito de Ginebra, que le contó brevemente que había encontrado la mayor parte de la biblioteca de la familia Fatio de Duillier. Estaba distribuida en tres lugares como mínimo, pues cualquiera de estas casas podía haber revendido algún libro. Lamentaba que, exceptuando un coleccionista privado de Ginebra con el que había estado en contacto, no había tenido ocasión de contactar con los demás, puesto que se encontraban más allá de las fronteras del país. Mai-Brit se metió en el despacho que tenía más cerca, cogió algo con lo que escribir y dijo:

–Estoy lista.

El hombrecito mencionó dos direcciones, ambas en París. Una de ellas era de un coleccionista privado, un tal Jules d'Alveydre, y la otra pertenecía a un anticuario del Quartier Latin: Bernano Librairie d'Occasion.

Los últimos descendientes de la estirpe de los Duillier se habían visto forzados por razones económicas a vender algunos libros de la biblioteca a principios de la década de 1930, durante la Depresión. El coleccionista privado de Ginebra, o mejor dicho, el nieto del que en su día había comprado los libros, estaba dispuesto a permitir que Mai-Brit echara un vistazo a la colección si tanto le interesaba.

Mai-Brit no quiso revelar que el tomo que andaba buscando era *Origins of Gentile Theology* y dijo que antes pasaría por París.

–Me pondré en contacto con usted si necesito su ayuda. ¿Cuánto le debo?

El hombre mencionó un precio, que no era desorbitado, y un número de cuenta; intercambiaron saludos corteses y cortaron la comunicación.

Cuando Mai-Brit se giró, se encontró a Odin Hjelm a dos metros mirándola destempladamente.

–¿Qué era eso tan importante que tuviste que abandonar la única reunión del mes a la que exijo que asistáis todos?

–Lo siento. –Mai-Brit abrió los brazos excusándose y su mirada se perdió insegura por la estancia–. Pero era un autor francés. Está escribiendo un libro sobre, eh... sociedades secretas, pero hasta ahora se había mostrado, ¿cómo te lo diría?, muy reservado. Ahora me llamaba para decir que finalmente está dispuesto a mostrarme algunos extractos del libro. –El tono de su voz se tornó más frío y miró a Hjelm a los ojos–. Puede ser un bombazo, creo. ¿Sabías que es posible que haya primeros ministros, presidentes y generales de diferentes países en una misma hermandad secreta trabajando al margen de la democracia?

«Si tienes que mentir, utiliza una verdad como mentira; es más fácil de recordar y más difícil de descubrir para los demás», le había dicho Even en una ocasión. Hablaba por experiencia, había pensado ella entonces.

Hjelm levantó la cabeza como un perro que ha rastreado una pieza de caza.

–¿Sociedades secretas? ¿Qué sociedades?

–No, él... eh, no mencionó ningún nombre, sino hermandades secretas, órdenes secretas.

–¿Su nombre?

–¿Del primer ministro? Oh, te refieres al autor. Es LaTour, Simon de nombre.

Mai-Brit estaba nerviosa, casi indispuesta. No estaba acostumbrada a mentir y le pareció sentir cómo le crecía la nariz.

Hjelm asintió.

–Déjalo descansar hasta después de fin de año. Ahora mismo nos esperan las ventas de Navidad. ¿Te enteraste de que tienes que reunirte con Fredrik Norheim ahora, a las doce? Tiene que firmar libros.

–Sí, por supuesto. –Mai-Brit asintió.

Miró el papelito que tenía en la mano, pensó que tenía ganas de pasar las navidades con los niños y Finn-Erik, pero intuyó que acababa de recibir el mejor regalo de Navidad, de antemano.

CAPÍTULO 73

Even maldijo y pensó atropelladamente en lo que había pasado durante todo el camino de vuelta a casa desde la oficina de correos. El diario había estado dentro del sobre, en medio del montón de papeles. Encima, algunas fotocopias, luego unas notas, debajo el libro, ¿y luego? Con un ojo puesto en el tráfico hojeó el montón que había dejado en el asiento del copiloto... Luego había habido más notas, muchas, y luego... un secreto. *Tercer secreto. Física en movimiento... (sin ley)*, ponía en la portada. Y eso era todo. El *Tercer secreto* estaba debajo de los demás papeles... ahora.

Es decir, que el ladrón se había llevado el sobre y lo que quedaba en él. ¿Qué demonios sería? Dios mío, cómo había sido tan estúpido como para salir corriendo detrás de...

«Un disquete –pensó al aparcar delante de la casa y entrar–. Puede haber sido un disquete lo que se llevó, porque aquí no hay ninguno. ¡Y unos papeles!» Recordaba que no los había sacado todos, los dedos no habían podido agarrar los de debajo. Ojalá no se tratara de muchos folios. Ni de nada revelador.

No dudaba de que se trataba de una trampa que le habían puesto. ¿Sería Molvik quien estaba detrás de todo aquello?

Cerró la puerta principal con llave y entró en el salón. Pasó una mirada rápida por la estancia, comprobó que los papeles estaban donde tenían que estar sobre el escritorio, el emplazamiento de las sillas, CD y revistas en el sofá. Había ampliado el control desde la visita del «fontanero» Poulsen. No, no había recibido ninguna visita.

Metió la llave del apartado de correos en un cajón del escritorio, la miró fijamente antes de volver a cerrar el cajón con la rodilla. ¿Quién diablos podía saber que había tenido la intención de ir a la oficina de correos precisamente hoy?

Sonó el teléfono. Even lo cogió y gruñó:

–¿Sí?

–Hola, soy yo, Kitty. ¿Te pasa algo? Pareces de mal humor.

–Bueno, que no encuentro unos papeles –dijo Even y se sentó en la silla–. ¿Cómo te va a ti por allí abajo?

–Bien. Ahora mismo salimos para la pista de entrenamiento... Sólo llamaba para interesarme por... quiero decir, ¿qué pasó ayer? ¿Tienes problemas? ¿Qué quería la policía? Ayer intenté llamarte, pero... tenía miedo de que te hubiera pasado algo.

–No, tranquila, Kitty. Todo va bien, no te preocupes. Salí ayer por la tarde, de hecho fui a una fiesta de cumpleaños, el hijo mayor de Mai y eh... de Finn-Erik, Stig, cumplió cinco años. –Even se encogió en la silla y echó un vistazo a la cajita al lado del teléfono. Estaba encendida la luz verde. Ningún oído extraño los estaba escuchando–. Y lo de la policía no era más que un control rutinario. Creo que uno de los jóvenes del domingo pasado ingresó en el hospital y me reconoció. Querían oír nuestra versión del asunto. Algo así... No lo sé exactamente. Se marcharon enseguida, después de que hablaran contigo por teléfono; parecían satisfechos.

Y ni siquiera era mentira, pensó Even. Molvik, ese cerdo, se había mostrado tan satisfecho que parecía un presidente americano que acababa de conseguir una nueva victoria electoral ayudándose de artimañas.

–Entonces, ¿todo está bien? ¿Estás seguro?

Kitty no parecía convencida. Even se dio cuenta de que le alegraba oírla, que se alegraba porque alguien se preocupara por él. Hacía mucho tiempo que nadie se había molestado en hacerlo.

–Sí, claro, no pienses más en ello. Sólo preocúpate de pasarlo bien y disfrutar del calor. Por cierto, ahora que tengo a un médico al teléfono...

Even titubeó, ¿hacía bien preguntándoselo?

–¿Sí...?

–Bueno, verás. Si te han cortado el conducto, ya sabes, si te han esterilizado, ¿puede volver a unirse, por sí solo, quiero decir, de manera que se vuelva a poder...? Bueno, ya sabes.

–¿Que se pueda volver a fecundar?

–Sí.

–Sí, alguna vez ha pasado. Como ya sabrás se secciona un pedacito del conducto seminal de ambos testículos, y alguna vez ha ocurrido que los extremos del conducto hayan entrado en contacto de nuevo y hayan conseguido transportar una cierta cantidad de semen. Aunque sólo ocurre en contadas ocasiones.

–¿Cuánto de contadas?

–Bueno, no lo sé, un par de veces o tres de cada mil, algo así, creo. ¿Por qué?

–No, era sólo que... uno de mis amigos de la universidad me llamó ayer. Su mujer se ha quedado embarazada, a pesar de que él se hizo la operación hace doce años, y se enfadó porque sospecha que ella podía tener un amante. Me pareció haber oído antes lo que tú me acabas de contar, y por eso...

–No estarás nervioso por haberme dejado embarazada, ¿verdad? –se rió Kitty en el teléfono.

–¿Yo? No, por supuesto que no. ¿Es que crees que puedo haberlo hecho?

De pronto Even se puso nervioso.

–Lo dudo. Llevo un DIU y, además, acaba de bajarme la regla. Pero ahora tengo que dejarte, los demás me esperan.

–Sí, de acuerdo. Por cierto, una pregunta más. ¿Cuándo te dio Mai el sobre para mí, lo recuerdas?

–¿Exactamente?

–Lo más exacto que puedas...

–Bueno, veamos. Creo que fue en el mes de noviembre, a mediados... ¿Por qué?

–No, por nada, sólo preguntaba.

–Muy bien, pero ahora tengo que...

–Sí, claro, entiendo, no te molesto más. Gracias por llamar –dijo Even y colgó.

23 de septiembre. Fue entonces cuando Mai había enviado el primer diario al apartado de correos. Con una sinopsis acabada, muchas notas y dos secretos.

Noviembre, había dicho Kitty, a mediados. Se quedó pensando un rato, seguramente Mai había metido la sinopsis inacabada y algunas notas al azar en el sobre, sólo con el *Primer secreto*, y nada más que eso, para llamar su atención y despertar su curiosidad. Al fin y al cabo, tenía que asegurarse de que él fuera a llegar hasta el final, que se preguntase por la nota de Hermes Tris, que llegara a la fórmula de Newton. Ésa debía de ser la razón por la que había una discordancia...

Padre. Papá. Palabras que para Even siempre habían significado miedo y odio. Sinónimos de paliza, de golpes e insultos. De maldad. Respiró hondo y miró por la ventana. ¿Podía llegar a ser distinto? ¿Sería capaz, si se encontraba en el otro extremo de la palabra, en el del que la recibía, sería entonces capaz de hacer que contuviera... bondad, alegría... amor? ¿Sería posible con la vida que había llevado? ¿Sería capaz de mantener la maldad en jaque, sabiendo como sabía que estaba allí, esperando que la alimentaran?

Cinco años. Ayer. No podía ser de ninguna otra manera. Mai lo abandonó hacía ahora cinco años, siete meses y... unos días. Para su asombro, descubrió que había dejado de llevar la cuenta. Eso quería decir que Mai estaba embarazada, de apenas dos meses, cuando lo dejó. Según tenía entendido, pasaron un par de meses hasta que conoció a Finn-Erik. Por lo tanto, él, Even Vik, tenía que... ser el padre de Stig.

Even miró por la ventana. El escarabajo rojo resplandecía al sol de la mañana, la lluvia de anoche lo había limpiado. Miró calle abajo, verificó si había coches extraños aparcados más abajo. Miró a la gente que pasaba por delante de su casa, a pie o en coche. Se volvió y miró los papeles que había sobre la mesa.

Vulnerable. De pronto era vulnerable. Tenía un hijo que podían utilizar en su contra. Si alguien se enteraba... No, él no se lo diría a nadie, no pensaba llamar a Finn-Erik para preguntarle nada. Nadie debía saberlo.

Sin embargo, Finn-Erik lo sabía. Tenía que saberlo. Mai había estado embarazada de cuatro meses cuando se conocieron. Aunque no sabía que Even lo sabía. Y era mejor así. Para siempre, eternamente. Even no era un tipo paternal, no era un buen modelo para un niño, no era apto para asumir una responsabilidad como aquélla. Finn-Erik, en cambio, era el papá más bueno y afectuoso del mundo. Sin maldad en los genes. Aburrido, pero bueno.

La decisión estaba tomada.

Even se acercó el *Tercer secreto*. Se sorprendió del título –¿qué movimiento en la física no se circunscribía en la ley de Newton?– y empezó a leer.

CAPÍTULO 74

TERCER SECRETO
Física en movimiento... (sin ley)

Trinity College, Cambridge, Inglaterra
17 de octubre de 1672

El calor de la estancia era enorme, el hornillo de hierro casi ardía y el contenido de la tina hervía alegremente a borbotones que se rompían con unos fuertes chasquidos.

–Pásame el ácido clorhídrico, por favor –dijo Newton y removió la tina.

–¡¿El ácido clorhídrico?! Pero entonces... –Wickins miró confuso a su compañero de piso.

–Una cucharada –Newton señaló una cuchara de cristal que había sobre la mesa de trabajo–. Probar y errar, Wickins, probar y errar, así es como se aprende. Régulo de hierro $9^{1/4}$, cobre 4 dio una sustancia con una membrana hueca y hemisférica. Quiero limpiar la mezcla y volverla sublime.

Wickins asintió titubeante con la cabeza.

–Pero ¿ácido clorhídrico...? –murmuró–. Así apestará...

Miró la espalda rígida que estaba vuelta hacia él, agarró la botella con el ácido clorhídrico y lo echó.

–Gracias –dijo Newton y vació el contenido de la botella en la masa hirviente mientras seguía removiendo.

El efecto no se hizo esperar: un humo acre y amarillo subió de la tina y se extendió por la estancia.

Las burbujas se rompieron a un ritmo más acelerado y el humo se acercó a ellos flotando como un espíritu venenoso. Newton se retiró y agitó la mano mientras Wickins abría la ventana que daba al patio. La fijó para que no pudiera volver a cerrarse.

Poco después, el humo les ahuyentó hasta la puerta y desde allí contemplaron la estancia que estaba envuelta en una neblina nociva. Newton entrevió su cama en el rincón e hizo una mueca.

–Me temo que tendré que pedirte que me dejes dormir en tu cama, estimado Wickins. Dormir aquí esta noche podría significar mi muerte.

Wickins miró al compañero con el que entonces llevaba diez años compartiendo piso.

–Será un placer, y creo que... –señaló la cama con el dedo– es mejor dejar que esta nube envenenada se quede donde está.

Agarraron la linterna y atravesaron el pequeño salón hasta llegar a la habitación de Wickins; se desvistieron y se metieron debajo del edredón de la estrecha cama. Sólo llevaban la camisa de dormir puesta. Afuera, la noche de octubre se había posado sobre el paisaje. Oyeron gritos provenientes de una ventana cerca de la entrada y luego otros contestando. Un cuervo graznó desde algún lugar del tejado. Wickins estaba echado medio de lado con Newton pegado a su espalda. Así se quedaron un rato sin decir nada, notando cómo el calor del otro hacía que la piel se estremeciese. Entonces Newton se incorporó, colocó una mano a cada lado del torso del amigo, se inclinó sobre él y sopló la luz de la lámpara. La habitación se llenó de una oscuridad liberadora y zumbante.

Royal Society, Londres
12 de junio de 1689

Isaac Newton conversaba con Robert Boyle y John Locke cuando la puerta se abrió. Con un gesto de la mano, el presidente de la Royal Society, lord Brouncker, le indicó el camino a un caballero de avanzada edad que parecía tener una personalidad atractiva. El recién llegado tenía una mirada perspicaz con la que parecía verlos a todos de una sola pasada. Con su manera pomposa de hablar, lord Brouncker presentó al profesor neerlandés Christian Huygens a la sociedad científica. El profesor inclinó la cabeza en un gesto respetuoso y empezó lentamente a abrirse camino conversando a través del auditorio. Un joven de cabellos oscuros se rió con la boca abierta y sonrió efusivamente a todos. Parecía haberse constituido en la estela oficial de Huygen.

–¿Quién es el joven que va detrás del profesor?

Newton hablaba con Boyle, que solía estar al día de los mejores chismes.

–Es Nicolas Fatio de Duillier, un matemático suizo que llegó al país hace un par de años –Boyle hablaba tan alto que Hooke, el responsable de experimentos de la sociedad, se giró irritado sin que eso pareciera molestar a Boyle lo más mínimo–. Este verano acompañará a Huygens por toda Inglaterra. Es un joven activo y atractivo, diría yo. Por cierto, creo que ha estado trabajando en explicar tu teoría de la influencia de cualquier masa sobre otras masas con algo que él denomina la «teoría de apoyo». Sin duda, le complacería enormemente poder explicarte sus ideas, pues sé que ha mostrado mucho interés en conocerte.

–Muy bien –dijo Newton e inclinó la cabeza hacia Huygens, que en aquel momento se acercaba a ellos.

–Es un placer saludarle, profesor Newton –dijo Huygens con sinceridad–. Esperaba poder trasladarle personalmente una disculpa.

Newton volvió a hacer una inclinación, reservada y expectante. No estaba acostumbrado a que sus colegas de la sociedad le dirigieran ese tipo de declaraciones claras y positivas, por lo que sospechó que podía tratarse de una trampa.

–Cuando en su día discutimos su teoría de los colores, para mí se trataba de una hipótesis que estaba construida sobre una idea interesante, aunque extremadamente utópica. La verdad es que mis razonamientos me conducían a otras respuestas. Con el tiempo he llegado a comprender mejor el valor de los experimentos con ensayos que rechazan o apoyan una hipótesis y que, en su caso, convierten una teoría en una fuerza incontestable. Soy un hombre viejo, conservador y terco, pero que ha escarmentado, pues he comprendido que la ciencia ha entrado en una nueva e importante era gracias a estos experimentos minuciosamente documentados.

–Profesor Huygens, me honra demasiado... –tartamudeó Newton.

–Oh, no, en absoluto. Hace tiempo que debería haberle ofrecido mi apoyo mediante una carta, aunque ya hace algunos años que le pedí al profesor Hooke que le transmitiera mis disculpas, porque entendí que él y yo teníamos las mismas objeciones y los mismos reparos; y la misma falta de pruebas que pudieran sostener nuestros argumentos.

Por el rabillo del ojo Newton vio cómo Hooke se alejaba cada vez más. Era evidente que había oído las declaraciones de Huygens y que no deseaba tener que dar la cara públicamente y defenderse por no haber transmitido la disculpa a Newton.

–Tengo entendido que hace unos años se incendió su estudio –dijo Huygens y asintió–. Verse de pronto desposeído de los resultados de una investigación y tener que volver a empezar desde el principio es la pesadilla más grande de cualquier científico.

Newton hizo una inclinación de agradecimiento sin añadir ningún comentario al respecto. Huygens recibió una pregunta de Hooke y ambos, junto con Robert Boyle, empezaron a discutir la teoría de la rotura de ondas luminosas y sonoras.

–Mi nombre es Nicolas Fatio de Duillier; es un gran honor conocerle, Mr. Newton, un gran honor.

Newton se volvió hacia el joven y sonrió.

–Es un placer conocerle, Mr. Fatio de Duillier.

–Por favor, llámeme Nicolas, si me lo permite –contestó el suizo e inclinó la cabeza humildemente–; espero tener ocasión de presentarle una teoría.

–Eso podría organizarse –contestó Newton, complacido–. Tenemos un largo verano por delante.

Trinity College, Cambridge, Inglaterra
22 de octubre de 1689

Estimado Nicolas:

Me complace mucho que seas amigo de Mr. Ollivæus, y te doy las gracias cordialmente por haber sido tan amable de hacerme partícipe de sus consideraciones alquímicas. Sin duda, me han ayudado a avanzar en los experimentos que iniciamos la última vez que me visitaste. Confío en estar en Londres la semana que viene, y me gustaría hospedarme contigo. Traeré conmigo los libros que deseas consultar, también tus cartas.

En varias ocasiones, Mr. Boyle se ha ofrecido a comunicarse y a escribirse conmigo acerca de estas cuestiones, pero lo he rechazado debido a su modo de vida disperso y porque conversa con toda clase de gente. En mi opinión, también es demasiado abierto y está demasiado obsesionado con la fama. Hazme llegar un par de líneas o tres diciéndome si puedo hospedarme en la casa en la que te encuentras ahora, o si prefieres que busque otro lugar por un tiempo.

Hasta que, ojalá, nos volvamos a ver...

La pluma se detuvo. Newton se quedó mirando por la ventana largo rato. La lluvia caía copiosa y con fuerza, como si fuera un ensayo preliminar del castigo de un nuevo Dios. Entonces suspiró, firmó la carta y la selló con cera.

CAPÍTULO 75

Even giró los folios, pero los dorsos estaban en blanco. El *Tercer secreto* no seguía. Se levantó y empezó a pasearse irritado por el salón, se acercó a la ventana y miró en dirección al coche, miró al vecino que había salido a por el correo del buzón, volvió al sofá y volvió a sentarse. El título estaba bien pensado, era sutil y despertaba la curiosidad del lector. Y hasta cierto punto satisfacía esa curiosidad. Y, sin embargo, Even se sentía engañado. El texto del secreto era demasiado breve. Dejaba asomar un lado de Newton en el que él mismo jamás se había fijado y al que había dedicado muy pocos pensamientos; a saber, su sexualidad. Sentía que lo único que había hecho aquel texto era entornar la puerta, no iba más allá, no indagaba en los problemas de Newton, ni acababa de tratar la cuestión. De acuerdo, tal vez fuera exigir demasiado que agotase la cuestión, pero al menos Mai podía haber profundizado un poco más.

Se trataba, desde luego, de una temática compleja, así que era posible que Mai hubiera optado por ahondar en ella en la parte documental; sin embargo, el secreto seguía pareciéndole inacabado a Even. Por otro lado, Mai no era de las que tiraban por el camino más fácil ni tomaba atajos. Una vez Even le había dicho, en broma, que ella, al contrario de los demás, no iba por el atajo sino que se entretenía examinando las piedrecitas del camino, primero las de un lado y luego las del otro. Ella se había reído y, en parte, le había dado la razón.

A lo mejor había escrito algo en el diario sobre ese tema. Even lo cogió y empezó a leer desde el principio.

Encontró una especie de respuesta el 30 de diciembre.

He escrito y tachado y añadido, pero no acabo de estar satisfecha con el tercer secreto. Temo que se vuelva demasiado «tórrido», demasiado «salsa rosa». Por eso me he mostrado demasiado abstracta (¿vaga?) en mi aproximación. Otra cosa es que los indicios son tan poco concisos que siento que traspaso un límite invisible si «me mantengo firme», a pesar de que estoy segura de que Newton realmente mantuvo relaciones íntimas, primero con Wickins y, más tarde, con Nicolas Fatio.

De hecho, también me siento como una cobarde. Debería mantenerme firme, pero... Creo que tiene que ver con mi origen, ¿o tal vez no sea más que una excusa tonta? No, es más difícil de lo que creí en un principio ser una muchacha cristiana adentrándose en el espacio público para enfrentarse a las relaciones sexuales masculinas. Aun sintiendo que he dejado atrás los prejuicios y las supersticiones. Pienso horrorizada en la posibilidad de que tenga que dar la cara públicamente y hablar de estas cosas.

No dudo de lo que me dirá Odin Hjelm. «¡Pisa fuerte! ¡No te achantes! ¡Sigue! No te cortes. Esto es interesante, la gente tiene derecho a saberlo.»

Sí, eso creo, debe de ser así. Pero ¿realmente es tan importante?

No sé. Dejemos que repose y ya veremos qué hago al respecto. A lo mejor el año que viene soy más valiente.

¿Más valiente? Even dejó caer el diario en el regazo.

Maldita sea. Mai no se conocía a sí misma. Si había alguien valiente en este mundo, ésa era ella. No había muchos capaces de ir al encuentro de la muerte como había hecho ella, ni siquiera por sus hijos. Valiente e inigualable Mai.

Even miró fijamente sus manos, que descansaban abiertas sobre el diario. Ella estaba allí, en las palmas de sus manos, lo sentía, en los poros de su piel, en la memoria de sus células, para toda la eternidad. Su piel, trémula, turbadora como una ecuación con cuatro incógnitas, a la vez lenitiva, elástica y, sin embargo, quebrada por lunares, pecas y pequeñas cicatrices. El vientre redondo, «el lugar más dulce y suave del mundo», como solía decirle. El pelo oscuro que tenía ondas pero no se encrespaba. Los labios suaves que besaban sus dedos, capaces de destrozarle con una sonrisa en cualquier momento. Las puntas de sus dedos la recordaban mejor que cualquier grabación en vídeo.

Su mirada se perdió, la añoranza roía su corazón como termitas. Desde la ventana vio el coche, vio al vecino cavando en el jardín delantero, plantando un arbusto o lo que fuera. Volvió al sofá y siguió leyendo desazonado. De pronto se detuvo. Había algo más que le corroía, algo que tenía que ver con el libro de Newton, o las claves, ¿o...? No lo sabía.

Durante el mes de enero, Mai estuvo trabajando bastante en la parte documental del libro, sistematizándola y escribiendo borradores de los capítulos. A principios de febrero había vuelto a París.

8 de febrero, hotel Bersolys, París–. Hoy fui a ver a Jules d'Alveydre, el coleccionista que en su día compró una parte importante de la colección Duillier. Su casa, no, mejor su residencia, no está lejos del hotel, cerca del jardín de Luxembourg, y decidí pasar por allí primero. Desgraciadamente no estaba en casa. O, mejor dicho, su hijo no estaba. Una mujer (¿el ama de llaves?; no parecía una esposa) me dijo que Jules d'Alveydre murió hace ahora casi treinta años, pero que encontraría a su hijo, Jules d'Alveydre, en tres semanas. Estaría en la casa de la familia en el sur de Francia hasta finales de mes.

Por lo tanto, no tuve otro remedio que armarme de paciencia.

Después estuve paseando por el Quartier Latin intentando encontrar a Bernano y su librería de viejo. También sin suerte. Al fin y al cabo, el hombre podría estar muerto, algo muy probable, puesto que hace setenta años que los libros fueron comprados. O la tienda puede haber cerrado. O a lo mejor ha cambiado de propietario y ahora tiene otro nombre.

No he pedido ayuda. Porque me han estado vigilando durante todo el día, ¡y no se trata de ninguna paranoia! Estoy segura. Por dos veces he registrado que un hombre robusto con barba me miraba desde la distancia, apartaba la mirada cuando yo le miraba. Se parecía a Simon LaTour, pero no creo que fuera él. Quise acercarme a él, hablar con él, preguntarle qué quería; pero entonces desapareció por una esquina y no volví a verle.

10 feb., París–. ¡He encontrado la librería de viejo de Bernano! Es decir, ahora se llama de otra manera: Livres et Antiquités. Es una mezcla de quiosco para turistas, anticuario y tienda de viejo. ¿Un hijo de los tiempos modernos...? El propietario es un sobrino del anterior propietario y no sabía nada de que alguna vez hubieran comprado libros en Ginebra. En cambio, sabía que había algunas cajas de libros en la buhardilla que no había tenido tiempo de catalogar. (Hacía apenas quince días que se había hecho cargo de la tienda.) A lo mejor la colección estaba allí, dijo. Acordamos que volvería al día siguiente, en cuanto hubiera abierto, porque era entonces cuando más tiempo podría dedicar a ayudarme.

Mientras estaba hablando con el propietario, el hombre de ayer entró en la tienda. Se colocó al lado de una estantería justo detrás de mí y se puso a mirar en un libro. Le olí, y ahora recuerdo dónde le he visto antes: el año pasado estuvo en la biblioteca en Cambridge mientras yo estudiaba a Newton; recuerdo el hedor de su sudor agrio. Fue como una especie de manifiesto: «¿Ves? He permitido que veas que te estoy vigilando».

No sé qué hacer, porque no hay duda de que oyó el acuerdo al que llegué con el propietario de la tienda. Cuando me fui, él se quedó en la misma; de no haber sido así, le habría preguntado qué pretendía, qué quería de mí. Sin embargo, no he vuelto a verle durante el resto el día.

Es desagradable. Me siento ultrajada, siento que me están pisando y, al mismo tiempo, tengo miedo. Me he trasladado al hotel grande de Montmartre para librarme de él.

Por cierto, recibí una llamada de Simon LaTour ayer noche. Llegará a París mañana y se preguntaba si estaría hospedada en el mismo hotel que la última vez. De hecho, así es, casualmente...

¡vaya! Dijo que había llamado a la editorial y que había hablado con Odin, quien le había dado mi teléfono móvil y le había contado que estaría en París toda la semana.

Es extraño... resulta sospechoso que me haya llamado el mismo día en que descubro que me vigilan abiertamente.

En realidad, no tengo ganas de hablar con él...

Even arrojó el diario en el sofá y se puso en pie. Se paseó excitado por el salón, le dio una patada a un libro que había caído de la mesa de trabajo y lo lanzó contra la pared, golpeó el puño contra el marco de la puerta. Leer las anotaciones del diario de Mai era como estar sentado, amordazado y atado a una silla y ver una serpiente venenosa deslizándose hacia ella. Tenía ganas de gritarle furiosamente: «¡Cuidado! ¡Sal de ahí!»; gritarlo, como si todavía pudiera salvarla del punto cero al que se estaba acercando lentamente.

Se detuvo delante de la ventana. ¿También él se estaba acercando al punto cero? La pintura roja del escarabajo chispeó en un repentino rayo de sol. Alguien había sabido que esta mañana iría a la oficina de correos. Alguien había sabido que estaba allí, exactamente allí donde finalmente estuvo. La pintura se apagó en cuanto una nube volvió a pasar por delante del sol. Alguien seguía sus movimientos. Even miró fijamente el coche durante varios segundos antes de acercarse al teléfono, titubeó un poco antes de agarrar el auricular mientras los ojos miraban la caja que el «fontanero» había conectado al teléfono. Marcó un número. La caja brillaba verde, amable, primaveral. Sonó el teléfono y la misma señora de la última vez lo cogió.

–Con el oficial de inteligencia Jan Johansen, por favor –dijo Even y miró el ojo verde. Todavía verde. Todavía.

Le pasaron y una voz refunfuñó:

–Johansen.

–Aquí Even Vik.

El ojo verde no parpadeó ni una sola vez. No había nadie escuchando que no debiera hacerlo. Even optó por ir al grano.

–Necesito que examinéis un coche, pero creo que alguien vigila la casa y habrá que hacerlo en otro lugar.

Se produjo un silencio breve.

–¿Hay alguna estación de servicio con túnel de lavado cerca de tu casa?

–Sí, dos, a trescientos metros en dirección a la ciudad. Una de Esso.

–¿Qué tipo de coche es?

–Se trata de un Volkswagen, un escarabajo antiguo, del 74. Rojo. Muy rojo.

–Estate allí con el coche en una hora. Pide un lavado. Finn Poulsen te estará esperando.

CAPÍTULO 76

El túnel de lavado estaba vacío. Even vigilaba las luces verdes mientras el coche avanzaba hacia las escobillas de lavado y frenó cuando las luces cambiaron a rojo. La puerta de detrás empezó a crujir y a rodar hacia el suelo. Un hombre con un mono rojo pasó por debajo de la puerta, entró y lo saludó con una inclinación de cabeza. La barba había desaparecido y su peinado estaba tan pegado a la cabeza que parecía que hubiera utilizado aceite reciclado para fijar el pelo. Sin embargo, era el mismo tío, Finn Poulsen.

–Sólo quería revisar la máquina de lavado –chasqueó con acento de Oslo y guiñó un ojo a Even–. Hay que ajustarla antes de ponerla en marcha. El anterior cliente se ha quejado.

–Estupendo –dijo Even–. ¿Quieres que espere fuera?

–No hace falta, tardaré un par de minutos, más o menos.

El Poulsen del lavado de coches sacó un aparato detector de una caja de herramientas y dio un par de vueltas alrededor del coche. Del aparato salió un *tut-tut* acompasado, hasta que llegó a la parte trasera del coche, donde la frecuencia se volvió más rápida. Poulsen se colocó los auriculares, desconectó los altavoces y dio una vuelta más. Miró una pantalla detenidamente. Valiéndose de un pequeño espejo y una linterna empezó a examinar el interior del parachoques.

–Aquí –gruñó y sostuvo una cajita plana en alto–. Un GPS. Le dice al vigilante dónde estás en todo momento. –Even se acercó–. La persona que te vigila tiene un mapa, muy parecido al que me imagino que habrás visto en cualquier taxi, y puede mantenerse fuera de tu vista y a la vez saber dónde se encuentra el coche.

Even miró incrédulo el chisme negro sin saber qué decir. Era como si le paralizara y ahogara toda actividad en su cerebro.

–¿Has detectado en algún momento la presencia de coches o personas desconocidos en el barrio? Al fin y al cabo, las casas adosadas están un poco retiradas de la calle, y no resulta fácil acercarse inadvertidamente al coche durante el día.

Finn Poulsen lo miró. Even sacudió la cabeza.

–No, no he visto nada.

–¿Te has llevado el coche a algún lugar donde haya estado sin vigilancia? ¿A algún aparcamiento en el centro de la ciudad, en algún centro comercial, algo así?

–Pasó una noche en Frogner. –Even apartó la mirada de la cajita y miró a Poulsen–. Y luego estuvo aparcado unas horas en casa de mi... –Se calló, de pronto notó que su corazón estaba asustado. Vulnerable. No podía permitir volverse vulnerable–. Quiero decir, estuvo delante de la casa de unos amigos unas horas. Tienen un hijo y era su fiesta de cumpleaños.

Poulsen asintió con la cabeza.

–Se tarda cinco segundos en fijar un cacharro magnético como éste. Puede haber pasado en cualquier momento. ¿Quieres que me lo lleve?

Tenía un aspecto inocente. Pequeño y vulnerable, tan fácil de pisar, de aplastar con el talón.

–No, vuelve a colocarlo –dijo Even.

CAPÍTULO 77

Volvió a casa. Pensó en sí mismo como en una mancha roja en una tarjeta electrónica.

El salón estaba en silencio. Una mosca zumbaba en la ventana de la cocina como un recuerdo lejano del verano. El sol arrojaba un rayo oblicuo en el suelo, revelando que hacía tiempo que Even no pasaba el aspirador ni la fregona por allí. «Así puedo ver si he tenido visitas indeseadas», pensó Even y se sentó en el sofá. *Segundo diario del proyecto Newton*, rezaba la portada.

> 11 de febrero, París–. He estado revolviendo y buscando en una pequeña buhardilla donde apenas hay sitio para estar de pie. He repasado la mitad de las cajas pero sin encontrar *Origins of Gentile Theology* de Newton. Es un trabajo arduo y lento, porque tengo que asegurarme de que el libro manuscrito de Newton no está encuadernado junto con otro libro en un tomo mayor. Por eso tengo que hojearlos todos.
>
> El hombre de la barba no ha vuelto a aparecer desde ayer, ni en la tienda ni en la calle.
>
> Ayer por la noche, Simon LaTour se sentó a mi mesa mientras cenaba en el restaurante del hotel sin pedirme permiso antes. Me preguntó si el hombrecito de Ginebra me había podido ayudar. Le solté una mentira piadosa y le dije que hasta ahora muy poco. Pareció decepcionado, me contestó que era el mejor genealogista suizo que conocía y, además, un investigador excelente. Me dijo que no dudara en pedirle ayuda si había algo que él podía hacer por mí. Sí, naturalmente, repuse, lo haría. No sé cómo tomármelo. Me resulta un hombre a la vez miserable y simpático. Intimidante y tímido. Agradable y terriblemente irritante. Un hombre contradictorio, podría decirse.

Me contó que había encontrado noticias muy interesantes sobre la hermandad invisible, que había descubierto una nueva rama de la orden, una de la que no había oído hablar antes. Apuntaba hacia el norte de Europa, hacia Escandinavia. Lo dijo y me miró fijamente, como si eso fuera a interesarme especialmente.

–Soy yo –dije y levanté la mano como rindiéndome ante la evidencia–, lo reconozco.

A LaTour no le hizo gracia.

–La orden es sólo para hombres –repuso.

–¿Y qué me dices del Matrimonio? –pregunté.

El Matrimonio Invisible. Algo así fue lo que me insinuó mi marido la última vez que hablé con él por teléfono. Dice que está harto de tenerme de viaje la mitad del tiempo.

Simon me contó que su mujer trabaja con él, por lo que no tiene ese problema. Ella trabaja en casa, sistematizando el material que él encuentra. Cuida de las gallinas y de los archivos. No tienen hijos.

¡Qué divertido habría sido si Finn-Erik y yo hubiéramos podido trabajar juntos en un proyecto! ¿O no...? No se me ocurre qué tipo de proyecto hubiera podido ser. Lo único que tiene él en la cabeza son los seguros y los pájaros. *La vida de las aves en el Renacimiento*. Sin duda, un best seller.

Sigo pensando en Even; con él sí hubiera funcionado algo así. Es bastante más versátil, polifacético, creativo y abierto a las novedades.

Creo... de haber podido elegir de nuevo, habría vuelto con Even, si es que cuando descubrí que estaba embarazada él me hubiera querido.

Even se puso en pie apresuradamente y salió corriendo en dirección al baño tapándose la boca con la mano. Una vez allí se desplomó delante de la taza y vomitó. Los calambres en el estómago cedieron poco a poco, pero se quedó sentado, hundido, con la cabeza apoyada en el frío borde de porcelana. Su mano encontró el camino hasta el pomo de la cisterna y el depósito se vació de agua. El hedor a vómito desapareció. Durante un rato las tuberías resonaron, hasta que finalmente desapareció aquel murmulllo que pronto se convirító en un ligero pitido en los oídos.

Al rato Even volvió a abrir los ojos y descubrió que el diario estaba en el suelo del baño. Con los movimientos de un anciano lo recogió y siguió leyendo.

> 28 de febrero, Oslo–. Llamé a Jules d'Alveydre después de cenar, mientras lo niños miraban el canal infantil de la televisión. Finn-Erik está fuera estudiando pájaros junto con unos amigos (o eso me dijo; creo que se trata de sus hermanos, oh-tan-secretos, porque sus botas de agua siguen en el armario; en cambio, sus bonitos zapatos de piel han desaparecido; ¡hombres!).
>
> Hablé con la mujer, el ama de llaves que conocí la última vez que estuve en París. Se acordaba de mí y dijo que *monsieur* D'Alveydre había vuelto a la capital. Hablarían con él del asunto inmediatamente, dijo, y dejó el auricular sobre la mesa antes de que me diera tiempo a decir nada. Sus pasos se oyeron nítidamente cuando atravesó la estancia y pude oír a alguien conversando a lo lejos. Crucé los dedos y recé para mis adentros mientras ella volvía sobre sus pasos. Entonces cogió el auricular ¡y dijo que *monsieur* D'Alveydre me recibiría encantado! Me temo que estuve muy efusiva cuando le di las gracias, pero es que me alegré mucho. Acordamos que iría a verle el 8 de marzo. No fue hasta que reservé el vuelo que me di cuenta que mi visita al viejo coleccionista de libros sería el día de la mujer trabajadora.

CAPÍTULO 78

La casa era grande, un vestigio de los tiempos de Luis XIV, con torres y rosetones y toda aquella parafernalia que la arquitectura rococó de la ciudad ofrecía.

Jules d'Alveydre era un señor mayor y demacrado con una perilla blanca y un chaqué noble con los codos desgastados. Escuchó su consulta con interés y en silencio, sin interrumpirla. Entonces se levantó y la condujo hasta un vestíbulo casi sin muebles y en cuyas paredes se veían cuadros de papel pintado donde antes colgaban cuadros. Los tacones de Mai-Brit golpearon el suelo con unos chasquidos agudos que resonaron por todo el enorme vestíbulo. *Monsieur* D'Alveydre abrió una puerta y con un gesto galante la invitó a entrar en una biblioteca que era casi tan rica como una biblioteca municipal noruega. Las estanterías ocupaban todas las paredes, del suelo al techo, y el techo era alto; estaban repletas de libros. El anciano caballero se acercó a una estantería entre dos ventanas y señaló un estante a la altura de la cadera. Aquí estaban algunos de los libros que su padre había comprado en Ginebra, explicó. Un dedo índice delgado y torcido sacó un bello tomo con letras doradas en el lomo de piel.

–Ésta es una primera edición de *Notre Dame de Paris* de Victor Hugo. A su lado está *Les Misérables*, aunque en una edición más miserable que la de *Notre Dame.* –Jules d'Alveydre pasó una mano por los libros cariñosamente, como si se tratara de unos pequeños amigos necesitados de atención–. ¿Está buscando algún libro en particular, señorita?

Mai-Brit contempló la estantería, se giró y paseó la vista por toda la biblioteca. Al mirar más de cerca, descubrió unas terribles heridas, unos boquetes abiertos (¿habrían desaparecido las obras completas de algún autor?); parecían heridas que no habían sido cosidas y, que por lo tanto, no habían acabado de cicatrizar.

–Estoy buscando una obra manuscrita en inglés y no sé si está encuadernada. Se titula *Origins of Gentile Theology*.

La perilla se movió pensativa y el hombre se fue hacia una escalera de mano que había en un rincón.

–¿Le ayudo? –Mai-Brit se acercó cuando vio que había que mover la escalera.

–Si es tan amable de colocar este monstruo creado por la necesidad del hombre cerca del globo, yo me subiré y veré lo que puedo encontrar.

Mai-Brit siguió sus indicaciones, y el anciano trepó fatigosamente las escaleras mientras Mai-Brit seguía angustiada el desplazamiento de los gastados zapatos de charol. Sostenía la escalera para que no se moviera ni un ápice durante la ascensión. Una sola mirada a aquel cuerpo escuálido le hizo sospechar que incluso una mosca sería capaz de hacerle perder el equilibrio.

El anciano se detuvo en el penúltimo peldaño y murmuró el nombre de los títulos mientras pasaba un dedo escudriñador por los lomos blancos y abigarrados, aunque ninguno de ellos tenía nada escrito. Era como si aquel anacronismo andante conociera todos sus libros, como si cada uno de ellos ocupara un lugar especial en su corazón. El murmullo se detuvo y el anciano sacó un tomo que tenía el lomo de piel marrón ligeramente corroído. La cubierta era de cartón, con una etiqueta de papel rayado pegada en la portada.

–Utilizaron una piel fina y mala –dijo Jules d'Alveydre excusándose y le ofreció el libro–. Pero la verdad es que nunca consideré la obra lo suficientemente importante como para dedicar nuestros recursos a su restauración. Para serle franco, el inglés no es precisamente uno de mis puntos fuertes, y nunca he llegado a leer más allá de un par de páginas de la obra. –El anciano inició el largo descenso, y Mai-Brit dejó el libro a un lado para concentrarse en el anciano.

Se acercaron a un grupo de butacas. El viejo se sentó con un jadeo ahogado y le pidió a Mai-Brit que tomara asiento. Las butacas tenían el respaldo alto y recto, con unos preciosos estampados dorados en la tela y unos reposabrazos de madera tallada. «Rococó, mediados del siglo XVIII», pensó Mai-Brit y se sentó con mucho cuidado al borde del asiento. *Monsieur* D'Alveydre sacó un pañuelo doblado del bolsillo superior del chaqué y se secó la frente de pergamino.

–¿Puedo ofrecerle algo? ¿Una copa de jerez, un calvados, una copa de vino?

–Una copa de vino sería maravilloso –dijo Mai-Brit y sintió que un solo día con aquel hombre bastaría para hacerla andar con la espalda más recta.

La dignidad que emanaba hacía que quien estuviera con él viera la vida desde una perspectiva más amplia, como si un orgullo interior por lo que uno era y lo que representaba fuera capaz de resistir cualquier circunstancia. Incluso la pobreza y la decadencia.

El hombre cogió una campanilla de la mesa y la hizo sonar brevemente. Poco después apareció en la puerta de la biblioteca una señora mayor que recibió la orden corta y concisa de traer dos copas del mejor vino de la casa. Mai-Brit reconoció a la señora que vio en su última visita, hacía ahora un mes.

Nerviosa, Mai-Brit dejó caer la mirada sobre el libro que tenía en el regazo; lo abrió con mucho cuidado, como si tuviera miedo a lo que podía esconderse entre las cubiertas. Unas grandes letras ornamentales en la página del título daban cuenta de que realmente se trataba de *Origins of Gentile Theology*, escrito por Isaac Newton. Sin embargo, a juzgar por aquellas letras tan grandes, no era Newton quien había llevado la pluma para escribir el título, pensó Mai-Brit. Eran más recientes. Mai-Brit siguió hojeando la obra. El papel cambió ligeramente, era de peor calidad, y la letra se volvió más pequeña, borrosa, era la típica de Newton. Hablaba del origen de la teología, de la visión poco ortodoxa, por decir algo, que tenía Newton de la religión cristiana. Mai-Brit fue pasando las páginas lentamente, página por página, leyendo las primeras palabras de la primera línea antes de trasladar la mirada a la página siguiente. De pronto, cuando había hojeado más de la mitad de la obra, se detuvo, su mirada se clavó en un texto distinto al resto, y notó cómo la sangre abandonaba su rostro por un breve instante. Jules d'Alveydre estaba ocupado hablando con su ama de llaves y no se dio cuenta de la reacción de Mai-Brit.

Sin hacer ruido, Mai-Brit inspiró aire para facilitar que le llegara oxígeno al cerebro, y volvió a leer la primera línea, *Via vitae aeternae*, el camino a la vida eterna, suspiró y pasó la vista por la página donde los signos y los símbolos alquímicos se mezclaban con palabras en latín y en inglés. Contó seis páginas llenas de fórmulas y explicaciones.

Un sentimiento ardiente de felicidad se extendió por su cuerpo y Mai-Brit se sintió como una aventurera, por fin, en la cumbre del Everest. Había encontrado lo que andaba buscando, había encontrado lo que Pazcar había mencionado. Había encontrado la respuesta a las insinuaciones, una fórmula, una fórmula desconocida, escrita por el mismísimo Isaac Newton.

CAPÍTULO 79

9 de marzo, París–. Compré *Origins of Gentile Theology*. No... no es del todo cierto, porque *monsieur* D'Alveydre no me lo permitió. Recibí el libro como un regalo (a una bella mujer, había dicho), y me permitió, muy a regañadientes, que le expresara mi agradecimiento por las atenciones del ama de llaves con una pequeña muestra de reconocimiento cuando me fui. No me acompañó a la puerta, sino que se quedó sentado tranquilamente entre todos sus libros con una mueca con la que parecía decir que ningún paraíso celestial podría ofrecerle nada que no pudiera encontrar en aquella estancia.

Vacié el monedero de todo el dinero que tenía en efectivo y se lo di al ama de llaves (más adelante haré que tasen el libro y le enviaré una cantidad ajustada a D'Alveydre, porque estoy decidida a que reciba el equivalente a su valor real). El ama de llaves aceptó los 634 euros sin mover ni una pestaña y dijo que el taxi que había pedido me estaba esperando en la puerta. Tenía ganas de besarla, de saltar a la biblioteca para besar al anciano, de bailar y gritar de alegría, pero en lugar de eso salí a la calle con pasos tranquilos y solemnes y me metí en el taxi. Pedí que me llevara al hotel. Cuando el coche se separó de la acera, mis ojos se pasearon inconscientemente por los coches aparcados en la calle y vislumbré de pronto la jeta que ya conozco. En el asiento del conductor de uno de los coches estaba sentado mi perseguidor, el hombre de la barba. Me devolvió la mirada.

Mai había encontrado la fórmula hacía poco más de un mes, pero le dio el sobre marrón a Kitty en el mes de noviembre, ¡pasados cinco meses!

El diario se deslizó entre sus dedos, que de pronto se habían quedado sin fuerza. Even sintió que se le nublaba la vista. Se apoyó en la taza del váter y se incorporó con gran esfuerzo, consiguió abrir el grifo y se echó agua fría en la cara. *El sobre en casa de Kitty le había conducido a Londres.* Unos ojos inyectados en sangre le miraron fijamente desde el espejo. Sintió ganas de rugir, gritar, llorar, destrozar todo lo que le rodeaba. *¡Le entregaron la fórmula de Newton en Londres!* Su pelo grasiento, que necesitaba las tijeras de un peluquero, se erizaba salvajemente, una barba cana de varios días cubría sus mejillas hundidas. Parecía un profesor loco. Un profesor de matemáticas chiflado que acababa de descifrar la ecuación con una incógnita de Mai: quién estaba detrás de su muerte.

Y eso era lo que era. Y eso era lo que tenía.

Dio un rugido y aporreó el espejo con el puño y los cristales se desparramaron por el fregadero; la piel de los nudillos se le desgarró y apenas sintió dolor. La lava candente en su pecho tapaba todo lo demás. La mano cayó fláccida sobre el borde del lavabo, la sangre corría de la herida profunda, mezclándose con el agua salada que goteaba de su cara. Even levantó la cabeza con un aullido gutural. El profesor loco lo miró fijamente desde los fragmentos del espejo que lo deformaban y lo descomponían en un mosaico macabro. Le faltaba un ojo, el otro estaba dividido en tres facetas desfiguradas; un pedazo de la mandíbula había desaparecido y la boca se torcía en una sonrisa maligna y fea. Partes de la frente eran campos negros por donde había desaparecido el cerebro. Even era negro y era blanco. Un pedazo de espejo se soltó y cayó en el lavabo. Se estaba descomponiendo.

Por fin se veía a sí mismo, tal como realmente era.

CAPÍTULO 80

Sonó el teléfono mientras se comía una manzana durante la pausa del almuerzo.

El inspector Molvik examinó la manzana; en realidad, no le gustaban las manzanas, pero un ejemplar especialmente rojo le había suplicado, por así decirlo, que lo cogiera; y eso fue lo que hizo al pasar por el puesto de frutas de camino al trabajo. Esos verduleros no deberían disponer sus productos de aquella manera en la acera. No estaba mal la manzana. Era jugosa y dulce. Se secó las comisuras de los labios y dirigió la mirada hacia Mohamad Saikh, haciendo un gesto imperativo con la cabeza en dirección al teléfono. El agente suspiró, dejó a un lado un trozo de pan con queso y se acercó a la mesa del inspector.

–Sí, ¿dígame? Aquí el teléfono del inspector Molvik.

El agente escuchó un rato antes de decir «sí» y «muy bien» y luego colgó.

–Debemos presentarnos en el despacho de la jefa inmediatamente –dijo y recogió el resto del almuerzo.

–¿Qué quiere? –preguntó Molvik, mientras subían las escaleras.

–No lo ha dicho, pero sonaba...

–¿Contenta?

Mohamad no se molestó en contestar. Cuando llegaron al despacho de la jefa de policía, llamó a la puerta. Alguien dijo «¡Adelante!» y él dejó pasar primero al inspector.

La jefa de policía no parecía estar de buen humor. En realidad, nunca lo parecía, pero su mirada de pocos amigos tenía diferentes grados y en este caso, sin lugar a dudas, había alcanzado el grado máximo. Mohamad decidió que diría cuanto menos mejor y que se mantendría en un segundo plano.

–Me han contado que le habéis hecho una visita a una persona llamada Even Vik.

La jefa de policía levantó un papel que había sobre su escritorio y lo sostuvo, de manera que no pudieran leer su contenido ni ver ningún logo. Su tono de voz parecía exigir una respuesta y Molvik gruñó un «sí» y miró con acritud a su superior.

–¿Con qué excusa?

–Es sospechoso del asesinato de Susann Stanley, en Frogner.

–¿Por qué...?

–Se conocían. Vik fuma los puritos que encontramos en el lugar de los hechos, y gasta el mismo número de zapatos que las pisadas que dejó allí el asesino.

«Casi –pensó Mohamad–, casi el mismo número.»

–He recibido una carta del instituto forense. Están buscando los documentos que demuestren que las pruebas biológicas que se recogieron en casa de Vik se consiguieron de forma legal.

–Pero si es sospechoso, maldita sea, y además...

–¿Él sabía que estabais tomando muestras biológicas en su casa?

Molvik no contestó, y la jefa de policía miró a Mohamad Saikh.

–No, no lo sabía –dijo Saikh.

Molvik lo miró de reojo. La mirada de la jefa de policía volvió a posarse en Molvik.

–Supongo que estarás al corriente del parentesco entre ese tal Even Vik y Sverre Vik, tu antiguo compañero en el cuerpo de policía.

Molvik adoptó un semblante con el que pretendía parecer sorprendido, aunque cambió de opinión y dijo que sí lo sabía.

–Pero eso no tiene importancia para el caso que tenemos entre manos –añadió.

–¿De verdad? –Las cejas pintadas de la jefa de policía se arquearon unos segundos hasta que de pronto volvieron a relajarse–. Soy más joven que tú, Molvik, y yo no estaba en este cuerpo en los ochenta, ni siquiera en esta ciudad, pero conozco la historia de Sverre Vik. Es una historia que conocen todos, aquí, en la comisaría. A la semana de estar aquí, ya hubo alguien que utilizó su historia como ejemplo aterrador de hasta qué punto el poder de un uniforme es capaz de corromper a un ser humano. –La jefa de policía se echó tranquilamente hacia atrás en la silla y el cristal de sus gafas lanzó un breve destello al mirar a Molvik a los ojos–. Sverre Vik era un cerdo. Resulta difícil encontrar una palabra que lo describa mejor, y tú fuiste su compañero. Por ahí, en las calles, al referirse a él utilizaban el nombre de Himmler, porque a algunos de nuestros ciudadanos más ancianos les recordaba la guerra. En casa, Sverre Vik tiranizó a su hijo y a su esposa todo lo que pudo, y lo hizo durante muchos años, hasta que finalmente acabó por asesinar a su mujer y por acusar a su hijo de haberlo hecho. El único que no quiso comprenderlo fuiste tú, Molvik.

El inspector se había puesto rojo. Miraba fijamente a la mujer que se sentaba al otro lado de la mesa de escritorio.

–No tengo por qué aguantar esa clase de insinuaciones de una... una...

–¿De una mujer? –preguntó la jefa de policía con la boca levemente torcida en una sonrisa afilada–. Sí, Molvik, sí tienes. Y para tu información te diré que he recogido diversos sucesos e incidentes en una carpeta que, a lo mejor por separado no, pero sí en su conjunto, bastan para que tu puesto en el cuerpo sea reconsiderado. Mi consejo es que, a partir de ahora, mantengas un perfil cuanto más bajo mejor, que sigas las normas a rajatabla y te olvides de emprender cualquier movimiento a favor de tu deseo de venganza. Y también se ha terminado lo de trabajar con el puño cerrado. Esto es una orden. –Miró un instante a Mohamad Saikh, como si estuviera considerando aprovechar la ocasión para darle, a él también, una reprimenda. Finalmente, decidió dejarlo e inclinó la cabeza secamente–. Podéis iros.

Molvik y Saikh ya estaban saliendo por la puerta cuando la voz de la jefa de policía les hizo detenerse:

–En cuanto al análisis realizado por los forenses, resulta

que las muestras tomadas del purito y de las servilletas de papel no coinciden. Es decir, que no fue Even Vik quien se fumó el purito. –Les ofreció una hoja de papel y Mohamad Saikh volvió sobre sus pasos y la cogió–. Tendréis que buscar por otro lado.

CAPÍTULO 81

Se había puesto en marcha un proceso alquímico.

Lentamente se fue abriendo paso desde el pecho hacia el resto del cuerpo, convirtiendo, una por una, las células en metal pulido, los huesos y las articulaciones en cobre, los músculos y la sangre en hierro y mercurio. El corazón en plomo. Mientras la maquinilla de afeitar suavizaba el mentón y las mejillas, Even notó cómo los movimientos del cuerpo se volvían mecánicos y el corazón se enfriaba y se solidificaba como la lava al entrar en contacto con el mar. Even se duchó. Mientras, un plan iba tomando forma, un plan que debía encontrar el equilibrio adecuado entre destino y azar, entre la venganza y la purificación. Se quedó un buen rato debajo del chorro de agua helada, preparándose para el frío de la noche, antes de secarse y vestirse con un jersey oscuro y unos pantalones de chándal de color azul marino. Se puso un cinturón por encima del jersey. En el armario del pasillo encontró un viejo par de zapatillas de correr y un par de guantes de piel que debería haber tirado hace tiempo. Tenían agujeros en los índices que Even remendó con tiritas que después pintó con un rotulador negro. Salió a la calle con un trapo en la mano y empezó a pulir la pintura del escarabajo rojo, como si sólo pretendiera mantener el coche limpio y resplandeciente. Cuando llegó a la parte trasera, pasó disimuladamente la mano por el interior del guardabarros hasta que encontró el transmisor GPS. Lo desprendió y recorrió el lateral del coche; frotó la parte inferior de la puerta mientras dejó que el imán del transmisor se adhiriera a la parte inferior de la rejilla del desagüe, en el borde de la acera.

La frase que le había condenado a hacer lo que ahora estaba a punto de emprender le volvía a la cabeza una y otra vez: si el diario de Mai decía que había encontrado la fórmula de Newton en marzo, y a Kitty le entregaron el sobre donde hacía referencia a Londres en noviembre del año pasado, uno de ellos tenía que ser una falsificación. Ambas posibilidades eran imposibles. Era como decir que dos más dos son cinco.

En el centro comercial más cercano encontró una tienda de deportes donde compró un hacha corta que estaba pensada para ir colgada del cinturón, dos rollos de esparadrapo deportivo y dos suspensorios para adultos. En una ferretería compró una lezna, un martillo y una cajita de clavos. Compró un mapa de Oslo en un quiosco y luego hizo un par de llamadas telefónicas. Una a Jan Johansen, que contestó. Otra a Finn-Erik, que no contestó. Y una tercera a un colegio que confirmó lo que se temía.

A las tres estaba aparcado en el borde de la acera con el coche en marcha. A través del retrovisor vio que Stig salía de una casa, se despedía de su niñera y empezaba a andar hacia el coche. La niñera se quedó al lado de la verja siguiéndole con la vista hasta que un niño en el jardín empezó a llorar y la mujer desapareció detrás de unos arbustos. Cuando Stig llegó a la altura del escarabajo, Even abrió la puerta del coche y le dijo: «Hola». El niño lo miró sorprendido y se acercó.

–¿Te gusta tener cinco años? –preguntó Even. Stig asintió con timidez por encontrarse a solas con un adulto–. ¿Te gusta el autobús que te regalé?

–Mmm, y las películas de Siaplin –dijo Stig, riéndose sólo con pensar en ellas–. Se cae todo el tiempo, pero el policía nunca lo atrapa.

–No, nunca, es verdad, la policía nunca lo atrapa. Es una de las cosas que más me gusta de Chaplin. –Even asintió con la cabeza y miró a su alrededor–. ¿Sabes? He quedado con tu padre que hoy yo te llevaría a un sitio. ¿Te apetece?

–¿Adónde? –Stig miró el coche sin mostrarse receloso, más bien parecía sentir curiosidad–. ¿Es un Escarabajo de verdad?

–Sí. –Even golpeó el volante–. Un Escarabajo de verdad. Ven, yo te paso por encima del volante y te sientas en el asiento del copiloto. Así podrás poner la mano en el volante mientras yo conduzco.

Stig asintió y dejó que Even lo depositara en el asiento del copiloto y le pusiera el cinturón de seguridad. Even volvió a mirar a su alrededor sin ver el coche de Finn-Erik ni ningún otro que no tuviera ganas de ver.

Cuando tomaron el cinturón de circunvalación, Stig le preguntó por los años que tenía el coche y si era de Even. Éste contestó mintiendo lo mejor que pudo, intentando parecer tranquilo y relajado mientras sus ojos miraban constantemente por los retrovisores. Detuvo el coche y consultó el mapa hasta que finalmente encontró la dirección correcta. Se metió en un aparcamiento para clientes y dejó que Stig se sentara en el asiento del conductor y «condujera», mientras Even subía hasta un bloque de pisos y llamaba a una puerta.

–¿Sí? –se escuchó por el interfono al lado de la puerta.

–Soy Even Vik, el amigo de Finn-Erik. Tengo que hablar contigo inmediatamente. Es importante. ¿Puedes bajar?

–Un momento. –La voz metálica desapareció.

Even se acercó al coche y se llevó a Stig. Cuando la puerta se abrió, los dos estaban allí, delante de ella, mirándola.

–Hola, Stig –exclamó Bodil Munthe, sorprendida–. ¿Tú aquí?

–Stig tenía ganas de hacerte una visita –dijo Even, pasando por alto la mirada extrañada que le lanzó el niño–. Quiero que te lo lleves a tu piso y que te lo quedes hasta que vuelvas a saber de mí.

–¿Que yo...?

Bodil Munthe miró a Even como si hubiera dicho que Stig era un marciano.

–Oye, Stig, había olvidado que tengo una bolsa con chuches en el asiento de atrás. ¿Podrías ir a por ella? –Stig dio un salto, aterrizó en el sendero enlosado y salió corriendo en dirección al coche. Even habló en voz baja y a toda prisa–. Últimamente has pasado mucho tiempo con Finn-Erik. Supongo que te habrá contado mi teoría según la cual Mai fue obligada a suicidarse. –Ella asintió–. ¿También te ha contado que Stig es mi...? –Even la miró, no se atrevió a decir la palabra por miedo a que el plomo del corazón se derritiera.

Ella volvió a asentir.

–Finn-Erik tenía pensado decírtelo... alguna vez. Mai-Brit no quería porque estabas en contra de tener hijos. Después de su muerte, Finn-Erik empezó a..., quiero decir, Finn-Erik decía que lo más correcto sería decírtelo, pero que tendría que esperar a que... –La mujer se detuvo y miró al niño que se acercaba, mordisqueando un palito de regaliz.

–¿Pero...?

–Hasta que te hubieras tranquilizado, te hubieras recuperado y volvieras a ser alguien en quien poder confiar. Eso fue lo que dijo. No quería soltar a Stig, quería que lo compartierais. Quiere mucho al niño. Tenía miedo de que tú...

Stig se detuvo detrás de Even y miró un gato que se acercaba bordeando sigilosamente el muro.

–¿Es tuyo el gato, Bodil? –preguntó el niño.

–No, pero puedes hablar con él, si quieres. Es un gato muy simpático, un gato al que le gustan los abrazos.

Stig se alejó y se puso de cuclillas enfrente del gato. Even examinó a la dama que tenía delante.

–¿Tú y Finn-Erik tenéis planes de vivir juntos?

–Dios mío, no –exclamó la mujer y miró a Even con extrañeza–. Ni hablar. Sólo somos amigos.

Even asintió, como si una duda hubiera quedado finalmente despejada.

–¿Te va bien quedarte con Stig? Llamaré a Finn-Erik para decirle que el niño está bien, pero no pienso decirle dónde está.

Ella dijo que sí y estudió a Even detenidamente.

–¿Por qué yo?

–Porque sé que Stig te conoce, y que Finn-Erik comprenderá que tenía buenas razones para hacerlo cuando sepa dónde está Stig.

–¿Y cuáles son las razones?

–Que las mismas personas que perseguían a Mai ahora me

persiguen a mí. Que de pronto me he vuelto vulnerable, como lo era Mai, y que, por lo tanto, Stig corre peligro de muerte.

–Pero... –La mujer lo miró desconcertada–. ¿Cómo pueden saber que tú eres el padre de Stig? Si sólo Finn-Erik lo sabe...

Even le había dado la espalda y cruzó el césped sin responderle. Bodil Munthe se calló y lo miró mientras él se metía en el coche, lo ponía en marcha y desaparecía. Sólo cuando desapareció el Escarabajo Bodil Munthe llamó a Stig y entraron en el edificio. Una vez en el piso, se quedó un buen rato mirando el teléfono con la mano apoyada en el auricular.

CAPÍTULO 82

Even aparcó el coche en la linde del bosque. Se detuvo y verificó que podía controlar el camino desde allí. Nordmarka era un lugar estupendo donde esperar. Sacó uno de los suspensorios y lo perforó continuadas veces con la lezna. Luego clavó los clavos en los agujeros con el martillo y después metió el otro suspensorio dentro del primero, de manera que tapara las puntas de los clavos. Cuando terminó de comer la baguette, que tenía sabor a goma, se hundió en el asiento e intentó dormir.

> 10 de marzo, en casa (de nuevo)–. Ayer, en París, antes de acostarme, recibí una llamada en mi habitación del hotel.

Even no conseguía quitarse de la cabeza lo último que había leído en el diario antes de meterse en el coche.

> Un hombre, un francés, dijo que debía reunirme con él «mañana a las diez» (es decir, hoy) en la puerta principal de la iglesia del Sacré-Coeur. «Está a apenas diez minutos andando del hotel», dijo. Le pregunté quién era, pero él me contestó que su nombre no importaba. Lo que era realmente importante era que yo tenía algo que le pertenecía. Los documentos que había encontrado «nos pertenecen», dijo. «¿Quiénes sois "nosotros"?», pregunté. Su voz era desagradable y dijo que haría bien en escucharle, porque si no, mi familia podría pagar por ello. Entonces interrumpió la comunicación.
>
> No he dormido en toda la noche. Al alba recogí mis cosas, hice la maleta y salí por la puerta trasera del hotel, donde me metí en un taxi que había pedido por móvil. No quise hacerlo a través de la recepción; ya no me fío de nadie. A las diez, cuando él me

dijo que debería estar en la iglesia del Sacré-Coeur, estaba sentada en un avión a punto de aterrizar en Gardemoen. He pasado a recoger a Stig y a Line y me los he llevado a casa; he pasado todo el día con ellos, no los he perdido de vista ni un segundo.

No ha pasado nada. Ninguna llamada telefónica, nadie ha llamado a la puerta. Ahora estoy agotada, los niños duermen; lo mismo que Finn-Erik, que se alegró de tenerme de vuelta en casa tan pronto. Es un buen hombre. Estoy bien con él.

Me temo que no voy a poder dormir.

Even miró a una mujer joven en chándal que pasaba por allí corriendo con un perro atado de una cuerda a la cintura. Lo adelantaron y enseguida desaparecieron en el bosque.

10 de marzo. Entonces Mai no sabía que le quedaban doce días de vida.

CAPÍTULO 83

De camino a la ciudad, Even arrojó el martillo y la lezna en un contenedor, pasó un trapo por el interior del coche y lo tiró detrás de las herramientas. Se había hecho de noche y el número de coches en las calles había empezado a disminuir. Estaba muy despierto, sereno y con la cabeza despejada. Cuando estuvo cerca de la casa, apagó el motor y dejó que el coche rodara lentamente hasta que finalmente se detuvo. La vivienda estaba a oscuras, y todo parecía estar tranquilo. Dejó la llave en el contacto, la limpió una última vez antes de colocarse el hacha en el cinto y rodeó la casa. Había una ventana que daba al dormitorio, pensó, y que estaba a una altura prudente. Even empezó a pegar un rollo entero de esparadrapo deportivo en una ventana formando una cruz de varias capas. Cuando rompió la ventana, el ruido de cristales se mitigó gracias al esparadrapo. Luego retiró con cuidado los trozos de cristal y los depositó en el suelo. Introdujo la mano, descolgó el gancho y abrió la ventana del todo. Oyó unos ruidos entre los arbustos y Even se quedó quieto un momento, sin respirar, antes de quitar los cristales del alféizar y encaramarse a él. Pasó por el lado de la cama y se golpeó la rodilla contra una cómoda. Maldijo en voz baja, arrepintiéndose al instante de no haber llevado una linterna de bolsillo. En el vestíbulo se arriesgó y encendió la luz y agarró el pomo de la puerta del sótano. Como era de esperar, estaba cerrada con llave. Un par de golpes bien dados con el hacha hizo que la puerta se abriera sobre unos goznes bien engrasados.

La escalera se perdía en la oscuridad y Even encontró un interruptor al lado del marco de la puerta que daba luz, no al hueco de la escalera, sino a la estancia a la que se disponía a bajar. Lentamente empezó a descender por las escaleras con el hacha en alto, a pesar de que estaba seguro de que nadie le estaba esperando.

La visión fue sorprendente. El sótano estaba dispuesto en una sola estancia grande, con seis columnas distribuidas en dos hileras. Había una enorme mesa de trabajo colocada entre las hileras de columnas que dividía la estancia en dos partes. En la pared más alejada había dos ordenadores, un televisor con DVD, un reproductor de vídeo y unos aparatos electrónicos que Even no consiguió reconocer desde la escalera. Pegados a la pared más cercana al hueco de la escalera había un banco de carpintero, otro de ebanistería y, finalmente, un tercero para trabajar el metal. Había tal abundancia de herramientas colgadas en la pared que hubieran hecho las delicias de cualquier ebanista o mecánico aficionado.

–¡Demonios! –murmuró Even, sorprendido.

Rodeó el banco de trabajo y se acercó al televisor. Tardó un poco en encenderlo y poner en marcha el reproductor de vídeo. Al principio sólo se vieron parpadeos, luego apareció una imagen de una calle, era invierno y parecía que fuese Navidad. Un niño salió de una casa, agitó la mano para saludar a su niñera y avanzó calle abajo. Stig avanzaba dando patadas en la nieve, hizo una bola de nieve y la lanzó por encima de un seto. «Son las 15.07», susurró una voz. La pantalla se fundió en negro, luego se repitió la escena, pero esta vez la nieve estaba sucia y casi había desaparecido. «Son las 15.05», dijo la voz cuando Stig salió a la calle.

Even apagó el vídeo y sofocado se quedó mirando fijamente la pantalla que parpadeaba y zumbaba. Reunió todas sus fuerzas y se concentró en la hilera de vídeos que había en un estante, leyó los lomos y sacó uno. Había un mando a distancia encima de la mesa y Even cambió el casete y pulsó el *play*. Un instante después apareció su imagen saliendo de un portal y acercándose a una parada de autobús. La cámara se alejó, abrió el campo y advirtió que la grabación había sido tomada en Blindern, hasta que volvió a acercarse para captar el número del autobús. El siguiente corte mostraba a Even sentado en un autobús, se le veía de espaldas, rascándose la oreja. Era invierno y llevaba un gorro de lana. La cámara osciló ligeramente y se oyó una voz en el fondo. Luego la pantalla se fundió a negro. De pronto apareció su casa adosada en el centro de la pantalla; en el borde derecho, el vecino se metía en el coche y se iba. Poco después, apareció Even por la derecha y se acercó a la puerta principal, metió la llave en la cerradura, abrió y entró. La cámara hizo un *zoom* a la ventana del salón, se quedó esperando hasta que apareció una silueta oscura por delante de las cortinas. Entonces todo se fundió en negro. Nadie había dicho nada en aquel corte.

Even apagó, se apoyó en la mesa de trabajo y echó un vistazo a su alrededor. Vio un teléfono que había encima de una caja de plástico, un adaptador en el que estaban iluminados varios *leds* rojos y uno amarillo. El teléfono y el adaptador estaban conectados entre sí. Un cable seguía hasta el ordenador que había al lado.

Encima del banco de trabajo había un montón de fotos en papel que llamaron su atención. Even las cogió y maldijo en voz alta. La primera era de Londres, de Newton Road. Even sentado en el borde de una acera, leyendo un libro. En otra estaba sentado en una escalera con un sobre en la mano. En una tercera aparecía entrando en la librería Hermes Tris. Una era muy oscura, era casi de noche, tomada desde lejos y a través de la ventana de la cocina de la casa de Finn-Erik. Otra era de Londres. Even estaba pegado a Susann Stanley en un abrazo. Ella se había puesto de puntillas y rodeaba su nuca con los brazos. «Cuando me fui de Londres –pensó Even–, cuando la vi por última vez.» Había otra fotografía tomada en el restaurante donde Susann y él habían cenado juntos. Ella había posado su mano sobre la de él en un gesto protector y lo había mirado con unos ojos... Even no estaba seguro, ¿cariñosos? Even miró estupefacto sus ojos, su mano cariñosa, se vio a sí mismo, sentado con el móvil pegado a la oreja y una expresión de amargura en la cara. De pronto recordó el destello en el restaurante, la sensación de recibir el disparo de un *flash;* recordó al hombre en la mesa de al lado hablando por su móvil. Y el olor a sudor agrio. El hombre llevaba barba, y era francés, el mismo con el que se había encontrado Mai. Even jadeó y siguió hojeando el montón de fotografías. No se sorprendió al verse a sí mismo en París, en el metro, sentado junto a Bonjove en el restaurante, saliendo del hotel. No se sorprendió al ver varias fotografías de los últimos días en Oslo, de la oficina de correos de Vika, de cuclillas delante del apartado de correos. Arrojó las fotografías al suelo, agarró un cuchillo que había sobre el banco de trabajo y lo clavó salvajemente en una de ellas. Llevaban meses siguiéndolos, a él, a Mai y a Stig; hacía tiempo que lo habían planeado todo. Habían sabido lo que hacían, paso a paso, cómo sería su reacción ante la muerte de Mai, y habían permitido que recorriera toda la pista de obstáculos que le habían preparado.

El aire apenas le llegaba a los pulmones, tan desesperado y desdichado como se sentía. Lanzó una mirada salvaje a su alrededor y descubrió dos cosas:

Debajo del banco había un par de botas grandes y negras, todavía con el barro solidificado pegado en las punteras. Número 45, predijo Even, sin molestarse siquiera en verificarlo. Al lado había una bolsa de plástico con colillas marrones. Puritos.

Encima del banco había un sobre con sellos franceses y el nombre de Mai, el que le habían robado en la estafeta de correos. Even lo abrió y sacó algunos folios. En el primero ponía *Cuarto secreto. Los hermanos invisibles.*

Pasó otro folio y empezó a leer.

CAPÍTULO 84

CUARTO SECRETO
Los hermanos invisibles

Un lugar desconocido, Londres,
6 de diciembre de 1692

Newton se recolocó la cogulla de manera que la capucha cayera debidamente. Debía cubrir su rostro lo mejor posible sin limitarle la visión. Se sentía incómodo, como solía sentirse en el mundo restringido que creaba la cogulla; el anonimato, los rituales y la información secreta que recibía, sin saber de quién, y sin poder transmitirla, tensaban una cuerda que le soliviantaba y le llenaba de esperanza cuando se acercaba una nueva reunión.

Llamaron tres veces a la puerta. Newton lanzó una última mirada al espejo antes de acercarse a la puerta y abrirla. En el pasillo se abrieron dos puertas laterales y aparecieron unas siluetas cubiertas con cogullas que se quedaron esperando en silencio. Se oyó el penetrante sonido de un gong desde un rincón de la mansión. A paso lento, pisándose los talones, empezaron a avanzar por el pasillo en dirección a las escaleras. Newton sabía que otros hermanos invisibles se acercaban desde otros lugares de la casa a la gran sala de la orden que se encontraba en el sótano. Otros, a los que tan sólo conocía por el nombre que les habían dado en la orden y que tan sólo le conocían por el suyo: Jeova Sanctus Unus.

Bajaron las escaleras. El borde de las casullas rozaba los escalones. Atravesaron unos pasillos iluminados con antorchas, llegaron a la gran puerta de roble y pasaron por debajo de la rosa para entrar en la sala, de la que todo lo que fuera a decirse no saldría nunca.

Hacía diecisiete años que era miembro de la orden. En estos diecisiete años su silla se había movido desde la parte más alejada de la sala hasta donde se hallaba ahora: algo más cerca de la mitad de trayecto hasta la tarima del gran maestro. A lo largo de estos diecisiete años, la voz del gran maestro había cambiado. Se había vuelto más oscura y había adoptado la identidad de Mr. F., el único en la sala que sabía quién se escondía tras el nombre en clave de Newton. Y el único en la sala que Newton sabía quién era en el mundo exterior.

Newton se detuvo delante de su silla, donde podían leerse las palabras «Jeova Sanctus Unus» grabadas en la madera de la parte superior del respaldo.

A lo largo de estos diecisiete años, Newton sólo había pedido la palabra en contadas ocasiones en la sala, la mayoría de veces planteando alguna pregunta a alguno de los hermanos que se hubiera pronunciado sobre algún asunto. En estas ocasiones, siempre había adoptado un tono de voz más agudo de lo habitual en él y con un acento más propio de Ipswich que de Cambridge.

Sin embargo, esta vez iba a ser distinto, esta vez no se limitaría a hacer preguntas. Hacía tiempo que Mr. F. venía insistiéndole para que presentara los últimos resultados alquímicos que había alcanzado; esos que le habían sumido en un estado de ánimo exaltado y casi juvenil, hasta entonces desconocido para él. Newton se había resistido, durante mucho tiempo. Sin embargo, el compromiso adquirido ante la hermandad «que nunca le mantiene nada en secreto a usted» le llevaron finalmente a claudicar.

Tras los rituales y saludos iniciales el gran maestro se puso en pie, obligando así a los hermanos a dirigir la mirada al trono a través del túnel de sus capuchas. Señaló hacia la silla de Newton con el cetro y les comunicó que el «hermano Jeova Sanctus Unus en esta oscura noche de diciembre» compartiría un nuevo descubrimiento con todos ellos. Un descubrimiento que podría ofrecerles una visión más profunda de la vida y la muerte, y un conocimiento que les daría más poder e influencia en el mundo que se hallaba al otro lado de aquellos muros. El gran maestro volvió a tomar asiento y Newton se levantó lentamente. Una leve inseguridad se había colado en su mente mientras escuchaba las palabras del gran maestro. ¿Haría bien haciéndoles cómplices de sus descubrimientos? Le había prometido a Nicolas Fatio que nunca los compartiría con nadie...

–Apreciados amigos –empezó diciendo Newton con una voz ligeramente distorsionada–. Hace un tiempo, me llegó una especie de revelación durante un experimento con Regulus Mars. De pronto vi cómo el follaje verde me mostraba el camino al *elixir vitae*, un camino que hizo que ahora haya encontrado la fórmula de la vida eterna y...

Una turbación momentánea entre los hermanos encapuchados le hizo detenerse, y una voz que provenía del fondo de la sala irrumpió sin que le hubieran otorgado la palabra:

–¿La fórmula del elixir de la vida? ¿Pretenden que nos lo creamos sin más? ¡Tendrán que presentarnos pruebas de ello!

El gran maestro se levantó y rugió:

–¡Silencio! Dejad que el hermano Sanctus Unus se explique.

Newton notó cómo se le cerraba la garganta. Había algo que le resultaba conocido en la voz que había hablado. Observó la hilera de hermanos, encontró la silla del que se había pronunciado y leyó el nombre en el respaldo de la silla: «Other Brook». El otro arroyo. Modificó rápidamente el orden de las letras. Vaya anagrama más pobre. Respiró hondo y sintió un repentino mareo.

Robert Hooke. Robert Hooke se había convertido en miembro de la hermandad invisible.

El hombre que siempre había sido su adversario y enemigo, el hombre en el que Newton jamás podría permitirse confiar.

Actuó de manera rápida e inmediata. Sin vacilar, se abrió camino entre las filas de sillas en dirección a la puerta de roble, la abrió y salió. A sus espaldas oyó voces de sorpresa que se atropellaban, y por encima de ellas, la del gran maestro:

–¡Nadie abandona la sala mayor sin el permiso del gran maestro!

Newton cerró la puerta, subió las escaleras y atravesó los pasadizos hasta llegar a su habitación. Se mudó a su ropa civil y a punto estaba de salir cuando se abrió la puerta. El gran maestro le cerraba el paso en el umbral de la puerta.

Expectante, Newton dio un paso atrás.

–Sabes que las normas de la orden son estrictas. Sabes que no puedes abandonar la sala sin...

–No voy a abandonar la sala –dijo Newton–. Abandono la orden.

Newton miró por el túnel de la capucha y sintió los ojos penetrantes del gran maestro.

–Sabes que el castigo por abandonar la orden es la pena de muerte.

–Lo sé. Pero he reconocido a uno de los hermanos, una persona a la que jamás confiaré un secreto. Y tú, Ezequiel, no deberías conf...

–No digas mi nombre –resopló el gran maestro; dio un paso adelante y cerró la puerta detrás de sí.

Newton miró con calma al hombre que conocía desde su juventud.

–Tú eres el único que sabe quién soy. Como gran maestro que eres, nadie te exigirá que les cuentes qué ha sido de Sanctus Unus; ni quién es. Si no dices nada, nadie podrá castigarme. –Newton levantó un dedo–. Por lo tanto, depende de ti si mi fórmula tiene que acompañarme a la tumba. Porque sólo está aquí. –Con un dedo se tocó la frente.

El gran maestro se quitó la capucha y Mr. F. sonrió fríamente.

–No te creo, Isaac, porque una fórmula así tiene que ser larga por necesidad y muy exacta. Tú jamás te confiarías únicamente a tu memoria en una materia tan importante. La has anotado y la has escondido en algún lugar, y nosotros la encontraremos. Y cuando la hayamos encontrado, tu vida no valdrá nada.

Newton lo apartó y salió al pasillo. De pronto se detuvo. Se quedó parado un rato antes de hablar en voz baja y de espaldas a los demás:

–Muy bien. Digamos que la he anotado en algún lugar. Pero sabré ocultar mi secreto, no lo dudes. –Volvió la cabeza levemente–. Lo esconderé de tal manera que nunca podréis encontrarlo. Y si llegarais a encontrarlo... –la luz de las antorchas vaciló sobre el perfil afilado, como si un viento frío hubiera atravesado el corredor, y las sombras se escurrieron diábolicamente por su frente–, ... si lo encontráis, lo lamentaréis terriblemente. Porque caerá una maldición sobre quien se haga con mi secreto de forma ilícita. –Newton se giró completamente y miró al gran maestro a los ojos–. Conoces mis habilidades, Ezequiel, tú también deberías temerlas.

Newton inclinó levemente la cabeza en un adiós y se fue.

Even levantó la cabeza bruscamente y miró hacia la escalera. ¿Había crujido el suelo del piso de arriba? Escuchó tenso. No, todo estaba en silencio. Seguramente era el viento que había sacudido la casa.

Una maldición. ¿Acaso Newton tenía poderes ocultos? Tenía que ser algo que se había inventado Mai. Aunque los acontecimientos de los últimos tiempos...

Con el texto de Mai en la cabeza se quedó mirando hacia la amplia estancia, y descubrió de pronto cosas en las que no se había fijado antes: la rosa seca sobre la puerta de la escalera; la cogulla con capucha que colgaba de una percha al lado del banco de herramientas; una pequeña placa de plata sobre la pantalla del PC. Se acercó y leyó:

–Un padre amado, un hermano devoto, un maestro fiel, un amigo leal.

Alrededor del texto trepaba una vid que en la parte superior se unía alrededor de una cruz y por la parte inferior, alrededor de un pelícano. Debajo del pelícano aparecían las letras F.I.

–*Fraternitatis Invisibilis* –murmuró Even.

De pronto oyó el crujido de un peldaño. Se volvió lentamente y vio el contorno de una persona en la escalera.

–¿Sabías que era yo?

Se contemplaron con una mirada escrutadora, no muy distinta a la primera que se habían lanzado.

–Sabía que eras tú –dijo él finalmente–. Al final lo supe.

Otra voz se mezcló con las suyas, una voz que hablaba en inglés con un fuerte acento francés:

–Estate tranquilo, tenemos a tu hijo, tenemos a Stig...

CAPÍTULO 85

París

–¿Estás en París? –La voz de Simon LaTour parecía sorprendida. A Mai-Brit le entraron ganas de decir «si ya lo sabías»–. Voy de camino allí, llegaré en una hora. ¿Estás en el mismo hotel que la última vez?

Mai-Brit se sentía débil, como si una gripe hubiera succionado toda la energía de su cuerpo. Así se había sentido desde que recibió la llamada telefónica en Oslo, hacía dos días.

–Sí –dijo–. En el mismo hotel.

Simon LaTour le dijo hasta la vista y colgó.

Mai-Brit se dejó caer en la cama, alzó la mirada y miró al techo. La llamada telefónica a su móvil se había producido el lunes; el hombre le había hablado en francés. Era el mismo que la había llamado en París, hacía poco más de una semana, el mismo que la había amenazado. Esta vez le dijo que sabía dónde vivía. Dónde vivían los niños. Oslo. Noruega. También le había dicho el nombre de la calle y el número. Tendría que volver a París con los documentos. Esta misma semana. Le dijo el nombre del hotel, el de Montmartre. Sabía que se había hospedado allí anteriormente. Lo sabía todo. Entonces colgó.

París. Los documentos.

Los documentos. Los niños. La elección resultaba sencilla. No había elección.

Ahora ya estaba aquí. Era miércoles. Estaba esperando que él se pusiera en contacto con ella.

Simon LaTour llamó a la puerta y entró sin pedir permiso. Se sentó en la silla y la miró con ojos desorbitados.

–Hay una mujer implicada en esa Hermandad Invisible –dijo sin previo aviso.

Mai-Brit lo miró. Su ropa estaba arrugada, como si hubiera dormido con ella puesta; llevaba el pelo grasiento y demasiado largo, sus ojos estaban enrojecidos por el cansancio. Simon LaTour parecía un demente.

–¿Es que no lo entiendes? Esto es nuevo, que haya una mujer es algo completamente fuera de lo normal. Y es ella quien ha hecho los planes. Ostenta la autoridad más elevada de la facción escandinava.

–Me gustaría descansar –dijo Mai-Brit y volvió a echarse en la cama–. Me duele la cabeza. ¿Podrías dejarme en paz?

Simon LaTour respiró hondo y soltó el aire lentamente.

–Perdona –dijo–. Voy a empezar desde el principio, todavía no te lo he contado todo. Me pasa de tanto en tanto, cuando he trabajado demasiado. Me olvido de lo que saben o no saben los demás. Bueno, verás: la Hermandad Invisible está interesada en ti, interesada en algo que tú has encontrado. No sé lo que es, ni lo quiero saber tampoco. Pero es esa mujer que te digo la que ha hecho los planes. –Simon LaTour se puso en pie y la miró preocupado–. Si yo fuera tú, me andaría con cuidado. No se andan con chiquitas. –Miró el reloj–. Tengo una cita con un nuevo informador dentro de una hora; ¿quieres acompañarme?

CAPÍTULO 86

–Nos engañaste cuando retiraste el GPS –dijo, como para poner en su sitio al francés que tenía a sus espaldas, para indicarle que se había comportado de forma descortés al amenazar a Even.

Even la miró fijamente. Intentó calmarse, tenía que hacerle las preguntas adecuadas.

–¿Dónde está Stig? ¿Cuándo lo atrapasteis?

Kitty salió a la luz. Se percibía cierta tristeza en sus ojos verdes.

–Cuando dejó la casa de su niñera. Comprendimos que ahora eras padre.

Even sintió que le inundaba la calma. Kitty estaba mintiendo. Ambos mentían. No sabían dónde estaba Stig. Podía seguir adelante con el plan.

–¿Por qué? –dijo en un tono de voz quedo–. ¿Por qué tuvo que morir?

Kitty se había colocado debajo de una lámpara. Su pelo llameó como una hoguera fúnebre y sus ojos verdes buscaron los de Even; le sostuvo la mirada con una intensidad casi física.

–Las cosas no tenían que haber ido así, no tenía que morir. Sucedió sin que yo...

Kitty enmudeció cuando la figura a sus espaldas salió de las sombras de la escalera. Era un hombre grande con barba. El hombre del restaurante en Londres. El hombre de la fotografía de Mai en el hotel. Sostenía una pistola en la mano tranquilamente con la que apuntaba el estómago de Even.

–¿Quién la involucró en esta locura? –dijo Even con voz ronca.

–Hay gente que... –desvió la mirada hacia el francés, como

si sintiera que tenía que medir sus palabras mientras él estuviera presente–. Hace siglos que se sabe que existe la fórmula de Newton, pero nadie había conseguido encontrarla. Hasta ahora. A través de las generaciones, nuestros hermanos han repasado los escritos póstumos de Newton, muchos de los cuales no estuvieron accesibles hasta la década de 1950. Han buscado pistas, tanto en textos como en otros lugares, aunque sin éxito.

»Le propuse al gran maestro de nuestra orden que pusiera a una mujer a buscar, a poder ser una que no tuviera prejuicios, una virgen, por así decirlo, y la elección recayó en Mai-Brit Fossen. –Kitty sonrió tristemente–. Hay algo en nosotras, las mujeres, somos más sensibles, tenemos más, ¿cómo te diría?, finura. Si alguien era capaz de encontrar la fórmula, ésa era Mai-Brit.

–Pero eso la llevó... murió, ¡joder! ¡Tú la mataste!

–No sabía... –susurró Kitty y sacudió la cabeza impotente. Sus ojos se humedecieron cuando miró a Even fijamente, como pidiéndole perdón. Carraspeó y levantó la voz–. Se pensó que para dirigirte hacia la fórmula y hacer que descifraras la clave, había que estimular tu compromiso, había que procurar que estuvieras entregado... *devoted* fue la palabra que se utilizó, a la causa. Se necesitaba tu pericia para romper las claves y manejar las matemáticas. «Se necesita un genio para decodificar a un genio», como lo expresó el gran maestro.

De pronto, a Even se le reveló el trasfondo malsano del asunto.

–¿Quieres decir que...? ¿Sabíais desde el momento en que implicasteis a Mai en el asunto que tendría que morir si encontraba la fórmula... que era la manera en que podíais convencerme de que yo la decodificara? Estáis mal de la cabeza, ¡estáis locos!

–Yo no lo sabía. Seguramente, ellos sí lo sabían, ahora me doy cuenta. Sea como sea, cuando Mai optó por no involucrarte en el libro de Newton, firmó a la vez su propia sentencia de muerte. Creíamos que se pondría en contacto contigo, que querría contar con tus conocimientos. Sin embargo, eso no sucedió y entonces... supongo que fue entonces cuando cambiaron los planes. –Kitty se acercó un poco más, ahora que sólo les separaba la mesa de trabajo. Volvió a buscar la mirada de Even–. No subestimes a la hermandad, Even. Es posible que cada uno de nosotros tenga su grado de locura, pero el plan que urdieron no era una locura. Inmoral y despreciable, sí, pero no demente. Todo fue como lo habían previsto, al menos hasta que descubrimos que Mai-Brit había escondido su trabajo para que no lo encontráramos.

–Pero era tu amiga, joder, erais como hermanas, os criasteis juntas...

–Éramos como hermanas, es cierto, sí. –Kitty lo miró gravemente–. Pero cambiamos, nos fuimos distanciando, podríamos decir, y tú la influenciaste fuertemente en este proceso. Algunos incluso dirían que la pervertiste, que hiciste que olvidara su Dios y su fe, como asegura su hermana. Yo no diría tanto, pero si quieres repartir la culpa, no deberías excluirte. Tu pasado no es precisamente... –Even la vio colocar las manos encima del banco y mirarse los dedos que se extendían sobre el tablero de la mesa como líneas en un sistema de coordenadas, levantar la cabeza y contemplarlo apesadumbrada–. Sé que has tenido problemas..., que tienes tus explicaciones para justificar por qué las cosas fueron como fueron. Creo que te comprendo y quiero... –Miró al francés de reojo y bajó la voz–. Quiero ayudarte. La verdad es que has empezado a gustarme de verdad, Even. –Sus dedos se juntaron entrelazándose–. Tienes razón, han pasado cosas terribles. Las cosas se han desarrollado como nunca debían haberlo hecho, pero... tenemos que seguir adelante desde donde nos hallamos ahora. –Kitty inspiró y volvió a mirar por encima del hombro al barbudo antes de decir–: Espero que sepas ver tus posibilidades y tomes las decisiones correctas. Necesitamos a una persona como tú, y sabremos apreciar tu trabajo.

Even no contestó, pero echó el pie hacia atrás.

Kitty desvió la mirada a la mesa.

–Veo que has encontrado el sobre. Sí, te seguimos hasta la oficina de correos. Pierre se encargó de despistarte. –Kitty sonrió débilmente, como si compartieran una anécdota graciosa desconocida para los demás–. Resulta fácil distraerte, eres una persona sensible. Me gustas, Even. Hacemos una buena pareja. –Su mano hizo un movimiento en dirección al sobre–. ¿Has leído su contenido, todo, también la clave?

Even la miró fijamente sin contestar.

Su sonrisa se heló en una mueca y Kitty metió la mano en el sobre.

–No hace falta que digas nada. Sólo tienes que echarle un vistazo. –Sacó un folio A5 y se lo pasó a Even por encima de la mesa. Even no lo tocó–. Muy bien –murmuró Kitty, sobre todo para sí misma.

Kitty extendió el brazo y se lo acercó para que pudiera leerlo. Las letras eran grandes y legibles:

UNUFNJPERLQR ISPNJISFR TR AMSIBR KMNIB NKNS ASCON

–Como podrás ver, se trata de una clave, una de las que necesitan de una palabra clave, una palabra de apertura. Sistema de cifras de sustitución, creo que se llama. Es tu mundo, Even, aquí tú eres el experto. Te necesitamos para encontrar la palabra. Dime qué quieres a cambio.

Even evitó mirar el folio. *La última clave.* Hacia la que habían señalado todas las pistas de Mai. Una clave que habían encontrado entre los dos, ella y él, nadie más. Una clave que cerraba el paso del enemigo hacia el objetivo.

–¿Cómo conseguiste que a Odin Hjelm se le ocurriera la idea del libro sobre Newton?

Kitty se quedó pasmada. Entonces levantó las manos.

–De acuerdo, muy bien. Podemos dejar la clave para más adelante. Tenemos tiempo. Odin, dices... –Kitty miró resignada al cielo, como si se avergonzara sólo con pensarlo–. Fue tan fácil... Se enamoró de mí, locamente. Todo lo que yo decía era, para él, una perla. Una noche que estábamos borrachos, sobre todo él, empezamos a hablar de Newton, y yo le propuse que le pidiera a Mai-Brit que escribiera un libro sobre sus lados ocultos. Al día siguiente, se acordó de la idea y se la apropió. –Kitty sonrió con ironía–. Es tan típico de los hombres. Fui a verle un par de veces a la editorial durante el otoño, de noche, cuando sabía que estaba solo. Me paseaba por allí intentando pasármelo bien mientras esperaba que él terminara. Al menos era así como él lo vivía. Entonces yo aprovechaba para colarme en el despacho de Mai-Brit y echar un vistazo a su trabajo y averiguar hasta dónde había llegado. Encontré poco material nuevo entre sus papeles y me di cuenta de que todo iba muy lento; eso empezó a preocuparme. –Señaló por encima del hombro–. Sin embargo, Pierre me contó que, a pesar de todo y aunque no lo pareciera, hacía progresos. Él seguía sus pasos desde muy cerca, durante algunos períodos se convirtió casi en su sombra y era de la opinión de que guardaba prácticamente todo su trabajo en el maletín. Optamos por no interferir ni revolver sus cosas, podría decirse que elegimos confiar en ella.

Mientras Kitty hablaba, Even volvió a retroceder, casi imperceptiblemente. De pronto, el teléfono zumbó débilmente y los tres miraron unos breves segundos el aparato gris que había al lado del ordenador. Otro *led* rojo se encendió en el adaptador. La mano de Kitty se estaba acercando a su bolsillo trasero cuando empezó a sonar una melodía digital. Miró la pantalla del móvil, frunció la frente un instante antes de apagarlo y lo devolvió al bolsillo trasero. El silencio que siguió se prolongó de forma incómoda, como cuando un conferenciante pierde el hilo de su discurso. Even sentía la boca seca, todo el cuerpo seco.

–¿Cómo supiste que era yo?

Kitty lo miró como si se le hubiera metido un grano de arena en el ojo.

Even suspiró hondo, abrió los brazos en una maniobra de despiste mientras sus pies volvieron a desplazarse y finalmente notó la mesa de trabajo contra la espalda.

–Mai me lo contó. Los diarios mostraban que había encontrado la fórmula de Newton en París, hace más a menos un mes. Tú dijiste que te había dado el sobre en el mes de noviembre, hace cinco meses. Una ecuación sencilla que no salía. –Even se calló un momento–. Pero incluso una ecuación imposible tiene un resultado, o algo que se le parece, Kitty. El sobre que me diste lo llenaste tú misma con copias de papeles que encontraste en el despacho de Mai para que yo sintiera curiosidad y me interesara por ello. Y apuntaste el nombre de la librería de Londres para que pudiera encontrar la fórmula. Sólo podías haber sido tú. Sin embargo, para asegurarme del todo llamé a la escuela superior de deportes, donde me contaron que habías asistido a un curso en Londres hace tres semanas y, además, me dijeron que has estado dando clases esta misma mañana. No sabían nada de un viaje a Sudáfrica.

–Estuve bastante hábil con esas claves, ¿no te parece? –Kitty lo miró como si esperara recibir algún elogio–. Recuerdo lo irritante que me resultaban aquellos ridículos nombres en clave, November Ocean, y todo eso. –Frunció el ceño y lo miró con franqueza–. De hecho, fue un alivio cuando Mai-Brit se fue de aquí; empezaba a estar seriamente harta de vosotros dos.

Even posó las manos en el borde de la mesa que tenía a sus espaldas. Intentaba parecer relajado antes de preguntar. Esto era importante. Era el meollo de la cuestión.

–Pierre estuvo en la habitación de hotel de Mai, ¿verdad? ¿Y grabó tu nombre en el cinco de corazones?

–Sí. –Kitty tenía la mirada fija en un punto detrás de él, muy lejano, en otro mundo. Tenía los puños cerrados–. Sí, estuvo allí. Lo comprendí más tarde. Pero no estaba planeado que las cosas fueran así... Me llamó por teléfono y me contó que Mai-Brit se había suicidado, que él había entrado en su habitación. La carta de despedida estaba encima del escritorio, y me envió una fotografía para que yo pudiera leer el texto. Debíamos asegurarnos de que no contuviera nada revelador. Era... bueno, había escrito la palabra «corazón» cinco veces en la carta y había utilizado aquella extraña palabra, «sustraendo»... –La mirada de Kitty buscó a Even–. Sustraendo. Pensé que se trataba de una palabra que había escrito para ti, un término matemático. Para que Finn-Erik se diera cuenta de que la carta también era para ti. Se lo dije a Pierre. Me contó que había un solitario echado al lado de la carta en el que aparecía el cinco de corazones. Entonces urdimos un plan. Debía llevarte a Londres para que encontraras la fórmula. Pierre había encontrado la fórmula entre las cosas de Mai-Brit en el hotel. Eso fue lo que me dijo.

–Pero tú sabías que no era así –dijo Even en voz baja–. Sabes que te mintió. Él estaba allí mientras ella escribía, le dictó la carta...

Kitty no pudo sostenerle la mirada por más tiempo, la apartó y se estremeció, perturbada.

–Sí, ahora lo sé.

Kitty se había movido sin querer, colocándose entre Even y la pistola de Pierre. Even escondió la mano derecha detrás de la espalda.

El hombre de la barba se desplazó un poco a un lado para restablecer la línea de disparo. La pistola apuntaba oblicuamente hacia abajo, entre los dos; parecía despreocupado y muy profesional. Even miró hacia la cogulla colgada en la esquina.

–¿Cómo conseguiste unirte a una orden sólo para hombres? ¿Te ocultaste en la cogulla y hablaste con voz grave?

Kitty miró de reojo hacia el rincón.

–No. Mi padre fue el gran maestro de la orden en Escandinavia durante dieciocho años, y consiguió que se modificasen las normas. –Kitty se encogió de hombros–. Cuando un hombre ambicioso no tiene hijos, tiene que cambiar las reglas. He estado unida a la orden los últimos trece años. Muy temprano, mi padre hizo grandes planes para mí, me educó en la idea de que, algún día, tendría que asumir el cargo de gran maestro.

–Es decir, que fue tu padre quien te dio las órdenes...

–¡No, no! Está jubilado. Es verdad lo que te conté, que está enfermo, está atado a la cama por segundo año consecutivo por culpa de una parálisis en la espalda. Pero en su día compró esta granja para que yo pudiera convertirla en nuestra base.

Kitty se quedó callada. Pierre había dado un paso adelante y le dijo algo en voz baja. Ella asintió y su mirada buscó la clave sobre la mesa.

–¿Por qué tuvisteis que darle cocaína? ¿Por qué tuvisteis que esconderla en su equipaje? ¿Realmente os pareció necesario humillarla de esa manera?

Kitty lo miró incrédula.

–¿A qué te refieres? ¿Cocaína?

Kitty se volvió hacia Pierre y le dijo algo en francés en voz baja. Pierre contestó sin quitarle a Even los ojos de encima.

–Pregúntale también sobre la cocaína que estaba escondida en mi equipaje.

Kitty volvió una cara pálida hacia Even.

–Ella no la consumió... Pierre dice que no la consumió, que sólo le metieron un poco en la nariz. –La mano de Kitty se levantó como queriéndole mostrar algo a Even, pero entonces cambió de opinión y la volvió a dejar caer pesadamente sobre la mesa–. La policía maneja miles de suicidios en los que están presentes las drogas, o sea que... y así, tú, a su vez... –Kitty se interrumpió abruptamente, como si por fin la voz de Even hubiera llegado a ella y su cerebro la hubiera asimilado–. ¡Qué has dicho! ¡¿En tu equipaje?!

–Sí. Encontré una bolsa con farlopa escondida en un calcetín cuando estuve en París.

Los ojos de Kitty se dilataron y por un momento pareció una niña pequeña. Miró a Pierre, que gruñó una breve respuesta entre dientes.

–No era cocaína, pero... –Le murmuró algo a Pierre antes de volver a mirar a Even–. Era harina de patata.

–¡Harina de patata!

–Sí. –La insinuación de una sonrisa se dibujó en sus labios para desaparecer rápidamente entre las sombras–. Pierre quería asegurarse de que te sintieras lo suficientemente molesto como para poner en marcha una investigación.

El hombre de la barba volvió a decir algo, irritado.

–*Qu'il se décide* –dijo señalando a Even con la pistola.

–Desviaste el teléfono –dijo Even rápidamente–, para que cualquier llamada que entrara fuera reconducida por satélite a tu móvil. Y por eso sonó como si estuvieras en Sudáfrica.

Even giró la cabeza, desviando toda la atención hacia el teléfono. Detrás de su espalda, la mano encontró el cuchillo que estaba clavado en el banco.

Kitty dirigió una breve mirada al teléfono antes de volver a concentrarla en Even.

–Lo siento mucho, Even, pero Pierre dice que tienes que decidirte. –Mientras Kitty hablaba, Even desclavó con mucho cuidado el cuchillo del banco y se lo colocó a lo largo del antebrazo–. Ayúdame a salir del lío en el que me he metido. Ayúdame a descifrar la clave de Mai-Brit. Nos engañó y escondió unas páginas de la fórmula de Newton antes de pegarse un tiro. Debemos encontrar las páginas que faltan, si no los dos, tú y yo, moriremos.

Lo dijo en un tono de voz desapasionado, como si se tratara de un discurso fúnebre. Even lanzó una mirada rápida a la escalera.

El cálculo de la trayectoria de una bala. La rotación de un cuchillo. El efecto de un movimiento que dura una centésima de segundo. Even lanzó una mirada furtiva hacia la escalera, breve, pero lo bastante evidente como para que Pierre la advirtiera. El francés se dejó engañar, se giró para no acabar atrapado en una emboscada, y eso fue suficiente. El brazo salió disparado, el cuchillo giró como había supuesto, una vuelta y media sobre su propio punto de equilibrio, y alcanzó al hombre en el cuello con tanta fuerza que la hoja se hundió hasta el mango. El hombre de la barba retrocedió tambaleándose mientras el dedo tiraba del gatillo salvajemente. El ordenador explotó en una cascada de cristales y Even se tiró al suelo en el mismo momento en que una bala estallaba contra la pared trasera. Las bajas agujerearon un estante, que cayó al suelo. Kitty se metió debajo de la mesa a toda prisa para resguardarse. El hombre cayó de espaldas y una última bala se incrustó en el techo haciendo que una lámpara centelleara y acto seguido se apagara.

Pierre yacía boca arriba con la mirada, desorbitada, pegada al techo, una de sus piernas se movió convulsivamente durante un breve segundo hasta que cayó a un lado. El hombre emitió un sonido parecido al de una vieja locomotora que soltaba vapor. Su mirada se heló. Se hizo el silencio.

Kitty se movió con cautela. Miró a Even.

–¡Oh, Dios mío! Gracias.

Se acercó arrastrándose a él y lo cogió del brazo. Even se puso en pie y ella bajó la cabeza para evitar el borde de la mesa mientras se incorporaba.

–Me has salvado la vida.

–He salvado *mi* vida –dijo Even.

Estaba agarrado al borde de la mesa como si temiera caerse. Su mirada no quería abandonar al muerto que yacía en el suelo.

Kitty asintió, sorprendida.

–Sí, sí, claro. Tu vida... A lo mejor yo misma salvé...

Even respiró pesadamente.

–Tú no has salvado a nadie. A mí no, a Susann Stanley tampoco, a Stig tampoco. A Mai tampoco.

–¿A qué... te refieres?

Even apartó la mirada con gran esfuerzo y la miró fijamente.

–Quiero decir que eres culpable. A pesar de que comprendiste que la hermandad te había engañado, que no te habían contado el horrendo plan en su totalidad, no te bajaste del tren, sino que seguiste montado en él. Tú...

–Era imposible –le interrumpió ella, irritada–. Tú no tienes ni idea de cómo es. Te matan si abandonas la hermandad, y yo no podía... tú no lo entiendes, mi padre..., le prometí que continuaría su labor, quería que estuviera orgulloso de mí. No podía traicionarle, se moriría si supiera que yo...

Even alzó el puño y rugió:

–Es decir, ¡¿que había que ocultar y olvidar todo esto, y los hermanos debían poder seguir adelante como si nada?! ¿Es que no tienes moral, Kitty? Tú o Pierre asesinasteis a Susann, matasteis a una mujer totalmente inocente, porque temíais que acaparase mi atención y la desviase de ti. Creo que ésa fue la única razón. Dime si tienes alguna excusa mejor. ¿La tienes, Kitty, la tienes?

Kitty no conseguía pronunciar palabra. Even se calmó y bajó la voz.

–Era importante que pudieras seguir manteniendo un contacto estrecho conmigo, importante para que pudierais saber cuanto más mejor sobre mí, y saber dónde me teníais. Se dicen tantas cosas en la cama, se desvelan tantos secretos, y...

–¡No! No fue así. Me he encariñado contigo, Even. Juro sobre la Biblia...

Even señaló debajo de la mesa.

–Estuviste recogiendo colillas en casa de Odin Hjelm para que le echaran a él la culpa del asesinato de Susann. Seguramente también compraste las botas con el número adecuado.

–Pero yo no sabía que las iban a utilizar para esto. No lo sabía, lo juro. Fue Pierre quien...

–Tú le contaste a Pierre que tengo un hijo...

Ella lo miró con los ojos muy abiertos, sus labios se movían, pero no salía nada de su boca.

–Cuando se lo dijiste, ya sabías que podía significar la muerte de Stig o la mía. La muerte de un niño, Kitty.

Kitty dio un paso tambaleante hacia atrás, como si Even la hubiera golpeado con sus palabras; su mirada vaciló y respiró pesadamente. Even cerró los puños y se colocó con las piernas abiertas y una pose amenazadora delante de ella.

–No te responsabilizaste, Kitty. Mai se quitó la vida para salvar a Line y a Stig. Ella sí se responsabilizó. Cuando te conté cómo había sido, comprendiste que tú eras la culpable. Y sabías que el peso de la culpa podría aumentar, que otros corrían el riesgo de perder la vida. A pesar de ello, no te atreviste a asumir las consecuencias, no te atreviste a desenmascarar a los que habían asesinado a tu amiga de la infancia. No te atreviste a decir basta, a decir que estaba mal, que iba en contra de las leyes y las normas de la humanidad, en contra de la Biblia en la que tú misma y tus hermanos pretendéis creer. No fuiste lo suficientemente valiente para hacer lo mismo que Mai, para arriesgar tu propia vida por salvar la de los demás. Elegiste consentir que tu padre y una hermandad invisible crearan sus propias reglas de juego, una especie de nueva moral que sólo vale para vosotros. –Even sacudió la cabeza–. Pero no pueden. –De pronto aspiró tanto aire que su pecho se hinchó, hasta que lo soltó lentamente entre sus estrechos labios–. Y yo que creía que era yo el que estaba falto de moral.

Kitty lo miró fijamente como si Even hubiera pronunciado su sentencia de muerte. De pronto giró sobre sus talones dispuesta a salir huyendo de allí. Even saltó por delante de la mesa para interponerse entre ella y las escaleras. Kitty se detuvo asustada, vaciló.

–¿Qué pretendes? ¿Quieres matarme?

Even se sentía abatido, sacudió la cabeza lentamente.

–No, es verdad, tú no pegas a las mujeres.

Kitty parecía aliviada, como si Even le hubiera dicho que podía irse. Levantó la barbilla y lo miró fijamente, como en un último adiós.

–Eso no quiere decir que te puedas ir.

Even le cerró el paso. Ella lo miró, extrañada.

–¿Quieres llamar a la policía, tú, precisamente?

–No. No podrán probar nada. La verdad sobre Mai... no se puede demostrar. La policía sabe que se pegó un tiro delante de veinte personas. Nunca sabrán el resto. –Even se metió la mano en el bolsillo, manoseó algo grande que no conseguía sacar–. Por eso deberás ser juzgada por el único que vio cómo ocurrió todo, el único capaz de juzgarte justamente.

–¿El único capaz de...?

Kitty se había quedado asombrada con una sonrisa cohibida en los labios, como si Even le acabara de contar un chiste que ella no estaba segura de haber entendido. Una sombra negra de desesperación cubrió el verde de sus ojos y de pronto llegó el ataque, rápido y duro. Kitty saltó hacia delante, apartó la mano libre de Even de un golpe, mientras su rodilla derecha se precipitaba hacia la entrepierna de Even con gran fuerza.

Las pupilas de Kitty se dilataron cuando su cerebro registró el dolor y envió impulsos a todo el cuerpo. Su boca se abrió y soltó un alarido inarticulado que taladró los oídos de Even. Dio un empujón a Kitty para hacerla retroceder y liberarse de los clavos y Kitty se miró horrorizada la rodilla de la que corría la sangre de un sinfín de heridas.

Finalmente, Even consiguió sacarse el rollo de esparadrapo deportivo del bolsillo.

–El punto débil del hombre... –Even se llevó la mano a la entrepierna donde los clavos despuntaban a través de los pantalones del chándal–. Me contaste que siempre lo atacas, así que decidí protegerme con suspensorios y clavos.

Kitty intentó alejarse cojeando, pero su pierna cedió. Rápidamente, Even le torció los brazos por detrás de la espalda y le ató las muñecas con esparadrapo. Ella gimoteó y cayó sobre la mesa.

–¿Qué quieres? ¿Qué... es lo que vamos a hacer? –Los ojos se le habían llenado de lágrimas. Even volvió a ponerla en pie. Kitty susurró–: Ayúdame, Even. No fue teatro... los días a tu lado, me encantaron. Mucho más de lo que deberían haberme gustado. –Su mirada vaciló, como si se avergonzara de lo que decía–. No tenía derecho, no debí involucrarte, pero... me enamoré de ti. Quería... –Sus ojos estaban velados de dolor. Reprimió un sollozo y se echó sobre él–. Tal vez tu amor pueda rescatarme de la ruina en la que he acabado –dijo entre susurros contra el pecho de Even.

Even le dio la vuelta y la empujó hacia las escaleras.

–¿Mi amor...? Tú lo has matado, dos veces.

Kitty soltó un alarido y levantó la pierna herida en un giro dirigido contra la cabeza de Even. Éste trastabilló y ella se lanzó hacia el francés retorciéndose para alcanzar la pistola. Even llegó antes y envió el arma a un rincón de una patada.

–Corta el rollo. Estás acabada. –Even la levantó bruscamente–. Ni Simon LaTour ni el resto de la hermandad pueden ayudarte. Ahora estás sola, igual que yo.

–Simon LaTour... –Kitty lo miró, incrédula–. No has entendido absolutamente nada, ¿verdad, profesor?

CAPÍTULO 87

París

–De acuerdo, nos vemos. Pásalo bien. –Simon LaTour dejó el teléfono móvil al lado de la taza de café y le hizo señas al camarero indicándole que quería pagar–. Ahora no puede venir, pero me ha propuesto que cogiéramos un taxi hasta villa La Roche y él se unirá a nosotros allí. Es en algún lugar de Auteuil.

Mai-Brit titubeó.

–Creo que me quedaré aquí; volveré al hotel.

LaTour se encogió de hombros.

–Está bien. Pero me dijo que sentía curiosidad por conocerte; tiene algo que contarte, eso dijo.

–Vaya, ¿y qué es lo que quiere contarme?

–No lo sé. Algo sobre alguien que quiere que le entregues unos documentos. Que están dispuestos a pagarte. Era una cantidad importante, o eso me parece. El dinero, sobre todo cuando hay mucho, suele ensombrecer a la moral. Incluso en una hermandad cristiana. Creo que está harto. Quiere salir de allí, ¿sabes? Porque la organización ha cambiado; en los últimos años su acoso al poder se ha intensificado.

–Pero entonces ¿por qué no rompe sencillamente con la organización y desaparece?

–Tienen una norma que lo vuelve imposible. Si alguien abandona la hermandad invisible, se le considera un fuera de la ley. En la práctica, un condenado a muerte. Es una vieja norma; podría decirse que refleja una mentalidad medieval, pero siguen aplicándola, o eso dice mi contacto. Por eso su propósito es desenmascarar la orden. Piensa descubrir a toda la cúpula con nombres y apellidos para que el resto de la organización quede desmantelada, sin líderes, y así se desmorone. Ése es su plan. Al fin y al cabo, nadie sabe quiénes son sus hermanos, en quién puede confiar. Es el punto fuerte, pero también el débil de la hermandad. Si lo consigue, cree que tendrá posibilidades de sobrevivir.

–Pero ¿cómo es posible que conozca los nombres de la cúpula, si son secretos?

–Él mismo está muy cerca de la cúpula, y ha trabajado tenazmente en el último par de años para descubrir la identidad de los principales miembros de la organización.

El camarero se acercó con la nota y Simon insistió en pagarlo todo.

Fueron al guardarropía y se pusieron la capa y el abrigo. Mai-Brit pensó en el paquete que había preparado esa misma tarde. Había incluido el último diario junto con las notas y los dos últimos secretos. Había puesto la dirección del apartado de correos de Oslo. Era como si hubiera hecho tábula rasa, como si se hubiera preparado para acabar algo. No entendía por qué, no se entendía a sí misma. ¿Debería quedarse en el hotel, resguardarse, ponerse a salvo? Por otro lado, también quería saber a quién se estaba enfrentando, no limitarse a ser la pieza a la que todo el tiempo movían de un lado al otro y espiaban.

Un taxi se acercó a la acera cuando salían del restaurante y Mai-Brit tomó una decisión.

–De acuerdo, iré contigo.

El taxista era un joven con chaqueta de cuero, que asintió cuando Simon le dio la dirección. Habló por el móvil mientras ponía el intermitente para unirse al tráfico y pronto giraron a la derecha para coger el boulevard de Clichy. Se habían hecho las diez y media y había pocos coches en las calles para ser un jueves por la noche.

Mai-Brit se quedó pensativa, con la mirada puesta en las luces vacilantes de la calle. Las cosas habían acabado así. Alguien la llamaba por teléfono y le decía algo, ella se iba a un sitio; otro le llamaba al móvil y ella se iba a otro sitio. Era como si los demás se hubieran apoderado de su vida, como si se hubiera convertido en un objeto, un robot capaz de escuchar y obedecer, pero no de decidir. Esperaba que este viaje pudiera detener todo esto. Era algo que siempre había admirado en Even; él actuaba, seguía su propio camino, no se limitaba a obedecer. Se había dado cuenta a los pocos días de conocerlo, cuando se enteró de que visitaba a la agente de policía en el hospital. La agente seguía en coma tras la fractura de cráneo, y él se colaba en su habitación y dejaba un ramo de flores sobre su mesa, a sabiendas de que las posibilidades de que le descubrieran eran grandes. A él le daba igual; aprovechaba la ocasión cuando su moral incomprensible, o lo que fuera, se lo dictaba. Así era Even, en lo bueno y en lo malo. Porque también había sido aquella postura suya la que había acabado por decidirla a dejarle. Lo inesperado, el que no tuviera en consideración... el que no la tuviera en consideración a ella. No siempre. Ni tampoco a los demás. Sin embargo, cuando a la agente de policía le dieron el alta y salió del hospital, él la siguió, en la distancia. Se había enterado de que tenía novio, se enteró de cuando se casó con un bombero. Cuando se trasladó a Skien. Y cuando tuvo un hijo. Hasta que llegó ese momento, Even no la dejó. Mai-Brit nunca había acabado de entender a Even. ¿Fue por eso que se había rendido?

Simon LaTour había dicho algo.

–Disculpa, no he oído lo que...

–He dicho que el Musée Marmottan no está lejos de aquí, a la derecha, y luego hacia arriba, por esa calle. –Señaló a través de la ventana–. Pensé que para una historiadora como tú podría ser interesante saber que tienen bastantes manuscritos antiguos iluminados.

Empezó a llover y unas enormes gotas golpearon contra el parabrisas. Los limpiaparabrisas se movían de un lado a otro. Svush, svush, svush. Mai-Brit sintió frío y buscó el tirador de la puerta a tientas.

–¿Cómo sabes que soy historiadora? Yo nunca te he contado que lo fuera...

Simon sonrió.

–Soy muy meticuloso. Recuerda que soy periodista veterano, quiero saber con quién trato, a quién me confío.

–Quiero bajarme. –Mai-Brit intentó mantener la voz en un tono calmado–. Detenga el coche y déjeme salir. –Posó la mano en el hombro del taxista y se lo repitió. El taxista volvió la cabeza ligeramente y dijo que llegarían a su destino inmediatamente.

–Allí. Allí está.

Simon LaTour señaló a un hombre que agitaba un brazo en el aire mientras mantenía la cabeza debajo de un paraguas. El taxista frenó, el hombre arrojó el paraguas en la acera y se metió en el taxi. El coche volvió a circular antes de que la puerta se hubiera acabado de cerrar. Mai-Brit había intentado abrir la suya, pero se dio cuenta de que tenía puesto el seguro.

–Disculpe, pero me gustaría bajarme –dijo en voz alta y agarró al taxista del hombro–. ¡Ahora!

El pasajero del asiento de delante se volvió y la miró. La barba negra se movió al sonreír.

–Desgraciadamente no podrá ser, *madame* Fossen, hay algo que debemos hacer antes.

Simon LaTour los miró confundido.

–¿Se conocen?

Mai-Brit miró fijamente al hombre antes de dejarse caer en el asiento.

–No hagas teatro, Simon –dijo Mai-Brit con asco–. Me habéis estado siguiendo desde hace medio año. ¿Por qué? ¿Qué pretendéis? Si no es más que un libro sobre Newton lo que estoy escribiendo. ¿Qué tiene eso de interesante?

–Pero si yo no he... –Simon volvió la mirada hacia el pasajero reclamando una explicación–. ¿De qué conoce usted a *madame* Fossen? Ha estado usted... ¡¿Qué está pasando...?! –El taxista se subió a la acera y las farolas de la calle fueron sustituidas por árboles y unas amplias superficies de hierba. Se metieron por un sendero estrecho–. El bosque de Boulogne, ¿qué hacemos aquí?

–Tenemos un asunto que resolver –dijo el hombre de la barba y le indicó al taxista que detuviera el coche–. Porque la verdad es que estamos hartos de que des vueltas a nuestro alrededor, metiendo las narices en lo que hacemos o dejamos de hacer. –El hombre salió del coche y abrió la puerta del lado de Simon LaTour–. Sal.

LaTour miró a Mai-Brit; su mirada era confusa y parecía asustado.

–No entiendo...

Lo sacaron del coche de un tirón y lo empujaron hacia el halo de luz de los faros del coche. Simon LaTour se quedó paralizado, deslumbrado por los faros y bizqueando hacia el hombre de la barba, que le dijo algo en voz baja. Simon sacudió la cabeza negando.

Mai-Brit vio el brazo que se alzaba y la pistola que apuntaba. Quiso gritarle a Simon que corriera, pero el estruendo ensordeció su grito y vio a Simon trastabillar, vio cómo sus piernas cedían bajo su peso y cómo finalmente se desplomaba con la mirada acuosa. Una rosa roja creció en su pecho hasta que se diluyó con la lluvia que caía. El hombre de la barba se acercó al cuerpo y empezó a revolver los bolsillos de Simon LaTour. Retiró una cartera, un pasaporte y un bloc de notas; vació la cartera de dinero y lo depositó en los bolsillos de la chaqueta del muerto. Luego volvió a meterse en el coche.

–Vamos.

A Mai-Brit le dolía al respirar. Miró las farolas de la calle que de pronto volvían a rodearlos, las casas donde vivía la gente, donde se habían acostado, dormían, inocentes e ignorantes de que un hombre acababa de morir cerca de ellos. Acribillado, asesinado, ejecutado.

–Rosas, picnics, bellas hayas. El bosque de Boulogne de día. –El hombre de la barba hablaba en voz baja, casi consigo mismo–. De noche, homófilos, pedófilos... necrófilos. Por un par de euros puedes hacer que desaparezca un cadáver durante un par de días, tal vez para siempre. –La voz era sosegada, constatante, enumerativa–. Hablamos en serio. –Se volvió y la miró–. Este Simon LaTour llevaba bastante tiempo irritándonos, y ha sido una forma muy práctica de demostrarte que puedes fiarte de nuestra palabra. Cuando te digo que mataremos a tus hijos si no haces lo que te ordenemos, supongo que sabes que hablamos en serio.

Mai-Brit lo miró fijamente.

–Mañana a las dos, a las catorce cero cero, iré a tu habitación del hotel; tú me dejarás entrar y me darás los papeles de Newton que encontraste en el viejo libro. Mañana a las dos.

¿Por qué no ahora? ¿Por qué no le pedía que fuera ahora?

El hombre adivinó sus pensamientos.

–Sé que has escondido los folios en algún lugar de la ciudad. Te encargarás de recuperarlos para tenerlos mañana cuando vaya a verte al hotel.

El coche se acercó a la acera y el hombre abrió la puerta.

–No intentes buscar ayuda, no te pongas en contacto con nadie. Eso sería perjudicial para los niños. Limítate a hacer lo que se te pide. Buenas noches.

El hombre descendió del coche y desapareció en la oscuridad.

La mirada del conductor se posaba en ella regularmente a través del espejo retrovisor. Al principio, Mai-Brit no tuvo fuerzas para enfrentarse a ella; luego se negó a hacerlo.

...perjudicial para los niños...

La imagen de Stig y Line parpadeó a la luz de los coches. El móvil en el bolsillo del abrigo apretaba sus costillas; tenía ganas de llamarles, oír sus voces alegres, saber que estaban bien. Los ojos empezaron a escocerle; notó cómo las lágrimas se secaban en sus mejillas y una ira salvaje creció en su pecho.

...y me darás los papeles...

«Los papeles.» Eso era lo que había dicho. No «los seis folios». «¡No saben cuántas páginas tiene –pensó Mai-Brit–. ¡No saben...!» Pensó en el paquete que había dejado en la habitación del hotel. Sólo estaba cerrado con pinzas. Quedaba sitio para una clave. Una última clave. Disponía de toda la mañana para ello; podía escabullirse por la puerta de atrás, ir a por los papeles, dividirlos en dos partes. Esconder la primera y la última página.

Si ellos debían ganar, también perderían.

Si ella debía perder, también ganaría.

Estaba sentada al escritorio con la mitad de la baraja en la mano cuando él llamó a la puerta. Eran las dos de la tarde del jueves, 22 de marzo. «Es puntual», pensó Mai-Brit y dijo «adelante» sin pensarlo dos veces. El sol estaba alto en el cielo y dejaba una raya cálida y dorada en el suelo cerca de la ventana. Alguien habló en japonés en el pasillo. Siguió oyendo aquellas voces mientras la puerta se mantuvo abierta, pero se desvanecieron en cuanto el hombre cerró la puerta al entrar. Se colocó expectante en la penumbra, al lado del armario y Mai-Brit señaló el sobre que había sobre la cama.

–Cuatro folios –dijo después de abrirlo.

«No es una pregunta, sino una constatación –pensó ella–. No exige ninguna respuesta.»

El hombre se metió el sobre en el bolsillo interior de la chaqueta y sacó un teléfono móvil. Cuando devolvió el teléfono al bolsillo, el hombre sacó una pistola, se la dio a Mai-Brit y le contó lo que pasaría a partir de ese momento. Le contó sin rodeos que sabía demasiado, que no podían arriesgarse a dejarla ir.

Ella negó con la cabeza y le apuntó con las manos temblorosas, apuntó a su pecho, a la asquerosa barba, entre los ojos. Él alargó la mano y quitó el seguro.

–Ahora puedes disparar –dijo, y añadió que su hijo mayor moriría si él no contestaba una llamada de Noruega que recibiría dentro de diez minutos. Le explicó que, ahora mismo, era ella o el niño. Le dijo que cogiera el teléfono y que entonces lo entendería.

Stig y Line corrían a su encuentro y la rodeaban con sus brazos impidiéndole respirar. Finn-Erik sonreía y decía que la quería. Mai-Britt parpadeó. Una tristeza infinita se apoderó de ella, hundiéndola en la cama. La pistola se le escurrió de las manos, ahora completamente laxas y cayó al suelo. Estuvo mucho tiempo sin moverse, experimentando cómo el *shock* le seguía quitando el aliento. Entonces levantó la cabeza y miró al hombre directamente a los ojos. Pensó que debía morir sin miedo, que debía dedicar sus últimas horas a hacerse amiga de la muerte. No quería resignarse, no quería concederle la satisfacción de verla hundirse. Con todas sus fuerzas dejaría que el amor a su marido, a sus hijos y a la vida inundaran cada célula, cada cromosoma de su cuerpo hasta el final. Y llevaría a cabo su plan. Mientras pensaba en la palabra «sustraendo» sonrió brevemente al hombre, algo que sin duda lo confundió, se puso en pie y señaló hacia el escritorio.

–¿Puedo escribir una carta de despedida?

CAPÍTULO 88

Even empujó el bote al agua. El viento era débil y un suave oleaje rompía contra la playa. Las nubes se partían para dejar que la media luna y las estrellas asomaran. Era una espléndida noche de abril, pero el aire era frío. El agua estaba fría.

–¿Piensas ahogarme?

La voz de Kitty era tensa; empezó a llorar. De pronto se giró y empezó a correr febrilmente arrastrando la pierna por la arena.

Even dejó un papel sobre una piedra grande y colocó el móvil encima para que la clave no volara.

–El testamento de Mai, ahora mío –murmuró y salió tras Kitty.

«Pronto la pierna lastimada cederá», pensó, y notó el peso del plomo en el corazón. Kitty tropezó, rodó por la arena y empezó a llorar histéricamente.

–No quiero ahogarte –dijo Even; la ayudó a incorporarse y le sacudió la arena de los pantalones como queriendo tranquilizarla. La apoyó durante el camino de vuelta al bote.

–¡Todavía puedo gritar y pedir ayuda! –dijo Kitty en un último destello de su espíritu guerrero, cuando Even la obligó a sentarse en el banco de popa.

–Sí –dijo Even–. Y yo te puedo tapar la boca con el esparadrapo. Pero no creo que haya salido nadie esta noche, y la verdad es que vives muy aislada. Además... –Even empujó el bote al agua y agarró los remos–, no creo que te interese mezclar a otros en este asunto, si no es estrictamente necesario.

–¿Es necesario?

La voz era endeble, frágil, como si pudiera romperse según la respuesta y desaparecer para siempre.

Even movió los remos con todas sus fuerzas.

–Sólo tú lo sabes –dijo–. Tú eres la única que sabe lo que tu dios acepta. No es el mío y, por lo tanto, no lo puedo saber...

–¡Mi dios! ¿Qué quieres decir con eso? –gritó Kitty a la vez que intentaba darle una patada.

Even abandonó los remos, cogió el esparadrapo e inmovilizó las piernas de Kitty. Cuando volvió a sentarse, dudó de la dirección que debía tomar; la corriente había desplazado el bote girándolo ligeramente. Le pareció ver una luz en algún punto detrás del bote, hizo una elección y metió los remos en el agua.

–¡Dios mío, no me digas que pretendes cruzar el fiordo a remo! ¡Si hay varios kilómetros hasta el otro lado!

Kitty gritaba histéricamente, pero enmudeció al ver que Even no reaccionaba. Cincuenta metros, pensó, eso sería suficiente. Kitty había inclinado la cabeza y su cuerpo se mecía de un lado a otro. Entonces empezó a susurrar frenéticamente dirigiéndose a sus propios pies.

–No quiero morir, Even, no dejes que muera. –Kitty le lanzó una mirada extraviada–. Yo no quería que pasara, ¿me oyes?, no quería que las cosas fueran así. El plan que urdí era perfecto, era seguro y debía garantizarme... ¿Acaso tú no quieres vivir? ¡¿Vivir bien, Even?! ¡Escúchame! Dos millones... de euros... podemos compartirlos, no, tú te lo quedarás todo... todo... y a lo mejor consigues la vida eterna, es lo que obtendrás si la fórmula funciona, y seguro que funcionará, nunca se sabe, porque Newton era un brujo, un ser superior, eso lo sabes tú mejor que nadie, Even. Si había alguien capaz de encontrar la fórmula de la vida eterna, ése era él, ¿verdad, Even?, ¿verdad, amor mío? –Kitty desvariaba como una loca–. Eso es lo que puedo ofrecerte, Even. Puedo librarte de la muerte, hacerte rico, millonario... podrás ver a tus hijos crecer y tener hijos, ver crecer al hijo de tu nieto... piensa en Stig, puedes dárselo todo, dinero, vida eterna. –El tono de su voz se elevó–. Even, escúchame. ¡Even! Se trata del elixir de la vida, ¿no lo entiendes? ¡A lo mejor funciona!

El grito le había quitado las últimas fuerzas y se desplomó. Siguió murmurando algo casi inaudible hasta que finalmente enmudeció.

Sin mirarla, Even se puso en pie, miró a su alrededor antes de retirar uno de los remos y lanzarlo al agua lo más lejos que pudo. Se oyó un chapoteo en algún lugar de la noche. Kitty lo miró estupefacta.

–Pero Even, ¡¿qué pretendes?!

Sin hacerle caso, Even agarró el otro remo y lo lanzó también hacia la oscuridad. Separó las piernas y luego desplazó el punto de gravedad ligeramente para poder mantener el equilibrio mientras se palpaba el cinturón en busca del hacha.

–Pero tú dijiste... –sollozó Kitty al ver que Even sostenía el hacha entre las dos manos y la alzaba preparándose para dar un hachazo.

Kitty volvió a gritar cuando cayó el golpe. Se abrió un pequeño boquete en la madera. Even volvió a dejar caer el hacha. Y una vez más. Y otra. Entonces el agua empezó a entrar a borbotones.

–¡Estás loco! ¿Quieres ahogarnos?

Kitty intentó ponerse en pie. Even volvió a levantar el hacha y luego la sentó en el banco de un empujón.

–Siéntate. –Even se sentó en el banco central, justo delante de ella y atrapó su mirada–. No puedo juzgarte, Kitty, ya lo sabes. ¿Cómo alguien que acaba de quitarle la vida a un hombre iba a poder juzgar a alguien por hacer lo mismo? –Even la miró desesperado–. ¿Cómo alguien que tiene la maldad incrustada, alguien que ha pegado a una mujer hasta dejarla a un milímetro de la muerte, cómo podría alguien así erigirse en juez de nadie?

–Pero ella no murió, Even –susurró Kitty–. ¿Verdad que no?

–Podía... podía haberlo hecho... –Había dolor en sus ojos cuando la miró–. Tú y yo, Kitty, hemos violado la ley, la secular y la religiosa. No podemos seguir huyendo... –Even agitó el brazo hacia la oscuridad–. Ha llegado la hora de que nos evalúen y nos juzguen. Que nos purifiquemos. –Even miró hacia el agua que ya les llegaba a los tobillos–. ¿El castigo...? –Su mirada era serena cuando miró a Kitty a los ojos–. Voy a dejar que tú elijas el castigo, que decidas si debes vivir o morir. Él es el único que puede juzgarte justamente. Conoce tus pensamientos y tus secretos. Sabe cómo está la balanza, el bien contra el mal. Eso dijiste tú misma. Él te juzgará. Y si sobrevives, estarás libre de culpa. –Kitty lo miró sin decir nada; Even miró hacia la oscuridad–. Tómatelo como una catarsis.

–Pero yo... –Kitty enmudeció.

El agua lamió sus muslos. Estaba helada.

Even asintió con la cabeza, como si la entendiera.

–Yo no creo en ningún dios, ni en el tuyo ni en el de nadie. Dejaré que el azar, las leyes físicas... –Even notó cómo los dedos de sus pies se entumecían–, que la lucha entre el calor y el frío te juzguen. –Even levantó la cabeza y miró a su alrededor–. Hay cincuenta metros hasta tierra firme.

Even cortó apresuradamente el esparadrapo que apresaba las piernas de Kitty con el hacha, le dio la vuelta y cortó el que rodeaba sus muñecas. Luego arrojó el hacha al agua. Finalmente, se desprendió del cinturón y lo arrojó detrás del hacha. Sus pies y sus piernas se habían entumecido. Se miraron; ella hizo una mueca, como queriendo decir algo.

Even se puso en pie. Se quedó inmóvil un instante antes de dejarse caer de espaldas por la borda. El frío le hizo respirar ansiosamente, miró al cielo e intentó encontrar alguna estrella entre las nubes: el Carro, la Estrella Polar. El agua anegó el bote y unas enormes burbujas rompieron la superficie cuando se hundió. Lo último que vio de ella fue que seguía sentada en el banco cuando éste desapareció debajo del agua. Erguida. Como si por fin hubiera elegido.

Sus músculos se estaban quedando rígidos. Se quitó los zapatos de una patada y empezó a nadar con todas sus fuerzas hacia donde creía que estaba la playa.

EPÍLOGO

El hombre introdujo el billete gris en la ranura y con ello consiguió acceder a la Sala C.

En el mostrador hizo su consulta.

La bibliotecaria de la sección de Sciences et Techniques de la Bibliothèque Nationale de France señaló y explicó que *Principia* de Newton estaba en la estantería encima de la escalera, a la izquierda. Jugueteó un momento con el teclado y miró la pantalla. Sí, había dos ejemplares, uno en inglés y el otro, una versión facsímil que contenía el manuscrito de Newton y que, por lo tanto, estaba en latín.

–La edición facsímil, gracias –dijo el hombre.

La bibliotecaria anotó *+509.030 92 NEWT* en un pedazo de papel y le dijo que allí encontraría el libro.

El hombre sonrió amablemente y dijo: «*Merci beaucoup*». Tenía un acento muy acusado. La bibliotecaria lo siguió con la mirada mientras cruzaba calmosamente la sala, subía las escaleras y se introducía en el mundo literario de la ciencia. Era la segunda vez en poco tiempo que alguien había preguntado precisamente por aquel libro, pensó. Para los científicos, *Principia* parecía ser una de aquellas obras que todo el mundo conocía pero que nadie había leído. De la misma manera que el *Ulises* de James Joyce lo era para los lectores de ficción.

El hombre se detuvo sin titubeos delante de la estantería correcta, se rascó la barba como si no estuviera acostumbrado a ella, mientras sus ojos recorrían los títulos. Aquí. *The Preliminary manuscripts for Isaac Newton's 1687 Principia, 1684-1685. Facsimiles of the original autographs.* El libro era de gran formato y estaba colocado en el estante con el lomo hacia arriba. En dos ejemplares. Sacó los dos, se los llevó a la mesa de estudio más próxima y retiró la silla ayudándose con el pie. Se sentó lentamente mientras echaba un vistazo a su alrededor. A lo lejos, al otro lado de la hilera de escritorios, vio a un señor de cierta edad, con las gafas colocadas en la punta de la nariz, absorto en la lectura de un libro del que tomaba notas regularmente en un cuaderno. Por lo demás, la sección estaba vacía.

La mano volvió a rascar la barba antes de estirarse hacia el zócalo metálico y apretar un botón. Una luz suave y agradable se extendió sobre el tablero de la mesa y los dos libros. Los dedos tamborilearon ligeramente nerviosos sobre el primer tomo mientras el hombre volvía a mirar a su alrededor. Al pie de la escalera vio a la bibliotecaria hablando con un cliente. Cuando terminó, la bibliotecaria elevó la vista hacia él y sonrió levemente cuando sus miradas se encontraron. Él se echó hacia atrás en la silla, de manera que la mesa se interpusiera entre ellos y se acercó el primero de los libros. Miró las letras grandes del título, la tapa y el plástico protector con el que habían forrado el libro, estudió el tamaño, el grosor. Echó un vistazo hacia la estantería donde estaban los demás libros de Newton y hacia el hombre de las gafas, que seguía anotando en su cuaderno.

Con un movimiento rápido, como si finalmente hubiera reunido el valor para hacerlo, abrió el libro por las últimas páginas, las blancas, vacías, aquellas por las que, por razones evidentes, nadie se interesaba. Con las piernas cruzadas y la obra apoyada en la rodilla las hojeó lentamente, hoja por hoja, hasta que las hubo pasado todas. Las examinó detenidamente, como si pudiera leer una escritura invisible en las páginas. Una mujer se acercó desde las estanterías que había a sus espaldas y él abrió el libro por el medio; ella pasó por su lado y sonrió; él le devolvió la sonrisa y la vio desaparecer escaleras abajo. Siguió hojeando, llegó a la última página en blanco y cerró el libro. Cogió el otro libro. También repasó las páginas en blanco, una por una, igualmente sin resultado. No había nada que encontrar.

Ligeramente confundido, el hombre dejó el libro sobre la mesa, al lado del otro. Los contempló, los comparó, pensó. Entonces volvió a agarrar el primero, dobló el lomo del libro y miró por la estrecha ranura entre el libro y la tapa y el plástico.

–Aquí –gruñó y miró a su alrededor.

El rellano estaba en silencio, todo el mundo estaba ocupado en lo suyo, y abajo, detrás del mostrador, la bibliotecaria estaba enfrascada en una conversación muy seria con un usuario. Con mucho cuidado desprendió un pedazo del celo que mantenía el plástico en su sitio y que parecía de cristal muy fino entre sus manos. Con movimientos comedidos, una lentitud casi cómica que le hizo sonreír, el hombre sacó dos folios de su escondite y los depositó en el regazo. Pensó: «Newton oculto en Newton», y volvió a sonreír. Pensó en una mujer que había escondido los dos folios allí y que había inventado una clave para que él los pudiera encontrar. Una mujer que ya no existía. Tan sólo en el recuerdo. Sirviéndose del libro como parapeto, dobló los folios una sola vez para que le cupieran en el bolsillo interior de la chaqueta, y luego abrió el libro por la página 13 y empezó a leer. Era uno de los pocos en el mundo capaz de entender lo que contenía.

Media hora más tarde, cuando llegó a la página 26, cerró el libro y lo devolvió a su sitio.

Inclinó la cabeza ante la bibliotecaria al pasar por delante del mostrador y salió. Ella le devolvió la sonrisa con el ceño fruncido y lo siguió largo rato con la mirada. Luego subió hasta el escritorio donde el hombre había estado sentado y apagó la luz. Un pedazo de papel había caído al suelo. Ella lo recogió y lo desdobló.

En la parte superior del papel aparecía el alfabeto de la A a la Z. Justo debajo, volvían a aparecer todas las letras del alfabeto, aunque siguiendo otro orden. La palabra «SUBTRAHEND» aparecía en primer lugar, subrayada, seguida por las letras del alfabeto que no estaban contenidas en la palabra.

Debajo de estas dos líneas aparecía una línea con una confusión de letras, según la opinión de la bibliotecaria, sin ningún sentido aparente. ¿A lo mejor era una clave? Y justo debajo de lo incomprensible, ponía lo que ella consideró debía de ser la respuesta a la clave.

La bibliotecaria sonrió para sus adentros; pensó que seguramente se trataba de un juego infantil entre adultos. De hecho, le pareció divertido que alguien fuera capaz de utilizar la biblioteca, la ciencia y los libros de esta manera. De haber regresado el hombre, le hubiera gustado ayudarle con una nueva clave. Le había parecido simpático, con una mirada franca. Transparente, en paz consigo mismo, pensó la bibliotecaria y volvió a mirar el papel.

A B C D E F G H I J K L M N O P Q R S T U V W X Y Z
S U B T R A H E N D C F G I J K L M O P Q V W X Y Z

(clave:) UNUFNJPERLQR ISPNJISFR TR
(significado:) BIBLIOTEQUENATIONALEDE

(clave:) AMSIBR KMNIBNKNS ASCON
(significado:) FRANCEP R INCIPIA FAKSI

En la parte inferior del papel había algo anotado a toda prisa en un idioma que ella desconocía:

«Es decir, que los folios que faltan están escondidos en la biblioteca nacional, en *Principia* de Newton. La palabra FAKSI, ¿correspondería a *facsimile*?»

La bibliotecaria se metió el papel en el bolsillo justo cuando llegaba una colega para sustituirla. Era la hora del almuerzo y la bibliotecaria fue a por su monedero en la habitación trasera. Cuando, diez minutos más tarde, se encontró en la cantina con una baguette de queso y tomate sobre la mesa, decidió salir y subir a la plaza de la entrada para estirar las piernas.

El cielo estaba manchado de nubes, y la bibliotecaria avistó al hombre cuando miró a su alrededor en busca de un muro al sol. Estaba en las escaleras que daban a la calle con un móvil pegado a la oreja. Se acercó mientras hacía ver que estaba ocupada mirando a un grupo de jóvenes que pasaban por allí. El idioma que hablaba por el móvil le resultaba incomprensible, pero por el tono de voz adivinó que estaba hablando con un niño. La bibliotecaria se quedó parada detrás de él, dándole la espalda, y le oyó mencionar «Charles de Gaulle», el aeropuerto a las afueras de París. El hombre se rió con una risa agradable y al final dijo algo que sonó como «saludos a Line».

Cuando el hombre se metió el móvil en el bolsillo de la chaqueta y se quedó pensativo, ella tuvo que esforzarse para no sacarle el móvil del bolsillo. No para robárselo, sino para tener una excusa para ponerse en contacto con él, charlar con él. Oír su historia. Porque sabía que tenía una historia que contar. Su mirada así lo indicaba.

Sin embargo, no lo hizo. En su lugar lo vio incorporarse, palparse el pecho, como asegurándose de que el pasaporte seguía en el bolsillo interior, bajar las escaleras hacia el paso de peatones, cruzar la calle y poner rumbo a Quai de la Gare apresuradamente.

Poco después, el hombre había desaparecido entre la muchedumbre, y ella levantó la cabeza buscando los rayos del sol.

EPÍLOGO DEL EPÍLOGO

Kensington, Inglaterra,
13 de marzo de 1727

El cochero se inclinó sobre el borde del pescante y dijo algo a los dos pasajeros que en aquel instante subían a la carroza. Cerraron la puerta, él hizo sonar el látigo y el coche desapareció en una nube de polvo.

Un hombre delgado, vestido con ropas demasiado andrajosas para resistir el frío viento del oeste, cruzó la calle, subió por el sendero del jardín y entró por la puerta, como si perteneciera a la casa. Al llegar al pasillo se detuvo delante de la escalera y puso la oreja antes de entrar en el salón. Estaba vacío, así que siguió recorriendo la casa antes de subir las escaleras. Abrió una puerta con mucho cuidado.

–¿Quién anda por mi casa? –dijo una voz débil desde la cama.

–Tu viejo amigo, al que hace tiempo que no quieres ver –contestó el hombre y se colocó al lado de la cama.

Newton lo miró con una mirada despejada, a pesar de que el sudor le corría por el rostro.

–Nicolas –dijo con una sonrisa, mientras con la lengua intentaba lamerse los labios secos–. ¿Todavía vives?

–No estás viendo un espectro, te lo aseguro, estoy más vivo que nunca. Pero he oído decir en la ciudad que estás en las últimas.

Newton asintió débilmente.

–Sí, supongo que así es. No fuimos tan listos como creíamos. Me temo que no viviremos eternamente. Dios no lo ha querido así.

–Tienes ochenta y cinco años. Estás a mitad de camino de la eternidad. Yo no me quejaré si llego a tu edad.

Newton vio las mejillas hundidas del antiguo amigo.

–¿Necesitas dinero? Tengo algo guardado...

Nicolas Fatio de Duillier hizo un gesto de rechazo con la mano.

–Tengo lo que necesito. Todo está bien. Sólo quería decirte adiós...

Sus ojos se llenaron de lágrimas y se giró.

Newton lo miró con irritación. Esperó hasta que el amigo terminó de lloriquear.

–Ahora tienes que irte. Estoy esperando una visita que llegará en cualquier momento.

Se miraron en silencio.

–Adiós, estimado Isaac –dijo Fatio y quiso cogerle de la mano. Newton se la apartó.

–Adiós, Nicolas. Y suerte.

Nicolas Fatio de Duillier abandonó la casa. Dos semanas más tarde, Isaac Newton murió.

Nicolas Fatio de Duillier murió en 1753; tenía ochenta y nueve años.

Agradecimientos

A Tore (casado con Lise), por sus buenas ideas (en el primer capítulo), su sentido del humor y una larga amistad.

A Lise (casada con Tore), por una larga amistad, su sentido del humor y Tore.

A Kin y Mia, ¡los imprescindibles!

A Hélène Celdran Johannessen, Reidar Hagen y Rolf Møller por su ayuda en un par de detalles.

A Adam J. Perkins, *curator of scientific manuscripts* de la Cambridge University Library, que hizo lo imposible por brindarme la oportunidad de hojear uno de los libros de notas científicos originales de Newton (contenía anotaciones preliminares sobre los principios de la fuerza de gravedad); fue un instante casi sacro para mí.

A Patricia McGuire, archivera de la King's College Library, que me proporcionó información sobre los escritos alquímicos de Newton y puso todo de su parte para que yo pudiera estudiar algunos manuscritos originales durante un día entero y glorioso.

A Niels Østergaard, que ha trabajado como un caballo de carga jutlandés para terminar mi nueva y magnífica página web: www.kurtaust.dk

Título de la edición original: *De usynlige brødre*
Traducción del noruego: Sofía Pascual Pape,
cedida por Ediciones Destino, S. A.
Diseño: M.ª José de Rey
Ilustración de la sobrecubierta: © ALBUM
Foto de solapa: © Aschehoug Agency

Círculo de Lectores, S. A. (Sociedad Unipersonal)
Travessera de Gràcia, 47-49, 08021 Barcelona
www.circulo.es
1 3 5 7 9 8 0 1 0 8 6 4

Licencia editorial para Círculo de Lectores
por cortesía de Ediciones Destino, S. A.

Depósito legal: B. 35380-2008
Fotocomposición: gama, s. l., Barcelona
Impresión y encuadernación: Printer industria gráfica
N. II, Cuatro caminos s/n, 08620 Sant Vicenç dels Horts
Barcelona, 2008. Impreso en España
ISBN 978-84-672-3244-8
N.º 40923